AF178029

CARRIE LEIGHTON

Collision

Bevor ich dich traf

Roman

Aus dem Italienischen von Ingrid Ickler

 **PENGUIN** VERLAG

Die Originalausgabe erschien 2022
unter dem Titel *Collision*
bei Magazzini Salani, Mailand.

Penguin Random House Verlagsgruppe FSC® N001967

1. Auflage

Redaktion: Kristina Lake-Zapp
Umschlaggestaltung: www.buerosued.de unter Verwendung
eines Motivs von Arcangel Images / Miguel Sobreira
Satz: KCFG – Medienagentur, Neuss
Druck und Bindung: CPI books GmbH, Leck
Printed in the EU 2025
ISBN 978-3-328-11318-8

www.penguin-verlag.de

Liebe Leser*innen,

es könnte sein, dass einige Passagen des Buches euch persönlich nahegehen, wenn ihr ähnliche Erfahrungen macht oder gemacht habt. Aus diesem Grund findet ihr auf Seite 505 eine Triggerwarnung, die aufzeigt, um welche Inhalte es sich hierbei handelt.

Carrie Leighton und der Penguin Verlag

Ich schreibe über eine Liebe, die falsch ist. Über einen Schmerz, der nicht vergeht. Der dich für immer verändert. Ich schreibe über eine Liebe, die dich erfüllt und dir alles nimmt. Eine Liebe, die dir trotz aller Widrigkeiten zeigt, was du verdienst. Jeder von uns hat mit den Wunden seiner Seele zu kämpfen. Ich habe meine Seele heilen können, indem ich über sie geschrieben habe. Meine lieben Leser*innen, unsere Reise beginnt hier …

Prolog

Ich bin in einer ganz normalen Familie aufgewachsen. Mein Vater war ein ehrlicher Arbeiter, meine Mutter eine unzufriedene Hausfrau. Und ich ... ehrlich gesagt, ich habe nie gewusst, wie es mir eigentlich ging.

Meist hatte ich das Gefühl, als ziehe das Leben an mir vorbei, ich war zu sehr damit beschäftigt, es zu beobachten, statt es zu leben.

Ich floh in bedruckte Seiten und träumte mit offenen Augen von der Liebe.

Banal, ich weiß, aber »banal« ist mein zweiter Vorname.

Ich verbrachte meine Tage mit Lesen und fragte mich, wann *mein* Moment kommen und wie er wohl sein würde.

Ich stellte mir die Liebe so harmonisch vor wie eine Sinfonie.

Leicht wie der Flügelschlag eines Schmetterlings.

Sanft wie eine Feder im Wind.

Rein, unbeschwert, romantisch.

Denn im Grunde sollte die Liebe genau so sein.

Aber ich hatte mich geirrt.

Für mich war die Liebe nichts von alldem.

Von dem Moment an, in dem er mich zum ersten Mal berührte, war sie die kreischende Melodie einer E-Gitarre. Die Wucht eines Orkans. Das Schicksal einer Seele, besiegelt durch den Zusammenprall mit einer anderen.

Darauf konnte mich kein Buch vorbereiten.

Du weißt nie, was passiert, wenn du jemandem das erste Mal begegnest ...

Du weißt nicht, wie sich dein Leben verändern wird.

Du weißt nicht, welche Macht er über dich haben wird.

Du weißt nicht, dass sich alles in dir verändern wird und du nie mehr dieselbe sein wirst.

Teil Eins

Kapitel 1

Corvallis im Herbst hatte eine besondere Faszination. Der Ort bestand aus kleinen Häusern, die von Parks und dichten Wäldern umgeben waren, und erinnerte an die märchenhafte Landschaft in einer der Schneekugeln, die ich als kleines Kind gesammelt hatte. Mit den ersten Regenfällen wurde der Zauber noch größer. Genau wie in diesem Moment, als ich die auf den Boden prasselnden Tropfen hörte, das Rauschen der Blätter im Wind und den Geruch nach feuchtem Asphalt wahrnahm, der mir in die Nase stieg. Besser konnte man gar nicht aufwachen.

Doch der Frieden währte nur kurz, denn das Klingeln des Weckers erinnerte mich daran, dass heute mein zweites Jahr an der Oregon State University begann. Natürlich hätte ich mich gern noch ein wenig unter der Decke verkrochen, aber nach dem dritten ignorierten Klingeln ertönte »Breed« von Nirwana in solch ohrenbetäubender Lautstärke, dass ich fast einen Herzinfarkt bekommen hätte. Ich streckte den Arm in Richtung Nachttisch aus und tastete nach meinem Handy, während Kurt Cobains Stimme durchs Zimmer schallte. Als ich es endlich zwischen die Finger bekam, stellte ich den Wecker aus, zog mir die Frosch-Schlafmaske vom Gesicht und zwang mich, die Augen zu öffnen.

Anschließend gab ich dem Impuls nach, zu überprüfen, ob Nachrichten oder Anrufe von Travis eingegangen waren. Nichts.

Ich sollte mich inzwischen daran gewöhnt haben, war aber trotzdem enttäuscht. Mit ihm war es immer dasselbe: Nach jedem Streit verschwand er einige Tage vom Radar, um mir zu zeigen, wie wenig ihm an unserer inzwischen in Scherben liegenden Beziehung lag.

Konnte man eigentlich schon erschöpft sein, bevor der Tag überhaupt begonnen hatte?

Widerwillig stand ich auf und schlüpfte in meine flauschigen Einhorn-Hausschuhe und band die Haare zu einem losen Knoten zusammen. Anschließend zog ich den frisch gewaschenen Fleece-Bademantel über und trat ans Fenster vor dem Bett. Ich schob die Vorhänge beiseite, presste die Stirn gegen die kalte Scheibe und blickte auf den regenfeuchten Gartenweg.

Travis ging davon aus, dass ich den ersten Schritt machen würde, um das Schweigen zu brechen. Aber nach dem, was er sich geleistet hatte, wollte ich dieses Mal nicht nachgeben. Den eigenen Freund in einer Instagram-Story sturzbesoffen mit zwei unbekannten Mädchen in mehr als eindeutigen Posen auf dem Tresen tanzen zu sehen, während ich alleine mit einer Grippe zu Hause im Bett lag, war ein Schmerz, den ich niemandem wünsche. Als ich ihn wütend angerufen und eine Erklärung verlangt hatte, hatte er mich mit dem üblichen »Vanessa, jetzt übertreibst du aber« abgespeist, aufgelegt und nichts mehr von sich hören lassen. Ich verbrachte das Wochenende deprimiert zu Hause und ordnete für den ersten Tag des neuen Collegejahres meine Bücher und Hefte. Nicht mal die FaceTime-Gespräche mit Tiffany, meiner besten Freundin, und Alex, meinem besten Freund, konnten mich von diesem Video und der Demütigung ablenken. Travis hatte sich mir gegenüber wieder einmal respektlos verhalten. Die Situation war so anstrengend geworden, dass ich nicht mal mehr weinen konnte, was seltsam war, denn bisher hatte ich immer geflennt, wenn ich von meinen Gefühlen überwältigt worden war. Frustriert warf ich das Handy aufs Bett, fuhr mir mit den Händen übers Gesicht und zwang mich, an etwas anderes zu denken, sonst würde ich Kopfweh bekommen. Ich sollte mich besser fertig machen, der Tag würde lang werden.

Nach einer schnellen Dusche ging ich in mein Zimmer zurück, zog mich an und schaute erneut aufs Handy, obwohl ich wusste, dass das keine gute Idee war. Nichts. Keine Anrufe, keine Nachrichten. Ein ungesunder Wunsch danach, ihn anzurufen und zu beschimpfen, stieg in mir auf.

»Nessy, bist du wach?«, riss mich Moms schrille Stimme aus meinen Gedanken. Der Duft nach frischem Kaffee wehte durchs Haus. Es war fast so, als befände ich mich zwischen Himmel und Hölle.

»Ja, ich bin wach!«, rief ich leise und hielt mir den schmerzenden Hals. Die kürzlich überstandene Grippe machte sich immer noch bemerkbar.

»Komm runter, das Frühstück ist fertig!«

Seufzend ging ich nach unten, mit nassen Haaren und im Bademantel, in der Hoffnung, meine schlechte Laune verbergen zu können. Das Letzte, was ich jetzt brauchen konnte, war eine von Moms unendlich langen Predigten, mir bloß meinen Freund warmzuhalten, weil er aus einer guten Familie stammte. Seine Fehler und mein Leid zählten für sie nicht: Die Liebe, die meine Mutter für das Vermögen von Travis' Familie hegte, war größer als die für ihre Tochter. Als sie vor zwei Jahren erfahren hatte, dass ich in einer Beziehung mit dem Erstgeborenen eines reichen Ölmagnaten war, kam das für sie einem Lottogewinn gleich.

Ich betrat die Küche und sah sie an der Anrichte stehen, bereit, den Tag in Angriff zu nehmen: in weißer eleganter Marlene-Hose und blauer Bluse, die blonden Haare zu einem perfekten

Knoten geschlungen. Ihr Make-up war dezent: Die Mascara betonte ihre blauen Augen, auf ihren schmalen Lippen lag ein Hauch Lippenstift. Mit ihrer angeborenen Eleganz schaffte sie es immer wieder, mein ohnehin geringes Selbstbewusstsein noch weiter schrumpfen zu lassen.

Ich kam nicht mal dazu, ihr einen guten Morgen zu wünschen, als ich auch schon von einer Flut von Informationen überrollt wurde.

»Auf der Kommode im Flur liegen ein paar Rechnungen und Geld. Es wäre wunderbar, wenn du dich heute darum kümmern könntest.« Sie eilte zur Kaffeemaschine, füllte zwei Tassen und klärte mich dabei über die weiteren Aufgaben auf, die ich im Laufe des Tages zu erledigen hatte. »Du musst die Sachen aus der Reinigung holen und fürs Abendessen einkaufen. Ach ja, bevor ich es vergesse ...«, sie reichte mir eine der beiden Tassen. Ich trank einen großen Schluck, hoffte auf die belebende Wirkung des Kaffees und hörte weiter ihrem Geplapper zu. »Mrs. Williams hat mich gebeten, mich um ihren Chihuahua zu kümmern, weil sie heute nicht in der Stadt ist. Ich habe ihr gesagt, du würdest das sehr gern übernehmen.«

All diese Anweisungen am frühen Morgen machten mich noch nervöser, als ich ohnehin schon war.

»Soll ich sonst noch was tun? Keine Ahnung – den Rasen mähen, mich erkundigen, wer von den Nachbarn sonst noch Hilfe gebrauchen könnte, oder lieber gleich ein Treffen des Hauseigentümerverbands organisieren?« Ich verdrehte die Augen und warf ihr einen Seitenblick zu, dann legte ich das Handy auf die Anrichte und setzte mich an den Tisch.

»Du weißt, dass Mrs. Williams sonst niemanden hat, den sie fragen kann. Da kann ich nicht Nein sagen. Wie würde das aussehen?« Sie führte ihre Tasse zum Mund, nahm einen Schluck und fuhr dann fort: »Außerdem dachte ich, du freust dich darüber. Du liebst doch Tiere!«

»Ja, das heißt aber nicht, dass ich die Zeit und den Wunsch habe, mich um sie zu kümmern.«

»Ich auch nicht«, erwiderte sie. »Als ich den Job als Sekretärin in der Anwaltskanzlei angenommen habe, war mir nicht bewusst, dass es so anstrengend sein würde. Aber irgendjemand muss schließlich das Geld nach Hause bringen.«

Ich sah sie an, und plötzlich schämte ich mich. Ich wusste sehr wohl, dass sie sich um alles allein kümmern musste, nachdem uns mein Vater vor drei Jahren verlassen hatte. Ich bewunderte sie sehr dafür, aber sie vergaß oft, dass auch ich ein Leben hatte und mich ihrem nicht komplett unterordnen konnte.

»Du hast recht, entschuldige.« Ich stand auf, nahm eine Packung Granola aus dem Küchenschrank und füllte etwas davon in eine Schüssel. »Auf den Hund von Mrs. Williams aufzupassen, dürfte kein Problem sein. Ich drehe vor und nach der Uni eine Runde mit ihm. Den Rest erledige ich auch, mach dir keine Sorgen«, versicherte ich ihr, um sie zu beruhigen.

»Danke. Das wollte ich hören.« Sie legte mir eine Hand auf die Schulter und zupfte mit ihren gepflegten, perfekt lackierten roten Fingernägeln an meinen Locken. »Und zieh bitte wenigstens am ersten Tag etwas Nettes an.«

Nach einem letzten Schluck Kaffee verabschiedete sie sich und versprach, zum Abendessen zurück zu sein. Ich goss Milch in die Schüssel und setzte mich zurück an den Tisch. Kurz darauf leuchtete mein Handy auf: Eine neue Nachricht war eingegangen. Ich ließ den Löffel in die Milch fallen, sprang auf und stürmte zur Anrichte, wobei ich über den Teppich stolperte und beinahe mit dem Gesicht auf den Boden geknallt wäre. Vielleicht hätte mir der Aufprall sogar ganz gutgetan, doch ich stürzte wie gesagt nur beinahe.

Als mir klar wurde, dass die Nachricht von meiner besten Freundin Tiffany kam, der Zwillingsschwester meines Freundes, war die Enttäuschung groß. Ich hatte wirklich gehofft, Travis' Namen auf dem Display zu sehen, aber offensichtlich war es wahrscheinlicher, dass die Welt unterging, als dass dies passierte.

»Guten Morgen, du alte Streberin, ab heute hat dein Leben wieder einen Sinn.«

»Ich konnte heute Nacht vor lauter Euphorie nicht schlafen«, schrieb ich voller Ironie zurück.

»Daran habe ich keinen Zweifel. Heute Abend beginnt das Training, wollen wir zusammen hingehen?«

Ich runzelte die Stirn und las die Nachricht mehrere Male. Bestimmt hatte ich sie falsch verstanden. Tiffany interessierte sich für Sport? Sonst zählten für sie fast ausschließlich die neuesten Mode- und Make-up-Trends, ihr Termin bei der Kosmetikerin jeden Dienstag und ihre geliebten True-Crime-Podcasts. Sie würde niemals ihre kostbare Zeit verschwenden, um bei einem langweiligen Basketballtraining zuzusehen.

Ich brauchte ein bisschen, bis ich begriff, dass nicht Tiffany, sondern Travis das wissen wollte. Der Feigling holte doch tatsächlich über seine Schwester Informationen über mich ein! Zuerst verschwand er für zwei Tage von der Bildfläche und überließ mich meinem Selbstmitleid, ohne sich auch nur die Mühe zu machen, sich irgendeine dämliche, halbwegs glaubwürdige Ausrede einfallen zu lassen, und dann schob er auch noch meine beste Freundin vor.

Genervt schrieb ich zurück: »Sag deinem Bruder, dass er sich schon selbst bemühen muss, wenn er etwas von mir wissen will.«

Die Antwort kam prompt: »Er hat mich gezwungen, ich kann nichts dafür. Du weißt, dass ich auf deiner Seite stehe. Ich hole dich ab, lass uns zusammen zur Uni fahren. Steh um acht draußen. Hab dich lieb!«

Ich hatte also recht gehabt. Das Ganze war so nervend! Gereizt knallte ich das Handy auf den Tisch, der Appetit war mir vergangen, und zwar gründlich. Grummelnd spülte ich die Tasse und die Schüssel ab und ging hinauf in mein Zimmer. Dort stellte ich mich vor den Kleiderschrank und überlegte kurz, ob ich dem Wunsch meiner Mutter nachkommen und zur Abwechslung mal etwas anderes als Jeans und einfarbige Kapuzenshirts anziehen sollte. Schließlich entschied ich mich für eine weit ausgeschnittene weiße Bluse mit Spitzensaum. Hübsch, aber als ich mich im Spiegel betrachtete, fand ich, dass sie meine vollen Brüste zu sehr betonte. Wenn ich die trug, würden mich alle anstarren, und genau das wollte ich vermeiden. Ich faltete die Bluse zusammen und legte sie in den Schrank zurück, dann entschied ich mich für meinen üblichen unauffälligen Look, der gar nicht so schlecht war. Schmal geschnittene Jeans, weißes Sweatshirt, das bis über den Hintern reichte – viel besser. Nachdem ich mir die krausen Haare glatt geföhnt und zu einem Pferdeschwanz gebunden hatte, griff ich nach meiner Tasche und steckte *Verstand und Gefühl* von Jane Austen ein, eines meiner Lieblingsbücher. Es half mir zwischen den Vorlesungen, mich abzulenken.

Bevor ich das Haus verließ, betrachtete ich mich noch einmal im Spiegel – und bereute es sofort. Das, was ich sah, gefiel mir gar nicht: Ich war blass, hatte dunkle, fast lila Augenringe unter den grauen, noch etwas geröteten Augen, die schwarzen Haare sahen erbärmlich aus. Ich löste den Zopf und fuhr mit den Händen durch die Locken, doch es wurde nicht besser. Schließlich gab ich auf, griff nach dem Schirm und verließ das Haus, bevor ich mich noch mehr aufregte.

Kapitel 2

Um Punkt acht stand Tiffany in ihrem leuchtend roten Ford Mustang vor der Tür. Ich gab ihr zu verstehen, dass sie fünf Minuten warten sollte, bis ich Charlie, den Hund der Nachbarin, zurückgebracht hatte.

Als ich ins Auto stieg, schlug mir der Duft nach frischen Blumen entgegen, das Parfüm meiner besten Freundin. Sie musterte mich durchdringend, und ich kam wieder einmal nicht umhin, zu bemerken, wie schön sie war mit ihren haselnussbraunen Augen, umrahmt von langen, dick getuschten Wimpern, und dem sanft gewellten kupferfarbenen Bob.

»Und?«, fragte sie und trommelte mit den Fingerspitzen aufs Lenkrad. »Wie geht's? Hast du die Grippe überstanden?« Ich wusste, dass sie vorsichtig das Terrain auslotete, denn *sie* wusste, dass ich sauer war, weil sie sich von Travis hatte einspannen lassen. Aber das musste sie gar nicht. Sie war schließlich seine Schwester, ich hätte an ihrer Stelle genau das Gleiche getan.

»Könnte besser gehen«, gab ich zu, während ich den Gurt anlegte. »Ich habe mich noch immer nicht von der Grippe erholt und außerdem schreckliches Kopfweh.«

»Willst du eine Schmerztablette? Ich habe eine in der Handtasche.«

»Keine Sorge, das vergeht schon«, antwortete ich und massierte mir die Schläfen, in der Hoffnung, dass es dann besser würde.

»Stimmt, das hatte ich ganz vergessen. Deine Mutter hat dich ja mit ihrer Angst vor Schmerzmitteln infiziert. Solltest du's dir anders überlegen: Die Tabletten sind hier drin.« Sie deutete auf die Tasche auf dem Rücksitz, startete den Motor und fuhr los. Erst als wir meine kleine Straße hinter uns gelassen hatten, kam sie auf den Punkt. »Entschuldige bitte wegen heute Morgen, ich wollte mich nicht einmischen. Nach dem, was er sich geleistet hat, war das voll blöd von mir, aber Travis hat mich so bedrängt, dass ich am Ende nachgegeben habe!«

»Du musst dich nicht entschuldigen, Tiff, du hast nichts falsch gemacht. Der Idiot ist er.« Ich schaltete das Radio ein.

»Das ist er, so viel steht fest.« Sie drehte die Musik lauter. Schweigend fuhren wir zum Campus, vorbei an Einfamilienhäusern mit sorgfältig gepflegten Gärten, umhüllt vom grauen Septembernebel. Hin und wieder warf sie mir einen Blick zu. Ich tat so, als würde ich es nicht bemerken.

Als wir ankamen, hatte der Regen aufgehört. Sie parkte den Wagen auf dem Studentenparkplatz, doch bevor ich die Tür öffnen konnte, hakte Tiffany noch einmal nach. »Hör mal, ich weiß, ich sollte mich da raushalten, aber als Freundin muss ich dich das fragen: Bist du dir sicher, dass das so weitergehen soll? Immerhin benimmt sich Travis dir gegenüber schon seit Längerem wie ein Arsch. Er weiß, dass er sich das leisten kann, weil du immer für ihn da bist. Ich hab keinen blassen Schimmer, warum du das mit dir machen lässt!«

»Ich weiß, Tiff.« Ich blickte auf meine im Schoß gefalteten Hände und sackte in mich zusammen. »Mir ist klar, dass ich das Ganze am besten beenden sollte. Aber wie soll ich das anstellen? Ich schaffe es einfach nicht … noch nicht.« Ich schaute sie an und schämte mich.

Tiffany schüttelte resigniert den Kopf, fuhr sich mit der Zunge über die Lippen und starrte ins Leere. »Du bist zu gut für meinen Bruder, das wissen alle außer dir.«

»Weißt du was?« Ich schlug mit den Handflächen auf meine Oberschenkel, entschlossen, die angespannte Atmosphäre zu durchbrechen und das Thema so schnell wie möglich abzuhaken. »Heute beginnt unser zweites Jahr, heute kann ich endlich wieder meine geliebten Vorlesungen besuchen, und ich habe nicht vor, mir den Tag von Travis versauen zu lassen. Also Schluss mit diesen negativen Gedanken.« Ich sprang aus dem Auto, ohne ihre Antwort abzuwarten.

»Dem Problem auszuweichen, bringt dich nicht weiter!«, rief sie, stieg ebenfalls aus und schloss zu mir auf.

»Du hast es doch selbst gesagt, oder? Früher oder später ...« Ich hängte mir die Tasche über die Schulter.

Tiffany warf mir einen finsteren Blick zu, sagte aber nichts, wofür ich ihr im Stillen dankbar war. Seite an Seite gingen wir auf die großen, von Büschen und Bäumen umgebenen Backsteingebäude zu. Die Blätter färbten sich bereits rot, orange und gelb.

»Ich muss los, Süße!«, rief sie, nachdem sie einen Blick auf die schmale Uhr an ihrem Handgelenk geworfen hatte. »Ich habe in zehn Minuten einen Beratungstermin wegen meiner Kursbelegung. Wir sehen uns später, okay?«

»Klar, bis später.« Wir umarmten uns, und ich sah, wie sie in Richtung der Soziologischen Fakultät verschwand.

Sobald sie weg war, gönnte ich mir einen Moment, um den Anblick, der sich mir bot, in mich aufzunehmen, der vermutlich jedes Jahr derselbe war: Eltern, die mit weit mehr Enthusiasmus als ihre Kinder Taschen und Koffer in die Wohnheime schleppten, Studentinnen und Studenten der höheren Semester, die sich schicksalsergeben dem Chaos fügten, das jeden Herbst über die Uni hereinbrach.

Vor gar nicht langer Zeit hatte auch ich zu den Studienanfängerinnen gehört. Ich erinnerte mich an meine Mutter am Tag meiner Immatrikulation: Sie hatte ununterbrochen geweint und Fotos gemacht, um sie stolz sämtlichen Freunden und Verwandten zu schicken. Dieses Jahr konnten wir uns einen Platz im Studentenwohnheim nicht mehr leisten, aber das war nicht weiter schlimm, so weit entfernt wohnten wir ja nicht. Und auch wenn meine Mutter unser Auto brauchte, fand ich doch immer jemanden, der mich mitnehmen konnte.

Ich schaute mich um, leicht nervös. In Menschenmengen wie diesen hatte ich immer das Gefühl, von allen angestarrt zu werden, auch wenn ich wusste, dass das nicht stimmte.

Ich erinnerte mich noch gut an das Trauma in der weiterführenden Schule, als wir am ersten Schultag aufstehen, uns vorstellen und von uns erzählen mussten. Je näher meine Vorstellung rückte, desto größer wurde meine Panik. Wie ein Mantra wiederholte ich in Gedanken die Sätze, die ich gleich sagen wollte: »Hallo, ich heiße Vanessa Clark. Ich lebe bei meinen Eltern, hasse Rosinen in Keksen und Gurken im Big Mac.«

Obwohl ich tief im Innern noch immer ziemlich unsicher war, hatte ich meine Schüchternheit im Laufe meiner Jugend nach außen hin größtenteils überwinden können. Das lag an meinem Selbsterhaltungstrieb, aber auch an meinem Freund Alex.

Wir kannten uns seit der Grundschule. Am ersten Schultag setzte ich mich ganz nach hinten an die Wand und starrte aus dem Fenster neben mir, damit ich nicht mit den anderen Kindern sprechen musste.

Meine Taktik schien zu funktionieren, bis ein kleiner Junge mit großen Augen und braunen Locken den Mut hatte, sich neben mich zu setzen und so lange zu warten, bis ich mich vorsichtig zu ihm umdrehte. Er bot mir ein Bonbon an, und ich lächelte ihm zu und griff danach, ohne ein Wort zu sagen. Dieser Junge war Alexander Smith, und mit großer Geduld ertrug er dreizehn Jahre lang meine Obsessionen, meine Paranoia und meine Unsicherheit. Er war in den wichtigsten Momenten meines Lebens an meiner Seite. Er war bei mir, als ich mit neun eine Zahnspange bekam und mich weigerte, zu sprechen, zu lachen oder auch nur zu lächeln. Er war bei mir, als ich mit dreizehn beschloss, mir als Ausdruck meiner Rebellion die Haare grün zu färben, was ich sofort bereute. Er war bei mir, als ich mich in der Zehnten in Easton Hill verliebte.

Oh, Easton … Easton war der Wahnsinn, leider stellte sich am Ende heraus, dass er nur Amanda Jones, auf die sämtliche Jungs der Schule standen, hatte eifersüchtig machen wollen – ein harter Schlag für mich, doch Alex richtete mich wieder auf. Er kam zu mir nach Hause, wir bestellten uns bergeweise chinesisches Essen und zogen uns an zwei Tagen die komplette erste Staffel von *Vampire Diaries* rein. Am dritten Tag fühlte ich mich wie geläutert und hatte Easton und Amanda hinter mir gelassen.

Alex war bei mir, als mein Vater uns verließ, und er hatte schnell begriffen, dass er sich am besten nicht dazu äußerte.

Er war bei mir, als Travis Baker in mein Leben trat und mir die Unbeschwertheit zurückbrachte, die mein Vater mir genommen hatte. Sie hatten sich nie gut verstanden, Alex und Travis, aber am Anfang unserer Beziehung hatte er ihn zumindest geduldet. Bis mich Alex darauf aufmerksam machte, dass Travis sich mir gegenüber immer respektloser verhielt.

Als hätte er gespürt, dass ich an ihn dachte, vibrierte das Handy in meiner Tasche, und tatsächlich: Es war Alex. Er informierte mich, dass er im Stau stand und unser üblicher Kaffee um halb neun verschoben werden musste. Ich sagte ihm, er solle sich keine Gedanken machen, und ging mit strahlendem Lächeln auf die Memorial Union zu, in der sich neben verschiedenen Veranstaltungsräumen auch ein Aufenthaltsbereich und eine Cafeteria befanden, atmete den Duft des feuchten Grases ein und war glücklich, wieder an meinem absoluten Lieblingsort zu sein. Als ich den Aufenthaltsraum betrat, setzte ich mich auf eine braune Ledercouch und zog *Verstand und Gefühl* aus der Tasche, um die Zeit bis zur ersten Vorlesung des Tages zu überbrücken. Ich kam gerne zu früh und genoss es, die Atmosphäre des Neuanfangs ganz für mich allein zu genießen.

Noch bevor ich eine Seite gelesen hatte, hob ich den Blick und sah Travis vor der Cafeteria stehen: mit perfekt gegelten kastanienbraunen Haaren, offener Jeansjacke und olivgrüner Umhängetasche. Ich war überrascht: Normalerweise hielt er sich nicht in diesem Bereich des Campus auf. Wir besuchten zwar die gleiche Uni, aber unterschiedliche Fakultäten. Er verbrachte die meiste Zeit im Gebäude für Wirtschaftswissenschaften oder in der Sporthalle. Ich dagegen war bei den Geisteswissenschaften zu finden oder verkroch mich in der Bibliothek. Wir trafen uns nur in der Mittagspause und manchmal nach den Vorlesungen.

Mein Magen zog sich zusammen. In meinem Kopf tauchten wieder die Bilder von ihm und den beiden Mädchen auf, wie er sich an ihnen rieb, während sie ihm ihre Ärsche entgegenstreckten, die Scham und der Schmerz, den ich gefühlt hatte. Wütend klappte ich das Buch zu, sprang auf, und ohne mir darüber klar zu sein, was ich da eigentlich tat, ging ich zu ihm und baute mich mit vor der Brust verschränkten Armen vor ihm auf. Der neugierige Blick des Typen hinter der Kaffeebar war mir völlig gleich: Schluss mit der unterwürfigen Vanessa, ich würde ihm klar und deutlich zu verstehen geben, was ich davon hielt. Ich nahm meinen ganzen Mut zusammen, immerhin befanden wir uns in der Öffentlichkeit, und warf ihm einen wütenden Blick zu. In seinen haselnussbraunen Augen spiegelte sich eine Mischung aus Überraschung und schlechtem Gewissen.

»Und? Willst du mir wenigstens irgendeine Erklärung für dein Scheißverhalten geben?«, fragte ich lauter als beabsichtigt.

Unangenehm berührt, schaute Travis sich um. »Nicht hier, bitte.«

»Du lässt zwei Tage nichts von dir hören, und dann fragst du mich, ob ich zum Training komme, als wäre nichts passiert! Ach nein, du hast mich ja gar nicht gefragt, das hast du deiner Schwester überlassen! Verdammt, Travis, was sollte das?«, stieß ich mit zusammengebissenen Zähnen hervor, von mir selbst überrascht.

Travis fasste meinen Arm und zog mich in eine Ecke, weg von den neugierigen Blicken der anderen.

»Ich weiß, dass ich einen Fehler gemacht habe, ich war betrunken ...«

»Das ist doch keine Entschuldigung!«, unterbrach ich ihn zornig und riss mich von ihm los.

»Mehr als das, was du gesehen hast, ist nicht passiert«, verteidigte er sich.

»Und das soll mich beruhigen? Hast du auch nur den Hauch einer Vorstellung, wie ich mich gefühlt habe? Du warst respektlos, hast mich vor deinen Freunden lächerlich gemacht, ich bin dir völlig egal!«, schrie ich und spürte, wie meine Augen anfingen zu brennen.

»Jetzt übertreib mal nicht. Wir haben uns nur ein bisschen amüsiert. Zugegeben, die Sache ist etwas aus dem Ruder gelaufen, aber mehr auch nicht. So etwas würde ich dir nie antun, das weißt du doch.«

Er streckte die Hand nach mir aus, doch ich schlug sie zurück, entschlossen, nicht klein beizugeben. Ich hatte es satt. Ich hatte genug von seinem Verhalten, seiner Gedankenlosigkeit und der Gleichgültigkeit gegenüber dem Schmerz, den er mir zufügte.

»Du hast dich zwei Tage lang nicht gemeldet«, beharrte ich enttäuscht. »Zwei Tage, an denen du nicht einmal gefragt hast, wie es mir geht.«

Sein Gesicht verdüsterte sich. »Ich bin abgetaucht, weil ich dachte, es wäre besser, damit du dich wieder beruhigst, aber wie es aussieht, hat das nicht geklappt. Es tut mir leid, dass du das Video gesehen hast, und es tut mir leid, dass ich dich damit verletzt habe.«

Er wirkte aufrichtig, aber ein Teil von mir wusste, dass es nur eine von vielen Rechtfertigungen war, mit denen er mich gnädig stimmen wollte. Ich sah ihm direkt in die Augen, in der verzweifelten Hoffnung, dort eine Lösung zu finden – vergeblich. Also senkte ich den Blick und atmete tief durch. »Ich habe deine Fehltritte schon zu oft entschuldigt«, sagte ich rasch, bevor der Mut mich verließ. »Vielleicht war das mein Fehler. Verzeihen, verzeihen und noch mal verzeihen. Aber warum bleiben wir überhaupt zusammen, wenn du schon nach einem Glas mit anderen Frauen rummachst?«

Seinem alarmierten Blick nach zu urteilen, hatte ich eine Schwachstelle getroffen.

»Hör mal«, sagte er beschwichtigend, »wir machen eine schwierige Phase durch, aber die können wir überwinden.« Er trat einen Schritt auf mich zu und nahm mein Gesicht in die Hände.

»Und wenn ich das nicht will?« Mein Herz pochte wie wild, meine Kehle schnürte sich zusammen. »Wenn ich diese ›schwierige Phase‹ nicht überwinden will?«

Seine Verwirrung war offensichtlich, und einen Moment lang bedauerte ich das, was ich gerade gesagt hatte. Travis schüttelte den Kopf. »Sei nicht so voreilig. Du weißt selbst, dass das ein Fehler wäre, den du bedauern würdest. Den wir *beide* bedauern würden«, korrigierte er sich. »Du bist mir wichtig, diese Beziehung ist mir wichtig, und ich bin bereit, mich mehr anzustrengen, um es dir zu beweisen.«

»Manchmal denke ich, du sagst das nur, weil du dich selbst davon überzeugen willst – im Grunde willst du es doch gar nicht!«

Ich fragte mich, ob es nicht genau das war, was uns zusammenhielt: das Bewusstsein, dass wir uns ohne einander verloren fühlen würden. Waren wir nur zusammen, weil wir so große Angst vor dem Alleinsein hatten? Der Einsamkeit? Mein Gott, wie traurig!

Travis lehnte die Stirn gegen meine. Unsere Nasen berührten sich. »Gib mir die Chance, dir zu zeigen, dass du dich irrst«, bat er mich, und mir wurde klar, dass seine Worte schon jetzt meine Entschlossenheit erschütterten. Er musste es ebenfalls bemerkt haben, denn er drückte seine Lippen auf meine und wartete auf meine Reaktion. Ich zögerte, aber aus irgendeinem Grund ließ ich mich am Ende doch auf einen Kuss ein.

So endete es immer zwischen uns. Aber dieses Mal hatte sich etwas in mir verändert, auch wenn ich noch nicht bereit war, es laut auszusprechen.

»Ich weiß, dass du mir nicht glaubst, aber du hast mir in diesen zwei Tagen gefehlt«, flüsterte er. Ich lachte bitter. Wenn es wirklich so gewesen wäre, hätte er sich bei mir gemeldet.

»Du hast recht, ich glaube dir nicht«, erwiderte ich knapp.

»Ich meine es ernst, und ich habe eine Überraschung für dich, damit du mir verzeihst.«

»Was für eine Überraschung?«, fragte ich skeptisch.

»Rate mal, wer dir zwei Karten für das Harry-Styles-Konzert nächsten Sonntag in Albany schenkt?«

Mein Gesicht leuchtete auf, und ich musste mir alle Mühe geben, meine Begeisterung nicht allzu offen kundzutun. So leicht wollte ich ihn nicht davonkommen lassen.

»Eine wirklich schöne Geste, aber zwei Konzertkarten reichen nicht, um dich zu entschuldigen.«

»Ich weiß«, sagte er und strich mir eine Locke hinters Ohr. »Aber ich wollte dir zeigen, dass ich an dich gedacht habe. Wollen wir das Gespräch nicht beenden und den Tag genießen? Davon sollten wir uns die Laune nicht verderben lassen.«

»Am Ende kommst du immer davon«, sagte ich und seufzte resigniert. Travis schenkte mir ein unschuldiges Lächeln, das so gar nicht zu ihm passte, und legte den Arm um meine Schultern. Wir gingen zur Theke und bestellten zwei Kaffee. Die Barista warf uns einen merkwürdigen Blick zu, aber ich ignorierte sie. Hatte sie etwa alles gehört? Wie peinlich war das denn?

»Also, kommst du?« Travis führte den Pappbecher zum Mund.

»Wohin?«

»Zum Training, du weißt doch, wie wichtig es mir ist, dass du dabei bist.«

Das Training langweilte mich zu Tode. Lieber würde ich mit einem Haufen Backsteine auf dem Rücken den Mount Everest besteigen, als dabei zu sein, wenn er Basketball spielte, aber ich konnte nicht Nein sagen, selbst wenn er es verdient hatte.

»Okay«, antwortete ich und schaute auf mein Handy. »In zehn Minuten beginnt die erste Vorlesung. Wenn du nicht zu spät kommen willst, solltest du dich langsam auf den Weg machen.«

Er lächelte, küsste mich und drückte mich an sich. »Um fünf vor der Sporthalle, ja?«

Ich nickte ohne jede Begeisterung, dann trennten wir uns, um in unsere jeweiligen Vorlesungen zu gehen.

Kapitel 3

Seit ich denken kann, betrat ich immer als eine der Ersten das Unterrichtszimmer, und heute war das nicht anders. Ich ließ den Blick durch die leeren Reihen gleiten und wählte die erste ganz vorne. Ich mochte als Streberin gelten, aber ich hörte mir Vorlesungen gerne ungestört an. Während sich der Hörsaal binnen weniger Minuten mit Studentinnen und Studenten füllte, kam ein junger Mann auf mich zu, und zwar nicht irgendeiner, sondern Thomas Collins. Ich kannte ihn zwar nicht gut, wusste aber, dass er im letzten Sommer nach Corvallis gekommen war. Wie ich war er im zweiten Jahr und spielte im gleichen Basketballteam wie Travis. Ich hatte ihn schon öfter beim Training und bei den Spielen gesehen. Er war wirklich talentiert, und genau aus dem Grund stolzierte er durch die Gänge der Uni, als würde sie ihm gehören. Die anderen Studenten respektierten ihn, niemand wagte es, ihn offen zu kritisieren. Er suchte sich gerne ein Opfer unter den Studentinnen aus, war er sich seines Charmes doch durchaus bewusst.

Travis und er mochten sich nicht, mein Freund hielt ihn für einen arroganten Schnösel, was aus seinem Mund paradox klang. Mehr als einmal hatte er mich im vergangenen Studienjahr vor Thomas' Ruf als Frauenheld gewarnt, auch wenn mir seine guten Ratschläge gestohlen bleiben konnten. Auf dem Campus blieb ich die brave Studentin und hielt mich gerne im Hintergrund.

Außerdem war ich mit dem Captain der Basketballmannschaft zusammen, da belästigte mich sowieso niemand. Noch einen arroganten und selbstgefälligen Typen konnte ich in meinem Leben nicht gebrauchen, deshalb hielt ich mich von Thomas fern.

Aber heute schienen die Dinge anders zu liegen. Unter all den freien Plätzen wählte Thomas ausgerechnet den Platz neben mir. Seltsam: Im letzten Jahr hatte er mich nicht einmal gegrüßt, und eigentlich war er auch nicht der Typ für die erste Reihe.

Einen Moment lang überlegte ich, mich umzusetzen, doch ich wollte meinen Platz auf gar keinen Fall aufgeben, vor allem nicht wegen Thomas Collins.

Mit der für ihn typischen Nonchalance ließ Thomas einen Collegeblock und einen Stift auf den Tisch fallen und setzte sich, besser gesagt, fläzte sich auf den Sitz. Mehrere Studentinnen gingen kichernd an ihm vorbei und zwinkerten ihm zu. Er schaute ihnen nach und starrte einer von ihnen nahezu unverhohlen auf den Hintern. Wow, ein echter Gentleman … Trotzdem kam ich nicht gegen meine Neugier an und nutzte den Moment, um ihn genauer zu betrachten. Die schwarzen, zerzausten Locken fielen ihm in die Stirn, an den Seiten und am Hinterkopf trug er sie raspelkurz. Die gerade Nase und das markante Kinn verliehen seinem Gesicht etwas Hartes, Kraftvolles, genau wie die muskulösen Arme und die breiten Schultern unter der Lederjacke, das Zungenpiercing und die Tattoos, die Hände, Hals und Nacken bedeckten. Beim Training hatte ich noch weitere entdeckt: Er war von Kopf bis Fuß tätowiert. Einige behaupteten, dass ihn das, zusammen mit den smaragdgrünen Augen, in denen feine bernsteinfarbene Linien leuchteten, unwiderstehlich machte. Ich war definitiv nicht dieser Meinung.

Bevor er meinen Blick bemerkte, schaute ich zur Seite, sah

aber noch, wie er sein Handy aus der Jeans zog und sich Kopfhörer ins Ohr steckte. Meine Augenbrauen wanderten in die Höhe. Was sollte das denn werden? Wollte er etwa während der Vorlesung Musik hören? Es gab nichts Nervigeres als Sportler, die sich auf ihren Lorbeeren ausruhten, weil ihre akademische Karriere auf ihren sportlichen Leistungen beruhte.

Als hätte er meine Gedanken gelesen, drehte er sich zu mir um und musterte mich unverhohlen. Während er die Augen dreist über meinen Körper wandern ließ, kaute er mit offenem Mund langsam einen Kaugummi. Instinktiv warf ich ihm einen finsteren Blick zu, um ihm klarzumachen, dass seine erbärmliche Badboy-Strategie bei mir nicht funktionierte. In der Hoffnung, seine Arroganz wenigstens ein bisschen anzukratzen, fragte ich unfreundlich: »Hat dir noch niemand gesagt, dass man nicht mit offenem Mund kaut? Und während der Vorlesung auch keine Musik hört? Das ist unhöflich.«

Thomas zog überheblich eine Augenbraue in die Höhe. »Dass ich unhöflich bin, höre ich nicht das erste Mal«, antwortete er gleichgültig. Erst jetzt fiel mir auf, dass ich zum ersten Mal seine Stimme hörte. Sie war tief und rauchig, genau das, was viele Frauen sexy fanden. »Der Punkt ist nur …«, fügte er hinzu, »es geht mir sonst wo vorbei.«

Travis hatte recht: Er war ein Arschloch.

»Du bist der typische aufgeblasene Sportler: Muskelmasse und riesiges Ego, aber nichts im Hirn«, entfuhr es mir. Ich konnte meine Wut einfach nicht im Zaum halten, doch wenn ich gehofft hatte, ihn damit zum Schweigen zu bringen, hatte ich mich getäuscht. Auf seinem Gesicht breitete sich Genugtuung aus.

»Riesig ist bei mir etwas anderes.« Er schaute auf seinen Schritt. »Du kannst dich gerne davon überzeugen, wenn du willst.«

Mir blieb der Mund offen stehen, meine Wangen färbten sich

feuerrot. Er biss sich auf die Lippe, um ein Lachen zu unterdrücken, und mir war klar, dass er genau das bezweckt hatte: Er wollte mich in Verlegenheit bringen.

Ich starrte ihn einen kurzen Moment angewidert an. »Du bist geschmacklos.«

»Auch das höre ich öfter«, entgegnete er mit einem selbstzufriedenen Grinsen.

Ich war kurz davor, noch etwas zu erwidern, aber dann wurde mir klar, dass es zwecklos war. Es war besser, ich würde nicht auf seine Spielchen eingehen, deshalb wandte ich den Blick ab und ignorierte ihn. Für heute reichte es mir, außerdem sollte ich mich besser auf die wichtigen Dinge konzentrieren.

Ich nahm meine Arbeitsutensilien für die Vorlesung aus der Tasche und legte mir alles sorgsam zurecht, anschließend klappte ich den Laptop auf, positionierte einen neuen Notizblock daneben und darauf einen schwarzen Stift. An den linken Pultrand kamen meine Taschentücher, rechts daneben eine Flasche Wasser. Mir war bewusst, dass meine Ordnung etwas Zwanghaftes hatte, eine der Manien, die ich von meiner Mutter geerbt hatte. Aus dem Augenwinkel sah ich, wie Thomas den Stift sinken ließ, mit dem er irgendetwas auf seinen Block gekritzelt hatte, und mich stirnrunzelnd beobachtete. Und obwohl ich versuchte, mich zurückzuhalten, um nicht noch mehr Öl ins Feuer zu gießen, konnte ich einfach nicht die Klappe halten.

»Was gibt's da zu glotzen?«, fragte ich schroff, die Augen auf die sorgfältig geordneten Utensilien vor mir auf der Tischplatte geheftet.

»Du weißt schon, dass es an der Uni eine psychologische Betreuung gibt?«

Innerhalb von zwei Minuten verschlug es mir ein weiteres Mal die Sprache.

»Wie bitte?«, fragte ich in der Hoffnung, mich verhört zu haben.

Er deutete auf das Arrangement auf meinem Pult, und ich ahnte, dass ich mich nicht verhört hatte.

»Ich bin nur ordentlich, dagegen ist nichts einzuwenden«, blaffte ich, bemüht, ruhig zu bleiben.

»Du bist nicht ordentlich, du bist krank, aber hey«, Thomas hob die Hände, »ich verurteile dich nicht. Der erste Schritt ist, das Problem zu erkennen, danach ist es ein Kinderspiel. Glaub mir, ich kenne mich damit aus.«

Jetzt reichte es. Was für ein Problem dieser Kerl auch immer mit mir haben mochte, es musste aufhören, und zwar sofort.

»Hörst du dir eigentlich zu? Du bist unmöglich! Ach, was sage ich, unmöglich ist viel zu wenig, du bist …« Ich versuchte, ein Wort zu finden, das all die Beleidigungen beinhaltete, die ich ihm am liebsten an den Kopf geworfen hätte, aber mir fiel keins ein.

»Ich bin was?«, fragte er, während einer seiner Mundwinkel provozierend in die Höhe wanderte.

»Ein aufgeblasener Schnösel!«, stieß ich hervor und ärgerte mich, dass mir nichts Fieseres eingefallen war.

Thomas konnte sich das Lachen kaum noch verkneifen. Der Tag wurde zu einem echten Albtraum.

»Ich habe schon Schlimmeres gehört.« Amüsiert schüttelte er den Kopf.

Das konnte ich mir vorstellen.

»Lass dir eines sagen: Ich kenne dich nicht, ich habe keine Ahnung, was für ein Problem du hast, und ich weiß nicht, warum du dich ausgerechnet neben mich gesetzt hast, aber offensichtlich hast du dir zum Ziel gesetzt, mich zu nerven. Jetzt fängt meine Lieblingsvorlesung an, auf die ich mich den ganzen Sommer über gefreut habe, und solltest du es wagen …«

»Stopp, stopp, stopp«, unterbrach er mich und sah mich mit aufgerissenen Augen an. »Was hast du da gesagt?«

Ich schaute ihn an und fragte mich, ob er mir überhaupt zugehört hatte.

»Dass meine Lieblingsvorlesung jetzt anfängt.«

»Nein, danach.«

»Ich sagte: Solltest du es wagen ...«

»Nein, davor.«

»Dass ich mich den ganzen Sommer über darauf gefreut habe?« Da war er wieder, der ungläubige Blick.

»Ist das dein Ernst? Du hast dich den ganzen Sommer gefreut ...«, er schaute sich um, »... auf das hier?«

Ich hob stolz den Kopf. Ich würde nicht zulassen, dass mir dieser arrogante Idiot das Gefühl gab, etwas falsch zu machen, nur weil ich mein Studium mehr liebte als alles andere. »Denk, was du willst, es ist mir egal. Ich möchte nur in Ruhe meine Vorlesung hören.«

Endlich betrat der Philosophieprofessor den Saal. Er bemerkte Thomas sofort und verdrehte die Augen.

Ich verstehe Sie, Herr Professor, dachte ich. *Ich verstehe Sie.*

»Mr. Collins, was für eine unangenehme Überraschung!«, begrüßte ihn Professor Scott ironisch. »Ich habe schon viel von Ihnen gehört. Was führt Sie ausgerechnet hierher?«

»Nichts Besonderes! Wenn ich meinen Platz in der Mannschaft behalten will, muss ich ein paar Vorlesungen besuchen, das ist alles«, antwortete Thomas gelassen und tippte mit dem Stift auf das Pult. »Obwohl ich sagen muss, dass die Vertreterinnen des weiblichen Geschlechts in diesem Kurs ziemlich motivierend sind.«

Empört wirbelte ich zu ihm herum und stellte fest, dass er mich dabei ansah. Meine Wangen fingen an zu brennen. Er wollte mich vor den anderen demütigen, so viel stand fest, und das allgemeine Gekicher zeigte deutlich, dass es ihm gelang. Warum um alles auf der Welt hatte er sich gerade mich als Opfer ausgesucht? Ich hatte ihm nichts getan.

Professor Scott schien nicht verärgert, ganz im Gegenteil, er wirkte eher resigniert. »Dann suchen Sie sich eine Beschäftigung, Collins, und stören Sie die anderen nicht«, sagte er nur.

Als wäre nichts geschehen, richtete Thomas sich auf und beugte sich zu mir, wobei er mir eindeutig zu nahe kam. Der frische, holzige Duft seines Eau de Toilette hüllte mich ein, Vétiver, wenn ich mich nicht täuschte, außerdem meinte ich, Zigarettengeruch zu bemerken. »Vorsicht«, sagte er, »du errötest etwas zu oft. Man könnte fast meinen, du findest mich unwiderstehlich.«

Ich schaute ihn ungläubig an, fassungslos über die Dreistigkeit. »Das Einzige, was an dir unwiderstehlich ist, ist deine Fähigkeit, unverfroren zu zeigen, was du bist.«

»Lass hören, was bin ich denn?«, wollte er voller Neugier wissen.

»Ein Arschloch«, antwortete ich trocken.

Meine Beleidigung schien ihn zu überraschen, denn normalerweise sprach ich nicht so mit anderen Leuten. Erneut zuckte einer seiner Mundwinkel in die Höhe, doch er erwiderte nichts.

Der Professor räusperte sich, um uns zum Schweigen zu bringen.

»Im letzten Jahr ist es Ihnen durch irgendeine göttliche Fügung gelungen, die Prüfungen zu bestehen. Dieses Jahr allerdings werden Sie hart dafür arbeiten müssen, Mr. Collins.«

Thomas antwortete nicht, stattdessen nickte er kaum merklich.

»Ich freue mich, all denjenigen, die die Vorlesungen ernst nehmen und ihren intellektuellen Horizont erweitern möchten, zu verkünden, dass wir heute mit Kant beginnen werden«, fuhr Professor Scott fort.

Schon als er den Namen eines meiner Lieblingsphilosophen aussprach, fingen meine Augen an zu leuchten. Ich lächelte glücklich, während Thomas sich mit der Hand übers Gesicht fuhr und murmelte, wie sehr ihm dieser Kurs auf den Sack gehe.

Zwanzig Minuten später hörte der tätowierte Angeber neben mir Musik, als wäre das völlig normal. Ich hätte seine Unverschämtheit gerne ignoriert, aber der monotone Summton aus seinen Kopfhörern lenkte mich von der Vorlesung ab.

Nach reiflicher Überlegung tippte ich ihm auf die Schulter. »Würdest du das bitte ausstellen?« Ich blickte auf das Handy auf seinem Oberschenkel.

Er schaute mich an, als hätte ich ihm gerade gesagt, wir säßen nicht in einem Hörsaal, sondern in einem Raumschiff Richtung Mars, zog seinen linken Earbud heraus und fragte: »Warum?«

»Weil ich mir gerne die Vorlesung anhören würde und du mich daran hinderst«, antwortete ich verärgert, während ich gleichzeitig versuchte, gelassen zu bleiben. Ich wollte meiner Lieblingsvorlesung in Ruhe folgen und mich nicht noch mal mit ihm streiten. War das zu viel verlangt?

Thomas steckte den Earbud wieder ins Ohr und drehte die Musik noch lauter. Als ob das nicht genug wäre, kaute er weiter Kaugummi, der bei jeder Bewegung zwischen seinen weißen Zähnen quietschte. Ich musste meine ganze Selbstkontrolle aufbieten, um ihm den Kaugummi nicht aus dem Mund zu reißen und in seinen Haaren zu verteilen.

Ich warf ihm einen vernichtenden Blick zu. So sah ich für gewöhnlich nur meine Mutter an, wenn sie die Kekse aufgegessen und mir nicht Bescheid gesagt hatte. Oder Travis, wenn er mir, wie so oft, nur halb zugehört hatte.

»Was ist denn jetzt schon wieder das Problem?«, fragte er genervt.

»Was das Problem ist? Ist das dein Ernst? Ich versuche, der Vorlesung zu folgen, seitdem du deinen Hintern auf diesen verdammten Stuhl gesetzt hast!«

»Dann tu das doch, was hält dich davon ab?«

»Du!«

»Deshalb?« Er deutete auf die Kopfhörer. »Du übertreibst echt.«

»Vergiss es.«

Ich schaute wieder auf die Slides und hielt bis zum Ende der Vorlesung durch. Ich konnte es kaum erwarten, ihn endlich loszuwerden.

»Gut, das war's für heute. Wir sehen uns am Freitag wieder!«, erklärte der Professor zwanzig Minuten später.

Ich war noch nie so glücklich, ihn diesen Satz sagen zu hören, wie jetzt. Und das nur wegen eines Blödmanns, der neben mir saß, um mich zu nerven. Thomas packte Earbuds und Handy ein und versenkte beides in einer seiner Jeanstaschen, dann griff er nach Stift und Block, auf dem er die ganze Zeit herumgekritzelt hatte, und verließ den Hörsaal.

Ich brauchte jetzt unbedingt einen Kaffee, um meine Nerven zu beruhigen. Heute war ein grauenvoller Tag. Ich ging in die Cafeteria, stellte mich an und schaute nach draußen. Es regnete jetzt noch stärker.

Gerade als ich in der Schlange vorrückte, kam jemand von hinten und legte mir einen Arm um die Schultern. Es war Alex.

Ich umarmte ihn ebenfalls und vergrub das Gesicht in seinem nach Orange duftenden Hoodie.

In diesem Sommer hatte er mir so sehr gefehlt, die Tage ohne ihn waren sterbenslangweilig gewesen. Außer Travis, der immer nur an sich dachte und keine Probleme damit hatte, mich allein zu Hause sitzen zu lassen, gab es nur Tiffany. Aber sie hatte ihr eigenes aufregendes Leben. Sie hockte nicht wie ich immer nur zu Hause, lernte, las oder zog sich irgendwelche Serien rein.

»Tut mir leid, es ging nicht schneller. Wie geht es dir?« Er fuhr mir durch die Haare und zog sich das Band von der Canon über den Kopf, die er immer um den Hals hängen hatte, um selbst die kleinsten Dinge festzuhalten und ihnen dadurch etwas Einzigartiges zu verleihen.

»Nächste Frage, bitte.«

Er verzog das Gesicht. »Was hat sich Travis schon wieder geleistet?«

Dieses Mal ging es nicht nur um Travis. Die Liste war lang: erst die tausend Anweisungen meiner Mutter, dann der Streit heute Morgen, Thomas' Arroganz, die ich das ganze Semester lang ertragen müsste … Vielleicht hatte ich Glück, und er würde den Kurs wechseln oder rausgeschmissen, und ich würde ihn nie wiedersehen.

»Nichts Besonderes, einer dieser Tage, an denen alles schiefgeht«, sagte ich nur, weil ich ihn mit meinen Dramen verschonen wollte. Offenbar wusste er nichts von dem Video auf Instagram und damit auch nichts von meinem Streit mit Travis, und das war auch besser so, denn es wäre nur der x-te Beweis dafür, dass seine Befürchtungen berechtigt waren.

»Und du? Wie läuft der erste Tag?«, fragte ich neugierig. »Es ist so schade, dass wir die Philosophie-Vorlesung nicht zusammen besuchen können.« Das wäre gerade heute ein echter Trost gewesen.

»Das tut mir auch leid, aber ich möchte mich mehr auf die Kunst fokussieren. Stell dir vor, ich habe mich im Fotoclub eingeschrieben«, erzählte er begeistert. Er hatte mich den ganzen Sommer über mit Aufnahmen aus Santa Barbara zugeschüttet, wo er und seine Familie jedes Jahr die Ferien verbrachten. Strandbars, Bootsfahrten, Lagerfeuer am Meer. Und während er jede Menge Spaß hatte, verschlang ich jede Menge Bücher und bingte eine Serie nach der anderen. Ihm von Travis' unfassbar langweiligem Basketballtraining und den ermüdenden Auseinandersetzungen mit meiner Mutter zu erzählen, der ich beizubringen versuchte, dass ich kein Kind mehr war, das sie mit ihren absurden Regeln kontrollieren konnte, war die Mühe nicht wert.

»Sehr gut, Alex!«, antwortete ich und kehrte in die Gegenwart zurück.

»Ich glaube, ich habe meinen Weg gefunden, weißt du?«, fügte er hinzu. In der Zwischenzeit waren wir an der Theke angekommen. Ich bestellte einen Kaffee ohne Zucker und einen Double Cappuccino für ihn.

»Davon bin ich überzeugt, deine Bilder sind wirklich erstaunlich. Ich beneide dich um dein künstlerisches Talent.« Ich bezahlte und griff nach den Tassen, doch noch bevor ich das Wechselgeld an mich nehmen konnte, machte er ein Foto. Der Blitz blendete mich, und einen Moment lang konnte ich nichts mehr sehen.

»Alex! Hör auf damit, du weißt, dass ich das hasse!«

Ich blinzelte ein paar Mal und drückte ihm den Kaffee in die Hand.

»Entschuldige, ich konnte nicht widerstehen. Du bist wirklich fotogen«, bemerkte er und betrachtete zufrieden das Foto auf dem Display seiner teuren Kamera.

Ungeschminkt, leichenblass und mit den tiefen, dunklen Augenringen wies ich eine frappierende Ähnlichkeit mit Onkel Fester von der Addams Family auf. Was daran fotogen sein sollte, war mir nicht ganz klar.

»Möchtest du es sehen?«, fragte er breit grinsend und starrte weiter aufs Display.

»Besser nicht, danke.« Wir tranken unseren Kaffee und schlenderten langsam in Richtung Aula. »Wir läuft es mit Stella?«

Alex hatte Stella in diesem Sommer in Santa Barbara kennengelernt und mir viel von ihr erzählt. Ich hatte sie über FaceTime kennengelernt und fand sie sehr nett mit ihrem süßen, freundlichen Gesicht, perfekt für ihn. Leider lebte sie in Vancouver, und sie mussten mit den Problemen klarkommen, die eine Fernbeziehung mit sich brachte.

»Es ist für uns beide neu, wir müssen erst mal sehen, wie das klappt, aber sie hat vor, am Wochenende zu kommen.«

Ich nickte abwesend, weil meine Aufmerksamkeit von einem Pärchen am Ende des Flurs geweckt wurde. Ich erkannte die muskulöse Silhouette von Thomas, der neben Shana Kennest stand: schlank, atemberaubende Oberweite, feuerrote Haare und türkisblaue Augen. Neben ihr fühlte sich jedes Mädchen wie ein hässliches Entlein, und sie tat alles, um es ihnen unter die Nase zu reiben. Die Spieler der Basketballmannschaft kannten sie gut, zu gut, und darauf schien sie besonders stolz zu sein. Aber es war offensichtlich, dass ihr Interesse an Thomas größer war als an allen anderen. Gerüchten zufolge ging es Thomas ebenso, auch wenn er nicht fest mit ihr zusammen war. Mit den anderen amüsierte er sich nur, um sie dann rücksichtslos fallen zu lassen, sobald er seinen Spaß mit ihnen gehabt hatte.

Thomas hatte Shana an die Wand gedrückt, und ich blickte auf seine tätowierten Hände. Obwohl Shana ziemlich groß war, überragte Thomas sie, sodass er den Kopf neigen musste, um ihr in die Augen zu sehen. Er beugte sich so weit nach vorn, dass ihre Lippen sich fast berührten, während sie miteinander sprachen. Man konnte meinen, sie wären ganz allein auf diesem Flur. Wenn ich daran dachte, wie er sich mir gegenüber in der Vorlesung benommen hatte, überraschte es mich, ihn so freundlich zu sehen.

Als er Alex und mich bemerkte, machte er einen Schritt zurück und sah zu uns herüber. Für den Bruchteil einer Sekunde begegneten sich unsere Blicke. Ich zuckte zusammen, er hingegen lächelte mich dreist an und zwinkerte mir zu.

»Hörst du mir eigentlich zu? Wen starrst du da an?«, fragte Alex.

Sofort riss ich den Blick von dem arroganten He-Man und der Rothaarigen los und schaute zu meinem besten Freund.

»Niemanden, entschuldige. Was hast du gesagt?« Ich biss auf den Rand des Kaffeebechers.

Alex sah sich um, aber zum Glück waren die zwei bereits verschwunden.

»Stella kommt am Wochenende, ich dachte, wir könnten zusammen essen gehen. Ist das okay?«

»Klar.« Ich lächelte. »Ich warte schon den ganzen Sommer darauf, sie endlich persönlich kennenzulernen.«

»Perfekt, sie wird sich freuen.«

Wir gingen ins Auditorium, in dem die Film-Vorlesung stattfand, die wir gemeinsam besuchten, während ich das unangenehme Gefühl abzuschütteln versuchte, das Thomas' selbstzufriedenes Grinsen in mir ausgelöst hatte.

Kapitel 4

Die Zeit mit Alex hatte meine Laune gehoben, er war schon immer das personifizierte Serotonin.

Ich drängte mich gerade durch die vollen Gänge in den Saal, in dem die nächste Vorlesung stattfand, als ich die Stimme meiner besten Freundin hinter mir vernahm. »Carol organisiert am Freitagabend nach dem Spiel bei sich zu Hause eine Party zum Semesterbeginn. Da müssen wir hin, das wird mega!«, verkündete sie aufgeregt.

»Müssen wir?«, fragte ich skeptisch, während ich versuchte, mich an Carol zu erinnern.

»Unbedingt.« Tiffany deutete auf sich und mich. »Wir *müssen.*« Mein Blick hatte genügt, um ihr zu verstehen zu geben, dass ich nicht interessiert war, und genau deshalb baute sie sich vor mir auf und warf mir einen mahnenden Blick zu: »Nessy, auch du musst dich mal amüsieren.«

Ich schnaubte. »Was das Wort ›amüsieren‹ angeht, haben wir ziemlich unterschiedliche Vorstellungen. Außerdem habe ich keine Ahnung, wer diese Carol überhaupt ist.«

Tiffany runzelte die Stirn und verschränkte die Arme vor der Brust. »Erinnerst du dich nicht? Sie studiert mit mir Kriminologie, im letzten Jahr war sie immer bei den Festen von Matthews Clique dabei. Groß, blond, exzentrisch gekleidet!«

Carol. Groß, blond, exzentrisch ... Nein, ich konnte mich

nicht erinnern, aber ich ging ja auch nicht oft zu Partys. »Ich glaube nicht, dass ich sie kenne, Tiff.«

Wir betraten den Vorlesungssaal in der Soziologischen Fakultät. Diese Vorlesung war eine der wenigen, die Tiff und ich gemeinsam besuchten. Wir stiegen zwischen den anderen Studenten, die kamen und gingen, die Stufen hoch.

»Dann solltest du sie kennenlernen!«, beharrte Tiff.

»Ich kann mich doch nicht einfach bei einer Fremden einladen!«, widersprach ich und verdrehte die Augen.

Wir entdeckten zwei freie Plätze in der dritten Reihe und setzten uns. Tiffany strich sich die Haare nach hinten.

»Erstens: Du lädst dich nirgendwo ein, du kommst mit mir. Zweitens: Das ist doch völlig egal! Meinst du, ich kenne alle Leute, auf deren Partys ich gehe?«

Ich malte mit der Fingerspitze kleine Kreise auf das Pult vor mir. »Ich weiß nicht, Tiff, das Semester hat gerade begonnen, ich möchte den Anschluss nicht verlieren.«

»Das Semester hat heute begonnen, Vanessa. Wir haben noch nicht einmal genug Stoff, um den Anschluss zu verlieren.«

»Bis Freitag schon. Und am Samstag treffe ich mich das erste Mal mit meinem Lesekreis, das möchte ich wirklich nicht verpassen.«

»Ich bin mir sicher, dass du den Stoff bis Freitag vorgearbeitet hast, und zum Lesekreis gehst du trotzdem, die Party dauert ja nicht bis zum Morgengrauen. Komm schon, das wird lustig!« Sie verschränkte die Finger, blickte mich flehend an und rutschte auf ihrem Sitz herum. Ich zögerte noch einen Moment, doch dann gab ich nach. Das war es doch, was junge Frauen meines Alters machten, oder? Sie gingen auf Partys und amüsierten sich, statt sich in ihrem Zimmer zu vergraben, um zu lesen oder mit dem besten Freund Netflix-Filme zu schauen.

»Okay, ich komme mit«, antwortete ich und schnitt eine Grimasse, als hätte ich in etwas Ungenießbares gebissen.

»Ja!«, rief sie und klatschte in die Hände. So machte man Tiffany Baker glücklich: Man gab ihr einfach nach.

Der Rest des Tages verging rasch. Ich besuchte eine Anglistik-Vorlesung, anschließend hatte ich ein Seminar in Creative Writing, gefolgt von Französischer Literatur. Die Mittagspause verbrachte ich lesend im Aufenthaltsraum, allein. Ich hatte keine Lust, mich mit Travis zu treffen, es reichte, wenn ich ihn nachher beim Training sah.

Nach dem letzten Seminar verließ ich das Gebäude und warf einen Blick auf die Uhr. Zwanzig vor vier. Ich überlegte, was ich mit der verbleibenden Stunde anfangen sollte. In zehn Minuten wäre ich zu Fuß bei Book Bin, der kleinen Buchhandlung für neue und gebrauchte Bücher. Ich schrieb Tiffany und Alex, ob sie Lust hätten, mitzukommen. Mein bester Freund hatte noch seinen Fotografie-Kurs, aber Tiffany und ich trafen uns vor der Tür der Buchhandlung. Sie verschwand sofort in der Krimiabteilung, während ich mich von meinem Instinkt leiten ließ.

Langsam schlenderte ich durch die Reihen, ließ den Blick über die alten Holzregale schweifen und strich mit den Fingerspitzen über einige Buchrücken, als versuchte ich zu spüren, ob der Funke übersprang. Ich habe Buchhandlungen schon immer geliebt, die Stille dort, die Ruhe. Ein Paradies auf Erden.

Plötzlich verspürte ich Lust auf ein wenig Abwechslung und griff nach ein paar Fantasyromanen. Einer interessierte mich besonders. Es ging um ein hässliches Mädchen, das durch Spiegel gehen konnte und mit einem Edelmann von einem fernen Planeten verheiratet wurde.

Nicht schlecht! Wäre ich nicht so knapp bei Kasse gewesen, hätte ich das Buch gekauft. Was mich daran erinnerte, dass ich dringend einen Nebenjob brauchte. Ich beschloss, meinen Lebenslauf auszudrucken und auszuhängen, vielleicht könnte ich sogar auf dem Campus etwas finden.

Nach dem Ausflug in die Buchhandlung gingen wir ins Dixon Recreation Center, in dem es von Studenten in Basketball- und Football-Outfits nur so wimmelte. Wir setzten uns zuerst ins Café, Tiffany aß ein Joghurt-Eis, ich wählte Pistazie mit Sahne und Schokosauce, meine Lieblingssorte. Beim Essen plauderten wir ein wenig, ich erzählte, welchen Spaß es Thomas gemacht hatte, mir die erste Vorlesung des Jahres zu verderben. Tiffany schien wenig überrascht, sie kannte seinen Ruf. Als ich auf die Uhr sah, war es fast fünf. Ich seufzte tief. Noch während wir über den Campus zur Sporthalle schlenderten, hoffte ich, dass Tiffany mich begleiten würde, doch wie erwartet sagte sie Nein.

»Wenn ich noch einen einzigen Basketball sehe, raste ich aus«, sagte sie. Es reichte ihr, dass sie zu Hause Travis' ständiges Körbewerfen ertragen musste. Erst als wir uns vor der Tür der Sporthalle verabschiedeten, brachte ich den Mut auf, ihr von unserem Gespräch und dem Waffenstillstand zwischen mir und Travis zu erzählen. Ihre Enttäuschung war offensichtlich. »Ich verstehe nicht, wie du ihm so einfach vergeben kannst.«

»Es ist … kompliziert«, entgegnete ich nur. Ein kleiner Teil in mir, verborgen unter schichtenweise Desillusion und Resignation, hoffte immer noch, dass Travis seinen Fehler einsehen und wieder der werden würde, der er am Anfang unserer Beziehung gewesen war.

»Du weißt, wie ich darüber denke«, sagte Tiffany. »Er ist mein Bruder, aber das heißt nicht, dass ich Scheuklappen trage. Du musst ihm beibringen, dass du Respekt verdienst und er dich nicht als Selbstverständlichkeit betrachten darf.«

»Ich schwöre dir, das ist die letzte Chance, die ich ihm gebe.«

Ich wusste, dass sie mir nicht glaubte, weil ich das schon so oft gesagt hatte, aber ich spürte, dass es dieses Mal wirklich so war. Ich hatte keineswegs vor, mich wie einen Fußabtreter behandeln zu lassen. Sogar den Pokalen in seinem Regal zollte er mehr Respekt als mir!

»Versprochen?« Sie hielt mir den kleinen Finger der linken Hand hin, um das Versprechen zu besiegeln, und ich hakte meinen kleinen Finger darin ein.

»Versprochen.«

»Gut, bevor ich es vergesse ...« Sie wühlte in ihrer Tasche. »Ich habe ein Geschenk für dich.«

Ich glaubte es nicht: das Buch, in dem ich in der Buchhandlung geblättert hatte!

»Ich habe gesehen, wie du es angeschaut hast, und du hast es verdient, ein bisschen verwöhnt zu werden«, sagte sie lächelnd.

»Danke, Tiff, aber das ist nicht nötig.« Ihre aufmerksame Geste berührte mich. Auch wenn es mir ein bisschen peinlich war, dass sie mir etwas gekauft hatte, was ich mir nicht leisten konnte.

»Ach was, das ist doch nichts Besonderes«, meinte sie achselzuckend. »Ich gehe jetzt. Wir sehen uns morgen, Süße.« Sie zog mich in eine Umarmung, und ich drückte sie ein wenig fester als sonst. Ich weiß, dass sie das nicht mochte, aber es amüsierte mich, sie einen Moment lang in Verlegenheit zu bringen.

Die Sporthalle war noch leer, aber in einer Ecke gegenüber dem Eingang sah ich eine junge Frau, die mit dem Rücken an der Wand lehnte. Sie schrieb etwas in ein Büchlein, das auf ihren Knien lag.

Ich ging auf sie zu und setzte mich neben sie. Vielleicht konnten wir uns ein bisschen unterhalten, sonst schaute ich immer allein beim Training zu.

Als sie mich sah, blickte sie auf und begrüßte mich schüchtern.

»Meinst du, wir bekommen am Ende des Jahres eine Medaille für unsere Anwesenheit? Verdient hätten wir's«, bemerkte ich ironisch.

»Ich fürchte, nein.« Sie kratzte sich mit dem Stift im Nacken.

»Schade!«, rief ich mit gespielter Enttäuschung. »Ich hatte so sehr darauf gehofft.«

Sie lachte und fuhr sich mit den Händen übers Gesicht. An ihren Fingern steckten in unterschiedlicher Höhe zahlreiche schmale Edelstahlringe. Ihr Lachen war sanft und angenehm. Die schwarzen Haare reichten ihr bis fast auf die Schultern, ihr tiefroter Lippenstift betonte die vollen Lippen, an ihren Ohren baumelten große Rhomben. Am meisten jedoch faszinierten mich ihre Augen: grün und anziehend wie Magnete. Ich konnte schwören, sie schon einmal gesehen zu haben.

»Ich bin Vanessa, aber alle nennen mich Nessy«, stellte ich mich ihr vor und reichte ihr die Hand.

»Leila, freut mich.«

»Bist du neu hier? Ich habe dich noch nie auf dem Campus gesehen.«

»Ja, heute ist mein erster Tag. Ich habe mich für Literatur und Kunst eingeschrieben.«

»Dann sind wir Kommilitoninnen. Wie gefällt es dir?«

»Ganz gut für den Anfang.«

»Ich bin mir sicher, dass du dich bald wohlfühlen wirst. Du musst nur die richtigen Leute kennenlernen, und mich hast du ja bereits getroffen.« Ich lachte.

»Und ich hatte mich schon auf soziale Isolation eingestellt, zumindest im ersten Semester.« Sie grinste schief. »Ich bin nicht so gut in zwischenmenschlichen Beziehungen.«

»Willkommen im Club, Schwester! Apropos, hast du dich schon für irgendwelche Aktivitäten außerhalb des Studiums eingeschrieben? Das hilft sehr, wenn du neue Leute kennenlernen willst.«

Sie nickte. »Tatsächlich habe ich schon den Französisch-Club und die Redaktion der Studentenzeitung ins Auge gefasst.«

»Die Zeitung ist ziemlich beliebt, gleich nach Theater und Chor. Wenn du dich einschreiben willst, solltest du das bald tun, die Plätze sind begrenzt. Ich finde das auch interessant, aber im Moment habe ich schon zu viele Vorlesungen belegt. Vielleicht komme ich im nächsten Semester dazu.«

»Danke für den Tipp. Ich muss meinen Stundenplan noch zusammenstellen.«

»Ja, klar. Sag mal, wer hat dich gezwungen, an diesem langweiligen Training teilzunehmen?«, fragte ich und warf ihr einen komplizenhaften Blick zu.

»Ehrlich gesagt, niemand. Mein Bruder spielt in der Mannschaft, und … sagen wir, ich behalte ihn ein bisschen im Auge.« Sie lächelte.

»In welchem Jahr ist er?« Ich legte die Arme um meine Knie.

»Im zweiten, er hat erst im letzten Sommer wieder mit dem Training angefangen, er musste wegen eines schweren Motorradunfalls lange aussetzen. Ich achte darauf, dass er es nicht übertreibt. Er kennt einfach keine Grenzen, auch wenn er das niemals zugeben würde, und jetzt bin ich hier, um ihn daran zu erinnern.«

»Ein Motorradunfall? Nichts Schlimmes, hoffe ich.«

»Es ist schon ein paar Jahre her. Die schlimmste Zeit meines Lebens.« Während sie sprach, brach ihre Stimme. Sofort bedauerte ich meine Frage.

»Entschuldige, ich wollte nicht …«

Leila räusperte sich. »Schon gut, nicht schlimm, tut mir leid, dass ich dich mit dieser Geschichte belaste. Als er sich erholt hatte, beschlossen wir, aus Portland wegzugehen. Ich habe noch mein letztes Jahr im Gymnasium in Riverside beendet, und jetzt bin ich hier.« Es klang, als hätte sie mir soeben ihr ganzes Leben offenbart, aber ihre Augen sagten mir, dass da noch mehr war.

Ich strich ihr tröstend über den Arm und entschuldigte mich noch einmal. Am liebsten hätte ich mich geohrfeigt, weil ich sie mit meiner Frage an diese schlimme Zeit erinnert hatte. Vielleicht hatte meine Mutter doch recht, wenn sie behauptete, ich redete zu viel.

»Neuanfänge sind immer schwer, davon kann ich ein Lied singen. Aber ich bin mir sicher, dass es dir hier gefallen wird.«

»Baker und Collins, das ist meine letzte Warnung, das nächste Mal seid ihr raus!«, dröhnte die Stimme des Trainers aus der Umkleidekabine. Wir zuckten zusammen. Wenige Sekunden später waren schwere Schritte zu hören, dann trabte die Mannschaft in die Halle. Leila und ich tauschten besorgte Blicke. Als ich aufs Spielfeld schaute, sah ich Travis, der mit gesenktem Kopf zum seitlichen Korb ging. Er atmete schwer und wirkte ziemlich angespannt. Hinter ihm ging Thomas auf die andere Seite des Feldes, das Gesicht vor Wut gerötet. Mit dem Rücken zu uns blieb er stehen, fuhr sich mit den Fingern durchs Haar, dann zupfte er heftig an dem schwarzen Bandana, das er ums Handgelenk gebunden hatte. Anscheinend musste er seine ganze Kraft aufbringen, um sich zu beherrschen. Die wütenden Blicke, die Travis Thomas zuwarf, verhießen nichts Gutes. Ich hoffte, dass er sich nicht von ihm hatte provozieren lassen. Sein Vater würde es ihm nie verzeihen, wenn er aus der Mannschaft flog.

Als er mich sah, lächelte ich zuckersüß, in der Hoffnung, damit seine schlechte Laune zu vertreiben, aber es schien alles nur noch schlimmer zu machen. Was gab es denn jetzt schon wieder für ein Problem? Er hatte mich gebeten zu kommen, und hier war ich. Konnte er nicht einfach einmal zufrieden sein?

Matthew und Finn gesellten sich zu Travis und Thomas, außerdem noch andere Spieler der Mannschaft. Matthew war groß, hatte braune, an den Seiten rasierte Haare und Augen in der Farbe von dunkler Schokolade. Er war der einzige von Travis' Freunden, der mir wirklich sympathisch war. Finn war ein Frauenheld, der fest davon überzeugt war, mit seinem Charme jede kriegen zu können. Er trug ein Piercing in der rechten Augenbraue, hatte sehr kurze, blond gefärbte Haare und grünblaue Augen. Er sah wirklich gut aus, mehr aber auch nicht. Matt war berühmt für die abgefahrenen Partys, die er für seine Studentenverbindung organisierte, aber Finn war derjenige, der sie zu dem machte, was sie waren. »Crazy« traf es meiner Meinung ganz gut.

Der Pfiff des Trainers rief sie zur Ordnung, und das Training begann mit Laufen, Zuspielen und Angriffen. Nach einem Fehlpass rollte der Ball zu Leila, die ihn aufhob und dem Idioten von Thomas zuwarf, der ihr freundlich zuzwinkerte. Ich verdrehte die Augen. Mein Gott, der probierte es wirklich bei jeder.

Einen Moment lang dachte ich, ich hätte meinen Gedanken laut ausgesprochen, denn Thomas schaute mich an und zog die Mundwinkel hoch. Ich warf ihm einen finsteren Blick zu, in der Hoffnung, den belustigten Ausdruck aus seinen grünen Augen zu vertreiben, aber schließlich war ich es, die den Blick zuerst abwandte.

»Collins, beweg deinen Hintern und komm auf die Position zurück!«, rief der Trainer.

»Und du? Bist du freiwillig hier, oder hat man dich gezwungen?« Leilas Frage holte mich in die Realität zurück.

»Mein Freund spielt in der Mannschaft, also eher gezwunge-nermaßen«, antwortete ich.

»Das ist fast noch schlimmer, als einen Bruder im Team zu haben. Ich fühle mit dir.« Sie klopfte mir auf die Schulter, und ich umklammerte theatralisch ihre Hand. »Und wer ist der Glückliche?«, wollte sie wissen.

»Travis. Travis Baker, Nummer neunzehn.«

Leila erkannte Travis sofort und schien einen Moment lang verwirrt. Sie kniff die Augen zusammen, als müsste sie ein Bild scharf stellen, und dann geschah etwas Merkwürdiges: Ihr Gesicht nahm plötzlich einen ernsten Ausdruck an, und sie wurde sichtlich blass.

»Das ... Das ist dein Freund?« Sie deutete mit dem Stift auf Travis.

»Ja, wieso?«, antwortete ich zögernd.

»Wie lange schon?«, fragte sie mit deutlich kühlerer Stimme.

»Etwa seit zwei Jahren. Kennst du ihn?«

»Nein. Entschuldige, das geht mich nichts an.« Sie schob sich nervös die Haare hinter die Ohren, streckte die Beine aus und legte das kleine Buch darauf.

»Kein Problem.«

Warum hatte sie so reagiert? Kannte sie ihn? Ja, das musste es sein: Leila war am Freitag bei der Party gewesen? Hatte sie mitbekommen, dass doch mehr gelaufen war zwischen Travis und den beiden Mädchen, mit denen er auf der Theke getanzt hatte? Diese Geschichte machte mich wahnsinnig.

»Und wer ist dein Bruder?«, fragte ich, in der Hoffnung, die peinliche Stimmung zwischen uns zu vertreiben.

»Die Nummer zwölf«, antwortete sie knapp und starrte auf das Büchlein.

Sollte das ein Witz sein?

»Thomas ist dein Bruder?«, stammelte ich ungläubig.

»Kennst du ihn?« Jetzt war sie es, die mich erstaunt ansah.

»Nicht wirklich, wir besuchen zusammen eine Vorlesung.«

»Oh, das tut mir leid. Mein Bruder kann ein ganz schöner Idiot sein.«

»Ja, das habe ich bemerkt.«

»Er ist schwierig, aber kein schlechter Mensch. Er ist nur …«

»… ein Arschloch?« Das Wort war mir herausgerutscht, noch bevor ich es verhindern konnte. Sie schaute mich an, und ich spürte, dass sie gerne widersprochen hätte, es dann aber sein ließ.

»Ja, er ist nur … ein Arschloch.« Wir lachten. Nachdem wir uns wieder eingekriegt hatten, wanderte mein Blick zu ihm. Ich hatte keine Ahnung gehabt, dass er wegen eines Unfalls hatte aussetzen müssen. Und auch wenn ich es nicht wollte, verspürte ich einen Anflug von Mitgefühl.

Kapitel 5

Wie in Trance verfolgte ich das Training. Ich hatte das Gefühl, dass Leila mir etwas verschwieg, nur so konnte ich mir ihre Reaktion erklären. Und dann ging mir Thomas' Unfall nicht mehr aus dem Kopf. Er war seit mehr als einem Jahr in Corvallis, war im gleichen College wie ich, und doch wusste ich nichts über ihn und seine Vergangenheit. Als der Trainer die Spieler in die Kabine schickte, wurde mir klar, wie abgelenkt ich die ganze Zeit über gewesen war. Ich verabschiedete mich von Leila und wartete auf dem Parkplatz auf Travis.

»Alles klar?«, fragte er, als wir in seinem brandneuen blauen Pick-up saßen.

Ich nickte mit geschlossenen Augen und ließ mich in die tröstliche Umarmung des weichen Ledersitzes sinken. Ich wollte nur noch ins Bett.

»Sicher?«

»Ja, ich habe nur schlimme Kopfschmerzen.«

»Hast du schon eine Tablette genommen?«

»Nein.«

»Stimmt ja, ich vergaß.« Er lächelte.

»An Kopfschmerzen ist noch niemand gestorben, Travis«, erwiderte ich ungehalten.

»Ich mach die Heizung an, dann geht es dir besser.«

»Danke.« Ich lehnte den Kopf an die Scheibe und verlor mich

im Anblick des dunklen Asphalts, der unter den Rädern an mir vorbeiglitt, nur beleuchtet vom schwachen Licht der Straßenlaternen. Travis versuchte, mich mit Geplauder abzulenken und herauszufinden, wie die Stimmung nach unserem Streit heute Morgen war, aber meine Lust auf ein Gespräch tendierte gegen null. Ich war in Gedanken immer noch in der Sporthalle.

»Kennst du die junge Frau?«, fragte ich, ohne ihn anzuschauen.

»Wen?«

»Leila, die junge Frau, die beim Training neben mir gesessen hat.« *Oder hast du noch andere Mädchen dort gesehen?*, lag mir auf der Zunge, aber ich schluckte die Frage herunter.

»Collins' Schwester«, erwiderte er kurz angebunden.

Mich überkam ein mulmiges Gefühl. »Ja, das weiß ich. Kennst du sie? Persönlich, meine ich.«

»Nein, warum sollte ich?«

»Keine Ahnung, sie hat komisch reagiert, als ich ihr gesagt habe, dass du mein Freund bist.« Ich schaute weiter aus dem Fenster.

»Vielleicht gefalle ich ihr nicht, das wäre keine Überraschung.«

»Wie kannst du ihr nicht gefallen, wenn sie dich gar nicht kennt?« Ich wandte mich zu ihm um und sah ihn misstrauisch an.

»Warum fragst du mich das alles?« Travis umklammerte das Lenkrad. »Ich weiß, dass sie Geschwister sind, weil sie ständig zusammenhängen. Vielleicht hat sie mich auf einer Party gesehen und irgendwas in den falschen Hals gekriegt. Du weißt doch, wie sehr die Leute Klatsch und Tratsch lieben.«

Seine Antwort machte mich nur noch misstrauischer, aber ich wollte noch etwas anderes wissen. »Worüber habt ihr in der Umkleide gezofft, Thomas und du?«

»Nichts weiter, wir waren uns über die Spielstrategie nicht einig. Das Übliche. Und jetzt Schluss damit, ich will nicht schon wieder streiten.« Sein Gesicht verriet, dass er langsam die Geduld verlor.

»Wie du meinst«, erwiderte ich wenig überzeugend.

Wahrscheinlich hätte ich dranbleiben und der Sache auf den Grund gehen sollen. Aber so schwer es mir auch fiel, ich musste zugeben, dass Travis recht hatte. Auch ich wollte nicht schon wieder streiten, also legte ich mir das zurecht, was mir am plausibelsten erschien: Leila hatte ihn mit den beiden Mädchen tanzen sehen und konnte sich danach nicht vorstellen, dass Travis und ich zusammen waren. Das wäre mir auch schwergefallen. Und was ihn und Thomas betraf … Die beiden verstanden sich eben nicht.

»Aber … zwischen uns ist alles okay, oder?«

»Ja, das haben wir doch schon besprochen, Travis.«

»Du kommst mir aber komisch vor, hast dich den ganzen Tag nicht gemeldet, und an der Art, wie du mit dem Fuß wackelst, merke ich, dass du sauer bist.«

»Ich bin nicht sauer, ich bin nur gestresst. Unser Streit, der erste Tag vom neuen College-Jahr, meine Mutter …« Ich drückte seine Hand, um überzeugender zu wirken, wenngleich ich wusste, dass noch längst nicht alles vergeben und vergessen war.

»Gut.« Er verschränkte seine Finger mit meinen und küsste meine Hand. Die restliche Fahrt über schaute ich schweigend aus dem Fenster und genoss die warme Luft aus dem Gebläse.

»Ist deine Mutter noch nicht zu Hause?«, fragte er mich, als er in unsere Straße einbog. Das Haus war dunkel, das Auto stand nicht in der Einfahrt.

»Nein, seit sie Victor kennengelernt hat, sehe ich sie immer seltener. Ich freue mich natürlich für sie, ganz klar, aber in letzter Zeit ist sie kaum zu Hause und … Oh nein, ich muss Charlie noch ausführen!«

»Wen?«, fragte Travis verwirrt.

Ich massierte mir die Schläfen und seufzte. »Charlie, den Hund der Nachbarin. Mrs. Williams ist nicht da und hat meine Mutter darum gebeten, die das natürlich mir aufgehalst hat. Außerdem müsste ich eigentlich noch in die Reinigung, die Rechnungen bezahlen und einkaufen«, sagte ich erschöpft.

»Entspann dich, das ist doch keine große Sache. Die Rechnungen kannst du online bezahlen, das Abendessen bestellst du, und in Sachen Reinigung bringe ich dich jetzt schnell vorbei«, erklärte er sanft.

»Nein, danke, ich gehe gerne ein paar Schritte, es regnet ja auch nicht mehr.«

Ich konnte die Enttäuschung in seinen Augen sehen und hatte sofort ein schlechtes Gewissen. »Aber morgen können wir zusammen eine Pizza essen und einen Film schauen, was meinst du?«

»Ja, gerne.« Er lächelte zögernd, dann küssten wir uns zum Abschied.

Nachdem ich die Sachen aus der Reinigung abgeholt und in den Schrank gehängt hatte, ging ich mit Charlie Gassi, anschließend druckte ich ein paar Lebensläufe für den so dringend benötigten Job aus. Anschließend war ich so müde, dass mir selbst zum Duschen die Energie fehlte. Erschöpft ließ ich mich im Wohnzimmer aufs Sofa fallen und zappte durch die Programme, fand aber nichts Interessantes.

Dafür gab ich meiner Neugier nach und suchte nach Leila Collins' Profilen im Netz. Was ich entdeckte, bestätigte meinen ersten Eindruck von ihr: Fotos von Landschaften und Sonnenuntergängen mit langen Bildunterschriften, wenige Aufnahmen von ihr selbst, auf denen meist nur ihre leuchtenden grünen Augen zu sehen waren. Ich suchte auch nach ihrem Bruder, fand aber nichts.

Danach scrollte ich durch meine eigenen Social-Media-Profile und stieß auf eine Erinnerung von vor einem Jahr: ein Foto von Travis und mir bei einem Mittagessen bei seiner Familie. Wir feierten einen erfolgreichen Geschäftsabschluss seines Vaters, und während er sich mit den anderen Gästen über das Business unterhielt und wir uns tödlich langweilten, lenkten wir uns mit albernen Selfies ab, so wie dem, das ich mir gerade ansah.

Während ich das Foto betrachtete, fragte ich mich, wie es so weit kommen konnte. Damals waren wir ein großartiges Paar, und Travis war mir gegenüber stets liebevoll und aufmerksam. Vielleicht wandelte sich diese Liebe mit der Zeit, bis sie irgendwann ganz verschwand. Er hatte seine Interessen: Basketball, Freunde und Feiern. Und ich war nicht mehr die Vanessa, die sich als Siebzehnjährige in ihn verliebt hatte: ein schüchternes Mädchen, das ihn vergöttert hatte.

Ich hatte schon öfter darüber nachgedacht, ihn zu verlassen, aber immer, wenn ich kurz davor stand, hatte die Angst vor diesem Schritt die Oberhand gewonnen und mich gelähmt. Er wurde wieder der lustige, strahlende, aufmerksame Travis, in den ich mich verliebt hatte, und ich fragte mich, ob ich das alles wirklich wegwerfen oder nicht doch bis zum Ende kämpfen sollte. Mein Vater hatte genau das nicht getan – er hatte meine Mutter und mich verlassen –, und ich wollte nicht den gleichen Fehler machen.

In diese melancholischen Gedanken vertieft, schlief ich ein. Eine Stunde später vibrierte mein Handy, das unter mir lag. Eine Nachricht von Mom. *Hast du alles erledigt? Ich gehe mit Victor essen, bitte warte nicht auf mich.*

Eine Welle der Traurigkeit schwappte über mich hinweg. Sie hatte Victor in der Anwaltskanzlei kennengelernt, wo sie als Sekretärin arbeitete. Er war ein erfolgreicher Anwalt, und er schien ein netter Mann zu sein, aber seit er zu unserem Leben gehörte, sah ich meine Mutter immer nur im Vorübergehen. Nicht dass ich unbedingt Zeit mit ihr verbringen wollte, aber hin und wieder wäre es doch schön, wenn sie sich etwas mehr für mich interessieren würde. Ich ignorierte die Nachricht, stand auf und ging in die Küche, um das Essen aufzuwärmen, das ich bestellt hatte. Anschließend setzte ich mich damit vor den Fernseher und bingte mehrere Folgen *Vampire Diaries* – bei jeder Krise die beste Medizin. Wenn Mom mich jetzt sehen könnte, würde sie sich aufregen, aber sie war ja nicht da. Ich war also frei, zu tun und zu lassen, was immer ich wollte.

Den Dienstagmorgen begann ich lauthals singend unter der Dusche. Die Erkältung schien sich verabschiedet zu haben, und ich wollte Travis und seinen Versprechungen Glauben schenken. Da meine Mutter nicht zu Hause war, konnte sie mir zumindest heute Erledigungen aufs Auge drücken. Ich seifte mich gerade mit feuchtigkeitsspendendem Heidelbeer-Duschgel ein, als meine Performance von drei lauten Huptönen unterbrochen wurde. Ich schnappte nach Luft. War das etwa schon Travis? Nein, das war unmöglich!

Ich streckte die Hand nach meinem Handy aus, das auf der Ablage neben der Dusche lag, checkte die Uhrzeit und stellte erschrocken fest, dass ich die Zeit vergessen hatte. Eilig sprang ich aus der Dusche. In fünfzehn Minuten musste ich auf dem Campus sein und war noch triefnass!

Ich rannte in mein Zimmer, zog Slip und BH an, dann schlüpfte ich in eine Jeans und das erstbeste Shirt aus dem Schrank. Zurück im Bad, föhnte ich mir hastig die Haare, allerdings lag meine Bürste auf dem Schreibtisch. So sah es aus, wenn ein Kontrollfreak die Kontrolle verlor: Er geriet in Panik. Travis hupte unterdessen munter weiter, was mich nur noch nervöser machte.

»Ich komme!«, schrie ich und winkte, als ob er mich durch die Wände hindurch hören oder sehen könnte. Wenige Minuten später rannte ich, zwei Stufen auf einmal nehmend, die Treppe hinunter und wäre fast gestolpert. Zum Glück konnte ich mich gerade noch am Geländer festhalten. Unten angekommen, schlüpfte ich in meine schwarzen Lederstiefel, griff ich nach der Büchertasche auf dem Sofa und ließ mich schließlich im Auto auf den Sitz plumpsen. Zweifel überfielen mich. Hatte ich auch alles? Fieberhaft durchwühlte ich die Tasche, während Travis mir belustigt zuschaute. Ich warf ihm einen ungehaltenen Blick zu und bedeutete ihm, endlich loszufahren.

»Nessy, ähm, du hast …«

»Was? Was habe ich, Travis?«

Ich hasste Menschen, die zu spät kamen, noch mehr aber hasste ich die Vorstellung, dazuzugehören. Meine Haare waren noch nass, was bedeutete, dass ich vermutlich auch heute Kopfschmerzen bekommen würde. Ich hatte nicht gefrühstückt, nicht mal einen Schluck Kaffee. Konnte ein Tag noch schlimmer beginnen?

»Nichts … Nur dass du noch dein Pyjamaoberteil anhast!«, antwortete er grinsend.

»Wie bitte?«

Das konnte nur ein Witz sein, oder nicht? Zögernd senkte ich den Blick, erkannte mein rosa Pyjama-Top, warf den Kopf in den Nacken und verfluchte mich. Travis versuchte, ein Lachen zu unterdrücken, und lief so feuerrot an, als würde er gleich platzen.

»Steht dir gut, die Farbe, und erst mal das süße Häschen! Aber findest du den Spruch *I Need Some Bunny to Love* nicht ein bisschen zu anzüglich?« Jetzt brach er doch in schallendes Gelächter aus und schlug mit der Hand auf das Lenkrad, aber als er meinen finsteren Gesichtsausdruck bemerkte, wurde er augenblicklich wieder ernst. »Willst du dich noch umziehen?«

»Nein, dann kommen wir ja noch später! Halt einfach die Klappe und fahr los«, befahl ich mit wütendem Blick.

Wir trafen zehn Minuten zu spät auf dem Campus ein. Völlig aufgelöst hastete ich zu dem Gebäude, in dem meine Kunstgeschichtevorlesung stattfand, während Travis in aller Seelenruhe neben mir hertrottete. »Was sind denn schon zehn Minuten?«, fragte er gelassen. »Das merkt keiner!«

Ich ignorierte ihn und ging auf die Aula zu, wo die Vorlesung abgehalten wurde. An der Tür verabschiedete ich mich rasch von Travis. Die Vorlesung hatte tatsächlich schon begonnen. Der Projektor am hinteren Ende der Aula lief, und meine Professorin, Mrs. Torres, stand in der Mitte des Raums und stellte den Studentinnen und Studenten den heutigen Film vor. Wenn ich sie richtig verstanden hatte, ging es um Frida Kahlo. In der ersten Reihe entdeckte ich Alex, der aufmerksam zuhörte. Gerne wäre ich zu ihm gegangen, wollte aber nicht auffallen und setzte mich deshalb auf einen Platz direkt neben der Tür. Die Professorin löschte das Licht, im Raum wurde es dunkel.

Auf der Leinwand erschienen die ersten Bilder von Frida Kahlo. Ich sah voller Interesse zu, als plötzlich eine tiefe Stimme neben mir sagte: »Langsam glaube ich, du stalkst mich.«

Wie bitte? Ich schaute zur Seite, um erkennen zu können, woher die Stimme kam, und blickte in zwei grüne Augen, die im Schein des Projektors leuchteten. Für einen Moment verschlug es mir die Sprache.

Das durfte doch nicht wahr sein, nicht noch mal! Thomas Collins, einen Kugelschreiber zwischen die Zähne geklemmt, bedachte mich mit dem für ihn typischen arroganten Grinsen.

»Wieso sollte ich dich stalken? Du überschätzt dich gewaltig.«
Ich blickte wieder auf die Leinwand.

»Wirklich? Gestern bei Professor Scott, dann beim Training und heute hier. Für mich sind das deutliche Signale. Wenn du etwas von mir willst, musst du es nur sagen.«

»In der Philosophie-Vorlesung gestern hast du dich neben mich gesetzt, nicht umgekehrt. Bei diesem bescheuerten Basketballtraining war ich nur, weil mein Freund der Captain ist, und heute habe ich mich einfach auf den erstbesten Platz gesetzt, weil ich leider, leider ein paar Minuten zu spät gekommen bin«, stellte ich klar. Seine Überheblichkeit verunsicherte mich.

»Dann ist also alles reiner Zufall?«

»Genau, alles reiner Zufall. Und wenn du nichts dagegen hast, würde ich jetzt gern der Vorlesung folgen.« Ich spürte, wie er mich von der Seite anstarrte.

»Du hast gestern meine Schwester kennengelernt«, sagte er nach einer Weile, und ich warf ihm einen fragenden Blick zu.

»Ja. *Sie* scheint nett zu sein.«

»Worüber habt ihr gesprochen?« Er legte den Stift aufs Pult und verschränkte die Arme vor der Brust. Selbst im Dunkeln konnte ich das Bandana an seinem Handgelenk erkennen, dasselbe, das er gestern beim Training getragen hatte.

»Warum willst du das wissen?«

»Weil ich meine Schwester kenne, sie sagt immer mehr als nötig.«

»Du hast recht, sie hat mir alle deine dunklen Geheimnisse verraten.« Ich legte ihm die Hand auf die Schulter und spürte, wie er erstarrte.

»Dann hat sie dir nichts erzählt«, entgegnete er nach einem kurzen Moment, »denn ich habe keine Geheimnisse.«

»Wir alle haben Geheimnisse, Thomas.«

»Bist du dir da sicher? Und welche Geheimnisse hast du?«

»Hm.« Ich tat so, als müsste ich überlegen. »Okay«, sagte ich dann. »Ich bewahre zum Beispiel im Keller die vertrockneten Überreste von arroganten Schnöseln auf, die sich einen Spaß daraus machen, mich zu quälen«, antwortete ich betont ernst. Er lachte leise. Je mehr ich mich darum bemühte, abweisend zu sein, desto mehr Spaß schien es ihm offenbar zu machen, mich zu provozieren.

»Zum Glück sind ja gerade keine in der Nähe«, flüsterte er, wobei er seine Lippen so dicht an mein Ohr brachte, dass ich seinen warmen Atem auf meiner Haut spüren konnte.

Es gab nur wenige Dinge im Leben, die ich ganz bestimmt wusste. Dass Thomas' tiefe Stimme nicht dieses merkwürdige Kribbeln in meinem Bauch hätte verursachen sollen, gehörte definitiv dazu. Eilig rückte ich ein Stück von ihm ab und versuchte, das Gefühl zu ignorieren, das sein Mund an meinem Ohr in mir ausgelöst hatte.

Ich räusperte mich. »Du kannst auch in Zukunft ruhig schlafen, deine Schwester hat mir nichts erzählt«, teilte ich ihm mit fester Stimme mit und wandte mich wieder dem Film zu. Meine Wangen brannten.

»Nettes Shirt übrigens.«

Als mir das Pyjamaoberteil mit dem zwinkernden Häschen wieder einfiel, hoffte ich, der Boden würde sich auftun und mich verschlucken, aber nichts dergleichen geschah. Stattdessen sah ich aus dem Augenwinkel, wie auch Thomas sich nun auf den Film konzentrierte. Für den Rest der Vorlesung ließ er mich in Ruhe. Anschließend stand er auf, ohne mich auch nur eines weiteren Blickes zu würdigen, und verschwand.

Was sollte das denn? Völlig perplex blieb ich sitzen.

Ich versuchte herauszufinden, was mich mehr nervte: die Tatsache, dass Thomas grußlos gegangen war, oder dass mich das tatsächlich ärgerte. In diesem Moment kam Alex auf mich zu.

Wir liefen durch die Gänge und sprachen dabei über die Beziehung zwischen Frida Kahlo und Diego Rivera. Dann erzählte mir Alex von seinem Fotografieclub und zeigte mir einige Schwarz-Weiß-Aufnahmen vom gestrigen Nachmittag. Ich bewunderte die sanfte Melancholie, die sie ausstrahlten. Wir beschlossen, zusammen in der Mensa zu Mittag zu essen.

»Ich gebe Travis und Tiffany Bescheid, dass wir uns direkt dort treffen«, sagte ich zu Alex und nahm das Handy aus der Tasche.

»Muss das sein? Nichts gegen Tiffany, versteh mich nicht falsch. Aber ich möchte gerne etwas essen, ohne dass mir der Bissen im Hals stecken bleibt, was mir immer passiert, wenn Travis dabei ist.«

»Alex, kannst du dich nicht wenigstens ein bisschen zusammenreißen? Er wird sich benehmen, ganz bestimmt.« Das hoffte ich zumindest.

»Wirklich?«, fragte er sarkastisch. »Kann er das überhaupt?«

»Gib ihm eine Chance. Wenn er sich danebenbenimmt, ist es das letzte Mal, okay?« Ich warf ihm meinen Bambi-Blick zu.

Alex legte mir den Arm um die Schultern. »Na gut, ich kann ihn wie immer ignorieren.«

»Ein sehr guter Kompromiss!«, lobte ich ihn mit einem breiten Lächeln.

Wir setzten uns an einen freien Tisch. Die Mensa war voller Studentinnen und Studenten, und während wir auf die Ankunft der Zwillinge warteten, machten wir uns über den Professor für Englische Literatur lustig, dessen Toupet bei jedem Schritt etwas mehr verrutschte, sodass er es ständig neu justieren musste.

»Wieso steht er nicht einfach zu seiner Glatze?«, überlegte ich und öffnete meine Limodose. »Viele glatzköpfige Männer sind unglaublich sexy!«

»Echt? Wer zum Beispiel?«, fragte Alex etwas ungläubig.

»Dwayne Johnson. Vin Diesel. Corey Stoll und natürlich Jason Statham! Oh, Alex, er ist … na ja, er ist einfach göttlich«, antwortete ich verträumt.

»Okay, okay, hör auf zu sabbern.« Zum Spaß tupfte er mir mit der Serviette am Mundwinkel herum. Ich schob ihn zur Seite und machte Platz für die Zwillinge, die eben auf uns zukamen. Travis gab mir einen Kuss und setzte sich mir gegenüber. Er klopfte Alex zur Begrüßung auf die Schulter, und Alex grüßte wenig begeistert zurück. Immerhin etwas.

Tiffany musterte befremdet mein Oberteil und fragte: »Was hast du denn da an, Süße?«

»Ich war heute Morgen etwas spät dran, und in der Eile habe ich nicht bemerkt …« Tiffany brachte mich mit einer Handbewegung zum Schweigen. »Willst du mir etwa sagen, dass du im Pyjama auf dem Campus warst?«

Ich nickte resigniert.

»Oh Gott, bei dir ist alle Hoffnung vergebens.« Sie schüttelte den Kopf, offenbar ebenfalls resigniert.

»Ich weiß, ich weiß«, gab ich schuldbewusst zu und hob abwehrend die Hände. Travis musste einen Lachanfall unterdrücken, und auch Alex, der mein etwas ungewöhnliches Outfit bislang nicht kommentiert hatte, grinste amüsiert. »Jetzt hört auf, mich anzustarren«, sagte ich und stand auf. »Wir sollten uns lieber anstellen, ich sterbe vor Hunger.«

Als ich das voll beladene Tablett an unseren Tisch trug, entdeckte ich Leila, die ganz allein in der Nähe saß. Sie bemerkte meinen Blick, und wir lächelten uns an. Es tat mir leid, dass sie allein war, es war ja erst ihr zweiter Tag an der Oregon State University, und sie musste sich noch eingewöhnen. Ich lud sie ein, an unseren Tisch zu kommen, und Leila nickte erfreut und wollte schon aufstehen, aber dann entdeckte sie Travis und lehnte ab. Ihr Gesicht verdüsterte sich. Schon wieder. Was zum Teufel verheimlichten sie mir?

»... stimmt's, Nessy? Nessy?« Die ruhige Stimme meines Freundes holte mich in die Gegenwart zurück.

»Wie bitte?«, fragte ich verwirrt und bemerkte, dass alle mich anstarrten.

»Hast du uns überhaupt zugehört?«, fragte Tiffany.

»Nein, tut mir leid, ich war mit den Gedanken ganz woanders«, versuchte ich mich zu rechtfertigen, in der Hoffnung, dass niemand nachfragen würde.

»Und wo?«, fragte ausgerechnet mein lieber alter Freund Alex.

»Ach, nirgendwo ... Nichts Wichtiges.«

Ich zwang mich zu einem Lächeln.

Travis musterte mich misstrauisch und versuchte offenbar herauszufinden, was meine Aufmerksamkeit abgelenkt haben könnte – vergeblich.

»Wir haben über Carols Party am Freitag gesprochen. Trav kommt auch«, erklärte Tiffany.

Oh, die Party ...

»Alex, bist du auch dabei?« Meine Frage klang eher wie ein Hilferuf.

»Stella kommt zu Besuch, hast du das vergessen?« Verdammt, ohne ihn würde es die Hölle werden.

»Stella? Wer ist Stella?«, fragte Tiffany neugierig.

»Seine Freundin«, antwortete ich, während Alex mir freundschaftlich in die Seite boxte.

»Wow, Smith hat eine Freundin, dann bist du also nicht vom anderen Ufer«, witzelte Travis. Ich warf ihm einen Blick zu, der ihn überzeugte, lieber den Mund zu halten.

»Warum habe ich noch nie etwas von ihr gehört?«, wollte

Tiffany wissen und fuhr mit der Fingerspitze über den Rand ihres Glases.

»Sie ist nicht aus Corvallis, und die Sache ist noch ganz frisch. Ich habe sie im Sommer in Santa Barbara kennengelernt«, erklärte Alex.

»Du könntest sie doch mitbringen«, schlug ich als letzten Strohhalm vor.

»Ich habe andere Pläne«, entgegnete Alex mit einem vielsagenden Lächeln.

»Verstehe. Wollt ihr Turteltauben das ganze Wochenende allein verbringen?«

»Bitte nicht dieses Wort!«, rief er verlegen.

»Was für ein Wort?« Ich tat so, als hätte ich ihn nicht verstanden. »Turteltauben?«

»Hör auf«, flehte er.

»Tuuuuuurteltauben …«

Er hielt sich die Ohren zu und kniff wie ein kleines Kind die Augen fest zusammen. Tiffany und ich prusteten vor Lachen und zogen ihn weiter auf, während wir uns über das Mittagessen hermachten.

Einige Stunden später stand ich mit verschränkten Armen auf dem Campus und wartete auf Travis. Ich zitterte in der herbstlichen Kälte, denn ich trug nur das Pyjamaoberteil, die Jacke hatte ich in der Eile zu Hause vergessen. Wie lange konnte es dauern, das Auto vom Parkplatz zu holen? Ich wartete mindestens schon zehn Minuten.

Um die Kälte zu vertreiben, wippte ich von den Fersen zu den Zehen und rieb mir fröstelnd die Arme. Jemand legte mir eine schwere schwarze Lederjacke um die Schultern, und ich zuckte erschrocken zusammen. Thomas stand neben mir. Ich war von der fürsorglichen Geste so überrascht, dass ich mich sofort fragte, was er damit bezweckte.

»Danke, die brauche ich nicht.« Ich wollte ihm die Jacke zurückgeben, aber er achtete nicht auf mich, zündete sich eine Zigarette an und schloss die Augen. Der Rauch, den er ausblies, hüllte uns in eine graue Wolke.

»Du kannst sie anbehalten«, murmelte er und spielte mit seinem Feuerzeug. »Du zitterst«, fügte er mit einem Seitenblick auf mich hinzu.

»Womit habe ich diese freundliche Geste verdient?«, fragte ich. Er schien erstaunt. »Freundlich? Wieso freundlich? ›Mitleidig‹ trifft es eher.«

Was sollte das nun wieder heißen? *Ich tat ihm leid?* Wie arrogant konnte man eigentlich sein?

Empört nahm ich die Jacke von den Schultern. »Weißt du was? Nimm sie, dein Mitleid brauche ich nicht.« Ich drückte ihm die Jacke an die Brust.

Thomas ließ ein leises Lachen hören. »Du bist so empfindlich …«

»Nein, ich bin nicht empfindlich. Es ist deine Art, mit Leuten umzugehen, die nervt«, entgegnete ich. Thomas war größer als ich, neben mir mit meinen knapp eins siebzig wirkte er fast wie ein Riese. Um ihm in die Augen blicken zu können, musste ich den Kopf zurücklegen. Ich schluckte und versuchte, meine Befangenheit zu überspielen, als er sich mir erneut näherte und mir die Jacke über meine Schultern legte. Diesmal achtete er darauf, dass sie vorne schloss.

»Wartest du auf jemanden?«, fragte er, zog an der Zigarette und blies den Rauch aus.

»Auf meinen Freund«, antwortete ich mit vor der Brust verschränkten Armen. Plötzlich kam mir ein Gedanke. Wenn Travis jetzt kommen und mich mit Thomas' Jacke sehen würde, würde er ausrasten.

»Hm«, erwiderte Thomas und musterte mich durchdringend. »Nur damit ich's verstehe: Hast du eine Vorliebe für Schwachköpfe, oder stehst du einfach auf reiche Söhnchen?«

Ich riss erstaunt die Augen auf.

»Travis ist kein …«, verteidigte ich ihn, doch eine Stimme in meinem Kopf sagte: »Ein Schwachkopf? Ist er. Und Daddys Kohle verprasst er auch.« Als Thomas mein Zögern bemerkte, grinste er schief, wohl wissend, dass er den Nagel auf den Kopf getroffen hatte.

»Was hast du hier eigentlich zu suchen?«, fragte ich, um das Thema zu wechseln.

»Ich wollte nur kurz eine rauchen, und stell dir vor, das ist in den Gebäuden streng verboten. Absurd, nicht wahr?« Er nahm einen letzten Zug, dann warf er die Kippe weg, ohne mich aus den Augen zu lassen.

»Na dann, geraucht hast du ja jetzt.« Ich gab ihm die Jacke ein zweites Mal zurück, in der Hoffnung, ihn loszuwerden, bevor Travis auftauchte.

Thomas zog sie an und rückte mir dann so nah, dass ich sein Eau de Toilette riechen konnte. Ein frischer, maskuliner Duft, der an einen Wald nach einem Regenguss erinnerte. Doch, das musste Vétiver sein. Ich schluckte. »Ist das nur mein Eindruck, oder … möchtest du, dass ich verschwinde?«, fragte er.

»Ach was«, mein Mund war plötzlich staubtrocken. »Aber du hast keinen Grund mehr, hierzubleiben. Und Travis kommt jeden Augenblick.«

Thomas steckte die Hände in die Taschen seiner Lederjacke. Er gab sich gleichgültig, aber eine Spur von Selbstzufriedenheit in seiner Stimme verriet ihn. »Hier draußen ist es gar nicht schlecht. Nette Aussicht.« Ich schaute ihn verständnislos an. Eine nebelverhangene, menschenleere Straße sollte eine nette Aussicht sein?

»Da gibt es mit Sicherheit Besseres«, murmelte ich und strich mir eine widerspenstige Locke hinters Ohr.

Er hielt meinen Blick fest und nickte. »Wir sollten zusammen ausgehen.«

Ich starrte ihn an, fassungslos. Es kostete mich große Anstrengung, ihm nicht ins Gesicht zu lachen. »Wie bitte?«

»Etwas trinken gehen, nichts Besonderes«, erwiderte er, ohne mit der Wimper zu zucken.

»Und warum?«, fragte ich ihn. Verdammt, woher nahm der Kerl eigentlich sein Selbstbewusstsein?

Er zuckte mit den Achseln. »Muss es für alles einen Grund geben?«

»Ich habe nicht vor, mit dir auszugehen. Und wie gesagt, ich habe einen Freund.«

»Ich habe ausgehen gesagt, nicht ins Bett gehen«, erwiderte er gelassen. Fast hätte ich mich an meiner eigenen Spucke verschluckt.

»Das würde ich *nie* tun«, stellte ich klar.

»Und ich käme *nie* auf die Idee. Mein Geschmack geht in eine völlig …«, er ließ seinen Blick über meinen Körper wandern, als wäre allein die Vorstellung, mit mir ins Bett zu gehen, absurd, »… andere Richtung.«

Ich räusperte mich und versuchte, mein Unbehagen zu überspielen. Ohne es zu wissen, hatte er gerade einen wunden Punkt angesprochen. »Das Gleiche gilt für mich.«

»Sicher?«

»Mehr als sicher.« Ich hob den Kopf, in der Hoffnung, meine Gefühle vor ihm zu verbergen.

»Dann sind wir uns ja einig. Wir können zusammen ausgehen, ohne das Risiko einzugehen, dass du dich in mich verliebst oder Ähnliches. Das würde mir viel Ärger ersparen.«

»Hör mir gut zu«, ich legte mir Mittel- und Zeigefinger an die Nase, entnervt von so viel Überheblichkeit. »Wir sind keine Freunde, wir kennen uns nicht mal wirklich. Und ehrlich gesagt, bist du mir auch nicht gerade sympathisch. Und deshalb lautet meine Antwort: nein. Ich gehe nicht mit dir aus, jetzt nicht und auch nicht in Zukunft.«

Thomas schaute so gebannt auf meine Lippen, dass ich rot wurde. Nur einen kurzen Moment, dann wanderte sein Blick mit einem unverschämten Lächeln zu meinen Augen zurück. Er trat einen Schritt nach vorn, bis er mich mit seinem Brustkorb streifte, und seltsamerweise hielt ich die Luft an. »Wir werden ja sehen«, murmelte er herausfordernd. Mich beschlich das unangenehme Gefühl, dass ich gerade die Zündschnur einer Bombe angezündet hatte, die mir ins Gesicht fliegen würde.

»Da gibt es nichts zu sehen. Ich will, dass du jetzt gehst«, stammelte ich nervös.

»Hast du Angst, dein Freund könnte dich hier mit mir antreffen?«, fragte er provozierend.

»Da ihr euch offenbar nicht versteht, möchte ich eine weitere Auseinandersetzung lieber vermeiden«, erklärte ich. Meine Worte schienen ihn getroffen zu haben, denn plötzlich wurde sein Gesicht hart. Ich sah, wie er die Zähne zusammenbiss. Wenn allein die Erwähnung von Travis' Namen genügte, in Thomas einen solchen Stimmungsumschwung hervorzurufen, dann war die Situation offenbar ernster als gedacht. In diesem Moment hörte ich den Motor eines Pick-up. Panisch wich ich ein paar Schritte zurück, um mich so weit wie möglich von Thomas zu entfernen. »Kannst du bitte gehen?«

Kurz blitzte etwas in seinen Augen auf, und ich hätte wetten können, dass er darüber nachdachte, zu bleiben, nur um Ärger zu machen. Aber dann änderte er seine Meinung, vielleicht, weil er doch ein Gewissen hatte, vielleicht auch wegen meines flehentlichen Blickes. Er trat einen Schritt zurück, hob abwehrend die Hände und neigte langsam den Kopf.

»Wir sehen uns, Fremde …« Seine Augen streiften noch einmal mein Oberteil, was mir erneut die Röte in die Wangen trieb, dann zwinkerte er mir zu und verschwand, die Hände in den Taschen seiner Lederjacke vergraben.

Travis' nagelneuer Pick-up hielt vor mir an. Ich stieg ein, erleichtert, dass Thomas gerade noch rechtzeitig verschwunden war.

»Entschuldige, Nessy, ich habe Finn auf dem Parkplatz getroffen, und wir haben geredet«, erklärte er, während ich mich anschnallte.

»Kein Problem«, versicherte ich ihm. In Wahrheit war ich so verwirrt, dass ich ihm gar nicht richtig zuhörte.

»Alles okay?«

»Ja, mir ist nur kalt.«

»Entschuldige, dass ich dich so lange habe warten lassen.«

»Alles gut.« Ich lächelte.

Er schaltete die Heizung ein und streichelte mir über den Oberschenkel. Dann zog er die Augenbrauen hoch und schnupperte. »Hier riecht es eigenartig, findest du nicht?«

»Hm, nein.«

»Doch, nach Rauch und … Was könnte das sein? Aftershave? Zitrone? Riechst du das wirklich nicht?«, fragte er leicht befremdet.

Oh Gott, Thomas' Jacke. Ich roch danach.

»Nein, ich rieche nichts. Vielleicht hast du noch Finns Aftershave in der Nase, er übertreibt's gern damit.« Ich schaltete das Radio an und hoffte, ihn damit ablenken zu können.

Mit den Gedanken ganz woanders, hörte ich zu, wie er mir von seinem Tag erzählte. Thomas' Geruch stieg mir in die Nase und den Kopf. Was zur Hölle war da gerade passiert?

Kapitel 6

»Wir hatten nach unserem Streit gestern Morgen noch keine Gelegenheit, Zeit zu zweit zu verbringen. Steht dein Angebot von gestern noch? Pizza und Film?«, fragte Travis hoffnungsvoll, als er vor dem Haus hielt. »Wenn du magst, kann ich auch über Nacht bleiben.« Ich verspürte einen Anflug von schlechtem Gewissen. Noch vor wenigen Minuten hatte ich neben einem Typen gestanden, den Travis hasste. Und ich konnte nicht sagen, dass seine Nähe mich kaltgelassen hätte.

Ich atmete tief durch und versuchte, gelassen zu wirken. »Ja, sicher. Das klingt großartig.« Ich musste die Situation für mich unbedingt klären und wieder die alte Vanessa werden, die sich nicht von dem erstbesten Typen einwickeln ließ, der sich für sie zu interessieren schien, ganz gleich, auf welche Weise. Die Vanessa, die ihrem Freund keine Lügen auftischte.

Meine Mutter hatte mir auf dem Flurtisch eine Nachricht hinterlassen: »Bin mit Victor und einigen Kollegen essen. Komme spät nach Hause. Kuss.« Wenn das so weiterging, wusste ich bald nicht mehr, wie Mom überhaupt aussah.

Wir zogen die Schuhe aus, und ich schaltete die Heizung ein. Barfuß ging ich über die Perserteppiche im Flur und im Wohnzimmer. Die Teppiche ... Die erste teure Anschaffung meiner Mutter vor zwölf Jahren, als mein Vater als Buchhalter in einer großen internationalen Firma angestellt worden war und wir uns einen besseren Lebensstil leisten konnten. Zwölf Jahre, und die Teppiche sahen immer noch aus wie neu.

Travis hatte es sich auf dem Sessel im Wohnzimmer neben dem Sofa bequem gemacht, während ich im Kühlschrank nach etwas Leckerem suchte. Er war leer. Danke für deine Fürsorge, Mom!

»Wir müssen uns etwas bestellen, es ist sonst nichts da!«, rief ich Travis zu.

»Kein Problem, wir wollten doch eh Pizza essen. Oder willst du lieber Sushi?« Meinen Geschmack kannte er, das musste ich ihm lassen.

»Hier in der Nähe hat ein japanisches Restaurant aufgemacht, das scheint gut zu sein«, antwortete ich und griff nach der Karte, die mit einem Magneten am Kühlschrank befestigt war. Damit bewaffnet, kehrte ich ins Wohnzimmer zurück und setzte mich auf seinen Schoß.

»Dann also Japanisch.«

»Willst du was trinken? Bier, Limo oder so?«, fragte ich, nachdem ich online unsere Bestellung aufgegeben hatte.

»Ein Bier wäre nicht schlecht, ich muss ja nicht mehr fahren.«

»Meine Mutter hat immer eins für dich im Kühlschrank. In diesem Haus mag es nichts zu essen geben, aber ein Bier für Travis ist immer da.«

»Sie liebt mich eben fast mehr als meine eigene Mutter.«

»Du erinnerst sie an eine bessere Version meines Vaters aus glücklicheren Zeiten, mach dir keine Illusionen.« Ich streckte ihm die Zunge raus, ging in die Küche, öffnete das Bier und brachte es ihm.

»Na ja, dazu braucht es nicht viel«, meinte Travis, nachdem er einen Schluck getrunken hatte.

Auch wenn mich dieser Satz etwas verletzte, wusste ich, dass er recht hatte. Jahrelang dachte ich, es gäbe niemanden, der Dad das Wasser reichen könnte. Mein Vater war mein strahlender Held, der Mann meines Lebens, mein sicherer Hafen.

Während meiner Zeit in der Highschool hatten meine Eltern immer öfter gestritten. In Wahrheit war meine Mutter immer unzufriedener mit ihrem Leben geworden. Allein die Anwesenheit meines Vaters nervte sie so sehr, dass sie nicht mal mehr seine Stimme ertragen konnte. Den Grund dafür hatte ich nie ganz begriffen. Mein Vater hatte alles für meine Mutter getan, und sie nahm alles für selbstverständlich. In den letzten Jahren hatten sich die Dinge zugespitzt: Streit, Anschuldigungen, die Trennung, Drohungen und schließlich die Scheidung. Und ich musste in diesem Albtraum als Prellbock herhalten.

Mein Vater hatte uns das Haus und etwas Geld überlassen und war gegangen. Und damit hatte er auch mich verlassen, obwohl ich immer auf seiner Seite gewesen war. Er und ich hatten eine ganz besondere Beziehung gehabt, mit meiner Mutter hingegen ... Die beiden streiten zu sehen, hatte mir wehgetan. Es war nicht seine Schuld, dass sie sich für Familie und Haushalt entschieden hatte, statt wie er Karriere zu machen.

Doch dann hatte ich von Bethany erfahren.

Die beiden waren schon seit Jahren zusammen, heimlich. Bethany war jünger als Mom und viel entgegenkommender, und sie saß beruflich fest im Sattel. Ihr fehlte nur eines: eine Familie. Der letzte Streit meiner Eltern hatte genau das zum Thema gehabt. Meine Mutter hatte kurz nach der Trennung über gemeinsame Freunde herausgefunden, dass die zwei ein Baby erwarteten.

Das war ein harter Schlag für uns beide gewesen. Damals hatte ich mich zurückgestoßen, verraten, bis in die Tiefen meiner Seele verletzt gefühlt. Mein Herz war in unzählige kleine Teile zerbrochen. Um ihn nicht zu verlieren, hatte ich mich gezwungen, die Schwangerschaft der neuen Freundin meines Vaters zu akzeptieren.

Ich hatte also all meinen Mut und meine Kraft zusammengenommen, den Schmerz unterdrückt und meinen Vater mit seiner Partnerin und dem Neugeborenen besucht.

Jedes Mal, wenn ich über die Schwelle getreten war, hatte sich mein Magen zusammengezogen. Nur um ihm nahe zu sein, hatte ich die in mir aufsteigende Übelkeit jedes Mal unterdrückt. Ich hatte nicht damit gerechnet, dass Bethany mich nicht mochte.

»Ich will sie hier nicht sehen«, hatte ich sie zu meinem Dad sagen hören, als ich die zwei an meinem fünfzehnten Geburtstag an der Küchentür belauschte. Sie war überzeugt davon, dass ich meinen Vater zurückholen wollte.

Von dem Tag an wusste ich, dass es nur eine Frage der Zeit war, bis mein Vater mich ein zweites Mal im Stich lassen würde. Früher oder später würde Bethany ihn zwingen, sich zwischen ihr, der Mutter seines neugeborenen Kindes, und mir zu entscheiden, und mir war klar, dass diese Entscheidung nicht zu meinen Gunsten ausfallen würde.

Ich sollte recht behalten. Nach diesem Tag ließ sich mein Vater immer weniger blicken, rief mich kaum noch an, und irgendwann tauchte er überhaupt nicht mehr auf. Mein sechzehnter Geburtstag war der erste, den ich ohne ihn verbrachte. Zum ersten Mal war er nicht dabei, als ich die Geschenke auspackte und die Kerzen auspustete, zum ersten Mal sang er nicht »Happy Birthday« für mich. Er fehlte mir so sehr. Mir fehlte seine Wärme, seine Nähe, die Aufmerksamkeit, die er mir schenkte und die mir das Gefühl verlieh, etwas ganz Besonderes zu sein. Bis heute hatte ich nichts mehr von ihm gehört.

Ein Jahr lang hatte ich jeden Tag versucht, ihn zu erreichen, hatte mir die Schuld gegeben, mich gehasst, weil ich ihn nicht hatte halten können. Er liebte mich nicht, weil ich nicht wichtig genug war. Nach der Phase des Selbstmitleids hatte ich begonnen, ihn zu hassen. Er hatte meiner Mutter eine andere Frau und mir ein anderes Kind vorgezogen, hatte neue Erinnerungen geschaffen, die nicht mehr unsere gemeinsamen waren. Er hatte mir die Möglichkeit genommen, mit einem Vater aufzuwachsen, weil er sein Leben lieber mit einem anderen Menschen teilen wollte. Dieser Hass nagte an mir, ich war nicht mehr ich selbst. Ich war wütend auf die ganze Welt, fühlte mich ausgestoßen. Und dann, eines schönen Tages, wachte ich auf, und es war vorbei. Ich hörte auf, mir Vorwürfe zu machen. Ich hörte sogar auf, ihn zu hassen. Wenn er in der Lage war, ohne seine Tochter zu leben, würde es mir auch gelingen, ohne ihn zu leben.

Ich verbannte die schlimmen Erinnerungen aus meinen Gedanken und konzentrierte mich wieder auf Travis. Unsere Beziehung hatte in dem Jahr begonnen, in dem ich die innere Bindung zu meinen Vater gekappt hatte.

Travis war der Zwillingsbruder meiner besten Freundin Tiffany. Tiff und ich hatten uns im ersten Jahr an der Highschool kennengelernt, als wir zusammen ein Referat halten sollten. Wir waren so verschieden, dass ich anfangs nicht mit ihr zusammenarbeiten wollte, doch am Ende war es genau diese Gegensätzlichkeit, die uns so tiefgreifend verband, dass eine feste und loyale Freundschaft zwischen uns entstand. Eine Freundschaft, die nun schon mehr als vier Jahre andauerte.

Mit Travis war alles ganz anders gewesen. Das erste Mal hatte ich ihn gesehen, als ich mich wegen des Referats mit Tiff in der luxuriösen Villa ihrer Eltern getroffen hatte. Seine kastanienbraunen Locken und sein strahlendes Lächeln hatten mich sofort angesprochen. Er schien mich gar nicht zu bemerken, und ich war zu schüchtern, um auf ihn zuzugehen. Eine gefühlte Ewigkeit himmelte ich ihn verstohlen an, und Tiff musste ordentlich nachhelfen, damit es während des gemeinsamen Besuchs eines Vergnügungsparks endlich zwischen uns funkte.

An dem Abend war ich deprimiert gewesen, und Travis hatte versucht, mich aufzumuntern. Er hatte mir Zuckerwatte gekauft und ein Stofftier geschenkt, das er beim Schießstand gewonnen hatte. In der folgenden Woche hatte er mich zum Abendessen, ins Kino und zu ein paar Basketballspielen mitgenommen. Die ersten Monate waren traumhaft. Er schenkte mir all die Aufmerksamkeit, die Liebe und den Schutz, die mir mein Vater genommen hatte. Ich wusste nicht, wann die Magie verschwand, sich in Gleichgültigkeit und unsensibles Verhalten verwandelte, aber irgendwann begriff ich, dass es bequem für ihn war, jemanden wie mich an seiner Seite zu haben.

Seine Eltern mochten mich, und er lebte dafür, ihnen zu gefallen. Ich hatte ihm erlaubt, mich zu vernachlässigen, mich als Selbstverständlichkeit zu betrachten. Und seit einem Jahr fragte ich mich: Wie lange würde ich das noch aushalten?

Als der Lieferdienst mit dem Essen kam, ließ ich die Vergangenheit hinter mir und schaufelte Sashimi, Tempura und Sojanudeln in mich hinein, während wir *Er steht einfach nicht auf Dich!* schauten. Fast die Hälfte des Films saß ich auf Travis' Schoß, und er hielt seinen Arm um meine Taille geschlungen. Irgendwann fing er an, mich zu küssen und zu streicheln, dann zog er mich aus. Ich ließ ihn machen, doch in Gedanken war ich ganz woanders. Ich sah zwei grüne herausfordernde Augen vor mir, ein arrogantes Lächeln, hörte den Klang einer tiefen, leicht rauchigen Stimme … Nein! Unvermittelt löste ich mich von Travis, der mich verständnislos ansah. In seinem Blick spiegelte sich Verlangen.

»Was ist?«

Ich legte zwei Finger auf die Lippen und versuchte, ungläubig und schuldbewusst, wieder zu Atem zu kommen. Das war mir noch nie passiert. An einen anderen zu denken, während mich mein Freund küsste, das war ... undenkbar. Ich würde diesem tätowierten Schnösel nicht erlauben, in meinen Kopf einzudringen und mir auch noch *diesen* Moment zu versauen.

»N... nichts, ich dachte ... ich dachte, ich hätte den Schlüssel im Haustürschloss gehört«, tischte ich ihm die plausibelste aller Ausreden auf und küsste ihn, damit er nicht misstrauisch wurde. Travis verlor keine Zeit mit dem Vorspiel, stand auf, nahm mich hoch und trug mich nach oben in mein Zimmer. Dort verbrachten wir die Nacht und gaben uns dem immer gleichen, beinahe mechanischen Liebesspiel hin, das mich, wie mir plötzlich klar wurde, völlig kaltließ.

Am nächsten Morgen wurde ich vom Duft nach Pfannkuchen und heißem Kaffee geweckt. Travis neben mir schlief noch tief und fest. Ich betrachtete ihn ein paar Sekunden und fuhr mit den Fingern durch seine zerzausten Locken, dann weckte ich ihn und überredete ihn, zum Frühstück mit nach unten zu kommen. Noch immer hatte ich ein schlechtes Gewissen, weil ich gestern kurz von einem anderen Mann geträumt hatte, während wir uns liebten.

Kaum hatten wir die Küche betreten, sah ich meine Mutter gut gelaunt am Herd stehen. »Willkommen zurück, Mom«, sagte ich knapp und warf ihr einen bösen Blick zu. Ich hatte sie seit Montagmorgen nicht mehr gesehen, und jetzt gab sie die perfekte Mutter zum Besten?

Sie empfing uns mit einem strahlenden Lächeln. Was für eine Heuchlerin! Sie würde es niemals wagen, mir in Anwesenheit von

Travis eine Szene zu machen, dafür war ihr Interesse am Wohlstand seiner Familie viel zu groß.

»Guten Morgen, mein Schatz. Guten Morgen, Travis. Ich habe Kaffee gemacht!«, flötete sie ausgelassen und streckte mir eine dampfende Tasse entgegen. Sie versuchte, sich mein Wohlwollen zu erkaufen, da kannte ich sie gut genug.

Ich griff nach der Tasse und setzte mich an den Tisch, ohne sie eines Blickes zu würdigen. Travis nahm ebenfalls Platz, aber im Gegensatz zu mir begrüßte er Mom herzlich.

»Es gibt Pfannkuchen!«, fügte sie hinzu. Mit einer schwungvollen Bewegung stellte sie den Teller auf den Tisch und schob ihn zu mir. Ich nahm an, dass sie heute Morgen sogar schon eingekauft hatte, nur um ihrem »geliebten« Travis ein perfektes Frühstück servieren zu können. Ich hob den Blick, aber bevor ich etwas sagen konnte, holte sie den Ahornsirup und die Sprühsahne aus dem Kühlschrank, kam zurück, goss den Sirup über die Pfannkuchen und platzierte daneben zwei kleine Sahnehäubchen. *Also gut*, dachte ich, *du hast gewonnen.*

Ich gönnte meiner Mutter einen kurzen Waffenstillstand, trennte mit der Gabel ein Stück Pfannkuchen ab und tauchte es in die Sahne.

»Travis, hast du gut geschlafen?«, erkundigte sich Mom fürsorglich. »Möchtest du etwas essen? Du magst keine Pfannkuchen, ich weiß, aber ich könnte dir Eier mit Speck machen.«

Unwillkürlich verdrehte ich die Augen.

»Danke, Mrs. White, ein Kaffee genügt.«

»Wie oft habe ich dir schon gesagt, dass du mich gern Esther nennen kannst? Hier kommt dein Kaffee, ohne Zucker.« Sie strahlte ihn an und strich ihm über die Schulter.

»»Du kannst mich gern Esther nennen««, grummelte ich leise und schnitt eine Grimasse. Travis verkniff sich ein Grinsen.

»Wie geht es deinen Eltern? Deiner Schwester?«

»Dad ist gerade in Europa, Tiffany geht es gut, allerdings brauche ich dringend Nessys Hilfe, um sie davon zu überzeugen, dass Soziologie nicht das richtige Studienfach für sie ist. Eines Tages könnten wir die Firma gemeinsam führen, und ich bin überzeugt, dass sie ihre Sache großartig machen würde, aber sie will unbedingt Kriminologin werden.«

»Und wo ist das Problem?«, fragte ich erstaunt. »Tiffany ist in allem gut, was sie macht, sie wird eine hervorragende Kriminologin werden, und du solltest sie darin unterstützen. Immerhin seid ihr Geschwister, mehr noch, ihr seid Zwillinge.«

»Hör gar nicht auf sie, Travis«, unterbrach mich meine Mutter. »Meine Tochter lebt manchmal in einer Traumwelt. Tiffany sollte deinem Beispiel folgen und sich auf die Firma eures Vaters konzentrieren.« Meine Mutter legte mir die Hand auf die Schulter. »Und meine Nessy sollte wissen, dass es wichtiger ist, sich eine Zukunft aufzubauen, um finanziell auf eigenen Beinen zu stehen, als irgendwelchen Hirngespinsten nachzujagen. Ich habe ihr immer gesagt, sie soll lieber Jura studieren ...«

Okay, das reichte. Wütend stand ich auf. Ich hatte sie achtundvierzig Stunden nicht gesehen, und dann tauchte sie auf und erklärte mir, wie ich mein Leben zu leben hatte? »Danke für das Frühstück, Mom, aber niemand hat um deine Ratschläge gebeten.« Ich stürmte in mein Zimmer, um mich anzuziehen, und hörte dabei mit halbem Ohr, wie Travis und sie sich in der Küche weiterunterhielten.

»Ich kann nicht glauben, dass du Tiff dazu bringen willst, ihren Studiengang zu wechseln«, platzte es aus mir heraus, sobald wir im Pick-up saßen. Travis zog eine Grimasse, aber ich fuhr fort: »Dir ist schon klar, dass sozialer Status nicht das Einzige im

Leben ist, das zählt? Mom und du, ihr seid unerträglich, wenn es um dieses Thema geht.«

»Übertreib nicht immer so, deine Mutter hat recht.« Ich schnaubte und wollte das Radio einschalten, aber Travis griff nach meiner Hand. »Es war eine schöne Nacht, ruinier uns nicht den Tag.« Ich atmete tief durch. Wieder hatte ich ein schlechtes Gewissen, deshalb sagte ich nichts mehr.

Als wir auf dem Campus ankamen, entdeckte ich Alex am Eingang meiner Fakultät. Er stand von mir abgewandt und konnte mich daher nicht sehen. Ich lief zu ihm, während Travis sich den Basketballern anschloss.

Ich sprang Alex auf den Rücken, und er zuckte erschrocken zusammen. »Nessy! Ich habe dich schon gesucht!« Grinsend setzte er mich ab.

»Gefunden! Was gibt's Neues?« Ich strich mir die Locken aus dem Gesicht.

»Meine Mutter ist heute aus Italien zurückgekommen …«

»Wie bitte? Aber ihr seid doch kaum seit einer Woche aus Santa Barbara zurück!« Manchmal vergaß ich, dass seine Mutter ständig auf Geschäftsreise war, worum ich sie sehr beneidete. Als wir dreizehn waren, hatte sie uns mit nach Washington genommen, und wir hatten die Stadt besichtigt. Es war ein wunderbarer Tag gewesen, bis heute eine der glücklichsten Erinnerungen, die ich mit Alex teilte.

»Ja, sie hat die Versteigerung einer Bibliothek in Florenz organisiert und mir das hier für dich mitgegeben. Ich glaube, es wird dir gefallen.« Er gab mir ein Päckchen aus dem Rucksack.

Es war in Seidenpapier eingeschlagen, und ich freute mich wie ein Kind an Weihnachten. Als ich eine Erstausgabe von *Stolz und Vorurteil* in Händen hielt, wäre ich fast in Ohnmacht gefallen vor Begeisterung.

»Soll das ein Scherz sein? Deine Mutter hat mir die Erstausgabe meines Lieblingsbuchs geschenkt?«, rief ich ungläubig. »Ich … ich … das kann ich nicht annehmen, das muss Unsummen gekostet haben!« Ich wollte ihm das Buch zurückgeben, aber er hielt mich davon ab.

»Nessy, meine Mutter möchte es nicht wiederhaben. Ich musste ihr versprechen, dass ich darauf bestehe, dass du es behältst. Es ist ihr Job, solche Raritäten auszugraben, und sie freut sich, die Freude mit jemandem teilen zu können.«

»Aber das ist zu viel! Die Erstausgabe, verstehst du?« Ich starrte fasziniert auf den Roman und drehte ihn hin und her. »Ich weiß wirklich nicht, was ich sagen soll.«

»Ein Danke genügt«, antwortete Alex amüsiert.

»Danke, ich danke dir so sehr!« Ich nahm ihn fest in den Arm.

»Wollen wir vor der Vorlesung noch einen Kaffee trinken?«

Ich nickte und blickte auf das Buch. Es war wunderschön.

Wir setzten uns einander gegenüber an einen freien Tisch, tranken unseren Kaffee und unterhielten uns. Ich erzählte ihm von dem Frühstück, mit dem mich meine Mutter nach ihrer Abwesenheit empfangen hatte, und meinem Gespräch mit Travis.

»Also«, er klaubte ein paar Doughnut-Zuckerkrümel vom Hosenbein, »wie läuft's zwischen Travis und dir?«

Ich stellte die Tasse ab und schaute ihn an. »Oh, gut, denke ich, nur …«

»Nur?«

Ich streckte die Beine unter dem Tisch aus und seufzte. »Es ist seltsam, Travis war in diesem Sommer irgendwie abwesend, und nun versuchen wir, uns wiederzufinden.«

Alex nickte wenig überzeugt. »Ich weiß nicht, Nessy. In diesen zwei Jahren wart ihr einander nie entfernter als jetzt.«

Wie recht er hatte! Ich konnte nicht gleich antworten, weil

drei Studenten und eine Studentin, die gerade hereinkamen, meine Aufmerksamkeit fesselten. Einer von ihnen war Thomas, das Handy in der Hand und Shana im Schlepptau. Die anderen beiden kannte ich aus Travis' Basketballteam, Matt und Finn, nette Jungs, die ich wirklich mochte. Sie setzten sich auf die Hocker an der Kaffeebar. Thomas hielt den Kopf gesenkt. Vielleicht telefonierte er. Shana flüsterte ihm etwas ins Ohr, aber er beachtete sie nicht. Sie strich ihm über den Nacken, und als er immer noch nicht reagierte, wandte sie sich genervt dem blonden Typen neben ihr zu, den ich nicht kannte.

»Nach wem schaust du?«, fragte Alex.

»Ähm, nach niemand Bestimmtem, ich habe nur den Blonden an der Theke noch nie hier gesehen, kennst du ihn?« Die x-te Lüge. Alex drehte sich um.

»Ingenieurwissenschaften, glaube ich. Warum?«, fragte er misstrauisch.

»Reine Neugier.« Um Alex abzulenken, brachte ich das Gespräch eilig wieder auf Travis und mich. Etwa zehn Minuten später ging die Gruppe zum Ausgang. Ich sah ihnen nach, und mir fiel auf, dass einer fehlte. Shana bemerkte meinen Blick und musterte mich so finster, dass ich fast Gänsehaut bekam. Irritiert richtete ich mich auf meinem Stuhl auf. Seit wann wusste Shana, dass ich existierte?

»Hallo, Fremde«, hörte ich Thomas' Stimme dicht an meinem Ohr. Ich spürte seinen Atem auf meiner Haut, und augenblicklich fing es in meinem Bauch an zu kribbeln. Mir wurde ganz anders, als er sich einen Stuhl nahm, sich neben mich setzte und den Arm auf meine Stuhllehne legte. Alex starrte uns befremdet an.

»Hör auf, mich so zu nennen«, zischte ich, als ich wieder klar denken konnte.

»Wie denn?«

Ich sah ihn wütend an. »Du weißt schon. Was zur Hölle machst du hier? Du bist nicht willkommen.«

»Ich begrüße eine Freundin, macht man das unter Freunden nicht so?«

»Wir sind keine Freunde, das habe ich dir schon mal gesagt.« Thomas lachte leise, griff nach meinen Händen und legte sie auf sein Herz. »Willst du damit andeuten, dass alles, was gestern zwischen uns vorgefallen ist, nur ein Spiel war?«, fragte er mit brechender Stimme, als wäre er zutiefst verletzt.

Ich starrte ihn entsetzt an und wagte nicht, mich zu Alex umzudrehen. Erst als Thomas in lautes Gelächter ausbrach, verstand ich, dass er mich mal wieder aufziehen wollte.

»Wenigstens einmal im Leben wollte ich diesen Satz sagen, anstatt ihn immer nur zu hören«, erklärte er mit einem zufriedenen Lächeln.

»Du bist so ein Idiot.« Verlegen starrte ich in meine Tasse. Alex räusperte sich. Oh Gott, wie peinlich!

»Sehe ich dich heute in einer Vorlesung?«

»Nein, zum Glück nicht.«

»Schade, ich würde gerne dein mürrisches Gesicht sehen, wenn ich im Hörsaal aufkreuze«, versuchte er mich zu provozieren.

»Jemand, der ständig meine Vorlesungen stört, wird mir nicht fehlen.« Ich stand auf, griff nach meiner Tasche mit den Büchern und bat Alex, mitzukommen. Die Vorlesung würde gleich beginnen, und ich wollte meine Zeit nicht noch weiter mit diesem arroganten, tätowierten Typen verplempern.

»Was war das gerade eben? Kennst du den Kerl etwa?«, fragte Alex sichtlich schockiert, nachdem wir die Cafeteria verlassen hatten.

»Nein, sicher nicht! Wir haben ein paar Vorlesungen zusammen, und er spielt mit Travis in einer Mannschaft, das weißt du doch. Er ist ein aufgeblasener Niemand, der glaubt, er wäre der Größte, mehr nicht.«

»Dir ist schon klar, dass wir hier von Thomas Collins reden? Bei Frauen hat er immer nur eins im Kopf.«

»Wenn du damit meinst, dass er mich so lange nerven will, bis ich ihn unerträglich finde, dann ja.«

»Du weißt, was ich meine, Nessy. Tu nicht so naiv.«

Ich lachte. »Du irrst dich, Alex.«

Er verschränkte die Arme vor der Brust und musterte mich misstrauisch. »Warum bist du dann so rot im Gesicht?«

»Wie bitte? Ich bin nicht rot!«

»Doch, bist du«, beharrte er. »Erwischt! Ich weiß zwar nicht, was ihr beide vorhabt, aber …«

»Wir haben gar nichts vor!«, unterbrach ich ihn sofort.

»Ich meine nur, du solltest dich besser nicht auf ihn einlassen. Du weißt, ich bin definitiv kein Fan von Travis, aber glaub mir, Thomas ist schlimmer. Und ehrlich gesagt, ist er auch nichts für dich.«

Ich wusste, dass er nur mein Bestes wollte, und ich wusste, dass er recht hatte. Aber aus irgendeinem Grund, der mir selbst nicht ganz klar war, ärgerte mich seine Warnung.

»Soll das heißen, ich bin nicht gut genug für ihn?«

»Wie bitte?«, fragte er erstaunt zurück.

»Wer könnte schon eine Frau interessant finden, die so langweilig ist, dass sie den ganzen Tag lernt oder liest, statt Party zu machen?« Ich wandte den Blick ab. Alex sollte nicht sehen, dass mir Tränen in die Augen traten.

»Was redest du denn da?« Alex packte mich am Arm und zwang mich, ihn anzublicken. »Du solltest doch wissen, dass

Typen wie Thomas Frauen nur benutzen. Geh ihm nicht auf den Leim!«

»Ich gehe ihm nicht auf den Leim. Travis hat mich bereits gewarnt. Er will nicht, dass ich mit ihm rede.«

»Ich sage es nur ungern, aber diesmal gebe ich ihm recht«, befand Alex.

»Nun, ich sage es auch nur ungern, aber ich finde, ihr übertreibt«, gab ich verärgert zurück. Diese ganze Panikmache ging mir auf die Nerven. Was gab den beiden das Recht, mich zu behandeln wie ein kleines Mädchen? Ich wusste genau, was für ein Typ Thomas Collins war. Und ich wusste auch, dass man sich von Männern wie ihm möglichst fernhalten sollte. »Vertrau mir«, fügte ich hinzu, als wir uns setzten. »Es ist nicht zu leugnen, dass er heiß ist, aber so dumm, auf seine Badboy-Masche reinzufallen, bin ich nun auch wieder nicht.«

»Du findest ihn also heiß …«, wiederholte er gedehnt.

»Nein, so habe ich das nicht gemeint«, ruderte ich rasch zurück. Alex sah mich verwirrt an, was mich nur noch verlegener machte. »Du scheinst das Wichtigste vergessen zu haben: Ich habe einen festen Freund. Du kennst mich, ich würde Travis niemals betrügen.«

Da war ich mir ganz sicher. Ich würde Travis niemals betrügen. Aber warum brachte es mich dann jedes Mal völlig aus der Fassung, wenn Thomas in meiner Nähe war?

Kapitel 7

Der Morgen war ohne weitere Vorkommnisse verstrichen. Ich hatte Thomas nicht wiedergesehen, und die merkwürdige Anspannung zwischen Alex und mir hatte sich gelegt. Nachdem ich den Nachmittag in der Bibliothek mit Lernen verbracht hatte, ging ich in Richtung Sporthalle, um Travis beim Training zuzuschauen.

Bevor ich die Halle betrat, blieb ich am Getränkeautomaten stehen und kaufte mir eine Flasche Wasser. Am späten Nachmittag waren die menschenleeren Flure mit den ockergelben Wänden ziemlich unheimlich. Über mir surrten die Neonleuchten, und es war ziemlich kalt. Mit zittrigen Fingern steckte ich die Münzen in den Schlitz, doch bevor die Flasche nach unten fiel, passierte das Übliche: Sie blieb stecken.

Ich rüttelte am Automaten, schlug gegen das Glas, aber nichts passierte. Vergeblich sah ich mich nach Hilfe um, bis ich glücklicherweise die Stimmen einiger Männer hörte, die wohl in meine Richtung unterwegs waren.

Mein Glück war von kurzer Dauer, denn vor mir tauchten Matthew, Finn und Thomas auf, der genau wie heute Morgen in der Cafeteria sein Handy in der Hand hielt.

»Was machst du denn hier, Vanessa?«, fragte Matt. »Ich würde dich umarmen, aber ich bin total verschwitzt.«

»Kein Problem, ich fühle mich trotzdem umarmt«, erwiderte ich lächelnd.

»Kommst du mit rein? Travis sucht schon den ganzen Tag nach dir. Er meinte, du wärst wie vom Erdboden verschluckt.«

»Ich habe einen ziemlich vollen Stundenplan«, entgegnete ich. »Bevor ich euch beim Training zusehe, wollte ich mir noch etwas zu trinken holen, da ist die Flasche stecken geblieben.« Ich schaute zu Thomas, der seltsamerweise noch keinen seiner bissigen Kommentare vom Stapel gelassen hatte. Er würdigte mich keines Blickes, so sehr war er mit seinem Handy beschäftigt.

Als hätte er meine Gedanken gelesen, sah er auf. Im Neonlicht versprühten seine grünen Augen ein fast hypnotisches Leuchten. Sofort spürte ich wieder das seltsame Kribbeln im Bauch.

Er ging auf mich zu, und ich wich instinktiv zurück, doch er kümmerte sich gar nicht um mich, sondern kippte den Automaten ohne jede Anstrengung ein kleines Stück zur Seite, sodass die Flasche nach unten fiel.

Nachdem er sie aus der Ausgabeöffnung genommen und auf den danebenstehenden Tisch gestellt hatte, zog er sich selbst eine Limo.

»Danke, sehr nett«, sagte ich leise und lächelte ihn an. Er reagierte nicht, öffnete die Limo und ging an mir vorbei.

»Was hat er denn?«, fragte ich perplex. »Er wirkt so ... gereizt.«

Travis' Freunde nach Thomas zu fragen, war nicht gerade die beste Idee, aber Neugier gehörte nun mal zu meinen großen Schwächen. Ich konnte sie einfach nicht im Zaum halten.

»Wer? Collins?«, Finn sah Thomas nach, der eben um eine Ecke verschwand.

»Er hat sich mit seiner Schwester gezofft, aber das wird schon wieder. Sie streiten schon den ganzen Tag am Telefon miteinander«, antwortete Matt.

Wer weiß, was passiert war ...

»Matt«, sagte ich mit einem Blick auf die Uhr, »bitte richte

Travis aus, dass ich gerne gekommen wäre, aber dringend nach Hause muss. Tut mir leid.«

Eine Lüge. Schon wieder.

»Willst du nicht mitkommen? In einer Stunde sind wir fertig, er bringt dich dann nach Hause.«

»Nein, ich gehe lieber zu Fuß.« Ich nahm meine Jacke aus der Tasche und zog sie über.

»Wie du meinst, wir sehen uns.« Er wirkte nicht überzeugt.

Ich hob die Hand zum Abschied und machte mich auf den Weg zum Ausgang. Noch im Gehen holte ich mein Handy heraus und las Travis' Nachrichten, die er mir im Laufe des Tages geschickt hatte.

Um ihn zu beruhigen, schrieb ich zurück, dass ich nach Hause gehen und ihn morgen treffen würde. Anschließend steckte ich das Handy wieder ein und schaute mich um. Weit und breit war niemand zu sehen, genauer gesagt, fast niemand. Neben dem Eingang zur Sporthalle saß Thomas auf dem Rasen, den Blick aufs Handy geheftet. Instinktiv ging ich auf ihn zu, um herauszufinden, was mit ihm los war.

Als ich etwa einen Meter von ihm entfernt war, wurde mir klar, dass ich keinen blassen Schimmer hatte, was ich ihn fragen sollte.

»Ist dir eigentlich klar, dass du dir eine Erkältung holst, wenn du hier draußen auf dem Rasen sitzt?« Oh. Mein. Gott. Warum musste ich so einen Blödsinn reden? Himmel noch mal, Vanessa, du bist doch nicht seine Mutter!

»Du kannst mir einfach nicht widerstehen, oder?«, fragte er sarkastisch, ohne mich auch nur anzusehen.

»Ich will nach Hause, und leider führt mein Weg genau hier vorbei.«

»Dann geh weiter. Ich hab keinen Bock, dass du hier bist.«

Ich hatte mit irgendeinem arroganten Spruch gerechnet, aber seine abweisende Antwort überraschte mich dann doch. Ich trat vor ihn, warf die Tasche ins feuchte Gras und zischte: »Warum verhältst du dich mir gegenüber wie ein Arschloch? Ich habe dir nichts getan.«

»Ich dachte, du bist daran gewöhnt, dich mit Arschlöchern abzugeben, oder ist das ein Luxus, den du nur deinem Freund zugestehst?«, fragte er anmaßend.

»Was willst du damit sagen?«, entgegnete ich und spürte, wie ich stinksauer wurde.

Mit gesenktem Kopf fuhr er sich langsam mit den Fingern durchs Haar. »Nichts, wolltest du nicht gerade gehen? Jetzt hau endlich ab!«

Was hatte ich mir eigentlich dabei gedacht? Dass wir wie zwei alte Freunde miteinander plaudern würden?

Ich zuckte mit den Achseln und marschierte ohne ein weiteres Wort davon.

Noch bevor ich um die Ecke bog, hörte ich ihn meinen Namen rufen. Zum ersten Mal. Überraschenderweise rief er mich sogar noch ein zweites Mal. Mein Stolz verbot mir, mich umzudrehen, doch ein anderer Teil in mir wollte ihm die Chance geben, mir zu zeigen, dass er sein Verhalten bedauerte. Also drehte ich um.

»Ich erwarte eine Entschuldigung«, erklärte ich und blieb mit vor der Brust verschränkten Armen stehen.

Er schnaubte nur. »Da kannst du lange warten.«

»Warum zum Teufel hast du mich dann gerufen?«

»Weil du so dämlich warst, deine Tasche liegen zu lassen.« Er warf sie mir vor die Füße. Ich griff danach und konnte meine Wut nun nicht mehr im Zaum halten.

»Du bist wirklich das Letzte! Erst gehst du mir bei jeder sich bietenden Gelegenheit auf die Nerven, und jetzt, da ich …

ich …« Die Worte blieben mir im Hals stecken. Ich wusste nicht, was ich sagen sollte, nicht mal, was ich eigentlich bezwecken wollte, deshalb winkte ich einfach nur ab. »Ach, fahr zur Hölle!«

Seine Antwort war ein abfälliges Lächeln. Ich wusste, dass ich gehen musste, allein um meine Würde zu wahren. Was ich aber nicht tat. Ich blieb stehen, als würden meine Sohlen am Boden festkleben, weil etwas – keine Ahnung, was – in seinen schmerzerfüllten Augen mich glauben ließ, dass er mich nicht wirklich gehen lassen wollte. Vielleicht war es auch nur Einbildung.

»Es macht dir Spaß, mich ständig zu provozieren und zu verarschen, oder?«, fragte ich.

Thomas bedachte mich mit einem abschätzigen Blick. »Du machst es einem leicht.«

»Weißt du, wie man so was nennt? Mobbing. Bist du jemand, der Spaß daran hat, andere Menschen fertigzumachen?«

Er seufzte, dann strich er sich müde mit der Hand übers Gesicht. »War's das mit deiner Predigt?«

»War's das mit deiner Unverschämtheit?«

Wir blickten uns herausfordernd an. Nach einer gefühlten Ewigkeit fing Thomas an zu grinsen.

»Was gibt's denn da zu lachen?«, fragte ich verwirrt. Seine ständigen Stimmungswechsel stressten mich.

»Du sieht witzig aus, wenn du versuchst, auf hart zu machen wie ein wütendes kleines Kätzchen«, witzelte er. Ich warf ihm einen strafenden Blick zu.

»Gut, das wütende kleine Kätzchen nervt dich nicht länger.« Ich wandte mich erneut zum Gehen, doch Thomas hielt mich zurück.

»Stopp!«

Seine Stimme war so tief, dass ich Gänsehaut bekam.

Er suchte meinen Blick und sah mir lange in die Augen.

»Was ist? Soll ich doch bleiben?«

Thomas zuckte gleichgültig mit den Schultern.

»Entweder sagst du, was du willst, oder ich gehe. Und das meine ich auch so.«

Er schaute mich ernst und so durchdringend an, dass ich erneut errötete.

»Bleib.«

Kapitel 8

Wir saßen nebeneinander auf dem Rasen, keiner sagte ein Wort. Um uns herum war es still, bis auf die Geräusche von ein paar Grillen und das Surren der Insekten. Die gedämpften Lichter auf dem Campus fielen auf einen eher peinlichen Moment, jedenfalls für mich. Thomas hingegen schien sich wohlzufühlen, er spielte entspannt mit dem Verschluss seiner Getränkedose. Ich schaute mich um, riss einige Grasbüschel aus, überprüfte ein paar Haarsträhnen, die nach Spliss aussahen. Vielleicht sollte ich sie schneiden lassen …

»Ich mache dich nervös, stimmt's?«, bemerkte er mit unverhohlener Zufriedenheit in der Stimme.

»Nein, bestimmt nicht«, log ich. »Warum bist du nicht beim Training?«, fragte ich dann und zog mir die Jackenärmel über die Hände.

»Darum«, antwortete er knapp.

Aha. Nun, das wäre also geklärt.

Mein Blick fiel auf seinen nackten Bizeps, und ich sah mir seine Tattoos genauer an. Eine schiefe Sanduhr, mit Stacheldraht umwickelt. In der Sanduhr waren drei kleine schwarze Schmetterlinge eingeschlossen, die Flügel ausgebreitet, um davonzufliegen. Ich hätte ihn gern nach der Bedeutung gefragt, wusste aber, dass er mir keine Antwort geben würde.

»Ich habe mir immer ein Tattoo gewünscht. Die Vorstellung,

etwas bis ans Lebensende auf der Haut zu tragen, fasziniert mich, aber ich bin zu feige. Allein bei dem Gedanken an so viele winzige Nadelstiche bekomme ich Gänsehaut.«

Thomas warf mir einen Blick zu, den ich nicht deuten konnte.

»Willst du wieder reingehen, dir ist doch sicher kalt?«, fragte ich besorgt.

»Nein.«

»Willst du mir sagen, warum du so schlechte Laune hast«, fragte ich zögernd, denn ich kannte die Antwort, noch bevor er sie aussprach.

»Nein.«

Natürlich.

»Thomas, vielleicht weißt du es nicht, aber wenn wir ein Gespräch führen wollen, müsstest du schon etwas mehr sagen als nur Nein«, erklärte ich, als hätte ich ein kleines Kind vor mir.

»Wer sagt, dass ich ein Gespräch führen will?«

»Okay.« Es war dumm gewesen, zu glauben, dass er sich mir öffnen würde. Wir kannten uns ja kaum. »Du wirkst niedergeschlagen, und ich habe das Gefühl, dass du mich nicht wirklich hier haben willst. Ich kann dich auch in Ruhe lassen.«

»Wenn ich dich nicht hier haben wollte, dann wärst du auch nicht hier.« Langsam verlor er die Geduld.

»Na dann …« Ebenfalls leicht ungeduldig, zog ich *Vernunft und Gefühl* aus meiner Büchertasche und vertiefte mich im Licht einer Straßenlaterne in die Lektüre.

Aus dem Augenwinkel sah ich, wie Thomas sich ins Gras legte, die Arme unter dem Kopf verschränkte und in den Himmel starrte.

»Was machst du da?«

»Ich schaue mir den Himmel an. Solltest du auch mal probieren.«

»Nein. Die Wiese ist mir zu dreckig und zu feucht.«

»Du bist nicht nur empfindlich, sondern auch zimperlich«, meinte er belustigt.

»Nein, bin ich nicht, aber …«

»Halt die Klappe und komm her«, unterbrach er mich, nahm mir das Buch aus den Händen und legte es zugeklappt auf den Boden. Dann zog er mich zu sich nach unten. Die unerwartete Nähe machte mich nervös, mein Herz raste, mein Atem wurde schneller. Als ich nach oben sah, war ich überwältigt von dem Schauspiel, das sich dort bot: Der endlose tintenschwarze Himmel war voller Sterne, die funkelten wie kleine Diamanten. Ich erkannte das Sternbild des Schwans und gleich daneben den Delfin. Als Kind hatte mich mein Vater oft mit aufs Dach unseres Hauses genommen, ohne dass meine Mutter davon wusste. Es war unser geheimer Ort: Hier betrachteten wir die Sterne, und er erklärte mir, dass der allerhellste der Stern der Wünsche war. Wir suchten lange nach ihm, und dann wünschten wir uns beide etwas.

Seitdem er uns verlassen hatte, war der Himmel für mich nicht mehr derselbe.

Eine Weile schwiegen wir und genossen die Stille, durchbrochen nur vom Rascheln der Blätter und Gräser im Wind. Noch schöner wäre es gewesen, wir hätten eine Decke gehabt, denn die Vorstellung, wie viele Keime auf diesem Rasen sein mochten, über den tagsüber so viele Füße liefen, behagte mir gar nicht.

»Alles klar?«

Ich zuckte zusammen.

»Ja, alles klar«, antwortete ich angespannt, die Arme vor der Brust verschränkt, und versuchte, ruhig zu bleiben.

»Das sehe ich. Was ist los?«

Nun, von meiner Keimphobie würde ich ihm bestimmt nichts

erzählen. »Nichts«, antwortete ich daher so ungezwungen wie möglich. »Ich mag nur keine Insekten …«

Thomas setzte sich auf, nahm das Bandana vom Handgelenk, entrollte es und sah mich an. »Hier«, sagte er. »Leg deinen Kopf darauf, dann verfängt sich kein Käfer in deinen Haaren.«

»Danke«, erwiderte ich und unterdrückte einen Schauder.

»Kein Problem. Du sahst aus, als würdest du jeden Moment einen hysterischen Anfall bekommen.«

»Das stimmt nicht.« Ich boxte ihm in die Seite, und er lachte lauthals – das erste Mal, seit ich ihn kannte.

»Doch. Du sahst genauso angewidert aus wie ich, wenn ich deinen Freund unter der Dusche sehe«, antwortete er boshaft, und mein Lächeln erstarb.

»Darf ich erfahren, warum ihr euch so hasst?«

Er antwortete nicht.

»Hey, ich habe dich etwas gefragt!«

Er seufzte und strich sich eine Locke aus der Stirn. »Das war schwer zu überhören.« Er zögerte, dann sagte er: »Dein Freund ist ein Arschloch. Und das solltest du dir klarmachen. Mehr gibt es dazu nicht zu sagen.«

»Erklär mir das genauer.« Ich hatte ein ungutes Gefühl.

»Ihr seid doch zusammen«, entgegnete er wütend. »Wenn du etwas wissen willst, frag ihn, verdammt noch mal.«

Seine plötzliche Aggressivität schüchterte mich ein. »Entschuldige, ich wollte dich nicht sauer machen.«

Thomas ließ sich wieder ins Gras sinken, während mir tausend Gedanken durch den Kopf schwirrten. Ich suchte verzweifelt nach einem triftigen Grund, warum er Travis so sehr hasste, aber mir fiel nichts ein.

Thomas riss mich aus meinen Gedanken, indem er das Buch aufhob und hochhielt.

»*Vernunft und Gefühl* von Jane Austen«, las er. »Warum wundert mich das nicht?«

Offenbar wollte er mir zu verstehen geben, dass seine Wut verraucht war.

»Liest du gerne?«, fragte ich hoffnungsvoll.

»Es langweilt mich.«

Ich legte mir die Hand aufs Herz und sagte theatralisch: »Du hast mir gerade das Herz gebrochen.«

»Das musste früher oder später so kommen«, erwiderte er belustigt.

»Du weißt nicht, was du verpasst«, entgegnete ich.

»Um was geht es?«, fragte er neugierig.

»Der Roman erzählt von zwei völlig verschiedenen Schwestern. Die eine handelt leidenschaftlich und instinktiv, die andere rational.«

»Und was passiert mit ihnen?«

»Sie verlieben sich in zwei ganz unterschiedliche Männer, und die Liebe verändert sie von Grund auf.«

Er wandte mir das Gesicht zu und sah mir direkt in die Augen. »So was kann die Liebe?«

Ich räusperte mich nervös. Plötzlich wurde mir bewusst, dass wir viel zu dicht nebeneinanderlagen. »Seit wann spielst du Basketball?«, wechselte ich ziemlich abrupt das Thema. Basketball war unverfängliches Terrain, die Liebe nicht.

»Warum willst du das wissen?«

»Weil wir etwas voneinander wissen sollten, wenn wir Freunde werden wollen«, erklärte ich.

»Dann willst du meine Freundin sein?«, fragte er, während einer seiner Mundwinkel in die Höhe wanderte.

»Regel Nummer eins: Hör auf mit diesem selbstzufriedenen Grinsen, sonst wird das mit der Freundschaft nichts.«

Das Grinsen wurde breiter. »Ich spiele quasi schon mein ganzes Leben.«

»Und du bist richtig gut darin?«

»Bezweifelst du das?«

Ich schüttelte den Kopf. »Du bist so was von überheblich …«

»Selbstbewusst, würde ich sagen.« Einen Moment lang schien er zu überlegen, dann fügte er hinzu: »Basketball kann ich wirklich gut spielen. Ansonsten bin ich der totale Versager. Aber wenn ich aufs Spielfeld gehe, bekommt alles eine Form, alles, was in meinem Leben falsch läuft, verschwindet. Auf dem Spielfeld gibt es nur mich, das Geräusch des Netzes, wenn ich einen Korb werfe, den Boden unter meinen Füßen und das Adrenalin, das durch meinen Körper rauscht und meine Bewegungen leitet …«

Ich schaute ihn fasziniert an. »Das muss ein tolles Gefühl sein.«

»Darauf kannst du wetten.«

»Thomas …«, sagte ich nach einer Weile und setzte mich auf. »Hm?«

»Du bist kein Versager. Niemand ist das«, fügte ich hinzu und spielte mit meinen Schnürsenkeln, denn sein Gesichtsausdruck verriet mir, dass ich einen empfindlichen Punkt getroffen hatte. Schon wieder.

»Sag das nicht. Du kennst mich doch gar nicht«, antwortete er knapp und wandte den Blick ab.

»Stimmt, ich kenne dich nicht. Aber du solltest nicht so hart zu dir sein, wir sind alle nur Menschen und machen Fehler, das kommt vor. Und auch wenn sie wehtun, sind wir irgendwann dankbar dafür, denn unsere Fehler machen uns zu dem, was wir sind. Wenn wir die Essenz des Lebens nicht erkennen, dann sind wir nur leere Hüllen.« Ich legte ihm die Hand auf die Schulter. Er erstarrte. Mir wurde klar, dass ich mich zu weit vorgewagt hatte, also zog ich die Hand sofort zurück. »Unsere Fehler machen uns zu Menschen und nicht zu Versagern.«

»Es gibt Fehler, die nehmen dir für immer etwas von deiner Menschlichkeit, Vanessa.« Die Kälte, mit der er das sagte, erschreckte mich. Ich fragte mich, was in seinem Leben passiert sein musste, dass er so desillusioniert war.

»Das kannst du nicht ernst meinen …«

»Ich war noch nie so ernst.« Er schaute mir fest in die Augen. Ich wandte den Blick ab. Wollte nicht, dass er weitersprach. Mir war kalt.

»Du zitterst«, stellte er fest. »Zeit, nach Hause zu gehen.«

»Nein, nein, alles okay.« Ich wollte nicht gehen, ich wollte den Abendwind auf meinem Gesicht spüren und den schweren Stein loswerden, den ich in meinem Magen spürte. Also legte ich den Kopf auf das Bandana und schaute erneut in den Himmel, in der Hoffnung, dort etwas Trost zu finden.

»Wie du meinst.« Er legte sich wieder neben mich.

»Du kannst gerne reingehen.«

»Um mich geht es nicht. Du bist diejenige, die die ganze Zeit zittert.«

»Ich friere schnell.«

»Komm, sag die Wahrheit …«, forderte er mich nur halb im Scherz auf.

»Was für eine Wahrheit?« Ich sah ihn verwirrt an.

»Du sagst das nur, damit ich dich umarme. Tut mir leid, aber das wird nicht passieren.« Er lachte leise.

»Ganz sicher nicht«, widersprach ich vehement, doch dann wurde mir klar, dass er mich aufzog. »Sehr witzig, Thomas«, murmelte ich leise und schloss die Augen. Plötzlich frischte der Wind auf, die Blätter der Bäume um uns herum rauschten. Einige lösten sich von den Ästen, kreiselten nach unten und landeten teilweise auf uns, einige in meinen Haaren. Ich setzte mich auf, um sie mir herauszuziehen, aber bei meinem Geschick verhedderten sie sich nur noch mehr.

»Warte, ich helfe dir.« Thomas beugte sich zu mir und streckte die Hand aus.

»Nicht nötig.« Eilig fuhr ich mir mit den Fingern durch die Haare, während er mir belustigt zuschaute. Plötzlich veränderte sich sein Gesichtsausdruck.

»Was ist los?«, wollte ich wissen.

»Wenn ich dir sage, beweg dich nicht, hältst du dann still?«

»Warum?«

»Weil du eine Wanze im Haar hast.«

Was?

Panisch riss ich die Augen auf, fing an zu schreien und um mich zu schlagen. »Oh Gott, wie ekelhaft! Mach sie weg! Sofort, bitte!«

»Das würde ich ja, wenn du nicht wie eine Wilde rumzappeln würdest.« Sein amüsierter Ton entging mir nicht. Er kam mir ganz nahe, und ich hielt die Luft an. Sein Atem strich warm über meine Lippen.

»Hast du sie?«, murmelte ich, schloss vor lauter Panik die Augen und legte die Hände vors Gesicht.

»Gleich«, erwiderte er. »Du kannst die Augen wieder aufmachen«, sagte er kurz darauf. Ich schüttelte den Kopf und presste die Lippen zusammen. »Komm schon, nur Mut!«

Ich spürte, wie er nach meinen Händen griff, um sie von meinem Gesicht zu ziehen. Reflexartig leistete ich Widerstand.

»Sie ist weg, ich habe sie rausgezogen«, flüsterte er mir beruhigend ins Ohr.

Langsam ließ ich die Hände sinken und zwang mich, die Augen zu öffnen. Thomas' Gesicht war direkt vor meinem. Unsere Nasenspitzen berührten sich fast. Ich erschauderte, mein Mund war plötzlich staubtrocken.

»Alles okay?«

Ich konnte kaum schlucken und nickte verwirrt. Langsam wanderte sein Blick zu meinem Mund. Trotz der Kälte wurde mir schlagartig warm.

Thomas senkte den Kopf, als müsse er gegen etwas ankämpfen, das stärker war als er. »Fuck«, fluchte er leise und schloss die Augen. Als er ihn wieder hob, löschte sein eiskalter Gesichtsausdruck das Feuer, das sich in meinem Körper ausgebreitet hatte.

Bevor ich meine Hände auf seinen muskulösen Oberkörper legen und wieder Abstand zwischen uns bringen konnte, versetzte eine vertraute Stimme hinter uns all meine Sinne in Alarmbereitschaft. Mein Herz setzte aus.

Es war Travis.

Kapitel 9

»Was zum Teufel macht ihr beide hier draußen?«, knurrte Travis, der nur wenige Schritte von uns entfernt stand. Als ich mich umdrehte, sah ich, dass sein Gesicht vor Wut dunkelrot angelaufen war.

Es konnte unmöglich eine Stunde vergangen sein! Ich griff nach meinem Buch und sprang in Sekundenschnelle auf, als ob er mich mit einem anderen im Bett ertappt hätte. Mein Herz pochte so wild, dass ich fürchtete, es würde mir jeden Moment aus der Brust springen.

Travis schien kurz davor, zu explodieren. Sämtliche Muskeln waren angespannt, seine Augen drohend auf Thomas und mich geheftet.

»Wolltest du nicht nach Hause gehen, Vanessa?« Er kam näher. Travis hatte viele Fehler, aber Gewalt gehörte nicht dazu. Dennoch jagte er mir in diesem Moment Angst ein. Was hatte ich mir bloß dabei gedacht, mich in eine solche Situation zu bringen?

Ich wollte alles erklären, irgendetwas sagen, aber die Panik schnürte mir die Kehle zu.

Travis' Wut schüchterte mich derart ein, dass ich instinktiv ein paar Schritte zurückwich und hinter Thomas' Rücken Zuflucht suchte, der in der Zwischenzeit ebenfalls aufgestanden war und sich vor Travis aufbaute.

»Du machst ihr Angst, du Idiot. Es ist nichts passiert, entspann dich«, sagte er, dann bückte er sich und hob in aller Seelenruhe das Bandana auf.

»Ich habe dich gerade neben meiner Freundin erwischt, und du hast die Nerven, zu behaupten, es wäre nichts passiert? Verpiss dich, oder ich schwöre dir …« Travis richtete drohend den Zeigefinger auf ihn.

»Was? Was schwörst du mir, Baker?« Thomas rückte meinem Freund so nahe, dass sie sich Auge in Auge gegenüberstanden.

Ich presste das Buch an meine Brust. Mir zitterten die Beine, und ich hatte das Gefühl, jeden Moment in Ohnmacht zu fallen. Ich wollte etwas sagen, eingreifen, um diesem Wahnsinn ein Ende zu machen, aber ich hatte das Gefühl, aus mir herauszutreten, der Szene von außen zuzusehen, und war wie gelähmt.

»Travis, bitte, hör auf damit«, schrie ich mit Tränen in den Augen, als ich endlich die lähmende Angst abschütteln konnte. Ich versuchte, seinen Arm zu packen, aber vergeblich. Außer sich vor Zorn ging Travis auf Thomas los und verpasste ihm einen Fausthieb in den Bauch. Thomas krümmte sich stöhnend zusammen. Ich raufte mir verzweifelt die Haare.

Am schlimmsten war sein leerer Blick, als er sich wieder aufrichtete und gefährlich leise knurrte: »Du bist ein toter Mann.« Dann stieß er Travis mit brutaler Gewalt zu Boden. Sie wälzten sich auf dem Rasen, rollten bis auf den asphaltierten Weg und versuchten, einander an die Kehle zu gehen wie rivalisierende Löwen. Irgendwann hatte Thomas Travis überwältigt und bedrohte ihn mit der geballten Faust.

»Thomas, hör auf damit, ich flehe dich an!«, schrie ich verzweifelt. Genau in diesem Moment tauchten Finn und Matt auf, stürzten sich auf die beiden und trennten sie.

»Seid ihr bescheuert? Was stimmt nicht mit euch?«, brüllte Matt.

Travis stand auf und versuchte, sich trotz seiner blutenden Lippe erneut auf Thomas zu stürzen.

Matt hielt ihn fest. »Beruhige dich, Kumpel, oder willst du unbedingt, dass die Campus-Polizei kommt?« Er schaute zu Thomas, der von Finn in Schach gehalten wurde. »Was zum Teufel ist hier eigentlich los?«

»Dieses unverschämte Arschloch belästigt meine Freundin, das ist los!«, schrie Travis. Er spuckte Blut auf den Boden und wischte sich mit dem Handrücken über den Mund.

»Belästigt?«, wiederholte Thomas mit einem höhnischen Grinsen. Finn hielt ihn fest umklammert, damit er keine weiteren Dummheiten machte. »Von ›Belästigung‹ kann keine Rede sein.«

Ich schleuderte Thomas einen vernichtenden Blick entgegen, während Travis alles gab, um sich von Matt loszureißen.

Ich ging zu meinem Freund, nahm sein Gesicht in beide Hände und versuchte, ihn zu beruhigen.

»Travis, es ist nichts passiert!« Er schob mich erbost beiseite. »Wir haben nur geredet!«, fuhr ich fort, entschlossen, mir Gehör zu verschaffen. »Ich war gerade auf dem Nachhauseweg, habe ihn hier sitzen sehen, und wir haben uns unterhalten, mehr nicht!« Das war eine Lüge, und ich schämte mich deswegen zu Tode, aber Travis schien sich zu beruhigen. Sein Gesicht schwoll an, es zeigten sich die ersten blau-lila Flecken. Ich strich ihm sanft über die Wange. »Es tut mir leid, das hätte ich nicht tun sollen. Aber glaub mir: Das ist alles ein großes Missverständnis.«

»Wenn ich dich noch einmal mit ihm sehe, ist es aus zwischen uns«, stieß er hervor. Er sah mich mit zusammengepressten Lippen an, und ich wusste, dass er es ernst meinte.

»Okay«, murmelte ich. Travis und ich hatten eine Krise, ja, aber ich wollte ihn nicht verlieren, nicht wegen irgendeines Idioten, dem es Spaß machte, sich über andere lustig zu machen.

Thomas befreite sich aus Finns Griff, kam auf uns zu und raunte: »Entspann dich, Captain ...« Er musterte mich verächtlich, dann fügte er hinzu: »Die könnte sich noch so anstrengen, aber da regt sich bei mir gar nichts. Sonst hätte ich sie schon längst gevögelt.« Seine hasserfüllten Augen ruhten jetzt wieder auf Travis. »Und was dich betrifft, war es das letzte Mal, dass du es gewagt hast, mir zu nahe zu kommen. Beim nächsten Mal wirst du in einem verdammten Krankenhaus aufwachen.«

Ich sah, wie er sich umdrehte und in Richtung der Studentenwohnheime ging, ohne mich eines weiteren Blickes zu würdigen. Mit ihm gingen seine Unverschämtheit, seine Arroganz und seine Bösartigkeit. Während ich erniedrigt und mit Tränen in den Augen zurückblieb und so tat, als hätten seine Worte mir keinen Stich in die Brust versetzt.

Vor Travis durfte ich nicht zeigen, wie sehr er mich verletzt hatte. Ich nahm all meinen Mut zusammen, beruhigte Matt und Finn und zog Travis zurück zum Pick-up. Mein Angebot, dass ich mich ans Steuer setzte, lehnte er ab, und ich hatte keine Kraft mehr, ihm zu widersprechen. Schweigend fuhren wir zurück, die Spannung war mit Händen greifbar. Travis sprach nicht mit mir und schaute mich auch nicht an. Ich verstand ihn, schließlich hatte ich versprochen, mich von Thomas fernzuhalten. Ich hätte auf ihn hören sollen, dachte ich nun. Ich hatte meinen Gefühlen erlaubt, die Oberhand über meinen Verstand zu gewinnen, aber das würde nie wieder vorkommen. Ich hatte einen Freund, verdammt noch mal!

»Wir sehen uns morgen«, sagte Travis, als wir bei mir zu Hause ankamen.

»Travis ...« Ich versuchte, seine Hand zu nehmen, aber er zog sie zurück und starrte stur geradeaus.

»Ich werde darüber hinwegkommen.«

»Ich muss wissen, ob es dir gut geht.«

»Was denkst du denn?«

Verlegen senkte ich den Blick. »Warum hast du so reagiert? Wenn dich jemand gesehen hätte … du hättest aus der Mannschaft fliegen oder, schlimmer noch, von der Campus-Polizei verhaftet werden können!«

»Was hast du da draußen mit ihm getrieben?«

»Wir haben geredet, das habe ich dir doch schon gesagt …«

»Geredet …«, wiederholte er. Die Skepsis in seiner Stimme entging mir nicht. »Seid ihr jetzt befreundet? Warum weiß ich nichts davon?«

»Wir sind keine Freunde, und es gibt auch nichts zu wissen.«

»Und warum sah es so aus, als würdet ihr euch küssen?«

»Er hat sich vorgebeugt, um mir eine Wanze aus den Haaren zu ziehen«, erklärte ich und zupfte nervös an den Ärmeln meiner Jacke. »Wieso hätten wir uns küssen sollen? Ich bin mit *dir* zusammen, Travis.«

Seufzend strich er sich übers Gesicht, das wegen der Schläge, die er eingesteckt hatte, immer noch geschwollen war.

»Ich kenne dich, Vanessa.« Er schüttelte den Kopf und schaute resigniert vor sich hin.

»Was willst du damit sagen? Eben weil du mich kennst, solltest du wissen, dass ich nichts tun würde, was dich ver- …«

Travis unterbrach mich. »Du kapierst es nicht!« Er schlug mit der flachen Hand aufs Lenkrad.

»Was denn? Was kapiere ich nicht?«

»Er … er steht auf dich!«

Ich starrte ihn fassungslos an. Dann sagte ich: »Das tut er nicht. Und selbst wenn, dann solltest du mir vertrauen. Ich habe dir den Scheiß von Freitagabend verziehen, und du regst dich über eine einfache Unterhaltung auf?«

Travis lachte bitter. »Du bist ihm doch völlig egal, er möchte mir nur eins reindrücken.«

»Aber warum?«

»Das ist nicht der Punkt!«, schrie er so laut, dass ich zusammenfuhr. Ich hätte ihm gerne gesagt, dass ich ein Recht darauf hatte, zu erfahren, warum Thomas und er sich so sehr hassten, aber sein Zorn verunsicherte mich. Also senkte ich den Kopf und schwieg. »Ich erwarte von dir, dass du von jetzt an vorsichtiger bist«, sagte er, während ich ausstieg.

»Okay«, erwiderte ich leise. Noch nie zuvor hatte ich Travis so wütend gesehen. Und doch dachte ich nicht an seinen Schmerz, der in mir nachwirkte, als er nun davonfuhr. Ich dachte an den Schmerz, den Thomas' Worte in mir ausgelöst hatten – Worte, die mir einfach nicht mehr aus dem Kopf gingen.

Kapitel 10

Als ich das Haus betrat, empfing mich der Duft von Hühnchen und Ofenkartoffeln, mein Lieblingsessen. Meine Mutter bereitete es immer mit unzähligen Kräutern aus unserem Garten zu. Der Garten war, nach Schlammbädern im Spa und gutem Wein, eine ihrer Leidenschaften.

»Ich bin wieder da!«, rief ich und streifte die Schuhe ab. Anschließend hängte ich die Jacke auf und stellte die Büchertasche auf die Holzbank neben dem Eingang. Eigentlich musste ich dringend unter die Dusche, wollte aber zuerst Mom Hallo sagen. Ich schaute in den Spiegel, wischte die Tränenspuren von meinen Wangen und zupfte mir ein paar Grashalme aus den Haaren. Schließlich wollte ich nicht, dass meine Mutter mir Fragen stellte, die ich nicht beantworten konnte.

Mein Spiegelbild sprach eine deutliche Sprache: Ich war bleich, die grauen Augen wirkten zu groß für mein schmales Gesicht, ich sah müde und verletzt aus. Die schwarzen Haare machten mich noch blasser. Vielleicht sollte ich sie nicht mehr färben und wieder meine blonde Naturfarbe tragen.

Mit einem tiefen Seufzer kniff ich mir in die Wangen, in der Hoffnung, sie würden etwas frischer aussehen, setzte ein gekünsteltes Lächeln auf und machte mich bereit, meiner Mutter entgegenzutreten.

Aus dem Wohnzimmer drang das Geräusch des laufenden

Fernsehers. Die Vintage-Brille auf der Nase, die sie nur zu Hause aufsetzte, weil sie sie angeblich älter machte, saß sie mit angewinkelten Beinen auf dem Sofa, einen Ellbogen auf die Seitenlehne gestützt, und blätterte in einer *Vogue*. Ihre Haare waren wie üblich zu einem Knoten zusammengefasst. Sie trug bereits den teuren Schlafanzug aus beigem Satin, den Victor ihr geschenkt hatte. Je länger ich sie ansah, desto mehr fragte ich mich, wie sie das bloß anstellte: Wie schaffte sie es ohne jede Mühe, aus allen Poren Eleganz zu verströmen?

»Ich warte schon ewig auf dich, was war los?«

»Travis hat heute länger trainiert. Ich gehe kurz hoch und mache mich frisch«, antwortete ich und lehnte mich gegen den Türrahmen.

»Das Abendessen ist in vierzig Minuten fertig, beeil dich«, erwiderte sie, ohne den Kopf zu heben.

»Warum bist du heute Abend nicht bei Victor?«

»Er hatte keine Zeit. Muss wohl noch etwas für die Arbeit erledigen.«

Ich lächelte bitter. Inzwischen waren wir so weit, dass sie mich nur bemerkte, wenn Victor nicht da war. Oben in meinem Zimmer zog ich rasch die Klamotten aus und sprang unter die Dusche. Ich hoffte, dass das warme Wasser auch meine schlechte Laune vertreiben würde, aber sie besserte sich nur wenig. Nach dem Duschen wickelte ich die nassen Haare in ein Handtuch, streifte meinen Bademantel über und zog einen frischen Schlafanzug an. Dann gesellte ich mich zu meiner Mutter aufs Sofa.

»Schaust du etwas Bestimmtes?« Ich deutete mit der Fernbedienung auf den Fernseher.

»Nein, mach nur.«

Während ich mich durch die Programme zappte, zwang ich

mich, mit der Frau neben mir zu sprechen, mit der ich nicht viel gemein hatte.

»Wie war es im Büro?«, erkundigte ich mich, legte den Kopf auf die Lehne und streckte die Beine aus.

»Gut, gestern kam eine neue Praktikantin, ihr erster Job.«

»Warum hast du mir nicht gesagt, dass ihr Leute sucht? Ich hätte mich sofort beworben. Ich bin gut in Dingen, bei denen es auf Genauigkeit ankommt«, sagte ich bedauernd.

»Wozu brauchst du ein Praktikum?«, fragte sie verwundert und blätterte eine Seite weiter.

»Um etwas dazuzuverdienen. Ich möchte mich beteiligen und auch … unabhängiger sein.« Ich spielte mit den feuchten Strähnen, die unter dem Handtuch hervorlugten.

»Das ist nicht nötig. Mit Victors Hilfe komme ich gut zurecht. Kümmere du dich nur um dein Studium.« Sie schaute auf und fügte lächelnd hinzu: »Außerdem wäre deine Bewerbung ohnehin im Papierkorb gelandet.«

»Warum?« Ich runzelte die Stirn.

»Sie stellen keine Familienangehörigen ein wegen Vetternwirtschaft und so.«

»Na gut, auf jeden Fall werde ich mir einen Job suchen, um …«

Sie schob die Brille auf die Nasenspitze und unterbrach mich.

»Ich möchte nicht, dass du neben deinem Studium jobbst. Nicht nach all den Anstrengungen, die ich unternommen habe, damit du so weit kommst.« Sie wollte sich durchsetzen wie immer.

»Ich bin sehr wohl in der Lage, Studium und Job unter einen Hut zu bringen, viele Studierende machen das. Ich sehe nicht, wo das Problem liegt.«

»Was ›viele Studierende‹ machen, interessiert mich nicht. Du tust, was ich dir sage«, antwortete sie verärgert und betonte den letzten Satz.

»Ich bin fast zwanzig, Mom. Merkst du eigentlich, dass du mich wie eine Zwölfjährige behandelst? Ich werde mir einen Job suchen, Ende der Diskussion«, entgegnete ich und warf ihr einen entschlossenen Blick zu. Für heute hatte ich genug von Menschen, die versuchten, mein Leben zu kontrollieren.

Sie presste die Lippen zusammen und sah mich zornig an. Ich konnte an ihren Augen erkennen, dass sie gleich platzen würde. Aber ich war bereit, mehr als bereit, ihrem Zorn zu begegnen. Wenn ich ehrlich war, konnte ich es kaum erwarten, mich ein wenig abzureagieren. Aber zu meiner großen Überraschung seufzte sie nur und sagte: »Gut, wie du meinst.«

»Wirklich?« Ich konnte es kaum glauben.

»Ja. Du bist jetzt erwachsen. Wenn du alles unter einen Hut bringst, dann spricht nichts dagegen.«

Ich sah sie erstaunt an. Ich musste in irgendeiner Parallelwelt gelandet sein, anders konnte ich mir ihren Meinungsumschwung nicht erklären.

Sie blätterte weiter in ihrer Zeitschrift.

Ich starrte sie einige Sekunden skeptisch an, immer noch fassungslos über ihr unvermitteltes Einlenken, dann starrte ich auf den Fernseher, in der Hoffnung, mich abzulenken. Was keine gute Idee war, denn sofort kehrten meine Gedanken zu Thomas zurück. Mit welcher Bosheit, welcher Skrupellosigkeit er diese vernichtenden Sätze ausgesprochen hatte, welche Verachtung in seinem Gesichtsausdruck lag!

Ich fühlte mich zutiefst verletzt. Hatte er mich wirklich nur benutzen wollen, um Travis eins auszuwischen? Wie weit wäre er dafür gegangen – und hätte ich mitgemacht? Aber die Frage stellte sich im Grunde gar nicht, denn angeblich fand er mich ja alles andere als sexy. Ich hatte wirklich gedacht, er wollte mit mir befreundet sein, dabei hatte er offenbar alles ganz genau geplant.

Ich war mir sicher, er wusste, dass Travis bald aus der Sporthalle kommen und uns sehen würde. Und ich war so dumm gewesen, ihm auf den Leim zu gehen.

»Alles in Ordnung?«, fragte meine Mutter, ohne den Blick von der Zeitschrift zu wenden, und holte mich in die Gegenwart zurück.

»Ja, alles in Ordnung«, versicherte ich eilig.

»Wirklich? Du starrst ins Leere, als wärst du in Trance.« Sie schaute mir in die Augen.

»Wirklich, Mom. Wann ist das Essen fertig? Ich habe schrecklichen Hunger«, versuchte ich das Thema zu wechseln.

Zum Glück schrillte gerade in diesem Moment der Timer, und meine Mutter sprang auf. »Jetzt.«

Das Abendessen verlief schweigend, die Stille wurde nur unterbrochen vom Klappern des Bestecks. Hin und wieder spürte ich den bohrenden Blick meiner Mutter und musste mich zusammenreißen, damit sie mich nicht lesen konnte wie ein offenes Buch.

»Ich denke gerade nach, wann du begriffen hast, dass die Dinge zwischen Papa und dir nicht mehr so gut liefen«, sagte ich nach einer Weile, um sie abzulenken.

Ihr Besteck schwebte einen Moment in der Luft, dann fragte sie: »Wir kommst du darauf?«

»Na ja, wir haben nie wirklich darüber gesprochen. Als es passiert ist, war ich noch ein Kind, aber jetzt würde ich gern mehr darüber erfahren.«

»Ich finde, wir sollten die Vergangenheit ruhen lassen«, entgegnete sie mit ihrer üblichen Selbstsicherheit. Dann schaute sie mich plötzlich alarmiert an. »Mit Travis und dir ist doch alles in Ordnung, oder?« Ihre Frage traf mich unvorbereitet. Meine Mutter wäre außer sich, wenn sie die Wahrheit wüsste. Nervös tippte ich mit den Fingerspitzen gegen den Rand meines Glases.

»Ja, alles gut.« Mir blieb nichts anderes übrig, als zu lügen. Erleichtert atmete sie auf.

»Ich habe auch etwas mit dir zu besprechen.« Sie legte die Unterarme auf den Tisch. Ich machte mich auf das Schlimmste gefasst. »Mit Victor läuft es wirklich gut. Wir treffen uns jetzt schon seit Monaten, und ich möchte, dass ihr euch kennenlernt. Offiziell, meine ich, vielleicht bei einem Familienessen.«

Stopp! Was? Nein. Ganz bestimmt nicht.

»Jetzt mach doch nicht so ein Gesicht! Seit Jahren habe ich mich nicht mehr so glücklich und voller Energie gefühlt, und das habe ich allein ihm zu verdanken. Es würde mir viel bedeuten«, fügte sie hinzu und streckte ihre Hand nach meiner aus.

»Mom ... du weißt, dass ich so was hasse.«

»Bitte, Vanessa, kannst du es nicht für mich tun? Um deine Mutter glücklich zu machen?«

Ich seufzte resigniert. Verdammt, warum konnte ich bei ihr nie Nein sagen? »Okay, Mom. Ich bin dabei.«

»Danke, mein Schatz. Sagen wir Freitag?«, zwitscherte sie freudig.

»Nein, am Freitag kann ich nicht, da ist das Spiel, und danach gehen wir auf eine Party«, erklärte ich ihr ohne große Begeisterung.

»Wohin? Seit wann gehst du auf Partys?«, fragte meine Mutter mit hochgezogenen Augenbrauen.

»Bei einer Freundin von Tiffany. Und natürlich gehe ich auf Partys. Zwar selten, aber doch ab und zu.«

»Kommt Travis auch mit?«

Ich blinzelte. »Natürlich, Mom.«

»Dann ist es ja gut, ich verlasse mich auf ihn.« Sie hob abwehrend die Hände. »Wie wär's mit Samstag?«

»Samstag passt prima«, stimmte ich lächelnd zu.

»Wunderbar!«

Wir räumten gemeinsam ab, und ich stellte das Geschirr in die Spülmaschine. Meine Mutter wollte im Wohnzimmer noch ein bisschen mit mir fernsehen, aber ich war nicht in der richtigen Stimmung: Dieser Tag hatte mich erschöpft. Es war so viel passiert, dass ich noch keine Zeit gehabt hatte, alles zu verarbeiten ... Ich wollte nur noch schlafen und nicht mehr denken.

In meinem Zimmer ließ ich mich aufs Bett fallen, schloss die Augen und versuchte, in den tiefsten Tiefen meiner Gedanken letzte Reste von Vernunft zu finden. Der Vernunft, die mich nie im Stich gelassen hatte, bis ich auf die Person gestoßen war, von der ich mich besser hätte fernhalten sollen.

Nach einer unruhigen Nacht wachte ich vor dem Weckerklingeln auf. Eine absolute Seltenheit.

Noch etwas benommen, schlich ich in die Küche, um zu frühstücken, und entdeckte am Kühlschrank einen Zettel von Mom. Sie entschuldigte sich, weil sie schon zur Arbeit aufgebrochen war.

Ich knüllte die Nachricht zusammen und warf sie in den Mülleimer. Im Kühlschrank sah es sehr übersichtlich aus, aber ich fand noch zwei Eier und eine fast leere Flasche Orangensaft. Ich musste unbedingt bald einkaufen gehen.

Nach dem Frühstück kehrte ich in mein Zimmer zurück, um mich anzuziehen.

Ich entschied mich für enge schwarze Jeans und einen tiefroten Pulli, den ich vorn in den Bund steckte. Anschließend tupfte ich mir mein Lieblingsparfüm auf die Handgelenke und den Hals. Zum ersten Mal seit Semesterbeginn glättete ich mir die Haare und schminkte mir dezent die Augen. Heute hatte ich das Bedürfnis, mein angeknackstes Selbstbewusstsein etwas aufzupolieren.

Bevor ich nach unten ging, warf ich einen Blick aus dem Fenster, um nachzusehen, ob Travis schon da war. Der Pick-up stand vor der Einfahrt, Travis lehnte am Kofferraum und wartete. Sein angespannter Gesichtsausdruck verriet mir, dass er immer noch sauer war.

Ich schlüpfte in die schwarzen Stiefel und betrachtete mich von hinten im Spiegel. Die Jeans betonte meinen Hintern etwas zu sehr, deshalb griff ich nach einer locker fallenden Strickjacke und zog sie über den Pulli. Fertig!

Travis lächelte, als er mich sah. Die Anspannung wich aus seinem Gesicht.

»Hi ...«

Mehr konnte ich nicht sagen, denn er umfasste meine Taille, zog mich an sich und küsste mich leidenschaftlich. Ich war perplex. Dann war er also nicht mehr sauer?

»Du siehst heute Morgen wunderschön aus«, sagte er, nachdem wir uns voneinander gelöst hatten.

»Danke.« Ich errötete geschmeichelt.

»Du hast mir heute Nacht gefehlt«, gestand er und drückte seine Stirn an meine.

»Travis, was passiert ist, tut mir wirklich leid.«

Er legte mir zwei Finger auf die Lippen. »Pst, vergessen wir das. Ich habe die ganze Nacht darüber nachgedacht. Ich habe es übertrieben, war wütend auf dich, obwohl er das Problem ist«, erklärte er, und ich konnte ihm das schlechte Gewissen förmlich ansehen.

»Ich weiß, das wird nicht mehr vorkommen. Ich bin mit dir zusammen, du magst ihn nicht, und ich mag ihn auch nicht. In Zukunft werde ich ihm aus dem Weg gehen, versprochen. Und jetzt, da wir uns eine zweite Chance geben, möchte ich mich ganz auf unsere Beziehung konzentrieren.« Ich presste meine Lippen auf seine, und wir küssten uns sanft.

»Meine Eltern sind für ein paar Tage verreist, du kannst bei mir übernachten, wann immer du willst«, schlug er mir mit einem mehrdeutigen Grinsen vor.

»Gern.« Ich streckte die Hand aus und streichelte seine Wange.

Unterwegs ließ Travis die Harry-Styles-Playlist laufen, erinnerte mich an das Konzert und war so gut gelaunt, dass ich für einen Moment sogar den Zwischenfall von gestern Abend vergaß.

Als wir jedoch den Campus erreichten, fielen mir sofort Matt und Tiffany auf, die in ein Gespräch vertieft waren.

Hoffentlich hatte Matt ihr den Aufruhr von gestern Abend verschwiegen, nichts konnte ich jetzt weniger brauchen als eine Predigt meiner besten Freundin. Travis begrüßte die beiden, und ich nutzte den Moment, um mich davonzustehlen. Schließlich wollte ich nicht zu spät zu meiner Vorlesung über Literaturkritik kommen. Doch gerade als ich mich in Sicherheit wähnte, hielt Tiffany mich auf.

»Wir müssen reden.«

Meine Freundin wollte unbedingt wissen, was passiert war. Am liebsten hätte ich Matt den Hals umgedreht, doch er war nicht in der Nähe, also berichtete ich ihr alles bis ins kleinste Detail.

»Ich fasse zusammen.« Sie tippte sich mit dem Zeigefinger ans Kinn. »Er hat dich gebeten, bei ihm zu bleiben. Ihr habt eine Stunde lang unter einem romantischen Sternenhimmel miteinander gequatscht. Er hat dir sein Bandana angeboten, damit du den Kopf nicht auf den Rasen legen musst. Und als er deinen Lippen ziemlich nah gekommen ist, hat er plötzlich einen Rückzieher gemacht. Dann hat mein Bruder euch erwischt, und Thomas hat dich in echter Collins-Manier abgespeist.«

Collins-Manier? Was sollte das heißen?

»Ja, so oder so ähnlich ist es gewesen. Na und?« Ich verschränkte die Arme vor der Brust und wartete auf eine Erklärung.

Tiffany baute sich vor mir auf, legte mir die Hände auf die Schultern und sah mich einem belustigten und gleichzeitig resignierten Gesichtsausdruck an. »Meine Süße, du steckst bis zum Hals in der Scheiße.«

»Was willst du damit sagen?«

»Ich dachte, mein Bruder wäre paranoid, aber jetzt ist mir klar, dass er nicht ganz unrecht hat.«

»Was redest du denn da? Ich verstehe dich nicht.«

»Wach auf! Collins. Steht. Auf. Dich.« Die Art und Weise, wie sie jedes einzelne Wort betonte, ließ mich laut loslachen.

»Hast du mir eigentlich zugehört? Er hat mir ins Gesicht gesagt, dass ich ihm ganz und gar nicht gefalle – und das ist noch höflich formuliert!«

Tiffany zuckte mit den Schultern. »Das hat er nicht zu dir, sondern zu deinem Freund gesagt. Das ist etwas ganz anderes.«

»Ist es nicht. Ich stand direkt neben ihm!«

Tiffany seufzte. »Ach, Süße, ich weiß, dass du das nur schwer verstehen kannst. Du hattest in deinem Leben nur einen Freund, und leider Gottes handelt es sich dabei ausgerechnet um meinen Bruder, aber auf das, was Typen wie Thomas von sich geben, sollte man nichts geben. Die muss man im Blick behalten. Die Fakten sprechen eine ganz andere Sprache …«

»Spinnst du?«, fiel ich ihr ins Wort. »Was für Fakten? Er hat seine Don-Juan-Taktik angewandt, um mich kurz darauf fallen zu lassen. Was mich nicht wundert, genau so verhalten sich Arschlöcher wie er«, platzte ich heraus. Als mir klar wurde, wie laut ich geworden war, blickte ich mich verlegen um und versuchte, mein Gesicht hinter den Haaren zu verstecken.

»Wie kannst du nur so naiv sein, Vanessa?«, fragte Tiffany.

Oh nein, nicht das schon wieder. Früher mochte das gestimmt haben, aber jetzt nicht mehr.

»Nein, ich bin nicht naiv«, widersprach ich daher. »Ich sage nur, wie es war. Seit ich ihn kenne, geht er mir auf die Nerven, und das macht man nicht, wenn man jemanden mag.« Tiffany wirkte wenig überzeugt, deshalb fügte ich hinzu: »Außerdem spielt es keine Rolle, ob ich ihm gefalle oder nicht. Ich habe Travis versprochen, mich von ihm fernzuhalten. Das Problem stellt sich also nicht, denn er gefällt mir auch nicht.«

Sie lachte. »Na dann viel Glück, das könnt ihr brauchen. Und zwar alle drei!« Sie grinste. Dann gab sie mir einen Klaps auf den Hintern und schob mich in den Hörsaal. Ich streckte ihr zum Abschied die Zunge raus.

Als die Vorlesung zu Ende war, beschloss ich, in die Bibliothek zu gehen, wo ich sofort meinen Lieblingsplatz ansteuerte, eine abgeschiedene Ecke zwischen einem Fenster und zwei Regalreihen. Ich stellte meine Tasche auf dem Tisch ab und ließ mich auf den Stuhl sinken, dann kramte ich meine Hefte und den Computer hervor und begann, meine Notizen penibel zu ordnen und abzutippen.

Etwa vierzig Minuten später sah ich aus wie der Inbegriff der fleißigen Studentin: die Haare zu einem unordentlichen Knoten zusammengefasst, einen Stift zwischen den Zähnen, das aufgeschlagene Notizblock auf dem Tisch vor mir. Als mir auffiel, dass mir zwei bestimmte Bücher fehlten, um das Thema zu vertiefen, stand ich auf und ging auf das entsprechende Bücherregal zu. Mein Zeigefinger wanderte über die Buchrücken, aber ich wurde einfach nicht fündig. Erst als ich den Blick hob, entdeckte ich eines der beiden Bücher zwei Reihen über meinem Kopf. Natürlich war weit und breit kein Hocker in Sicht, also streckte ich mich so weit wie möglich – vergeblich. Ich fluchte resigniert.

Plötzlich griff ein Arm in einer schwarzen Lederjacke an mir vorbei zu dem Buch, das ich brauchte. Ein muskulöser Brustkorb drückte sich an meinen Rücken. Ich schnappte nach Luft. »Warum wundert es mich nicht, dich hier zu treffen?«, fragte eine tiefe Stimme, die ich leider viel zu gut kannte. Beinahe wäre mir das Herz stehen geblieben.

Ich erstarrte, dann blinzelte ich ein paar Mal, um in die Realität zurückzukehren. *Reiß dich zusammen, Vanessa!*

Thomas drückte mir das Buch in die Hand, stellte sich neben mich und lehnte sich ans Regal. Dann verschränkte er die Arme vor der Brust und sah mich an. »Hallo, Fremde.«

Ich konnte es nicht fassen.

Was für eine Unverschämtheit! Mich sogar hier, in meiner friedlichen Oase, zu belästigen! Mit einem vernichtenden Blick kehrte ich ihm den Rücken zu und machte mich auf die Suche nach dem zweiten Buch. Er folgte mir, als wäre nichts geschehen.

»Du bist sauer«, stellte er unbeeindruckt fest, während ich den Blick fest auf die Regalreihe zu meiner Linken gerichtet hielt. »Das ist also der Trick, um dich zum Schweigen zu bringen.« Er hielt inne, dann fügte er hinzu: »Man muss dich nur wütend machen. Das werde ich mir merken.«

Ich biss die Zähne zusammen. Wenn ich ihn ignorierte, würde er schon abhauen, dachte ich und steuerte auf einen Stapel Bücher zu, in der Hoffnung, dort den gesuchten Titel zu entdecken.

Thomas blieb erneut neben mir stehen. »Gut, du willst also nicht reden. Dann rede ich.« Er sah sich um und strich sich übers Kinn. »Wie geht es deinem Freund? Er war ja gestern ziemlich angeschlagen. Hast du seine Wunden versorgt?« Er grinste.

»Jetzt hör mir mal gut zu, Thomas.« Ich warf ihm einen vernichtenden Blick zu. »Hier sitzen Leute, die in Ruhe lernen wollen. Hast du nichts Besseres zu tun, als mich zu nerven? Vielleicht hast du ja Lust, irgendwen grundlos anzugreifen? Das kannst du doch ziemlich gut.«

»Das macht aber nicht so viel Spaß.«

»Hör auf damit«, zischte ich leise, um niemanden zu stören. »Lass mich einfach in Ruhe.« Ich zog das gesuchte Buch aus dem Stapel und wandte mich zum Gehen, doch Thomas fasste mich am Handgelenk und hielt mich fest.

»Was ist denn los?«, wollte er wissen.

»Was mit mir los ist?« Jetzt konnte ich meine Wut nicht länger im Zaum halten. »Ist dir eigentlich klar, wie absurd du dich verhältst? Du schikanierst mich in einer Tour, machst meinen Freund schlecht, prügelst wie ein Irrer auf ihn ein, und jetzt … Jetzt bist du offenbar immer noch nicht zufrieden und nimmst dir raus, mich … Ach, vergiss es!« Wenn wir nicht in der Bibliothek gewesen wären, hätte ich lauthals geschrien.

»Für die Tracht Prügel werde ich mich nicht entschuldigen«, stellte er klar. »Immerhin war er derjenige, der zuerst zugeschlagen hat. Hast du wirklich gedacht, ich würde mich nicht wehren? Nur um eins klarzustellen: Ich habe mich noch zurückgehalten.«

»Nur um eins klarzustellen«, wiederholte ich seine Worte. »Glaub nicht, ich würde mich von dir benutzen lassen. Was auch immer zwischen euch ist, ich will nichts damit zu tun haben.«

Thomas sah mich verwirrt an. »Du denkst, ich benutze dich?«

»Das denke ich nicht nur, das weiß ich.« Einen Moment lang verdüsterte sich sein Gesicht, aber ich verstand nicht, warum.

»Du redest einen Haufen Blödsinn«, erwiderte er seufzend und fuhr sich mit dem Daumen über die Stirn. »Wenn ich etwas von einer Frau will, dann sage ich das klipp und klar.«

»Das, was du zu Travis gesagt hast, war widerlich.«

»Was? Dass sich bei mir nichts regen würde, auch wenn du dich noch so sehr anstrengst? Ich gebe dir gerne die Chance, mich vom Gegenteil zu überzeugen, wann immer du willst«, provozierte er mich.

Ich riss die Augen auf und sah mich um. Zum Glück waren wir allein in dieser Regalreihe.

»Du ... du bist wirklich das Letzte und außerdem respektlos. Unglaublich, dass dir das nicht klar ist und du dich noch nicht einmal dafür entschuldigst!«

»Würde es dir besser gehen, wenn ich mich entschuldige?«, fragte er mich ernst. Er machte einen Schritt nach vorne, ich einen nach hinten.

»Es würde zumindest zeigen, dass es dir leidtut«, erwiderte ich leise.

»Aber es tut mir nicht leid. Ich bedauere nicht, was ich getan habe. Ich war sauer, ich wollte dich nicht beleidigen. Und ich wollte dich auch nicht benutzen. Es war nötig, um deinem Freund eine klare Ansage zu machen.« Wieder trat er einen Schritt nach vorne. Ich wich nach hinten aus, bis ich mit dem Rücken gegen das Regal stieß. Er legte die Hände rechts und links neben mein Gesicht, sodass ich ihm nicht entkommen konnte. Meine Kehle schnürte sich zusammen, mein Atem beschleunigte sich. »Ob du es glaubst oder nicht, gestern war ich mit dir zusammen, weil ich es so wollte.«

Bei seinen Worten schlug mein Herz schneller. Ich wich seinem Blick aus und schaute zu Boden. Er schob mein Kinn nach oben und sah mir in die Augen. Ich schluckte.

»Es ist egal, was ich glaube. Ich vertraue dir nicht, und das wird sich nicht ändern.« Sein Blick verdunkelte sich. »Wir haben nichts gemeinsam«, fuhr ich fort. »Du verstehst dich nicht mit meinem Freund, und ich werde unsere Beziehung nicht aufs Spiel setzen, nur weil …«

»Na dann«, unterbrach mich Thomas, nahm die Hände weg und machte einen Schritt zurück. »Wenn du meinst.«

»Ja«, sagte ich, »das meine ich.« Und damit ließ ich ihn stehen, überzeugt, das Richtige zu tun. Trotzdem verspürte ich ein Gefühl der Enttäuschung, auch wenn das in dieser Situation sicher völlig fehl am Platz war.

Kapitel 11

Den Rest des Tages verbrachte ich in einer Art Vorhölle, wo ich versuchte, meine verworrenen Gefühle zu ordnen.

Am Nachmittag war Leila nicht beim Basketballtraining, und Thomas ignorierte mich, zwischen ihm und Travis herrschte weiterhin Kalter Krieg.

Ich gab meiner Mutter Bescheid, dass ich bei den Bakers schlafen würde. Tiffany hatte mich spontan eingeladen, mit einigen Studentinnen aus ihrem Seminar etwas trinken zu gehen und anschließend bei ihr zu übernachten – wie ihr Bruder wollte sie die Zeit nutzen, während ihre Eltern verreist waren. Ich sagte zu, doch nachdem wir in der prächtigen Villa zu Abend gegessen hatten, fühlte ich mich zu träge, um auszugehen. Ich bat sie, nicht sauer auf mich zu sein, aber ich würde lieber bei Travis bleiben.

Wir sahen uns einen Film an, doch als er ungefähr nach der Hälfte anfing, mich zu küssen und zu streicheln, griff ich auf die Ausrede mit den Kopfschmerzen zurück. Mir war nicht danach, außerdem hatte ich ein schlechtes Gewissen wegen der Gefühle, die ich in Thomas' Nähe empfunden hatte. Travis war gar nicht begeistert darüber, und wir schauten den Film in eisigem Schweigen zu Ende, bis wir Rücken an Rücken einschliefen.

Als ich am nächsten Morgen aufwachte, war Travis schon wach und starrte abwesend an die Decke. Ich wusste, was ihn quälte: Heute war Freitag, und an diesem Nachmittag würde das erste Spiel der Saison stattfinden. Auch wenn ich ohne einen Kaffee noch nicht richtig denken konnte, setzte ich mich im Bett auf und versuchte ihn zu beruhigen.

»Es wird alles gut, ihr seid stark«, sagte ich und rieb mir die Augen. In Wahrheit war ich nicht ganz so zuversichtlich. Die Gegner, die Oregon Ducks, gehörten zu den Besten, im vergangenen Jahr hatten sie fast die Meisterschaft gewonnen, bis Travis' Mannschaft sie schließlich doch geschlagen hatte.

Travis schnaubte, setzte sich an den Bettrand und fuhr sich mit den Fingern durchs Haar. »Hoffentlich geht dieser Tag schnell vorbei. Zum Glück sitzt dieses Mal zumindest mein Vater nicht im Publikum.« Er sprang auf und verschwand im Badezimmer.

Mir war klar, dass er unter Druck stand. Sein Vater setzte ihm zu, erinnerte ihn immer wieder daran, wie wichtig es war, vor den Sponsoren zu glänzen. Doch wenn Travis nervös war, machte auch mich das nervös. Und das konnte ich nicht ertragen.

Nach einem ebenso proteinreichen wie wortlosen Frühstück stiegen wir ins Auto.

Der Campus wirkte heute chaotischer denn je, die Atmosphäre war aufgeheizt. Viele Studentinnen und Studenten, mich eingeschlossen, trugen einen schwarzen Hoodie mit dem Aufdruck »Go Beavers!«, die Fans waren in Scharen unterwegs. Zudem würde heute Abend die erste Party des akademischen Jahres stattfinden. Die Spannung war förmlich mit den Händen zu greifen.

Auf dem Parkplatz trafen wir Matt und Finn, die Travis mit einem Faustcheck begrüßten.

»Wie geht's, Vanessa?«, fragte Matt und umarmte mich.

»Gut, und dir? Ganz schön was los hier, oder?« Ich sah mich um.

Er schnaubte. »Das kannst du laut sagen. Ich habe nicht mal

einen Parkplatz gefunden und musste mein Auto außerhalb des Campus abstellen. Wenn ich einen Kratzer entdecke, raste ich aus.«

»Warte nur, bis die Ducks kommen. Wer weiß, ob *du* das ohne Kratzer überstehst«, meinte ich amüsiert.

»Das sind Tiere. Wenn die mich nur einmal angehen, ich schwöre, dann …«

»Entspann dich, jetzt geht's erst mal um was anderes«, schaltete Travis sich ein.

»Seid ihr bereit für das Spiel?«, fragte ich, um das Thema zu wechseln. »Gestern beim Training wart ihr fantastisch in Form.«

»Darauf kannst du wetten, Schönheit! Dieses Jahr reißen wir den Ducks den Arsch auf!« Matt stieß siegessicher die Faust in die Luft. »Wir haben ein Ass im Ärmel. Jetzt, da er wieder zu hundert Prozent fit ist, haben wir einen echten Wunderknaben in der Mannschaft«, fügte er mit einem gewissen Stolz hinzu.

»Jetzt übertreibst du aber, Matt, er ist kein Wunderknabe. Er ist nur … *ziemlich gut*«, gab Travis zurück und sah seinen Freund gereizt an.

»Verdammt, dann will ich auch so *ziemlich gut* sein wie er!« Matt grinste.

Mein Magen zog sich zusammen. Langsam verstand ich. Es ging doch nicht etwa um …?

»Hey, Collins, komm her!«, rief Matt.

Ich hatte es gewusst.

Ich spürte, wie Travis mich ansah, als wolle er ganz genau sehen, wie ich reagierte. Ich zwang mich, mich nicht umzudrehen, auf keinen Fall, und biss mir auf die Lippen.

»Nope. Ich habe Besseres zu tun«, rief Thomas von Weitem zurück.

»Matt! Was zum Henker machst du da? Ich will diesen Mistkerl nicht hier haben. Es reicht, dass ich ihn im Training ertragen muss«, knurrte Travis.

Ich nutzte ihre kleine Auseinandersetzung, um einen verstohlenen Blick auf den muskulösen Eins-neunzig-Mann mit den vielen Tattoos zu werfen, der sich einige Meter von uns entfernt auf ein verrostetes Geländer setzte.

Shana kam zu ihm, stellte sich zwischen seine gespreizten Beine und lehnte sich mit dem Rücken an seinen Brustkorb. Instinktiv rückte ich näher an Travis heran.

»Schluss damit, Trav.« Matts Stimme ließ mich zusammenzucken. »Ihr habt es beide übertrieben, und das war's. Jetzt seid ihr quitt, oder? Hak es ab und benimm dich wie ein erwachsener Mann. Sonst wirkt sich das auf das Gleichgewicht in der Mannschaft aus.«

»Ihr seid quitt? Was meint er damit?« Ich starrte Travis erstaunt an und wartete auf eine Antwort, obwohl ich mir nicht sicher war, ob ich sie hören wollte. Matt verstummte verlegen.

»Nichts weiter, du weißt doch, dass wir uns nicht ausstehen können. Vergiss es«, gab er zurück und kratzte sich am Hinterkopf.

»Vergiss es?« Die beiden hatten ein Geheimnis und eine Vergangenheit, von der ich absolut nichts wusste, und das sollte ich einfach vergessen? Ob es etwas mit Leila zu tun hatte? Mit Sicherheit. Das erklärte ihr merkwürdiges Verhalten in der Sporthalle.

»Hat es etwas mit seiner Schwester zu tun?«, fragte ich unvermittelt und spürte einen Kloß im Hals.

»Was? Jetzt fang doch nicht schon wieder damit an!«

»Travis, ich habe dir eine Frage gestellt.« Ich war entschlossen, der Sache auf den Grund zu gehen, so wie ich es von Anfang an hätte tun sollen.

»Ja, und zwar eine ziemlich dämliche Frage. Der Tag ist anstrengend genug, ich habe keine Lust, mich jetzt auch noch mit deinen beschissenen Selbstzweifeln zu beschäftigen«, schnauzte er mich an. Ich erstarrte und spürte, dass mir die Tränen kamen, aber ich hielt sie zurück. Ich wollte nicht flennen wie ein kleines Mädchen. Nicht hier, vor den anderen, das Ganze war auch so schon peinlich genug. Deshalb drehte ich mich um und ging wortlos davon. Was hätte ich auch sagen sollen?

»Nessy! Komm zurück!«, schrie Travis mir hinterher. »Warum hast du wieder mit dieser Geschichte angefangen, verdammt noch mal?«, hörte ich ihn Matt fragen.

»Und warum behandelst du sie bei jeder Gelegenheit wie ein Stück Dreck?«

Das war das Letzte, was ich hörte, bevor ich meine Fakultät betrat. Ich rannte auf die Toilette, schloss mich dort ein und brach in Tränen aus. Wie erbärmlich! Ich saß im zweiten Collegejahr auf dem Klo und weinte wegen eines Typen, der ein paar Ohrfeigen verdient hätte. Ich war wirklich ein hoffnungsloser Fall.

Nach einer ganzen Weile wischte ich mir die Tränen von den Wangen und atmete tief durch. Dann stand ich auf und verließ die Kabine. Ich wusch mir die verlaufene Wimperntusche vom Gesicht und hoffte, dass das kalte Wasser gegen die Röte helfen würde, aber das war nicht der Fall.

Ich gab ein jämmerliches Bild ab, als ich die Toilette verließ und mich auf den Weg zu meiner Vorlesung machte.

Thomas saß in der letzten Reihe. Offensichtlich blieb mir heute nichts erspart. Wenigstens würde er mich dieses Mal nicht stören, denn ich straffte die Schultern, ging an ihm vorbei und setzte mich ganz nach vorn. Ich spürte seinen Blick in meinem Rücken und gab mein Bestes, um die brennende Hitze zu ignorieren, die dieser selbst aus der Ferne bei mir auslöste.

Professor Scott betrat den Hörsaal. Heute ging es um ein anderes Thema, um welches, bekam ich nicht mit. Ich hörte ihn sprechen, aber meine Gedanken waren ganz woanders. Matts Worte »Jetzt seid ihr quitt, oder?« gingen mir nicht aus dem Kopf, während ich wider alle Vernunft hoffte, dass alles nur ein riesengroßes Missverständnis war.

»Miss Clark?«, rief mich Professor Scott auf.

»Ja?« Ich erschrak.

»Die Vorlesung ist vorbei, Sie können gehen.«

Was? Vorbei? Ich sah mich um: Außer uns beiden war niemand mehr da. Oh Gott. Ich raffte meine Sachen zusammen und verließ rasch den Hörsaal.

Kaum stand ich im Flur, als mich ein starker Arm packte und in eine dunkle Ecke zog. Thomas.

»Was soll das? Hör endlich auf, wie aus dem Nichts aufzutauchen, das wird langsam unheimlich!«, rief ich ungehalten und versuchte, mich aus seinem Griff zu befreien. Er fasste mich bei den Schultern und sah mich so eindringlich an, dass mir der Atem stockte. »Was ist los mit dir?«

»Das geht dich nichts an. Ich dachte, das hätten wir gestern geklärt. Was machst du eigentlich hier, warum bist du nicht bei deiner Freundin?«, fügte ich verächtlich hinzu. Als er den Mund zu einem Lächeln verzog, bedauerte ich meinen Satz sofort.

»Wie bitte?«

»Nichts.« Ich presste die Lippen aufeinander. »Darf ich jetzt bitte gehen?«

»Sie ist nicht meine Freundin.«

»Das interessiert mich nicht, glaub mir.«

»Klar, das glaube ich dir sofort«, warf er mir mit einem unverschämten Grinsen entgegen und kam näher. Ich schob mir eine Strähne aus dem Gesicht, mein Herzschlag stockte. »Außerdem ist das nicht so mein Ding«, sagte er achselzuckend.

»Wovon sprichst du?«

»Von Beziehungen. Sie sind ein Käfig, auf den ich gerne verzichten kann. Und sie enden ohnehin immer gleich.«

»Und wie?«

»Sie vernichten deine Seele«, antwortete er mit rauer Stimme.

»So ein Blödsinn ...«

»Meinst du? Wie lange bist du mit Travis zusammen?«

»Wie bitte?«

»Wie lange bist du schon mit deinem Freund zusammen?«, wiederholte er.

»Seit zwei Jahren.«

»Es gibt Leute, für die sind zwei Jahre eine lange Zeit.« Er zwirbelte sich eine meiner Haarsträhnen um den Zeigefinger. »Für andere sind zwei Jahre nichts.« Er fixierte meine Augen, dann wanderte sein Blick zu meinen Lippen, nachdenklich.

»Ja, und?«, fragte ich. »Worauf willst du hinaus?«

»Bist du glücklich?«

»Natürlich«, antwortete ich prompt, merkte aber sofort, dass ich gelogen hatte.

Er lachte. »Das glaubst du doch selbst nicht! Zwei Jahre in einer Beziehung, und er hat dir alles genommen. Deine Augen sind leer, Vanessa.«

Seine Worte trafen mich ins Mark, durchbohrten meine Brust und ließen Gefühle aufsteigen, von denen ich bislang nichts geahnt hatte. Dieses Gespräch war sehr viel weiter gegangen, als ich es mir je hätte vorstellen können. Wir kannten uns nicht mal eine Woche, und doch durchschaute er mich mehr als jeder andere. Mehr als ich selbst.

»Du weißt nicht, wovon du sprichst«, antwortete ich benommen.

Wieder versuchte ich mich zu befreien, wollte ihn wegschieben, aber jetzt legte er mir eine Hand auf die Hüfte und schob mich gegen die Wand.

»Lass mich los, Thomas!«, sagte ich weniger überzeugend, als mir lieb war.

Er achtete nicht auf mich, strich mir mit der freien Hand über den Hals, dann flüsterte er mir heiser ins Ohr: »Ich weiß genau, wovon ich spreche.« Seine Fingerknöchel streichelten meine Wange.

Ich wollte ihm sagen, dass er mich nicht anfassen sollte, aber es gelang mir nicht. Mein Hals war wie zugeschnürt, ich konnte nicht mehr klar denken, mein Herz raste. Thomas verzog die Lippen zu einem kaum erkennbaren Lächeln. Er wusste genau, was seine Berührungen in mir auslösten. In meinem Unterleib breitete sich ein Kribbeln aus.

»W... was machst du da?«, flüsterte ich atemlos.

»Ich zeige dir, dass du dich irrst.« Sein Gesicht war nun ganz nah an meinem. Langsam, ganz langsam näherten sich seine Lippen den meinen, und mein Herz pochte noch stärker. Ob vor Angst oder Verlangen, wusste ich nicht. Aber gerade als unsere Münder sich fast berührten, brachte mich das Klingeln eines Handys zur Besinnung.

Es war *mein* Handy.

Mit zittrigen Händen zog ich es aus der Tasche: Travis rief mich an.

Erschrocken riss ich die Augen auf, und diese wenigen Sekunden genügten, um mich wieder klar denken zu lassen. Um Himmels willen, was machte ich hier? Schuldbewusst schaute ich zu Thomas. Als er den Namen auf dem Display sah, wurde sein Gesichtsausdruck kalt und abweisend. Genau wie gestern. Ich musste kein Wort sagen. Er trat einen Schritt zurück und sagte: »Deine Augen sind schöner, wenn sie lächeln, Vanessa.«

Dann ging er, und ich starrte wie gelähmt auf die leere Stelle, wo er gerade noch gestanden hatte.

Es dauerte ein paar Minuten, bis ich mich wieder gefasst hatte. Ich lehnte den Kopf an die Wand und schloss die Augen. Das Handy klingelte ein drittes Mal. Wieder war es Travis, und wieder drückte ich ihn weg. Meine Gedanken rasten, Schuldgefühle übermannten mich.

Wie hatte ich es zulassen können, dass seine Lippen mir schon wieder so nahe gekommen waren?

Ich rieb mir übers Gesicht, holte tief Luft und versuchte, die Erinnerung an seine Berührung abzuschütteln, an seinen fesselnden Blick, an seinen Körper, so nah an meinem. Ich durfte nicht zulassen, dass er das zerstörte, was ich mir zwei ganze Jahre lang mit Travis aufgebaut hatte. Nein, das durfte ich nicht, auf gar keinen Fall.

Von Schuldgefühlen überwältigt, tippte ich eine Nachricht an Travis ein: »Wir treffen uns am Eingang meiner Fakultät.« Zehn Minuten später tauchte er an der Treppe des neoklassizistischen Gebäudes auf, in dem ich fast meine gesamte Zeit verbrachte. Ich zog ihn zwischen die Bäume auf dem Außengelände, wo uns niemand hören konnte.

»Ich weiß, dass du mir eine Szene machen willst, aber hör mir bitte erst einen Moment zu«, sagte er und umfasste meinen Arm. »Heute Morgen war ich so angespannt, dass ich mich nicht im Griff hatte: das Spiel, mein Vater, die Sponsoren ...«

Ich wäre gerne wütend gewesen, aber mein schlechtes Gewissen ließ mich nicht los. »Ich weiß«, sagte ich nur.

»Und dann noch die Geschichte mit Collins, der mich als Lügner hinstellt. Aber ich lüge nicht, Nessy. Ich mag vielleicht ein Arschloch sein, aber ich bin kein Lügner.« Seine Worte waren wie ein Schlag ins Gesicht. In Wahrheit war ich doch die Lügnerin, oder nicht? »Willst du wissen, warum ich ihn so hasse? In der Umkleide hat er unverschämte Bemerkungen über Tiff fallen lassen. Seine Schwester ist genauso. Es macht ihnen Spaß, andere runterzumachen.«

»Moment mal ... über Tiff? Das ist doch absurd. Und Leila ... Ich finde sie nett.«

»Die beiden sind gut darin, andere für sich einzunehmen, deshalb sollst du dich von ihnen fernhalten, von Thomas *und* von Leila. Sie haben es sogar schon geschafft, dass wir uns streiten.«

Ich konnte tatsächlich nicht leugnen, dass alles aus dem Ruder lief, seit Thomas sich für mich interessierte.

Travis schaute mir in die Augen. Obwohl ich irritiert war, beschloss ich, ihm zu vertrauen. So dreist würde er mich niemals belügen. Ich dagegen hatte mich noch nie so schäbig gefühlt wie in diesem Moment.

»Gut, ich glaube dir«, sagte ich seufzend. Travis zog mich in seine Arme, und obwohl ich zögerte, ließ ich mich von ihm küssen.

Zur Mittagszeit erwarteten mich Alex und Tiffany in der Mensa, während Travis sich mit seinen Teamkollegen traf. Die Spieler der Ducks mussten schon eingetroffen sein, denn die Mensa war voller Studenten mit grünen Sweatshirts. Ich sah mich um und entdeckte meine Freunde an einem der hinteren Tische.

Auf dem Weg zu ihnen ging ein Spieler der gegnerischen Mannschaft – sehr groß, mit tiefschwarzer Haut und tiefschwarzen Haaren – in einer Gruppe von Studenten an mir vorbei und zwinkerte mir zu. Überwältigt von seiner Schönheit, wäre ich fast über eine Tasche gestolpert, die neben einem der Tische stand. Mit feuerroten Wangen eilte ich auf meine Freunde zu. Mir war unbegreiflich, was gerade los war: Warum schienen mich plötzlich alle anzustarren? Was war anders an mir als sonst?

Stöhnend nahm ich neben Tiffany Platz. Alex sah mich mit gerunzelter Stirn prüfend an.

»Was ist los? Du siehst völlig aufgelöst aus«, bemerkte er und nahm meine Hand. Ich wusste nicht, wo ich anfangen sollte, doch dann platzte es aus mir heraus.

»Heute Morgen habe ich mich mit Travis gestritten …«, fing ich an.

Beide musterten mich mit dem gleichen resignierten Blick.

»Schon wieder?«

Ich nickte und legte Tiff den Kopf auf die Schulter. »Wir haben uns sofort wieder vertragen, aber ich weiß auch nicht … ich bin total fertig. Das ist die heftigste Woche seit Langem.«

»Du weißt, wie ich über Travis denke. Du hast etwas Besseres verdient.« Alex drückte meine Finger.

»Tatsache ist, dass ich mir da manchmal … nicht so ganz sicher bin.« Ich stibitzte mir eine Pommes von seinem Teller.

Er sah mich entgeistert an. »Was redest du da? Wie kommst du darauf?«

»Keine Ahnung, Alex. Vielleicht habe ich es ja verdient. Schließlich verzeihe ich ihm jedes Mal, wenn er mich respektlos behandelt.«

»Niemand darf einen anderen Menschen schlecht behandeln, nur weil der gutmütig ist!«, erklärte er mit Nachdruck.

»Alex hat recht«, schaltete sich Tiffany ein. »Travis ist mein Bruder, aber ich an deiner Stelle hätte ihn schon längst abserviert.«

»Ihr wisst doch, er war der Erste und Einzige für mich«, gestand ich leise. »Ich kann mir niemand anderen an meiner Seite vorstellen. Manchmal denke ich, ohne Travis wäre ich ganz allein. Wer möchte schon mit jemandem wie mir seine Zeit verschwenden?«

Tiffany riss erstaunt die Augen auf. »Was redest du denn da für einen Schwachsinn, Vanessa! Wir verbringen sehr gern Zeit mit dir.«

Alex nickte enthusiastisch.

Ich zuckte mit den Achseln. »Warum sollte *ein Mann* mit mir zusammen sein wollen?«, präzisierte ich. »Das, was ich zu bieten habe, kann er von anderen haben, von Frauen, die schöner, klüger und erfahrener sind als ich.«

»Das kann doch nicht dein Ernst sein!« Tiffany schüttelte seufzend den Kopf.

»Ist es aber! Ich weiß, dass an mir nichts Besonderes ist. Nichts Begehrenswertes.« Ich knabberte an meinem Daumennagel.

»Hast du dich mal richtig angeschaut?«, rief Alex entgeistert. »Eins kann ich dir versichern: Das sehen Männer anders.«

Ich verdrehte die Augen.

»Jetzt hör mir mal zu«, unterbrach mich Tiffany. »Du hast nicht nur einen hübschen Hintern, Nessy, du bist rundum schön! Innerlich wie äußerlich. Du bist der sensibelste und freundlichste Mensch, den ich kenne. Du kümmerst dich um andere, versuchst, niemandem wehzutun, siehst immer das Gute in den Menschen. Du scherst dich nicht um Äußerlichkeiten, bleibst dir selbst treu, auch wenn du damit aus der Reihe tanzt. Man muss sehr charakterstark sein, um in einer Gesellschaft zu bestehen, die eine feste Vorstellung davon zu haben scheint, wie wir ticken sollen.« Sie hielt kurz inne, um dann fortzufahren: »Du erträgst meinen Bruder schon zwei Jahre! *Zwei ganze Jahre!* Allein deshalb sollte man dich heiligsprechen. Und wenn ich sage, dass dich mein Bruder nicht verdient, dann meine ich das verdammt noch mal ernst! Er benimmt sich wie ein Arschloch, um sich überlegen zu fühlen, dabei bist du es, die ihm überlegen ist. Du musst keine Angst davor haben, herauszufinden, wer du ohne ihn bist, denn wenn dir das gelingt, wirst du sicherlich noch heller strahlen. Und weil er das ganz genau weiß, hält er dich in dieser absurden und sinnlosen Beziehung fest. Nicht du brauchst ihn, Nessy, er braucht dich!«

Angesichts dieser Worte war ich so gerührt, dass ich sie fest in den Arm nahm. »Bist du sicher, dass du Kriminologin werden willst und nicht Life Coach? Du wärst perfekt.«

Auch Alex legte mir den Arm um die Schultern, um mir Mut zu machen. Ich hätte ihnen so gerne von Thomas erzählt, den unbekannten Gefühlen, die er in mir weckte. Aber seit er in mein Leben getreten war, schien es zu zerbröseln, deshalb sagte ich lieber nichts.

Nach dem Mittagessen, bei dem wir uns über alles und nichts unterhalten hatten, schlossen wir uns den anderen Studentinnen und Studenten an, die in Richtung Sporthalle unterwegs waren. Die Plätze in der ersten Reihe waren schon besetzt, aber in der zweiten Reihe sah ich Leila, die auf einige freie Plätze hinter sich deutete und mich zu sich einlud. Ich nutzte die Gelegenheit, um ihr Alex und Tiffany vorzustellen.

Die Halle war so voll, dass sie deutlich kleiner wirkte, als sie tatsächlich war. Viele von unseren Leuten hatten sich die Gesichter in den Mannschaftsfarben Orange und Schwarz geschminkt, andere schwenkten Plakate mit Parolen, um die Mannschaft anzufeuern. Die Fans der Oregon Ducks erinnerten an eine grüne Wiese. Alex, der wie üblich seine Canon umhängen hatte, fing an, Fotos zu schießen. Als die Spieler endlich einliefen, wurden sie mit lauten Rufen, Pfiffen und Applaus empfangen. Travis war sichtlich nervös, das erkannte ich an seinem verkrampften Kiefer. Ich versuchte, seinen Blick einzufangen, um ihn zu beruhigen, aber er schaute nicht zu mir. Das machte er während der Spiele nie: Er konzentrierte sich zu sehr auf die einzelnen Spielzüge.

»Ähm, da scheint aber jemand Eindruck hinterlassen zu haben«, meinte Tiffany und stieß mich in die Seite.

»Wen meinst du?«, fragte ich und schaute in die Richtung, in die sie deutete.

Sie zeigte auf den Spieler aus der Mensa, der mich von der Seitenlinie aus anstrahlte, während er sich mit ein paar Pässen aufwärmte. Mir stieg das Blut in den Kopf, wahrscheinlich war ich schon wieder knallrot. Alex und Tiffany lachten über meine Verlegenheit, vor allem, als ich ihnen zuraunte: »Er meint sicher eine andere« und hektisch an meinen Fingernägeln knabberte. Ich drehte mich um, aber hinter mir sah ich nur Lehrer, ein paar Eltern … und einen Jungen mit hellen Haaren, der ganz allein in der letzten Reihe saß. Als er mich bemerkte, nickte er mir schüchtern zu. Ich überlegte. Waren wir uns schon mal irgendwo begegnet? Ich hatte das Gefühl, ihn noch nie zuvor gesehen zu haben, obwohl er mir tatsächlich bekannt vorkam.

»Jetzt hör aber auf!« Tiffanys Ausruf erregte meine Aufmerksamkeit. Sie deutete wieder auf den Spieler von den Oregon Ducks. »Aber sicher schaut der zu dir! Du siehst gut aus, Vanessa, jetzt kapier es endlich. Und ich sag dir noch was: Viele Typen auf dem Campus sehen dich genauso an wie er. Wenn du dich nicht jede Sekunde deines Lebens mit meinem Bruder abmühen würdest, würdest auch du das bemerken!«

Touché.

Durch Tiffanys Worte ermutigt, winkte ich ihm mit einem schüchternen Lächeln zu. Wir sahen uns kurz an, dann spürte ich Travis' finsteren Blick, der mich förmlich durchbohrte. Und als wäre das nicht genug, knallte im selben Moment jemand dem attraktiven Typen aus der Cafeteria einen Ball vor die Füße: Thomas, der ihn drohend anstarrte.

Was zur Hölle sollte das denn?

Eine surreale Szene, die sowohl von meinen besten Freunden als auch von Leila aufmerksam beobachtet wurde. Alle drei schauten mich befremdet an und warteten auf eine Erklärung.

»Nessy, was zum Teufel ist hier los? Seit wann ist dein Liebesleben aufregender als meins?«, wollte Tiffany mit einem süffisanten Lächeln auf den Lippen wissen.

»I… ich weiß nicht, wovon du sprichst.«

Sie schnaubte amüsiert und legte mir eine Hand auf die Schulter. »Ich tue mal so, als würde ich dir glauben, aber nur, weil du gerade in Panik gerätst und schon genug Sorgen hast. Aber damit ist die Sache noch lange nicht vom Tisch«, neckte sie mich.

Meine Rettung war der Schiedsrichter, der das Spiel anpfiff.

Nach einem schwachen Beginn warf unser Team einen Korb nach dem anderen, bis es den Rückstand aufgeholt hatte.

Travis war gut, obwohl sein sommersprossiger rothaariger Gegenspieler ihn immer wieder in Bedrängnis brachte. Er ließ sich jedoch nicht einschüchtern. Er spielte sicher, passte den Ball hinter dem Rothaarigen zu Thomas. Der warf ihn in Richtung Korb, aber der Gegner stieß ihn beiseite, und der Ball verfehlte das Netz. Freiwurf für uns.

Thomas stellte sich an die Kreislinie, um den Wurf auszuführen. Bei einem Treffer würde der Sieg uns gehören. Bevor er warf, kniete er sich auf den Boden, legte den Ball auf den Boden, senkte den Kopf und fuhr sich mit den Fingern durch das verschwitzte Haar. Er schloss die Augen, als wolle er das Ziel auf diese Weise verinnerlichen, und knetete das schwarze Bandana, das er wie immer am Handgelenk trug. Erst nach einigen Sekunden stand er wieder auf.

Wir erhoben uns mit ihm. Alle Augen waren auf ihn gerichtet. Die Geräusche verebbten, es herrschte Totenstille. Die Spannung war mit Händen zu greifen. Thomas sah vom Ball zum Korb, jedes Mal, wenn er den Ball dribbelte, hallte es wie Schüsse durch die ganze Halle. Plötzlich musste ich an den Abend von zwei Tagen denken, als wir draußen auf dem Campus waren und er mir erzählte, wie er sich auf dem Spielfeld fühlte. Von dem Adrenalin, das durch seine Adern rauschte und seine Bewegungen führte ...

Thomas drehte sich in meine Richtung. Ich hatte das Gefühl, dass wir trotz der vielen Menschen wie durch einen unsichtbaren Faden miteinander verbunden waren. Der Schweiß lief ihm über die Stirn, die Schläfen waren gerötet, der Atem ging schnell. Aber er lächelte mich an ... ein kaum wahrnehmbares Lächeln, das sich bis ins Unendliche auszudehnen schien. Seine smaragdgrünen Augen leuchteten, als wollten sie mir sagen: Schau, das ist der schönste Moment. Gegen jede Vernunft beschloss ich, diese seltsame Verbindung nicht zu trennen, und lächelte komplizenhaft zurück. Dabei hatte ich das Gefühl, alle anderen Zuschauer um uns herum wären verschwunden, als gäbe es nur noch ihn und mich. Als Thomas sich zum Korb drehte, wusste ich genau, dass er treffen würde. Er hob den Ball, warf ihn in die Luft und ...

»Ladys und Gentlemen! Ein Wunder! Die Beavers gewinnen das erste Spiel der Saison!«, schrie der Kommentator, und außer Travis stürzten sich alle Spieler der Mannschaft auf Thomas. Die Menge tobte, während die Ducks und ihre Fans kleinlaut die Halle verließen. Ich drehte mich zu meinen Freunden um, um mit ihnen zu jubeln, als ich das Erstaunen auf Alex', Tiffanys und Leilas Gesicht bemerkte.

Oh nein ...

Auch ich wusste nicht, was gerade passiert war. Ich wusste nur, dass ein Teil von mir von der Tribüne aufs Spielfeld stürmen und mit ihm feiern wollte.

Mit Thomas.

Kapitel 12

Nach dem Spiel ließ ich mich von Alex nach Hause fahren. Auch Travis hatte sich angeboten, aber ich hatte ihm gesagt, er solle lieber mit der Mannschaft feiern. Wir würden uns direkt bei ihm treffen, um gemeinsam zur Party zu gehen. Ich musste so viel Zeit wie möglich gewinnen, um zu überlegen, was ich tun sollte. Während der Fahrt lenkte ich meinen besten Freund sofort ab, damit er mir keine Fragen stellen konnte.

»Stella kommt also heute Abend?«

»Ja, sie ist vor einer Stunde in Vancouver losgefahren«, antwortete er mit leuchtenden Augen.

»Du bist ja richtig verliebt!«, stellte ich grinsend fest.

»Hör auf damit!« Alex war feuerrot geworden, und ich brach in Gelächter aus.

»Das ist doch schön! Du wirkst glücklich, und allein das ist Grund genug für mich, sie zu mögen. Ich habe dich noch nie so strahlen gesehen!«

»Ich *bin* glücklich, und ich kann es gar nicht erwarten, sie dir vorzustellen. Ihr werdet euch sicher großartig verstehen.«

»Ich habe eine Idee. Ihr könntet morgen Abend zu mir zum Abendessen kommen. Meine Mutter möchte mir ›offiziell‹ ihren neuen Partner vorstellen.«

»Den berühmten Victor, den einzigen Mann, der das eisige Herz der Esther White auftauen konnte?«

»Genau den. Leistet ihr mir bei dieser Tortur Gesellschaft?«, flehte ich und warf ihm meinen Bambi-Blick zu.

»Klar doch. Allerdings können wir nicht allzu lange bleiben, ich habe einen romantischen Abend zu zweit geplant.«

»Du gibst dir wirklich Mühe …« Ich grinste, wurde aber gleich wieder ernst und bedankte mich bei ihm. »Der Gedanke, diesen Abend nicht alleine bestreiten zu müssen, erleichtert mich sehr.«

»Will Travis nicht kommen?«

»Ich habe ihn nicht gefragt. Du weißt, was für einen Wirbel meine Mom um ihn veranstaltet, und das Essen allein wird schon peinlich genug. Ich möchte vermeiden, dass es noch schlimmer wird.«

»Das macht Sinn«, stimmte er mir zu.

Wir hielten vor meiner Einfahrt. Ich seufzte. Am liebsten wäre ich in Alex' Auto sitzen geblieben. »Ich muss los, mich für die Party umziehen. Leider.« Ich verdrehte die Augen, denn ich hatte überhaupt keine Lust.

»Apropos Party, du brauchst keine guten Ratschläge von mir, oder?«, fragte er ironisch.

»Ich denke nicht. Ich bin doch die Vernünftige, erinnerst du dich?«

»Ich weiß, aber auf solchen Partys passieren immer komische Dinge. Halte dein Handy griffbereit und ruf mich an, wenn etwas ist, ja?«

»Das ist wirklich lieb gemeint, aber ich werde dich sicher nicht anrufen. A: Es wird nicht nötig sein. Und B: Du bist mit Stella zusammen, und im Wochenende-zu-zweit-Paket bin ich als drittes Rad nicht vorgesehen«, erklärte ich ihm amüsiert. »Wahrscheinlich bin ich ohnehin vor zehn wieder zu Hause.«

»Viel Spaß!« Alex wuschelte mir durchs Haar, dann öffnete ich die Wagentür und stieg aus.

Eine Stunde später saß ich im Bus und fuhr zum Haus der Bakers. Ich ging über die Zufahrt, die rechts und links von kunstvoll angelegten Beeten gesäumt wurde, in Richtung Haus und gelangte an ein riesiges schmiedeeisernes Tor. Lisa, die Hausangestellte, öffnete mir, nachdem ich geklingelt und ihr über die Videoüberwachung zugewinkt hatte. Sie erwartete mich am Eingang, nahm mir den Mantel ab, und ich bedankte mich schüchtern.

»Sie müssen sich nicht bedanken, Miss Clark, ich tue nur meine Arbeit«, sagte sie freundlich. Das Wort »Danke« existierte in diesem Haus nicht. Bei all dem Luxus fühlte ich mich deplatziert.

»Wo ist Tiffany?«, fragte ich leise. Ich konnte nicht sagen, warum ich flüsterte – vielleicht wegen der ohrenbetäubenden Stille, die auf diesem riesigen, in hellen Farben eingerichteten Haus lag. Alles war weiß: der glänzende Marmorboden, die Säulen am Eingang, der dicke Wohnzimmerteppich …

»Miss Baker ist in ihrem Zimmer im Obergeschoss.« Lisa knickste und ging.

Ein Knicks? Wirklich? Genau aus diesem Grund kam ich nicht gern her, das war alles zu viel für mich.

Ich ging die Treppe hoch und den Flur entlang, der zwischen Tiffanys und Travis' Zimmer lag. Travis war da, durch seine geschlossene Zimmertür dröhnte laute Musik. Ich schlich mich ins Zimmer seiner Schwester.

Sie fläzte auf einer Chaiselongue, hörte einen alten Madonna-Song und lackierte sich die Fußnägel. In ihrem rosa Seidenmorgenmantel sah sie wunderschön aus.

»Da bist du ja! Schließ ab, ich will nicht, dass wir gestört werden.«

Ich drehte den Schlüssel um, legte meine Tasche ab und zog

die Schuhe aus, dann warf ich mich aufs Bett und ließ mich in einen Berg aus Kissen sinken. Viel lieber wäre ich hiergeblieben und hätte geschlafen, anstatt zu Carols Party zu gehen.

»Wie lange sind deine Eltern eigentlich noch weg?«, fragte ich.

»Keine Ahnung. Du weißt ja: Die Arbeit kommt immer zuerst«, antwortete sie und ahmte die Stimme ihres Vaters nach.

»Wo sind sie denn dieses Mal?« Ich nahm ein Kissen und drückte es mir an die Brust.

»Dad ist bei einer Konferenz in Dubai, und Mom ist bei einem spirituellen Retreat. Sie scheint ziemlich gestresst zu sein.«

»Das tut mir leid, Tiff«, sagte ich nur. Ich wusste, dass sie darunter litt, dass ihre Eltern nie da waren, selbst wenn sie so tat, als würde sie es feiern, während ihrer Abwesenheit sturmfreie Bude zu haben. So was tat *immer* weh.

»Ich habe mich daran gewöhnt. Wenn dein Vater der CEO einer großen Mineralölfirma ist, bleibt dir keine andere Wahl.« Sie zuckte mit den Achseln. »Ehrlich gesagt, hat es auch etwas Gutes, sie nicht dauernd vor der Nase zu haben. Wenn sie da sind, wird's anstrengend. Vor allem, weil Travis jede Gelegenheit nutzt, um Dads Aufmerksamkeit zu erregen. Er ist förmlich süchtig nach seiner Anerkennung.«

»Hm.« Ich runzelte die Stirn. »Ich habe immer noch nicht kapiert, warum ihr immer noch in diesem Kaff wohnt. Wenn ich so viel Geld hätte, wäre ich längst in Los Angeles, New York oder San Francisco. Egal, wo, aber doch nicht hier!«

»Dad liebt es, in Corvallis zu leben. Meine Großeltern sind hier, die Universität ist hervorragend und muss sich hinter Harvard nicht verstecken.« Sie wackelte mit den Zehen, um den Nagellack zu trocknen. In diesem Moment klopfte es.

»Ich bin's, Travis.«

»Was gibt's?«, fragte Tiffany.

»Ist Nessy bei dir?«

Tiff schaute mich fragend an. Ich nickte zögernd, und sie stand auf und ließ ihn herein.

»Hi«, sagte ich und setzte mich auf die Bettkante. Er trat zu mir und küsste mich flüchtig auf den Mund.

»In zwanzig Minuten geht's los, seid ihr bereit?«

»Sehen wir so aus?«, fragte Tiff.

Ihr Bruder schaute sie von Kopf bis Fuß an, ohne ihr zu antworten.

»Ich warte unten, beeilt euch«, sagte er nur, verließ das Zimmer und schloss die Tür hinter sich.

»Also«, begann meine beste Freundin, als wir wieder allein waren, und betrachtete zufrieden ihre Füße, »kommen wir zum Punkt. Was läuft da zwischen dir und Thomas?«

Ich sah sie an, blinzelte und tat so, als hätte ich sie nicht verstanden. »G… gar nichts.«

»Unsinn! Ich habe genau gesehen, was während des Spiels zwischen euch passiert ist.« Sie cremte sich die perfekt epilierten Beine mit einer nach Vanille duftenden Creme ein.

»Da ist gar nichts passiert.«

»Gar nichts? Hast du gesehen, wie er dich angeschaut hat? Er hätte diesen knackigen Typen von den Ducks am liebsten umgebracht, als der dir schöne Augen gemacht hat. Was verheimlichst du mir, Nessy?« Sie musterte mich durchdringend.

»Müssen wir uns nicht fertig machen?«, versuchte ich mich um eine Antwort zu drücken. »Nicht dass wir noch zu spät kommen.«

»Lenk nicht ab. Raus mit der Sprache! Seit wann haben wir Geheimnisse voreinander?« Seit ich ein schlechtes Gewissen habe. »Wenn ich will, kriege ich es ohnehin raus.«

Ich atmete hörbar aus. »Also gut. Nach meinem Streit mit Travis war ich ganz schön durcheinander. Thomas hat das bemerkt, und ich weiß auch nicht, wie es passiert ist, aber plötzlich standen wir ganz kurz davor, uns zu küssen«, brach es aus mir heraus.

»Wie bitte?« Tiff sprang hoch und riss die Augen auf. »Und das erzählst du mir erst jetzt? Ich bin deine beste Freundin, du hättest mich sofort informieren müssen!«

»Das nächste Mal rufe ich dich per Videocall an, damit du live dabei bist«, antwortete ich sarkastisch.

»Meinst du, es wird wieder passieren?«

»Wie bitte? Nein, natürlich nicht. Es war … es war eine Ausnahme.«

Tiffany schaute mich neugierig an. »Aber du hättest es gern?«

»Ich habe Nein gesagt!«

»Schon gut, schon gut.«

Ich ließ mich in die Kissen sinken, während Tiffany ihren Schrank durchsuchte. »Er hätte mich eh nur geküsst, um sein aufgeblasenes Ego zu befriedigen.« Ich starrte an die Decke.

»Wie meinst du das?«, fragte Tiff ruhig.

»Ich meine, dass er sich für unwiderstehlich hält.«

»Und? Ist er das?«, wollte Tiffany wissen. Sie hängte ein grünes Kleid zurück in den Schrank.

Ich überlegte. »Na ja, er sieht echt gut aus, und das weiß er auch. Aber das ändert nichts. Er hat mich in einem Moment der Schwäche überrascht. Schließlich habe ich einen festen Freund!«

Sie lachte auf und nahm zwei enge, kurze Kleider aus dem Schrank, ein rotes und ein schwarzes mit Spitze. »Weißt du, Süße«, sagte sie nachdenklich, »ich glaube, Thomas ist genau das, was du im Augenblick brauchst.« Mit gerunzelter Stirn betrachtete sie die beiden Kleider, dann entschied sie sich für das schwarze, das ihre helle Haut besser zur Geltung brachte. Das rote wanderte zurück in den Kleiderschrank.

Ich runzelte ebenfalls die Stirn. »So etwas solltest du nicht sagen, Tiff! Du solltest mir Vorwürfe machen, weil ich fast auf einen Typen wie Thomas reingefallen wäre, und du solltest sauer auf mich sein, weil ich doch mit deinem Bruder zusammen bin. Du solltest mir raten, die Finger von Thomas zu lassen, weil Typen wie er nur Ärger machen.«

»Auch wenn ich meinen Bruder manchmal unerträglich finde, liebe ich ihn, und es tut mir wirklich leid, dass es zwischen euch so schlecht läuft. Eure Beziehung ist ganz offensichtlich am Ende. Wenn ich dir sagen würde, was du gerne hören willst, wäre das gelogen. Typen wie Thomas machen nur Ärger? Ja, das stimmt. Du solltest die Finger von ihm lassen. Aber wir wissen beide, dass du das nicht tun wirst. Wenn einer wie er dich im Visier hat, gibt es kein Entrinnen, Süße.«

Ich stützte mich auf die Ellbogen, bereit, zu widersprechen. »Weißt du, was uns von den Tieren unterscheidet? Dass wir selbst bestimmen können, wie wir uns verhalten. Wir können unsere Instinkte kontrollieren, vor allem, wenn sie uns in eine falsche Richtung leiten.«

»Vielleicht solltest du genau das nicht tun.« Sie drehte sich um und bat mich, den Reißverschluss zu schließen.

»Bist du verrückt geworden? Du willst mich tatsächlich einem Typen wie Thomas in die Arme treiben?«

»Nein, das nicht gerade, aber ich würde dir wünschen, dass du neue Erfahrungen machst. Dein Liebesleben ist ja ziemlich begrenzt. Du hattest bislang nur eine Beziehung, und die war lang und anstrengend. Aber jetzt steckst du in einer Phase der Veränderung. Du solltest dich amüsieren! Genieße das Leben!« Sie schlüpfte in ein Paar strassverzierte High Heels und begann sich zu schminken.

»Und was soll ich deiner Meinung nach tun? In der Mensa auf

dem Tisch strippen oder mich täglich auf irgendwelchen Partys betrinken?«

»Auf jeden Fall solltest du deine Zeit nicht damit verplempern, den ganzen Tag über mit deinem Freund zu streiten.« Schweigend sah ich zu, wie sie nach ihrem Lockenstab griff und anfing, ihre Haare in Form zu bringen. Als sie fertig war, drehte sie den Kopf hin und her, legte Lippenstift auf und betrachtete sich zufrieden, dann schweifte ihr Blick zu mir.

»Stimmt etwas nicht?«, erkundigte ich mich, nachdem sie mich eine ganze Weile mit gerunzelter Stirn betrachtet hatte.

»Ich überlege, was du anziehen könntest.«

»Oh, ich dachte, ich gehe so.«

Ich trug schwarze Leggings und einen weiten Kaschmirpulli.

»In diesem Aufzug lasse ich dich nicht auf die Party gehen.«

»Was ist daran auszusetzen?«

»Du kannst nicht in diesem Schlabberlook bei Carol aufkreuzen!«

»Und was ist mit dem ganzen Gefasel über Äußerlichkeiten und dass man ruhig unkonventionell auftreten soll?«

Tiff schüttelte den Kopf. »Du kannst auch in netten Klamotten unkonventionell sein. Und jetzt beeil dich, wir fangen mit dem Make-up an.«

Oh Gott, nein. Nicht auch noch Make-up!

Tiffany ließ mich vor dem Schminkspiegel Platz nehmen und trug einen Primer auf, danach folgten Foundation und etwas Blush. Anschließend widmete sie sich den Augen. Violetter Lidschatten und schwarzer Eyeliner, um meine Augen zu betonen, dann drei Schichten Mascara. Es folgten meine Augenbrauen, bevor sie Lippenstift in einem der angesagten Nude-Töne auftrug. Es verschlug mir die Sprache, als ich in den beleuchteten Spiegel sah. Das Ergebnis war der Hammer.

»Verstehst du jetzt, was ich meine, wenn ich dir sage, dass du umwerfend aussiehst?«, fragte Tiff begeistert.

Sie hatte recht: Derart geschminkt, sah ich tatsächlich … sexy aus.

»Und jetzt brauchen wir noch ein Kleid. Schauen wir mal.« Sie zog unzählige Teile aus ihrem Schrank und warf alle aufs Bett. Den Zeigefinger ans Kinn gelegt, überlegte sie einen Moment, dann griff sie nach einem Hängerchen und betrachtete es, bevor sie meinen Körper ins Auge fasste. »Nein, zu unauffällig«, entschied sie und schleuderte das Kleid zurück aufs Bett.

»Unauffällig ist doch perfekt!«, rief ich, aber sie tat so, als hätte sie mich nicht gehört.

Ein anderes Kleid schien sie mehr zu überzeugen. Es war sehr kurz, schwarz und ärmellos, den Ausschnitt zierten kleine Nieten. Ich riss die Augen auf und stieß beinahe flehentlich hervor: »Nein!«

»Anziehen!«, befahl sie mir.

»Ehrlich, Tiffany, das ist nicht mein Stil. Ich würde mich darin halb nackt fühlen. Wo ist das Unauffällige? Das probiere ich gern.« Ich stürzte mich auf den Klamottenberg auf ihrem Bett.

»Schluss mit der Prüderie, zieh das jetzt an.«

Ich seufzte und gehorchte. Das Kleid reichte mir bis zur Mitte der Oberschenkel, lag eng an und betonte meine Kurven. Tiffany reichte mir eine kurze schwarze Lederjacke und ein Paar Doc Martens. Wie es der Zufall wollte, hatten wir die gleiche Schuhgröße. Es hätte schlimmer kommen können – wenn sie mich zum Beispiel gezwungen hätte, High Heels zu tragen.

»Wow, Nessy, du siehst so hot aus!«, flötete sie. Ich wollte ihr gerade widersprechen, als mich ein Blick in den Spiegel daran hinderte: Sie hatte recht. Es klang absurd, aber … ich fühlte mich tatsächlich heiß.

»Heute Abend werden sie dir alle zu Füßen liegen.«

Was? Nein! Das wollte ich nicht. Nein. Nein. Nein. Warum sollte mir irgendwer zu Füßen liegen? Ich ging mit Travis auf die Party.

Eine Welle der Panik erfasste mich.

»Vielleicht ist das doch alles ein bisschen zu viel. Das Kleid, das Make-up … Ich sollte besser meine eigenen Klamotten wieder anziehen, die sind bequemer«, stammelte ich.

»So ein Blödsinn! Du siehst perfekt aus, außerdem haben wir keine Zeit mehr.« Sie zog ihre Jacke über.

»Aber, Tiff …« Ich fasste sie am Arm und sah sie flehentlich an.

Sie nahm mein Gesicht zwischen die Hände, um mich zu beruhigen. »Du siehst fantastisch aus. Das meine ich ernst, du bist wunderschön. Atme durch, entspann dich und lass uns Spaß haben!«

Ich schloss die Augen, holte tief Luft und betete verzweifelt, die Party möge möglichst schnell vorbeigehen. Aber da war noch eine Kleinigkeit.

»Tiff, wegen dem Gespräch von vorhin …« Ich nahm all meinen Mut zusammen: »Weißt du zufällig, ob Thomas auch da sein wird? Ich möchte nur nicht, dass es wieder zu einer Auseinandersetzung zwischen ihm und Travis kommt.«

»Du kannst ganz beruhigt sein. Thomas ist bei Matts Verbindungsparty«, versicherte sie mir. Ich wusste nicht, ob ich enttäuscht oder erleichtert sein sollte.

»Eins noch«, sagte sie und baute sich vor mir auf.

»Was denn noch?« Ich bekam fast Angst.

»Das hier.« Sie löste meinen Zopf und fuhr mir mit den Fingern durch die Haare. »So ist es besser. Und jetzt los!«

Travis wartete im Wohnzimmer. Als er mich die Treppe runterkommen sah, fiel ihm die Kinnlade herunter. »Wow, du siehst mega aus.«

Tiffany schnaubte. »Auch schon kapiert, Bruderherz? Du solltest sie besser so behandeln, wie sie es verdient.«

Travis ignorierte sie, legte den Arm um meine Taille und führte mich zum Pick-up. Zusammen machten wir uns auf zu Carols Villa ein kleines Stück außerhalb von Corvallis.

Kurz darauf parkten wir auf dem Gehweg neben den anderen Autos und traten durch das offene Tor. Vor einem riesigen Outdoor-Swimmingpool, in dem sich bereits einige Leute tummelten, blieben wir stehen. Der Garten war taghell erleuchtet, die Lichter spiegelten sich auf dem hellblauen Wasser des Beckens, rundum plauderten und lachten die Gäste, aus dem Hausinneren schallte Musik. »Ist es nicht ein bisschen zu kalt, um zu schwimmen?«, fragte ich und betrachtete die luxuriöse dreistöckige Villa vor mir, zu der mehrere Nebengebäude gehörten.

»Sie sind wahrscheinlich schon so betrunken, dass sie mit ihrem Atem Eis zum Schmelzen bringen könnten«, antwortete Travis.

»Sollte man sie dann in den Pool lassen? Sie könnten ertrinken?«

»Möglich, aber sie würden niemandem fehlen«, fügte Tiffany beiläufig hinzu. Dann gingen wir hinein.

Kapitel 13

Auch das Wohnzimmer war voller Gäste, eine Gruppe von Erst-semestern stand an der Bar, die so groß war wie mein Schlaf-zimmer. Tiffany sollte recht behalten: Sobald wir eintraten, rich-teten sich alle Augen auf mich. Sofort wurde ich unsicher und verfluchte mich dafür, dass ich mich von ihr hatte stylen lassen. »Wollt ihr etwas trinken?«, fragte Travis. Ich hatte Alex zwar versprochen, auf Alkohol zu verzichten, aber ein kleiner Schluck zum Entspannen wäre schon okay. Also nickte ich und folgte ihm zur Bar.

»Ich gehe schon mal zu meinen Kommilitoninnen und warte dort auf dich, Schönheit«, rief Tiffany mit einem rätselhaften Lächeln über die Schulter.

Während Travis und ich an der Bar warteten, schaute ich mich um. Ich kannte fast niemanden. Wir wollten gerade etwas zu trinken bestellen, als ein junger Mann auf uns zukam. »Hey, Captain! Megaspiel heute. Darauf stoßen wir an!« Er hieß Adam, wenn ich mich richtig erinnerte, und studierte mit Travis Be-triebswirtschaft. Jetzt zog er meinen Boyfriend zu einer Gruppe von Kommilitonen, Oregons zukünftiger Elite. Anstatt mich zu fragen, ob ich ihn begleitete, sagte Travis: »Sorry, Nessy, das kann ich nicht ablehnen«, und ließ mich stehen. Verwirrt sah ich ihm nach, doch dann stellte ich fest, dass ich eigentlich ganz gern ein bisschen für mich war.

Die Hip-Hop-Musik dröhnte mir in den Ohren, als ich zu Tiffany hinüberging, die mit ihren Freundinnen auf einem Ledersofa saß. Wir unterhielten uns eine Weile, doch als sie anfingen, über Leute zu tratschen, die ich nicht kannte, nutzte ich die Gelegenheit, um auf die Toilette im ersten Stock zu verschwinden. Ich musste warten. Endlich öffnete sich die Tür, und eine junge Frau mit zerzausten blonden Haaren, geschwollenen Lippen und geröteten Wangen kam heraus. Sie zupfte das Kleid über den schlanken, definierten Oberschenkeln zurecht und grinste mich und das Mädchen vor mir zufrieden an. Kurz darauf verließ ein Typ das Bad. Seine Augen waren so grün wie die Flasche, die er in der Hand hielt. Als mir klar wurde, wer da aus dem Bad kam und was sich gerade eben darin abgespielt haben musste, schnellte mein Puls in die Höhe.

»Hallo, Fremde.« Thomas nahm einen Schluck Bier, dann musterte er mich so dreist von Kopf bis Fuß, dass ich errötete.

Sollte er nicht auf Matts Party sein?

»Hat's Spaß gemacht?«, fragte ich angewidert, während die Frau vor mir mit ebenso angewidertem Gesicht im Bad verschwand. Ich wusste nicht, was mich mehr verunsicherte: die Eifersucht, die mich durchfuhr, oder die Erkenntnis, dass ich so etwas noch nie gemacht hatte. Vielleicht hatte Tiffany wirklich nicht ganz unrecht. Vielleicht sollte auch ich hin und wieder die Kontrolle verlieren und etwas mehr wagen.

»Klar.« Thomas grinste und trank einen weiteren Schluck Bier. »Ich hab sie auf dem Waschbecken gevögelt, willst du auch mal?«

»Nein, danke«, lehnte ich entschieden ab und schauderte.

»Wenn du es dir anders überlegst, weißt du ja, wo du mich findest.« Er zwinkerte mir zu.

»Wenn ich es mir anders überlegen sollte, gehe ich zu meinem Freund.«

Ich wollte dieses Bad auf keinen Fall betreten und entschied mich für die Toilette im Erdgeschoss, auch wenn sich dort eine lange Schlange gebildet hatte.

Was für ein Arschloch!

Zurück im Wohnzimmer, sah ich durch das Fenster Travis mit seinen Freunden im Garten stehen. Ich ließ mich auf ein kleines Sofa in der Ecke sinken. Fast im selben Moment strich mir jemand über die Schulter. Ich schaute auf und sah Leila neben mir stehen. Ihre grünen Augen wurden von einem dunklen Lidstrich betont, die Haare hatte sie zu zwei französischen Zöpfen geflochten, ihre Lippen glänzten rosa.

»Störe ich?«, fragte sie. »Ich habe gesehen, dass du ganz allein bist.«

Obwohl Travis mich gewarnt hatte, sagte mir mein Instinkt, dass ich ihr vertrauen konnte. Ich rückte ein wenig zur Seite.

»Nein, setz dich doch. Ich wusste nicht, dass du auch kommst. Das freut mich.«

»Eine Kommilitonin hat mich mitgenommen, aber sie ist plötzlich verschwunden.«

»Hast du Spaß? Du wirkst etwas aufgeregt.«

»Abgesehen davon, dass ich seit Tagen nicht schlafen kann und meine Mitbewohnerin hasse, geht's mir blendend.« Sie ließ sich in die Kissen sinken.

»Was treibt sie denn so Fürchterliches?«, fragte ich grinsend.

»Sie schleppt jeden Tag irgendwen an, mit dem sie sonst was anstellt, und nachts schnarcht sie so laut, dass ich sie erwürgen könnte!« Sie machte eine entsprechende Geste. »Gestern war ich dermaßen erschöpft, dass ich so weit war, sie beim nächsten Schnarchen mit dem Kissen zu ersticken.« Wir lachten. »Ich bin so müde, dass ich auf der Stelle einschlafen könnte!«

»Das tut mir leid. Eine gute Mitbewohnerin zu finden, ist meist schwieriger, als man denkt. Halte durch, im nächsten Jahr kannst du dir eine eigene Wohnung außerhalb des Campus suchen.«

»Ich kann es kaum erwarten!« Sie stöhnte und verdrehte die Augen.

Eine Weile schauten wir schweigend der tanzenden Menge um uns herum zu.

»Machst du das oft?«, fragte sie mich.

Ich sah sie an. »Was?«

»Dich inmitten einer Menschenmenge in dich selbst zurück-ziehen.«

»Sagen wir es so: Das hier ist nicht meine Welt.« Ich zuckte mit den Achseln.

»Meine auch nicht.« Leila hielt inne, dann fragte sie: »Vielleicht klingt das jetzt seltsam, aber sollen wir nicht nach oben gehen? Ich würde gerne allein mit dir reden.«

Etwas unsicher folgte ich ihr die Treppe hinauf, ohne recht zu wissen, was mich erwartete. Wir betraten ein Zimmer, das mit alten Möbeln eingerichtet war, ganz anders als der Rest des Hauses.

»Das ist das Gästezimmer. Hier ist nie jemand, wir sind also ungestört«, erklärte Leila.

»Warst du schon mal hier?«

»Mein Bruder kennt die Gastgeberin ganz gut, wir waren im letzten Jahr ein paar Mal eingeladen.«

»Verstehe.« Ich ignorierte die Information über Thomas und Carol, die sich dahinter verbarg, und konzentrierte mich auf Leila. »Also, worüber willst du mit mir reden?« Ich setzte mich auf die Bettkante.

Sie wirkte ziemlich nervös, rieb sich die Hände und biss sich auf die Lippen. Offenbar wusste sie nicht, wie sie anfangen sollte.

»Es fällt mir schwer, dir das zu sagen, aber du solltest es wissen.«

Ein Pfeil der Angst traf mich direkt ins Herz. Meine Hände begannen zu zittern. »Okay …?«

Leila fuhr sich mit den Fingern über die Zöpfe, dann seufzte sie tief. »Am Montag in der Sporthalle, da hab ich dich belogen. Ich hab behauptet, dass ich Travis nicht kenne, aber das stimmt nicht.«

»Das habe ich mir schon gedacht.« Ich sah sie abwartend an.

Leila tigerte im Zimmer auf und ab, dann blieb sie direkt vor mir stehen. »Bevor ich mich an der Uni eingeschrieben und mein Zimmer hier bezogen habe, habe ich ein Jahr neben meinem Bruder in Matts Verbindungshaus gewohnt. Und da hab ich diesen Sommer, an einem Abend Mitte Juli, Travis kennengelernt. Matt hatte mal wieder eine Party organisiert, mein Bruder war anderweitig beschäftigt. Ich war in meinem Zimmer und hörte ständig den Krach von unten und aus den anderen Zimmern. Du kannst dir schon denken, was da los war. Deshalb bin ich rausgegangen, um in Ruhe schreiben zu können, und dann hat sich ein Typ zu mir gesetzt. Ich wusste, wer er war, denn Travis war regelmäßig bei den Partys dabei, ich kannte ihn vom Sehen. Eine Freundin hatte er nie erwähnt, deshalb dachte ich, er wäre Single. Wir haben uns über alles Mögliche unterhalten. Er schien sich wirklich für mich zu interessieren, für das, was ich zu sagen hatte, und irgendwann haben wir uns geküsst und sind in meinem Zimmer gelandet. Im Bett. Es war mein erstes Mal, und er wusste das. Ich habe mich von meinen Gefühlen mitreißen lassen, was ein schrecklicher Fehler war, doch als mir das klar wurde, war es schon zu spät.« Ich starrte sie fassungslos an. »Als ich am nächsten Morgen aufwachte, war er verschwunden.« Sie lachte traurig auf, und mein Herz brach in tausend Stücke. »Und dann bin ich Matt begegnet, der sofort wusste, was Sache ist. Er hat mir gesagt, dass Travis eine Freundin hat. Ich war völlig am Ende. Meinem

Bruder wollte ich es erst gar nicht erzählen, weil ich wusste, dass er ausrasten würde, aber ich war so fertig, dass ich ihm nichts vormachen konnte. Also hab ich ihm alles gestanden, und dann ist genau das passiert, was ich befürchtet hatte: Er hat Travis in ganz Corvallis gesucht, und als er ihn gefunden hatte, hat er ihn zusammengeschlagen. Glaub mir, er musste mir schwören, dass er nie wieder so einen Scheiß macht. Wer weiß, was passiert wäre, wenn Travis ihn angezeigt hätte ... Ich wollte nicht, dass mein Bruder sich meinetwegen prügelt. Ich wollte nur vergessen. Während der beiden letzten Augustwochen habe ich alles getan, um Travis aus dem Weg zu gehen, aber ich wusste, dass ich ihn hier, auf dem Campus, wiedersehen würde.«

Ich hatte ein Pfeifen in den Ohren, und mir war schlecht, trotzdem flüsterte ich mit rauer Stimme: »Erzähl weiter, Leila.«

Sie räusperte sich. »Ein paar Tage vor Semesterbeginn ging ich ins Sekretariat, um mich abzumelden, doch auf dem Weg dorthin habe ich ihn gesehen. Er hat mit zwei Studentinnen geflirtet, und plötzlich hat sich in meinem Kopf ein Schalter umgelegt. Die Vorstellung, dass er einfach so sein Leben weiterlebt, während ich meins hinschmeiße, hat mich wütend gemacht. Ich würde mich seinetwegen nicht länger fertigmachen. Um ihm das zu zeigen, bin ich am Montag in die Sporthalle gegangen und habe ihm und meinem Bruder beim Training zugesehen. Und dann bin ich dir begegnet ...«

Mein Herz zog sich zusammen, ich bekam kaum noch Luft. Meine Knie zitterten, meine Hände ... Für mich brach eine Welt zusammen. Ich konnte weder sprechen noch denken. Doch ich weinte nicht. Zum ersten Mal in meinem Leben weinte ich nicht. Ich wollte weinen, spürte den verzweifelten Wunsch danach, um all den Ekel, die Abscheu, den Schmerz und die Wut loszuwerden, die ich in diesem Moment empfand. Aber ich konnte nicht.

»Vanessa …«, drang Leilas leise Stimme an mein Ohr. »Es tut mir so leid.« Sie hockte sich vor mich hin und legte mir eine Hand aufs Knie.

Ich schob ihre Hand weg und stand langsam auf. Es fühlte sich an, als würde sich jeden Moment ein Abgrund unter meinen Füßen auftun und mich verschlingen. Vielleicht hatte er das längst getan.

»Du bist ganz blass«, sagte Leila besorgt. »Soll ich … soll ich dir ein Glas Wasser holen?«

»Nein«, antwortete ich abweisend, während ich versuchte, das, was sie mir gerade erzählt hatte, zu verarbeiten. Ich atmete tief durch, dann sagte ich: »Das alles ist absurd, Leila. So etwas würde Travis niemals tun. Ja, er hat seine Fehler, aber das ist selbst für ihn eine Nummer zu groß. Außerdem hätte ich das bemerkt.« Ich hörte selbst, wie unsicher ich klang. All die Abende, die ich allein verbracht hatte, wenn Travis angeblich beim Training oder mit seinem Vater unterwegs gewesen war …

»Und trotzdem hat er es getan«, beharrte sie mit fester Stimme.

»Ich glaube dir nicht.«

»Warum sollte ich dich belügen?«

Ich sah, dass meine Worte sie verletzten, aber ich wusste, dass sie log. Sie *musste* lügen, davon war ich überzeugt. Travis hatte mich vor ihr gewarnt. »Keine Ahnung, Leila«, stammelte ich, »aber es kann nicht wahr sein. Das hätte ich doch bemerkt!«

Sie nahm meine Hände in ihre und hielt sie fest. »Ich weiß, das tut weh. Es war nicht leicht für mich, dir das zu sagen, es ist eine immer noch offene Wunde. Aber ich versichere dir, es ist wahr.« Sie schaute mir direkt in die Augen. In ihrem Blick lag nichts als Aufrichtigkeit. Ich bekam keine Luft mehr, musste hier raus … »Ich muss … ich muss gehen.« Ich stürmte an ihr vorbei zur Tür.

»Soll ich dich begleiten?«

»Nein.« Ich drehte mich noch einmal um. »Sorry. Ich brauche einen Moment für mich.«

»Es tut mir so leid«, hörte ich sie leise sagen, bevor ich die Tür hinter mir schloss.

Ich rannte die Stufen hinunter, ohne zu wissen, wohin. Das Schicksal ersparte mir nichts, denn unten an der Treppe stand Travis. Er sah mich, ging auf mich zu, dann wich er zurück. Ich schaute ihm in die Augen, und mir wurde schlagartig klar, dass alles, was Leila gesagt hatte, der Wahrheit entsprach. Matts Satz »Jetzt seid ihr quitt«, Leilas leerer Blick, als sie erfahren hatte, dass Travis mein Freund war ... Plötzlich machte alles Sinn. Die Wahrheit traf mich wie ein Faustschlag in den Magen. Ich krümmte mich zusammen.

»Hey, was ist los? Geht es dir gut? Vanessa?« Er kam näher und streichelte mir über die Wange, doch ich schob seine Hand weg und drängte mich an ihm vorbei.

»Fuck, was ist los, Nessy?« Er erwischte mich am Ellbogen und hielt mich fest.

Ich wirbelte zu ihm herum. »Du hast mit Leila geschlafen.« Meine Stimme klang so ruhig, dass ich sie fast nicht wiedererkannte. »Und mit wer weiß wie vielen noch.«

»Wie bitte? Ich hab dich doch gewarnt, dass sie Bullshit reden würde.« Er ließ die Schultern sinken.

In dem Moment tauchte Leila neben mir auf. Travis erstarrte...

»Jemand musste es ihr sagen.« Leila sah ihn voller Verachtung an. »Aber du bist so erbärmlich, dass du niemals den Mut dazu aufgebracht hättest, nicht mal in hundert Jahren.« Sie drehte sich um, ging ins Wohnzimmer und sprach kurz mit einer jungen Frau, dann war sie im Gedränge verschwunden.

»Vanessa, bitte, lass es mich erklären«, flehte Travis.

»Vergiss es.« Meine Stimme klang kalt. »Es ist aus. Endgültig.«
Ich kämpfte mich durch die Menschenmenge und verließ die
Villa. Draußen atmete ich tief die feuchte, kühle Nachtluft ein,
dann zog ich mich in den Garten hinter dem Haus zurück, setzte
mich auf eine Mauer und vergewisserte mich, dass ich allein war.
Erst dann brach ich in Tränen aus. Ich weinte alle Tränen, die ich
in mir hatte, ließ allem Schmerz, den ich spürte, freien Lauf. Es
tat weh, es tat so verdammt weh.

Wie hatte ich nur so dumm sein können? Ich hatte es doch
deutlich vor Augen gehabt, es aber einfach nicht sehen wollen.

Nach einer ganzen Weile wischte ich mir die Tränen ab. Ein
paar Jungs mit Bierflaschen in den Händen schwankten an mir
vorbei. Thomas war auch dabei. Sie bemerkten mich nicht. Ich
sah ihnen nach, und plötzlich blieb Thomas stehen und drehte
sich um. Seine Kumpel gingen weiter, nur er machte kehrt und
kam auf mich zu.

»Fremde«, begrüßte er mich und setzte sich neben mich. »Was
machst du denn hier?«

Ich lachte freudlos.

»Ich denke über das Leben nach«, sagte ich, weil ich keine Lust
hatte, mit ihm über Travis zu reden. Travis und Leila. *Wie hatte
ich nur so blöd sein können?*

»Bullshit«, sagte er und zündete sich eine Zigarette an.

»Bullshit?«

Er inhalierte tief und blies den Rauch aus. »Ja, Bullshit. Du
sitzt hier draußen, ganz allein, und denkst über das Leben nach.«

»Ja, vielleicht hast du recht.« Ich nahm ihm das Bier aus der
Hand und trank einen Schluck, was so gar nicht zu mir passte.

»Geht ihr schon?« Ich deutete mit dem Flaschenhals auf seine
Kumpel, die einige Meter entfernt stehen geblieben waren und
offenbar auf ihn warteten.

Er nickte. »Meine Schwester ist auch gerade gegangen, deshalb muss ich nicht länger bleiben. Wir gehen zu Matt und mischen dort die Party auf.«

»Tut nichts, was ihr später bereuen könntet«, zog ich ihn auf und versetzte ihm einen Stoß mit der Schulter.

»Genau deshalb gehen wir doch hin«, antwortete er grinsend.

Ich gab ihm die Flasche zurück, und er leerte sie in einem Zug. Seine Lippen umschlossen das Glas genau dort, wo eben noch meine gewesen waren. Mein Herz begann wie wild zu klopfen. Es war absurd, welche Reaktionen Thomas innerhalb von Sekunden in mir hervorrufen konnte. Er stand auf, und ich verspürte Leere.

»Na dann, viel Spaß«, wünschte ich ihm mit zittriger Stimme.

Er blieb vor mir sehen und sah mich an. »Komm mit.«

Mein Herz hämmerte. »Wie bitte?«

»Willst du lieber hier sitzen bleiben, umgeben von verwöhnten Rich Kids, und in Selbstmitleid baden?«

»Ich weiß nicht …«

»Ich frage nicht noch mal. Also schwing deinen hübschen Hintern hoch von der Mauer und komm mit.« Er streckte seine Hand aus und wartete, dass ich danach greifen würde.

»Du findest also, ich habe einen hübschen Hintern?«, fragte ich, ohne nachzudenken, und bedauerte es augenblicklich.

»Mit dem ich mich gern näher beschäftigen würde«, gab er zurück. Verblüfft riss ich die Augen auf und verfluchte mich für meine unpassende Frage. Er lachte und schüttelte den Kopf, während ich knallrot anlief. »Also, kommst du oder nicht?«

Zögernd schaute ich auf Thomas' tätowierte Hand, und in einem Moment der Unvernunft beschloss ich, Tiffanys Ratschlag zu befolgen. Ich beschloss, etwas zu wagen. Die Regeln zu brechen. Die Vernunft beiseitezuschieben und mich dem Instinkt hinzugeben.

Zur Hölle mit Travis, zur Hölle mit allem und jedem.

Ich nahm seine Hand, er zog mich hoch, unsere Körper prallten gegeneinander, mein Gesicht war nur wenige Zentimeter von seinem entfernt. Mit dem Daumen strich er mir über die Unterlippe, und mir stockte der Atem. »Gute Wahl, Fremde«, flüsterte er und küsste mich auf den Mundwinkel. Ein wohliger Schauder lief mein Rückgrat hinab. Ich lächelte nervös, dann ließ ich mich von Thomas mitziehen.

Kapitel 14

Wir fuhren bei zwei von Thomas' Freunden mit. Ich kannte sie nicht, und die Strecke, die sie nahmen, kannte ich auch nicht. Es war, als wäre ich von dichtem Nebel umhüllt, als wäre dies nicht länger mein Leben. Als steckte ich in einem Albtraum fest, aus dem ich nicht erwachte. Das Einzige, was mir zeigte, dass ich sehr wohl wach war, war die brennende Hitze von Thomas' Hand auf meinem nackten Oberschenkel.

Ich musste mich zusammenreißen, musste Tiffany schreiben, dass ich gegangen war und sie sich keine Sorgen machen musste. Ein Blick aufs Display zeigte mir, dass Travis mich mit Anrufen und Nachrichten bombardierte, also schaltete ich das Handy aus und steckte es zurück in die Tasche.

Als wir aus dem Auto stiegen, nahm Thomas meine Hand, als wäre es das Selbstverständlichste auf der Welt. Wahrscheinlich hielt er mit so vielen Frauen Händchen, dass es ihm gar nicht mehr auffiel.

Das Verbindungshaus war völlig überfüllt. Durch die offenen Fenster im zweiten Stock waren Gäste zu sehen, die tranken, lachten und feierten.

Draußen wurde Fassstand und Bierpong gespielt, in der Luft hing der süßliche Geruch nach Cannabis. Die Musik dröhnte so laut, dass die Bässe meinen Brustkorb vibrieren ließen – eine Matthew-Ford-Verbindungsparty.

»Trau hier besser keinem, die meisten sind so bekifft, dass sie nicht mal ihre eigene Mutter erkennen würden«, warnte mich Thomas.

Ich nickte abwesend und wollte gerade in Richtung Eingang gehen, als Thomas den Arm um meine Taille legte und mich an sich drückte. Meine Hand ließ er dabei nicht los.

Ich hob den Blick und sah zu ihm auf, dann schweiften meine Augen zu seinen leicht geöffneten Lippen.

»Noch wichtiger: Du trinkst nichts, was dir irgendwer anbietet. Man weiß nie, was dadrin ist«, flüsterte er mir zu.

Ich blinzelte. »Wie beruhigend«, antwortete ich unsicher. Als Thomas meine Hand losließ, trat ich einen Schritt zurück und konnte sofort wieder klarer denken. »Dadrinnen gibt es nichts Beruhigendes, und in diesem Aufzug bist du …« Er taxierte mich und biss sich auf die Lippen.

Leichte Beute, brachte ich seinen Satz in Gedanken zu Ende. Am liebsten wäre ich gegangen, aber irgendetwas hielt mich davon ab.

»Sprich nur weiter, das ist überhaupt nicht peinlich für mich«, erwiderte ich daher und schaute ihn herausfordernd an.

»Du siehst heute Abend atemberaubend aus.«

Das Gleiche konnte ich von ihm behaupten, aber das würde ich ihm ganz bestimmt nicht sagen. Sein Ego war auch so schon aufgeblasen genug. Ich musterte ihn verstohlen. Sinnlicher Blick. Volle Lippen. Muskulöse Statur. Große, starke Männerhände, die ein Teil von mir auf meinem Körper spüren wollte, an Stellen, die er noch nicht kannte …

Ich war verblüfft über meine eigenen Gedanken. Vor weniger als einer Stunde hatte ich noch über das Ende einer Beziehung geweint, die ich für ewig gehalten hatte, und jetzt stellte ich mir vor, wie Thomas' Hände meinen Körper erkundeten? Ich musste völlig den Verstand verloren haben.

Thomas riss mich aus meinen Gedanken und betrat mit mir das Verbindungshaus. Sogleich wurden wir von einigen seiner Freunde umringt, die ich auch schon auf dem Campus gesehen hatte. Er begrüßte sie mit einem High Five und einem Schulterstoß.

»Collins, da bist du ja endlich, wir haben schon auf dich gewartet!«, rief ein Rothaariger.

»Habt ihr etwa ohne mich angefangen, ihr Mistkerle?«

»Die Mädels wollten nicht. Ohne dich machen sie es nicht, das weißt du doch.«

Ich erstarrte. Thomas warf mir einen besorgten Blick zu, wurde aber von einem Freund abgelenkt.

»Willst du uns diesen Leckerbissen nicht vorstellen?«

Instinktiv ließ ich seine Hand los und wich einen Schritt zurück. Vielleicht war es keine gute Idee gewesen, hierherzukommen.

»Perez, du bist ein kluger Junge, also hör mir gut zu. Dieser Leckerbissen ist raus aus dem Spiel. Und dabei bleibt es auch, verstanden?« Thomas legte ihm eine Hand auf die Schulter. Der Typ, den er »Perez« genannt hatte, zögerte kurz und nickte dann. »Sag das weiter, ich will mich mit niemandem anlegen müssen«, fügte Thomas hinzu und gab ihm einen freundschaftlichen Klaps.

Perez zog ab, aber bevor ich etwas sagen konnte, kamen mehrere andere Jungs, darunter auch Finn, und zogen ihn mit sich. Ich blieb allein am Eingang zurück.

Perfekt. Gut gemacht, Vanessa.

Zögernd schaute ich mich um. Vielleicht gab es ja irgendwo eine dunkle Ecke, in die ich mich verziehen konnte. Es war nicht mein erstes Mal im Verbindungshaus, im letzten Studienjahr hatte ich zwei oder drei Abende hier verbracht, aber immer in Gesellschaft von Travis. Mit ihm hatte ich mich sicher gefühlt.

Heute hingegen kam ich mir vor wie ein an Land gespülter Fisch. Ich bahnte mir einen Weg durch die Menge und traf dabei auf Matt, der merkwürdig nüchtern wirkte.

»Nessy, bist du das?«, fragte er bewundernd und musterte mich von oben bis unten.

»Hi, Matt. Ja, ich bin's, in Fleisch und Blut.«

»Was machst du hier? Warum bist du nicht bei Carol? Und wo ist Travis?«

Ich massierte mir die Schläfen.

Matt musterte mich misstrauisch. »Alles klar?«

Ich lachte freudlos auf. »Lass es uns kurz machen, Matt: Du wusstest doch Bescheid, oder etwa nicht?«, fragte ich ohne Umschweife und verschränkte die Arme vor der Brust.

»Was meinst du? Worüber wusste ich Bescheid?«

»Über Travis und seine Seitensprünge. Und über Leila.« Matt erstarrte und senkte den Kopf. *Schuldig.* »Warum? Warum hast du mir nichts gesagt? Du hast es gewusst und hast keine Silbe gesagt …« Als ich seinen zerknirschten Gesichtsausdruck sah, verstummte ich.

»Seit ich es rausgefunden hatte, haben wir nur noch gestritten.« Matts Stimme klang kleinlaut. »Er hat mir versichert, dass er damit aufhört. Er hat es mir versprochen. Es tat ihm leid, und er schien fest entschlossen, eure Beziehung zu retten. Er hat mich beschworen, dir nichts zu sagen. Ich wollte mich nicht einmischen, ich wollte nur das Beste«, erklärte er schuldbewusst.

»Ich hatte ein Recht darauf, es zu erfahren. Die arme Leila …. Wie kann man mit jemandem befreundet sein, der zu so etwas fähig ist, Matt?« Tränen stiegen mir in die Augen.

»Wir kennen uns von Kindheit an«, versuchte er sich zu verteidigen. »Was passiert ist, war nicht in Ordnung. Aber Travis ist mein Freund.«

Ich schüttelte den Kopf.

»Was hättest du gemacht, wenn es nicht um Travis, sondern um Alex gegangen wäre?«, fragte er mich, nachdem ich mich beharrlich weiter in Schweigen hüllte.

»Lass das, Matt, versuche nicht, das zu vergleichen«, warnte ich ihn.

»Hättest du dich von ihm abgewandt?«

Allerdings! Dachte ich jedenfalls. Mit Sicherheit hätte ich es seiner Freundin nicht verheimlicht. Oder doch?

»Ich hätte mir von dir mehr Loyalität erwartet, das ist alles.« Ich biss mir auf die Lippen, um nicht loszuheulen.

»Ich war in einer beschissenen Situation. Egal, auf welche Seite ich mich gestellt hätte, ich hätte immer jemandem wehgetan. Ich hatte echt gehofft, die Sache wäre inzwischen vom Tisch.«

»Ist sie auch.«

Er fuhr sich mit den Fingern durchs Haar. »Verstehe … Das tut mir leid, wirklich.«

»Es wäre ohnehin aus gewesen«, gab ich zu, denn das war die Wahrheit, auch wenn sie noch so schmerzhaft war.

Er legte mir eine Hand auf den Arm und lächelte mich aufrichtig an. »Ich bin auch dein Freund. Wenn du mich brauchst, bin ich da.«

»Danke«, murmelte ich und versuchte, den Kloß im Hals hinunterzuschlucken. Er steckte die Hände in die Taschen und sah sich um. »Bist du allein hier?«

»Ähm, nein.« Auch ich sah mich jetzt suchend um. »Aber er ist verschwunden, und ich bereue es, nicht gemütlich zu Hause in meinem Bett zu liegen.«

»Ach, Unsinn. Jetzt bist du hier, also lass uns Spaß haben.« Er ging mir voran nach draußen. Seiner Meinung nach gab es keine bessere Medizin gegen Liebeskummer als Bierpong. Ich begriff jedoch sehr schnell, dass es nicht gerade die beste Idee war, einen Basketballspieler herauszufordern. Und weil ich den Abend nicht kotzend hinter einem Busch beenden wollte, gab ich auf.

Ich ließ Matt mit den anderen weiterspielen und ging zurück ins Haus, das inzwischen von Rauchschwaden erfüllt war. Eine Gruppe halb nackter Jungs und Mädchen weckte meine Aufmerksamkeit. Sie saßen auf dem Boden um einen kleinen Holztisch herum und spielten Strip-Poker. Unter den fast nackten Männern stach Thomas' muskulöser, tätowierter Körper ganz besonders hervor. Eines davon beeindruckte mich ganz besonders. Es stellte ein kniendes Kind dar, das in zwei riesige Flügel gehüllt war, die seinen gesamten Rücken bedeckten. In der Hand hielt es ein schwarzes Herz. Es hatte etwas Tragisches, zugleich aber auch etwas Faszinierendes. Links neben Thomas, in Skinny Jeans und Spitzen-BH, saß Shana, einen Joint in der Hand. Deshalb also hatte Thomas es so eilig gehabt!

Als Shana mich bemerkte, verzog sie das Gesicht zu einer verächtlichen Grimasse, dann beugte sie sich zu Thomas hinüber und küsste ihn voller Leidenschaft. Er machte mit, reflexartig, doch nach ein paar Sekunden zog er sich genervt zurück.

»Oh, das ist ja mal eine Überraschung! Hast du dich auf dem Nachhauseweg verlaufen, du kleine Kanalratte?«, flötete Shana abfällig und warf ihre langen roten Haare aufreizend über die Schulter.

Ich sah Thomas an, in der Hoffnung, er würde eingreifen. Immerhin hatte er mich hierhergebracht. Doch er ignorierte mich und nahm einen großen Schluck aus einem Glas mit einer durchsichtigen Flüssigkeit. Ich hätte es mir denken können.

»Du hast mich schon verstanden, du bist hier nicht erwünscht«, legte Shana nach. »Warum gehst du nicht zu den Losern vom Studentenchor? Ihr habt sicherlich einiges gemeinsam.« Sie wedelte mit der Hand, als wollte sie eine lästige Fliege vertreiben.

Innerlich schäumend drehte ich mich um und wollte gerade gehen, als der Typ, der rechts neben Shana saß, rief: »Hör nicht auf sie! Warum spielst du nicht einfach mit?«

Um dann in Unterwäsche hier zu sitzen? Nein, danke, dachte ich und klappte den Mund auf, um abzulehnen.

In dem Moment legte Thomas die Karten ab, die er in der Hand hielt, und warf ihm einen finsteren Blick zu.

»Ich hab nichts gesagt«, ruderte der Typ zurück.

»Sie würde sich nicht mal vor ihrem Freund ausziehen«, spottete Shana. »Warum gehst du nicht zu ihm? Wenn ich du wäre, würde ich ihn nicht aus den Augen lassen. Man weiß ja nie, was er so macht und mit wem …« Sie kicherte bösartig.

»Travis ist nicht mehr mein Freund.«

Shana schnalzte theatralisch mit der Zunge. »Hat er dich wegen der kleinen Schwarzhaarigen aus dem ersten Semester abserviert? Oder wegen der aus dem dritten? Nein, warte! Vielleicht hat er einfach endlich eingesehen, dass fast jede andere weit besser wäre als du.« Die anderen fingen an zu lachen. Shana sah mich triumphierend an.

Ich spürte, dass ich kurz davor stand, in Tränen auszubrechen. Wie gerne wäre ich stark genug gewesen, sie in die Schranken zu weisen, aber im Moment war ich zu verletzt.

»Kannst du nicht einmal dein verdammtes Maul halten, Shana? Oder brauchst du jedes Mal einen Typen, der es dir stopft?« Thomas' Gesicht war dermaßen wutverzerrt, dass es augenblicklich still wurde.

Er hatte für mich gesprochen und alle zum Schweigen gebracht. Ich weiß, das hätte ich nicht tun sollen, aber ein Teil von mir freute sich darüber. Er hatte Shana genauso gedemütigt wie sie mich. Also nahm ich all meinen Mut zusammen und erwiderte mit hocherhobenem Kopf: »Damit eins klar ist: Travis Baker wurde von der langweiligsten Studentin der ganzen Oregon State University verlassen, nicht umgekehrt. Crazy, oder?« Die anderen starrten mich an. Jetzt kam ich in Fahrt. Ich würde es dieser rothaarigen Bitch zeigen, würde mich nicht von ihr rausekeln lassen.

»Gilt die Einladung noch?«, fragte ich den Typen rechts neben ihr. Er antwortete nicht, sondern starrte Thomas an, als würde er auf seine Erlaubnis warten. »Also?«, hakte ich nach.

Auf Shanas Gesicht trat ein ungläubiges Grinsen. Ich war mir fast sicher, dass ich hinter ihren toughen Fassade noch etwas anderes erkennen konnte: Unsicherheit … und Furcht?

»Nein«, erklärte Thomas mit Nachdruck und sah mich an. »Das ist nicht dein Ding.«

Ich schüttelte den Kopf. »Das entscheide ich selbst«, widersprach ich, setzte mich, und das Spiel begann.

Ich hätte nicht sagen können, wie es dazu gekommen war, aber kurze Zeit später saß ich in Slip und BH am Tisch. Die Jungs waren begeistert. Bei jedem verlorenen Spiel schüttete ich einen Plastikbecher voll Schnaps in mich hinein und grölte lauthals. Die Jungs stießen mit mir an und tranken mit. Shana kochte vor Eifersucht. Auch wenn sie alles tat, um sich bei Thomas anzubiedern, so musste sie sich doch irgendwann ihre Niederlage eingestehen und das Feld räumen. Die Augen des schönsten, anziehendsten Mannes, den ich je gesehen hatte, durchbohrten mich, aufgebracht und voller Wut. Oder war es Sorge, die sich darin spiegelte? Ich war mir sicher, dass er einem seiner Freunde einen tödlichen Blick zugeworfen hatte, nachdem der versucht hatte, mich zu begrapschen.

Nach einer Stunde und zahlreichen Shots war mein Blick verschwommen, ich hörte nur noch ein Rauschen, mein Körper stand in Flammen. Alle schienen sich in Zeitlupe zu bewegen. Ich brauchte dringend frische Luft. Kaum war ich aufgestanden, begann sich alles um mich herum zu drehen und hörte erst auf, als mich zwei tätowierte Arme auffingen und hochhoben.

»Was machst du daaa, lass mich ruuunter«, protestierte ich und fing an zu strampeln, um mich aus seinem Griff zu befreien.

»Hör auf damit, du bist sturzbesoffen«, schimpfte er. Sein besorgter Ton brachte mich zum Lachen. Dachte ich jedenfalls, denn in diesem Moment hatte ich jegliche Kontrolle über meine Gesichtszüge verloren.

»Lache ich?«, lallte ich.

»Was?«, fragte er verwirrt.

»Ich will wissen, ob ich lache. Ich wollte … lachen.«

Vier grüne Augen starrten mich an, zwei Versionen von Thomas liefen die Treppe hinunter.

»Ja, tust du. Zumindest etwas Ähnliches.«

»Im Moment sehe ich zwei Thomas, und ich hoffe, dass wenigstens einer nett ist, sonst muss ich beiden einen Arschtritt verpassen …« Ich lachte hysterisch und fuhr ihm mit dem Zeigefinger über die Lippen bis zu der Lotusblume, die auf seinen Hals tätowiert war. Seine Lippen waren weich, das kantige Kinn von vereinzelten Bartstoppeln bedeckt. Meine Hand strich von seiner Brust über das Sixpack bis zum Bund seiner Jeans. Der Typ war einfach megaheiß. Er murmelte etwas, was ich nicht verstand. Erschöpft legte ich den Kopf auf seine Brust und schloss die Augen. »Wohin bringst du mich?«

»Nach oben, in mein Zimmer.«

Was? Auf keinen Fall! Nicht halb nackt und betrunken. Ich fing erneut an zu strampeln.

»Lass das, Ness, sonst landest du mit dem Hintern auf dem Boden«, fuhr er mich an.

Wie hatte er mich gerade genannt? »Ness«? Der Name gefiel mir. Viel besser als »Fremde«, wie er mich zuvor genannt hatte. In Wahrheit hatte mir das zwar auch gefallen, weil es von ihm kam, das musste er ja nicht wissen.

»Lass mich runter«, befahl ich energisch. »Sofort. Du willst die Situation ausnutzen, aber das lasse ich nicht zu, ganz gleich, wie betrunken ich bin!«

»Jetzt beruhige dich mal. Ich bringe dich vor den anderen in Sicherheit.« *Oh.* Ich entspannte mich. Er sorgte sich um mich, er wollte mich beschützen. Das war so … *süß.* Ich wollte mich fast schon bedanken, als er hinzufügte: »Du blöde Kuh.« Ich boxte ihm gegen den muskulösen Brustkorb.

»Sag so was nicht!«, erwiderte ich eingeschnappt.

»Was war das denn?«, fragte er. »An deiner Schlaghand solltest du echt noch arbeiten.« Er grinste, und ich verpasste ihm einen weiteren Hieb gegen die Brust.

Im ersten Stock angekommen, öffnete Thomas eine Tür, und wir traten ein. Bis auf ein schwaches Licht, das durch das offene Fenster zum Innenhof hereinfiel, war es dunkel im Zimmer. Thomas machte eine kleine Lampe an. Zu meiner Überraschung stellte ich fest, dass sämtliche Wände schwarz gestrichen waren. Zu meiner Linken, direkt neben der Tür, stand ein Schreibtisch, auf der rechten Seite ein großer Schrank aus dunklem Holz.

»Wo sind wir?«

Thomas legte mich auf ein großes, weiches Bett und deckte mich zu.

»In meinem Zimmer, entspann dich.« *Ich sollte mich entspannen?* In diesem Bett, in dem er mit Sicherheit … »Ich will hier weg!«, rief ich.

»Um was zu tun?«, fragte er verwirrt und belustigt zugleich.

»Ich muss gehen, sofort!« Ich rollte von der Matratze und knallte mit dem Gesicht auf den Teppich. »Aua.«

Thomas brach in schallendes Gelächter aus. Die Vanessa von früher hätte sich jetzt geschämt, aber selbst dafür war ich zu betrunken. Ich versuchte, mich hochzustemmen, aber plötzlich wurde mir schlecht.

»Thomas …«, krächzte ich, aber er lachte weiter.

»Thomas!«, wiederholte ich lauter.

»Was?«

Ich krümmte mich zusammen. »Ich glaub, ich muss mich …«

Er riss die Augen auf. »Oh fuck, nein!« Ohne Zeit zu verlieren, fasste er mich unter den Achseln und schleppte mich zur Toilette. Ja, er hatte tatsächlich ein Zimmer mit eigenem Bad.

In letzter Sekunde beugte ich mich über die Kloschüssel und übergab mich. Währenddessen stand Thomas neben mir und genoss das Schauspiel quasi aus der ersten Reihe.

Morgen nach dem Aufstehen würde ich den allertiefsten Graben in der Geschichte der Menschheit ausheben und mich hineinlegen. Thomas beugte sich zu mir und hielt meine Haare, während ich mit beiden Händen das Porzellan umklammerte.

»Schwör mir, dass du das niemandem erzählst«, flehte ich, als endlich nichts mehr kam. Ich wischte mir übers Gesicht und stellte fest, dass meine Hände schwarz waren. Tiffany hatte es mit der Wimperntusche offenbar übertrieben. Ich musste einen grauenhaften Anblick bieten. Schwankend stolperte ich zum Waschbecken, um mir die Hände und das Gesicht zu waschen.

»Genau das hatte ich morgen früh als Erstes vor.« Er grinste.

»Ich bringe dich um!« Drohend ging ich auf ihn zu, doch dann stürmte ich zurück zur Toilette, denn mein Magen läutete soeben die zweite Runde ein.

Nach einer gefühlten Ewigkeit im Badezimmer fühlte ich mich etwas besser. Noch besser hätte ich mich gefühlt, wenn ich nicht so erbärmlich gestunken hätte. Thomas schien das nicht zu stören. Er hatte mich nicht eine Sekunde lang allein gelassen, und ich wusste nicht, ob ich dankbar oder eher peinlich berührt sein sollte.

Ich setzte mich auf den Boden und lehnte mich mit angezogenen Beinen an die Duschkabine. »Es tut mir leid«, murmelte ich und starrte an die Decke.

»Was genau?«

Travis und das, was er deiner Schwester angetan hat. Der Schmerz und die Erniedrigung, die er euch beiden zugefügt hat. Dass ich es nicht früher gemerkt und an dir gezweifelt habe. Dass ich dir den Abend verdorben habe und du das alles mit ansehen musstest. Mir tun so viele Dinge leid ... Ich fuhr mir mit den Händen übers Gesicht und schaute ihm in die Augen. »Alles. Ich bin total am Ende, Thomas.«

Er setzte sich neben mich, strich mir eine Locke hinters Ohr und streichelte mir sanft übers Gesicht. »Das sind wir doch alle«, flüsterte er mir zu. Tränen stiegen mir in die Augen, ich nahm seine Hand und hielt sie ganz fest. Er sollte wissen, wie dankbar ich ihm heute Abend war. Wirklich dankbar. Eine Weile blieben wir so sitzen.

»Ich stinke«, durchbrach ich die merkwürdige Stille mit angeekelter Stimme.

»Ziemlich.« Er lächelte, und ich lächelte zurück.

»Darf ich ... darf ich duschen?«

Er nickte, und stand auf.

»Ich gebe dir für heute Nacht ein paar von meinen Klamotten.«

»Für ... heute Nacht?«

»In deinem Zustand bleibst du heute hier«, sagte er mit fester Stimme. Auch wenn die Wirkung des Alkohols nachgelassen hatte, fühlte ich mich immer noch schwach und benommen. Meine Klamotten, oder besser Tiffanys Klamotten flogen irgendwo herum, und ich hatte keine Möglichkeit, nach Hause zu kommen. Thomas hatte recht: Hierzubleiben war die einzig vernünftige Entscheidung.

Ich seufzte. »Okay, aber ich werde nicht mit dir schlafen, das kannst du vergessen.«

»Das hatte ich auch nicht vor.«

»Oh.« Gegen meinen Willen war ich etwas enttäuscht. Alle Jungs aus meiner Umgebung schienen lieber mit anderen ins Bett gehen zu wollen als mit mir.

Er sah mich belustigt an und fügte hinzu: »Es sei denn, du willst es unbedingt.«

»Nein, will ich nicht.« Denn ich wollte nicht, oder?

»Dann sind wir uns ja einig.« Er ging zur Tür.

»Und wo schläfst du?« Ich folgte ihm. Er deutete auf ein Sofa unter dem Fenster, nicht weit vom Bett entfernt.

»Ich kann auch dort schlafen, kein Problem, du hast schon genug für mich getan.« Mit dem Haargummi, das ich immer um mein Handgelenk trug, band ich meine Haare zu einem Zopf zusammen.

»Das Sofa ist völlig okay, du musst dich erholen.« Er nahm ein Kissen vom Bett und platzierte es vor der Armlehne. Ich wollte ihn umarmen, um mich zu bedanken, doch in Anbetracht meines Zustands kehrte ich lieber ins Bad zurück, sperrte die Tür ab und ging unter die Dusche. Anschließend drückte ich etwas Zahnpaste auf meinen Zeigefinger und putzte mir notdürftig die Zähne.

Als ich zurückkam, war das Zimmer leer. Thomas war anscheinend zur Party zurückgekehrt. Er hatte mir ein riesiges schwarzes T-Shirt aufs Bett gelegt. Es reichte mir bis zum Knie, war weich und roch unverwechselbar nach ihm. Ich vergrub meine Nase darin und atmete tief seinen Duft ein. Ja, es roch genau wie er. Dann legte ich mich ins Bett und starrte an die schwarze Decke. Welcher gesunde Mensch würde alle Wände in seinem Schlafzimmer schwarz streichen? Doch nur ein Serienmörder, oder?

Das Geräusch eines Schlüssels, der sich im Schloss drehte, riss mich aus meinen Gedanken. Ich setzte mich ruckartig auf, merkte, wie mir schwindelig wurde, und hielt mich an der Bettdecke fest. Bei der Vorstellung, dass ich ganz allein, nur mit einem T-Shirt, in diesem Zimmer lag, bekam ich Panik. Mein Herz hämmerte. Noch während ich mich nach etwas umsah, was ich notfalls als Waffe einsetzen konnte, öffnete sich langsam und mit einem leisen Quietschen die Tür. Ich bekam eine Gänsehaut. Dann erkannte ich das Gesicht des Eindringlings und atmete erleichtert aus.

»Oh Gott, du bist es.« Ich schlug die Hand aufs Herz.

Thomas betrat mit einer Wasserflasche in der Hand das Zimmer und schloss die Tür. »Wer denn sonst?«

»Auf einer Party mit lauter Betrunkenen? Jeder!«

»Außer mir hat niemand einen Schlüssel. Wie geht's dir?«

»Noch benommen, aber immerhin dreht sich das Zimmer nicht mehr. Zumindest nicht mehr ganz so schnell.«

»Hier, ich habe dir Wasser mitgebracht.« Er reichte mir die Flasche.

»Gehst du nicht wieder runter?«

»Nein, die sind alle so dicht, dass es keinen Spaß mehr macht.«

»Und du nicht?«, fragte ich zweifelnd.

Er schüttelte den Kopf. »Heute nicht, dafür hast du gesorgt. Außerdem muss ich wegen des Trainings ein bisschen aufpassen.«

»Aha.« Ich legte mich wieder hin und schwieg, während Thomas sich aufs Sofa setzte und mich ansah.

»Was ist?«, fragte ich nach einer Weile und drehte mich auf die Seite, die Hand unter dem Kissen.

»Was ist heute passiert?«

Der Schmerz durchfuhr mich wie eine scharfe Klinge.

»Er hat mich betrogen, aber das weißt du ja bereits, oder?«

Er antwortete nicht.

»Weiß er, dass du hier bist?«

Ich schüttelte den Kopf und sah, wie sich ein zufriedenes Lächeln auf seinem Gesicht ausbreitete.

»Thomas«, flüsterte ich, »könntest … also, würdest du hierherkommen, zu mir? Ich weiß, es ist dumm, aber mein Tag war grässlich, und ich brauche ein bisschen …« Ich verstummte. *Menschliche Wärme? Trost? Zärtlichkeit?* Nein, das konnte ich unmöglich laut aussprechen. »Egal, lass es gut sein. Vergiss einfach, was ich gesagt habe.« Ich drehte mich wieder auf den Rücken und starrte an die Decke. Zu meiner Überraschung stand Thomas auf, zog die Jeans aus und kam, nur mit schwarzen Boxershorts bekleidet, zu mir. Ich schluckte und wandte eilig den Blick ab, aber das, was ich gesehen hatte, genügte, um ein Kribbeln in meinem Unterleib auszulösen, das ich auf keinen Fall hätte empfinden dürfen. Schließlich hatte ich mich gerade erst nach zwei Jahren Beziehung von meinem Freund getrennt.

»Ness?« Thomas' sinnliche Stimme zwang mich, ihn anzusehen. »Willst du, dass ich zu dir komme?«

Ich nickte verlegen, und er legte sich zu mir ins Bett, wobei er darauf achtete, mich nicht zu berühren. Er lehnte sich ans Kopfteil und verschränkte die Hände im Nacken, dann wandte er sich mir zu und sah mich so verständnisvoll und mitfühlend an, dass meine Verlegenheit nachließ und ich mich entspannte. Ich hatte noch nie mit einem anderen Mann im Bett gelegen, nur mit Travis.

»Ich … ich würde dich gern umarmen«, stammelte ich, was sicherlich am Alkohol lag, der noch in meinen Adern zirkulierte. Meine Bitte schien Thomas zu verunsichern. Er schaute mich prüfend an, dann, vielleicht aus Mitleid, zog er mich in seine Arme.

»Aber gewöhn dich nicht dran«, murmelte er.

Ich kuschelte mich an ihn, legte meinen Kopf auf seine warme Brust und atmete tief seinen Duft ein, den ich so sehr mochte. Thomas drückte mich an sich. In diesem Moment zerbrach etwas in mir, und ich begann haltlos zu schluchzen.

»Es tut mir leid, ich … ich kann gar nicht mehr aufhören«, stammelte ich und wischte mir hektisch die Tränen von den Wangen. Thomas erwiderte nichts, hielt mich nur noch fester und gab mir so das Gefühl, dass ich meinen ganzen Schmerz loslassen konnte. »Du hattest recht, weißt du? Er hat mir alles genommen, und jetzt fühle ich mich nur noch …«

»Wie?«

»Falsch.«

»Du bist es nicht, die falsch ist.«

Ich schaute ihm in die Augen. »Aber genauso fühle ich mich. Falsch. Die ganze Zeit über hat mich Travis betrogen. Weißt du, was das heißt? Ich war ihm nicht genug. Und das war schon immer so: Ich bin nie genug, für niemanden.«

Thomas rückte etwas von mir ab. »Du redest einen Haufen Stuss. Aber das ist erlaubt, du bist halb betrunken und eindeutig deprimiert.«

»Nein, das ist die Wahrheit. Ich gefalle niemandem, nicht mal meinem Freund. Ex-Freund.« Ich lachte nervös und senkte zutiefst beschämt den Blick.

Thomas legte mir den Zeigefinger unters Kinn und zwang mich, ihn anzusehen. »Er hat dich betrogen, weil er ein Arschloch ist. Er hat sich und seinen Schwanz nicht im Griff, das ist alles. Und das ist nicht deine Schuld, sondern seine. Merk dir das.«

»Du verstehst das nicht …« Ich sprach nicht weiter, weil mir klar wurde, dass auch er wer weiß wie viele Mädchen auf die gleiche Weise gedemütigt hatte.

»Du glaubst, du bist nicht attraktiv? Da täuschst du dich aber gewaltig.«

Ich starrte ihn ungläubig an. Dachte er das wirklich? Meine Augen wanderten zu seinen Lippen. Bei dem Gedanken, meinen Mund auf seinen zu legen, seine Zunge mit meiner zu umspielen, herauszufinden, wie er schmeckte, verspürte ich ein Flattern im Bauch. Wie Thomas wohl küsste? Wie mochte es sein, mit ihm zu schlafen? Wie sah er aus, wenn er kam?

Ein unguter Vorsatz stahl sich in meinen Kopf: Ich wollte es herausfinden.

Wie ferngesteuert strichen meine Finger über seine Wangen und verweilten bei seinen leicht geöffneten Lippen. Fasziniert folgte ich ihren Umrissen. Ich stützte mich auf den Ellbogen und lehnte mich vor. Nur durch den dünnen Stoff des T-Shirts von seiner nackten Haut getrennt, streiften meine Brüste über seinen Brustkorb. Unsere Nasenspitzen berührten sich, und für einen unendlich langen Moment schauten wir einander tief in die Augen. Unser Atem ging schwer vor Anspannung.

»Was machst du da?«, fragte er mit rauer Stimme.

»Ich weiß es nicht …«, antwortete ich, fasziniert von meinen eigenen Bewegungen. Mein Körper schien instinktiv zu wissen, was als Nächstes zu tun war. Ich wollte mehr, wollte wissen, wie sich seine Haut auf meiner anfühlte, wollte mein Becken gegen seins pressen, wollte mich reiben an der Erhebung, die sich im

Schritt seiner schwarzen Boxershorts abzeichnete. Mir wurde heiß. Ich biss mir auf die Lippe, schloss die Augen und folgte der Choreografie meines Körpers.

»Hör auf, Ness, du bringst dich noch in Schwierigkeiten, in große Schwierigkeiten.« In seinen Augen loderte Begierde.

»Das ist meine Spezialität.« Als sich seine Erektion mit einer weiteren Beckenbewegung einem bestimmten Punkt zwischen meinen Beinen näherte, hielt ich die Luft an, dann stöhnte ich laut auf und drückte mich an ihn.

Thomas gab einen erstickten Laut von sich und vergrub die Hände in meinen Haaren. Ich spreizte die Beine und rieb mich noch leidenschaftlicher an ihm. »Ness …«, stöhnte er.

Auch ich war kurz davor, die Kontrolle zu verlieren. »Ja …« Ich beugte mich zu ihm und brachte meine Lippen ganz nah an seine. Ein Schauder lief mir über den Rücken.

»Du bist betrunken«, murmelte er mit rauer Stimme. Ich spürte seinen Atem an meinem Mund. Mein Herz schlug wie wild, und ich bewegte mich weiter, aufreizend und verführerisch. Er wich nicht zurück, kam mir aber auch nicht entgegen. Stattdessen blieb er reglos liegen und beobachtete mich, die Augen dunkel vor Verlangen. Seine Muskeln waren angespannt, sein Atem ging schneller.

Um seinen Widerstand zu brechen, berührte ich seine Lippen mit meiner Zungenspitze, ließ sie um die Konturen seines Mundes wandern. Jetzt zitterten wir beide. Thomas stöhnte erneut, dann hob er das Becken und fing an, sich zu bewegen. Bald hatten wir einen Rhythmus gefunden, der meine Erregung ins Unermessliche steigerte.

»Das solltest du nicht tun …«, flüsterte er heiser, doch ich erstickte seine Worte in einem leidenschaftlichen Kuss. Ich konnte spüren, wie sehr er mich wollte, deshalb wagte ich noch mehr …

Meine Hand glitt in seine Boxershorts, umschloss seine Erektion und bewegte sich langsam auf und ab, fest und vielleicht auch ein wenig ungeschickt. Ich fühlte, wie er unter dem Druck meiner Finger erbebte. Mit einem animalischen Knurren biss mir Thomas in die Unterlippe, dann schob er seine Zunge in meinen geöffneten Mund, und mein Körper explodierte. Ich zog ihn an mich, küsste ihn in wilder Leidenschaft, konnte vor Lust keinen klaren Gedanken mehr fassen. Mein Körper brannte vor Verlangen. Sein Zungenpiercing verschaffte mir ein unbekanntes und unendlich aufregendes Gefühl. Endlich fand ich die Kraft, mich von ihm zu lösen, doch wenn ich gedacht hatte, ein Kuss würde unser Verlangen stillen, hatte ich mich getäuscht.

Wieder näherten sich meine Lippen den seinen, und kaum hatten sich unsere Münder berührt, brannte ich lichterloh. Ich setzte mich auf ihn, spürte durch die zarte Spitze meines Slips seine Härte, und mit einer mir unbekannten Leidenschaft und dem unbändigen Drang, die Hitze zwischen meinen Schenkeln zu lindern, drückte ich mich an ihn und ließ mein Becken kreisen. Thomas hielt meine Haare im Nacken mit einer Hand fest, mit der anderen umfasste er meine Hüfte so fest, dass es fast wehtat, um kraftvoll den Rhythmus meiner Bewegungen zu beschleunigen, stöhnend vor Lust. Ich wusste nicht, was ich da tat, aber ich wusste, dass ich mich nie besser gefühlt hatte.

Thomas keuchte in meinen offenen Mund und küsste mich erneut. Unsere Zungen umspielten einander voller Begierde, bis wir kaum noch Luft bekamen, dann lösten wir uns voneinander, und ich legte meine Stirn an seine. Zwei vor Verlangen geweitete Pupillen blickten in meine, seine Halsschlagader schien jeden Moment zu explodieren, genau wie mein Herz. Zwischen meinen Schenkeln spürte ich seine pulsierende Erektion, und mein Slip wurde immer feuchter.

Lächelnd sah ich ihm in die Augen. Mir gefiel das Gefühl, das er in mir weckte, genau wie das, was ich in ihm auslöste. Ich näherte mich erneut seinen Lippen, aber Thomas schob mich von sich, legte die Hände auf meine Schultern und schüttelte den Kopf. »Du bist betrunken.«

»Ja und nein.« Er hatte recht, der Alkohol machte mich hemmungslos, aber ich war klar genug, um zu wissen, was ich tat. Und ich wollte es tun.

»So will ich das nicht«, erwiderte er ernst, während unser Atem sich allmählich beruhigte.

»Ich verstehe nicht … Willst du mich nicht?«, fragte ich, richtete mich auf und versuchte meine Enttäuschung zu verbergen.

»Ist das, worauf du sitzt, etwa ein Zeichen dafür, dass ich dich nicht will?«

»Dann hör nicht auf.« Ich schob seine Hände von meinen Schultern, beugte mich vor und berührte seine Lippen. »Lass mich vergessen, Thomas«, bat ich und bewegte langsam das Becken. »Ich brauche das.«

»Du wirst es bereuen.«

»Jetzt tu nicht so, als wäre ich eine verklemmte Jungfrau, denn das bin ich nicht.« Ich fuhr mit der Zunge über seinen Hals. »Es ist nur Sex.« Ich erreichte seinen Mund, leckte über seine Lippen und biss genauso fest zu wie er zuvor. Er erbebte. Das war nicht fair, aber ich brauchte das. Wenigstens eine Nacht lang wollte ich mich begehrenswert fühlen.

»Ich habe dich lange genug spielen lassen, es reicht jetzt!«, stieß er ungehalten hervor, aber in seinen Augen konnte ich deutlich sehen, wie sehr er mich wollte. So wie ich ihn wollte. Trotzdem umfasste er meine Taille und schob mich zurück auf die Matratze.

Ich seufzte ungehalten, stützte mich erneut auf einen Ellbogen und sah ihn von der Seite an. »Weißt du, was? Wenn du nicht willst, dann suche ich mir eben einen anderen. Das dürfte heute wohl kein Problem sein«, stieß ich verärgert hervor, dann stand ich auf und ging zur Tür, in der Hoffnung, er würde darauf reinfallen und mir doch noch geben, was ich wollte. Ich kam nicht weit. Eine tätowierte Hand hielt mich zurück. »Wohin zum Teufel willst du?«

»Nach unten.«

»Du wirst nirgendwohin gehen. Beweg deinen Hintern zurück auf diese Matratze«, befahl er mit blitzenden Augen und deutete auf das Bett. Ich rührte mich nicht vom Fleck. »Wenn du dich unbedingt vögeln lassen willst, okay …« Er nahm mein Gesicht in beide Hände und sah mir fest in die Augen. »Aber es ist wirklich *nur Sex*.«

»Nur Sex«, beruhigte ich ihn.

Er leckte mir über die Lippen und schob mir die Zunge in den Mund. Der Duft nach Vétiver war betäubend. Ich atmete tief ein. Ohne unseren Kuss zu unterbrechen, hob er mich plötzlich hoch, und ich schlang instinktiv meine Beine um seine Taille. Er trug mich zum Bett, legte mich mit dem Rücken auf die Matratze und drückte meine Oberschenkel auseinander. Anschließend schob er sich auf mich, stützte sich auf die Ellbogen und presste sein Becken gegen meins. Eine mächtige Hitzewelle durchfuhr mich. Mit einem lauten Stöhnen bäumte ich mich auf. Er berührte mit dem Zeigefinger meine Lippen, den Hals, den Ansatz meiner Brüste in seinem T-Shirt, dann schob er die Hand unter den Stoff, strich über meinen Bauch, weiter nach oben und verharrte bei meiner aufgerichteten Brustspitze, die er mit zunächst sanftem, dann festerem Druck massierte. Ich starrte ihn wie hypnotisiert an und wimmerte leise. Nach einer gefühlten Ewigkeit glitt er nach unten und verschwand mit dem Gesicht zwischen meinen Schenkeln. Seine Zunge glitt über den feuchten Stoff meines Slips, umkreiste den Stoff über meiner Klitoris, berührte mich langsam und aufreizend, was mich nur noch mehr erregte.

»Oh Gott«, keuchte ich und krallte die Finger ins Laken. Mit den Zähnen zog er meinen Slip aus, und ein fast schon diabolisches Lächeln trat auf seine Lippen.

»Ohne ist es viel besser«, sagte er heiser, dann küsste er meine Knie, die Innenseite der Schenkel und wanderte langsam nach oben. Mit der Zunge kehrte er zu meinem empfindlichsten Punkt zurück, und einen Moment lang verschlug es mir den Atem. Ich wollte mich bewegen, aber er hielt mich fest, also griff ich in seine Haare und zog ihn tiefer zwischen meine Beine, um mehr zu bekommen. Thomas ließ seine Zunge mit äußerster Geschicklichkeit über meine Schamlippen gleiten, von oben nach unten. Jedes Mal, wenn sein Piercing mich berührte, verlor ich den Verstand.

»Mehr ... bitte.«

Jetzt schob er einen Finger in mich und bewegte ihn geschickt auf und ab. Er wusste genau, wann er schneller und wann er langsamer werden musste, dosierte perfekt den Druck. Kurz darauf ließ er einen zweiten Finger in mich hineingleiten und fand genau den Punkt, der meinem Unterleib einen elektrischen Schlag versetzte. Meine Lust wurde schier unerträglich, strahlte ab in jede Faser meines Körpers. Als er das Tempo erhöhte, schob ich ihm mein Becken entgegen und fing erneut an zu wimmern. Er betrachtete mich mit einem selbstzufriedenen Lächeln, doch dann hörte er plötzlich auf und streifte mir das T-Shirt über den Kopf. Unvermittelt verspürte ich einen Anflug von Scham. Erst jetzt wurde mir klar, dass ich vollkommen nackt in Thomas Collins' Bett lag. Selbst wenn ich noch nie so enthemmt gewesen war – meine Unsicherheit hatte ich nicht verloren. Thomas musterte mich, verschlang mit hungrigen Augen meinen Mund, meine Brüste, meinen Bauch, meine Schenkel.

»Woran denkst du?« Ich biss mir verlegen auf die Lippe und verfluchte mich dafür, ihm eine so dämliche Frage gestellt zu haben.

Er lachte leise. »Um ehrlich zu sein, denke ich an mindestens zehn verschiedene Arten, wie ich jeden einzelnen Teil deines Körpers vögeln könnte.«

Oh Gott.

Er lächelte und küsste mich auf die Lippen. Es war ein keuscher Kuss, der nichts mit den heißen Küssen von eben zu tun hatte. Mit einer Hand legte er meinen Oberschenkel um seine Taille, und ich drückte mein Knie gegen seine Hüfte und spürte seine immer noch von den Boxershorts bedeckte Wölbung an meiner Vulva. Um die Lust noch zu steigern, umfasste er eine meiner Pobacken und hob mein Becken an. Dabei schaute er mir tief in die Augen. Die Lippen leicht geöffnet, beugte er sich über meine Brust, umschloss eine meiner hoch aufgerichteten Brustspitzen und saugte daran. Ich bäumte mich auf. »Bitte, Thomas, ich brauche dich …«, keuchte ich, denn das sehnsuchtsvolle Pochen zwischen meinen Beinen war kaum noch auszuhalten. Er musste es zu Ende bringen, sonst würde ich den Verstand verlieren. Er löste sich von meiner Brust, schaute mich an, strich mir übers Bein und verlagerte das Gewicht.

»Das ist deine letzte Chance, du kannst immer noch einen Rückzieher machen, Ness.« Doch ich nahm sein Gesicht in die Hände, küsste ihn und saugte an seinen Lippen, bis er aufstöhnte.

»Fick mich«, flüsterte ich in seinen Mund, »fick mich einfach.« Mit einer Hand auf die Matratze gestützt, lehnte Thomas sich zum Nachttisch und nahm eine Schachtel aus der Schublade. Kondome. Daran hatte ich nicht einmal gedacht. Auch wenn ich die Pille nahm, konnte man nie vorsichtig genug sein, vor allem bei Typen wie ihm. Bei Thomas konnte ich nicht mehr klar denken, und das war nicht gut. Mit den Zähnen riss er die silberne Folie auf, was eine neue Welle des Verlangens in mir auslöste. Ich riss ihm das Kondom aus der Hand. »Ich mach das«, sagte ich leise. Keine Ahnung, welcher Teufel mich ritt, das alles sah mir gar nicht ähnlich. Thomas sah mich erstaunt an, dann verzog er die Lippen zu einem dreisten Lächeln, männlich und voller lüsterner Verheißung. Er zog die Boxershorts aus, setzte sich auf und zog mich so zu sich, dass unsere Gesichter auf einer Höhe waren. Der Anblick seiner Erektion zwischen uns ließ mich gleichzeitig zittern und schlucken. Mit einer Hand umfasste Thomas meinen Hintern, mit der anderen glitt er in mich hinein. Meine Nässe benetzte seine Finger. Ich bebte vor Erregung. Seine Augen brannten vor Begierde, als er mich ansah. »Er gehört dir.«

Ich schluckte erneut. Mit einem Mut, den ich mir selbst nicht erklären konnte, umfasste ich sein pulsierendes Glied. Thomas stöhnte leise, als ich die feuchte Spitze mit dem Daumen berührte und ihm anschließend das Kondom überstreifte. Ich biss mir auf die Lippe und schaute zu ihm auf. Leidenschaft, das war alles, was ich in seinen Augen sah.

»Bist du dir immer noch sicher?«

Ich nickte.

Einen Moment später drückte Thomas mich mit dem Rücken auf die Matratze und stieß so heftig in mich, dass ich vor Schmerz und Lust aufschrie. Es war unerwartet, kraftvoll und mächtig, aber gleichzeitig das beste Gefühl meines Lebens. Ich umschlang seinen Hals mit den Armen, presste die Lippen zusammen, während er innehielt und mir einen Moment Zeit ließ, mich an ihn zu gewöhnen. Als der anfängliche Schmerz abgeklungen war, hob ich das Becken und drängte ihn, weiterzumachen. Er griff nach meinen Schenkeln und spreizte sie noch mehr, dann zog er seinen Schwanz langsam aus mir heraus und drang erneut in mich ein, dieses Mal noch tiefer. Ich schrie auf, presste die Fingernägel in seine Schulter und hinterließ einen tiefen Kratzer. Von animalischer Lust gepackt, bewegte er sich vor und zurück, immer härter, immer schneller. Seine Kraft ließ mich bei jedem Stoß aufschreien. »Verdammte Scheiße«, keuchte er, »dich könnte ich die ganze Nacht vögeln.«

»Dann tu es doch«, feuerte ich ihn an.

Meine Hände glitten über seine tätowierte Brust auf seinen schweißnassen Bauch und tiefer zu seinen Schenkeln. Meine Finger ertasteten eine leicht vorstehende Narbe. Er hielt inne und knurrte leise, womit er mir zu verstehen gab, dass er dort nicht berührt werden wollte. Noch bevor ich meine Hand zurückziehen konnte, glitt Thomas aus mir heraus, packte mich bei den Hüften und drehte mich mit einer fließenden Bewegung auf den Bauch. Voller Überraschung schrie ich auf. Er drückte mir eine Hand in den Nacken, sodass ich mit einer Wange auf dem Kissen lag, mit der anderen zog er mich auf die Knie und drückte meinen Rücken herunter, sodass mein Po steil in die Höhe ragte. Mir war schwindelig und heiß zugleich. Was hatte er vor?

Er knetete meinen Hintern, dann gab er mir einen kräftigen Klaps auf die rechte Pobacke. Vor Schreck schrie ich auf, doch zu meiner eigenen Überraschung wurde ich noch erregter. Thomas beugte sich über mich und flüsterte mir mit rauer, sinnlicher Stimme ins Ohr: »Heute Nacht gehöre ich ganz dir, und du gehörst mir!« Er wickelte meine Haare fest um seine Faust und riss meinen Kopf nach oben, während er gleichzeitig seine Schwanzspitze über meine Öffnung gleiten ließ. Dann stieß er mit aller Kraft in mich, und ich bog den Rücken durch und schrie vor Lust. Er schlug mir mit der flachen Hand auf die andere Pobacke und versetzte meinen Körper in Raserei. Ich passte mich seinen Bewegungen an, und er umfasste meine Hüfte, um noch tiefer in mich eindringen zu können, während er mir in die Schulter biss, in den Hals, in jede Stelle, die er erreichen konnte.

»Mehr!«, keuchte ich. »Mehr, ich will mehr!« Gepackt von einer unkontrollierbaren Lust, gab ich mich seinen kraftvollen Stößen hin. Ich hätte niemals gedacht, dass Sex mit Thomas so intensiv sein würde, so rau, so animalisch. Vor allem hätte ich nicht gedacht, dass es mir so sehr gefallen würde.

Mit Travis hatte ich nie so empfunden. Der Sex mit ihm war verhalten, manchmal sogar langweilig gewesen, was meine Schuld war, weil ich mich schon bei dem bloßen Gedanken, etwas zu wagen, schämte. Vielleicht, wenn ich mich nur etwas mehr hätte gehen lassen … Plötzlich legte Thomas seine Wange an meine und bewegte sich ungestüm weiter.

»Was ist los?«, fragte er, als hätte er gemerkt, dass mein Kopf ganz woanders war.

»Nichts, alles gut«, antwortete ich keuchend. Sein Griff um meine Haare wurde noch fester, mit einer aufreizenden Langsamkeit leckte er meinen Hals.

»Wenn du dich von mir ficken lässt«, knurrte er, »dann will ich, dass du *ganz* bei mir bist.« Ein weiterer Stoß, und Travis war vergessen. »Ich *bin* bei dir«, keuchte ich benommen. Ich war völlig in seiner Gewalt. Ich spürte, wie er lächelte. Ich gab mich seinen harten Stößen hin, mehr und immer mehr, bewegte mich mit ihm in seinem Rhythmus, bis meine Knie zu zittern begannen und mein Körper sich bei jedem neuen Reiz zusammenzog. Thomas griff mir zwischen die Beine und stimulierte meine Klitoris, was meine Lust noch mehr steigerte.

»Kommst du?«, fragte er keuchend, und ich konnte gerade noch nicken. Er drehte mich um und legte sich auf mich. Mit geschlossenen Augen schlang ich die Beine um seine Hüften und stemmte die Fersen in seinen Hintern. Unsere Gerüche vermischten sich, unsere Körper wurden eins. Diese Position machte alles noch intimer.

»Schau mich an«, befahl er und umfasste meinen Hals. Ich schaute ihm in die Augen und verlor mich darin. Er beugte sich zu mir, küsste mich, umspielte meine Zunge mit seiner. Jede einzelne Berührung, alles, was er tat, galt meiner Lust. Ich spürte ihn tief in mir, hielt mich an seinen kräftigen Schultern fest, bis ich endlich kam und dabei seinen Namen rief. Kurz darauf versteifte auch er sich, seine Muskeln zuckten. »Fuck!«, rief er atemlos, brach über mir zusammen und vergrub das Gesicht in meiner Halsbeuge. Es fühlte sich an wie ein Erdbeben, vielleicht lag es aber auch nur an mir. Oder an Thomas. Ich wusste es nicht. Was zählte, war, dass ich gerade den schönsten und intensivsten Orgasmus meines Lebens hatte. Einfach überwältigend. Aber ich hatte keine Kraft mehr, ihm das zu sagen, denn erschöpft, wie wir waren, schliefen wir nur Augenblicke später ein.

Kapitel 15

Die Sonnenstrahlen, die durchs Fenster fielen, weckten mich auf. Mein Kopf schien zu explodieren, meine Augen brannten, und in meinem Magen rumorte es noch immer. So fühlte sich also ein Kater an.

Mühsam öffnete ich die Lider und starrte auf einen muskulösen tätowierten Arm, der auf meiner Taille lag. Thomas. Halb zugedeckt lag er auf dem Rücken neben mir.

Oh Gott, was machte ich hier?

Schlagartig kehrte die Erinnerung zurück: Ich hatte mich von Travis getrennt und mich bei Matts Verbindungsparty betrunken. Thomas hatte mich in sein Zimmer gebracht, mir beim Kotzen geholfen und mich anschließend ins Bett verfrachtet. Und ich … Vorsichtig drehte ich den Kopf und sah die aufgerissene Kondomverpackung auf dem Boden liegen.

Verflucht, das durfte doch nicht wahr sein! Was hatte ich mir nur dabei gedacht? Ich zählte nicht zu den Mädchen, die sich auf Partys betranken und dann mit dem Erstbesten im Bett landeten. Auch wenn es nicht ganz so gewesen war. *Ich* hatte ihn verführt. Und ich hatte den besten Sex meines Lebens gehabt. All das war passiert, weil *ich* es gewollt hatte. Dabei waren One-Night-Stands so gar nicht mein Ding. Vor allem nicht mit *Thomas Collins*.

Die Stimme der Vernunft, die offenbar gerade wieder erwacht

war, flüsterte mir zu, dass es nur eine Möglichkeit gab, um halbwegs unbeschadet aus der Sache rauszukommen: Flucht.

Vorsichtig entwand ich mich seiner Umarmung und stand auf. Dabei spürte ich ein unangenehmes Ziehen im Unterleib – Folgen der Leidenschaft, mit der Thomas gestern Nacht von meinem Körper Besitz ergriffen hatte. Fast meinte ich, mein lustvolles Keuchen zu hören.

Auf Zehenspitzen tappte ich durchs Zimmer, auf der Suche nach etwas zum Anziehen, doch am Boden lagen nur Thomas' Boxershorts und sein schwarzes T-Shirt.

Ich suchte überall nach meinen Klamotten, doch irgendwo zwischen meiner Ankunft im Verbindungshaus und dem, was sich in diesem Zimmer abgespielt hatte, hatte ich definitiv einen Filmriss. Wo waren meine – Tiffanys – Sachen geblieben? Ich schaute unters Bett, unters Sofa, suchte im Bad, unter der Decke, aber vergebens. Verzweifelt fuhr ich mir mit den Fingern durchs Haar. Zum Glück entdeckte ich wenigstens meine Handtasche mit dem Handy. Ich würde Tiffany anrufen und sie bitten, mir Unterwäsche, Jeans und einen Pulli zu bringen. Und Schuhe. Schuhe hatte ich auch keine.

Ich zog das Handy hervor und schaltete es ein, doch es tat sich nichts: Der Akku war leer. Unglaublich! Wenn ich es noch rechtzeitig zu meinem Buchclub schaffen wollte, musste ich mich beeilen. Der Wecker auf dem Nachttisch zeigte schon nach acht Uhr an. Ich steckte das Handy in die Tasche zurück und stieß dabei versehentlich einen Stifthalter vom Schreibtisch. Durch den Lärm wurde Thomas wach.

»Was … was machst du?«, murmelte er mit schlaftrunkener Stimme.

»Wo sind meine Klamotten?« Ich zog sein schwarzes T-Shirt über, um meinen nackten Körper zu bedecken.

»Wohin gehst du?« Er setzte sich auf und rieb sich die Augen. Mein Blick fiel auf seine definierten Bauchmuskeln. Ich schluckte und biss mir auf die Lippe, um die Gefühle zu unterdrücken, die dieser Anblick in mir auslöste.

»Auf den Campus ...«, antwortete ich und versuchte, entschlossen zu klingen. »In fünfundvierzig Minuten trifft sich der Buchclub, zum ersten Mal in diesem Semester, und ich sitze hier ohne Klamotten und kann mich an nichts erinnern!«

»Deine Klamotten sind in der Wäsche, nach dem Strip-Poker sahen sie nicht mehr besonders frisch aus.«

Strip-Poker? Die Stimme in meinem Kopf schlug vor, lieber nicht nachzufragen.

»Und was mache ich jetzt? Ich kann doch so nicht beim Buchclub aufkreuzen.« Ich schaute auf das T-Shirt, unter dem meine nackten Beine hervorlugten.

»Warum nicht? Es sieht um einiges besser aus als das ach so unschuldige Zeug, das du sonst trägst.«

»Von wegen unschuldig«, entgegnete ich.

Er grinste süffisant. »Exakt! Genau davon konnte ich mich heute Nacht überzeugen, als du dich von mir hast durchvögeln lassen. Offensichtlich hat es dir wahnsinnig gut gefallen.«

Ich erstarrte. Vor mein inneres Auge trat das Bild von Thomas, der mich von hinten nahm, meine Haare in seiner Hand, und mir auf den Hintern schlug, während ich ihn anflehte, weiterzumachen. »Ich habe schon geahnt, dass sich hinter der engelsgleichen Fassade eine dunkle Seite verbirgt. Und dass du sie bei mir ausgelebt hast ...«, er hielt kurz inne, und ich sah, wie erneut Begierde in seinen Augen aufloderte, »ist unglaublich erregend.«

Ich wurde feuerrot. »Du hast sie doch nicht mehr alle. Ich habe keine dunkle Seite. Ich war nur betrunken und verzweifelt.«

Ich zog an seinem T-Shirt, um meine Beine so weit wie möglich zu bedecken.

»Als du gekommen bist und meinen Namen gerufen hast, wirktest du aber gar nicht verzweifelt. Ich habe immer noch deine Kratzspuren auf dem Rücken.«

Kratzspuren? Das konnte nicht sein.

Ich atmete tief durch. Höchste Zeit, diesem Drama ein Ende zu bereiten, wenn ich mir einen Rest an Würde bewahren wollte.

»Das, was heute Nacht passiert ist«, sagte ich mit ernster Stimme, »darf nie wieder passieren. Und was noch wichtiger ist: Es muss unter uns bleiben. Niemand darf davon erfahren.« Er grinste belustigt. In diesem Moment wusste ich, dass ich einen Fehler gemacht hatte, einen schrecklichen Fehler. Wir sprachen hier immerhin von Thomas Collins. Ich wollte keine seiner Trophäen sein! Warum hatte ich bloß bei diesem Scheißspiel mitgemacht und viel zu viel Alkohol in mich hineingeschüttet? Nichts von dem, was passiert war, passte zu mir, nicht einmal ansatzweise.

»Wir hatten Sex, Vanessa, keine große Sache. Das hast du morgen längst vergessen.« Er seufzte genervt, richtete sich auf und stopfte sich ein Kissen in den Rücken.

»Gut, es freut mich, dass wir uns da einig sind«, erwiderte ich, dann wechselte ich abrupt das Thema. »Ich wusste gar nicht, dass du einer Verbindung angehörst.«

»Ich bin eben ein Mann voller Überraschungen.«

»Bist du nicht in einem der Wohnheime untergebracht?«

Er nickte. »Ich gehöre zur Sigma Beta, deshalb habe ich auch ein Zimmer im Verbindungshaus, aber ich muss ja nicht zwangsläufig hier wohnen. Während der Woche schlafe ich meist im Wohnheim, da ist es ruhiger.«

»Muss ein Verbindungsmitglied nicht mit den anderen zusammenwohnen? Da gibt es doch Versammlungen, man muss Dienste übernehmen, Prüfungen machen und diesen ganzen Blödsinn.« Ich setzte mich auf die Bettkante.

»Die einzige Verpflichtung, die ich gegenüber der Verbindung habe, ist, an den Partys teilzunehmen«, antwortete er gelangweilt.

»Wieso das denn?«

»Weil meine Anwesenheit garantiert, dass die richtigen und wichtigen Leute kommen.«

Ich verdrehte die Augen. »Travis hat recht: Du bist wirklich ein arrogantes Arschloch, Thomas Collins.«

Oh Gott. Nicht auch das noch. Warum hatte ich Travis erwähnt, nachdem ich vor wenigen Stunden Sex mit Thomas hatte?

Er grinste, aber mir entging nicht, dass sich sein Blick verfinsterte. »Dein Ex, wegen dem du so verzweifelt warst, dass du dich von mir trösten lassen musstest ... Wolltest du ihn nicht vergessen?«

Ich errötete erneut, aber diesmal nicht nur aus Verlegenheit, sondern weil ich sauer wurde, dass er mich damit aufzog. »Für dich mag das einfach sein, du warst schon Millionen Mal in einer solchen Situation, aber ich nicht! Es fällt mir nicht leicht, im Bett eines Fremden aufzuwachen und feststellen zu müssen, dass ich Sex mit ihm hatte, und das nur wenige Stunden, nachdem es zwischen mir und meinem Freund aus war.« Ich holte tief Luft. »*Ex*-Freund«, korrigierte ich mich dann.

Thomas sah mich ungerührt an. »Wie du meinst. Wenn du mir noch länger auf die Eier gehen willst, gern. Ich brauche eine Dusche.«

Ich stand auf, zog meinen Slip über, den ich auf dem Sofa gefunden hatte, und zwirbelte meine Haare zu einem unordentlichen Knoten zusammen. »Duschen müsste ich eigentlich auch, wenn es dir nichts ausmacht.«

Er runzelte die Stirn und grinste. »Soll das eine Einladung sein?«

»Wie bitte?« Ich sah ihn verwirrt an und brauchte einen Moment, bis ich begriffen hatte, was er meinte. »Nein! Allein. Ich dusche allein.«

Thomas glitt aus dem Bett und stellte sich nackt vor mich. »Entspann dich, Fremde, du bist zu nervös.« Damit setzte er sich in Bewegung und ging ins Bad. Bei jedem Schritt spannten sich seine Gesäßmuskeln an, und allein der Gedanke, dass ich jeden Zentimeter dieses Körpers berührt, geküsst und gekratzt hatte, raubte mir den Atem. Thomas hatte recht: Auf seiner Schulter, den Hüften und sogar auf dem Hintern waren kleine Wunden zu sehen, die eindeutig von meinen Fingernägeln stammten.

»Und meine Klamotten?«, fragte ich und folgte ihm. Er wandte sich so ruckartig um, dass ich beinahe gegen ihn geprallt wäre. Sein Penis stieß gegen meinen Bauch, aber ich bemühte mich, cool zu bleiben. Er dagegen hob dreist die Mundwinkel. »In der obersten Schublade findest du, was du brauchst.« Er deutete auf eine dunkle Kommode, auf der ein ultramoderner Fernseher stand. Als ich das Wasser in der Dusche rauschen hörte, zog ich die Schublade auf und entdeckte einen ganzen Haufen voller Slips und BHs.

»Was ist das denn?«, rief ich angewidert.

»Liegen gebliebene Dessous«, antwortete er aus der Dusche. Ich stellte mir sein süffisantes Grinsen vor.

Mit einem angeekelten Gesichtsausdruck schob ich die Schublade zu und ging in Richtung Bad.

»Wenn du auch nur im Entferntesten daran denkst, dass ich irgendetwas davon anziehe, hast du völlig den Verstand verloren!«, rief ich wütend den beschlagenen Türen der Duschkabine entgegen. Thomas drehte das Wasser ab und verließ die Dusche.

Schon das zweite Mal in wenigen Minuten stand er mir splitter-fasernackt gegenüber. Es schien ihm zu gefallen, mich in Verlegenheit zu bringen.

Was für ein Idiot!

Ich sollte mich umdrehen, mir die Augen zuhalten oder ihm sagen, er solle sich etwas anziehen. Aber ich tat nichts davon, sondern starrte wie gebannt auf seinen Schritt.

Thomas band sich ein Handtuch um die Hüfte, kämmte sich mit den Fingern die nassen Haare nach hinten und kam näher. Ich wich zurück, bis ich mit dem Rücken gegen die Wand stieß. Er nahm mein Gesicht in die Hände und strich mir mit dem Daumen über die Unterlippe. »Ich wusste, dass du sie nicht anziehen würdest«, flüsterte er zärtlich. Dann streichelte er meine Wange und presste seine Lippen in meine Halsbeuge. »Ich wollte nur deine wütende Reaktion sehen«, hauchte er, dann fuhr er mit der Zunge über meinen Hals und biss sanft hinein. Vor Begierde fing ich an zu zittern.

»Thomas …« Ich schloss die Augen.

Er streichelte mir über den Oberschenkel, den Bauch bis hinauf zu den Brüsten, die er mit den Händen umschloss. Meine Brustspitzen wurden hart und stellten sich auf.

»Weißt du, wie sexy du in meinem T-Shirt und mit den zusammengebundenen Haaren aussiehst? Wenn dir das Verlangen ins Gesicht geschrieben steht?«, fragte er leise und fing an, meine Brüste zu kneten. Ich stöhnte auf. »Ich könnte dich jetzt gleich hier an der Wand nehmen, was hältst du davon?«

Ich schnappte nach Luft. Wieder spürte ich das mittlerweile vertraute Pochen zwischen den Schenkeln. Jede Pore meines Körpers verlangte nach ihm, und ich drückte mich an ihn und stöhnte, während er meine Hüfte umfasste und mich ein Stück hochhob, gefährlich nah an seinen Schritt. Er biss mir zart ins Ohrläppchen, und ich warf einen verstohlenen Blick auf das Handtuch, das er sich um die Hüfte gebunden hatte. Was er davon hielt, es mit mir gleich hier, an der Wand zu treiben, war nicht zu übersehen. Allerdings wusste ich, dass so etwas zwischen uns nicht mehr passieren durfte, deshalb zwang ich mich, die Handflächen auf seinen feuchten Brustkorb zu legen und ihn ein Stück zurückzuschieben. »Hör auf …« Ich hatte gehofft, überzeugender zu klingen, aber das Zittern in meiner Stimme verriet mich.

Trotzdem trat Thomas einen Schritt zurück.

»Alles okay, Ness? Du wirkst etwas … erhitzt«, fragte er mit einem provokanten Lächeln.

Ich warf ihm einen wütenden Blick zu. Plötzlich fiel mir etwas an seinem Hals auf. Erschrocken zuckte ich zusammen.

War das etwa ein Knutschfleck?

Hatte ich auch einen?

Ich drehte mich zum Spiegel und fasste mir schockiert an den Hals. Die Antwort lautete eindeutig ja.

»Das ist nicht der Einzige.«

Ich riss die Augen auf. »Was soll das heißen?«

Thomas betrachtete mich sichtlich zufrieden von Kopf bis Fuß, zwinkerte mir zu und verließ das Badezimmer. In heller Aufregung untersuchte ich meinen Körper und fand einen Knutschfleck unter dem rechten Schlüsselbein, einen neben der Brust, einen dritten auf dem Bauch und noch einen an der Innenseite des Oberschenkels. Um Himmels willen!

Ich folgte ihm. »Musste das wirklich sein?«

»Ich hinterlasse gerne Spuren«, antwortete er ruhig und rubbelte sich die Haare trocken. »Die Unterwäsche in der Schublade gehört übrigens meiner Schwester. Im Schrank sind auch ein paar Klamotten von ihr. Sie hat hier ebenfalls ein Jahr gewohnt, nebenan, und noch hat sie nicht alles in ihr Zimmer auf dem

Campus verfrachtet.« Er deutete auf den Schrank hinter mir. Ich ging Leilas Klamotten durch und überlegte, was davon mir passen könnte. Hoffentlich hatte sie nichts dagegen, wenn ich mir etwas von ihr auslieh! Die Skinny Jeans sah gut aus, bei den Oberteilen war es schwieriger, da ich eine wesentliche größere Oberweite hatte. Leilas Pullover waren mir deutlich zu eng.

Ich wandte mich Thomas zu, in der Hoffnung, er könnte mir helfen. Er stieg gerade in eine schwarze Jeans, dann band er sich die Sneakers. Mein Blick fiel noch einmal auf die Tattoos auf seinem muskulösen Rücken, dann auf die linke Seite, wo ich eine etwa fünf Zentimeter lange Narbe entdeckte. Blitzartig schoss mir eine weitere Erinnerung von dieser Nacht in den Kopf – die Narbe auf seinem Oberschenkel, die ich nicht hatte berühren sollen.

»Warum starrst du mich so an?«, fragte er, als er meinen Blick bemerkte.

Ich zuckte zusammen. »Nur so … Ich hab mich gefragt, was es mit dieser … Narbe auf sich hat. Wie ist das passiert?«

Sein Blick verfinsterte sich, und ich bedauerte meine Neugier sofort.

»Das geht dich einen Scheiß an«, antwortete er und zog ein weißes T-Shirt über.

»Oh, ich wollte nicht …«, stammelte ich. »Tut mir leid.«

Ich tat so, als würde ich noch einmal den Schrank durchstöbern. Die wütende Version von Thomas gefiel mir gar nicht, sie verunsicherte mich noch mehr, als wenn er sich über mich lustig machte. Kurz darauf spürte ich, wie er näher kam. Sein Duft umhüllte mich. »Hast du etwas gefunden?«, fragte er knapp.

»Eine Jeans, aber die Oberteile passen mir nicht. Leila ist schmaler als ich.« Ich konnte ihm nicht in die Augen sehen und fühlte mich unbehaglich.

»Dann behalt doch mein T-Shirt an.«

»Ich kann mich doch nicht in deinem T-Shirt auf dem Campus blicken lassen!«

»Weiß doch keiner, dass es meins ist.« Er klang jetzt ruhiger.

Ich überlegte angestrengt, aber mir fiel keine Alternative ein. Der perfekte Epilog dieser absurden Geschichte.

»Okay, ich würde jetzt gern duschen. Kannst du mich fünf Minuten allein lassen?« Er runzelte die Stirn, ihm war nicht ganz klar, was ich meinte. »Ich gehe nicht unter die Dusche, wenn du in der Nähe bist und jeden Moment hereinplatzen könntest«, erklärte ich ihm das Offensichtliche.

Thomas verdrehte die Augen und lachte laut los. »Und was könnte ich sehen, was ich nicht schon gesehen habe?«

Er amüsierte sich köstlich und brachte mich in Verlegenheit, wie schon so oft. *Mistkerl.* Ich gab auf und huschte ins Bad.

Als ich wieder hinauskam, lehnte er am Schreibtisch und tippte etwas in sein Handy. Ich hatte noch zehn Minuten bis zu meinem Treffen mit dem Buchclub – nicht viel Zeit, aber wenn ich mich beeilte, konnte ich es noch schaffen. Eilig zog ich Tiffanys Doc Martens an, die Thomas mir von unten geholt hatte, und streifte mir die Lederjacke über. Anschließend wickelte ich mir einen von Leilas Schals um den Hals, um den Knutschfleck zu verdecken, und griff nach meiner Tasche. Thomas nahm sein Handy, den Schlüssel und schob sich eine Sonnenbrille in die Locken, dann verließen wir gemeinsam sein Zimmer.

Im Flur und auf den Treppenstufen fielen mir die vielen schmutzigen Gläser, die leeren Flaschen und die verstreuten Reste gerauchter Joints auf. Der Abend musste in einem kompletten Chaos geendet haben. Im Erdgeschoss lagen mehrere Typen auf Sofas, Sesseln und sogar auf dem Boden und schliefen ihren Rausch aus.

Sobald ich die Tür des Verbindungshauses hinter mir zugezogen hatte, atmete ich erleichtert auf. Dieses Kapitel war Gott sei Dank zu Ende. »Also … danke für die Dusche und … den Rest.« Verlegen biss ich mir auf die Unterlippe. Sich bei einer Person, mit der man gerade wilden Sex hatte, mit einem Danke zu verabschieden, war nicht gerade ideal, aber ich wusste, dass er nichts anderes von mir erwartete.

»Du meinst, danke für den unglaublichen Orgasmus, den ich dir beschert habe? Gern geschehen. Wenn du eine Wiederholung wünschst, du weißt ja, wo du mich findest.«

Ich konnte mir ein Grinsen nicht verkneifen. »Du bist und bleibst ein Idiot. Wir sehen uns, Thomas.« Ich ging an ihm vorbei in Richtung Bibliothek. Er blieb weiter an meiner Seite, nahm die Ray-Ban aus den Haaren und setzte sie auf.

»Ähm, was hast du vor?«

»Ich gehe ein bisschen spazieren«, antwortete er entschlossen. Die vielsagenden Blicke einiger Studentinnen schien er nicht zu bemerken, was mir mit den vielsagenden Blicken mehrerer Jungs nicht gelang. Zum Glück war samstags auf dem Campus wenig los. Um Missverständnisse zu vermeiden, rückte ich ein wenig von Thomas ab. Es sollte nicht so aussehen, als wäre ich die nächste Beute, die in seine Fänge geraten war.

»Hast du auch ein Zusatzangebot belegt?«, erkundigte ich mich, auch wenn ich mir das kaum vorstellen konnte.

»Ich gehe ins Wohnheim.« Er blies den Rauch aus.

»Musst du unbedingt neben mir herlaufen?«

»Wir gehen in die gleiche Richtung, Ness.«

»Die anderen beobachten uns schon.«

Er sah sich kurz um, dann blickte er wieder zu mir. »Na und?«

»Sie könnten auf falsche Gedanken kommen, etwa, dass wir zwei …«

»... Sex hatten?«, beendete er den Satz. »Glaubst du, wir sind die Einzigen?«, lachte er.

»Was die anderen machen, ist mir egal. Mir ist wichtig, was sie über mich denken.«

»Und was könnten sie über dich denken?«

»Dass ich dein neues Betthäschen bin.«

Thomas blieb ruckartig stehen, als hätte ich ihm eine Ohrfeige verpasst. Sein Lächeln erstarb, und er wirkte fast enttäuscht.

»Wenn das wirklich so wäre, hätte ich mir eine andere gesucht. Hör auf mit dem Schwachsinn.«

»Schwachsinn ...« Sag das mal meinem schlechten Gewissen. Ich fühlte mich so schmutzig, dass ich sogar die Reaktion meiner besten Freunde fürchtete, wenn sie erfuhren, dass ich noch in derselben Nacht, in der ich mich von Travis getrennt hatte, mit einem anderen im Bett gelandet war.

»Es gibt Dinge, die jemand wie du niemals verstehen wird«, sagte ich nur, dann ließ ich ihn stehen.

Kapitel 16

Das Treffen mit dem Buchclub war großartig gewesen. Wir hatten den Roman ausgewählt, den wir in diesem Monat lesen würden, und Termine für die nächsten Treffen festgelegt. Wie genial, dass es einen Ort gab, an dem ich nur über Bücher sprechen konnte. Nachdem mein Akku restlos leer war, hatte ich mir ein Ladekabel für mein Handy ausgeliehen. Als es wieder Saft hatte, poppten unzählige Anrufe und Voicemails von Travis, mehrere Textnachrichten von Alex und – perfektes Timing – eine von Tiffany auf: *In zehn Minuten vor der Fakultät für Geisteswissenschaften, wir müssen reden.*

Verdammt, das hätte ich gern noch ein bisschen rausgeschoben, aber wie es aussah, erwartete mich eine klare Ansage, weil ich die Party verlassen hatte. Ich hatte Tiff nur eine sehr vage Nachricht geschickt und mich dann die ganze Nacht über nicht mehr gemeldet. Mir wurde klar, wie unverantwortlich mein Verhalten gewesen war.

Ich hatte das Gebäude noch nicht ganz erreicht, als ich schon ihren kupferroten Bob erblickte. Alex stand neben ihr. Ein ungutes Gefühl beschlich mich. Was hatte er denn hier zu suchen? Wollte er nicht mit Stella zusammen sein?

Instinktiv wich ich einen Schritt zurück, aber Tiffanys Stimme ließ mich erstarren. »Vanessa! Hier sind wir, wo willst du denn hin?«

Ich setzte ein gezwungenes Lächeln auf und ging auf die beiden zu. »Heeey«, begrüßte ich sie angespannt.

»Von wegen hey«, schnauzte Tiff sofort. »Was zum Teufel ist gestern Abend passiert? Kannst du dir vorstellen, wie ich mich gefühlt habe, nachdem ich deine Nachricht gelesen hatte und du nicht erreichbar warst? Ich hatte keine Ahnung, wo du steckst und warum du eigentlich abgehauen bist!«

»Tiffany hat mich angerufen und gefragt, ob ich irgendwas weiß. Mensch, Nessy, wir hatten total Panik deinetwegen!«, schob Alex mit ernster Stimme nach.

Ich senkte den Kopf, holte tief Luft und sagte dann: »Es tut mir wirklich leid, dass ich euch solche Sorgen bereitet habe. Ich habe einen Fehler gemacht. Es ging alles so schnell, und ich habe nicht nachgedacht. Aber ich war in Sicherheit. Genau deshalb habe ich dir ja geschrieben – damit du dir keine Sorgen machst.«

»Verdammt, Nessy, *wo warst du*?«, fragte sie und musterte mich durchdringend.

»Ich war bei Matt«, gab ich kleinlaut zu, ließ das Detail *Thomas* jedoch aus.

»Bei Matt? Was wolltest du denn da?«

»Also, ich …« Ich öffnete den Mund, um Alex und Tiffany alles zu erzählen, als ich Travis wütend auf mich zustürmen sah.

Mein Magen verkrampfte sich, mir wurde schlagartig schlecht. Was machte er denn hier?

»Wo zum Teufel warst du?«, brüllte er. »Ich habe dich die ganze Nacht angerufen!« Unwillkürlich fing ich an zu zittern.

»Ich habe alle nach dir gefragt, aber niemand wusste, wo du geblieben bist!« Er wartete auf eine Antwort, die nicht kam. »Ich hätte fast die Polizei oder, noch schlimmer, deine Mutter angerufen. Aber Tiffany hat mich zum Glück davon abgehalten.«

»Travis, beruhige dich«, verteidigte mich seine Schwester. Aber nun war es für mich an der Zeit, zu reden, sie mussten die Wahrheit erfahren.

»Du hast tatsächlich die Nerven, hierherzukommen und mir Vorwürfe zu machen?«, platzte es aus mir heraus.

»Ich habe mir Sorgen gemacht.« Er warf mir einen zornigen Blick zu. Sorgen? Was für ein Heuchler! Er hätte sich besser Sorgen gemacht, als er mit einer anderen im Bett lag.

»Ich kann sehr gut auf mich selbst aufpassen. Zu deiner Information: Ich war im Verbindungshaus«, antwortete ich in verächtlichem Ton.

»Erzähl keinen Scheiß …«, blaffte er, als könnte er es nicht glauben. »Du warst auf einer Party von diesen Wichsern? Das ist doch völlig bescheuert. Aber das passt ja zu dir!«

Seine Halsschlagader pulsierte, in seinen Augen loderte blanker Zorn.

»Hey, rede nicht so mit ihr.« Alex stellte sich zwischen uns.

»Genau, Trav, krieg dich mal wieder ein«, legte seine Schwester nach.

Travis strich sich fahrig übers Gesicht. »Warum bist du dorthin gegangen?«

»Glaubst du, ich wäre bei dir geblieben, nach dem, was du mir angetan hast? Oder hast du gehofft, ich würde nach Hause gehen und mir die Augen ausweinen?«

»Okay, raus mit der Sprache. Was hast du gemacht, Travis?«, wollte Tiffany wissen.

»Genau, das würde mich auch interessieren«, sprang Alex ihr bei.

»Haltet euch da raus!«, fuhr Travis die beiden an und warf mir einen bitterbösen Blick zu.

Oh nein, so leicht kam er nicht davon.

»Ich habe gestern erfahren, dass Travis mich betrogen hat, und zwar nicht nur einmal! Sogar mit Leila, die noch Jungfrau war! Das ist passiert.«

»Travis, sag, dass das ein Scherz ist«, flehte seine Schwester wie versteinert. Alex fluchte leise.

»Nein …«, stieß er angestrengt hervor und fuhr sich erneut über sein blasses Gesicht.

»Und du hast den Mut, dich hier vor mir aufzubauen und mir eine Szene zu machen?« Ich wischte mir eine Träne von der Wange und wollte gerade kehrtmachen, als Travis mir den Weg versperrte.

»Nessy!« Er wollte mir die Hände auf die Schultern legen, aber Alex stellte sich erneut zwischen uns.

»Es ist besser, wenn du gehst.«

»*Sofort*«, fügte Tiffany in eiskaltem Ton hinzu.

»Kümmert euch um euren eigenen Scheiß, das geht euch nichts an!« Travis verlor die Kontrolle.

»Was ist nur los mit dir?« Tiffany starrte ihren Bruder empört an. »Du wirst von Tag zu Tag schlimmer. Ich erkenne dich nicht wieder!« Aber Travis war so wütend, dass er ihr gar nicht zuhörte.

»Nessy, ich wollte dir nicht wehtun, das weißt du!« Er machte einen Schritt auf mich zu. Ich erstarrte, aber ich wich nicht zurück.

»Du hast mich nie geliebt, Travis. Es war praktisch für dich, jemanden zu haben, mit dem du umspringen konntest, wie du wolltest. Jemanden, der so dumm war, sich von dir verarschen zu lassen, der dir jede Lüge geglaubt hat. Aber damit ist Schluss!«

»Ich habe einen Fehler gemacht, aber zusammen kriegen wir das wieder hin!« Er streckte die Hand nach mir aus, und nun wich ich doch zurück. Und dann erstarrte ich.

Der unverwechselbare Duft nach Vétiver, der mich die ganze Nacht über berauscht hatte, stieg mir in die Nase, und zwar nicht nur von dem T-Shirt, das ich anhatte.

Thomas trat mit verschränkten Armen neben mich. Die Spannung, die von ihm ausging, war elektrisierend.

»Gibt's Probleme?« Seine Stimme war eiskalt. Ich spürte, wie ich Angst bekam, und auch Tiff und Alex wirkten ziemlich besorgt. Thomas' Anwesenheit verschlimmerte die Situation noch, und das wusste er. Vielleicht wollte er Travis provozieren, seine Niederlage genießen.

Ich sah ihn mit einem fragenden Blick an, doch er beachtete mich nicht. Seine ganze Aufmerksamkeit war auf Travis gerichtet, den er nicht aus den Augen ließ.

»Es ist alles okay, du kannst wieder gehen«, antwortete ich, um eine feste Stimme bemüht. Noch eine Schlägerei konnte ich wirklich nicht gebrauchen.

»Was willst du, verdammte Scheiße?«, zischte Travis.

»Sie will nicht von dir angefasst werden, du Affe.« Thomas beugte sich zu ihm. Instinktiv fasste ich ihn am Arm.

Travis' Blick schien mich zu durchbohren. »Lässt du dich jetzt von ihm verteidigen?«

»Ich lasse mich von gar niemandem verteidigen!«

»Und warum ist er dann hier?«

»Keine Ahnung!«

»Ach nein? Langsam verstehe ich …«

Ich wurde von Panik erfasst. Travis sah zu Thomas und dann zu mir. Er starrte mich eine gefühlte Ewigkeit lang nachdenklich an, dann veränderte sich etwas in seinem Gesicht. »Du bist wirklich tief gesunken, Vanessa.«

»Wie bitte?«

»Du hast dich von diesem Arschloch vögeln lassen!«, schrie er mich angewidert an.

»Travis, du weißt nicht, was du da sagst!« Tiffany schob ihren Bruder von uns weg.

»Was meint er damit, Vanessa?«, fragte Alex verwirrt.

»I... ich«, meine Stimme zitterte, und ich betete, dass Thomas mich nicht vor allen bloßstellen würde.

»Glaubst du etwa, ich hätte es nicht kapiert? Du trägst sein T-Shirt! Ich bin fast durchgedreht vor Angst um dich, und du hattest deinen Spaß mit ihm? Ich fasse es nicht.« Travis fuhr sich mit der Hand über das zornesrote Gesicht. »Wolltest du auch eine von seinen Schlampen sein, oder wolltest du mit ihm an deinen Fähigkeiten arbeiten? Viel hast du im Bett ja nicht zu bieten – kein Wunder, dass ich anderswo meinen Spaß gesucht habe«, spie er hasserfüllt aus. Ich starrte ihn fassungslos an. Tränen verschleierten meinen Blick.

»Du bist so ein Arschloch.« Thomas wollte sich auf ihn stürzen, aber Alex ging dazwischen und wendete die Katastrophe ab.

»Jetzt beruhigt euch mal«, sagte er mit einer Stimme, die keinen Widerspruch duldete. »Vanessa, du kommst mit uns.« Er griff so vorsichtig nach meiner Hand, als wäre ich aus Glas und könnte bei der kleinsten Berührung zerbrechen. Dann warf er Travis einen warnenden Blick zu.

»Von jetzt an hältst du dich von ihr fern. Du hast lange genug deine Spielchen mit ihr gespielt.«

Travis blieb stumm. Ich kannte ihn gut genug, um zu wissen, dass er sein Verhalten bereute. Aber dieses Mal würde ich ihm nicht verzeihen.

»Du hast mich so enttäuscht«, murmelte Tiffany. Sie hatte Tränen in den Augen, was bei ihr nur selten vorkam.

»Okay, Leute, die Show ist vorbei!«, rief Alex den Studierenden zu, die sich um uns herum versammelt hatten. Er setzte sich in Bewegung und zog mich hinter sich her. Tiffany blieb an meiner Seite, einen Arm um meine Schultern gelegt.

»Es ... es tut mir leid, ich dachte nicht, dass es so weit kommen würde«, stammelte ich und lehnte den Kopf an Tiffs Schulter, während ich nach wie vor gegen die Tränen ankämpfte.

Wir waren noch nicht weit gekommen, als Thomas uns einholte. Alex und Tiffany fuhren überrascht herum, und auch ich konnte mir nicht erklären, warum er mir weiterhin folgte. Warum konnte er mich nicht einfach in Ruhe lassen? Alex blieb stehen und warf ihm einen finsteren Blick zu.

»Vanessa braucht nicht noch jemanden, der ihr Leben ruiniert«, sagte er, aber Thomas hörte ihm gar nicht zu. Seine grünen Augen ruhten auf mir.

»Kann ich dich kurz allein sprechen?«, fragte er. Noch bevor ich ihm eine Antwort geben konnte, schüttelte Alex den Kopf. »Du hast sie in ihrem schwächsten Moment ausgenutzt. Das ist selbst für einen Typen wie dich das Allerletzte.«

Thomas reagierte nicht.

»Alex, so war das nicht ...« Ich legte meinem Freund beruhigend die Hände auf die Schultern.

»Komm, lassen wir die zwei einen Moment allein«, schaltete Tiffany sich ein, wofür ich ihr unendlich dankbar war. Sie hakte sich bei Alex unter und zog ihn mit sich davon.

Ich ging auf einen Baum in der Nähe zu, Thomas folgte mir. Er schien sich halbwegs beruhigt zu haben.

»Was willst du?«, fragte ich ihn.

Er schaute mich besorgt an. »Ich will sichergehen, dass du dir den Schwachsinn nicht zu Herzen nimmst, den dieser Idiot von sich gibt.«

Nach kurzem Zögern entgegnete ich: »Ganz so unrecht hat er ja nicht ...«

Er schüttelte den Kopf. »Das, was heute Nacht passiert ist, macht aus dir keine Schlampe, und was deine Fähigkeiten im Bett betrifft ...«

»Oh Gott, hör auf!«, schrie ich und warf meine Tasche auf den Boden. »Wir wissen beide, dass die Frauen, die mit dir im Bett waren, genau diesen Stempel aufgedrückt bekommen, während du als der glorreiche Womanizer dastehst …«

»Was die anderen denken, ist doch scheißegal. Was du denkst, zählt.«

Fast hätte ich ihn um seine Selbstsicherheit beneidet, dafür, dass er das Urteil anderer nicht fürchtete. Ich allerdings musste mich Tag für Tag vor mir selbst und vor den anderen rechtfertigen.

»Was soll ich denn denken? Dass du die Frauen so oft wechselst wie deine Unterhosen, macht es mir nicht gerade leichter.«

Sein rechter Mundwinkel zuckte in die Höhe. Der Mundwinkel, den ich gestern Nacht … »Ach, vergiss es einfach«, sagte ich und spürte, wie ich langsam die Geduld verlor. »Es hat keinen Sinn. Erklär mir lieber, was du hier zu suchen hast. Hatten wir nicht vereinbart, Abstand zu halten? Stattdessen gehst du mir auf die Nerven.«

»Ich gehe dir auf die Nerven?« Nun wanderte auch der linke Mundwinkel in die Höhe.

Ich nickte vehement. »Wenn du nicht aufgetaucht wärst, hätte Travis nichts gemerkt, und mir wäre diese peinliche Szene erspart geblieben. Vielen Dank dafür. Ich hoffe, meine öffentliche Demütigung hat ihren Zweck erfüllt.«

»Was für einen Zweck?« Er sah mich verwirrt an.

»Jetzt tu doch nicht so! Du hattest doch von Anfang an vor, mich als deine neueste Trophäe zu präsentieren. Gib es wenigstens zu!« Jetzt, da ich meine Gedanken laut aussprach, spürte ich, wie eine unbändige Wut in mir aufstieg.

»Das stimmt nicht«, antwortete Thomas unbeirrt.

Ich explodierte. »Nein, weil du weitaus raffinierter vorgegangen bist. Allein die Tatsache, dass wir zusammen gesehen wurden, dürfte Verdacht erregt haben. Vielleicht haben die anderen recht, und du bist einfach nur ein Egoist, der sich einen Dreck um andere schert!«

Meine Worte trafen ihn sichtlich, denn sein Blick veränderte sich, wurde finster, bedrohlich.

»Du fühlst dich mir moralisch überlegen, oder?«, fragte er leise. »Du hast recht: Ich schäme mich nicht für das, was ich bin. Ich genieße das Leben, ich vögle, wen ich will, und ich scheiße auf das Urteil scheinheiliger Prinzipienreiter. Du allerdings ... du versteckst dich hinter der Fassade des braven Mädchens und verbirgst dein wahres Ich sogar vor dir selbst. Weil du unfähig bist, dich so zu akzeptieren, wie du bist. Ich verrate dir ein Geheimnis.« Er näherte sich meinem Ohr, und mein Herzschlag beschleunigte sich. »Das macht aus dir keinen wahrhaftigen Menschen, den man respektiert, Vanessa«, er blickte mir tief in die Augen, »sondern nur eine verdammte Heuchlerin.«

Thomas' Worte trafen mich bis ins Mark, aber eine innere Kraft, die mich selbst überraschte, zwang mich, mich nicht einschüchtern zu lassen.

»Für wen hältst du dich, dass du so mit mir reden kannst?«

»Für wen hältst *du* dich, dass du so über *mich* urteilen kannst?«

Oh Gott, mein Kopf drohte zu platzen.

»Weißt du was? Es wundert mich nicht, dass du es nicht kapierst. Im Grunde dreht sich dein ganzes Leben doch nur um drei Dinge: Hol sie dir, fick sie und mach dich wieder aus dem Staub. Niemand erwartet etwas anderes von dir, so bist du eben. Daraus hast du nie ein Geheimnis gemacht, das stimmt, aber so kommst du dem, was ich bin, niemals nahe. Deshalb möchte ich dich nicht um mich haben, und deshalb bin ich heute Morgen so schnell wie möglich verschwunden. Weil ich einen Fehler gemacht habe, den ich bereue. Verwechsle Heuchelei nicht mit Einsicht!«, erwiderte ich wütend und ließ ihn stehen. Ich wusste, dass er genauso wütend war wie ich.

Auf dem Weg zurück zu Alex und Tiffany brauchte ich einen Moment, um zu begreifen, was da soeben passiert war: Ich hatte all den Schmerz und die Frustration, die Travis in mir ausgelöst hatte, auf Thomas abgeladen. Ich hatte ihm furchtbare Dinge an den Kopf geworfen, die ich gar nicht so meinte, nur um ihm wehzutun. Das war gemein, und es tat mir leid. Schuldbewusst drehte ich mich um, um mich bei ihm zu entschuldigen, aber er war nicht mehr zu sehen.

Kapitel 17

Den restlichen Morgen verbrachte ich in einer Art Dämmerzustand. Nachdem Tiffany Alex zu Stella zurückgebracht hatte,
fuhr sie mich nach Hause, umarmte mich fest und schwor mir,
dass Travis mir keine Probleme mehr machen würde. Ich wusste,
dass sie Mittel und Wege hatte, ihn unter Druck zu setzen, wenn
sie es wollte. Bevor wir uns verabschiedeten, versprach ich ihr,
ihre Klamotten aus dem Verbindungshaus zu holen, die Thomas
angeblich in die Wäsche gesteckt hatte. Hoffentlich waren die
wenigstens noch da.

Zu Hause stellte ich erleichtert fest, dass meine Mutter die
Nacht bei Victor verbracht hatte und noch nicht wieder aufgetaucht war. Nach einer Riesenportion Pistazieneis und einem
ausgiebigen Mittagsschlaf duschte ich und zog mich fürs Abendessen um: petrolgrüner Rollkragenpulli, weiße Jeans mit golde-
nem Gürtel und meine geliebten Einhorn-Pantoffeln. Meiner
Mutter würde das zwar nicht gefallen, aber wir empfingen
schließlich nicht die königliche Familie.

Sie musste zurückgekommen sein, während ich geschlafen
hatte, denn ich hörte sie unten rumoren. Durch den Schlitz
unter meiner Zimmertür zog bereits der köstliche Duft von bra-
tendem Fleisch ins Zimmer. Hoffentlich wurde der Abend kein
Desaster!

Ich fuhr mir mit dem Glätteisen über die Spitzen und band

mir die Haare zu einem hohen Pferdeschwanz zusammen, legte etwas Foundation, pfirsichfarbenen Puder und einen nudefarbenen Lippenstift auf. Danach war ich bereit, unsere Gäste zu empfangen, auch wenn ich den Abend lieber im Bett verbracht hätte.

Ich hatte meiner Mutter eine Textnachricht geschickt und ihr mitgeteilt, dass Travis wegen eines wichtigen Trainings leider nicht kommen konnte, ich dafür aber Alex und Stella eingeladen hatte. Mir war klar, dass sie darüber nicht begeistert sein würde, aber das war mir egal, denn ohne Unterstützung würde ich den Abend nicht überleben.

Um Punkt achtzehn Uhr fuhr ein schwarzer Mercedes bei uns vor. Ich schob den Vorhang etwas beiseite und spähte zu dem Mann hinunter, der das Herz meiner Mutter erobert hatte. Er stieg aus dem Wagen und ging entschlossenen Schritts aufs Haus zu. Victor war sehr groß, trug einen dunkelgrauen Anzug und elegante Schuhe. Bevor er läutete, richtete er sich die Krawatte.

»Nessy, komm runter! Er ist da!«, flötete meine Mutter. Genervt verdrehte ich die Augen, dann eilte ich die Treppe hinunter und betrat das Wohnzimmer. Ich gab mein Bestes, um höflich zu sein, und streckte ihm mit einem freundlichen Lächeln die Hand entgegen. »Hallo, Victor! Willkommen!« Bislang waren wir uns immer nur flüchtig begegnet, wenn er meine Mutter nach einem gemeinsamen Abendessen im Restaurant nach Hause gebracht hatte.

»Hallo, Vanessa! Danke für die Einladung«, antwortete er mit kanadischem Akzent. »Ich freue mich, hier zu sein. Deine Mutter hat mir nur Gutes von dir erzählt.«

Das wunderte mich, denn sonst sprach meine Mutter immer nur gut von sich selbst.

»Oh, ähm, dann hat sie sicher übertrieben«, erwiderte ich verlegen. Zum Glück klingelte es in diesem Moment. Vor der Tür standen Alex und Stella: er in Jeans, weißem Rollkragenpullover und Tweedblazer, sie in Lederjacke, einer eleganten rosa Bluse, Jeans und schwarzen Overknees. Voller Freude umarmte ich die beiden.

»Gott sei Dank, dass ihr gekommen seid«, flüsterte ich.

»Stella, wie schön, dich endlich persönlich kennenzulernen.« Ich machte einen Schritt zurück und lächelte sie herzlich an.

Sie erwiderte mein Lächeln. »Ich konnte es auch kaum erwarten, Alex hat mir schon so viel über eure wundervolle Freundschaft erzählt!« Ich nahm ihnen die Jacken ab, dann gingen wir zusammen ins Wohnzimmer.

»Danke für die Einladung, Mrs. White«, begrüßte Alex meine Mutter.

»Danke, dass ihr gekommen seid«, antwortete sie zuckersüß und etwas gekünstelt.

»Mom, Victor, das ist Stella, Alex' Freundin. Sie haben sich diesen Sommer in Santa Barbara kennengelernt.«

»Santa Barbara? Wohnen Sie dort?«, fragte meine Mutter und reichte ihr die Hand.

»Nein, ich lebe in Vancouver. Wir waren beide mit unseren Familien dort und haben uns ganz zufällig kennengelernt.« Stellas gebräunte Wangen färbten sich rot. Alex legte ihr beruhigend einen Arm um die Taille.

»Oh, der Zauber der ersten Liebe ist etwas Wunderbares«, säuselte meine Mutter. »Schade, dass er irgendwann vorbei ist.«

Wie bitte? Ich sah sie empört an.

Victor befreite uns aus unserer Verlegenheit, indem er sich den beiden vorstellte und mit einem lächelnden Blick auf Mom hinzufügte: »Manchmal hält das Schicksal aber auch Überraschungen bereit.«

Meine Mutter bat uns an den festlich gedeckten Tisch im Esszimmer.

»Wow, Mom, wann hast du das letzte Mal so elegant ein-
gedeckt?«

»Ich habe mich inspirieren lassen ...« Sie lächelte Victor strahlend an. Mir wurde übel.

Wir nahmen Platz, und meine Mutter servierte gebratenen
Truthahn mit Ofenkartoffeln und Gemüse. Zum Schluss brachte
sie noch einen gut gefüllten Brotkorb.

Das Abendessen verlief entspannt, Alex erzählte von einer Reise
nach China, die er zusammen mit seinen Eltern gemacht hatte,
Stella von ihrem Leben in Vancouver. Sie war zwei Jahre älter als
Alex, im letzten Unijahr, und wollte sich danach eine Auszeit
nehmen, um zu reisen.

Nach einer Weile verstummte das Gespräch. Alex nutzte die
Pause, um sich an meine Mutter zu wenden. »Das Essen schmeckt
köstlich, Mrs. White, Kompliment.«

Er hatte recht, meine Mutter hatte sich dieses Mal selbst über-
troffen und alles gegeben, um Victor zu beeindrucken. »Danke,
Alexander. Aber das war doch nichts Besonderes«, sagte sie mit
einem zufriedenen Lächeln und schnitt noch etwas Truthahn ab.

»Vanessa, deine Mutter meinte, du seist eine hervorragende
Studentin, stimmt das?« Victor tupfte sich mit der Serviette die
Mundwinkel ab.

»Hervorragend?«, rief Alex aus. »Sie ist exzellent!«

Ich errötete und senkte den Blick. »Nun ja, ich gebe mein Bestes.«

»Und bescheiden bist du auch«, fügte Victor hinzu.

Ich schaute ihn stirnrunzelnd an. »Ist das schlecht?«

»Überhaupt nicht. Aber wenn man etwas gut kann, sollte man
keine Scheu haben, das auch offen auszusprechen«, antwortete er
voller Überzeugung.

»Ich habe keine Scheu, aber ich halte Selbstlob für ... wie soll ich es ausdrücken …«, ich suchte nach dem richtigen Wort, »… anmaßend. Und anmaßende Menschen mag ich nicht.«

Er schien beeindruckt. »Es stimmt, Esther. Deine Tochter ist eine harte Nuss«, erwiderte er scherzhaft, strich ihr über die Hand und warf ihr ein komplizenhaftes Lächeln zu.

»Gefällt es dir gut an der Universität?« Er hielt die Hand meiner Mutter, und sie strahlte mich an.

»Ja, sehr. Es ist wirklich schön dort.«

»Und in was wirst du dich spezialisieren?«

Was sollte die dämliche Fragerei? Hatte ihm niemand beigebracht, dass es unhöflich ist, jemanden im eigenen Haus einem Verhör zu unterziehen?

»Darüber denke ich noch nach.« Er schien erstaunt.

»Du weißt es noch nicht? Esther, warum weiß sie es noch nicht?«

War das etwa ein Verbrechen?

»Natürlich weiß sie es! Vanessa wird Jura studieren. Das wissen wir schon seit ihrer Geburt. Sie hat einen angeborenen Gerechtigkeitssinn und wird die beste Anwältin der gesamten Vereinigten Staaten!«, verkündete meine Mutter lachend.

Mir hingegen war zum Heulen zumute. »Ehrlich gesagt, Mom, weiß ich es noch nicht. Ich denke darüber nach. Das zweite Jahr hat gerade erst begonnen. Ich habe noch genug Zeit, zu entscheiden, wie meine Zukunft aussehen soll.«

»Rede keinen Unsinn, Vanessa«, widersprach meine Mutter kopfschüttelnd.

»Das ist kein Unsinn. Ich möchte dieses Jahr noch nutzen.« Ich ließ mir von Alex Gemüse reichen und häufte mir etwas davon auf den Teller.

»Das zweite Jahr zu beginnen, ohne zu wissen, wohin es geht, ist ungewöhnlich, aber auch kein Drama, Esther«, ließ sich nun wieder Victor vernehmen, der offenbar versuchte, die Spannung zwischen uns aufzulösen. »Gehörst du eigentlich einer Verbindung oder einem Club an? Ich war Mitglied bei Phi Gamma Delta, einer der wichtigsten Verbindungen unserer Universität. Wir waren einer verrückter als der andere, aber wir wussten, was wir wollten!« Er richtete stolz den Kragen seines Jacketts.

»Phi Gamma Delta? Der Verbindung gehörten auch einige Freunde meines Vaters an«, brachte sich Stella ein.

»Tatsächlich?«, fragten Alex und ich wie aus einem Mund.

Sie nickte.

»Und wer?«, hakte Victor nach.

»Sagt Ihnen der Name Chad Mitchell etwas?«

»Und ob! Ich kann es nicht glauben, er war ein Genie. Einmal hat er sich in den Server der Universität gehackt und den Vorlesungsplan geändert. Es war ein solches Durcheinander, dass der gesamte Unterricht ausfallen musste!« Wir alle lachten über die Anekdote.

»Chad ist eine Legende! Er arbeitet mit meinem Vater zusammen und ist im Büro gleichermaßen beliebt wie gefürchtet«, erklärte Stella und trank einen Schluck Wein.

»Typisch Chad!«

»Um die Frage zu beantworten«, unterbrach ich die beiden. »Ich gehöre keiner Verbindung an, da gibt es mir zu viele Verpflichtungen. Ich bin dem Buchclub der Universität beigetreten und überlege, bei der Zeitung mitzuarbeiten.«

Meine Mutter schnappte nach Luft und ließ die Gabel fallen. »Entschuldigt, wie ungeschickt.« Sie stand auf und ging in die Küche, um sich neues Besteck zu holen.

»Möchtest du Journalistin werden?«, fragte Victor neugierig.

»Ich weiß nicht, aber genau das möchte ich herausfinden. Ich würde gerne schreiben, warte aber noch auf die richtige Geschichte. Ich glaube, bei einer Studentenzeitung, auch wenn es dort ganz anders ist als in einer echten Redaktion, kann ich viele praktische Erfahrungen sammeln.«

»Absolut, aber es nicht leicht, da reinzukommen.« Ich nickte, und Victor fuhr fort: »Ich kenne nur wenige Schriftsteller oder Journalisten, die ihre Leidenschaft zum Beruf machen konnten, ohne am Hungertuch zu nagen.«

Ich zuckte mit den Achseln und zwang mich zu einem Lächeln. »Dessen bin ich mir bewusst.«

Nachdem sie wieder Platz genommen hatte, folgte meine Mutter schweigend dem Gespräch, bis sie in einem Moment der Stille doch wieder das Wort ergriff: »Schade, dass du Travis nicht kennengelernt hast, Victor. Travis ist der Freund meiner Tochter. Er stammt aus einer sehr wohlhabenden Familie. Vanessa hat großes Glück.«

Jetzt fiel mir das Besteck aus der Hand. Alex warf mir einen mitfühlenden Blick zu, und ich überlegte kurz, die Bombe platzen zu lassen und meiner Mutter zu erzählen, was für ein Schwein ihr geliebter Travis in Wirklichkeit war. Wie sie wohl reagieren würde, wenn sie erfuhr, dass der Mann, den sie wie einen Gott verehrte, ein mieser Betrüger war, der seinen Schwanz nicht in der Hose lassen konnte? Vermutlich würde sie der Schlag treffen. Auch wenn ein Teil von mir überzeugt war, dass sie selbst in diesem Fall Travis nicht fallen lassen würde. Wahrscheinlich würde sie mir sogar noch Vorwürfe machen, wie ich so dumm sein konnte, den reichsten Sohn von ganz Oregon zu verlassen.

Ich wollte gerade loslegen, als Alex, der meine Gedanken gelesen zu haben schien, mir unter dem Tisch einen Fußtritt versetzte und den Kopf schüttelte. Vielleicht hatte er recht, das war nicht der passende Moment.

»Ja, schade. Er ist leider sehr beschäftigt.«

»Vielleicht klappt es ja nächste Woche?«, fragte meine Mutter hoffnungsvoll.

»Ich glaube kaum.«

»Warum nicht?«, fragte sie verwirrt. Alex und Stella erstarrten.

»Weil er«, ich räusperte mich, »im Moment einfach sehr viel um die Ohren hat.«

Es wurde still. Meine Mutter schaute mich durchdringend an.

»Aber zwischen euch ist alles in Ordnung, oder?«

Ich bemühte mich um ein Lächeln, holte tief Luft und nickte.

»Ja, Mom, alles gut.«

»Oh, Gott sei Dank, einen Moment lang hatte ich schon das Schlimmste befürchtet«, rief sie erleichtert und legte sich eine Hand auf die Brust. Mit der anderen drückte sie Victors Finger.

»Sein Vater ist Edward Baker, der CEO einer Ölgesellschaft.«

Oh nein, schon wieder? Ich ließ mich wenig elegant gegen die Stuhllehne sinken. Jetzt könnte ich eine ganze Flasche Wein vertragen, leider wurde mir allein bei der Vorstellung schlecht.

»Er hat viel Grundbesitz hier in Oregon und auch in anderen Ländern. Ein überaus wichtiger Mann, immer auf Reisen. Sein Sohn arbeitet hart, um in seine Fußstapfen zu treten«, schloss meine Mutter, während ich mir alle Mühe geben musste, nicht laut loszulachen.

»Dieser Travis scheint ein netter junger Mann zu sein«, sagte Victor, an meine Mutter gewandt.

Jetzt reichte es mir.

»Mom, lass uns bitte nicht über Travis sprechen.«

»Du hast recht, meine Liebe. Es ist nicht nett, über Abwesende zu reden.«

Das weitere Gespräch drehte sich um die Arbeit von Alex' Mutter. Es schien, als wäre meine Mutter entschlossen, nur über Geld und Karriere zu sprechen.

Nach dem Essen stand meine Mutter auf und begann abzuräumen. Victor bot sich an, ihr zu helfen, aber sie bestand darauf, dass er den Abend als Gast genoss, woraufhin er sich mit Alex und Stella ins Wohnzimmer setzte.

Als ich gerade dabei war, die Spülmaschine einzuräumen, schlich sich meine Mutter von hinten an mich heran.

»Mein Schatz!«

»Mom, hast du mich erschreckt!«, keuchte ich.

»Pst! Also, wie findest du ihn?«, wisperte sie begeistert.

»Warum flüsterst du?«, wisperte ich zurück.

»Ich will nicht, dass sie uns hören. Also ... gefällt er dir?«, fragte sie ungeduldig.

»Er scheint nett zu sein«, erwiderte ich, und sie fiel mir um den Hals.

»Ich wusste, dass er dir gefallen würde! Und jetzt geh zu deinen Freunden, ich kümmere mich ums Aufräumen.«

Ich gesellte mich ins Wohnzimmer zu Alex und Stella, während Victor meiner Mutter in der Küche Gesellschaft leistete. Nachdem wir eine Weile geplaudert hatten, schlug ich ihnen vor, den restlichen Abend allein zu genießen. Für den nächsten Tag hatten sie einen Ausflug in den Siuslaw-Nationalpark geplant, und ich wollte ihnen nicht ihre kostbare Zeit stehlen.

»Hast du Lust, uns morgen zu begleiten?«, wollte Stella wissen.

»Nein, danke, ich brauche etwas Zeit für mich.«

»Sicher?«, hakte sie enttäuscht nach.

Ich nickte lächelnd. »Ein andermal gern.«

»Geht es dir gut?«, fragte Alex. »Zumindest halbwegs?« Ich wusste es wirklich zu schätzen, dass er Stella vorgewarnt hatte, wie es zwischen mir und Travis stand.

»Mach dir keine Sorgen, das wird schon.« Er wuschelte mir zum Abschied wie üblich durchs Haar. Ich nahm Stella in den

Arm, die mich herzlich drückte. Genauso hatte ich sie mir vorgestellt: einfühlsam, freundlich, offen. Für Alex einfach perfekt.

»Gute Nacht, und danke fürs Kommen!«

Alex lächelte, nahm Stellas Hand, und die beiden machten sich auf den Heimweg.

Den Sonntag über blieb ich zu Hause. Das Wetter war schlecht, deshalb igelte ich mich in meinem Zimmer ein und las. Nach dem Mittagessen führten Tiffany und ich ein endlos langes Telefongespräch, den Nachmittag verbrachte ich mit Lernen. Ich erledigte einige Aufgaben für meine Seminare, die ich in der folgenden Woche abgeben sollte, und ohne es zu merken, wurde es draußen schon dunkel.

Nach dem Abendessen, das wieder gemeinsam mit Victor stattfand, lud meine Mutter mich zu einem gemeinsamen Spaziergang ein, aber darauf hatte ich keine Lust.

Nun saß ich allein in dem dunklen, verlassenen Haus, das mir viel zu still erschien, und beschloss, bald ins Bett zu gehen. Sicher, es war noch früh, gerade mal halb neun, aber ein paar Stunden Schlaf nachzuholen, würde mir guttun. Also legte ich mich ins Bett, starrte an die Decke und wartete darauf, einzudämmern, doch meine Gedanken ließen mich nicht zur Ruhe kommen. In weniger als einer Woche hatte sich mein Leben komplett verändert. Eigentlich sollte ich jetzt mit Travis auf dem Harry-Styles-Konzert in Albany sein und mir die Seele aus dem Leib singen. Stattdessen wälzte ich mich auf der Suche nach einer guten Schlafposition im Bett herum.

Thomas ging mir seit gestern Morgen einfach nicht mehr aus dem Kopf. Neben ihm fühlte ich mich verunsichert und verletzlich, gleichzeitig aber so gut wie nie zuvor. Als ich ihm gesagt hatte, dass die Nacht mit ihm ein schrecklicher Fehler gewesen war, hatte ich das auch so gemeint. Allerdings nicht aus den Gründen, die er annahm, sondern weil es seitdem einen Teil in mir gab, der mit ihm verbunden war. Und kein vernünftiger Mensch wollte Teil von Thomas Collins' Leben sein. Trotzdem weigerte sich mein Hirn, die Erinnerungen an ihn zu löschen: an seine Lippen auf meinen, seine rauen und warmen Hände auf meinem Körper, seine duftenden, weichen Haare und die Art, wie er meinen Namen aussprach. Mein Herz klopfte wie wild.

Ich schob die Decke beiseite und ging hinunter in die Küche. Wenn ich schon nicht schlafen konnte, dann würde ich mir zur Ablenkung wenigstens einen *Shameless*-Marathon gönnen. In der Mikrowelle bereitete ich eine Portion Popcorn zu, holte mir eine Dose Cola aus dem Kühlschrank, warf mich aufs Sofa und deckte mich mit einer Fleece-Decke zu.

Ein paar Episoden später war der tätowierte Riese wieder in meinem Kopf. Alle zwei Minuten schaute ich auf mein Handy in der Hoffnung auf eine Nachricht von ihm, dabei hatte er nicht mal meine Nummer. Und was sollte er mir auch schreiben? Nach dem, was ich ihm gesagt und wie ich ihn behandelt hatte, würde er mich nicht wiedersehen wollen. Ach, zur Hölle damit: *Ich* wollte ihn wiedersehen. Über diese Erkenntnis war ich selbst überrascht, aber so war es eben.

Ohne nachzudenken, stürzte ich aus dem Haus. Zum Glück hatte meine Mutter den Toyota stehen lassen. Fünfzehn Minuten später war ich auf dem Campus und bei Thomas' Wohnheim. Am Eingang fragte ich ein paar Studenten nach seiner Zimmernummer. Ihre amüsierten Blicke entgingen mir nicht. Trotzdem fuhr ich hoch in den dritten Stock und suchte nach der Nummer D37. Als ich sie gefunden hatte, blieb ich eine ganze Weile vor der Tür stehen, bevor ich den Mut fand, zu klopfen. Was, wenn er mich nicht sehen wollte? Nach dem, was ich ihm an den Kopf geworfen hatte, könnte ich ihm das nicht verdenken, außerdem stellte ich voller Entsetzen fest, dass ich meinen Pyjama trug – diesmal komplett, nicht nur das Oberteil. Ich war so schnell aus dem Haus gestürmt, dass ich das völlig vergessen hatte. Zum Glück reichte mein Mantel bis zu den Knien. Durchgeknallt, dachte ich, er wird dich für völlig durchgeknallt halten.

Irgendwann holte ich tief Luft und klopfte leise an die Tür. Ich wartete, aber es machte niemand auf. Ich klopfte erneut, lauter diesmal. Von drinnen waren Schritte zu hören. Mein Herzschlag beschleunigte sich.

Die Tür ging auf, und ein kleiner, unbeholfen aussehender junger Mann mit einer Tüte Chips in der Hand stand vor mir. Das war nicht Thomas, definitiv nicht.

»Hallo«, grüßte ich ihn verwirrt.

»Er ist nicht da«, antwortete er genervt und mampfte weiter Chips.

»Wie bitte?«

»Du willst zu Thomas, oder nicht? Alle wollen immer nur zu Thomas! Aber er ist nicht da. Ist er am Wochenende nie!«

Richtig, es war Sonntag, und sonntags schlief er immer im Verbindungshaus. Allein der Gedanke verursachte mir Übelkeit. Ob er wohl gerade mit einer anderen zusammen war? Ich stellte ihn mir mit Shana oder irgendeinem anderen hübschen Mädchen im Bett vor, das mehr Erfahrung hatte als ich. Gott, war ich dämlich! Thomas Collins hatte in meinem Leben nichts zu suchen, weder heute noch irgendwann. Wieso kapierte ich das nicht?

»Ah, ähm … entschuldige die Störung.« Ich wollte mich gerade umdrehen, als mich der Typ aufhielt.

»Soll ich ihm sagen, dass du da warst?«

»Was?«

Er schob sich eine braune Locke aus der Stirn und wiederholte: »Wenn du mir sagst, wer du bist, texte ich ihm, dass du ihn
suchst.« Er leckte sich die Finger sauber.

Sollte ich ihm sagen, dass er Krümel im Haar hatte?

»Nein, keine Nachricht, danke. Ganz im Gegenteil, sag ihm
bitte nicht, dass ich da war. Es ist nicht weiter wichtig. Entschuldige, dass ich dich bei ... was auch immer du gerade machst,
gestört habe.«

»Ich habe gerade *Full Metal Panic!* zu Ende geschaut.«

»Aha«, sagte ich, obwohl ich keine Ahnung hatte, wovon er
sprach, und trat den Rückzug an. Dieser Kerl war wirklich eigenartig.

Bevor ich ins Auto stieg, schickte ich meiner Mutter eine Textnachricht, sie solle mir eine doppelte Portion Pistazieneis mit
Schokosirup und Sahne mitbringen. Ich hätte selbst einkaufen
können, hatte aber kein Geld dabei. Daran hatte ich bei meiner
brillanten Idee, mich ohne Fallschirm aus dem Flieger zu stürzen,
nicht gedacht.

Meine Mutter antwortete mit einem Daumen-hoch-Emoji.
Sehr gut, ich brauchte so viele Kalorien, wie ich kriegen konnte,
um die Demütigung zu vergessen, die ich mir gerade selbst zugefügt hatte. Würde die doppelte Portion wirklich reichen, oder
sollte ich Mom lieber bitten, mir eine Familienpackung mit-
zubringen?

Wieder zu Hause, zog ich meinen Mantel aus, band mir die
Haare zusammen und suchte nach meinem iPod. Das Einzige,
was ich jetzt wollte, war, in meinem Schmerz zu schwelgen. Ich
scrollte durch meine »Sad«-Playlist, legte mich im Dunkeln aufs
Bett und hörte dabei ergreifende Songs wie »With me« von Sum
41 und »Echo« von Jason Walker in Dauerschleife. Wie konnte
mein Leben nur zu einem solchen Chaos werden? Frustriert setzte

ich mich auf, schaltete den Fernseher ein und rief Netflix auf, um eine Serie zu bingen, als es an der Haustür klingelte. Endlich: Meine XXL-Portion Genuss und Reue mit Pistaziengeschmack war da. Ich stürmte nach unten, den iPod in der Hand, und riss die Tür auf. Dann starrte ich ungläubig auf die Person, die vor mir auf der Schwelle stand.

Oh. Mein. Gott.

Er war hier.

Kapitel 18

Vor meiner Tür stand Thomas Collins in einem grauen Hoodie, unter dem sich die muskulösen Schultern abzeichneten. Er musterte mich von Kopf bis Fuß mit einem Blick, der mir unangenehm war. Wenn Thomas so schaute, dann fühlte man sich nackt und schutzlos ausgeliefert. Die Tatsache, dass er mich schon nackt gesehen hatte, machte die Sache nicht besser.

Grinsend betrachtete er meinen rosa Schlafanzug mit den Teddybärchen und die Einhorn-Hausschuhe. Dann waren meine hochgesteckten Haare an der Reihe, die große Ähnlichkeit mit einem Vogelnest hatten. Ich blinzelte ungläubig und versuchte klar zu denken.

»Willst du noch lange hier stehen und mich anstarren? Ich weiß, dass ich einen gewissen Charme habe, aber so fühle ich mich von dir fast belästigt.« Seine Unverschämtheit brachte mich in die Realität zurück. Ich hatte gehofft, es mit der freundlichen Thomas-Version zu tun zu haben, aber das war offenbar nicht der Fall.

»Was machst du hier?«, fragte ich verblüfft.

»Du wolltest mich sehen?«, fragte er und zog eine Schachtel Zigaretten aus der Hosentasche.

»Was?« *Erde an Vanessa. Aufwachen!* »Ähm, du darfst hier übrigens nicht rauchen, meine Mom mag das nicht.«

Er schnaubte verächtlich, aber er steckte die Zigaretten wieder ein. »Du wolltest mich sehen«, wiederholte er wenig freundlich. Anscheinend war er immer noch sauer wegen gestern Morgen. »Mein Mitbewohner Larry meinte, eine Frau mit grauen Augen und dunklen Haaren hätte nach mir gefragt.« Er zwinkerte mir zu. Moment mal, er zwinkerte? Dann konnte er nicht sauer sein. »Er meinte, du wärst so rot geworden wie ein Cabernet Sauvignon.«

Was für ein Problem hatte der denn?

»Was wolltest du?«, fragte Thomas.

Meine Güte, warum hatte Mr. Rotwein nicht den Mund gehalten wie ausgemacht?

»Nichts. Ich war zufällig gerade in der Gegend.«

»In der Gegend?«, wiederholte er. »Im Flur von meinem Wohnheim, allein, an einem Sonntagabend?«

Greta Garbo zufolge war jede Lüge glaubhaft, wenn man sie nur überzeugend genug erzählte. Schauen wir mal, ob du recht hattest, Greta. »Genau.«

Thomas seufzte resigniert und schüttelte den Kopf: Er glaubte mir kein Wort. »Und warum bist du gerade vor meiner Tür gelandet, wenn du zufällig gerade in der Gegend warst?« Er malte mit den Fingern Anführungszeichen in die Luft.

»Ich wollte dir Leilas Klamotten zurückbringen«, improvisierte ich und beglückwünschte mich, dass mir diese überzeugende Ausrede spontan eingefallen war.

»Du hättest direkt zu ihr gehen können, sie wohnt im Gebäude gleich nebenan.«

»Das wusste ich nicht.«

»So ein Quatsch, du hättest sie mir auch morgen bringen können, warum gerade heute Abend?«

»Lass die Fragerei!«

»Reg dich nicht auf. Ich versuche nur, das Ganze zu verstehen.

Erst sagst du, du willst nichts mehr mit mir zu tun haben, weil ich dich nur quäle, und dann tauchst du plötzlich vor meiner Zimmertür auf. Was geht in deinem kleinen Köpfchen vor, Ness?«, fragte er mit seiner sanften Stimme und legte den Kopf schräg.

Ich entdeckte Lippenstiftspuren an seinem Hals. Mir blieb die Luft weg. Ernsthaft? Er war schon mit der Nächsten zusammen gewesen? Resigniert schüttelte ich den Kopf. Was für ein Arschloch!

»Keine Ahnung«, erwiderte ich kurz angebunden. Das war die Wahrheit. Hätte ich gewusst, dass er sich mit einer anderen vergnügte, während mich die Schuldgefühle auffraßen, wäre ich sicher nicht bei ihm aufgetaucht. Auf gar keinen Fall.

Er machte einen Schritt auf mich zu und sah mir dabei stur in die Augen. »Lass mich wenigstens rein, während du dir eine bessere Ausrede ausdenkst. Es ist kalt hier draußen.«

»Auf keinen Fall. Gute Nacht.« Ich wollte die Tür schließen, aber Thomas blockierte sie mit dem Fuß.

»Das war keine Frage.« Er schob die Tür auf, ging auf mich zu und flüsterte mir ins Ohr: »Und übrigens …« Er ließ den Blick über meinen Körper gleiten und blieb an meinen Brüsten hängen. Instinktiv verschränkte ich die Arme, zumal ich unter meinem Pyjamaoberteil keinen BH trug. Er streckte die Hand aus und streichelte mir zärtlich über die Wange. »Du siehst selbst im Schlafanzug sexy aus«, beendete er seinen Satz, drängte sich an mir vorbei und betrat das Haus.

Atmen, Vanessa, atmen!

»Thomas!«, schrie ich. »Geh jetzt, sofort! Du kannst nicht einfach ungebeten bei fremden Leuten eindringen!« Ich schloss die Haustür und folgte ihm ins Wohnzimmer.

»Du bist auch zu mir gekommen, und meines Wissens hatte ich dich auch nicht eingeladen.«

»Nein, du hattest ja Besseres zu tun.« Ich stemmte die Fäuste in die Hüften und bedauerte meine Worte sofort. Er fuhr herum und sah mich fragend an. »Du hast Lippenstift am Hals.«

Er reagierte nicht, schien weder überrascht noch verlegen. »Ach, das ...« Er fuhr sich über den Hals, um die Spuren wegzuwischen. »Ein Zeitvertreib.«

Ein Zeitvertreib. Aha.

»Was ist?«

»Nichts, es ist nur immer ein Vergnügen, welchen Wert du den Frauen beimisst, mit denen du ins Bett gehst. Du bleibst dir treu, Glückwunsch!«

Er reagierte nicht auf meine Worte. »Ich warte«, sagte er stattdessen.

»Worauf?«, wollte ich wissen.

»Darauf, dass du mir erklärst, warum du heute Abend vor meiner Zimmertür standest.«

Ich verdrehte die Augen. »Also gut. Ich war da, um mich zu entschuldigen. Zufrieden?« Thomas schien überrascht. »Ich habe dich gestern ungerechterweise angegriffen, meine Wut galt nicht dir. Ich habe alles auf dich abgeladen, und das war nicht okay. Deshalb.«

»Entschuldigung angenommen.«

»Sehr gut.« Ich täuschte eine Begeisterung vor, die ich nicht spürte. »Jetzt, da das Problem gelöst ist, kannst du ja wieder gehen.«

»Keine Lust.«

»Was?«

»Keine Lust.«

»Hör zu, es tut mir leid, wenn Larry dir den Abend versaut hat. Aber wir haben die Sache ja geklärt. Du musst nicht länger bleiben. Mach doch einfach damit weiter, womit du angefangen hattest.«

Thomas schaute sich gleichgültig im Wohnzimmer um. »Hier wohnst du also.« So leicht würde er es mir also nicht machen. »Nicht schlecht, wer auch immer das hier eingerichtet hat, hat Geschmack. Aber irgendwas ist komisch ...«

»Die Sauberkeit«, sagte ich ohne Umschweife.

»Was?«

»Meine Mutter hat einen Sauberkeitsfimmel. Alles muss seine Ordnung haben, die Bücher in Reih in Glied, kein Krümel auf dem Tisch, kein Staubkorn auf den Möbeln. Fast alle, die zu uns kommen, finden das befremdlich.«

Er fuhr mit der Spitze seines Zeigefingers über ein Regalbrett und schaute ihn prüfend an. Nichts. »Das ist krankhaft, weißt du das?«

»Es kommt dir nur so vor, weil du es nicht gewohnt bist, in Wahrheit ist daran nichts auszusetzen. Sie war schon immer so. Nach der Scheidung von meinem Vater ist es allerdings schlimmer geworden. Ihr Therapeut sagt, das sei ihre Art, ihr Leben unter Kontrolle zu halten, oder so ähnlich.«

»Es beruhigt mich, dass sie in professionellen Händen ist.«

Sein üblicher Sarkasmus war ermüdend. Ich verdrehte genervt die Augen und beschloss, eine gute Gastgeberin zu sein, in der Hoffnung, dass er sich danach verabschieden würde. »Willst du etwas trinken?«

»Wasser.« Oh, das waren ja ganz neue Töne. Aber ich wusste von Travis, dass der Coach streng darauf achtete, dass die Jungs aus dem Basketballteam nicht allzu sehr über die Stränge schlugen.

Wir gingen in die Küche, und ich goss ihm ein Glas ein. Er setzte sich auf die Anrichte und leerte es in einem Zug. Es war ein merkwürdiges Gefühl, dass er bei mir zu Hause, in unserer Küche, war.

»Noch eins?«

Er schüttelte den Kopf, und ich stellte die Flasche in den Kühlschrank zurück. »Deine Eltern sind getrennt?«

Ich zögerte, weil ich über dieses Thema nicht gerne redete, dann nickte ich. Thomas nahm sich einen Apfel aus der Obstschale und fing an, ihn in die Luft zu werfen und wieder aufzufangen. »Verstehst du dich mit ihnen?«

»Mit wem?«

»Mit deinen Eltern.« Er starrte auf den Apfel.

»Nicht wirklich. Mit meiner Mutter ist es schwierig: Wir sind uns einerseits zu ähnlich und andererseits zu verschieden.«

»Einen Ordnungsfimmel habt ihr beide. Und mit ihm?«

Ich erstarrte. »Nun ja … um dir diese Frage zu beantworten, müsste ich ihn ab und zu sehen.«

Überrascht zog er die Augenbrauen hoch. »Was meinst du damit?«

»Er ist weggezogen, schon vor einigen Jahren.«

»Wohin?«

»Keine Ahnung. Eines Tages hat er uns verlassen und eine andere Familie gegründet. Seine neue Frau mochte mich nicht, deshalb hat er wohl beschlossen, einfach zu verschwinden und sein altes Leben hinter sich zu lassen.« Ich hoffte, dass Thomas mich jetzt nicht mitleidig ansehen würde. Ich hasste Mitleid.

»Was für ein Bastard!«

»Mein Vater hat meine Mutter betrogen, Travis mich. Willst du mir weismachen, dass dich das interessiert? Mach dich nicht lächerlich. Wir wissen alle, was du für ›Beziehungen‹ führst.« Ich betonte das Wort »Beziehungen«.

»Vergleich mich nicht mit den beiden. Ich verspreche nie etwas. Die Frauen, mit denen ich schlafe, wissen, mit wem sie es zu tun haben und dass es nicht von Dauer ist.« Seine Kaltschnäuzigkeit brachte mich aus dem Gleichgewicht. Dennoch bewunderte ein Teil von mir seine Ehrlichkeit. Er gab nicht vor, jemand anders zu sein, nur um andere zu beeindrucken. Andererseits irritierte es mich, dass für ihn nur der Sex zählte.

»Und du?« Wir hatten nun lange genug von mir gesprochen. »Welche Beziehung hast du zu deinen Eltern?«

Er zuckte zusammen und warf mir einen finsteren Blick zu wie gestern Morgen, als ich ihn nach seiner Narbe gefragt hatte. »Das geht dich nichts an.« Er sprang von der Anrichte und ging in Richtung Flur.

»Wie, das geht mich nichts an?«, fragte ich irritiert und folgte ihm.

»Es gibt keinen Grund, warum ich dir das sagen sollte.«

»Du hast mich auch danach gefragt.«

»Du hättest ja nicht antworten müssen.« Ich wusste nicht, was mich mehr ärgerte, seine schneidende Stimme oder die Grimasse, mit der er mich ansah.

»Du hast also das Recht, zu fragen, und ich nicht? So funktioniert das nicht.«

»Lass es.« Er warf mir einen warnenden Blick zu, und ich hatte einen Moment lang das Gefühl, etwas in seinen Augen zu lesen, was ich nicht sehen sollte. Wut? Schmerz? Rache? »Du hast ohnehin nichts verpasst.«

»Okay.« Ich presste die Lippen zusammen und verschränkte die Arme vor der Brust. »Wir haben uns gesagt, was es zu sagen gab, du hast mein Zuhause gesehen und weißt über meine Familie Bescheid, also geh jetzt, bitte.«

»Du schmeißt mich raus, weil ich deine Frage nicht beantworte?«, wollte er mit einem sarkastischen Lächeln wissen.

»Ich schmeiße dich raus, weil meine Mutter gleich zurückkommt, und glaub mir, du willst sie nicht treffen, nicht unter diesen Umständen.«

Er schaute an sich herunter. »Was passt dir denn an mir nicht?«

»Du riechst bis hierher nach Gras.«

»Ich habe nichts geraucht.«

Das glaubte ich ihm sogar. Der durchdringende Geruch im Verbindungshaus war mir nicht entgangen.

»Gut möglich, aber deine Klamotten sagen etwas anderes. Meine Mutter rastet aus, wenn sie mich mit einem Typen erwischt, der nicht Travis ist, noch dazu, wenn dieser Typ überall Tattoos hat und nach Gras und Jack Daniel's stinkt. Sie würde dich sofort in eine Entzugsklinik einweisen lassen, dir vorher aber noch eine Tracht Prügel verpassen«, erklärte ich ihm mit ruhiger Stimme.

Er starrte mich verblüfft an.

»Deine Mutter braucht keinen Psychologen, sondern einen Psychiater. Ich mache mir ernsthaft Sorgen um dich. Bist du hier wirklich sicher?«

Ich lachte. »Mit meiner Mutter ist nichts sicher, aber bis jetzt ist alles okay.« Wir schwiegen, dann sagte ich: »Thomas …«

»Ja?«

»Woher weißt du, wo ich wohne?«

»Freunde von Freunden …« Er strich mir übers Kinn, ging dann in den Flur und schaute sich die alten Fotos an den Wänden an.

»Welche Freunde von Freunden?«

»Ist das wichtig?«

»Ja, doch. Dir ist schon klar, was für Leute vor dem Haus stehen, ohne dass man ihnen die Adresse gegeben hat?«

»Wer?«

»Stalker«, erwiderte ich trocken.

Er lachte. »Du hältst mich doch nicht ernsthaft für einen Stalker? Wer hat mich denn im Wohnheim gestalkt?«

»Das war doch etwas ganz anderes!«, rief ich empört. »Ich wollte mich bei dir entschuldigen, Herrgott noch mal!«

Er grinste nur.

Ich zuckte mit den Achseln. »Egal. Du musst jetzt gehen, ich will nicht, dass meine Mutter dich hier antrifft.«

»Du bist keine gute Gastgeberin«, sagte er, als hätte er mich nicht gehört, und fing an, die Treppe hochzusteigen. »Willst du mich nicht herumführen?«

»Hallo? Wo willst du hin?«, rief ich ihm entsetzt nach.

»Ich schaue mir das Haus an.«

»Da gibt's nichts zu sehen, nur Schlafzimmer.«

»Das Beste also.« Er schaute mich provozierend von oben an.

Ich rannte die Treppe hinauf, um ihn aufzuhalten, aber zu spät: Er öffnete bereits die Tür zu meinem Zimmer. Frustriert ballte ich die Fäuste.

»Wer hat dir erlaubt, hier reinzugehen?« Ich krümmte mich zusammen und atmete schwer, so schnell war ich nach oben gestürmt.

»Niemand«, antwortete er mit seiner üblichen Arroganz. »Ich mache immer, was ich will.«

»Raus mit dir.« Ich deutete zur Tür. »Sofort.«

Er überhörte meine Aufforderung und sah sich amüsiert die Fotos auf der Kommode neben dem Bücherregal an. Auf dem ersten war ich nur wenige Monat alt, daneben blies ich an meinem dritten Geburtstag die Kerzen auf der Torte aus. Auf der nächsten Aufnahme war ich neun Jahre alt. Damals lebte mein Vater noch bei uns. Pitschnass saß ich neben einem Schäferhund. Er hieß Roy. An jenem Tag hatten wir mit Freunden gegrillt, und mein Vater und sein Freund waren auf die Idee gekommen, Roy zu baden und mich gleich mit. Meine Mutter hatte die Szene mit der Kamera festgehalten.

Thomas deutete auf das Bild. »Du bist ja blond, unglaublich!«, rief er verwundert.

Ich zuckte mit den Achseln. »Ertappt.«

Er schaute mich, das Foto, dann wieder mich an. »Das hätte ich nicht gedacht.«

Ich hatte Thomas Collins überrascht, eins zu null für mich.

Auf einem anderen Foto waren Alex und ich in unseren Roben bei der Schulabschlussfeier zu sehen, wie wir seiner Mutter, die uns fotografierte, die Zunge rausstreckten. Dann kam eins von mir mit Tiffany und Travis, ebenfalls auf der Feier. Das letzte Foto hatte Travis gemacht, vor etwa einem Jahr. Ich saß im Schaukelstuhl auf der Veranda, in der Frühlingssonne, mit gekreuzten Beinen und einer Pfingstrose im Haar, und war in die Lektüre von *Stolz und Vorurteil* vertieft. Thomas betrachtete es eingehend, wahrscheinlich ließ er sich gerade einen seiner blöden Sprüche einfallen.

»Hier siehst du sehr schön aus, Ness.«

»Danke«, sagte ich überrascht und etwas verlegen.

Kurze Zeit später nahm er das Foto von mir als Dreijähriger und kommentierte: »Hier hast du Ähnlichkeit mit einem Poltergeist.« Da war er ja, der idiotische Kommentar, den ich erwartet hatte.

Genervt nahm ich ihm das Bild aus der Hand. »Ich war müde und hatte gerade unzählige Pistazien-Brownies verdrückt. Ein schwieriger Moment in meinem Leben, was aber keiner kapiert hat.« Mein Tonfall war ironisch.

Wir sahen uns an, dann meinte er: »So hatte ich mir dein Zimmer nicht vorgestellt, ein bisschen zu rosa, oder?«

»Das ist mein Kinderzimmer, siebenjährige Mädchen lieben Rosa«, erklärte ich und fragte mich gleichzeitig, wie er es sich wohl vorgestellt hatte. Er nickte, ging dann zum Bett und fragte grinsend: »Und wie heißen die?« Er deutete auf meine drei Stofftiere neben den Kissen.

Oh nein.

»Wie? Ich bin fast zwanzig, Thomas, ich gebe meinen Stofftieren doch keine Namen.« Ich kicherte nervös.

»Los, raus damit.« Er setzte sich auf die Bettkante und sah mich auffordernd an.

»Momo, Nina und Sparky«, gab ich nach kurzem Zögern zu.

»Momo. Nina. Und Sparky?«, wiederholte er und versuchte, ein Lachen zu unterdrücken.

»Du kannst nicht einfach ungefragt in mein Zimmer gehen und dich über meine Sachen lustig machen. Das verletzt mich.«

Er bemühte sich um einen ernsten Gesichtsausdruck und nahm meinen Stoffhasen Sparky auf den Schoß.

»Schauen wir mal, ob ich das richtig verstanden habe: Du schläfst mit Stofftieren, das heißt, du bist noch ein großes Kind. Auf deinem Fernseher läuft Netflix, du magst also Serien. Daraus lässt sich schließen, dass dich dein Leben langweilt. Du bist hoffnungslos romantisch«, er deutete auf die Liebesromane im Bücherregal. »Und wahrscheinlich leidest du an der gleichen Störung wie deine Mutter.« Er schaute mich zufrieden an. »Habe ich recht?«

»Wieso sollte ich die gleiche Störung wie meine Mutter haben?«

»Keine Ahnung, die Bücher sind nach Größe geordnet, die Schuhe nach Farben« – er deutete auf das offene Schuhregal neben meiner Zimmertür – »... von der Tatsache, wie pedantisch du deine Sachen während der Kurse anordnest, mal abgesehen. Glaub mir, in eurer Familie gibt es ein ernstes Problem.«

Langsam reichte es mir. »Hör auf. Ich mag es, wenn die Dinge ihren Platz haben, ich bin ordentlich, mehr nicht.«

»Und wenn ich das jetzt plötzlich alles durcheinanderbringen würde?« Er stand auf und ging zum Bücherregal.

»Wenn du sterben willst …«

»Ehrlich gesagt, habe ich anderes im Sinn …« Er lächelte mich dreist an. Ich wurde rot, was ihn nur noch mehr amüsierte. »Ich könnte mich auch auf den Sessel setzen und an die Decke starren.« Er nahm Platz, verschränkte die Arme vor der Brust, spreizte leicht die Knie und nahm meine Beine in Augenschein. Ein verschmitztes Lächeln glitt über sein Gesicht – und mir wurde heiß.

Verflucht, warum musste er auch so attraktiv sein?

»Schau nicht so, steh auf und geh nach Hause oder zu einer Party«, forderte ich ihn auf, nachdem es mir gelungen war, die Augen von ihm loszureißen. »Hier bleibst du jedenfalls nicht.«

»Die Party war nicht besonders amüsant, und gerade als es besser wurde, rief mein Mitbewohner an. Du weißt, warum.«

»Na dann«, ich legte mir theatralisch die Hände auf die Brust, »tut es mir leid, dir den Abend verdorben zu haben. Aber ganz ehrlich, Thomas, niemand hat dich gezwungen, hierherzukommen. Du hättest ruhig dableiben und dich austoben können.«

»Du hast recht, das wäre sicher amüsanter gewesen.«

Ich verlor die Geduld. Was für ein arroganter Idiot! Ohne weiter nachzudenken, warf ich ihm das Stofftier, das ich in der Hand gehalten hatte, ins Gesicht.

»Fuck, du hast mein Auge getroffen, was ist denn da drin?« Er hielt sich das Gesicht.

Oh nein. In meiner Wut hatte ich nach Nina gegriffen, dem Känguru, in dessen Beutel ich meine Ohrringe und Armbänder aufbewahrte. Er massierte sich die Schläfe, ich eilte zu ihm und nahm vorsichtig sein Gesicht in die Hände.

»Entschuldige, das wollte ich nicht …« Ich hatte den Satz

kaum beendet, als Thomas aufstand, meine Taille umfasste und mich aufs Bett warf.

»Du bist einfach zu naiv.« Er setzte sich auf mich, hielt mir mit einer Hand die Handgelenke über dem Kopf fest und begann mich mit der anderen zu kitzeln.

»Nein, hör auf!« Ich lachte so sehr, dass ich kaum Luft bekam.

»Wolltest du mich etwa mit einem Stofftier töten, Ness?«

»Thomas, bitte, lass das!« Ich versuchte mich zu befreien, aber er hielt meine Handgelenke unerbittlich fest und kitzelte mich weiter am Hals, an den Seiten, am Bauch. »Okay, du hast gewonnen! Schluss jetzt!«, rief ich mit Tränen in den Augen. Erst jetzt ließ er von mir ab.

»Ich gewinne immer, merk dir das.«

»Du bist doppelt so schwer wie ich und hast mich reingelegt. Da musstest dich nicht sehr anstrengen«, gab ich zurück und tat beleidigt.

»Jeder spielt mit seinen Karten.« Er tippte mit der Fingerspitze auf meine Nase, dann schauten wir uns an und lächelten. Noch vor wenigen Minuten war ich wütend, und jetzt hatte ich vor lauter Lachen Tränen in den Augen. »Das solltest du öfter machen.«

»Dich mit Stofftieren bewerfen?«

»Nein, lachen.« Er war meinem Mund gefährlich nahe. »Dann hast du eine ganz andere Ausstrahlung.« Es verschlug mir den Atem, und als er mir mit der freien Hand über die Lippen fuhr, zuckte ich zusammen. »Alles okay?«, fragte er mit durchtriebenem Lächeln.

Alles okay? Mein Mund war wie ausgetrocknet, mein Puls beschleunigte sich. Die Intensität seines Blickes, die Wucht seines Körpers, der sich gegen meinen drängte, sein unverwechselbarer Geruch nach Vétiver überwältigten mich.

Trotzdem gelang es mir, zu nicken. Er grinste breit, rückte noch näher, und mein Herz spielte gänzlich verrückt. Entschlossen positionierte er sich zwischen meinen Beinen. Jede Zelle meines Körpers bebte.

»Was … machst du da?«

»Was glaubst du denn?«

»Thomas«, ich schluckte. Ich musste ihn aufhalten, wegschieben oder es zumindest versuchen.

»Vanessa«, er strich mir mit seinen Lippen über meine, einmal, zweimal, dreimal. Seine Berührung hatte etwas Berauschendes, und ich schloss die Augen und legte instinktiv die Knie um seine Hüften. Sein Mund glitt hinunter bis zu meinem Hals. Seine sanften Küsse wurden immer drängender. In meinem Brustkorb hämmerte es wie wild.

»Du solltest … solltest gehen.«

Jetzt wanderten seine Lippen zu meinem Ohr, er knabberte an meinem Ohrläppchen, bevor er sanft mit der Zunge darüberstrich. Mein Unterleib fing an zu pochen. »Sollte ich nicht.«

»Bitte …«, meine Worte waren eher ein verzweifeltes Flehen als eine Bitte. Einerseits wollte ich wirklich, dass er ging. Andererseits wollte ich mich ihm völlig hingeben.

»Du redest zu viel«, murmelte er, presste kraftvoll sein Becken an meins und brachte mich so zum Schweigen. Ein Schauer durchlief meinen Körper, noch intensiver als vorgestern Nacht. Wild und entschlossen umfing seine Zunge die meine. Ich hoffte, ihm widerstehen zu können, aber stattdessen erwiderte ich seinen Kuss fiebrig und fordernd.

Er ließ meine Handgelenke los, und ich nahm sein Gesicht zwischen die Hände und küsste ihn mit noch mehr Leidenschaft. Sichtlich erregt hielt er mich so fest umschlungen, dass ich kaum noch Luft bekam. Ich klammerte mich an seine muskulösen Schultern, während seine freie Hand nach unten wanderte und ungeduldig meine Beine auseinanderschob. »Ich werde dich hier vögeln, Ness«, keuchte er und presste seine Erektion gegen meinen Schenkel. Ich stöhnte auf, ein Geräusch, das er sofort mit seinen Lippen erstickte. »In deinem Kinderbett«, fügte er mit heiserer Stimme hinzu. Ich stöhnte erneut, wollte ihn in mir spüren, jetzt, sofort. Plötzlich jedoch rief mich eine Stimme in meinem Kopf zur Vernunft: *Das ist ein Fehler, Vanessa. Er wird dir niemals das geben können, was du willst, und du ihm nicht das, was er will.* Ich musste sofort aufhören, sonst würde ich es bedauern. Ich konnte nicht zulassen, dass er mein Leben erneut ins Chaos stürzte. Ich legte ihm die Hände auf die Brust und schob ihn von mir weg. Sein Herz schlug genauso schnell wie meins.

»Thomas, warte!« Er sah mich an, die Augen dunkel vor Begierde.

»Du denkst zu viel …« Sein rauer Tonfall raubte mir den Verstand. Er knabberte an meinem Hals.

»Lebe den Moment«, murmelte er dann und schob die Hand unter mein Schlafanzugoberteil. »Ich wusste, dass du keinen BH trägst.« Seine Finger massierten meine rechte Brust, dann wanderten sie hinüber zur linken. »Hör auf zu denken, Ness, hör einfach auf.« Dann küsste er mich, und meine Unsicherheit war schlagartig verschwunden wie ein Sandkorn, weggefegt vom Wind. Mein Instinkt gewann die Oberhand über meinen Verstand. Ich ließ mich von den Impulsen leiten, die nur er in mir auslösen konnte, grub meine Zähne in seine Lippen, bis er aufstöhnte. Ich presste mich fester an ihn, vergrub die Hand in seinen Haaren, mit der anderen knöpfte ich seine Jeans auf. Er schob die Hand in meine Pyjamahose und fuhr über den feuchten Stoff meines Slips, doch dann … setzte mein Herz einen

Schlag aus. Vier Worte, vier einfache Worte, die mir schlagartig einen klaren Kopf bescherten:

»Nessy, ich bin zurück!«

Kapitel 19

»Oh Gott! Meine Mom!«

Ich schob Thomas beiseite, sprang aus dem Bett und zog hektisch meinen Pyjama zurecht und fuhr mir durch die Haare.

»Das habe ich gehört«, murmelte er seufzend und stand auf. Unter dem Stoff seiner Hose zeichnete sich deutlich seine Erektion ab.

»Entschuldige«, sagte ich leise.

»Ich habe dir das Eis mitgebracht, ich warte unten!«, rief meine Mutter aus dem Erdgeschoss.

Ich ging zur Tür, öffnete sie einen Spalt, räusperte mich und antwortete: »Ähm, danke, Mom. Aber ... ich habe keinen Appetit mehr.« Hoffentlich kaufte sie mir das ab!

»Aber gerade wolltest du doch noch welches«, meinte sie erstaunt.

»Ich weiß, aber ich bin zu müde, ich war fast eingeschlafen.« Plötzlich umfasste Thomas von hinten meine Hüften und küsste meinen Hals. War er noch bei Sinnen? Ich schob ihn weg, aber er hielt mich nur noch fester.

»Bist du dir sicher?« Meine Mutter ließ nicht locker. »Ich habe genau das besorgt, was du wolltest. Eine XXL-Packung Pistazieneis mit Schokosauce und viel Sahne. Die kleinen Waffeln, die du so magst, hab ich auch mitgebracht!« Ich spürte Thomas' Brustkorb an meinem Rücken. Er bebte vor ersticktem Lachen. Mit glühenden Wangen drehte ich mich zu ihm um und flüsterte: »Ich hatte Hunger.«

»Ja, klar.« Er knabberte an meinem Ohrläppchen, drückte das Becken gegen meinen Po, und ich bekam eine Gänsehaut.

»Danke!« Ich konzentrierte mich wieder auf meine Mutter. »Ich esse es morgen, jetzt kann ich wirklich nicht.« Mein Kopf steckte zwischen Türrahmen und Tür.

»Wie du meinst, ich stelle es in die Gefriertruhe, dann nehme ich ein heißes Bad. Wenn du etwas brauchst – du weißt ja, wo du mich findest.«

»Danke, Mom!«, rief ich und schloss die Tür, bevor ich völlig den Verstand verlor. Wie um alles in der Welt sollte ich Thomas aus dem Haus schmuggeln, ohne dass meine Mutter es mitbekam? Ich drehte mich zu ihm um und schob ihn von mir. »Keine Ahnung, was du vorhast, aber schlag dir jede deiner verdorbenen Ideen aus dem Kopf. Du musst hier weg, ohne dass sie dich sieht.« Er hörte mir gar nicht zu, schob meine Hände beiseite und drückte mich mit seinem Körper gegen die Tür.

»Irre ich mich, oder hast du mich gerade ›verdorben‹ genannt?«, murmelte er und hob mit dem Zeigefinger mein Kinn. Seine grünen Augen funkelten.

»I… ich«, stammelte ich und schluckte, als ich seine Erektion an meinem Bauch spürte.

»Pst.« Sein Zeigefinger wanderte zu meinen Lippen, dann schob er ihn mir langsam in den Mund. Ich umschloss ihn, fing an, daran zu saugen, zu knabbern. »Lass mich dir zeigen, wie verdorben ich sein kann.« Er küsste meinen Hals, und zwischen meinen Schenkeln brannte ein Feuer. Thomas hörte auf, mich zu quälen, und löste meine Haare, die den Duft nach Heidelbeer-Shampoo verströmten.

Er schloss die Augen, vergrub das Gesicht in meinen Locken

und atmete tief ein. Dann zog er eine weitere brennende Spur von meinem Hals bis zu meinen vom Schlafanzug bedeckten Brüsten. Er biss so fest zu, dass ich vor Schmerz und Lust zusammenzuckte, aber das war nur ein Vorgeschmack auf das, was er danach tun würde.

»Meine Mutter ist unten«, murmelte ich wenig überzeugend. Ich war mir nicht sicher, ob mich die Vorstellung eher beunruhigte oder erregte. Thomas ging auf die Knie und steckte die Hände unter mein Pyjamaoberteil. Er streichelte meinen Bauch, meine Rippen, bis er meine harten, schmerzenden Brustspitzen erreichte.

»Dann musst du gut aufpassen, damit sie dich nicht hört«, flüsterte er mit einem diabolischen Grinsen, stand auf, zog mir das Oberteil aus und warf es auf den Boden. Die kalte Tür in meinem Rücken ließ mich frösteln. Mein Herz raste, meine Wangen brannten in einer Mischung aus Verlegenheit und Begierde. Unsicher hob ich die Hände, um meine Brüste zu bedecken, aber er hielt meine Handgelenke fest und betrachtete voller Bewunderung meinen Körper. »Versteck dich nicht«, bat er mich mit tiefer Stimme, »ich will dich ansehen.« Atemlos sah ich zu, wie er sich meinen Brüsten widmete. Er liebkoste eine Brust mit den Fingern, die andere mit den Lippen. Die kühle Perle seines Piercings an meiner Brustwarze ließ mich erschaudern. Thomas schob einen Schenkel zwischen meine Beine und rieb sein Knie an meiner Vulva. Ich schloss die Augen und presste die Lippen zusammen, um ein Stöhnen zu unterdrücken. Ich war benommen und erregt zugleich. So sehr, dass ich meine Unsicherheit vergaß und seinen Bewegungen folgte. Ich rieb mich an seinem muskulösen Schenkel, woraufhin er den Druck erhöhte, damit ich ihn besser spüren konnte. »So magst du es, oder?«, fragte er heiser vor Verlangen und küsste mich voller Leidenschaft, während er sich an mir rieb und mich noch fester gegen die Tür presste.

Mein Atem geriet außer Kontrolle, meine Erregung steigerte sich ins Unermessliche.

»Thomas«, japste ich, aber er gewährte mir keine Pause. Seine Küsse wurden nur noch wilder und leidenschaftlicher, seine freie Hand glitt nach unten, unter den Bund meiner Pyjamahose, bis er den mittlerweile völlig durchnässten Stoff meines Slips erreichte. Seine Augen brannten vor Verlangen, als er er den Stoff beiseiteschob und mich zwischen den Schamlippen streichelte. Ich schwebte zwischen Lust und dem Gefühl, jeden Moment sterben zu müssen. »Oh Gott«, stöhnte ich verzweifelt auf. Er bewegte sich zielstrebig auf meine Klitoris zu und drückte sie mit Daumen und Zeigefinger fest zusammen. Die unerwartete Berührung raubte mir den Verstand. »Bitte ...«, forderte ich keuchend und verzweifelt.

»Bitte was?«, hauchte er dicht an meinem Hals. Mir blieb keine Zeit, zu antworten, denn jetzt steckte er einen Finger in mich hinein und zog ihn wieder raus. Eine Woge der Lust brach über mir zusammen. Ich schrie laut auf. »Pst, hast du vergessen, dass wir nicht allein sind?«, flüsterte er mir ins Ohr und drang erneut mit dem Finger in mich ein. Ich schloss die Augen und drückte die Stirn gegen seine Brust.

»Ich sterbe, wenn du so weitermachst ...«

Thomas hob mein Kinn und zwang mich, ihm in die Augen zu sehen, dann nahm er meine Hand und legte sie in seinen Schritt. Ich zuckte zusammen, als ich die riesige Erektion unter dem Stoff seiner Jeans spürte. »Fühl mal, wie hart du ihn werden lässt.« Auffordernd schob er das Becken nach vorn. Mit festem Griff umschloss ich die Wölbung und hörte, wie er ein tiefes Stöhnen von sich gab. Schwindelig vor Verlangen, ließ ich zu, dass Thomas mir die Pyjamahose samt Slip abstreifte. Er kniete sich erneut hin, streichelte meinen Po, dann die empfindliche Haut an der Innenseite meiner Schenkel bis zu meinem Venushügel. Er sah mir von unten fest in die Augen. »Ich möchte dich dort küssen, dich schmecken.« Er wartete auf meine Zustimmung. Ich nickte schüchtern, und er legte seine Lippen auf meine Scham, berührte mich mit der Zunge, drang bis zur Klitoris vor. Es war mehr Qual als Lust, ein Vorgeschmack auf das, was mich erwartete. Plötzlich steckte er einen Finger in mich hinein, dann noch einen und noch einen.

»Oh ja«, keuchte ich, denn genau das wollte ich.

»Du bist so eng …«, murmelte Thomas. Er drang noch tiefer ein, und seine Augen verdunkelten sich, als er spürte, wie sich alles in mir zusammenzog. »Genauso wie letztes Mal.«

Ich erstarrte, plötzlich war ich unsicher. Er verstand und verharrte kurz. »Entspann dich, ich will dich nur besser kennenlernen, jeden einzelnen Zentimeter von dir.« Er schob die Finger noch etwas tiefer in mich hinein und bereitete mir ein unendliches Lustgefühl. Etwas in seinen beruhigenden Worten brachte mich dazu, ihm zu vertrauen.

Er wusste genau, was er tat, bewegte sich in mir, verbannte jedes andere Gefühl aus meinem Kopf, jede Unsicherheit, bis nur noch die Lust blieb. Ich schloss die Augen und überließ mich dem Verlangen, das er in mir weckte, dem Wunsch, er möge mich nehmen. Ich umklammerte seine Schulter, bohrte meine Nägel in den Stoff seines Hoodies und biss mir auf die Zunge, um nicht laut loszuschreien. Thomas bewegte seine Finger weiter in mir, dann fragte er: »Willst du mehr?« und leckte über meine feuchten Schamlippen.

Ich nickte.

»Sag es«, forderte er mich auf. Ich riss die Augen auf.

»Sag es, sonst mache ich nicht weiter.« Wieder leckte er über meine Klitoris, dieses Mal ein wenig länger. »Glaub mir, *ich* will unbedingt weitermachen.«

Ich zog scharf die Luft ein, doch ich bekam kein Wort heraus. Erst als er aufhörte, mich zu lecken, stieß ich angestrengt hervor: »Warum ... warum willst du es hören?«

»Weil du von allen Hemmungen frei sein sollst, wenn du mit mir zusammen bist.«

Ich sah ihn an und biss mir auf die Lippen. Er keuchte genau wie ich, ein paar Strähnen fielen ihm in die verschwitzte Stirn, ich las die Erregung in seinen Augen. Er war wunderschön. Und dann küsste er mich auf den Bauch, schaute mich an und lächelte – und ich tat, was er verlangte.

»Tu es, bitte.«

Seine heiße Zunge drang in mich ein. Ich keuchte, schloss die Augen und lehnte den Kopf gegen die Tür. Verzweifelt schob ich mein Becken gegen seinen Mund. Er presste den Daumen gegen meine Klitoris, dann saugte er fest daran, während er wieder die Finger in mich hineinschob, immer tiefer und sie schneller und schneller bewegte. Ich griff in seine Haare, stöhnend vor Lust. Thomas hörte nicht auf, mich zu lecken, mein Stöhnen schien ihn nur noch mehr zu erregen. Keuchend lehnte ich an der Tür und gab mir alle Mühe, nicht laut zu schreien. Als er merkte, dass ich kurz vor dem Orgasmus war, verlangsamte Thomas das Tempo. »Noch nicht«, flüsterte er, dann steigerte er den Rhythmus allmählich wieder. Ob es an dem Wissen lag, dass meine Mutter unten war, oder an der Tatsache, dass ich ein zweites Mal kurz vor dem Orgasmus stand und er ihn hinauszögerte, weiß ich nicht, ich spürte nur, dass ich kurz davor stand, ohnmächtig zu werden vor Lust.

»Thomas, ich bin kurz davor, bitte ...« Er hob meinen rechten

Oberschenkel und legte ihn sich über die Schulter, seine Lippen umspielten meine Klitoris. Unvermittelt durchfuhr mich eine Woge der Lust, jeder einzelne Muskel meines Körpers zog sich zusammen. Eine überwältigende Hitze durchflutete mich. Ich wollte Thomas von mir wegschieben, wollte mich vor ihm nicht gehen lassen, aber er hielt mich fest. Er wollte, dass ich so kam. Seine Bewegungen mit der Zunge wurden intensiver, und ich erlebte den intensivsten Orgasmus meines Lebens. Ich schrie auf, aber Thomas hielt mir den Mund zu, und ich versenkte die Zähne in seiner Hand, um mein Wimmern zu ersticken. Erst als mein Atem wieder regelmäßiger wurde und ich nicht länger am ganzen Körper bebte, ließ er los. Langsam stand er auf, küsste sich seinen Weg vom Bauch über die rechte und linke Brust hinauf zum Hals und über das Kinn zu meinem Mund. Lächelnd gab er mir einen Stupser auf die Nase. Ich starrte ihn fassungslos an. Gern hätte ich etwas gesagt, doch ich war wie gelähmt, gefangen in den letzten Wellen meines Orgasmus.

»Du scheinst völlig erledigt zu sein.« Er hob mich hoch und trug mich aufs Bett, wo ich mich zusammenrollte. Zu meiner Überraschung deckte er mich zu. Ich schaute ihn an, und erst jetzt fiel mir auf, dass er noch komplett angezogen war.

Er drehte sich um und machte ein paar Schritte in Richtung Tür, und einen Moment lang dachte ich, er wollte jetzt gehen. »Du kannst nicht raus, meine Mutter könnte dich sehen«, flüsterte ich erschrocken, aber er löschte nur das Licht, zog Hoodie und die Sneakers aus und legte sich zu mir ins Bett. Bei dem Gedanken, nackt neben ihm zu liegen, fühlte ich mich unbehaglich, also stand ich auf, in die Bettdecke gehüllt, und suchte auf dem Boden nach meinem Schlafanzug. »Ich möchte mich anziehen, könntest du dich ... umdrehen?«, bat ich schüchtern.

Thomas verschränkte die Arme hinter dem Kopf und schnaubte belustigt. »Dir ist schon klar, dass du gerade an meinem Mund gekommen bist, oder?«

Ich riss entsetzt die Augen auf. »Thomas!«, entfuhr es mir verlegen.

»Ich habe nicht vor, mich umzudrehen.«

»Danke für dein Verständnis«, erwiderte ich beleidigt und hüllte mich noch fester in die Decke. Ich hörte ihn leise lachen, doch das war mir gleich. Sollte er mich ruhig für kindisch oder albern halten, ich wollte mich einfach nur wohlfühlen.

Also schlüpfte ich in den Pyjama, setzte mich im Schneidersitz aufs Bett, machte die kleine Nachttischlampe an und griff nach meinem Laptop. »Was hältst du davon, wenn wir einen Film schauen, bis meine Mutter ins Bett geht?«

»Ich würde lieber reden.« Er schaute mich so intensiv an, dass die Schmetterlinge in meinem Bauch anfingen zu flattern.

»Worüber?«, fragte ich erstaunt.

Er klopfte mit der Hand neben sich auf die Matratze. »Komm, leg dich zu mir und erzähl mir von dir«, forderte er mich lächelnd auf.

Misstrauisch ließ ich mich auf die Matratze sinken. Der warme gelbe Schein der Nachttischlampe ließ die Atmosphäre noch intimer erscheinen.

»Da gibt's nicht viel zu erzählen.«

»Hast du das Buch über die zwei Schwestern fertig gelesen?«, fragte er.

Ich nickte, überrascht, dass er sich das gemerkt hatte.

»Hat es dir gefallen?«, fragte er mit schiefem Grinsen.

»Sehr. Aber ich bin voreingenommen, ich mag alles, was Jane Austen schreibt. Ich könnte mich auch in ihren Einkaufszettel verlieben«, antwortete ich verträumt.

»Und warum?«

»Weil sie ihre Bücher benutzt hat, um sich gegen die Zwänge der englischen Gesellschaft aufzulehnen, und das immer mit Ironie und Intelligenz.« Ich stützte mich auf den Ellbogen und spielte mit einer Haarsträhne.

»Lass mich raten: Dein Lieblingsbuch ist *Stolz und Vorurteil*, stimmt's?« Er warf einen Blick auf das aufgeschlagene Buch auf dem Nachttisch. Heute Nachmittag hatte ich begonnen, es noch einmal zu lesen. Ich musste ja die Ausgabe einweihen, die Alex' Mutter mir geschenkt hatte.

»All ihre Romane sind Meisterwerke, die Art, wie sie die Leser in die Handlung einbezieht, ist unwiderstehlich. Und ja, *Stolz und Vorurteil* hat einen besonderen Platz in meinem Herzen.«

»Worum geht's in ihren Büchern?«

»Um Liebe.« Er verzog das Gesicht, aber ich ignorierte ihn und sprach weiter. »Um die Liebe in all ihren Facetten – verzweifelt, schmerzhaft und manchmal unmöglich. Unkonventionell, aber authentisch. Nimm zum Beispiel Elizabeth Bennet: Sie lehnt den Antrag eines vermögenden Mannes ab, obwohl die Hochzeit mit ihm ihr und ihrer Familie ein Leben im Wohlstand ermöglicht hätte. Sie stellt sich sogar gegen ihre Mutter, weil sie einen anderen Mann liebt.« Ich bemerkte, dass Thomas mir zwar aufmerksam zuhörte, aber auch belustigt wirkte.

»Du weißt, wie ich darüber denke.« *Falls du es vergessen haben solltest, Vanessa.* »Und was magst du noch?«

»Keine Ahnung …« Ich legte mich auf den Rücken, schaute an die Decke und überlegte, was ich ihm erzählen könnte. »Ich mag Bücher, Serien, Pistazieneis … Aber das weißt du ja schon.« Ich schaute ihn amüsiert und verlegen zugleich an. »Ich interessiere mich für Journalismus, mag den Regen, das Geräusch, den Geruch, alle Sinneseindrücke, die er auslöst. Er ist melancholisch und romantisch. Ich habe das Gefühl, mit ihm verbunden zu sein.«

»Weil du auch so bist? Romantisch und melancholisch?«

Reflexartig, ohne nachzudenken, antwortete ich: »Ja.«

Er streckte den Arm aus und lud mich ein, meinen Kopf darauf zu legen. Warum war er plötzlich so … liebevoll?

»Liebst du auch das Meer? Es würde zu dir passen, stundenlang allein auf einem Felsen zu sitzen und über den Sinn des Lebens nachzudenken und dabei romantische Musik zu hören«, witzelte er. Ich kniff ihn in die Seite.

»Ich mag das Meer, aber …«

»Aber?«

»Okay! Achtung, jetzt kommt ein Geständnis.« Ich stützte mich auf einen Ellbogen und legte meine Wange in die Handfläche. »Aber nicht lachen«, drohte ich ihm. »Schwör es mir!«

»Ich verspreche nie etwas, was ich nicht halten kann.«

Ach was …

»Die Wahrheit ist: Ich kann nicht schwimmen.«

Ich hörte, wie er ein Lachen unterdrückte, und schloss verlegen die Augen.

»Wie kann das sein?«

»Keine Ahnung. Ich liebe das Meer, aber bei der Vorstellung, im Tiefen zu schwimmen, kriege ich Panik.«

»Du bist ein Feigling. Ich konnte schon mit drei Jahren schwimmen«, prahlte er stolz.

»Und jetzt soll ich klatschen, Nemo?«

Er lachte ein unbeschwertes, herzerwärmendes Lachen. Am liebsten hätte ich ein Foto gemacht und es mir unters Kopfkissen gelegt, damit ich jede Nacht mit einem lächelnden Thomas einschlafen konnte.

»So schön, wie das klingt, war es gar nicht. Mein Onkel hat mich mehr oder weniger ohne Vorwarnung ins kalte Wasser geworfen.«

»Wirklich?«

Er nickte. »Eine grausame, aber effektive Methode.«

Ich hätte gern mehr über seine Kindheit erfahren, aber die Mauern, die er errichtet hatte, waren schwer zu überwinden. Deshalb sprach ich über mich: »Aber dafür kann ich Schlittschuh laufen. Als ich klein war, ging mein Vater jeden Sonntag mit mir auf die Eisbahn, und wir verbrachten viele Stunden dort, bis ich eines Tages auf die brillante Idee kam, einen Rittberger zu improvisieren. Ich bin gestürzt und habe mir das hier zugezogen.« Ich zeigte ihm eine kleine Narbe an der linken Wade. »Der Schnitt war nicht tief, hat aber heftig geblutet, und mein Vater hat sich total aufgeregt, wobei ich nicht weiß, ob es wegen der Wunde war oder weil er es meiner Mutter beichten musste. Seit diesem Tag waren wir nie wieder dort.« Wir lachten, und die Normalität dieser Situation schien mir so surreal, dass ich Lust hatte, ihm von einer Tradition zu erzählen, die Alex und ich seit der Highschool pflegten. »Und es gibt etwas, was ich mit meinem besten Freund Alex mache: Wir sammeln Tickets.«

»Tickets?«

»Ja, Zugfahrkarten, Theaterkarten, Kinokarten. Und am Ende des Jahres schauen wir sie uns gemeinsam an.«

»Was für ein Bullshit!«

»Wie bitte?«, murmelte ich verletzt und spürte, wie sein Handy in der Hosentasche zu vibrieren begann.

Er ignorierte es. Stattdessen sah er mich an und sagte: »Du hast mich schon verstanden. Diese ganze Sammelleidenschaft ist lächerlich. Vielleicht will dein Freund dir nur an die Wäsche, hatte aber noch nicht den Mut dazu.«

Ich setzte mich auf und schaute ihn wütend an. »Wie kannst du es wagen, so einen Schwachsinn zu reden? Wir kennen uns seit dreizehn Jahren und sind wie Geschwister. Wir mögen uns ohne irgendwelche Hintergedanken. Das nennt man Freundschaft. Ob du es glaubst oder nicht, es geht nicht immer um Sex! Aber das kannst du nicht verstehen, Mr. Ich-will-keine-Beziehungen. Und außerdem: Unsere Sammlung ist nicht lächerlich. Der Einzige, der lächerlich ist, bist du«, fauchte ich.

»Wieso bist du denn jetzt sauer?« Er seufzte genervt.

»Ich habe mich dir geöffnet, und du hast nichts Besseres zu tun, als mir zu verstehen zu geben, dass Männer nur das eine von mir wollen.« Ich wandte mich von ihm ab. Er hatte den perfekten Moment ruiniert.

»Du benimmst dich wie ein kleines Kind.« Wieder vibrierte sein Handy, aber er ging nicht dran.

»Und du wie ein oberflächlicher Ignorant.«

»Ich und oberflächlich? Vergiss nicht, dass ich hier nicht rauskann, weil draußen deine verrückte Mutter lauert und du nicht willst, dass sie mich sieht. Wer weiß schon, was passiert, wenn sie einen Mann in deinem Bett sieht, der nicht ihr heiß geliebter Travis ist.«

Ich holte tief Luft. »Ich sehe einfach mal darüber hinweg, dass du gerade mich, meinen besten Freund und meine Mutter beleidigt hast«, erklärte ich verärgert. »Und jetzt geh endlich ans Handy.«

Er schnaubte erneut und wischte über den grünen Hörer. »Was gibt's? Nein, ich bin nicht auf dem Campus. Das geht dich nichts an. Ja, wir sehen uns morgen bei dir.« Er legte auf.

»Wer war das?«, fragte ich und war sofort sauer auf mich selbst. Wieso konnte ich mich nicht beherrschen?

»Shana«, antwortete er emotionslos und wartete auf meine Reaktion. Mein Herz schlug mir bis zum Hals, und mir wurde heiß. »Ihr trefft euch morgen?«, fragte ich gespielt gleichgültig.

»Das dürfte nichts Neues sein.«

Der Stich ins Herz traf mich unerwartet heftig. Es fiel mir schwer, meinen Schmerz zu verbergen. Plötzlich kam ich mir furchtbar dumm vor. Morgen würde er zu Shana zurückkehren, und ich würde all das bereuen, was zwischen uns vorgefallen war. Dabei konnte ich nicht mal sauer auf ihn sein, hatte er doch von Anfang an mit offenen Karten gespielt. Und doch war ich blöd genug gewesen, auf ihn hereinzufallen, noch dazu gleich zweimal.

»Es wundert mich nicht, dass ihr euch so gut versteht«, sagte ich, um eine feste Stimme bemüht. »Ihr habt viel gemeinsam. Ihr seid beide miese Arschlöcher.« Thomas erwiderte nichts. Ich stand auf und stellte mich ans Fenster. Ich musste unbedingt einen klaren Kopf bekommen. Hatte Alex recht? Ließ ich mich auf Thomas ein, um mich von dem Schmerz über Travis abzulenken? Aber warum konnte ich dann an nichts anderes mehr denken als an seine smaragdgrünen Augen, die mich wie Magnete anzogen, seit er sich am ersten Tag des neuen Semesters neben mich gesetzt hatte? Verstohlen wischte ich mir die Tränen von der Wange.

»Warum bist du hier, Thomas?«, fragte ich leise, den Blick in die Dunkelheit gerichtet.

»Weil mir danach war.«

»Weil du Lust ... auf einen Zeitvertreib hattest?«

Er schwieg einen Moment, und mein Herz schien zu zerspringen.

»Wenn ich nach einem Zeitvertreib gesucht hätte, wäre ich dort geblieben, wo ich war.«

Ich wandte mich um.

»Das wäre wohl besser gewesen«, murmelte ich, kehrte zum Bett zurück und legte mich wieder neben ihn. »Du kannst bleiben, bis meine Mutter schlafen gegangen ist, aber bitte verlass mein Bett, ich möchte schlafen.« Ich zog die Decke bis zum Kinn und wandte ihm den Rücken zu.

»Ness …«

»Gute Nacht.«

Ich hörte ihn seufzen. Kurze Zeit später legte er mir den Arm um die Taille und zog mich an sich. Ich spürte seinen warmen, muskulösen Brustkorb an meinem Rücken. »Thomas, lass mich los.« Ich versuchte mich frei zu machen, aber er verstärkte den Griff und tauchte die Nase in meine Haare. Ich hasste die Wirkung, die diese Geste auf mich hatte: Sie erschütterte mich, ließ mich etwas empfinden, was ich nicht empfinden sollte. Sie sorgte dafür, dass ich mich unbeschwert und begehrt fühlte – und kurz darauf traurig und enttäuscht. Und jetzt … jetzt wünschte ich mir nichts sehnlicher, als dass er mich umarmte, bei mir blieb, doch er hatte mir klar zu verstehen gegeben, dass dies niemals passieren würde. Weil er nicht die Absicht hatte, eine Beziehung mit mir zu führen. Mit niemandem.

Er seufzte erschöpft, als hätte er meine Gedanken gelesen, und murmelte kaum hörbar: »Was soll ich nur mit dir machen?«

»Was meinst du damit?«

»Nichts, Ness. Schlaf jetzt.« Er presste seine Lippen auf meinen Nacken, ein zarter Kuss, der Lust und Verdruss zugleich in mir auslöste. Am liebsten hätte ich ihn in hohem Bogen rausgeworfen, stattdessen kuschelte ich mich an ihn und schlief ein.

Kapitel 20

Als ich aufwachte, konnte ich seinen Duft noch riechen, er aber war verschwunden. Ich war enttäuscht, besonders nachdem ich die Nachricht gelesen hatte, die auf dem Kissen neben mir lag: »Ich bin gegangen, bevor der Wachhund aufwacht. Wir sehen uns.«

Nervös biss ich mir auf die Lippen. Hatte er mich wirklich mit einer kurzen Notiz abserviert? Ich konnte es nicht fassen, knüllte den Zettel zusammen, stand auf und warf ihn verärgert in den Mülleimer. Zum Teufel mit dir, Thomas!

Nach einer langen heißen Dusche lockte mich der Geruch von Speck in die Küche. Ich ging nach unten, wo meine Mutter bereits am Herd stand.

»Guten Morgen, mein Schatz. Gut geschlafen?«, fragte sie, während sie Rührei und zwei Scheiben Speck auf einem Teller anrichtete. »Ich habe dir ein protein- und fettreiches Frühstück vorbereitet, damit du gut in die Woche starten kannst.« Sie reichte mir den Teller und bedeutete mir, Platz zu nehmen.

»Danke«, antwortete ich. Sofort ging es mir ein bisschen besser.

Sie lächelte, goss einen Kaffee ein und stellte die Tasse neben mich. »Hier! Wann fängt die Uni an?«

Ich trank einen Schluck. »In einer Stunde. Wenn ich mit dem Bus fahre, muss ich in einer Viertelstunde los.«

»Victor holt mich ab. Wenn du willst, kannst du das Auto haben.«

»Oh, danke.« Sie zog den Schlüssel aus der Tasche und legte ihn auf die Anrichte neben den Obstkorb. Genau dort hatte gestern Thomas gesessen. Verdammt, ab jetzt gab es in diesem Haus immer etwas, was mich an ihn erinnern würde. Absurd, dass mich das dermaßen verwirrte, ich kannte ihn doch erst so kurze Zeit!

»Also, ich muss los.« Sie wandte sich zum Gehen, dann blieb sie auf der Türschwelle stehen. »Ach ja: Sag Travis doch bitte, dass er sich nachts nicht aus dem Haus schleichen muss. Es ist schließlich nicht das erste Mal, dass er hier schläft.« Mir blieb vor Schreck der Mund offen stehen, doch sie lächelte nur, winkte mir zu und verschwand im Flur. Kurz darauf fiel die Haustür hinter ihr ins Schloss.

Bevor die Vorlesungen begannen, traf ich mich wie üblich um halb neun mit Alex in der Cafeteria. Die Stimmung war ungewöhnlich düster: Stellas Abreise drückte Alex aufs Gemüt.

»Hast du noch mal mit Travis gesprochen?«, fragte er, nachdem wir eine ganze Weile schweigend vor uns hin gestarrt hatten.

»Ich habe seine Nummer blockiert. Allein beim Gedanken, mit ihm reden zu müssen, zieht sich mein Magen zusammen. Ich hoffe für ihn, dass er mir nicht über den Weg läuft, denn ich kann für nichts garantieren.«

»Wenn er schlau ist, hält er sich von dir fern.«

»Tiffany will jedenfalls dafür sorgen, dass er mir keine Probleme mehr macht.« Apropos Probleme: Mein größtes betrat gerade eben zusammen mit Shana die Cafeteria. Die Art, wie er seinen Arm um ihre Taille gelegt hatte, ließ mich innerlich schäumen vor Wut. Ich durfte gar nicht daran denken, was diese Hände noch vor weniger als sechs Stunden mit mir angestellt hatten … Ich hätte heulen können.

Das Bedürfnis, mich unbemerkt davonzustehlen, war überwältigend, doch ich wollte mir mein Gefühlschaos auf keinen Fall anmerken lassen. Also bat ich Alex, mich zum Philosophie-Kurs zu begleiten, auch wenn mir klar war, dass ich vor Thomas nicht weglaufen konnte. Mein bester Freund schien zu ahnen, warum ich so unruhig war, denn er brachte mich kommentarlos zum Hörsaal.

Ich setzte mich wie immer in die erste Reihe und wartete auf den Dozenten. Nach zehn Minuten füllte sich der Saal, und Thomas setzte sich neben mich. Mut hatte er, das musste man ihm lassen.

»Hallo, Fremde! Du auch hier, gleicher Ort, gleiche Zeit?«, begrüßte er mich mit einem breiten Lächeln. Als er merkte, dass ich nicht antworten wollte, verflog sein Enthusiasmus. Aus dem Augenwinkel sah ich, wie er mich durchdringend musterte.

»Was ist los?«

»Lass mich in Ruhe, Thomas«, zischte ich und starrte auf meinen Laptop mit den Notizen. Seine Anwesenheit ging mir auf die Nerven. »Ist neben dir noch frei?«, rief ich einem Blonden in der dritten Reihe zu.

Zwei blaue Augen schauten mich erst erstaunt an, dann lächelte mich der Typ, den ich gefragt hatte, an und nickte. Erst jetzt merkte ich, dass es der Blonde war, der mich beim Spiel gegrüßt hatte. Warum war er mir vorher noch nie aufgefallen?

»Ja klar, komm.«

Ich sammelte meine Sachen zusammen und wollte gerade den Platz wechseln, als Thomas mich festhielt.

»Was ist denn los, verdammt?«

»Nichts, alles bestens«, fuhr ich ihn an und schüttelte seine Hand ab.

Ich setzte mich neben den blonden Typen und legte mir alles, was ich für die Vorlesung benötigte, mit meiner gewohnten Pedanterie zurecht.

»Hey, ich bin Logan«, stellte der Blonde sich vor.

»Danach hat keiner gefragt, du Schwachkopf«, zischte Thomas wütend und schaute zu uns herüber. Ich beugte mich nach vorne und warf ihm einen bösen Blick zu. Logan zuckte zusammen. »Ignorier ihn einfach«, sagte ich. »Ich bin Vanessa.«

»Ich weiß, wer du bist, aber es ist das erste Mal, dass du mit mir sprichst. Wir hatten schon im letzten Jahr eine Vorlesung zusammen, aber da hast du mich nicht bemerkt.«

Das klang nach einem verhaltenen Vorwurf.

»Oh, tut mir leid. Ob du es glaubst oder nicht, ich spreche nur mit wenigen Leuten hier. Das liegt nicht an dir, sondern an mir.« Ich streckte ihm die Hand entgegen. »Ich bin Vanessa, die schüchternste und introvertierteste Person auf der ganzen Welt. Entschuldigung.«

»Kein Problem, da bist du nicht die Einzige.« Er lächelte schüchtern. »Aber bevor dich das schlechte Gewissen auffrisst, kannst du mich gerne in die Mensa zum Mittagessen einladen. Hast du Lust?«

Ich wollte gerade zusagen, als Thomas sich erneut einmischte. »Deine Abschleppkünste sind ja beeindruckend. Was denn noch? Ein Briefchen, auf dem steht: ›Willst du mit mir gehen? Ja, nein oder vielleicht?‹«

Ich war schockiert.

»Entschuldige oder besser entschuldige ihn«, bat ich Logan. Als ich merkte, dass Thomas uns immer noch anstarrte, platzte es aus mir heraus: »Was zur Hölle willst du?«

»Warum hast du dich umgesetzt?«

»Sorry, ich wusste nicht, dass ihr zwei … zusammen seid.« Logan klang betreten.

»Wir sind nicht zusammen!«, riefen wir gleichzeitig. Zumindest in dieser Hinsicht waren wir uns einig.

»Clark, Fallon und Collins? Ich würde gerne mit meiner Vorlesung beginnen.« Professor Scott hatte den Raum betreten und schaute uns vorwurfsvoll an.

Ich wurde rot und verstummte. Es war das erste Mal, dass ich von einem Professor ermahnt wurde. Logan lächelte mich beruhigend an.

Davon unbeeindruckt, erhob sich Thomas und gesellte sich zu uns.

»Du suchst dir jetzt einen anderen Platz«, forderte er Logan auf, »wir müssen etwas besprechen.«

Ich legte Logan eine Hand auf den Arm und sagte: »Nein, er bleibt hier.«

Thomas starrte auf meine Hand, dann auf meinen Nachbarn, der nun sichtlich verlegen war. »Ich sage es nicht noch einmal«, drohte er. Logan wurde blass.

»Vanessa, vielleicht wäre es besser, wenn …«, murmelte er, aber ich ließ ihn nicht aussprechen.

»Er. Bleibt. Hier.« Thomas und ich sahen uns an und warteten, dass einer nachgab. Zwischen uns saß Logan, der in diesem Moment sicher gern woanders gewesen wäre.

»Miss Clark, gehen Sie!«, hörte ich plötzlich Professor Scott sagen.

»Wie bitte?« Hatte ich mich etwa verhört?

»Verlassen Sie sofort meine Vorlesung.«

Ich konnte es nicht fassen. Wegen diesem Idioten wurde ich aus dem Hörsaal geworfen!

»Vielen Dank!«, fauchte ich ihn an und stand auf.

Ich verließ die Vorlesung und hörte den Professor hinter mir fragen: »Wohin wollen Sie, Collins?«

Das durfte doch nicht wahr sein! Ich ging schneller, wollte nicht, dass er zu mir aufschloss.

»Ness!«, rief er mir hinterher. Ich wurde noch schneller. »Bleib gefälligst stehen!« Er holte mich ein, fasste mich am Arm und zwang mich, ihn anzuschauen.

»Ist dir klar, dass das schon die zweite Vorlesung ist, die du mir ruiniert hast?«, schrie ich ihn an und schlug ihm mit meinem Notizheft auf die Schulter.

»Scheiß auf die Vorlesung. Sag mir, was mit dir los ist.«

»Das Gleiche könnte ich dich fragen! Du hast Logan grundlos schlecht behandelt.«

»Du hast mir keine Wahl gelassen«, entgegnete er so ruhig, dass ich nur noch aufgebrachter wurde.

»Nur weil ich nicht neben dir sitzen wollte?«

»Nein, weil du schon wieder wegläufst! Sag mir einfach, was dein Problem ist!«

»Es gibt kein Problem.« Ich versuchte, mich zu befreien, und ignorierte seine Beleidigung, aber Thomas ließ nicht los.

»Du hast dich neben Fallon gesetzt, um nicht mit mir reden zu müssen. Deshalb frage ich noch einmal: Was ist dein Problem?«

»Weißt du das wirklich nicht? Seit ich dich kenne, hast du nichts anderes getan, als mich konfus zu machen. Erst bist du nett, dann behauptest du, ich würde dir nicht gefallen. Du verteidigst mich gegenüber Travis, dann sagst du, ich wäre lächerlich. Du kommst zu mir nach Hause, wir haben Sex, und du verabredest dich mit einer anderen. Mitten in der Nacht verschwindest du ohne ein Wort und hinterlässt mir einen armseligen Zettel, auf dem steht: ›Wir sehen uns.‹ Wir sehen uns? Dein Ernst? Und dann klebst du an dieser anderen, als würde es mich gar nicht geben!«, schrie ich ihn an. Leider bemerkte ich zu spät, dass einige Studenten schon auf uns aufmerksam geworden waren. Perfekt.

»Ist das dein Problem?«, fragte er ebenso überrascht wie genervt.

»Das Problem ist, dass ich dich nicht verstehe!« Ich atmete tief durch. »Was für ein Spiel spielst du, Thomas?«

Er fuhr sich mit den Fingern durchs Haar, als wollte er seine Gedanken ordnen. »Gar keins.«

»Was willst du dann von mir? Du schwirrst um mich herum, bleibst aber nie richtig da.«

»Ich weiß es nicht«, murmelte er leise.

»Du weißt es nicht? Ist das dein Ernst?« Ich schüttelte enttäuscht den Kopf und wollte weitergehen, aber er hielt mich zurück.

»Nein, Ness, ich weiß es nicht.« Er schluckte schwer. »Wenn ich mit dir zusammen bin, mache ich Sachen, die ich nicht tun sollte.«

»Wie nachts einfach abzuhauen? Oder mich zu benutzen wie ein billiges Betthäschen?«

Meine Stimme brach, aber ich zwang mich, nicht loszuheulen.

»Was hätte ich tun sollen? Ich hatte Angst, deine Mutter würde mich entdecken. Ich habe nur das getan, worum du mich gebeten hast. Und benutzt habe dich auch nicht.«

»Du hast dafür gesorgt, dass ich mich benutzt fühle, Thomas. Ich habe etwas von mir mit dir geteilt, und nur ein paar Stunden später bist du hier mit Shana aufgetaucht, als wäre nichts gewesen. Wie soll ich mich da bitte fühlen?«

Thomas sah sich nervös um und biss sich auf die Lippe. Er schien etwas sagen zu wollen, aber dann wurde sein Gesichtsausdruck hart.

»Es war ein Fehler, bei dir aufzutauchen. Tu einfach so, als wäre es nie passiert.«

Was zur Hölle …

»Nie passiert?«, wiederholte ich und versuchte den Kloß im Hals zu ignorieren.

»Ja, die Sache zwischen dir und mir.« Er deutete auf uns beide.

»Wir sind nicht zusammen. Ich habe dich gefickt, wir hatten Spaß, und das war's.«

Ungläubig wich ich zurück, zutiefst beschämt, gedemütigt und verletzt … wieder einmal.

Thomas machte einen Schritt auf mich zu, wollte nach meinen Händen greifen, aber ich wich zurück.

»Gestern wolltest du nicht mit Travis verglichen werden, dabei bist du in Wahrheit nicht viel anders.« Ich blinzelte, um ja nicht loszuheulen. »Bleib mir von jetzt an vom Leib.« Ich drehte mich um und ging davon. Die Tränen konnte ich jetzt nicht mehr zurückhalten. Unwirsch wischte ich sie von meinen Wangen. Ich hatte von Anfang an gewusst, was er für ein Mensch war. Hatte gewusst, dass ich für ihn nur ein Zeitvertreib war. Als hätte er mich je wirklich kennenlernen wollen … Das war alles nur Einbildung. Alles Teil seines abgekarteten Spiels …

Mit verheulten Augen lief ich über den Campus, stieg in den Toyota, ließ den Motor an. Ich fuhr nach Hause, schloss die Tür hinter mir und sackte dagegen. Die Stille wurde nur von meinem Schluchzen unterbrochen, das ich nun nicht länger zu unterdrücken versuchte. Nachdem ich mich einigermaßen beruhigt hatte, nahm ich eine heiße Dusche und warf mich aufs Sofa. Die Mühe, mir etwas zu essen zu machen, ersparte ich mir. Als meine Mutter gegen fünf Uhr nach Hause kam, zog ich mich mit der Ausrede, etwas für die Uni tun zu müssen, in mein Zimmer zurück.

Kurz darauf stellte ich fest, dass mir sogar die Kraft zum Lernen fehlte. Ich wollte mich mit der Lektüre von *Stolz und Vorurteil* ablenken, aber … das Buch war nicht mehr da. Dabei hatte ich es auf dem Nachttisch liegen lassen. Meine Mutter musste es beim Abstauben ins Bücherregal geräumt haben. Obwohl … Wann hätte sie das tun sollen?

Ich hörte die Türklingel.

Wer zum Teufel konnte das sein?

Ohne lange zu überlegen, sprang ich auf und stürmte die Treppe hinunter, um meiner Mutter zuvorzukommen. Als ich öffnete, stand Logan mit einem verlegenen Lächeln vor mir.

»Ähm, hallo, Vanessa.«

»Hallo, Logan«, erwiderte ich ebenso verlegen und überrascht von dem unerwarteten Besuch.

»Ich habe im Sekretariat nach deiner Adresse gefragt, weil ich dir die Aufzeichnungen von der Vorlesung vorbeibringen wollte. Vielleicht kannst du sie ja brauchen.« Er streckte mir einen USB-Stick entgegen.

»Vielen Dank, die helfen mir tatsächlich weiter. Entschuldige bitte: Du warst einfach im falschen Moment am falschen Ort. Es tut mir leid, was passiert ist.«

»Kein Problem, wir sprechen von Thomas Collins, was soll man da anderes erwarten? Auch wenn ich irgendwann dachte, ihr würdet beide gleich explodieren.«

Am liebsten wäre ich im Erdboden versunken. Stattdessen setzte ich ein gequältes Lächeln auf. »Sorry noch mal. Und danke für die Aufzeichnungen.« Jetzt hatte ich es eilig, ihn loszuwerden.

»Ist doch selbstverständlich.« Er fuhr sich durch die blonden Haare und fragte schüchtern: »Vielleicht könnten wir mal einen Kaffee trinken gehen?«

»Vanessa, ist alles in Ordnung?«, hörte ich plötzlich die Stimme meiner Mutter aus der Küche. »Das Abendessen ist fertig.«

Gerettet.

»Ähm, ich muss, Logan. Wir sehen uns in der Vorlesung«, verabschiedete ich mich rasch. Kaum hatte ich die Tür hinter mir geschlossen, tauchte meine Mutter auf.

»Wer war das, Schatz?«

»Ein Kommilitone aus der Philosophie-Vorlesung, ich habe ihm meine Aufzeichnungen gegeben«, log ich.

»Ah, verstehe. Und Travis weiß, dass deine Kommilitonen hier auftauchen und dich zum Kaffee einladen?«, fragte sie auf dem Weg in die Küche.

»Du sollst nicht heimlich lauschen.« Ich ließ mich auf einen Küchenstuhl sinken und knabberte an einem Stück Brot. Meine Mutter stellte zwei Teller mit Makkaroni auf den Tisch und setzte sich zu mir. »Und was Travis betrifft …«, ich stockte und fragte mich, ob dies der richtige Moment war, um ihr von unserer Trennung zu erzählen. Wie ich sie kannte, würde sie total ausrasten. Wenn sie jedoch den Grund dafür erfahren würde, so hoffte ich, würde sie endlich einsehen, was für ein mieser Kerl er war.

»Ist etwas passiert? Habt ihr euch gestritten?«

Ich atmete tief durch und hoffte insgeheim, meine Mutter würde ausnahmsweise einmal vernünftig bleiben. »Was ich dir jetzt sage, wird dir nicht gefallen«, warnte ich sie mit zittriger Stimme, dann hielt ich inne und stieß hervor: »Es ist vorbei.« Ich atmete so tief aus, als hätte ich die ganze Zeit über einen Backstein im Magen gehabt, den ich endlich losgeworden war.

»Wie bitte?«

»Zwischen mir und Travis …«, ich schaute ihr fest in die Augen, »ist es aus.«

Es herrschte Totenstille. Sie starrte mich ungläubig an. Dann schüttelte sie den Kopf und deutete ein Lächeln an. »Du machst Witze.«

»Nein, ich meine es ernst.«

»Das kann nicht sein.« Sie ließ die Gabel auf den Teller sinken.

»Der Mistkerl hat mich betrogen, Mom«, erklärte ich. Sie schaute mich entsetzt an, Panik im Blick. »Er hat mich betrogen«, wiederholte ich, »mehrfach. Unter anderem mit einem Mädchen, das er entjungfert und dann abserviert hat.«

Meine Mutter blinzelte, als würde sie aus einem tiefen Traum erwachen. »Das ist doch völlig absurd, was redest du für einen Unsinn! Travis ist ein anständiger Junge. Er kommt aus einer höchst respektablen Familie, so etwas würde er nie tun!«, sagte sie. Ihre Stimme nahm einen vorwurfsvollen Ton an.

»Ja, das dachte ich auch. Ich bin genauso schockiert wie du.«

»Das kann nicht wahr sein, er muss unter Alkoholeinfluss gestanden haben. Vielleicht haben ihm seine nichtsnutzigen Freunde eine Falle gestellt.«

Ich runzelte die Stirn. »In welchem Film bist du denn gerade? Er wusste genau, was er tat. Und selbst wenn Alkohol im Spiel war, ist das keine Rechtfertigung.«

Meine Mutter sah mich schockiert an. »Vanessa, mein Schatz … Ich weiß, dass du unter Schock stehst und momentan wirklich leidest, aber denk doch mal nach … Du kannst doch nicht einfach zwei wunderschöne Jahre wegwerfen, nur weil er einmal einen Fehler gemacht hat.« Ich starrte sie fassungslos an, aber sie plapperte einfach weiter.

»Er ist noch so jung, Vanessa. Hast du nur einmal darüber nachgedacht, dass er eine schwere Zeit durchmacht? Du weißt doch, wie sehr er unter Druck steht. Er hat sich sicher verloren gefühlt, du kannst ihn deshalb nicht verurteilen.«

Mir fiel die Kinnlade herunter. Dann war es also meine Schuld?

»Mom, du … du hast den Verstand verloren. Natürlich kann

ich ihn dafür verurteilen, und genau das habe ich getan. Ich habe ihn verlassen. Es ist vorbei! Ich habe nicht vor, das zu erleben, was du mit Dad durchgemacht hast!« Ich stand auf, goss mir ein Glas Wasser ein und leerte es in einem Zug.

»Vanessa, stell nicht Stolz und Wut über das Gefühl, das dich mit ihm verbindet, denn das wirst du später bitter bereuen! Glaubst du, so eine Chance bietet sich dir noch einmal?«

Angewidert riss ich die Augen auf. »Weißt du, was, Mom?« Ich knallte das Glas auf die Arbeitsplatte und drehte mich zu ihr um. »Ich wusste, dass dich diese Nachricht aus der Fassung bringen würde, dass du sauer werden und alles tun würdest, um mich umzustimmen. Trotzdem dachte ich, du würdest mich verstehen und bestärken, dass ich etwas Besseres verdient habe als jemanden, der mich mit Füßen tritt. Wie konnte ich nur so dumm sein? Ich wusste doch, dass für dich nur eins zählt: das Geld!«

»Vanessa!«, rief sie vorwurfsvoll.

»Nein, Mom, kein ›Vanessa‹. Du hast dir ein Bild von ihm gemacht, das nichts mit der Realität zu tun hat, und wir wissen beide, warum. Er hat etwas, was die anderen nicht haben: einen Dad, der Milliardär ist! Und das genügt dir. Deine Tochter wird verletzt, erniedrigt und betrogen? Egal! Hauptsache, der Mann, den sie einmal heiraten wird, kommt aus reichem Haus. Ob sie mit ihm kreuzunglücklich wird, ist nicht von Belang. Denn hey, dafür kann sie ein Leben in Saus und Braus führen!« Ich holte tief Luft. »Spar dir die Mühe, Travis und ich haben uns schon vor drei Tagen getrennt, und ich habe nicht vor, das rückgängig zu machen, jetzt nicht und auch in Zukunft nicht.«

»Vor drei Tagen? Und wer war dann gestern Nacht in deinem Zimmer?«

Ich schluckte. »Das ist doch scheißegal, lass mich einfach in Ruhe!« Damit rannte ich aus der Küche und hinauf in mein

Zimmer, wo ich die Tür hinter mir zuschlug und mich einschloss. Anschließend warf ich mich aufs Bett, vergrub das Gesicht im Kissen und brach das zweite Mal an diesem Tag haltlos in Tränen aus.

Zweiter Teil

Ein Monat später

Kapitel 21

»Okay, bereit?«, fragte Tiffany ungeduldig.

»Nein!«, schrie ich mit ängstlich zugekniffenen Augen.

»Bei drei!«

»Nein, nein, nein«, flehte ich und hielt ihre Hände fest.

»Eins, zwei …«

»Warte, gib mir noch eine Minute«, jammerte ich.

Meine Freundin atmete geräuschvoll aus und verdrehte die Augen. »Immer dieselbe Geschichte. Wir sind seit zwanzig Minuten zugange, Nessy, ich hab schon einen Krampf in der Hand.« Ohne Vorwarnung riss sie mir bei drei das Pflaster vom Schritt.

»Ah! Ich hasse dich!«, schrie ich, klemmte die Beine zusammen und schlug mir die Hände vors Gesicht.

»Geschafft, zart wie ein Babypopo.« Tiff lächelte stolz, als sie nach weiteren zwanzig Minuten Gezeter (meins) das Werk (ihres) betrachtete.

»Ist sie noch heil?«, fragte ich ängstlich.

»Bereit für die nächste Runde!«, stellte sie begeistert fest, während sie die Wachsdose zuschraubte.

Langsam erhob ich mich vom Bett und boxte sie in die Seite. »Weißt du nicht, dass ich den Laden schon lange dichtgemacht und den Schlüssel ins Meer geworfen habe?«

Sie lachte. »Komm schon, wir wissen doch alle, dass du einen Ersatzschlüssel im BH hast.« Sie zwinkerte mir zu, während ich mich wieder anzog. »Willst du mir weismachen, dass du nach drei Dates mit Mr. Langeweile nicht mal in Erwägung gezogen hast, ihn rauszuholen?«

»Erstens: Nenn ihn nicht so. Zweitens: Erst mal möchte ich eine Beziehung zwischen uns aufbauen, bevor ich ihm meine Jungfräulichkeit schenke!«, gab ich mit gespieltem Hochmut zurück.

»Die hast du schon vor Jahren verloren. Und bei Thomas hast du dir deswegen auch keine Gedanken gemacht, oder?«

Am liebsten hätte ich ihr den Hals umgedreht, weil sie darauf zu sprechen kam. Seit dem letzten Mal, als Thomas und ich miteinander gesprochen hatten, war ein Monat vergangen. Oder besser, als wir uns *angeschrien* hatten. »Ja, und wie hat das geendet? Dieses Mal lasse ich mir Zeit.«

»Das merkt man, du Schnecke. Logan und du habt euch noch nicht mal geküsst. Du langweilst dich zu Tode, gib's wenigstens zu.«

»Das stimmt nicht.«

»Nessy, wir wissen alle, dass es so ist. Er ist nett, keine Frage, aber er hat nichts von dem, was du suchst.«

»Und was suche ich genau, Miss Hellseherin?«, fragte ich und verschränkte die Arme vor der Brust.

»Keine Ahnung, aber ich glaube, zwei grüne Augen und eine Menge Tattoos würden dir schon weiterhelfen.« Sie kicherte, und ich verzog missmutig das Gesicht.

»Da irrst du dich, ich bin darüber hinweg.« Ich drehte mich zum Spiegel, um meine Haare zu kämmen.

»Aber natürlich. Wenn ich nur daran denke, dass du jedes Mal rot wirst, wenn er *zufällig* an dir vorbeiläuft. Oder wie unausstehlich er wird, wenn er dich zusammen mit Logan sieht. Ich verstehe nicht, warum ihr euch zwanghaft aus dem Weg geht, wenn doch ein Blinder sieht, dass ihr genau das Gegenteil tun solltet.«

»Es interessiert mich nicht, wie es aussieht. Er hat sich mir gegenüber mies benommen und sich nicht mal dafür entschuldigt. Logan ist genau das, was ich jetzt brauche: freundlich, gut erzogen, nett, romantisch, fürsorglich …«

»Langweilig«, murmelte sie und tat so, als müsste sie husten. Ich ignorierte sie.

»Weißt du, dass er jedes Mal, wenn er mich zu Hause abholt, mit einer Rose vor der Tür steht? Ich habe vorher noch nie Blumen bekommen, und sie sind wunderschön. Ich fühle mich wichtig!«, gestand ich ihr mit verträumtem Blick. Tiffany wandte sich ab und tat so, als müsse sie sich übergeben. »Ich hab's gesehen!«, rief ich laut und warf ein Kissen nach ihr, das postwendend zurückkam.

Meine Freundin öffnete die Gummibärchentüte, die ich aus der Küche geholt hatte, setzte sich aufs Bett und ließ es sich schmecken. »Und wohin lädt er dich morgen Abend ein?«

»Wir gehen indisch essen und dann ins Kino.«

Tiffany schaute mich überrascht an. »Ich dachte, du magst kein indisches Essen?«

»Das stimmt nicht, es ist für meinen Geschmack nur ein wenig zu scharf.« Tiff sah mich kopfschüttelnd an. »Ja, du hast ja recht«, gab ich zu. »Ich mag kein indisches Essen, aber ich sehe da kein Problem. Ich bestelle einfach Reis.«

»Hmm, Reis, lecker! Das wird sicher ein unvergesslicher Abend. Warum hast du es ihm nicht gesagt?«

»Weil er sich so gefreut hat, mich in dieses Restaurant auszuführen! Ich hab's einfach nicht übers Herz gebracht. Nicht einmal du hättest da Nein sagen können.«

»Das bezweifle ich. Was ziehst du an?«, fragte sie gelangweilt und warf sich noch ein Gummibärchen in den Mund.

»Keine Ahnung, irgendwas Schlichtes. Logan mag mich so, wie ich bin. Für ihn muss ich mich nicht aufbrezeln.«

Als Tiffany erneut genervt die Augen verdrehte, warf ich ihr einen bösen Blick zu, dann setzte ich mich zu ihr aufs Bett und griff ebenfalls in die Tüte.

»Kannst du mir mal sagen, was ich dir getan habe?«, fragte ich und biss den Bären in zwei Hälften.

»Nichts, aber das Ganze ist … zu perfekt, verstehst du?« Ich schaute sie verwirrt an und schüttelte den Kopf. »Ob du es glaubst oder nicht, Märchenprinzen gibt es im wirklichen Leben nicht, meine Süße. Oft sind es gerade die Schlimmsten, die sich hinter einer so unscheinbaren Fassade verstecken. Du bist manchmal so naiv, dass …«

»… du dir Sorgen um mich machst«, beendete ich den Satz für sie.

»Vielleicht.« Sie musterte mich, und ich fing an zu lachen.

»Das musst du nicht, Tiff. Bei Travis und Thomas war ich naiv, da hast du recht, aber nur, weil ich vor lauter Gefühlen blind war.«

»Thomas meine ich nicht. Er hat sich wie ein Arschloch verhalten, hat aber nie vorgegeben, etwas anderes zu sein. Kannst du das von Logan auch behaupten?«

Sie hatte nicht unrecht. Thomas hatte mir nie etwas versprochen, ich hatte einfach mehr erwartet. Was Logan anging … Ich dachte einen Moment nach und nickte. »Mein Instinkt sagt mir, dass ich ihm vertrauen kann. Aber ich verspreche dir, dass ich morgen ganz besonders auf mich aufpassen werde, wenn dich das beruhigt, *Mom*.« Ich boxte sie sanft in die Seite.

Im letzten Monat hatte ich nicht nur den Kontakt zu Thomas abgebrochen, auch Travis war endgültig aus meinem Leben verschwunden. Tiffany hatte ihm gedroht, alles ihrem Vater zu erzählen, wenn er sich nicht von mir fernhielt. Schlussendlich war ich halbwegs glimpflich davongekommen, abgesehen von dem kleinen Detail, dass meine Mutter und ich seit unserer Aussprache kaum mehr ein Wort miteinander wechselten. Noch immer hatte sie keinen blassen Schimmer, wer in jener verfluchten Nacht in meinem Zimmer gewesen war, und hätte sie gewusst, dass ich in Thomas' Armen vor Lust geschrien hatte, während sie in der Badewanne lag, hätte sie mich wohl auf der Stelle vor die Tür gesetzt.

»Bist du bereit? Alex kommt in zehn Minuten«, riss Tiffany mich aus meinen Gedanken. Natürlich war ich bereit, ich konnte es kaum erwarten. Nach einmonatiger Suche hatte Matt mir ein Vorstellungsgespräch im Pub seines Onkels besorgt.

»Gewachst, geschminkt und parfümiert. Gehen wir!«, antwortete ich begeistert.

Zwanzig Minuten später standen wir vor dem Pub im Norden der Stadt. Selbst draußen war die laute Rockmusik zu hören. Vor dem Eingang parkten zwei Harley-Davidsons, eine rote und eine schwarze.

Ich bat Tiff und Alex, auf mich zu warten, und betrat den Laden. Es roch nach Hopfen, Holz und Fritten. Zu meiner Rechten registrierte ich einen langen Tresen aus massivem Holz mit der Zapfanlage und Barhockern, auf denen einige Gäste saßen. Auch die Wände waren holzverkleidet, die kleinen Fenster abgedunkelt.

»Hey, willst du dich setzen?«, rief eine junge Frau mit blauschwarzen Haaren, die zu Zöpfen geflochten waren.

»Hi, ich bin Vanessa Clark. Ich habe in fünf Minuten ein Vorstellungsgespräch beim Chef.«

»Er ist im Büro.« Sie deutete nach oben. »Ich gebe ihm Bescheid. Kann ich dir in der Zwischenzeit etwas zu trinken anbieten?«, fragte sie und räumte ein paar Biergläser ins Regal.

»Ein Wasser, danke.«

Sie goss mir ein Glas Wasser ein und reichte mir eine Schüssel Chips. Dann ging sie nach oben.

Nach wenigen Minuten hörte ich Schritte, und eine tiefe Stimme mit britischem Akzent rief: »Vanessa, schön, dich endlich kennenzulernen. Matt hat mir schon viel Gutes von dir erzählt. Ich bin Derek Ford.« Wir schüttelten uns die Hände. Er war um die vierzig, gepflegt, mit einem Dreitagebart, hatte die gleichen dunklen Augen wie sein Neffe und ein paar feine Lachfalten. »Setzen wir uns doch.« Wir nahmen an einem rechteckigen Tisch aus dunklem Holz Platz. »Was führt dich hierher?«, fragte er und faltete die Hände auf dem Tisch.

»Ich bin im zweiten Jahr auf dem College und suche einen Job, um unabhängiger zu sein«, erklärte ich etwas zaghaft, während er mich aufmerksam musterte.

»Ein reifer Entschluss, das ehrt dich. Viele Studentinnen und Studenten in deinem Alter wollen sich nur amüsieren und ihre Leber ruinieren. Wie viel Zeit hast du? Ich nehme an, das Studium nimmt dich ziemlich in Anspruch.«

»Ein Halbtagsjob wäre ideal.«

»Du musst wissen, dass die Arbeit während der Woche ziemlich überschaubar ist, aber am Wochenende ist hier die Hölle los. Ich kann dir einen Halbtagsjob für abends anbieten, wenn du bereit bist, bei Veranstaltungen am Wochenende ein paar Extraschichten einzulegen. Was meinst du?«

»Ja, das lässt sich machen«, antwortete ich begeistert.

»Sehr gut. Hast du schon mal ein Bier gezapft?«

»Ähm, nein«, gab ich etwas verschämt zu und bedauerte, nicht öfters auf Partys gewesen zu sein. »Aber ich lerne schnell!«, schob ich rasch hinterher.

»Weißt du, dass hier viele von der OSU herkommen?«

Tatsächlich?

»Ist das ein Problem? Deine Kommilitonen bedienen zu müssen, könnte unangenehm sein.«

»Nein, damit habe ich kein Problem.« Abgesehen von Alex, Tiffany, Logan und den beiden aufgeblasenen Idioten, deren Vornamen mit T begannen und mit s endeten, wusste niemand, dass ich überhaupt existierte, und Leute von der Uni zu bedienen, würde meinem Ruf als Streberin keinen Abbruch tun.

»Dann lass uns doch eine Probewoche vereinbaren, und wir schauen, wie es läuft.«

»Das wäre super, danke, Mr. Ford.«

»Erstens: Wenn du hier arbeitest, möchte ich, dass du mich beim Vornamen nennst«, sagte er lächelnd.

»Alles klar, Derek.« Ich erwiderte sein Lächeln.

»Zweitens und noch wichtiger: Behalte dieses Lächeln bei, das ist deine Visitenkarte für jeden deiner Gäste. Wenn du es richtig einsetzt, gehst du am Ende des Tages mit einem guten Trinkgeld nach Hause.« Er zwinkerte mir zu.

»Das merke ich mir«, antwortete ich und versuchte, so überzeugend wie möglich zu klingen, hin- und hergerissen zwischen Begeisterung und Furcht.

»Sehr gut«, sagte Derek und schlug mit der Hand auf den Tisch. »Mehr gibt es eigentlich nicht zu sagen. Die Garderobe ist unten, nach der letzten Schicht räumt man auf und macht die Kasse, aber das wird Maggie dir erklären.« Er deutete auf die Frau mit den blauschwarzen Zöpfen. »Die Uniform bekommst du an deinem ersten Abend. Versuch, wenn möglich, immer etwas vor der Schicht da zu sein. Kannst du morgen anfangen?«

Ich nickte, ein glückliches Lächeln im Gesicht. Zum ersten Mal seit Monaten fühlte ich mich zuversichtlich und war stolz auf mich.

Nach zwei Wochen war das Marsy zu meiner zweiten Heimat geworden. Natürlich hatte ich tiefe Augenringe, und auf manche Seminare musste ich mich während der Fahrt im Bus vorbereiten, aber unabhängiger zu sein, war eine große Errungenschaft.

Ich wischte gerade über die Theke, als die Tür aufging und James, ein Stammgast, hereinkam. Er schaute sich bei uns jedes Wochenende die Footballspiele an. Auch wenn ich gezwungen war, eine enge gelbe Cheerleader-Uniform zu tragen, mochte ich diesen Job – seinetwegen und wegen all der anderen Leute, die ich hier kennenlernte und die ihre Geschichten mit mir teilten.

James, ein charmanter Mann um die fünfzig, mit hellen Haaren, blauen Augen und nur wenigen Falten in dem erstaunlich glatten Gesicht, kam auf den Tresen zu und setzte sich auf seinen gewohnten Platz. Wie immer wirkte er ausgesprochen selbstsicher mit den eleganten Designerklamotten, dem kabellosen Headset und dem schwarzen Aktenkoffer aus Leder. In diesem Aufzug passte er so gar nicht ins Marsy, doch schon nach einem ersten kurzen Gespräch war mir klar, dass er längst nicht so arrogant war, wie es schien.

»Hi, James«, begrüßte ich ihn mit einem Lächeln, »das Übliche?« Er hatte feste Gewohnheiten, aß immer das Gleiche: Chicken Wings mit Barbecuesauce und dazu ein frisch gezapftes Bier.

Er nickte.

»Du weißt, wie man einen Gast glücklich macht, Vanessa.« Lachend legte er den Aktenkoffer auf den Tresen, holte einen Laptop heraus und fing an zu tippen, ohne auch nur hinzusehen. Wenn ich es richtig verstanden hatte, arbeitete er im Verlagswesen. Irgendwann würde ich ihn um ein paar Tipps bitten. Sein Ärmel rutschte nach oben, und ich bemerkte ein Tattoo an seinem Handgelenk.

Sofort musste ich an Thomas denken, und mein Herz zog sich schmerzhaft zusammen. Es wäre eine Lüge, wenn ich behaupten würde, dass ich mich nicht länger zu ihm hingezogen fühlte. Aber nach alldem, was vorgefallen war, hatte ich mir geschworen, bei der Wahl meiner Männer vorsichtiger zu sein. Dieses Mantra wiederholte ich jeden Morgen vor dem Aufstehen. Das Problem war nur, dass ich jedes Mal, wenn ich Thomas sah oder auch nur seinen Namen hörte, mit meinem wild rasenden Herzen und meinen weichen Knien zurechtkommen musste.

Kapitel 22

Während ich am Montagmorgen in der Cafeteria auf den Beginn meiner Vorlesungen wartete, las ich die letzte Lektüre, die der Buchclub ausgewählt hatte.

»Du wirst ihn noch durchbeißen.« Thomas' tiefe Stimme ließ mich zusammenzucken. Nach fünfundvierzig langen Tagen war es das erste Mal, dass er mir so nahe kam.

»Was?« Verwirrt drehte ich mich zu ihm um und bemerkte erst jetzt, dass er sich in seiner üblichen lässigen Pose neben mich gesetzt hatte.

Mit einer Kopfbewegung deutete er auf den Bleistift, den ich zwischen den Zähnen hielt und mit dem ich alles unterstrich, was mir wichtig erschien. »Wenn du weiter darauf rumkaust, zerbeißt du ihn noch«, wiederholte er.

Ich legte den Stift auf das Buch und schaute ihn dann bewusst teilnahmslos an. »Gibt es einen Grund, warum du mit mir sprichst?«

»Wird das jetzt immer so zwischen uns sein?«

Ich runzelte die Stirn. »Wie denn?«

»Du ignorierst mich, ich ignoriere dich ...«

»Bis jetzt hat das doch wunderbar funktioniert.«

Thomas lächelte schwach. »Bist du es nicht langsam leid, die Wahrheit zu ignorieren?«

Der hatte vielleicht Nerven!

Ich schnaubte und steckte das Buch zurück in meine Tasche. »Du machst dich lächerlich, Thomas. Kaum bist du fünf Minuten hier und in meiner Nähe, bringst du mich schon an den Rand meiner Geduld.«

»Rekordverdächtig«, erwiderte er gelangweilt.

»Was willst du von mir?«, hakte ich in scharfem Ton nach. »Hast du nicht genug damit zu tun, mir deine neuesten Eroberungen unter die Nase zu reiben?«

Er zuckte mit den Schultern. »Du hast auch keine Gelegenheit versäumt, mir zu zeigen, wie sehr es dir dieser Blödmann angetan hat, oder?«

»Das ist nicht das Gleiche.«

»Ist es doch, und das weißt du«, behauptete er grimmig.

Okay, es konnte schon sein, dass ich mich enger an Logan geschmiegt hatte, wenn Thomas in der Nähe war, aber geküsst hatte ich ihn vor seinen Augen nie, er dagegen seine Eroberungen sehr wohl.

»Vergiss es. Und mit Logan hat das überhaupt nichts zu tun.«

»Doch.«

»Nein, hat es nicht. Es hat mit dir zu tun. Warum um alles in der Welt kapierst du das nicht?« Ich fuhr mir erschöpft übers Gesicht. »Du hast mir wehgetan! Ich habe mich dir geöffnet, habe dir von mir, meinem Vater, meinem Leben erzählt. Und du … du hast alles kaputt gemacht!« Ich spürte, wie ich mit meinen Worten eine noch nicht verheilte Wunde wieder aufriss. In meine Augen traten Tränen. Thomas sah mich ernst an.

»Ich weiß«, murmelte er und senkte voller Bedauern den Kopf. »Wenn ich sauer bin, sage ich Dinge, die ich gar nicht so meine. Eine blöde Angewohnheit von mir«, rechtfertigte er sich leise.

Ich lachte traurig auf.

»Genau das Gleiche habe ich schon mal gehört, ganze zwei

Jahre lang. Das will ich mir nicht noch mal antun.« Ich schüttelte den Kopf.

Thomas seufzte, seine Gesichtszüge wurden weicher. »Ich weiß, dass ich dich verletzt habe, und ob du es glaubst oder nicht, darauf bin ich wirklich nicht stolz.« So gequält, wie er klang, war das wohl seine Art, sich zu entschuldigen. Obwohl es nicht die beste Entschuldigung der Welt war, spürte ich seine tiefe Aufrichtigkeit. »Können wir …« Er fuhr sich mit den Fingern durchs Haar. »Können wir das abhaken und noch mal von vorne anfangen?«, fragte er vorsichtig.

Wie bitte?

»Von vorne anfangen? Was meinst du damit?«

»Keine Ahnung, vielleicht so was wie Freundschaft?«, fragte er zu meinem Erstaunen vorsichtig.

»Freundschaft?«, wiederholte ich skeptisch.

»Mach nicht so ein Gesicht, es könnte ein fairer Kompromiss sein.«

Ein fairer Kompromiss? Ihn wieder in meinem Leben zu haben, ohne ihn selbst wirklich zu haben, sollte *ein fairer Kompromiss* sein? Wohl eher eine gerechte Strafe.

»Das wird nicht funktionieren.«

Thomas runzelte die Stirn. »Warum nicht?«

»Warst du jemals mit einer Frau befreundet, ohne mit ihr ins Bett gegangen zu sein?«

Er schaute mich kurz überrascht an und schüttelte dann den Kopf. »Nein.«

»Das dachte ich mir. Ich werde nicht so tun, als wäre ich deine Freundin, nur damit du mich schneller rumkriegst, wenn du mit mir vögeln willst.«

»Das will ich doch gar nicht.« Er wirkte verletzt. »Es stimmt, ich war noch nie mit einer Frau befreundet, ohne Sex mit ihr zu haben, aber es gibt immer ein erstes Mal, oder?« Er hielt inne und lächelte mich zaghaft an, dann rückte er näher an mich heran. »Willst du mein erstes Mal sein, Ness?«

Ich lachte laut auf. »Ist dir klar, wie lächerlich das aus deinem Mund klingt?«

»Für mich klang es ganz gut.«

»Ich weiß nicht.« Ich wurde wieder ernst. »Freundschaft ist eine ernste Sache, die man nicht einfach so aus dem Ärmel schüttelt. Man muss sich anstrengen, dranbleiben, Respekt für den anderen zeigen. Für jemanden, der keine feste Beziehung möchte, könnte eine Freundschaft ein echtes Problem sein.«

»Dann bring mir bei, ein guter Freund zu sein.«

Ich schaute ihn unsicher an. »Du willst das wirklich? Mein Freund sein, meine ich. *Wirklich?*«

Er nickte entschlossen. »Freunde, Vanessa, nur Freunde«, versicherte er mir, doch das Funkeln in seinen Augen stand in deutlichem Kontrast zu dem, was er sagte. Dennoch beschloss ich, ihm zu glauben. Tiffany hatte recht: Ich konnte ihn nicht loslassen.

Einen Moment später wurde Thomas von einem Kumpel beiseitegezogen, und ich vertiefte mich wieder in mein Buch. Kurz darauf setzte er sich wieder neben mich. Aus dem Augenwinkel bemerkte ich, dass er mich durchdringend musterte. Auch wenn ich mich zwang, weiter in mein Buch zu schauen, um meine Verunsicherung zu verbergen, verriet mich das nervöse Wippen meines Fußes. Thomas beschloss, die Situation noch zu verschlimmern, indem er seine Hand auf meinen Oberschenkel legte. Ich zuckte zusammen. »Kein Grund, nervös zu sein, Fremde. Wir haben eine Weile nicht miteinander gesprochen, aber ich bin immer noch ich, und du bist immer noch du«, beruhigte er mich. »Lust auf einen Kaffee?«, fragte er. Ich nickte wortlos, obwohl ich wusste, dass das Koffein nicht gerade zu meiner Entspannung beitragen würde.

Er stand auf und holte uns zwei Kaffee und einen Muffin.

Mehrere Studentinnen musterten uns aufmerksam. Nicht schon wieder! Ich fragte mich, wie Thomas das aushielt, ohne verrückt zu werden.

»Achte gar nicht drauf«, riet er mir, als hätte er meine Gedanken gelesen.

»Ich finde es nervig. Allein, mich mit dir zu zeigen, bringt die halbe Fakultät gegen mich auf.« Anderthalb Monate lang waren mir ihre finsteren Blicke erspart geblieben, und nun reichte eine Tasse Kaffee mit Thomas Collins, um mir erneut ihren Unmut zuzuziehen. »Am liebsten würde ich öffentlich klarstellen, dass von mir bei dem harten Kampf um Thomas Collins' Herz keine Gefahr ausgeht.«

»Der einzige Kampf, den sie führen, ist der um einen Platz in meinem Bett.«

»Auch in diesem Fall stelle ich keine Gefahr dar.«

Thomas grinste schief. »Welche Vorlesungen hast du heute nach Philosophie?«, wechselte er das Thema.

»Englische Literatur, warum?«

Er zuckte mit den Achseln, als gäbe es für die Frage keinen besonderen Grund, aber sein nachdenkliches Gesicht sagte etwas anderes.

Er schob mir den Muffin hin. Pistazie. »Hier, für dich«, sagte er. »Es war der letzte Muffin. Ich weiß doch, dass du Pistazie magst.« Ich war überrascht, dass er das noch wusste, beschloss aber, mir nichts anmerken zu lassen.

»Danke, wie nett von dir.«

»Ich habe gehört, du hast im Marsy angefangen. Gefällt es dir da?«

Ich erzählte ihm von den unzähligen Biergläsern, die ich gefüllt hatte, bevor ich richtig zapfen konnte, den Anfangsschwierigkeiten, mehrere Teller gleichzeitig zu tragen, und wie ich meine Cheerleaderinnen-Uniform hasste.

Während wir uns unterhielten, kam eine sonnengebräunte Frau mit lockigen Haaren an unserem Tisch vorbei. Sie warf Thomas einen verführerischen Blick zu, der so tat, als würde er sie nicht bemerken. »Hi, Thomas!«, rief sie.

»Hi, ähm …«, antwortete er unsicher, als hätte er ihren Namen vergessen.

»Nancy«, sagte sie verärgert. »Vor zwei Wochen hast du mir den Namen meiner Schwester aufs Handgelenk tätowiert und anschließend unsere Bekanntschaft im Hinterzimmer vertieft.«

Mich wunderte nicht, dass die beiden etwas miteinander gehabt hatten, aber dass Thomas tätowierte, hatte ich nicht gewusst.

»Ich habe oft Sex mit Frauen, mit vielen verschiedenen.« Er trank einen Schluck Kaffee, wischte sich mit dem Handrücken über den Mund und fügte hinzu: »Ich kann mich nicht an jede Einzelne erinnern. Was willst du?«

Da hatten wir ihn wieder: Thomas Collins in seiner besten Arschlochversion. Die junge Frau wirkte betroffen, und obwohl ich sie nicht kannte, fühlte ich mit ihr. Ich konnte nachvollziehen, wie schwer es war, Thomas nicht auf den Leim zu gehen. Genau aus dem Grund würde ich diese Linie mit ihm auch nie wieder überschreiten.

»Also?«, fragte er knapp und ohne jedes Taktgefühl. Nancys Gesichtsausdruck nach zu urteilen, überlegte sie gerade ernsthaft, ihm den heißen Kaffee ins Gesicht zu schütten. Verdient hätte er es. Aber am Ende warf sie ihm nur einen hasserfüllten Blick zu und ging. Thomas drehte sich wieder mir zu und zuckte ungerührt mit den Schultern. »Wo waren wir stehen geblieben?«

»Musste das wirklich sein?«, fragte ich kopfschüttelnd.

»Es war die einzige Möglichkeit, sie loszuwerden. Wir hatten Spaß miteinander, das war's.«

Ich hob fragend die Augenbrauen. »Dann erinnerst du dich also doch an sie?«

»Ich erinnere mich an alle, an einige mehr, an andere weniger.« Er zwinkerte mir zu, und ich gab mir Mühe, nicht rot zu werden.

»Wenn du dich an sie erinnerst, warum hast du sie dann so gedemütigt?«

»Weil sie mir sonst auf den Wecker gegangen wäre. Reicht das als Antwort?«

Ich wollte gerade verneinen, doch dann verkniff ich mir eine Antwort. So falsch es auch war – ein Teil von mir war froh, dass er sich lieber mit mir unterhielt als mit einer anderen, also aß ich meinen Muffin und wechselte anschließend das Thema.

»Wie geht es Leila? Ich habe sie schon eine Weile nicht mehr gesehen.« Seit sie mir erzählt hatte, was zwischen Travis und ihr vorgefallen war, hatte ich sie nicht mehr gesehen.

Thomas lächelte. »Sie arbeitet bei der Zeitung und ist seitdem wie vom Radar verschwunden. Die ersten Sprossen auf der Erfolgsleiter hat sie damit erklommen, und jetzt hält sie sich offenbar für die neue Mika Brzezinski.«

Ich lachte leise, mehr darüber, dass er Mika Brzezinski, die Journalistin und Moderatorin der Morgenshow *Morning Joe*, kannte, als über den Vergleich an sich. »Freut mich, dass sie es in die Redaktion geschafft hat. Ich bin gespannt auf ihren ersten Artikel«, sagte ich und legte die Hände an meine Tasse, um sie zu wärmen.

»Da bist du die Einzige, glaub mir.«

Ich stupste ihn gegen den Arm. »Du bist ihr Bruder und solltest ihr glühendster Fan sein.«

Seine Antwort bekam ich nicht mehr mit, weil Logan am

Tresen auftauchte und verwirrt zu uns herüberschaute. Ich winkte ihm zu. Als Thomas sich umdrehte und sah, dass er auf uns zukam, verschwand das Lächeln von seinen Lippen.

»Kommt er her?«

»Ich glaube schon.«

Thomas schaute mich finster an. »Ich will ihn aber nicht hier haben.«

Wie bitte?

»Wir daten, Thomas, da kann ich ihm wohl kaum verbieten, mit mir zu reden.« Meine Antwort schien ihn nervös zu machen.

»Meinst du das ernst mit Logan? Fuck, du kennst ihn doch gar nicht.«

»Ich weiß genug. Er ist freundlich und höflich, und vor allem weiß er, was er will.« Ich war stolz auf meine kleine Spitze. »Um ehrlich zu sein – von dir weiß ich sehr viel weniger als über ihn. Das einzige Mal, als ich versucht habe, mehr herauszufinden, hast du abgeblockt.«

Er biss die Zähne zusammen und schwieg.

»Thomas«, sagte ich. »Ich will jetzt nicht mit dir streiten. Es ist völlig unnötig, dass du dir meinetwegen Sorgen machst. Wir waren ein paar Mal aus, und ich versichere dir, dass er in Ordnung ist.«

»Es sind merkwürdige Gerüchte über ihn im Umlauf, deshalb bin ich alles andere als beruhigt, wenn du mir ihm zusammen bist.« Er schaute mich eindringlich an, und ich fragte mich, was alle gegen Logan hatten.

»Ich weiß nicht, was du gehört hast, aber bei mir hat er sich bis jetzt immer gut benommen. Er ist wirklich nett, du kannst dich entspannen. Die Leute reden eine Menge, aber deshalb muss es noch lange nicht wahr sein.«

Als Logan unseren Tisch erreichte, sprang Thomas auf. »Ich gehe schon mal vor zu Philosophie.«

»Wir sehen uns, Fremde«, flüsterte er mir ins Ohr, ohne Logan aus den Augen zu lassen, und setzte sich in Bewegung.

Verblüfft sah ich ihm nach und versuchte zu verstehen, was gerade passiert war.

»Hi«, grüßte Logan schüchtern. »Redet ihr wieder miteinander?«, wollte er wissen und folgte mit seinen blauen Augen meinem Blick.

Ich seufzte und versuchte die Anspannung abzuschütteln, die Thomas' Nähe jedes Mal auslöste. »Wie es aussieht, ja, aber keine Ahnung, wie lange das Bestand hat.«

»Ich verstehe nicht, warum du deine Zeit mit ihm verschwendest«, sagte er betont gleichgültig, aber seinem verkniffenen Gesichtsausdruck konnte ich entnehmen, dass ihm nicht ganz wohl dabei war. Er nahm meine Hand und küsste sie. Wenn ich etwas an Logan schätzte, dann, dass er mein Zögern akzeptierte: Er hatte nie versucht, mich auf den Mund zu küssen, offenbar wollte er, dass ich den ersten Schritt tat. Auch körperlich war er das genaue Gegenteil von Thomas: keine Piercings, keine Tattoos, kein einschüchternder Blick. Er war nett, einer von denen, die einem das Leben leicht machten.

»Das zwischen euch beiden – muss ich mir Sorgen machen?«

»Nein, natürlich nicht.« Ich trank meinen Kaffee aus und stand auf. »Komm, lass uns zur Vorlesung gehen.«

Zum Glück hatte sich Thomas einen Platz im Hörsaal ganz hinten gesucht, während Logan und ich in der ersten Reihe Platz nahmen, um konzentriert Professor Scotts Vorlesung zu verfolgen. Als wir anschließend die Stufen zum Ausgang hinaufstiegen, war Thomas schon weg.

Logan entging nicht, dass mein Blick an seinem leeren Platz

hängen blieb. Um meine Aufmerksamkeit zurückzugewinnen, sagte er eilig: »Ich habe übrigens eine schlechte Nachricht, Vanessa. Ich kann morgen Abend nicht mit dir bowlen gehen.« Er rieb sich verlegen die Stirn.

Ich schaute ihn betrübt an. »Oh, warum nicht?«

»Ich muss nach Medford, meine Oma hat Geburtstag, und die ganze Familie trifft sich, um zusammen zu feiern. Das ist Tradition. Als ich dich eingeladen habe, hatte ich das ganz vergessen.«

»Verstehe. Wie lange bleibst du?«

»Eine Woche, ich fahre morgen früh los.«

»Dann kannst du ja heute Abend bei mir im Pub vorbeischauen«, schlug ich ihm vor.

»Du weißt, dass ich da nicht gerne hingehe, und Zeit für mich hast du während der Arbeit ja sowieso nicht.«

»Das stimmt, aber während der Woche ist nicht so viel los. Außerdem sehen wir uns danach tagelang nicht …« Ich setzte meinen Bambi-Blick auf.

»Na gut, da kann ich nicht Nein sagen. Ich hab jetzt noch eine Vorlesung und ein Seminar, dann gehe ich Koffer packen.«

»Ich kann dir helfen, wenn du magst – ich liebe Koffer packen.«

»Keine Sorge, ich hab alles unter Kontrolle«, sagte er und steckte die Hände in die Taschen.

»Gut. Dann sehen wir uns heute Abend?«

»Ja, bis später.« Er küsste mich zum Abschied sanft auf die Wange.

Nach der letzten Vorlesung überquerte ich den Campus auf dem Weg zur Bushaltestelle und sah mich plötzlich einem tätowierten Kerl mit leuchtend grünen Augen gegenüber.

»Thomas, was machst du denn hier?«

»Ich gehe spazieren.« Er sah mich herausfordernd an. »Und du kommst mit.«

Wie bitte? Ich sollte ich ihn begleiten? Wozu?

»Eigentlich wollte ich nach Hause«, sagte ich, ging um ihn herum und weiter Richtung Bushaltestelle.

»Sei keine Spielverderberin. Frische Luft tut gut.«

»Und dein Training?«

»Fällt heute aus.«

»Du hast es gut. Ich muss heute Abend arbeiten, ich passe. Tut mir leid.«

»Wann geht's los?«

»Um halb sieben.«

»Du wirst pünktlich da sein, versprochen.«

»Thomas, das ist mir echt zu …«

»Warum?«, fiel er mir ins Wort.

»Weil ich weiß, was du vorhast, und ich will nicht …«

»Ness. Ich möchte einfach nur Zeit mit dir verbringen.« Er legte mir den Arm um die Taille, und mein Herz begann so schnell zu galoppieren, dass ich fast keine Luft mehr bekam. Jetzt schaute er mir tief in die Augen und strich mir eine Locke aus dem Gesicht. »Du hast mir gefehlt, Fremde.«

Wochenlange Selbstbeherrschung, Entschlossenheit und die unzähligen Versuche, meine Gefühle unter Kontrolle zu halten, bröckelten dahin. Der warme, sinnliche Klang seiner Worte brachte mich tatsächlich ins Wanken. Bis eine Stimme in meinem Kopf mir vor Augen rief, wie sehr ich ihm wohl gefehlt hatte, wenn er einer anderen die Zunge in den Mund schob und wer weiß was mit ihr anstellte … Dieser Gedanke brachte mich auf den Boden der Tatsachen zurück.

»Du mir gar nicht«, log ich.

»Lügnerin.« Seine Mundwinkel zuckten in die Höhe.

Erst jetzt bemerkte ich die beiden Helme in seiner Hand. Wortlos reichte er mir einen davon.

»Was ist das?«, fragte ich.

»Ein Helm, was sonst?«, neckte er mich.

»Das sehe ich. Aber was soll ich damit?«

»Aufsetzen.« Er deutete auf ein schwarzes Motorrad, das wenige Meter von uns entfernt parkte.

Ich brach in hysterisches Gelächter aus und gab ihm den Helm zurück. »Auf gar keinen Fall. Bevor ich auf ein Motorrad steige, regnet es Gold vom Himmel.«

»Sag nicht, dass du Angst hast«, spottete er mit einem breiten Grinsen.

»Das ist keine Angst, das ist reiner Überlebenswille. Ich mag keine Motorräder.«

Er runzelte die Stirn. »Was ist dein Problem?«

»Motorräder sind gefährlich«, erklärte ich mit voller Überzeugung.

»Genau das ist ja das Schöne.«

»Ich setze mich nicht auf dieses *Ding*.«

»Sprich nicht so von meiner Kleinen«, erwiderte er gespielt beleidigt.

»*Von deiner Kleinen?* Was für Probleme habt ihr Männer eigentlich mit Motoren?«, fragte ich lachend.

»Die gleichen, die du mit Plüschtieren hast.« Thomas griff nach seiner Ray-Ban. »Beweg deinen Hintern, oder ich setze dich drauf.«

»Ich sage es nicht noch einmal: Ich steige da nicht drauf. Das meine ich …« Ich hatte den Satz noch nicht beendet, als er mich schon über die Schulter gelegt hatte.

»Dass du es einem immer so schwer machen musst, Ness.« Ich konnte es zwar nicht sehen, war mir aber sicher, dass er von einem Ohr zum anderen grinste.

»Thomas! Lass mich sofort runter! Die Leute schauen schon!«
Ich boxte ihm auf den Rücken, aber das störte ihn nicht. Er setzte
mich auf das Motorrad und hielt mich fest.

»Du hast zwei Möglichkeiten«, spottete er, »entweder kommst
du freiwillig mit oder *gegen deinen Willen*.«

»Entschuldige, was ist mit dem freien Willen?«, fragte ich mit
vor Panik schriller Stimme.

»Der amüsiert sich.« Er lächelte genüsslich, und ich gab es auf.
Verdammt! Hochzufrieden, gewonnen zu haben, stülpte er mir
den Helm über den Kopf und schloss den Riemen.

»Ich kann mir selbst einen Helm aufsetzen, Thomas«, informierte ich ihn kühl.

»Immer noch dieselbe Zicke«, antwortete er, und ich schlug
ihm gegen die Brust.

»Immer noch derselbe arrogante Idiot«, gab ich zurück, aber
ich lachte dabei. Er versuchte, sich zusammenzureißen, dann fiel
er in mein Lachen mit ein. Thomas zog seine Lederjacke aus und
reichte sie mir.

»Nimm du sie, es wird kalt.« Ich streifte seine Jacke über und
hatte das Gefühl, in eine beruhigende Umarmung zu sinken.
Wie sehr ich den Duft von Vétiver und Tabak vermisst hatte!

»Wohin geht's?«, wollte ich von ihm wissen.

Er setzte den anderen Helm auf und stieg auf.

»Weiß ich noch nicht, die Kleine bestimmt den Weg.« Ich verdrehte die Augen, umfasste seine Schultern und stellte die Füße
auf den kleinen Pedalen ab. Thomas startete die Maschine und
ließ den Motor ein paar Mal aufheulen, dann machte das Motorrad einen Satz nach vorne. Ich schrie auf, drückte mich an seine
Hüften und schmiegte mich mit angehaltenem Atem an seinen
Rücken. Lachend stellte er beide Füße auf den Boden und legte
mir eine Hand aufs Knie: »Alles okay bei dir, Fremde?«

»Sei nicht so blöd«, erwiderte ich vorwurfsvoll, schlug ihm leicht auf den Helm und versuchte, mich irgendwo festzuhalten, fand aber nichts.

»Thomas … wo halte ich mich fest?«

Er drehte sich zu mir um, nahm meine Hände und legte sie um seine Taille. »Hier. Und lass auf keinen Fall los.« Mir blieb keine Zeit mehr, ihn zu bitten, langsam zu fahren, denn er gab Gas, und wir schossen über den Asphalt. Ich schloss die Augen, hielt mich so gut wie möglich fest und betete, heil anzukommen, ganz gleich, wo.

Kapitel 23

Wir fuhren einige Kilometer in Richtung Norden und bogen dann auf eine kurvenreiche Straße ein, was mir ziemlich auf den Magen schlug. Schließlich erreichten wir einen einsam gelegenen, von der späten Nachmittagssonne beleuchteten Weg und hielten an. Sobald Thomas den Motor abgestellt hatte, schwang ich mich von der Maschine, setzte den Helm ab und legte ihn auf den Boden. »Bist du verrückt geworden?«, fauchte ich. »Willst du mich umbringen?«

Sichtlich erheitert bockte Thomas das Motorrad auf, stieg ab und legte den Helm auf den Sitz.

»So schnell war ich doch gar nicht!« Er lachte.

»Wenn das nicht schnell war, dann will ich mir nicht ausmalen, in welchem Tempo du sonst fährst.« Ich fuhr mir mit den Fingern durch die zerzausten Haare.

Kopfschüttelnd kam er näher und schob mir eine Locke hinters Ohr. »Du musst dir keine Sorgen machen, wenn du mit mir zusammen bist«, flüsterte er, und ich starrte wie hypnotisiert auf seine vollen Lippen. Meine Gedanken gerieten auf gefährliches Terrain. Ich fragte mich, ob das an all dem Adrenalin in meinem Körper lag oder ob Thomas diese Wirkung wohl für immer auf mich haben würde. »Komm, wir gehen hier lang.« Er nahm mich an der Hand, und ich folgte ihm wie betäubt. Zahlreiche Äste ragten in den Weg, die Thomas für mich galant zur Seite schob. Der

Himmel über uns war für einen späten Oktobertag erstaunlich blau, Vögel zogen über uns hinweg. Der Boden war von rotem und orangefarbenem Laub bedeckt, das bei jedem Schritt raschelte.

»Wo sind wir?«, fragte ich und sah mich neugierig um, während es immer weiter in den dichten Wald hinein ging.

»Vor der Stadt, am Rand von Chip Ross Park, abgeschnitten von der Außenwelt.« Keine Ahnung, wo er mich hinbrachte.

»Warte einen Moment.« Ich ließ seine Hand los und blieb stehen. »Und was machen wir in einem einsamen Wald außerhalb der Stadt?«, fragte ich ihn misstrauisch.

»Hast du das immer noch nicht kapiert?«, antwortete er mit einer Gegenfrage. Ich schüttelte den Kopf. Er bedachte mich mit einem Raubtierblick. »Ich habe dich hergebracht, um dich in jedem Winkel dieses Waldes zu vögeln, bis du es bereust, mitgekommen zu sein.« Fassungslos starrte ich ihn an.

»Wie bitte?«

Als er mein entsetztes Gesicht sah, konnte er sich vor Lachen kaum halten. »Das war ein Witz.«

»Findest du das komisch?«

»Dein Gesichtsausdruck ist es jedenfalls.« Er schüttelte den Kopf und ging weiter vor mir her.

»Bei dir kann man nie wissen.«

»Was hast du für ein Problem, Ness? Vertraust du mir nicht?« Er sah sich um, als würde er nach etwas suchen.

»Natürlich nicht. Es wäre verrückt, jemandem wie dir zu trauen«, stieß ich hervor.

Thomas fuhr zu mir herum und strich mir sanft über die Wange.

»Ich bin vielleicht nicht die beste Gesellschaft, aber du solltest keine Angst vor mir haben, Ness. Ich würde dir niemals auch nur ein Haar krümmen«, erklärte er ernst.

Ich sah ihn an und nickte. »Okay …«

Wir setzten uns wieder in Bewegung und schlugen uns weiter durchs Dickicht.

»Kommst du oft hierher?«, fragte ich nach einer Weile.

»Ja.«

»Und warum?« Wir gingen einige Meter weiter, bis die Vegetation sich lichtete und wir eine Holzbrücke erreichten. Ich beugte mich über das Geländer und schaute auf den Fluss. Es war wunderschön, wie sich die Bäume auf der glatten Wasseroberfläche spiegelten, auf der sich glitzernd das Sonnenlicht brach.

»Es macht den Kopf frei«, antwortete Thomas, der neben mir stehen geblieben war.

»Es macht den Kopf frei?«, wiederholte ich und schaute ihn fragend an.

»Ja, ich höre auf zu denken.« Er legte die Unterarme auf das Geländer und betrachtete den Fluss.

»Du hörst auf zu denken?«, fragte ich noch skeptischer.

»Hör auf, alles, was ich sage, zu wiederholen«, knurrte er ungehalten.

»Entschuldige, aber normalerweise suchen Leute die Einsamkeit, gerade weil sie nachdenken wollen. Du machst es, um nicht zu denken, Thomas. Du bist ein wandelnder Widerspruch.«

»Ist das so ungewöhnlich? Unser Gehirn verarbeitet die ganze Zeit über neue Eindrücke, wir tun den ganzen Tag nichts anderes, als zu denken. Findest du das nicht wahnsinnig anstrengend?«

Ich schüttelte den Kopf.

»Ich schon. Manchmal will ich einfach nicht mehr denken. Manche ritzen sich, andere haben Sex, betrinken sich oder nehmen Drogen …« Er schaute in die Ferne. »Und ich komme hierher.«

In gewissem Sinne konnte ich ihn verstehen. Dieser Ort war

für ihn das, was für mich die Bücher waren: eine Zuflucht vor der Realität.

»Warum willst du nicht mehr denken?«

Er seufzte. »Weil man dann frei ist.«

»Frei von was?« Ich wusste, dass ich zu viele Fragen stellte, verstand aber nicht, was ihm durch den Kopf ging. Und das wollte ich unbedingt erfahren. Er schaute mich durchdringend an, und für den Bruchteil einer Sekunde hatte ich sogar das Gefühl, er würde mir Zugang zu seiner unerreichbaren Welt gewähren.

Aus irgendeinem Grund wandte er jedoch den Blick ab und sagte nur: »Von vielen Dingen.«

Die Enttäuschung traf mich wie ein Hammer. Bravo, Thomas. Mach weiter so. Gib nichts von dir preis. Auf diese Weise kommen wir super voran.

»Und was habe ich damit zu tun?«

»Was meinst du damit?« Er legte den Kopf schief.

»Das ist doch dein kleines Paradies, oder? Das solltest du für dich behalten. Oder ist es letztendlich doch nur ein Trick, um Frauen zu beeindrucken?«, fragte ich. Meine Worte klangen verbittert, obwohl das gar nicht meine Absicht gewesen war.

»Es muss dich nicht beeindrucken, wenn du das meinst. Ich weiß eh, dass du auf mich stehst«, sagte er mit der für ihn typischen Dreistigkeit.

»Thomas …« Ich lachte nervös auf und beugte mich nach unten, um mir die Schnürsenkel zu binden und so Zeit zu gewinnen. »Ich stehe nicht auf dich, jedenfalls nicht mehr.«

»Bullshit. Mir ist schon klar, wie du mich ansiehst, wie dein Körper auf meine Berührungen reagiert.« Er strich mir über die Haare, und meine Hände fingen an zu zittern. »Wir wissen ja wohl beide, was Sache ist.« Ich richtete mich wieder auf und räusperte mich. »Und? Was ist Sache?«

»Du magst mich, und ich mag dich. Aber es geht ausschließlich um die körperliche Anziehung.«

»Und wenn es nur darum geht, warum willst du dann mein Freund sein? Körperlich angezogen fühlst du dich von vielen Frauen, Thomas. Aber mit keiner bist du befreundet.«

Er trat auf mich zu, so nah, dass ich seinen Atem auf meiner Haut spüren konnte. »Weil ich ein Egoist bin und dich lieber als Freundin in meinem Leben habe als gar nicht«, antwortete er, ohne zu zögern.

Ich schüttelte den Kopf. »Das ergibt keinen Sinn.«

»Für mich schon.«

»Dann erklär es mir.«

Er atmete tief durch und gestand mir dann: »Ich bin es gewohnt, mir das zu nehmen, was ich will, wann immer ich es will. Aber ich nehme an, selbst Arschlöcher wie ich sollten gewisse Grenzen wahren.«

»Und bei mir willst du das tun?«

»Genau.«

»Warum?«

»Weil du … anders bist als die Frauen, mit denen ich sonst zu tun habe.« Er senkte kurz den Kopf, dann hob er ihn wieder und sah mir in die Augen. »Du bist witzig, naiv und unschuldig. Eine reine Seele … deshalb mag ich dich, und so sollst du auch weiterhin bleiben. Meine Nähe würde dich ruinieren.« Nach einem kurzen Moment fügte er hinzu: »Und um deine Frage von vorhin zu beantworten: Hierher habe ich noch nie jemanden mitgenommen.«

»Mich schon …«

»Ja, aber denk dir nichts dabei. Wir sind hier, weil ich nicht wusste, wo wir sonst hingehen sollten.« Er setzte sich auf die Brücke und ließ die Beine baumeln.

Ich schüttelte den Kopf, setzte mich neben ihn und gab es auf, ihn verstehen zu wollen. Schweigend saßen wir eine Weile nebeneinander und betrachteten den Fluss, der unter uns dahinströmte. In der Ferne quakten Enten. Plötzlich kippte die Stimmung. Angespannt, mit ausdruckslosem Gesicht und hochgezogenen Schultern starrte er ins Wasser. Ich hätte ihn gerne gefragt, was los war, aber ich wusste, dass er mir keine Antwort geben würde. Ich hätte ihn gerne in den Arm genommen und fest an mich gedrückt, aber ich wusste, dass er das nicht wollen würde. Ich fühlte mich nutzlos, wünschte, ich könnte mehr für ihn tun. *Mehr für ihn sein.* Nur deshalb brach ich das Schweigen, selbst auf die Gefahr hin, den falschen Schritt zu tun.

»Thomas«, flüsterte ich.

»Mmh.«

»Lass mich dich kennenlernen. Den Menschen, der du wirklich bist, und nicht den, den du nach außen hin zeigst.«

Sein Blick, der an ein gehetztes Tier erinnerte, das in einer Ecke kauerte, zum Angriff bereit, erschreckte mich. »Ich bin genau der, den ich dir zeige.«

Ich schüttelte den Kopf. »Mir machst du nichts vor. Ich bin sicher, dass du noch viel mehr bist. Das wusste ich schon in dem Moment, als ich mich neben dich gesetzt habe, damals vor der Sporthalle. Und als du bei mir zu Hause warst, hat sich mein Eindruck bestätigt.«

»Du solltest aufhören, diese verdammten Romane zu lesen, aus denen du diese verqueren Vorstellungen über Männer und Gefühle hast.«

»Bestimmt nicht. Ich bin mir sicher, dass es da draußen irgendwo Männer gibt, die mutig genug sind, sich Hals über Kopf in eine Frau zu verlieben und sich ihr ganz hinzugeben. Die sie lieben, wie sie ist, die sie respektieren und die bereit sind, für sie zu kämpfen. Sie vor allen Übeln zu beschützen, sie zum Lachen zu bringen, jede einzelne Minute mit ihr zu verbringen. Genau wie in den ›verdammten Romanen‹, die ich so gerne lese«, schloss ich.

Thomas war sichtlich amüsiert. »Du bist echt komplett bescheuert.«

»Also, darf ich dich kennenlernen?« Er schaute auf den Fluss unter uns und ignorierte meine Frage. »Ich weiß noch immer nichts über dich, du dagegen eine Menge über mich. Das ist nicht fair.«

»Es ist besser so für dich.«

»Das sollte ich selbst entscheiden, oder?« Ich malte mit der Fingerspitze kleine Kreise auf das Holz der Brücke. »Wenn du wirklich mein Freund sein willst, solltest du mir wenigstens ein bisschen vertrauen«, fügte ich nach einer kurzen Pause ernst hinzu, »sonst ist das wieder nur eine Masche, um mich zu verarschen.«

Er schien über meine Worte nachzudenken. Dann seufzte er, und völlig unvermutet gab er nach. »Was willst du wissen?«

Ich schaute ihn ungläubig an. »Dein Ernst?«

»Zehn Minuten, nicht mehr, du kleine Schnüfflerin. Und gewöhn dich nicht daran.«

»Okay, hm … ich wusste nicht, dass du Tätowierer bist.«

»Bin ich auch nicht, jedenfalls nicht professionell. Hin und wieder helfe ich im Studio eines Freundes aus, mehr nicht.«

»Hast du eine Ausbildung gemacht?«

»Nein, mein Onkel hat es mir beigebracht. Er hat ein Studio in Portland, ich war oft bei ihm … vor, nach und *während* der Schule.«

»Dann hat er dich tätowiert? Wann hast du damit angefangen?«, fragte ich rasch, um meine zehn Minuten zu nutzen.

»Das erste Tattoo hab ich mir mit vierzehn machen lassen.« Er zeigte mir einen Anker zwischen Daumen und Handgelenk. »Fast alle Motive hat er gestochen, aber die Zeichnungen sind von mir.«

Von ihm? Wow, er war ein wahrer Künstler.

»Dann bist du nicht nur ein Basketball-Gott, sondern kannst auch noch begnadet zeichnen? Du überraschst mich immer wieder, Thomas. Ich wusste doch, dass mehr in dir steckt.«

»Ist das Verhör damit beendet?«

Ich tat so, als würde ich nachdenken. »Nein, noch nicht.«

»Geht dir eigentlich niemals die Puste aus?« Meine Neugier schien ihn zu belustigen, denn seine Gesichtszüge wurden weicher, auch wenn er nach wie vor mürrisch wirkte.

Ich streckte ihm die Zunge raus. »Lieblingsessen?«

»So ein Quatsch.« Er schüttelte den Kopf.

»Ich warte.«

»Vielleicht Schmorbraten.«

»Wirklich? Hätte ich nicht gedacht. Ich mag die Lasagne meiner Mutter, nach original italienischem Rezept. Einfach köstlich.«

»Und was geht mich das an?« Auf seinen fragenden Blick hin verdrehte ich die Augen und ignorierte seine mangelnde Gesprächsbereitschaft.

»Meer oder Berge?«

»Ich fange an, zu bedauern, dass ich dir die Fragerunde erlaubt habe.«

Ich schmunzelte und versuchte eine persönlichere Frage zu stellen, in der Hoffnung auf eine ehrliche Antwort. »Warum bist du nach Corvallis gekommen?«

Thomas legte sich die Hand in den Nacken und starrte vor sich hin. Er wirkte sichtlich angespannt. »Keine Ahnung, ich habe ein Stipendium bekommen, deshalb sind wir geblieben.«

»Fährst du oft nach Hause?«, hakte ich vorsichtig nach.

»Nie. Das ist schon lange nicht mehr mein Zuhause.«

»Dann ist das hier also ein Neuanfang?«

Als er mich anschaute, war sein Gesicht wie versteinert. »Der Vergangenheit entkommt man nicht«, antwortete er nach einer Weile. »Aber sie ist mir schon lange egal. Meine Schwester wollte, dass ich bei ihr bleibe, und das habe ich gemacht. Bis es nicht mehr ging. Dann bin ich gegangen, und Leila hat im letzten Moment beschlossen, mitzukommen.«

»Sie hat ihr ganzes Leben auf den Kopf gestellt, um bei dir zu sein? Sie muss dich sehr lieben.«

»Keine Ahnung, warum, aber es scheint so«, murmelte er.

»Warum denn nicht?« Ich legte ihm eine Hand auf die Schulter. Seine Muskeln verspannten sich, aber ich zog die Hand nicht zurück. »Du bist ihr Bruder und ein großartiger Mensch.« Ich hielt kurz inne. »Manchmal.«

»Mir ist schon klar, dass ich das nicht bin, aber ich bin schon so lange so, dass ich gar nicht mehr weiß, wie man sich anders verhält.«

»Hey, das sollte ein Scherz sein … Natürlich bist du ein großartiger Mensch.« Er schwieg, offenbar hing er irgendwelchen düsteren Gedanken nach. »Wissen deine Eltern, dass ihr hier seid?«, fragte ich weiter.

Als ich sah, dass er den Kopf schüttelte und ins Nichts starrte, zog sich mein Herz zusammen. »Sie müssen sich unglaubliche Sorgen machen!«

»Machen sie nicht, das kann ich dir versichern.«

»Was ist passiert?«

Seufzend stand er auf. »Die zehn Minuten sind um.« Er wischte sich die Hände an der Jeans ab. »Komm, ich zeig dir was.« Er streckte die Hand aus, und ich nahm sie.

»Wohin bringst du mich diesmal?«, wollte ich wissen. »In ein verzaubertes Tal?«

Er lachte. Wir stiegen einen Hügel hinauf bis zu einer riesigen Eiche.

»Das ist er«, verkündete er und sah mich erwartungsvoll an.

»Wer?«, fragte ich und schaute mich suchend um.

»Der Baum.« Er schlug auf den Stamm, als würde er einem Freund auf die Schulter schlagen.

»Ich kann dir leider nicht folgen.«

»Mein Stück vom Paradies.« Er schaute hinauf zum Wipfel.

»Eine Eiche?«, fragte ich überrascht, und er nickte. »Beunruhigend.«

»Klettere nach oben.«

»Was?«

»Klettere nach oben.« Ich schaute ihn ungläubig an.

»Du willst wirklich, dass ich auf einen Baum klettere?«

Er nickte. »Du kannst es wegen der Blätter nicht sehen, aber da oben ist ein kleines Baumhaus. Es wird dir gefallen.«

»Und wie komme ich da hoch?«

Thomas deutete auf eine Strickleiter, die am Baum festgeknotet war. »Du stellst deine kleinen Füße darauf und kletterst hoch.«

Ich lachte hysterisch. »Thomas, das sind mehr als fünf Meter!«

»Du bist im Nullkommanichts oben, du wirst sehen.«

»Bist du blind? Siehst du nicht, wie riesig er ist? Ich habe nicht die Absicht, ihn zu besteigen!« Er schaute mich mit einem süffisanten Grinsen an. Ich merkte, was ich gesagt hatte, und wurde rot. »So meinte ich das nicht, es ging natürlich um den Baum! Ich werde nicht auf diesen Baum klettern, es sei denn, dein Ausflug sieht auch einen Krankenhausaufenthalt vor.«

»Ich bleibe unten. Wenn du fällst, fange ich dich auf.« Er löste die Strickleiter und hielt sie in meine Richtung.

Er fing mich auf?

»Und das soll mich beruhigen, King Kong? Und wenn du mich nicht fängst?«

»Im Fitnessstudio stemme ich schwerere Gewichte.« Angeber.

»Na dann …« Widerwillig schaute ich an der Eiche hinauf, und dann tat ich es, warum auch immer:

»Ich hoffe nur, dass da oben wirklich ein Baumhaus ist, sonst wirst du mir das büßen«, drohte ich und tippte ihm mit dem Zeigefinger auf die Brust.

»Und wie?«, fragte er und schaute amüsiert auf meinen Finger.

»Das weiß ich noch nicht, aber es wird schrecklich werden.«

Seine Mundwinkel zuckten. »Hm, ich kann es kaum erwarten.«

Ich atmete tief durch und versuchte mich zu konzentrieren. Und dann kletterte ich wahrhaftig auf einen Baum.

Mit weichen Knien begann ich den Aufstieg, umklammerte mit beiden Händen die Strickleiter, die bei jeder noch so kleinen Bewegung wackelte und hin und her zu schwingen begann. Manchmal fasste ich in klebriges Harz. Wie ekelig! Ich kletterte weiter. Nach einigen Minuten hielt ich inne, um nachzusehen, wie hoch ich war, bereute es aber sofort.

Zu hoch.

Viel zu hoch.

Die Sonne drang durch das Blätterdach. Ich atmete tief durch. Ich würde es schaffen, ganz bestimmt.

»Du machst das gut, Ness!«

Am liebsten hätte ich ihm einen Schuh an den Kopf geworfen. Was für eine schwachsinnige Idee! Als ich fast oben war, entdeckte ich, versteckt zwischen den Blättern, das kleine Baumhaus. Es war wunderschön.

»Ich glaub, ich hab's gefunden, Thomas!«, rief ich mit kindlicher Begeisterung.

Noch fünf Sprossen, und ich hatte das Baumhaus erreicht, das von kräftigen Ästen getragen wurde. Mit etwas Schwung gelangte ich hinein, ohne mir etwas zu brechen. Im Inneren lagen eine Decke, leere Bierdosen, ein paar Snacks und ein Block mit Skizzen. Während ich auf Thomas wartete, blätterte ich ihn neugierig durch und stieß auf mehrere Zeichnungen, eine schöner als die andere. Besonders angetan war ich von einer geflügelten Schlange, einem Phönix, der sich in aus den Flammen erhob, und mehreren Tribal-Designs. Kurz darauf erreichte auch Thomas das Baumhaus.

»Du bist aber schnell.«

»Oder einfach geschickter und nicht so feige wie du«, antwortete er überheblich und riss mir den Block aus den Händen. Er sah mich vorwurfsvoll an, weil ich meine Neugier nicht hatte zügeln können.

»Sie sind wunderschön«, beteuerte ich aufrichtig.

Er erwiderte nichts. Schweigend saßen wir auf der Schwelle, ich mit angezogenen Knien, er mit ausgestreckten Beinen, die er baumeln ließ. »Sind das deine Sachen?« Ich deutete ins Innere. Er nickte.

»Hast du keine Angst, dass dir was geklaut wird?«

»Bis jetzt ist noch nie was passiert. Das Baumhaus ist so gut versteckt – die wenigen Leute, die hier vorbeiwandern, bemerken es gar nicht«, antwortete er und vertrieb ein paar kleine Mücken vor seinem Gesicht.

»Es ist ein bisschen so, als säße man auf dem Gipfel der Welt und hätte alles unter Kontrolle«, sagte ich, bezaubert von der Schönheit der Natur, die uns umgab.

»Gefällt es dir?«, fragte er ungewöhnlich sanft.

»Sehr sogar«, antwortete ich verträumt.

»Hab ich mir gedacht.«

Wir legten uns nebeneinander auf die Decke, und zu meiner großen Überraschung konnte ich ihm ein paar weitere persönliche Infos entlocken. Er erzählte mir von seiner Clique, mit der er sich als Kind jeden Nachmittag getroffen hatte, um Körbe zu werfen, und wie sehr er die sonntäglichen Familienessen gehasst hatte. Ein einfaches, scheinbar ruhiges Leben. Und doch wurde ich den Eindruck nicht los, dass er mir eine geschönte Version auftischte, einige Teile ausließ und andere verfälschte. Die wichtigsten – denn von irgendwoher musste sein Zynismus ja kommen. Es musste einen Grund geben, warum er sein Zuhause verlassen hatte und nach Corvallis gekommen war. Aber ich wollte nicht nachfragen. Endlich sprach er mit mir, und diesen Moment wollte ich nicht kaputt machen. Er erzählte mir von der engen Bindung zu seinen Großeltern, die ihn und Leila quasi aufgezogen hatten und vor fünf Jahren gestorben waren. In der Schule hatte er zu denen gezählt, die konnten, wenn sie denn wollten. Tatsächlich hatte er ein so hervorragendes Gedächtnis, dass er es sich leisten konnte, im Unterricht nicht aufzupassen. Es reichte, wenn er sich die Aufzeichnungen der anderen durchlas, um sich alles zu merken. Und er hatte eine Freundin. Ja, wirklich, Thomas Collins hatte eine Freundin. Mit sechzehn, die erste und einzige: Elizabeth. Die Beziehung hatte mehr als ein Jahr gehalten, dann hatten sie sich zwar getrennt, aber hin und wieder getroffen, bis er nach Corvallis gegangen und der Kontakt endgültig abgerissen war. Ich tat gleichgültig, aber in Wirklichkeit brannte die Eifersucht in mir. Es gab tatsächlich eine Frau, die ein Privileg genossen hatte, das er danach keiner mehr eingeräumt hatte. Schließlich erfuhr ich noch, dass er Lakritze hasste und seine Leidenschaft außer Basketball und Zeichnen noch Motorrädern und Autos galt, seitdem ihm sein Onkel mit fünfzehn das Autofahren beigebracht hatte. Während er sprach, spielte

er mit einer meiner Locken. Die Sonne, die durch die breite Tür-
öffnung hereinfiel, wärmte mein Gesicht, die Blätter über uns
bewegten sich träge, Frieden lag in der Luft. Ich hatte das Gefühl,
als schiene die Zeit stillzustehen.

»Ness?« Er schüttelte mich sanft an der Schulter.

»Mmh …?«

Ich hörte ihn an meinem Ohr leise lachen. »Wir müssen los.«

»Wieso?«, murmelte ich.

»Es ist sechs Uhr. Du bist eingeschlafen.«

Was? Sechs Uhr?

Ich fuhr in die Höhe und rieb mir die Augen. »Ich bin eingeschlafen?

Du bringst mich an diesen herrlichen Ort, und ich schlafe
ein?«

»Mach dir keinen Kopf. Ich hab dich nicht geweckt, weil du
so aussahst, als könntest du Schlaf gebrauchen. Bist du dir sicher,
dass du beides schaffst, Job und Studium?« Oh Gott, wie sah
man aus, wenn man aussah, als könne man Schlaf gebrauchen?
Hoffentlich nicht zu schrecklich.

»Alles unter Kontrolle, ich hatte nur in letzter Zeit viel um die
Ohren«, rechtfertigte ich mich, während ich auf mein Handy
schaute. Eine Nachricht von Alex, der mich fragte, wie es mir
ginge, außerdem zwei neue von Tiff, die mir ihre neuen High
Heels präsentierte und mich fragte, wo ich abgeblieben sei. Keine
Nachricht von Logan. Seltsam, seitdem wir uns trafen, schrieb er
mir praktisch andauernd. Ich antwortete Alex und Tiffany und
steckte das Handy wieder weg.

»Wieso schläfst du so wenig? Ich dachte, du wärst eine Schlaf-
mütze?« Er stand auf und reichte mir die Hand, um mich hoch-
zuziehen.

»Ich komme nicht dazu. Meine Schicht im Marsy endet spät,

der Bus macht um diese Zeit die längere Runde, genau wie morgens auf dem Weg zur Uni. Wenn ich auf dem Campus wohnen würde, wäre das alles viel einfacher.«

»Es gibt noch ein paar Plätze. Warum bewirbst du dich nicht?«

»Mit meinem Stipendium kann ich mir das Wohnheim nicht leisten, aber ich hoffe, dass ich es mit dem Gehalt vom Marsy schaffe. Ich muss mich nur noch einige Monate gedulden.« Als es ans Herunterklettern ging, überkam mich Panik. »Oh Gott, war das beim Hochsteigen auch schon so hoch?« Mir zitterten die Knie.

»Ich … ich klettere da nicht runter«, stammelte ich ängstlich.

»Rede keinen Unsinn. Du bist hochgeklettert, dann kommst du auch wieder runter.«

»Hoch war es einfacher.«

»Schluss jetzt. In dreißig Minuten musst du bei der Arbeit sein, und ich muss auch noch was erledigen«, erklärte er und tippte auf seinem Handy.

»Thomas!«, schrie ich panisch. Er blickte genervt zur Decke und stellte sich mit dem Rücken direkt vor mich. Was sollte das nun wieder?

»Steig auf«, befahl er mir.

»Was?«

»Steig auf meinen Rücken, ich bringe dich runter.«

»Hast du den Verstand verloren?« kreischte ich entsetzt.

»Hast du eine andere Idee, Miss Feigling?«

»Keine Ahnung! Aber ich steige nicht auf deinen Rücken und gehe ein noch größeres Risiko ein, mir alle Knochen zu brechen.«

»Wenn du nicht willst, musst du eben hierbleiben.«

»Was? Nein!«

Er griff ungeduldig nach der Strickleiter.

War das sein Ernst?

»Thomas! Komm zurück! Schon gut, ich mach's ja!« Ich sah, wie sich seine Lippen zu einem Grinsen verzogen, kletterte auf seinen Rücken, legte ihm die Arme um den Hals und schlang die Beine um seine Hüften. Dann schloss ich die Augen, und er kletterte nach unten. Die Strickleiter würde reißen, da war ich mir sicher, und wir würden zusammen in die Tiefe stürzen.

Kaum hatte Thomas festen Boden unter den Füßen, atmete ich erleichtert auf und ließ mich von seinem Rücken gleiten.

»Entschuldige«, sagte ich und zog meine Jeans zurecht.

»Wenn ich Panik bekomme, bin ich unerträglich.« Ich richtete mich auf. Es war mir peinlich, dass ich ein solcher Angsthase war.

»Keine Sorge, das bist du auch, wenn du entspannt bist«, spottete er. Ich zeigte ihm den Mittelfinger, und er sah mich gespielt schockiert an. Wir gingen zum Motorrad zurück, und binnen zehn Minuten stand ich vor dem Marsy. Ich stieg ab und reichte ihm den Helm zurück. »Warum hast du eigentlich immer zwei Helme dabei? Ist das nicht etwas umständlich?«, fragte ich unschuldig.

Thomas klappte das Visier hoch, blieb aber sitzen. »Glaubst du ernsthaft, ich fahre ständig mit zwei Helmen durch die Gegend?«

Okay, sehr clever war meine Frage nicht, aber … »Heute Morgen hattest du zwei Helme bei dir, dabei wusstest du doch gar nicht, ob ich mitkommen würde.«

»Ich wollte mit dir zusammen sein, da habe ich mir Finns Helm ausgeliehen. Warum stellst du so dämliche Fragen?«

Mein Herz schlug bei diesem Geständnis einen Purzelbaum. Der Handywecker klingelte und erinnerte mich daran, dass meine Schicht in fünf Minuten begann.

»Ich muss gehen.« Ich deutete auf den Eingang zum Pub hinter mir. »Danke für heute. Es war … schön«, fügte ich hinzu, und es war nicht gelogen.

»Frohes Schaffen, Fremde. Pass auf dich auf und lass dich nicht zu oft anschauen.« Mit einem letzten Augenzwinkern klappte er das Visier runter und fuhr davon.

Kapitel 24

Entgegen meiner Vorhersage war der Pub wegen eines Football-spiels brechend voll. Alle Tische waren besetzt mit Fans, die mit lautem Gelächter und Diskussionen für Tumult sorgten. Das einzig Positive an solchen Abenden war, dass ich mehr Trinkgeld bekam als sonst.

»Und damit sind es siebzig!« Während einer kurzen Pause knallte ich einen Haufen Geldscheine auf die dunkle Holztheke – das Trinkgeld, das ich mir mit einstudiertem Lächeln und einem Augenzwinkern zur rechten Zeit erarbeitet hatte. Im Marsy Trinkgeld zu bekommen, war einfacher als gedacht, vor allem, nachdem mir klar geworden war, dass ich meist hirnlose Idioten bediente, die beim Anblick spärlich bekleideter Beine ihre gesamten Ersparnisse verprassten. Und mit jedem Dollar wuchs mein Selbstbewusstsein.

»Du bist unglaublich, Nessy. Du kriegst sie einfach alle!«, schwärmte Maggie, und wir gaben uns ein High Five.

»Ein Kinderspiel!«, sagte ich überheblich und brach im selben Moment in Gelächter aus. Zu Anfang war ich zugegebenermaßen recht zugeknöpft gewesen, aber dann hatte Tiffany mir ein paar Tricks verraten, die richtig gut funktionierten. Ich faltete die Geldscheine und steckte sie mir in den BH.

»Das liegt an den Zöpfen, die du dir heute geflochten hast«, meinte unsere Kollegin Cassie. Gleich nach meiner Ankunft im

Marsy war ich auf die Toilette gestürmt und hatte mein Bestes gegeben, meine vom Fahrtwind zerzausten Locken zu bändigen. »Trotz der aufreizenden Cheerleader-Uniform wirkst du damit irgendwie unschuldig. Und das macht die Gäste schier verrückt.« Cassie mit ihrer kurvenreichen Figur war der Inbegriff der Sinnlichkeit und perfekt für diesen Job geeignet, denn im Unterschied zu Maggie und mir liebte sie es, im Rampenlicht zu stehen.

Ich machte mich gerade wieder an die Arbeit, als ich inmitten des Trubels eine wohlbekannte Stimme vernahm.

»Hi, Vanessa.« Mit dem Tablett in der Hand drehte ich mich um und sah Logan auf mich zueilen. Er trug eine khakifarbene Hose, einen blauen Pulli und zweifarbige Mokassins – und er wirkte angespannt und nervös.

»Warte kurz am Tresen auf mich, ich bin gleich bei dir!«, rief ich ihm zu. »Ist alles okay bei dir?«, fragte ich besorgt, als ich zu ihm trat und das volle Tablett auf die Theke stellte.

»Das wollte ich dich gerade fragen«, erwiderte Logan.

»Warum?«

»Ich habe den ganzen Nachmittag über versucht, dich zu erreichen. Wo warst du?«

Ich musste lachen. Sollte das ein Witz sein? »Was meinst du damit? Ich habe den ganzen Tag über keinen Anruf von dir erhalten. Du wolltest doch packen.«

»Das dauert ja nicht ewig. Als ich fertig war, habe ich dich angerufen, drei Mal. Ich hab dir sogar eine Nachricht hinterlassen, aber du hast nicht zurückgerufen.«

Ich verstand gar nichts mehr.

»Vielleicht hast du die falsche Nummer gewählt«, sagte ich augenzwinkernd, aber er war nicht in der Stimmung für Späßchen.

»Nein, ich bin ziemlich sicher, dass ich dich angerufen habe.«
Er zog sein Handy aus der Tasche und zeigte mir die Anrufe und
die Nachricht. Ich hatte nichts bekommen. Möglich, dass ich im
Baumhaus keinen Empfang gehabt hatte, aber warum waren
dann Tiffs und Alex' Nachrichten durchgegangen?

Ich zuckte bedauernd die Schultern. »Vielleicht hatte ich kein
Netz, eine andere Erklärung habe ich nicht.« Ich ließ ihn kurz
stehen, um eine Bestellung aufzunehmen.

»Warum? Wo warst du denn?«, fragte er, als ich wieder da war.
Hastig überlegte ich, was ich antworten sollte. Wenn ich ihm
erzählte, dass ich den späten Nachmittag mit Thomas verbracht
hatte, könnte er auf falsche Gedanken kommen, aber ich wollte
ihn auch nicht anlügen.

»Ich war im Wald spazieren, und dann habe ich mich hin-
gelegt.« Was der Wahrheit entsprach.

»Ich habe mir Sorgen gemacht und war schon auf dem Weg zu
dir nach Hause, um zu sehen, ob alles okay ist.« Er lächelte und
streichelte mir über die Wange.

»Das wäre keine so gute Idee gewesen. Da hättest du meine
Mutter getroffen und es bitter bereut.« Wir mussten beide lachen.

»Ich kann nicht lange bleiben, in einer Stunde muss ich wieder
auf dem Campus sein. Mein Mitbewohner wartet auf mich, ich
hab versprochen, *Call of Duty* mit ihm zu spielen. Könntest du
kurz eine Pause einlegen?« Ich warf einen Blick in die Runde:
Alle meine Tische waren versorgt. Also nickte ich Maggie zu, die
auf der anderen Seite stand, und deutete erst auf Logan und anschließend auf die Tür. Sie streckte den Daumen in die Höhe. Ich
lächelte ihr dankbar zu und folgte Logan nach draußen. Auf dem
Parkplatz hinter dem Marsy war es ruhiger. Ich lehnte mich gegen die Wand. Logan stellte sich vor mich und verschränkte seine
Finger mit meinen.

»Hi«, flüsterte er sanft.

»Hi«, erwiderte ich ebenso sanft.

»Ich mag deine Zöpfe.« Er nahm einen davon in die Hand und spielte damit. »Und diese Uniform … Ich bin wirklich nicht eifersüchtig, aber ich muss zugeben, dass es mich stört, wenn alle dich so sehen können.« Er musterte mich von Kopf bis Fuß.

»Ich hasse diese Uniform, ich komme mir lächerlich darin vor.«

»Weil du dich nicht mit meinen Augen siehst. Du siehst wunderschön aus.«

»Lass das, ich werde noch ganz rot.«

»Ich wollte, dass du mit mir rauskommst, weil ich dir etwas geben möchte.« Er zog eine quadratische Schachtel aus der Hosentasche und legte sie mir in die Hand. »Die sind für dich. Eigentlich wollte ich sie dir schon heute Nachmittag geben.«

Ich stieß mich von der Mauer ab, öffnete die Schachtel neugierig und entdeckte zwei Schokoladenherzen. Überrascht schaute ich ihn an. »Du hast mir Pralinen gekauft?« Es mochte banal erscheinen, aber das hatte noch nie jemand für mich getan.

Er zuckte mit den Schultern. »Ich bin einige Tage nicht da, und wenn du mich vermisst, kannst du eine essen und an mich denken. Ich werde die ganze Zeit über an dich denken.« Wieder streichelte er mir zärtlich über die Wange.

»Bei mir überleben die keine Stunde, das weißt du, oder?«, scherzte ich.

»Willst du damit sagen, dass ich eine bessere Methode finden muss, damit du an mich denkst?« Ohne mir Zeit für eine Antwort zu geben, schloss er die Augen und näherte sich meinem Gesicht.

Oh nein, das war wohl der Moment, jetzt würde er mich küssen.

Seine warmen und weichen Lippen legten sich auf meine. Mit einer Hand umschloss er meine Wange, die andere legte er auf meine Hüfte und drückte mich an sich. Er küsste mich sanft und zärtlich. Und doch ... fühlte ich nichts. Kein Prickeln im Bauch, keine weichen Knie. Mein Kopf war glasklar, ich driftete nicht ab in irgendwelche fernen Galaxien. Logan zu küssen, war angenehm, aber nicht überwältigend.

»Ich mag dich wirklich, Vanessa, ich wollte das schon tun, als ich dich das erste Mal gesehen habe«, flüsterte er.

»Ich mag dich auch.« Und das war nicht gelogen, selbst wenn ich keinerlei Leidenschaft für ihn empfand. Aber das konnte ja noch werden. Vielleicht brauchte es diese Leidenschaft auch gar nicht. Ich legte ihm die Arme um den Hals, er streichelte meinen nackten Schenkel, wir küssten uns erneut.

»Ich muss wieder rein«, sagte ich, nachdem ich mich von ihm gelöst hatte. Er nickte, nahm mich an der Hand, und wir gingen zurück zum Eingang.

»Vanessa?«

Ich fuhr herum. »Matt?«, fragte ich überrascht, aber es kam noch schlimmer. Neben ihm tauchte Thomas auf, der uns feindselig anstierte.

»Hallo«, sagte ich leise und versuchte meine Nervosität zu verbergen.

Thomas stützte sich mit dem Ellbogen auf Matts Schulter. »Dein Onkel sollte reichen Bubis den Zutritt verbieten. Sie vögeln die Kellnerinnen und bestellen nicht mal ein verfluchtes Bier.«

Ich erstarrte. Warum musste er sich Logan gegenüber jedes Mal wie ein Arschloch benehmen?

»Wie bitte?«, fragte Logan erbost, aber Thomas ignorierte ihn.

»Hör nicht auf ihn, er ist nicht gut drauf«, sagte Matt beschwichtigend.

Ich hätte mir denken können, dass der Thomas von heute Nachmittag nur noch eine vage Erinnerung war. Matt winkte uns zu und ging rein, während Thomas sich gegen die Mauer lehnte und mich anschaute. Logan nahm meine Hand. Instinktiv zog ich sie zurück, doch dann packten mich Schuldgefühle, und ich verschränkte meine Finger mit seinen. Hand in Hand gingen wir an ihm vorbei.

»Schöne Beine, Ness. Die solltest du öfter zeigen.« Thomas zwinkerte mir zu.

Logan blieb stehen. »Sag mal, Collins, nur aus Neugier: Wie fühlt es sich an, wenn man etwas haben will, was man nicht haben kann?«

Oh nein, Logan. Warum?

Ruckartig stieß Thomas sich von der Mauer ab und blieb nur wenige Zentimeter von seinem Gesicht entfernt stehen. »Was hast du gesagt?«

»Thomas, hör auf!«, schaltete ich mich ein und versuchte, Logan in den Pub zu ziehen, aber er reagierte nicht.

»Du hast mich gehört«, entgegnete er ruhig und sah Thomas stur in die Augen.

Thomas schlug ihm mit der flachen Hand auf die Brust und knurrte: »Was kann ich nicht haben? Lass hören.«

»Das ist doch offensichtlich«, entgegnete Logan herausfordernd und blickte in meine Richtung. »Deshalb hasst du mich ja so. Muss frustrierend sein, oder?«

Ich war vollkommen perplex. Was zum Teufel war in Logan gefahren?

Thomas schien kurz davor, zu explodieren. Doch gerade als ich befürchtete, er würde auf Logan losgehen, verzog er das Gesicht zu einem gehässigen Grinsen. Er schaute mich lange an, dann blickte er zu Logan, schnalzte abschätzig mit der Zunge und entgegnete: »Wenn ich wollte, könnte ich sie auf der Stelle vögeln. Hier, vor deinen Augen, nur um dir zu zeigen, wie sehr du dich irrst. Mit deinem unschuldigen Jungengesicht magst du sie vielleicht täuschen, mich aber nicht. In Wahrheit bist du ein verdammter Psychopath, der den Gentleman spielt. Du kannst mit allen Kellnerinnen Oregons vögeln, aber keine wird dir jemals gehören«, sagte er so hasserfüllt, dass ich zurückschreckte.

»Die Fakten sagen etwas anderes«, gab Logan mit Eiseskälte zurück. Er umklammerte meine Taille und zog mich an sich.

Was zur Hölle sollte das?

Ich wollte mich gerade von ihm losmachen, als Thomas ihn am Kragen packte und gegen die Hauswand knallte. Er rammte ihm die Faust mitten ins Gesicht und verletzte ihn an der Unterlippe.

Vor Schreck schlug ich die Hände vor den Mund. Ohne nachzudenken, stellte ich mich zwischen die beiden, presste die Augen zusammen und legte schützend die Hände auf mein Gesicht, bereit, den zweiten, für Logan bestimmten Schlag zu kassieren. Aber nichts passierte. Als ich die Hände wieder wegzog, sah ich Thomas' Faust direkt vor meinem Gesicht. »Zur Seite«, befahl er mir, rasend vor Wut. In diesem Moment durchfuhr mich ein Adrenalinstoß. Ich packte seine Lederjacke und stieß ihn mit aller Kraft zur Seite, weg von Logan. Gerade als ich zornentbrannt losbrüllen wollte, hielt ich abrupt inne: Thomas' Blick war eisig, das merkwürdige Glitzern in seinen Augen kannte ich nicht. Matt hatte recht: Irgendetwas stimmte heute Abend nicht mit ihm.

Ich legte ihm beruhigend die Hand auf die Brust, aber er wich zurück. »Thomas, was ist los mit dir?«, fragte ich alarmiert.

»Dieses Arschloch provoziert mich, und ich soll das Problem sein?«, fuhr er mich an und deutete auf Logan hinter uns.

»Du hast angefangen!«

Thomas atmete schwer, während er auf und ab ging und seinen Zorn, der ihn innerlich zu verzehren schien, zu bändigen versuchte.

»Du lässt dich hinter dem Pub von ihm vögeln und erwartest, dass ich das gut finde?«

»So war es nicht.«

»Wie zum Teufel war es dann?«

Ich schüttelte den Kopf. »Thomas, ich weiß nicht, was heute Abend mit dir los ist, aber du solltest deinen Ärger nicht an anderen auslassen. Nur weil wir jetzt Freunde sind, kannst du dich nicht einfach in mein Privatleben einmischen!«, platzte es aus mir heraus.

Er schaute mich an, als hätte ich ihm ein Messer in die Brust gerammt, und ich fühlte mich angesichts des Schmerzes in seinem Blick beinahe schuldig. Dann, ohne ein Wort zu sagen, machte er kehrt und betrat den Pub. Hinter ihm knallte die Tür zu.

Verwirrt und aufgewühlt wandte ich mich an Logan. Obwohl ich auch auf ihn wütend war, wollte ich ihm wegen seiner aufgeplatzten Lippe beistehen.

»Oh Gott, d… das tut mir so leid. Alles in Ordnung?« Ich hob mit zitternden Fingern sein Kinn, und er verzog vor Schmerz das Gesicht.

»Nein, nichts ist in Ordnung. Der spinnt doch.« Mit dem Daumen wischte er sich das Blut ab, das ihm aus dem Mundwinkel tropfte.

»Ja, nun ja … im Moment wirkt er tatsächlich so. Aber … warum hast du ihn auch provoziert?«

»Du entschuldigst sein Verhalten und machst mir einen Vorwurf? Dir ist schon klar, dass er mir mitten ins Gesicht geboxt hat?«, fragte er sauer und massierte sich die Schläfe.

»Ja, ich weiß, tut mir leid.« Betroffen senkte ich den Blick.

»Ich entschuldige ihn nicht, aber es hätte nicht so weit kommen müssen. Warum musstest du ihn provozieren?«

»Weil er *mich* provoziert hat, falls dir das nicht aufgefallen sein sollte.« Er schwieg, dann fragte er: »Sag mir die Wahrheit: Was läuft da zwischen euch?«

Panik schnürte mir den Hals zu. »Nichts.«

»Aber da ist mal was gelaufen, stimmt's?«

»Nein.« Ich starrte auf den Asphalt unter mir.

»Vanessa«, drängte er.

»Es ist nicht wichtig, Logan.«

Er legte den Kopf schief, dann seufzte er frustriert. »Gefällt er dir?«

»Wir sind Freunde.«

Logan presste die Lippen zusammen. »Er steht auf dich, das ist offensichtlich, und damit kann ich leben. Aber ich muss wissen, ob du auch auf ihn stehst. Denn in diesem Fall wäre alles Weitere Zeitverschwendung.«

»Es ist unwichtig, ob ich auf ihn stehe oder nicht. Wichtig ist nur, dass ich mit einem Typen wie ihm niemals zusammen sein könnte. Ich hatte bereits einen Freund, der mich nicht respektiert hat. Ich habe meine Lektion gelernt und möchte, dass es mir gut geht, Logan. Und mit dir ist das so. Du sorgst dich um mich, bist freundlich, du hältst mir die Tür auf und schenkst mir sogar Pralinen.« Ich lächelte. »Das sind zwar kleine Gesten, aber das hat noch nie jemand für mich getan«, flüsterte ich. »Mit dir geht es mir gut.«

Er legte meine Zöpfe hinter die Schultern und streichelte mein Gesicht. »Wenn du mir sagst, dass Thomas keine Gefahr darstellt, dann glaube ich dir.« Er küsste mich sanft, und ich erwiderte seinen Kuss. »Ich möchte mit dir zusammen sein, Vanessa.

Ich will dir keine Entscheidung aufzwingen, aber ich bitte dich, mir eine Antwort zu geben, wenn ich wieder nach Corvallis zurückkomme.«

Eine Antwort bezüglich ... uns beiden?

Plötzlich hatte ich einen Kloß im Hals. Ich fühlte mich wohl mit Logan, bezweifelte aber, dass ich das Gleiche für ihn empfand wie er für mich.

Zum Glück tauchte in diesem Moment Maggie auf und rief nach mir, sodass ich dieses Thema offenlassen konnte. Jedenfalls für den Moment.

»Kommst du mit rein?«, fragte ich Logan.

»Nein, ich muss gehen.« Er lächelte mir zu. »Außerdem ist Thomas dadrinnen. Es ist sicher besser, nicht noch mehr Öl ins Feuer zu gießen.«

Was zum Teufel war nur los mit mir? Warum konnte ich mich nicht in diesen Typen verlieben, der mich ansah, als wäre ich eine Göttin?

»Gut, dann ... sehen wir uns, wenn du zurück bist?«, fragte ich unsicher.

»Darauf kannst du wetten. Ich rufe dich an, ganz oft.«

»Und ich gehe dran, ganz oft. Mach dir wegen Thomas keine Gedanken.« Wir tauschten einen komplizenhaften Blick und küssten uns ein letztes Mal, dann ging ich wieder rein.

Thomas und Matt hatten zusammen mit Freunden an einem Tisch in meinem Bereich Platz genommen. Leise fluchend ging ich zu ihnen, um die Bestellung aufzunehmen.

»Kannst du mir mal sagen, warum du immer die heißen Kerle bedienen darfst, während ich nur alte Knacker mit künstlichem Gebiss abkriege?«, maulte Cassie, als ich an den Tresen zurückkam.

»Wir können gern tauschen«, erwiderte ich und zapfte zwei Bier.

»Echt?«, fragte sie mit leuchtenden Augen.

»Du würdest mir damit einen Gefallen tun. Da ist ein Typ dabei, den ich im Augenblick lieber nicht sehen möchte.« Cassie schaute mich an, als hätte ich nicht mehr alle Tassen im Schrank. Ich schob ihr die Biergläser und die Chicken Wings hin, die gerade aus der Küche gekommen waren. »Mach nur, das ist für ihren Tisch.«

Cassie grinste, zupfte an ihrem Ausschnitt und eilte davon.

Ich bediente weiter meine Tische, nur die Nummer elf nicht. Thomas ließ mich nicht aus den Augen, und jedes Mal, wenn ich an ihm vorbeilief, musste ich mich zwingen, den Blick abzuwenden. Als eine Gruppe aufstand und ging, wechselte ich einige Worte mit einem Typen, der nur wenig älter war als ich, und setzte meine Trinkgeld-Taktik ein. Bevor er das Lokal verließ, legte er den Arm um mich, zog einige Scheine aus seinem Portemonnaie und steckte sie mir in den Rockbund. Lächelnd schob ich seinen Arm weg und ging.

Fast wäre ich unbeschadet an Tisch elf vorbeigekommen, doch eine tätowierte Hand hielt mich fest.

»Stopp!«

Langsam wurde das zur Gewohnheit. »Lass mich los, sonst bekommst du es mit Sean, unserem Türsteher, zu tun. Und glaub mir, ihm ist es egal, dass du mit dem Neffen des Besitzers unterwegs bist. Er schmeißt euch einen nach dem anderen raus.«

Thomas zog die Augenbrauen hoch und war nicht im Mindesten eingeschüchtert. »Komm mit raus, wir müssen reden.«

»Ich kann nicht, ich muss arbeiten.«

»Ja, das sehe ich. Amüsierst du dich gut?«, fragte er mit Blick auf die Geldscheine in meinem Rockbund.

Ich blickte genervt an die Decke. »Das ist nur Trinkgeld, hör auf, dich wie mein großer Bruder aufzuführen.«

Er presste die Lippen zusammen und brachte seinen Mund ganz nah an mein Ohr. Ich konnte nicht anders und sog den mir so vertrauten Duft ein – Vétiver, Tabak und … Jack Daniel's? Hatte er getrunken? Wieso war mir das nicht aufgefallen? Seine Lippen berührten meine Haut, mein Magen zog sich zusammen, und ich musste meine gesamte Willenskraft aufbringen, damit ich keine weichen Knie bekam.

»Großer Bruder? Dein Ernst?«, flüsterte er heiser.

»So wirkt es jedenfalls. Lass mich in Ruhe, Thomas, du hast heute Abend schon genug Schaden angerichtet.« Ich versuchte mich von ihm zu befreien, woraufhin sein Griff nur noch fester wurde.

»Du bist sauer, oder?«

»Aber nein, warum sollte ich?«, antwortete ich in sarkastischem Ton. Matt und die anderen sahen merklich angespannt aus.

Thomas ließ mein Handgelenk los und fuhr sich mit den Fingern durchs Haar. »Ich habe es übertrieben, ich weiß. Aber ich hatte schlechte Laune.«

»Und das scheint, wie so oft, Grund genug für dich zu sein, die Kontrolle zu verlieren«, antwortete ich bewusst unbeteiligt. Meine Antwort schien ihn zu irritieren, denn er ließ mich tatsächlich los.

»Sag nicht, dass der Typ, den du lieber nicht sehen willst, der Muskelprotz mit den Tattoos ist?«, rief Cassie mit schriller Stimme, als ich zum Tresen zurückkehrte und mich eindringlich ermahnte, dass Mord ein Verbrechen war.

»Bingo.«

»Das musst du mir erklären.«

»Da gibt es nichts zu erklären.«

»Ich habe gesehen, wie ihr miteinander geredet habt. Erst dachte ich, ihr reißt euch gleich die Kleider vom Leib, dann, dass ihr jeden Moment handgreiflich werdet. Was seid ihr? Feinde, Freunde oder nächtliche Geliebte, die sich bei Tageslicht hassen?«

»Freunde, Cassie, einfach nur Freunde«, antwortete ich ungehalten. *Klappt aber nicht so gut*, hätte ich am liebsten hinzugefügt.

»Hervorragend, denn seit er seinen Fuß hier reingesetzt hat, träume ich davon, diese vollen Lippen zu küssen. Und dieser Body! Ich glaube, ich habe noch nie einen so perfekten Körper gesehen. Den muss ich haben. Meinst du, du kannst mir seine Nummer geben?«

»Hab ich nicht.«

Sie starrte mich ungläubig an. »Wieso nicht?«

Ich zuckte mit den Achseln. »Wir haben keine ausgetauscht. Aber wenn du willst, frag ihn. Er sitzt ja nur wenige Meter entfernt.« Cassie zog die Augenbrauen hoch und lachte, als hätte ich irgendetwas vollkommen Abwegiges gesagt.

»Ach, Kleines …«, sie legte mir die Hand mit den rot lackierten Fingernägeln auf den Rücken und lächelte mich an, als wäre ich ein Kind, dem man die Grundlagen des Flirtens erklären musste. »Ich kann ihn nicht nach seiner Nummer fragen. Das ist die zweitwichtigste Regel der Verführung.«

»Was meinst du damit?«

»Frag niemals einen Mann nach seiner Nummer. Wenn du das machst, dann weiß er, dass du auf ihn stehst. Er glaubt, er hätte dich schon in der Tasche, und hat deshalb keine Lust mehr, dich kennenzulernen.«

Ich runzelte die Stirn. »Und was ist die wichtigste Regel?« Die Antwort war mir zwar egal, aber ich fragte trotzdem.

»Schau ihn niemals an. Niemals.«

»Aber wenn du ihn nicht anschaust, wie soll er dann wissen, dass du an ihm interessiert bist?«

»Das ist der Trick. Das *darf* er nicht wissen.«

Idiotisch. Ich kam nicht dazu, mir noch andere seltsame Regeln anzuhören, denn Maggie kam und verkündete, dass ihre Schicht zu Ende war. Das bedeutete, dass auch Cassie in einer Stunde gehen würde, Gott sei Dank. Und noch eine Stunde später könnte auch ich nach Hause. Endlich.

Kapitel 25

Eine halbe Stunde vor dem Ende meiner Schicht war der Pub leer – bis auf Thomas, der immer noch am Tisch saß. Matt und die anderen waren bereits gegangen. Mich wunderte, dass Thomas die Gelegenheit nicht genutzt hatte, um mit einer neuen Eroberung auf den Campus zurückzukehren. Mit noch mehr Verwunderung – und Genugtuung – hatte ich festgestellt, dass er Cassies Annäherungsversuchen gegenüber immun geblieben war.

»Thomas, wir schließen jetzt. Zeit, nach Hause zu gehen.« Ich räumte die leeren Gläser ab, bis auf seines, das mit einer bräunlichen Flüssigkeit gefüllt war.

»Ich hab aber keinen Bock zu gehen.« Er drehte das Glas in den Händen.

»Wenn man traurig ist, sollte man als letzten Rückzugsort nicht unbedingt eine Bar auswählen, findest du nicht?«, sagte ich.

»Das ist keine Bar.«

»Du hast recht, es ist ein Pub, aber im Grunde ist das doch das Gleiche.«

»Wieso glaubst du, dass ich traurig bin?«, hakte er nach.

Diese Augen, verdammt!

»Bist du es etwa nicht?« Er zuckte nur mit den Achseln.

»Warum bist du hier?«, wollte ich wissen.

Er richtete sich seufzend auf. »Deshalb«, er hob sein Glas.

»Und deshalb.« Er schaute auf meine Beine und fuhr mit dem Handrücken über meine Hüfte. Ich zuckte zusammen und trat einen Schritt zur Seite.

»Bist du betrunken?«, fragte ich ihn besorgt.

»Ich betrinke mich nicht, Ness«, behauptete er mit einem spöttischen Lächeln.

»Ach was. Wie viele Gläser hattest du heute Abend?«

»Fünf oder sechs ... nein, vielleicht acht oder neun. Ich weiß es nicht mehr. Ich bin ja schon eine Weile hier.«

»Du bist definitiv betrunken. Nimm lieber den Bus.«

»Mein Auto lasse ich bestimmt nicht stehen, dann sind morgen nur noch die Reifen da. Und vielleicht nicht mal die.«

»Willst du die Nacht etwa hier verbringen? Das wird Derek bestimmt nicht gefallen, das kann ich dir sagen.«

Er zog den Schlüssel aus der Tasche und ließ ihn hin und her baumeln. »Du fährst mich heim.«

»Wenn ich das mache, verpasse ich den Bus um Mitternacht, und der nächste kommt erst um eins. Das geht nicht, tut mir leid. Ich rufe dir ein Taxi.« Ich zog das Handy hervor und wollte gerade tippen, als er mich am Handgelenk packte.

»Ich habe doch gesagt, dass ich mein Auto hier nicht stehen lasse. Vergiss es einfach, ich komme schon irgendwie nach Hause.« Er stand auf, leerte das Glas und ging wankend zur Tür.

»Wohin willst du? In diesem Zustand kannst du nicht fahren!«, rief ich ihm hinterher.

Er drehte sich grinsend zu mir um. »Ich weiß, aber ich mache es trotzdem.« Er zog die Tür auf, dann schien ihm etwas einzufallen, denn er kam zu mir zurück. »Ich muss noch bezahlen.« Er zog ein paar Geldscheine aus seiner Jeanstasche und legte sie auf den Tisch. Einen davon faltete er zusammen und steckte ihn mir in den Ausschnitt. »So magst du es doch, oder?«

Wäre er nicht betrunken gewesen, hätte ich ihm eine Ohrfeige verpasst, aber da er sich kaum auf den Beinen halten konnte, blieb ich ruhig.

»Du bist echt hinüber. Setz dich. Ich bringe dich nach Hause«, befahl ich ihm streng. Er wehrte sich nicht, sank auf den Stuhl, verschränkte die Arme auf dem Tisch und legte den Kopf darauf.

Ich ging zum Tresen, wischte ihn feucht ab, zog die Müllsäcke heraus und stellte die letzten dreckigen Gläser in die Spülmaschine. Dann nahm ich eine Flasche Wasser aus dem Kühlschrank und brachte sie Thomas.

»Hier, tu einfach so, als wäre es Jack Daniel's. Ich bin gleich fertig, dann können wir los.«

Er hob den Kopf, sah mich mit geröteten Augen an und murmelte etwas Unverständliches.

Nachdem ich die Einnahmen dreimal nachgezählt hatte, steckte ich das Geld in einen Umschlag, schrieb das Datum darauf und legte ihn in den Safe. Anschließend nahm ich das Trinkgeld und Logans Pralinen und ging zur Garderobe im Untergeschoss. Ich nahm meine Klamotten aus dem Rucksack und wollte mich gerade umziehen, als ich bemerkte, dass sie klatschnass waren. Oh nein! Die Flasche Wasser, die ich immer dabeihatte, war ausgelaufen. Offenbar hatte ich sie nicht richtig zugeschraubt. Zum Glück hatte ich die Bücher in der Umhängetasche verstaut, sonst wären sie ebenfalls nass geworden. Ich seufzte. Nun, dann musste ich wohl oder übel die verhasste Cheerleader-Uniform anbehalten. Ich zog meine Jacke über, löste die Zöpfe und kehrte zu Thomas an den Tisch zurück.

»Warte kurz, ich muss noch eben den Müll rausbringen«, sagte ich und deutete auf die vollen Säcke.

»Das übernehme ich.« Er wollte aufstehen, aber ich hielt ihn zurück.

»Du bleibst hier, du kannst dich ja kaum auf den Beinen halten.«

Ich gab ihm keine Zeit, zu antworten, und schleppte die Säcke hinaus. Auf dem Parkplatz stand nur ein einziges Auto: ein schwarzer, offenbar brandneuer SUV.

»Okay, wir können los«, sagte ich, als ich wieder drinnen war. Ich sah mich ein letztes Mal um, vergewisserte mich, dass alles sauber war, dann schob ich Thomas zur Tür, schaltete das Licht aus und sperrte ab.

»Gehst du nach der Arbeit immer so raus?« Missbilligend schaute er auf meine Uniform.

»Normalerweise nicht, aber meine Klamotten sind nass geworden, mir ist eine Flasche Wasser im Rucksack ausgelaufen.«

Thomas murmelte etwas Unverständliches. Ich drückte auf die Fernbedienung des Schlüssels. Die Lichter des schwarzen SUV blinkten auf. Am Auto angekommen, öffnete ich die Tür und hievte ihn auf den Beifahrersitz, anschließend beugte ich mich über ihn, um ihm den Gurt anzulegen.

»Du bist immer so vorsichtig ...«, neckte er mich mit einem etwas schiefen Grinsen. Auch betrunken war er noch unwiderstehlich.

»Man kann nie vorsichtig genug sein.« Ich spürte seinen warmen Atem an meinem Ausschnitt.

»Ich bin absolut deiner Meinung. Warum bleibst du nicht so und überprüfst, ob im Auto auch wirklich alles ... sicher ist?«

Ich richtete mich so eilig auf, dass ich mir den Kopf anstieß, dann ging ich um den SUV herum und setzte mich auf den Fahrersitz. Zwischen meine Füße und die Pedale passte ein Lastwagen, deshalb verstellte ich zunächst den Sitz, anschließend die Seitenspiegel.

»Du bringst alles durcheinander«, protestierte Thomas.

Ich brachte alles durcheinander? Das konnte er doch nicht ernst meinen …

»Vielleicht solltest du dich mal fragen, ob es eine gute Idee ist, sich ausgerechnet in dem Lokal volllaufen zu lassen, in dem ich arbeite«, konterte ich.

Er antwortete nicht, stattdessen lehnte er den Kopf gegen das leicht geöffnete Seitenfenster. Ich legte Logans Pralinen ins Handschuhfach.

»Wer hat dir die denn geschenkt?«, wollte Thomas wissen.

»Logan.«

Er griff nach der Packung, und einen Moment lang dachte ich, er würde sie aus dem Fenster werfen. Stattdessen öffnete er sie, nahm eins der beiden Pralinenherzen heraus und warf es sich in den Mund. »Karamell …«, nuschelte er. »Nicht mal davon hat er Ahnung.«

»Hey!«

»Was ist?«

»Er hat *mir* die Pralinen geschenkt.«

»Ich werde mich schriftlich entschuldigen«, spottete er und nahm sich auch die zweite.

»Ich dachte, du magst sie nicht?«

»Ich brauche Zucker.«

Aber klar doch. Schweigend ließ ich den Motor an und fuhr los. Der Wagen war ein Traum. Die Straßen waren um diese Uhrzeit leer, wir kamen rasch voran.

»Ness«, durchbrach er die Stille. »Eines musst du wissen. Etwas, was dich ziemlich aufregen wird.« Er hielt inne und schaute mich von der Seite an.

»Was?«, fragte ich, starrte stur geradeaus und machte mich auf das Schlimmste gefasst.

»Heute Nachmittag, als du geschlafen hast … hat dieser

Schwachkopf angerufen …« Bevor er den Satz beenden konnte, war mir alles klar. Ich fuhr rechts ran und trat so abrupt auf die Bremse, dass der Wagen leicht ins Schlingern geriet.

»Fuck, bist du wahnsinnig?« Er war blass geworden. Hektisch blickte er in alle Richtungen. »Uns hätte jemand reinfahren können! Steig aus, ich setze mich ans Steuer. Du fährst mir zu waghalsig.« Er wollte sich gerade abschnallen und aussteigen, doch ich aktivierte die Zentralverriegelung.

»Wag es nicht, dich aus diesem Sitz zu bewegen, Thomas!«, schrie ich ihn an. Er blieb wie erstarrt sitzen. Ich schnallte mich ab und beugte mich wütend zu ihm. »Du hast mein Handy genommen?«

»Das wollte ich dir doch gerade sagen.«

Ich starrte ihn entgeistert an, unfähig, etwas zu erwidern, dann stöhnte ich laut auf. »Du … du machst Witze! Sag mir, dass das ein Witz ist. Du hast dir erlaubt, die Anrufe meines Freundes abzulehnen, während ich geschlafen habe? Was stimmt nicht mit dir?«

»Keine Ahnung, warum ich das gemacht habe, okay?«, antwortete er genervt.

Genervt … *Er* war genervt!

Von einer blinden Wut gepackt, schwang ich mich auf seine Beine und trommelte mit den Fäusten auf seinen Brustkorb ein.

»Was machst du da, verdammte Scheiße? Hör auf damit!«

»Nein, ich werde nicht damit aufhören. Du bist krank! Arrogant! Besitzergreifend! Was glaubst du eigentlich, was du dir erlauben kannst? Drückst meine Anrufe weg, bedrohst Logan, schlägst ihn!« Ich drosch weiter auf ihn ein, während er vergeblich versuchte, mich davon abzuhalten. Der Alkohol verlangsamte seine Reflexe.

»Beruhige dich! Du übertreibst!«

Er hatte recht, aber er machte mich wirklich wahnsinnig.

»Sag mir, warum!«, schrie ich. Dieses Mal erwischte er meine Handgelenke und hielt sie hinter meinem Rücken fest.

»Weil ich es nicht ertrage, dich mit ihm zu sehen. Ich ertrage es nicht, dich mit irgendwem zu sehen!« Sein Mund war jetzt ganz nah an meinem Ohr.

Völlig außer Atem, hielt ich inne, und Thomas ließ meine Handgelenke los. Ich verstand nicht, was er mir sagen wollte, und ich versuchte auch gar nicht erst, es zu verstehen. Ich fuhr mir mit der Hand übers Gesicht, strich langsam die Haare nach hinten und versuchte mich zu beruhigen. Erst jetzt bemerkte ich, dass ich breitbeinig auf seinem Schoß saß. Als ich den Blick hob, sah ich, dass seine Augen vor Verlangen leuchteten. Ich verspürte ein Flattern und Ziehen im Bauch, dann das inzwischen vertraute Pochen zwischen den Beinen und wusste, was als Nächstes passieren würde. Aber nein, das würde ich nicht zulassen.

»Tu es nicht.«

»Tu was nicht?« Er sah mich herausfordernd an und strich mir über die nackten Oberschenkel.

»Mich küssen, mich anfassen. Du bist betrunken und offensichtlich schlecht gelaunt. Benutz mich nicht, um dich abzureagieren. Mach das mit anderen, aber nicht mit mir.« Meine Aufforderung war fast ein Flehen, denn ein Teil von mir sehnte sich danach, von ihm berührt und geküsst zu werden.

Thomas hielt inne. Sein Kopf sank mit einem frustrierten Seufzer gegen die Nackenstütze. Widerstrebend nahm er die Hände von meinen Beinen, während ich mich erneut auf den Fahrersitz setzte und meinen Rock zurechtzupfte. Den Blick starr auf die dunkle Straße vor mir geheftet, versuchte ich, meine Gedanken zu ordnen.

»Warum hast du es mir gesagt?« Ich umklammerte das Lenkrad.

»Was?«

»Das mit den Anrufen. Du hättest nur so tun müssen, als wüsstest du von nichts.«

»Das hatte ich auch vor.« Ich wandte mich zu ihm und sah, wie sich sein Adamsapfel auf- und abbewegte. »Du hast gesagt, dass du mir nicht vertraust, und das kann ich voll und ganz verstehen. Ich baue eine Menge Mist, bin unzuverlässig und schwer zu handeln. Aber ich möchte, dass du mir vertraust. Und deshalb muss ich ehrlich zu dir sein.«

Er löschte heimlich Anrufe und Nachrichten von meinem Handy und wollte, dass ich ihm vertraute … Nein, er machte es mir wirklich nicht leicht. Dennoch musste ich zugeben, dass ich seine Ehrlichkeit schätzte.

»Würdest du es wieder tun?«

»Wahrscheinlich.«

»Du bist ein hoffnungsloser Fall.« Ich schüttelte resigniert den Kopf. »Ich bringe dich jetzt zum Campus.«

Thomas lehnte den Kopf wieder ans Seitenfenster. Die restliche Fahrt über schwiegen wir uns an, nur hin und wieder spürte ich, wie er mich von der Seite ansah. »Im Marsy haben alle Männer beim Anblick deiner Schenkel gesabbert. Wahrscheinlich hast du für jede Menge erotischer Träume gesorgt«, sagte er unvermittelt und starrte mir auf die Beine.

»Unsinn, das liegt nur an der Uniform«, wiegelte ich verlegen ab.

»Jedes Mal, wenn du an mir vorbeigelaufen bist, musste ich mich beherrschen, um dich nicht auf dem nächstbesten Tisch flachzulegen. Dann hätten diese Widerlinge wirklich was zu glotzen gehabt.«

Seine vulgäre Art nahm mir den Atem, seine Unverschämtheit ließ mich erröten, doch mein Körper bebte bei dem Gedanken, dass seine Worte wahr werden könnten. Fühlte ich mich etwa angezogen von dieser schamlosen, brutalen Seite an ihm, die im krassen Gegensatz zu meinem Sinn für Anstand und Würde stand?

Ich räusperte mich, um meine Gefühle zu verbergen. »Du bist und bleibst eben ein primitiver Steinzeitmensch.«

Vor seinem Wohnheim hielt ich an, zog die Handbremse und stellte den Motor ab. »Da sind wir.« Ich stieg aus, ging um den Wagen herum und half ihm beim Aussteigen.

»Ich bin vielleicht ein primitiver Steinzeitmensch, aber du«, sein Mund war ganz nah an meinen, »du bist einfach viel zu schön.«

Ich biss mir auf die Lippe und versuchte, das Gefühlschaos in mir im Zaum zu halten. Die Stimme in meinem Kopf erinnerte mich daran, dass er betrunken war und ich auf keinen Fall nachgeben durfte.

»Ich bringe dich in dein Zimmer«, sagte ich mit brüchiger Stimme.

»Das hattest du doch von Anfang an vor, oder?«, provozierte er mich. Ich ignorierte ihn und führte ihn am leeren Aufenthaltsraum vorbei zum Aufzug. Wir fuhren in den dritten Stock und liefen den düsteren Korridor entlang bis zu seiner Zimmertür.

»Der Schlüssel ist in der hinteren Jeanstasche, ich komme nicht ran.«

Ich schnaubte. »Das hattest du doch von Anfang an vor, oder?«, witzelte ich. Er schmunzelte. Nachdem ich die Tür aufgeschlossen hatte, betraten wir ein riesiges Apartment. Das Wohnzimmer bestand aus einem rechteckigen Tisch, einem Sofa direkt unter dem Fenster und einer kleinen Küchenecke. Im Vergleich dazu war mein Zimmer ein winziges Loch.

»Wo schläfst du?«

Er deutete mit dem Kopf auf eine Tür zu unserer Linken. Das Schlafzimmer gegenüber gehörte Larry, den man laut schnarchen hörte. Ich hatte eine Macho-Höhle erwartet, stattdessen stand ich in einem nüchtern eingerichteten Raum mit kahlen weißen Wänden, einem einfachen Bett, einem Schreibtisch und einem Regal mit einem Foto, das Leila und Thomas Arm in Arm zeigte. Sie lächelte, er nicht. Der Rahmen war rosa und glitzerte. Es war klar, dass er nur Leila zuliebe hier stand. Ich grinste vor mich hin.

Hinter mir hörte ich Thomas rumoren, drehte mich um und half ihm, die Jacke abzustreifen. Seine Bewegungen waren langsam und ungeschickt, Lichtjahre entfernt von dem, was ich von ihm gewohnt war. Er warf sich angezogen aufs Bett und starrte an die Decke.

»Alles okay?«

Er schüttelte den Kopf, antwortete aber nicht. »Ich nehme an, du willst nicht reden.« Das sollte eine Frage sein, klang aber wie eine Feststellung. Er schloss die Augen. Ein klares Signal, dass ich gehen sollte. »Wie du meinst. Es ist spät, ich gehe dann mal.«

»Warte.« Er hob den Kopf und warf mir den Autoschlüssel zu, den ich erstaunlicherweise geschickt auffing. »Hier, bring ihn mir morgen zurück.«

»Ich fahre nicht mit deinem Auto.«

»Um diese Zeit, in dem Aufzug lasse ich dich nicht mit dem Bus fahren. Du nimmst das Auto, Ende der Diskussion. Oder du bleibst hier, such es dir aus.«

»Ich nehme das Auto.«

»Pass gut drauf auf.«

Ich verdrehte die Augen. Bevor ich das Zimmer verließ, füllte ich ein Glas mit Wasser und nahm ein Schmerzmittel aus dem Arzneischrank im Bad. Beides stellte ich mit einer Packung

Taschentücher auf den Nachttisch. Anschließend holte ich einen Eimer aus der Küche und platzierte ihn neben dem Bett. Zum Schluss holte ich das Handy aus seiner Lederjacke und legte es neben ihn. Die ganze Zeit über ließ er mich nicht aus den Augen.

»Was machst du da?«, fragte er.

»Na ja, ich … stelle dir ein paar Sachen hin. Falls du dich übergeben musst …« Seine Mundwinkel zuckten. Höchste Zeit, zu verschwinden, bevor er sich über mich lustig machte.

Aber er machte sich nicht über mich lustig. Stattdessen setzte er sich auf, streckte die Hand nach mir aus und zog mich auf seine leicht geöffneten Beine. »Du bist süß …« Er umfasste meine Taille und drückte die Stirn auf meinen nackten Bauch. Das Uniformoberteil reichte nur knapp bis unterhalb der Rippen. Plötzlich hatte ich das Bedürfnis, ihn in den Arm zu nehmen und zu trösten. Ich fuhr ihm mit den Händen durchs Haar, streichelte ihn und spürte, wie er die Lippen zu einem Lächeln verzog. Dann küsste er mich auf den Bauch. Sein Kuss brannte wie Feuer und schien einen wahren Flächenbrand in mir auszulösen, denn nun stand auch mein Becken in Flammen. Sein Mund hinterließ eine Spur warmer, feuchter Küsse auf meinem Bauch. Langsam glitten seine Hände unter meinen Rock. Er umfasste meine Pobacken und zog mich mit einem energischen Ruck nach unten, bis ich auf seinem Schoß saß. Ich grub die Finger in seine Haare und stöhnte laut auf, als er sich gegen mein Becken drückte. Thomas war wie eine Droge, der ich nicht widerstehen konnte.

»Ich will mich nicht an dir abreagieren«, flüsterte er, dann küsste er meinen Hals. Das kühle Metall seines Piercings in seiner warmen Zunge brachte mich schier um den Verstand. Unser Atem ging schneller, Verlangen stieg in mir auf. Seine Zunge streifte meine Lippen. Der Geschmack nach Whiskey brachte mich zur Besinnung.

»Thomas, hör auf!« Als ich ihn von mir wegschob, erkannte ich in seinen Augen Verbitterung und Frustration.

»Fuck«, murmelte er, als wüsste er, dass er einen Fehler gemacht hatte. Ich stand auf und zog den Rock herunter.

»Kein Problem, du weißt nicht, was du tust.«

Mit einem frustrierten Seufzen legte er noch einmal sein Gesicht an meinen Bauch und ballte die Fäuste in meinem Rücken. Er wirkte wie ein gebrochener Mann mit der Seele eines verlorenen Kindes. Ihn so zu sehen, machte mich fertig. »Was ist los?«

»Ich bin in Trauer, Ness. Und das ist meine Schuld.«

Mir wurde eiskalt. Ich nahm sein Gesicht in die Hände und schaute ihm in die Augen. »Was hast du da gesagt?«

»Nichts, geh nach Hause.« Er legte sich aufs Bett und schlief auf der Stelle ein, während ich wie angewurzelt stehen blieb. Was hatte das bloß zu bedeuten?

Kapitel 26

Die ganze Nacht über starrte ich an meine Zimmerdecke und dachte an seine Worte, an seine traurigen Augen, die Arme, die mich verzweifelt festhielten. Ich wusste nicht, was schlimmer war: seine Worte, deren Bedeutung ich nicht verstand, oder die Erkenntnis, dass ich seine Hände auf mir spüren wollte.

Als ich neben ihm in seinem Zimmer im Wohnheim gestanden und ihm einen letzten Blick zugeworfen hatte, hätte ich mich am liebsten neben ihn gelegt, ihm über die verstrubbelten Haare gestreichelt und jedes Detail seines perfekten Gesichts betrachtet. Aber ich konnte nicht, ich durfte nicht.

Also hatte ich mich nur vorsichtig seinem Gesicht genähert, mit dem dem Gefühl seiner weichen Lippen auf meinem Mund war ich gegangen. Er hatte mir so sehr gefehlt! Und plötzlich verstand ich: Thomas hatte es irgendwie geschafft, ins Innerste meiner Seele vorzudringen, und so viel Mühe ich mir auch gab – er ließe sich nicht mehr vertreiben.

Als der Wecker klingelte, lag ich schon geraume Zeit wach. Ich schaltete ihn aus und starrte weiter an die Decke, während ich mir über die Lippen strich, die noch nach ihm schmeckten. Nach einer Weile atmete ich tief durch und ging unter die Dusche.

Das Wasser lief, wurde aber nicht warm, und ich bibberte unter dem eiskalten Strahl.

»Mom!«, rief ich in der Hoffnung, sie wäre noch zu Hause.

Keine Antwort. Mit klappernden Zähnen hüllte ich mich in ein Handtuch und rannte die Treppe hinunter.

In der Küche hing ein Zettel am Kühlschrank: »Der Boiler ist kaputt, der Techniker kommt heute Nachmittag. Sei bitte um fünf zu Hause.«

»Verdammt!«, schimpfte ich, zerknüllte den Zettel und warf ihn in den Müll.

Wieder in meinem Zimmer, öffnete ich den Schrank und wollte gerade nach meinen üblichen langweiligen Klamotten greifen, dann entschied ich mich um. Aus irgendeinem unerfindlichen Grund wollte ich mich heute attraktiver fühlen als sonst. Deshalb entschied ich mich für einen knielangen kaffeebraunen Rock, der meinen Po perfekt zur Geltung brachte, tauschte mein formloses Sweatshirt gegen eine Bluse ein, deren oberste Knöpfe ich offen ließ, dazu trug ich wie immer Converse.

Ich stieg in Thomas' Auto, und da ich zeitig dran war, beschloss ich, ihm den Schlüssel gleich zurückzubringen. Als ich aufs Wohnheim zuging, spürte ich plötzlich zwei Hände auf meiner Schulter und drehte mich um.

»Hi, Nessy, wie geht's?« Matt stand hinter mir.

»Hey, Matt, geht so. Wie läuft's bei dir?«

»Super, wie immer. Was ist los?«

»Bei uns ist der Boiler kaputt, ich konnte nicht richtig duschen. Das hat mir ziemlich die Laune verhagelt.«

»Verstehe. Ist alles klar wegen Thomas? Er wollte gestern unbedingt noch bleiben, ich konnte ihn einfach nicht aus dem Pub schleifen. Hat er dir Schwierigkeiten gemacht?«, fragte er besorgt.

»Keine Sorge, er hat mich nicht belästigt«, versicherte ich ihm.

»Ich hätte ihn in seinem Zustand nicht mitnehmen sollen.«

Ich legte ihm die Hand auf die Brust. »Warte mal, er war schon betrunken, als ihr ankamt?«

»Ja, er hatte vorher schon ein paar Gläser Jack Daniel's intus.«

»Macht er das öfter?« Ich runzelte die Stirn.

»Was, trinken?« Ich nickte und drückte meine Bücher an die Brust. »Wir sind jung, Nessy. Du weißt doch, wie es ist.«

»Das seid ihr, aber ihr habt hoffentlich auch ein Hirn. Auf einer Party ein paar Bierchen zu trinken, ist okay, aber es jedes Mal zu übertreiben, erscheint mir nicht besonders clever.« Verlegen wandte er den Blick ab. »Sorry, das gilt ja nicht zwingend auch für dich. Aber es tut mir leid, Thomas so zu sehen.«

Matt fuhr sich mit der Hand über den Hinterkopf. »Lässt du es als Entschuldigung gelten, wenn ich dich einlade, bei mir zu duschen?«

Ich zog belustigt die Augenbrauen hoch. »Was?«

»Ich habe bis heute Nachmittag Vorlesungen und danach Training. Ich gebe dir meinen Schlüssel, du besuchst deine Kurse und kannst danach in aller Ruhe eine schöne heiße Dusche nehmen.« Er deutete auf das Verbindungshaus.

»Danke, Matt, aber ich weiß nicht …«

»Komm schon, Nessy, ich bestehe darauf.« Ich überlegte kurz. Meine Schicht im Marsy begann um halb sieben, und der Techniker kam um fünf Uhr. Keine Ahnung, wie lange er brauchen würde, aber wahrscheinlich hätte ich keine Zeit mehr zum Duschen.

»Okay … Danke! Aber da ist sonst niemand, oder? Auf Überraschungen hab ich nämlich keine Lust.«

»Kein Problem, ich sage Bescheid. Außerdem kannst du abschließen.« Er machte ein paar Schritte rückwärts und warf mir dabei einen Schlüsselbund zu. »Der Lilafarbene ist für den Eingang, der Grüne für mein Zimmer. Fühl dich wie zu Hause.«

Ich steckte den Schlüsselbund in die Tasche und warf einen Blick auf die Uhr. Ich musste mich beeilen, in fünf Minuten begann meine Vorlesung. Ich würde Thomas den Autoschlüssel einfach später geben.

Ich hastete aufs Fakultätsgebäude zu und sah ihn am Eingang stehen, in Jogginghose und schwarzem Hoodie, zusammen mit seiner Schwester. Obwohl er mir den Rücken zugekehrt hatte, konnte ich deutlich sehen, wie aufgeregt er mit Leila diskutierte, war aber zu weit weg, um sie zu verstehen. Plötzlich schlug Thomas mit der Faust gegen die Wand.

Ich eilte auf die beiden zu. »Hey.«

Thomas drehte sich um. Er sah fuchsteufelswild aus. Leilas Augen waren gerötet, als hätte sie geweint.

»Ich habe dir schon gesagt, dass ich nicht mitkomme«, blaffte er seine Schwester an, ohne mich zu beachten.

»Es könnte das letzte Mal sein, und er möchte …«, sagte sie in flehendem Ton.

»Hast du schon vergessen, was er uns angetan hat?«

Leila ließ sich nicht einschüchtern. »Bitte, Thomas, wenn du nur …«

»Ich habe NEIN gesagt.« Er holte erneut aus, um der Wand einen Hieb zu verpassen, aber ich packte seinen Arm und hielt ihn fest. Erst jetzt schien er meine Anwesenheit zu bemerken.

»Thomas, beruhige dich. Wir sind auf dem Campus«, erinnerte ich ihn.

Er machte sich los und ging, ohne mich eines Blickes zu würdigen. Ich sah ihm nach und versuchte, das Puzzle zusammenzusetzen, aber es gelang mir nicht. Ich drehte mich zu Leila.

»Vanessa, entschuldige«, flüsterte sie und fuhr sich verzweifelt übers Gesicht.

»Kein Problem, geht es dir gut? Was ist los?«, fragte ich unsicher.

»Er denkt einfach nicht nach.« Auch sie schlug jetzt gegen die

Wand. Die Geschwister Collins schienen ein ernsthaftes Problem damit zu haben, ihre Wut unter Kontrolle zu halten.

»Über was soll er denn nachdenken?«

Sie massierte sich die Schläfen. »Unserem Vater geht es nicht gut, unser Onkel hat uns Bescheid gegeben. Er versucht, die Familie wieder zusammenzubringen – eine Familie, die schon vor vielen Jahren zerbrochen ist.« Sie lehnte sich mit dem Rücken gegen die Wand.

»Und deshalb ist er so wütend?«

Sie nickte. »Er will nicht mitkommen, nichts davon wissen …«

»Und warum nicht?«

Sie schaute mich zögernd an, als überlegte sie, was sie mir erzählen konnte. »Es ist kompliziert.«

Kompliziert. Ich hasste dieses Wort. Ich hasste es aus tiefstem Herzen. Meist wurde es von Leuten verwendet, die etwas falsch gemacht hatten und nicht wussten, was sie sagen sollten, um heil aus der Sache rauszukommen.

»Leila«, sagte ich nach einigem Zögern. »Ich mache mir Sorgen um ihn. Gestern Nachmittag waren wir zusammen, da ging es ihm gut. Aber abends war er im Marsy, dem Pub, in dem ich arbeite, und hat sich betrunken. Ich habe ihn nach Hause gefahren, und er hat irgendwas gesagt, was ich nicht richtig verstanden habe, irgendwas mit Trauer.«

Leila zuckte zusammen. »Das hat er gesagt?«

Ich nickte mit klopfendem Herzen.

»Für Thomas ist es gerade nicht einfach. Für niemanden aus meiner Familie ist es das, doch vor allem für ihn nicht. Das geht schon vorbei, aber halte dich im Moment besser von ihm fern.«

»Warum?«, fragte ich. Die Vorstellung, ihn in dieser schwierigen Phase im Stich zu lassen, gefiel mir gar nicht.

»Ich weiß, dass ihr versucht, Freunde zu sein oder so was Ähnliches. Ich weiß aber auch, dass mein Bruder alles Gute um ihn herum kaputt macht, wenn es ihm nicht gut geht.«

»Ich weiß nicht, ob …«, entgegnete ich, doch sie fiel mir ins Wort.

»Es geht mir um dich, Vanessa.«

Ich schaute zu Boden. »Okay.«

Leila warf einen hastigen Blick auf ihre Armbanduhr. »Ich muss jetzt leider los, würde dich aber gern noch mal treffen. Unter angenehmeren Umständen, wenn möglich.« Sie lächelte.

»Klar, das würde mir auch gefallen.«

In der Vorlesung über Kunstgeschichte tauchte Thomas nicht auf. Ich verbrachte die meiste Zeit damit, seinen leeren Stuhl anzustarren und darüber nachzudenken, dass er zum ersten Mal fehlte. Ich machte mir Sorgen um ihn, und Leilas Worte hatten mich nicht gerade beruhigt. Zum Ende der Vorlesung war mein einziger Gedanke, ihn zu treffen. Ich musste ihm den Autoschlüssel zurückgeben, mich aber vor allem davon überzeugen, dass es ihm gut ging.

»Hey, wohin willst du denn?«, fragten Tiff und Alex, denen ich am Ausgang in die Arme lief.

»Ich muss jemanden treffen, sorry«, antwortete ich ausweichend und rannte, ohne stehen zu bleiben, an ihnen vorbei.

Als ich vor Thomas' Zimmer ankam, war ich plötzlich so nervös, dass ich mich zuerst einmal beruhigen musste.

Auf mein Klopfen hin kam keine Reaktion. Ich klopfte noch mal, legte mein Ohr dicht an die Tür und vernahm von innen Geräusche und seine fluchende Stimme. Energisch klopfte ich ein drittes Mal. »Thomas, ich bin's, Vanessa.« Nach einem kurzen Moment öffnete sich die Tür. Seinem Gesichtsausdruck nach zu urteilen, hatte er keine Lust auf Besuch. Wahrscheinlich wäre es klüger gewesen, sofort wieder zu gehen, doch ich blieb wortlos in der Tür stehen.

»Darf ich reinkommen?«, fragte ich vorsichtig. Widerwillig trat er zur Seite und ließ mich vorbei. Es herrschte angespannte Stille. Der bleierne Himmel hinter den Fenstern ließ die Atmosphäre noch düsterer erscheinen. Auf dem Teppich lagen leere Bierdosen verstreut, und ich war mir sicher, dass Grasgeruch in der Luft lag. Ich sah mich um und schaute zu Larrys Tür. »Bist du allein?«

Er nickte und ging an mir vorbei. »Ich sag es dir gleich, fang gar nicht erst an, mich mit deinen Fragen zu nerven«, platzte es aus ihm heraus.

»Hatte ich nicht vor«, log ich und schluckte.

»Was willst du, Vanessa?«

Ich zog den Autoschlüssel aus der Tasche und warf ihn ihm zu. Er fing ihn auf, legte ihn auf den Tisch und setzte sich aufs Sofa. »Sonst noch was?« Er lehnte sich zurück und zündete sich einen Joint an.

»Ist das etwa ein Joint?« Ich stellte meine Büchertasche auf den Boden.

Er nickte. »Willst du auch?«

Ich runzelte die Stirn. »Es ist gerade mal halb elf. Ist das nicht ein bisschen früh?«

Thomas hielt den Joint zwischen Daumen und Zeigefinger, zog daran und sah dem Rauch nach. »Für Gras ist es nie zu früh.«

Wir sahen uns lange in die Augen, und ich unterdrückte den Wunsch, ihn mit Fragen zu bombardieren. Schließlich schaute er mich so eindringlich an, dass ich den Kopf wegdrehte.

Mein Blick wanderte durch den Raum und blieb an seiner Schlafzimmertür hängen. Noch vor wenigen Stunden hatte ich auf seinem Schoß gesessen, er hatte mich mit Augen angesehen, die loderten vor Begierde, meine warme Haut geküsst … Meine Kehle wurde trocken.

Ich goss mir ein Glas Wasser ein und leerte es in einem Zug.

Er war betrunken, sagte ich mir. Nichts von dem, was er gesagt oder getan hatte, hatte ihm seine Vernunft diktiert, sondern seine Verzweiflung. Trotzdem hatte sich jede Faser meines Körpers nach ihm verzehrt.

»Ist dieser Rock nicht ein bisschen eng?«, fragte er teilnahmslos.

Ich verschluckte mich fast. »Er ist genau richtig«, antwortete ich betont selbstsicher.

»Für deinen Hintern bestimmt.« Ich wandte mich ab, damit er meine roten Wangen nicht sah. »Trägst du das für ihn?«

»Was meinst du?«, fragte ich unschuldig.

Thomas warf einen Blick auf meine weit aufgeknöpfte Bluse, dann auf den Rock. »Sonst ziehst du dich anders an.«

Ja, er hatte recht: Ich wollte jemanden auf mich aufmerksam machen, aber dieser Jemand war nicht Logan. Ich würde lügen, wenn ich behauptete, ich hätte seit unserem Kuss gestern Nacht auch nur zwei Minuten an ihn gedacht. Was war ich nur für eine schreckliche Person!

Ich schüttelte den Kopf. »Warum sollte ich? Logan ist gar nicht in Corvallis.«

Thomas zog erneut an dem Joint, blies den Rauch aus und fragte: »Wo ist er denn?«

»Er ist für einige Tage nach Hause gefahren.« Thomas zog die Augenbrauen hoch. Schnell wechselte ich das Thema. »Warum warst du nicht in der Vorlesung?«

Er nahm einen letzten Zug und drückte den Joint dann im Aschenbecher auf dem Tisch vor ihm aus. »Ich war nicht in der Stimmung.«

»Das sehe ich.« Er stand auf und ging zum Kühlschrank.

»Habe ich dir gefehlt?«, fragte er mit überheblicher Stimme, und ich verdrehte genervt die Augen.

Er nahm sich eine Dose Bier und leerte sie mit wenigen Schlucken, ohne mich aus den Augen zu lassen. Ich meinte, Traurigkeit in seinem Blick zu erkennen. Leere.

»Nein, ich habe mir nur Sorgen gemacht.«

»Um mich?«, spottete er. »Keine Angst, mir geht's gut.«

»Gut?«, fragte ich ebenfalls spöttisch. Er nickte und nahm sich ein weiteres Bier. Oh ja, genau so verhielten sich Menschen, denen es gut ging. »Was hast du heute vor? Hier zu sitzen, zu trinken und zu kiffen?«

Sichtlich verärgert stellte Thomas die Bierdose auf den Tisch und ging auf mich zu. »Genau das«, knurrte er ungehalten.

Ich hob den Kopf. »Eine Scheißidee.«

»Niemand hat dich gefragt.« Er kam näher, immer näher. Dicht vor mir blieb er stehen. »Aber wenn du eine bessere Idee hast …« Mit dem Zeigefinger fuhr er mir über den Hals bis zum Dekolleté. »… lass sie hören.« Er starrte gierig auf meinen Mund. »Vielleicht willst du da weitermachen, wo wir gestern aufgehört haben, Ness.« Seine tiefe, raue Stimme versetzte alle meine Sinne in Alarmbereitschaft. »Oder willst du da weitermachen, wo du gestern aufgehört hast …?«

»Wovon redest du, Thomas?«

Er wickelte sich eine meiner Locken um den Finger. »Hat es dir gefallen?«, murmelte er.

»Noch einmal: Ich weiß nicht, wovon du sprichst.«

»Klar weißt du das.« Er berührte mit den Lippen mein Ohrläppchen, nahm es dann behutsam zwischen die Zähne. Eine Hitzewelle rauschte durch meinen Körper.

»Thomas!«, rief ich und legte ihm die Hände auf die Brust, in dem vergeblichen Versuch, ihn aufzuhalten.

»Du schuldest mir einen Kuss, du kleine Schnüfflerin«, flüsterte er und presste sich an mich. Sein Mund berührte meinen. Er roch nach Bier und Gras.

»Nein.« Ich schob ihn mit einer Entschlossenheit, die mich selbst überraschte, von mir. Unter meiner rechten Hand spürte ich seinen Herzschlag. »Sex löst deine Probleme nicht, Thomas, er lenkt dich nur ab«, sagte ich leise, aber entschieden. »Rede mit mir. Was auch immer dich belastet, lass nicht zu, dass es dich zugrunde richtet.«

Seine Augen verengten sich zu Schlitzen, und mir war klar, dass ich etwas Falsches gesagt hatte. Thomas seufzte und trat einen Schritt zurück. »Scheiße, Vanessa, du kannst nichts dafür, oder? Du suchst immer nach dem tieferen Sinn, Herrgott noch mal!«

»Nein, ich versuche lediglich zu verstehen, was mit dir los ist.«

»Nichts!« Er fuhr sich nervös mit den Fingern durchs Haar.

»Nichts? Das nennst du nichts?« Ich deutete angewidert auf die Bierdosen und den überquellenden Aschenbecher.

»Was ist daran schlimm? Entspann dich, du redest wie meine Mutter!«, erwiderte er.

»Nur weil ich es seltsam finde, wenn du deine Schmerzen mit Alkohol und Drogen betäubst? Du leidest, aber du gehst damit falsch um!«

Er lachte bitter. *Ich leide*? Dein lächerlicher ›Lover‹« – er malte mit den Fingern Anführungszeichen in die Luft – »ist nicht da, und du kompensierst seine Abwesenheit damit, bei mir die Samariterin zu spielen?«, fragte er verächtlich. Ich wusste, dass er mich nur dazu bringen wollte, das Thema zu wechseln oder das Weite zu suchen, aber darauf fiel ich nicht rein.

»Ich spiele gar nichts, Thomas.« Er nahm einen weiteren Schluck und warf mir dabei einen trotzigen Blick zu. Ärgerlich riss ich ihm die Bierdose aus der Hand und leerte sie in der Spüle aus.

»Fuck!«, schrie er und zeigte mir den Mittelfinger. »Mach das nie wieder!«

»Sonst?«, forderte ich ihn heraus.

Zornig starrte er mich an, dann verzogen sich seine Lippen zu einem fiesen Grinsen.

»*Du* tust mir leid. Weshalb bist du hier? Um die Laune des bedauernswerten Thomas zu heben? Seine Wunden zu lindern? Wann kriegst du es endlich in dein kleines Köpfchen, dass du mir nichts bedeutest?« Auch wenn er Gift und Galle spuckte, waren seine Augen voller Trauer.

»Dir geht es schlecht, du meinst nicht wirklich, was du sagst.« Daran wollte ich von ganzem Herzen glauben. Sonst wäre der gestrige Tag wieder nur eine Lüge gewesen. Und doch konnte ich die kleine Stimme in meinem Kopf nicht überhören, die mich an die traurige Realität erinnerte: Thomas würde nie jemanden an sich heranlassen. Tränen stiegen mir in die Augen, aber ich biss mir auf die Lippen, um nicht loszuheulen.

»Tu dir selbst einen Gefallen und geh.« Er deutete auf die Tür.

Ich wusste, dass ich das schon längst hätte tun sollen. Dass ich gar nicht erst hätte kommen sollen. Und trotzdem war der einzige Ort, an dem ich sein wollte, genau hier. Zusammen mit ihm. Auch wenn das Streit bedeutete. Auch wenn das Leiden bedeutete und ich seine Wut, seine schlimmste Seite aushalten musste.

»Ich gehe nicht.«

»Muss ich dich mit Gewalt rauswerfen?« Drohend kam er auf mich zu.

»Das würdest du nicht tun.«

Er machte einen großen Schritt auf mich zu. Ich erstarrte, wich erschrocken zurück und prallte gegen den Küchenschrank.

Doch Thomas griff mich nicht an – stattdessen nahm er mein Gesicht zwischen die Hände, presste seine Stirn gegen meine und schloss die Augen.

»Warum machst du alles so kompliziert?«, flüsterte er. »Warum?«

»Weil ich dir helfen will«, wisperte ich, ganz nah an seinem Gesicht.

»Warum bist du so dumm, das zu tun?« Seine Daumen streichelten meine Wangen.

»Weil ich deine Freundin bin, und Freunde helfen einander.« Kaum hatte ich die Worte ausgesprochen, ließ er mein Gesicht los und trat ein paar Schritte zurück.

»Raus hier«, herrschte er mich an.

Fassungslos riss ich die Augen auf. In diesem Moment klopfte es. »Thomas!«, rief eine schrille Stimme. Ich bekam eine Gänsehaut. Diese Stimme konnte nur einer einzigen Person gehören: Shana. Ich sah zur Tür, dann wieder zu Thomas, der immer noch, ohne mit der Wimper zu zucken, vor mir stand.

»Thomas, mach auf. Ich weiß, dass du da bist, ich habe Stimmen gehört.« Sie klopfte erneut. »Komm schon, Ich hasse es zu warten.«

»Und? Willst du sie nicht reinlassen?«

Thomas schüttelte den Kopf. »Ich will keine Nervensäge um mich haben.« Er sah mir in die Augen. »Wie es scheint, kapiert ihr das nicht. Vor allem du nicht.«

Es fühlte sich an, als hätte er mir gerade in den Bauch geboxt. *Vor allem du nicht.*

Sogar für mich gab es eine Grenze, und die hatte er gerade überschritten.

Ich griff nach meiner Büchertasche und ging zur Tür. »Fick dich, Thomas Collins!«

Er lehnte sich gegen den Tisch, schlug die Beine übereinander und starrte mich an. Seine Augen loderten vor Wut. »Vielleicht kann Shana das übernehmen, deshalb ist sie ja da.« Er grinste.

Mir verschlug es den Atem. In meinen Augen brannten Tränen, aber ich würde jetzt nicht losheulen, nicht vor ihm. Ich öffnete die Tür und stürmte hinaus.

Draußen stand ich der größten Schlampe der Oregon State gegenüber, die mich überrascht und zugleich belustigt ansah.

»Na, sieh mal einer an …« Sie strich sich über die rote Mähne. »Ich wusste es: Die, die auf Engelchen machen, sind die Schlimmsten. Du miese kleine Hure.«

Die Wut, die in mir brodelte, war so groß, dass ich ihr am liebsten die Haare ausgerissen hätte. »Ja, vielleicht hast du recht. Aber wenigstens muss ich ihn nicht anflehen, mir die Tür aufzumachen!« Damit warf ich ihr einen tödlichen Blick zu, ging zum Aufzug und verließ das Wohnheim.

Ich hätte auf Leila hören sollen. Hätte nicht zu ihm gehen sollen. Was auch immer ihn beschäftigte, es zerfraß ihn von innen. Und ich konnte nichts tun, um ihn zu retten.

Kapitel 27

Nach zwei Stunden Soziologie, Thema Migrationsbewegungen und Menschenrechte, hatte ich das Gefühl, mein Kopf würde platzen, aber immerhin war ich abgelenkt gewesen.

»Schon seit heute Morgen überlege ich, was heute anders an dir ist«, flüsterte Tiffany neben mir und tippte mit dem Zeigefinger auf ihr Kinn. »Ich glaube, ich weiß es.«

Oh nein, was kam denn jetzt?

»Seit ich dich kenne, hast du noch nie einen so engen Rock getragen. Und diese Bluse? Süße, willst du nicht vielleicht ein, zwei Knöpfe schließen? Deine Haare sehen jetzt nicht so toll aus, aber mit deinem Look willst du offensichtlich jemanden beeindrucken. Da stellt sich natürlich die Frage: Wen?« Sie musterte mich nachdenklich. »Sicherlich nicht meinen Bruder, diesen Bastard. Einen Moment lang dachte ich, es könnte Logan sein, aber irgendwie glaube ich das nicht. Und genau deshalb habe ich mich gefragt, ob nicht ein Bad Boy mit grünen Augen und megavielen Tattoos der Grund sein könnte ...«

Sie hatte ins Schwarze getroffen, und ich wäre vor Scham am liebsten im Erdboden versunken.

»Was verschweigst du mir, Süße?«, hakte sie nach und schaute mich prüfend an.

»Gar nichts«, erwiderte ich achselzuckend, aber ihr Blick sagte mir, dass ich eine schlechte Lügnerin war.

»Sicher? Die Falten in deinem Gesicht verraten etwas anderes.«

»Was für Falten? Ich habe keine Falten.«

»Und ob!« Sie deutete auf einen Punkt zwischen meinen Augenbrauen. »Die hier wird tiefer, wenn dich etwas überrascht, diese hingegen«, ihr Finger wanderte zu meiner Stirn, »wenn dich etwas beunruhigt. Und die«, sie deutete auf meinen Mundwinkel, »wenn du nervös bist. Und du bist gerade ziemlich nervös, Süße.«

Ich gab es auf und ließ den Kopf auf meinen Notizblock sinken. Als wir nach der Vorlesung den Hörsaal verließen, erzählte ich ihr alles. »Ich habe gestern den Nachmittag mit Thomas im Chip Ross Park verbracht. Wir haben einen Waldspaziergang gemacht und uns gut unterhalten, und dann ist er am Abend im Pub aufgetaucht und hat gesehen, wie ich Logan geküsst habe. Er ist völlig ausgetickt, hat getrunken, nein, er *war* schon betrunken, als er gekommen ist. Wie es scheint, macht er gerade eine schwierige Zeit durch.«

Tiffany musterte mich ungläubig. »Seit wann redet ihr überhaupt wieder miteinander?«

»Seit gestern Morgen. Er hat mir einen Waffenstillstand vorgeschlagen und sich auf seine Art entschuldigt. Wir haben beschlossen, Freunde zu werden.« Sie riss die Augen auf und prustete los. »Was gibt es denn da zu lachen?«

»Sorry, aber …«, sie wischte sich eine Lachträne aus dem Auge, »ist dir klar, was du gerade gesagt hast? Collins und du seid *Freunde*?«

Sie kicherte anzüglich. »Und was für *Freunde* seid ihr? Freunde mit gewissen Vorzügen, oder lackiert ihr euch gegenseitig die Fußnägel?«

Freunde, die sich bei jeder Gelegenheit beschimpfen.

»Keins von beidem. Und ob du es glaubst oder nicht: Männer und Frauen *können* Freunde sein. Schau mich und Alex an: Wir sind seit mehr als zehn Jahren befreundet und gehen trotzdem nicht miteinander ins Bett oder lackieren uns gegenseitig die Fußnägel.«

»Ihr lest gemeinsam Bücher und schaut Serien. Außerdem ist das etwas anderes, ihr kennt euch seit der Grundschule, seid wie Geschwister! Was mich weitaus brennender interessiert: Was ist passiert, als Thomas dich mit Mr. Langeweile beim Knutschen erwischt hat?«, fragte sie neugierig.

»Was glaubst du? Sie haben sich einen Testosteron-Wettkampf geliefert, und Thomas hat ihn mit voller Wucht ins Gesicht geboxt.« Tiff klappte die Kinnlade runter. »Und nicht nur das. Logan hat mich gefragt, ob wir offiziell zusammen sein wollen, und mir mit der Antwort bis nach seiner Rückkehr Zeit gelassen. Nicht lange danach saß ich auf Thomas' Schoß, und er knetete meinen Hintern.« Verlegen vergrub ich das Gesicht in den Händen. Seitdem Thomas in mein Leben getreten war, tat ich Dinge, auf die ich nicht besonders stolz war. Ich erkannte mich selbst kaum wieder.

»Oh. Mein. Gott.« Tiffany starrte mich an. »Kannst du mir mal sagen, was dieser Typ mit dir anstellt?«

»Ich weiß es nicht, Tiff. Ich war sehr müde, und er war sehr betrunken, und ich weiß auch nicht … Es ist einfach passiert.«

»Einfach passiert?«, wiederholte sie und hob die Augenbrauen. »Süße, du kannst deine Gefühle für ihn gern weiter leugnen, aber das macht sie nicht weniger real.«

Sie hatte recht. Ich könnte weiter leugnen, was ich in seiner Gegenwart, was ich *für ihn* empfand, aber was würde das bringen?

»Ich weiß.« Wir verließen das Fakultätsgebäude, und ich ließ mich auf eine Bank fallen. Es war kühl, aber ich brauchte dringend ein bisschen frische Luft. »Ich weiß, dass ich etwas für ihn empfinde, und wünschte, es wäre anders. Jedes Mal, wenn ich mit ihm zusammen bin, fühle ich mich wie eine Marionette, an deren Fäden er zieht. In einem Moment bin ich im Himmel und im nächsten auf direktem Weg in die Hölle. Das gefällt mir nicht, aber irgendwie kann ich nichts dagegen machen!«

»Das weiß ich, Süße.« Tiffany setzte sich neben mich, legte mir den Arm um die Schultern und strich mir liebevoll übers Haar. »Aber du weißt, wie er ist. Das hast du immer gewusst. Du wünschst dir Rosen und Herzchen, aber er hat nur Dornen und Dunkelheit. Und das kann niemand ändern.« Ich hatte das Gefühl, als hätte sie mir einen Schlag versetzt.

»Wie konnte ich nur so dumm sein? Wie konnte ich mich an den einzigen Menschen binden, der eine Bindung kategorisch ablehnt?«, murmelte ich und lehnte den Kopf an ihre Schulter.

»Weil wir unsere Gefühle nicht kontrollieren können. Sie vereinnahmen uns, überwältigen uns. Manchmal saugen sie uns aus oder machen uns wehrlos. Alles, was wir tun können, ist, uns von ihnen mitreißen zu lassen und darauf zu hoffen, dass wir es heil überstehen.« Sie zog den Arm weg, und ich schaute sie traurig an.

»Gefühle sind scheiße.«

»Du sagst es. Aber manchmal sind sie es auch, die das Leben schön machen.« Sie schob mir die Haare hinter die Ohren. »Und wie geht es nun mit Logan weiter?«

»Keine Ahnung. Je näher ich Thomas komme, desto mehr wird mir klar, dass er mir nie das geben kann, was ich will. Logan dagegen ist aufmerksam, freundlich, liebevoll. Außerdem bin ich mir sicher, dass vor seiner Schlafzimmertür keine andere auf ihn wartet. Logan kann mir alles geben, was ich brauche. Ich muss nicht mal danach fragen, ich bekomme es einfach, verstehst du?«

»Hm.« Sie sah mich nachdenklich an. »Was du wirklich willst, bekommst du von ihm nicht.«

»Was ich wirklich will, bekomme ich ohnehin nicht. Nicht so, wie ich es möchte.«

»Aber wenn dein Herz für einen anderen schlägt, kannst du nicht mit Logan zusammen sein.«

»Gefühle kommen und gehen, aber Thomas wird immer derselbe bleiben.«

Ihr trauriger Gesichtsausdruck zeigte mir, dass sie genau derselben Meinung war wie ich. »Weißt du, was wir beide jetzt machen?« Sie stand auf. »Wir vertreiben all diese Sorgen mit einem riesigen Teller fetttriefender Tacos. Was meinst du?« Ihr Versuch, meine Laune zu heben, rührte mich.

Ich lächelte. »Perfekt, ich sag auch Alex Bescheid.« Ich zog mein Handy hervor und tippte eine Textnachricht ein.

Sie streckte mir die Hand entgegen und zog mich hoch.

Beim Mittagessen erzählte uns Tiffany, dass Carol zu Halloween eine Poolparty plante, dieses Mal allerdings drinnen. Sie hatte uns eingeladen. Ich war mir nicht sicher, ob ich hingehen sollte. Allein die Vorstellung, mich vor so vielen Menschen im Bikini zu zeigen, machte mich verlegen.

»Hm«, sagte ich zögernd. »Halloween ist doch schon morgen ... Ich wollte mir eigentlich einen Film reinziehen und ...«

»Nope.« Tiff schüttelte energisch den Kopf. »Sei doch nicht immer so eine Spaßbremse!«

»Das letzte Mal hat die Party bei Carol für mich kein so gutes Ende genommen, erinnert ihr euch?« Ich nahm einen Schluck Wasser und musste wieder an Thomas denken und an die Nacht, die wir gemeinsam verbracht hatten. An diesem Abend war ich wegen der Trennung von Travis am Boden zerstört gewesen, und doch war er es, der mir seltsamerweise als Erstes in den Sinn kam. Der Typ nahm einfach zu viel Platz in meinen Gedanken ein! Manchmal war es beängstigend, wie er mich alles andere vergessen ließ und zu meinem einzigen Bezugspunkt wurde, um den sich alles drehte.

»Ich weiß, Süße, aber diesmal haben wir doch eine ganz andere Ausgangssituation. Travis wird nicht kommen, das verspreche ich dir. Wir werden sicher unseren Spaß haben.«

»Und was ist mit meinem Job?«, fragte ich.

»Ich hole dich am Ende der Schicht ab«, erwiderte sie leichthin.

»Tiff hat recht. Zwischen Studium und Arbeit brauchst du auch mal eine Verschnaufpause«, betonte Alex.

»Was ist mit dir? Du kommst doch auch mit, oder?«, wollte Tiffany wissen.

»Ich denke schon. Immerhin ist Halloween!« Alex lachte.

»Siehst du?«, meine Freundin warf mir einen strengen Blick zu. »Alex kommt auch, da kannst du nicht kneifen.«

»Na gut«, gab ich resigniert klein bei und fragte mich, warum ich mich auch nach all den Jahren nicht gegen Tiffany durchsetzen konnte. Am Ende tat ich immer das, was sie wollte.

Nach der letzten Vorlesung für diesen Tag ging ich zu Matt zum Duschen. Seit Stunden hatte ich diesen Moment herbeigesehnt. Es fühlte sich seltsam an, wieder im Verbindungshaus zu sein, an dem Ort, wo ich mich Thomas das erste Mal hingegeben hatte. Allein bei diesem Gedanken schnürte sich mir die Kehle zu. Zum Glück war das Haus um diese Zeit wie ausgestorben. Ich stieg die Treppen hoch, doch um zu Matt zu gelangen, musste ich an Thomas' Zimmer vorbei. Kurz war ich versucht, hineinzugehen. Das letzte Mal hatte ich nicht einmal ansatzweise geahnt, dass ich hier die schönsten Stunden meines Lebens verbringen würde. Ohne es zu wollen, blieb ich stehen und schloss die Augen. Ich dachte an Thomas, der mit mir auf den kalten Badezimmerfliesen saß und sich um mich kümmerte, als es mir so schlecht ging. Der mich noch in derselben Nacht küsste, leidenschaftlich und sanft. Voller Sehnsucht legte ich die Stirn ans Türblatt. Ich hörte, wie sich im Erdgeschoss knarrend eine Tür öffnete. Gelächter schallte zu mir herauf. Eilig flüchtete ich in Matts Zimmer und schloss die Tür hinter mir.

Das Zimmer war groß, hell und ungewöhnlich ordentlich. Die Wände waren kanariengelb gestrichen, das Bett an der hinteren Wand war etwas kleiner als das von Thomas. Auf einem weißen Regal standen ein Fernseher, ein Laptop und eine Spielkonsole. Ich ging ins Badezimmer, das genauso aussah wie das von Thomas, nur sein Duft fehlte.

Als ich nach dem Duschen in meine schwarze Baumwollunterwäsche schlüpfte, klingelte mein Handy, das ich auf Matts Bett gelegt hatte. Es war Logan. Augenblicklich machten sich Schuldgefühle in mir breit. Ich zögerte, bevor ich dranging, und biss mir nervös auf die Lippen. Wenn er wüsste, was ich mit Thomas angestellt hatte, würde er mich wahrscheinlich nie wieder anrufen.

»Hallo, Schatz, wie geht's dir?«

»Ähm, gut. Und dir? Bist du zu Hause angekommen?«

»Ja, vor vier Stunden. Ich bedauere es jetzt schon.« Im Hintergrund vernahm ich Stimmengewirr.

»Alles okay?«

»Jetzt, da ich deine Stimme höre, ja. Ist das zu kitschig, wenn ich dir sage, wie sehr du mir fehlst?«

Er zauberte mir ein kleines Lächeln aufs Gesicht, das jedoch sofort wieder verschwand, als sich die Tür hinter mir öffnete.

»Was zum T…«, fragte jemand, und ich zuckte zusammen und wirbelte herum. Fast hätte mich der Schlag getroffen:

Thomas und Finn musterten mich von Kopf bis Fuß, beide mit offenem Mund.

Ich drückte das Gespräch weg, wobei meine Hände so sehr zitterten, dass das Handy zu Boden fiel. »Was zum Henker macht ihr denn hier?«, schimpfte ich und versuchte, mit beiden Armen meinen Oberkörper zu bedecken.

»Was zum Henker machst *du* hier, halb nackt?« Thomas schoss fuchsteufelswild ins Zimmer.

»Wonach sieht es denn aus?«, fragte ich zurück und schüttelte die tropfnassen Haare.

»Bist du mit ihm zusammen?«

Ich riss die Augen auf. Mit wem? Matt?

Thomas stürmte wie ein Besessener ins Bad, um nach ihm zu suchen, dann kehrte er ins Zimmer zurück und baute sich schwer atmend vor mir auf. Finn und ich starrten ihn befremdet an.

»Der Boiler bei mir zu Hause ist kaputt, und Matt war so nett, mir seine Dusche anzubieten.« Warum rechtfertigte ich mich überhaupt? »Wieso seid ihr hier eigentlich reingeschneit, ohne anzuklopfen?«

»Wir haben Geräusche gehört, und da wir wussten, dass Matt nicht da ist, wollten wir nach dem Rechten sehen«, erklärte Finn.

»Wir haben jedenfalls nicht damit gerechnet, dich hier splitterfasernackt vorzufinden«, schaltete Thomas sich ein.

»Also ich find's gut.« Finn starrte schamlos auf meine Beine.

»Es wäre mir übrigens ein großes Vergnügen, wenn du dich wieder umdrehen würdest. Ich mag Strings«, fügte er hinzu.

»Hör auf, sie anzustarren, sonst schmeiße ich dich raus«, stieß Thomas mit zusammengebissenen Zähnen hervor. Aber Finn ließ sich nicht beirren, und langsam fühlte ich mich wirklich unbehaglich. So viele Hände hatte ich gar nicht, um meinen Körper zu bedecken, und meine Klamotten lagen im Bad. Um sie zu holen, hätte ich mich umdrehen müssen, und das wollte ich auf jeden Fall vermeiden. Thomas stellte sich mit verschränkten Armen vor Finn und versperrte ihm die Sicht. »Hör jetzt auf, du gehst mir ganz schön auf den Wecker«, warnte er ihn grimmig. »Okay, okay.« Finn hob abwehrend die Hände. »Wisst ihr, was? Ich gehe runter und hole mir eine eiskalte Limo. Ich warte unten auf dich. Aber komm nicht auf dumme Gedanken: In zwanzig Minuten beginnt das Training.« Er zwinkerte mir zu. »Schön, dich gesehen zu haben, Schönheit.«

Thomas schob ihn aus dem Zimmer und schloss die Tür hinter ihm ab. Gerade als ich mich entspannen wollte, schnauzte er mich an: »Warum hast du nicht abgeschlossen? Bist du verrückt?«

Ich hob mein Handy vom Boden auf und legte es aufs Bett. »Ich dachte, das hätte ich gemacht«, antwortete ich ruhig, »aber ich hab's wohl vergessen.«

»Du hast es *vergessen*? Du gehst in einem ausschließlich von Studenten bewohnten Verbindungshaus unter die Dusche und *vergisst,* abzuschließen? Da hätte jeder reinkommen können!«

Gereizt verdrehte ich die Augen. Ich mochte es gar nicht, wenn er mich wie ein kleines Kind behandelte. »Lass es gut sein«, entgegnete ich schlecht gelaunt, »das ändert jetzt auch nichts mehr.« Ich drehte mich um und holte meine Klamotten aus dem Bad.

»Warum hast du mir nicht Bescheid gesagt?«, fragte er durch die Tür.

»Wieso sollte ich?«, fragte ich, als ich ins Zimmer zurückkehrte.

»Du hättest bei mir duschen können«, sagte er leise. Beinahe hätte ich laut gelacht.

»Nach dem, wie du mich behandelt hast? Mach dich nicht lächerlich.« Ich zog Rock und Bluse an.

Thomas fuhr sich nervös übers Gesicht. »Wegen heute Morgen …«

Ich setzte mich aufs Bett, um in die Converse zu schlüpfen. Er stellte sich neben mich.

»Ich möchte nicht darüber reden«, sagte ich, bevor er noch mehr sagen konnte. Ich hatte keine Lust, ihm zuzuhören, nicht nach dem, was er mir heute Morgen an den Kopf geworfen hatte.

»Ich aber.« Er starrte mich an und wartete darauf, dass ich ihm meine volle Aufmerksamkeit schenkte. Als er sicher war, dass ich ihm zuhörte, setzte er sich vor mich auf den Boden. Einen Augenblick lang schaute er auf meine Schenkel, dann wieder zu mir. »Es tut mir leid.«

Ich lachte bitter. »Was genau? Dass ich dir nichts bedeute? Dass es dich nervt, wenn ich in deiner Nähe bin?« Voller Ungeduld zerrte ich an den Schnürsenkeln. »Dass diese miese Schlampe von Shana vor deiner Zimmertür darauf wartet, dass du so gnädig bist, sie reinzulassen und zu vögeln, nachdem du mich rausgeschmissen hast?«

»Alles zusammen. Ich habe mich wie ein Arschloch verhalten, das hätte ich nicht tun sollen.« Er seufzte. »Shana und ich hatten nichts miteinander, ich habe sie sofort weggeschickt.«

Ich band meine noch feuchten Haare zu einem Pferdeschwanz zusammen. »Das ist mir egal, du kannst tun und lassen, was du willst.« Ich gab mich kühl und abweisend, obwohl allein die Vorstellung, dass ihre Lippen seine berühren könnten, mich wahnsinnig machte. Zu wissen, dass nichts gelaufen war, beruhigte mich.

»Das weiß ich.«

»Ehrlich gesagt, sie tut mir leid. Der ganze Aufwand für nichts, das muss schwer zu verdauen sein«, sagte ich und strich Matts Bettdecke glatt.

Er unterdrückte ein Grinsen. »Ja klar, sie tut dir leid.«

»Sehr.«

»Das muss es nicht. Nächstes Mal hat sie vielleicht mehr Glück. Ich lasse willige Frauen nicht gerne unbefriedigt vor der Tür stehen.«

Ich öffnete den Mund, um ihn anzuschreien, dann überlegte ich es mir anders. Wortlos stand ich auf, nahm meine Büchertasche und ging zur Tür.

»Wohin willst du?«, fragte er und verstellte mir mit einem amüsierten Grinsen den Weg.

»Du bist widerlich. Ich halte es keine Sekunde länger aus in deiner Gegenwart, Thomas. Du bist einfach unerträglich!«

»Was ist dein Problem? Bist du etwa eifersüchtig?« Seine Selbstsicherheit traf mich bis ins Mark. Er wusste, dass ich eifersüchtig war, und das nutzte er unbarmherzig aus.

»Eifersüchtig? Ich? Auf eine dumme Kuh, die nur mit dir ins Bett will? Das ist mir egal, und das weißt du.« Ich verschränkte die Arme vor der Brust und starrte aus dem Fenster. Als Thomas versuchte, mir übers Gesicht zu streichen, schob ich mit dem Unterarm seine Hand beiseite. »Fass mich nicht an«, drohte ich. Seltsamerweise musste er darüber lachen.

»Das letzte Mal, als eine Frau mit mir ins Bett wollte, war sie betrunken und verzweifelt.«

Sollte das eine Anspielung auf mich sein? Hatte er schon vergessen, wie vielen Frauen er in den letzten Wochen in meinem Beisein die Zunge in den Hals gesteckt hatte? Wollte er mir weismachen, dass er mit keiner von ihnen gevögelt hatte? Glaubte er wirklich, ich wäre so naiv?

»Dann passiert dir das wohl öfter.« Ich schaute ihn nicht an.

»Nein, so oft nicht. Meist sind sie bei klarem Verstand und ziemlich glücklich«, antwortete er selbstzufrieden. Es gefiel ihm, mich zu quälen. Er presste seine Hände auf meine Schenkel und näherte sich meinem Ohr. »Das letzte Mal, dass ich richtig gevögelt habe, ist schon eine ganze Weile her, denn jedes Mal, wenn es dazu kommt, muss ich an eine ganz Bestimmte denken.«

Hatte er wirklich die Nerven, mir zu sagen, dass er in eine andere verliebt war?

Ich schob ihn entschlossen von mir weg. »Du merkst nicht mal, dass du mich immer weiter verletzt.« Ich warf einen Blick auf die Uhr. »Oh Gott, ich muss los, der Klempner kommt gleich!« Er verstellte mir weiterhin den Weg.

»Was habe ich denn jetzt schon wieder Falsches gesagt?«, fragte er aufrichtig verwirrt. Ich antwortete nicht und versuchte, die Tränen zurückzudrängen, die mir ungewollt in die Augen schossen. Er nahm meine Hand und schüttelte den Kopf. »Ich glaube, du hast mich missverstanden.«

»Wieso sollte ich dich missverstehen? Du hast dich in eine andere verliebt, und das freut mich für dich.«

»Erstens: Ich habe mich nicht in eine andere verliebt. Ich habe gesagt, dass ich ständig an eine andere denken muss. Das ist etwas anderes. Und zweitens: Was glaubst du, von wem ich rede?«

Ich schaute ihn ungläubig an. »Keine Ahnung?«

»Du kapierst es einfach nicht.« Sein Gesichtsausdruck, zugleich verletzt und resigniert, verwunderte mich. »Vergiss es.«

»Okay ...«, erwiderte ich gedehnt. »Kann ich jetzt gehen?«

»Eins noch ...« Ich sah ihn abwartend an, leicht nervös, weil ich unbedingt den Bus erwischen musste, wenn ich rechtzeitig um fünf zu Hause sein wollte. »Es tut mir leid wegen heute Morgen. Ich sage viele Dinge, die ich nicht so meine. Du bedeutest mir wohl etwas, und zwar sehr viel.« Er verstummte und sah mich beinahe bittend an.

Ich ließ mich auf Matts Bett sinken und versuchte, mir darüber klar zu werden, was ich tun sollte. Rein rational betrachtet, durfte ich Thomas Collins auf keinen Fall trauen, aber er wirkte so aufrichtig, dass ich ihm verzieh.

»Ness?«

»Mm?«, murmelte ich.

»Du gehst mir nicht auf den Geist, jedenfalls nicht immer.« Mein Fuß schoss nach vorne und traf seine Brust. Er lachte, beugte sich über mich, stützte die Ellbogen auf und kniete zwischen meinen Beinen, als wäre dies sein rechtmäßiger Platz. Er sah mich an, und ich verlor mich im Grün seiner Augen. »Und wenn doch, siehst du dabei so verdammt gut aus, dass ich auf keinen Fall darauf verzichten will.«

Ich nahm sein Gesicht in meine Hände und schaute mir seine Augen genau an, um sicherzugehen, dass er bei klarem Verstand war: Nein, sie waren nicht gerötet, die Pupillen nicht vergrößert. »Bist du high?«

»Nein, warum?«

»Weil du gerade gesagt hast ...«

»Ich weiß, was ich gesagt habe.«

Mein Herz pochte wie wild, aber die rationale Seite in mir erlaubte mir nicht, glücklich zu sein oder ihm zu glauben. Wie konnte er behaupten, dass er nicht ohne mich sein wollte, wenn er mich jedes Mal, wenn ich mich ihm näherte, wieder von sich stieß? »Manchmal verstehe ich dich wirklich nicht ...«

»Dann versuch es erst gar nicht, denn ich verstehe mich doch selbst nicht«, gab Thomas zu.

»Werde ich jemals erfahren, was dich so quält?« Ich strich ihm über die Augenbraue, schob ihm eine Locke aus der Stirn und widerstand dem Impuls, mich nach vorne zu beugen und ihn zu küssen. Er erstarrte bei meiner Berührung, wich aber nicht zurück.

»Nein, Vanessa. Das ist für mich ein absolutes Tabuthema, und es ist mir wichtig, dass du das verstehst und akzeptierst.« Er warf mir einen fast flehenden Blick zu.

»Wenn du mich nicht in deine Welt lassen willst, warum sollte ich dann bei dir bleiben?«

»Weil es weniger wehtut, wenn du bei mir bist.«

Seine Worte hatten jedes Mal die Macht, meine Gedanken durcheinanderzuwirbeln und mein Herz schneller schlagen zu lassen. »Dann kann ich es akzeptieren«, flüsterte ich.

Thomas seufzte erleichtert. Offenbar hatte er mehr Widerstand erwartet.

Wir richteten uns auf. Ich setzte mich auf die Bettkante, Thomas kniete zu meinen Füßen, umfasste meine Hüften und zog mich zu sich: eine unerwartete Berührung, die mich zusammenzucken ließ. Dann schlang er die Arme um meinen Rücken und drückte mich so fest, dass ich kaum Luft bekam. Ich erwiderte seine Umarmung, weil ich hoffte, dadurch den Schmerz, der ihn so sehr quälte, etwas zu lindern. Er vergrub das Gesicht in meiner Halsbeuge und atmete tief den Duft meiner Haut ein. Ich tat es ihm gleich. Er roch so gut, dass ich seinen Duft am liebsten in Flaschen abgefüllt hätte, um ihn für immer bei mir zu haben.

»Du riechst männlich«, murmelte er nach einer Weile.

Ich lachte. »Das passiert, wenn man ein Duschgel *for men* benutzt.«

»Ich mag es lieber, wenn du nach mir riechst.« Er gab mir einen Nasenstupser und schaute mich eine Weile schweigend an. »Wenn du das nächste Mal etwas brauchst, dann komm zu mir. Egal, ob wir gerade nicht miteinander reden oder du sauer wegen einer meiner Dummheiten bist. Komm einfach zu mir.«

»Okay«, sagte ich leise und fragte mich, ob ich wirklich den

Menschen vor mir hatte, der mich heute Morgen lauthals beschimpft hatte.

In diesem Moment leuchtete das Display meines Handys auf: Meine Mutter erinnerte mich daran, dass ich um fünf zu Hause sein musste. »Ich muss jetzt wirklich gehen.«

Wir standen auf, Thomas ging zur Tür und legte die Hand auf die Klinke. Doch bevor wir das Zimmer verließen, veränderte sich sein Gesichtsausdruck, und er sagte grinsend: »Dann sehe ich dich morgen Abend also im Bikini ...« Er machte eine Kunstpause. »Darauf hab ich schon lange gewartet.«

»Wie bitte?«

»Halloween? Carols Party?«

Von Panik erfasst, erstarrte ich. Allein die Vorstellung, dass er mich im Bikini sah, versetzte mich in Aufregung. Seltsam, hatte er mich doch schon zweimal völlig nackt und gerade eben in Unterwäsche gesehen.

»Du kommst auch?«, fragte ich verlegen.

»Eigentlich hatte ich es nicht vor. Nachdem mir aber ein Vögelchen gezwitschert hat, dass du da sein wirst, dachte ich mir ... warum nicht?« Er grinste herausfordernd.

»Und wer, bitte schön, war dieses Vögelchen?«

Thomas schnalzte mit der Zunge. »Nenn die Sünde, nicht den Sünder.« Er zwinkerte mir zu und tippte mir auf die Nase. »Kein Grund, nervös zu werden. Wir werden jede Menge Spaß haben, du wirst schon sehen.« Damit schloss er die Tür zu seinem Apartment auf und verschwand.

Ich blieb verdutzt im Flur zurück und fragte mich mit klopfendem Herzen, warum in aller Welt ich nur zugesagt hatte.

Kapitel 28

Zwischen Vorlesungen und Kaffeepausen mit Alex und Tiffany verging der Mittwoch wie im Flug. Nach dem Mittagessen entführte mich Thomas erneut in sein Baumhaus, um das ungewöhnlich milde Wetter auszunutzen. Wir verbrachten dort zwei ruhige Stunden, in denen Thomas ein neues Tattoo entwarf und ich las. Hin und wieder beobachtete ich ihn, wie seine Hand flink über das weiße Papier glitt. Ich hatte lange über seine gestrigen Worte nachgedacht. Auch wenn er nicht über seine Probleme sprechen wollte, hatte er mir doch gestanden, dass er mich brauchte, dass er mich in seinem Leben haben wollte, weil es ihm mit mir besser ging. Mein Herz hatte wie verrückt gehämmert, und doch war ich mir nicht sicher, ob er wirklich meinte, was er sagte, oder ob sein Geständnis nur aus dem Moment heraus entstanden war. Es hätte mich nicht gewundert, wenn er sich nun über mich lustig machen würde, weil ich seinen Worten Glauben geschenkt hatte. Dennoch würde ich darauf verzichten, das Thema noch mal anzusprechen, um die ungewöhnlich friedliche Stimmung des Moments nicht zu zerstören.

Nach der Schicht holte mich Tiffany vom Marsy ab, und wir gingen zu mir, um uns für die Party fertig zu machen. Die riesige Tasche in ihrer Hand und das Lächeln auf ihren Lippen verhießen nichts Gutes.

»Hallo, Mrs. White!«, rief sie an der Tür.

»Bemüh dich nicht, sie ist mit Victor beschäftigt, wieder einmal«, sagte ich, als wir die Treppe hinaufstiegen.

In meinem Zimmer schüttete sie den Inhalt der Tasche aufs Bett: einen ganzen Haufen winziger Bikinis.

Ach du lieber Gott!

Sie zwang mich, einen nach dem anderen davon anzuprobieren, und ließ mich wie ein Model auf und ab walken, um den richtigen für mich auszuwählen. Selten war mir etwas so peinlich gewesen.

»Ähm, nein, den auch nicht. Da sieht man zu viel Brust«, erklärte ich fünfzehn Minuten später mit einem Blick in den Spiegel. »Der bedeckt ja gerade mal meine Nippel!«, fuhr ich fort und ignorierte den verzweifelten Blick, den Tiffany mir zuwarf.

»Nessy, das ist nun der zwölfte Bikini, den du nicht anziehen willst. Wenn du so weitermachst, musst du nackt auf die Party gehen.«

»Hast du denn nichts, was mehr bedeckt? Vielleicht einen Badeanzug?«

»Aber klar doch! Warte einen Moment, ich frage kurz meine Oma«, antwortete sie sarkastisch.

»Sei nicht so gemein! Ich schiebe hier die totale Panik, und dein Sarkasmus hilft mir dabei nicht im Geringsten. Weißt du eigentlich, wie viele Leute da kommen?«

»Ja, und?«

»Komm schon, hast du mich mal angesehen? Meine Hüften? Meinen Hintern? Schau mal, der wackelt wie Pudding. Weißt du was? Vergiss es einfach und räum alles weg. Ich bleibe hier.« Ich schleuderte einen Bikini nach ihr und warf mich aufs Bett.

»Unsinn! Ich verstehe nicht, warum du dir Sorgen machst. Die halbe Uni beneidet dich um deinen Hintern, die andere Hälfte würde ihn gerne mal anfassen.«

»Tiffany!«, rief ich empört.

»Vanessa«, gab sie lachend zurück, »wir gehen auf diese Party, und du wirst einen Bikini tragen, ob es dir gefällt oder nicht. Alle werden einen anhaben, und niemand wird dich beachten.« All ihre Versuche, mich zu beruhigen, waren vergeblich, denn einer würde mich beachten: Thomas. Er würde mich sehen und all die anderen Mädchen, und er würde Vergleiche ziehen. In Wahrheit regte ich mich nur deshalb so auf, aber das musste Tiff ja nicht wissen. »Komm schon«, drängte sie, »nimm den, der passt wirklich.«

Ich probierte das schlichte schwarze Modell an. Das Oberteil bestand aus zwei Bändern, die von einem Ring zusammengehalten wurden, genau solche Ringe schmückten auch die Seiten des Höschens. Der Bikini passte wie angegossen. Tiffany legte mir die Hände auf die Schultern und schob mich vor den Spiegel. »Wisch dir die Sorgenfalten aus dem Gesicht und schau dir diese hinreißende junge Frau an.« Sie schüttelte mich sanft, so lange, bis ich mich zu einem Lächeln durchringen konnte.

»Keine Ahnung, warum ich zugesagt habe, zu der Party mitzukommen!«

»Schluss mit dem Gemeckere. Jetzt schminke ich dich noch!«

Über dem Bikini trug ich einen beigen Pullover, dazu den Rock von gestern und meine üblichen Converse. Nach schier endlosen Vorbereitungen fuhren wir schließlich los, um Alex abzuholen.

Bei Carol schallte uns dröhnend laute Tanzmusik entgegen. Garten und Outdoor-Pool wurden von geschnitzten Kürbissen mit Kerzen darin beleuchtet, was dem Ganzen eine stimmungsvolle Atmosphäre verlieh. An der Tür baumelte ein Skelett aus Pappe, dem jemand, der wahrscheinlich schon betrunken war, einen

Schnurrbart aufgemalt hatte. Als wir eintraten, hörten wir eine begeisterte Stimme: »Tiffany! Da bist du ja endlich!« Carol und ihre Freundinnen kamen gackernd auf uns zu.

Alex und ich schauten uns an. Anscheinend dachten wir beide dasselbe: Was zum Teufel hatten wir hier verloren?

»Da sind *wir* ja endlich«, betonte Tiffany und deutete auf Alex und mich. Carol schaute zu meinem Freund: »Ach ja, richtig, wir haben ja zusammen Darstellende Kunst. Und du warst doch mit Baker zusammen, oder?«

Ich nickte steif. Auch wenn ich nicht gern daran erinnert wurde, trug ich es mit Fassung.

»Wenn ihr wollt, könnt ihr eure Sachen gern in den Umkleiden vom Poolhaus lassen.« Sie deutete auf einen gepflasterten Weg zu unserer Rechten und wünschte uns noch einen coolen Abend. Beim letzten Mal war ich von der prachtvollen Villa so überwältigt gewesen, dass mir das Poolhaus mit dem Indoor-Pool gar nicht aufgefallen war.

Tiffany und Alex gingen in die Umkleideräume und zogen ihre Badekleidung an. Ich ebenfalls, doch trotz Tiffanys Protest zwang ich Alex, mir sein Shirt auszuleihen, das mir bis über den Hintern reichte – mein Pulli wäre zu kurz gewesen.

Etwas später saß ich zusammen mit Tiffany und ihren Freundinnen am Tisch. Sie unterhielten sich über irgendeine neue Influencerin, die ich nicht kannte. Alex war mit seinen Kommilitonen nach draußen abgezogen, während ich mich zu Tode langweilte. Von Thomas keine Spur. Deshalb beschloss ich, mir etwas zu essen zu holen. Ich nahm einen Pappteller und wollte mir gerade etwas aussuchen, als eine imposante Gestalt neben mir auftauchte und mir ein Stück Zitronenkuchen reichte.

»Ich habe etwas mit Pistazie gesucht, aber nichts gefunden.« Travis. Fast wäre mir der Teller aus der Hand gefallen. Nicht zu fassen, dass er hier war, vor allem aber, dass er es wagte, mich anzusprechen.

»Ich möchte, dass du mich in Ruhe lässt.« Ich ging an ihm vorbei und ignorierte den Kuchen.

»Ich habe dich in Ruhe gelassen, weil ich dachte, das sei das Beste. Aber das hat nur dazu geführt, dass du dich noch mehr von mir entfernt hast.«

Ich drehte mich um und sah ihn mit hochgezogenen Augenbrauen an. »Noch mehr von dir entfernt? Ich habe mich nicht von dir entfernt, ich habe dich aus meinem Leben verbannt. Das ist etwas anderes.«

»Hasst du mich so sehr?«

»Dich zu hassen, würde bedeuten, dass ich noch etwas für dich empfinde, und das ist nicht der Fall«, erwiderte ich und legte etwas Salzgebäck auf meinen Teller.

»Ich verdiene deine Verachtung voll und ganz.«

»Nicht nur meine.« Ich nahm mir eine Serviette und fuhr dann fort: »Hast du dich jemals bei Leila entschuldigt für das, was du ihr angetan hast?«

»Ich nehme nicht an, dass ich zu den Menschen gehöre, die sie gerade sehen möchte«, antwortete er mit seiner üblichen Oberflächlichkeit, die mir Übelkeit verursachte.

»Also nein, oder? Ich kenne dich gut genug, um zu wissen, dass das nicht deine Sorge ist. Es interessiert dich schlichtweg nicht, wie es ihr geht.«

»Und wie soll ich auf sie zugehen nach alldem, was passiert ist?«

»Genauso, wie du sie damals ins Bett gekriegt hast, als du noch mit mir zusammen warst.« Meine Stimme war deutlich lauter geworden.

Travis legte mir beschwichtigend die Hand auf die Schulter,

aber ich schob sie angewidert weg. »Ich *werde* mich bei Leila entschuldigen, allerdings möchte ich erst die Sache mit dir klären.«

»Checkst du es immer noch nicht? Da gibt's nichts mehr zu klären! Weißt du, was, Travis? Ich bin auf dieser dämlichen Party, um mich zu amüsieren. Dass du auch kommst, wusste ich nicht, sonst wäre ich zu Hause geblieben!« Ich stellte meinen Teller ab und ließ ihn stehen. Aus dem Augenwinkel sah ich, wie er das Stück Kuchen in den Mülleimer warf und wütend abdampfte.

Kurz darauf kam Tiffany angerannt. »Oh, Scheiße. Ich schwöre, er hatte mir versprochen, nicht zu kommen. Er soll wieder verschwinden. Ich schicke ihm eine Nachricht, um ihm das noch mal klipp und klar zu sagen.«

»Mach dir keine Gedanken, Tiff. Ich krieg das schon hin«, erwiderte ich resigniert. Ich sah, wie sich Travis ein Glas füllte und es in einem Zug leerte.

»Wenn ich gewusst hätte, dass er kommt, hätte ich bestimmt nichts gesagt.« Sie fuhr sich mit den Händen übers Gesicht und strich dabei über ihre perfekt geformten Augenbrauen.

Ich runzelte die Stirn. »Warum? Was hast du denn gesagt?«

Wir setzten uns auf eines der Sofas, und sie schlug die Beine übereinander und fuhr sich über die gewellten langen Haare. »Heute stand plötzlich Thomas hinter mir in der Cafeteria und hat nach dir gefragt.«

Ich räusperte mich. »Nach mir?«

»Ja, er wollte wissen, wo er dich finden könnte – er meinte, er müsste dich unbedingt treffen, ihr hättet wohl noch irgendwas vor.« Aha, deshalb hatte er nach dem Mittagessen mit Finns Helm in der Hand vor mir gestanden und mich ein zweites Mal ins Baumhaus entführt. »Er hat sich erkundigt, was wir heute noch so vorhaben, du weißt schon, von wegen Halloween, und da hab ich mich dazu hinreißen lassen, ihm von der Party zu erzählen.« Von ihr hatte er es also erfahren.

»Alles gut, ich wusste, dass er kommt. Er hat es mir schon erzählt. Allerdings glaube ich, er hat es sich anders überlegt. Besser so«, log ich. In Wahrheit zuckte ich jedes Mal zusammen, wenn neue Gäste eintrafen.

»Da mach dir mal keine Sorgen, auf Partys erscheint er immer ziemlich spät.«

Ich konnte nicht mehr nachhaken, weil Alex uns zum Indoor-Pool rief, wo er mit ein paar anderen Wasserball spielte. Wir setzten uns an den Beckenrand, ließen die Beine ins Wasser baumeln und jubelten, wenn sie einen Punkt machten. Am Ende des Spiels schwamm Alex zu uns.

»Habt ihr meine Pässe gesehen?«, rief er begeistert.

»Ihr wart großartig!«

Alex stemmte sich aus dem Wasser und setzte sich neben mich an den Rand des Pools.

»Hör mal«, sagte er ausweichend, »es geht das Gerücht, es hätte gestern im Wohnheim im dritten Stock einen ziemlichen Aufstand gegeben.« Ich erstarrte.

»Tatsächlich?«, erwiderte ich in der Hoffnung, Alex würde mir meine Aufregung nicht anmerken.

Er nickte, den Blick auf die Partygäste im Pool geheftet. »Vor Collins' Zimmertür sollen sich zwei Frauen gestritten haben.«

Ich biss mir nervös auf die Lippen. »Tatsächlich ...?«

»Ja. Die Beschreibung der einen kam mir irgendwie bekannt vor.«

»Bekannt? W... warum?«, stammelte ich.

»Weil sie mich an dich erinnert hat«, antwortete er knapp.

»An mich?«

»Ja, Nessy, an dich.«

»Warum?«

»Sag du es mir.«

Ich schnaubte. »Dazu habe ich nichts zu sagen, Alex. Ich war das nicht.«

»Du belügst deinen besten Freund?«, empörte er sich und legte mir seinen nassen Arm um die Schultern.

»Alex!«, schrie ich, aber er schien sich zu amüsieren und zog mich noch enger an sich.

»Schon gut, schon gut! Ich war das«, gab ich zu, und er ließ mich wieder los und schaute mich kopfschüttelnd an.

»Ach, Nessy, diesmal willst du dir wirklich wehtun.«

Ich zuckte mit den Schultern. »So wie es aussieht, kann ich nicht anders.«

»Erzähl mir alles.«

»Wo soll ich anfangen?«

»Wo du willst.«

»Gut. Aber es wird dir nicht gefallen, und es passt eigentlich auch gar nicht zu mir ...« Ich wischte mir nervös die Hände an den Oberschenkeln ab.

»Seit wann geht das schon so?«, hakte er nach.

Ich seufzte. »Seit dieser Party im Verbindungshaus, du weißt schon, an dem Abend, an dem ich mit Travis Schluss gemacht habe.« Er schaute mich überrascht an. »Du denkst sicher, Thomas hätte mich nur benutzt, aber so war es nicht, Alex. Ich hatte gerade erst die Wahrheit über Travis herausgefunden, und er hat vorgeschlagen, mit ihm die Party bei Carol zu verlassen. Aber im Verbindungshaus, da war *ich* diejenige, die bleiben wollte, und dann habe *ich* darauf bestanden, dass er ... mir hilft, zu vergessen. So seltsam es auch klingen mag: *Er* war derjenige, der versucht hat, mich zur Vernunft zu bringen, aber ich habe nicht auf ihn gehört. Ich habe ihn ... gezwungen«, gab ich beschämt zu.

Alex starrte mich fassungslos an. »Und seit dieser Nacht«, murmelte er mehr zu sich selbst, »seid ihr zusammen.«

Ich lachte unglücklich. »Thomas und ich sind nicht *zusammen* ... Das würde nicht mal in meinen kühnsten Träumen passieren. Nein, wir sind Freunde. Oder besser, ich habe mich darauf eingelassen, mit ihm befreundet zu sein, nur um in seiner Nähe zu bleiben. Tatsache ist, dass es alles andere als einfach ist: Erst sagt er das, am nächsten Tag macht er etwas anderes. Ich verstehe ihn nicht, und eigentlich hasse ich ihn neunzig Prozent der Zeit. Wenn wir zusammen sind, bin ich meist total genervt, aber aus irgendeinem unerfindlichen Grund fühle ich mich mit ihm verbunden. Ich weiß, dass ich mich in große Schwierigkeiten bringe, Alex. Aber ich weiß auch, dass da noch etwas anderes in ihm ist und dass ich ihm guttue. In seinen besten Momenten fühle ich mich in seiner Gesellschaft einfach wunderbar.« Ich blickte zu Boden und wartete auf seine Reaktion.

Alex legte den Kopf auf meine Schulter. »Weißt du, ich wünschte, das wäre nur einer deiner blöden Witze. So wie damals, als du mich mitten in der Nacht angerufen und dich als Stalkerin ausgegeben hast, die vor dem Haus steht und mich beobachtet. Leider hattest du vergessen, deine Nummer zu unterdrücken. Oder als du mich davon überzeugen wolltest, dass Roys Futter leckerer Thunfisch wäre – obwohl das Hundefutter unübersehbar auf der Anrichte stand.« Wir prusteten beide vor Lachen. »Ich werde dir nicht raten, dass du dich vor ihm in Acht nehmen sollst, das ist schon mal schiefgegangen. Ich weiß kaum was über ihn, außer dem, was alle wissen, und das ist dir sicher ebenfalls bekannt. Aber ich weiß viel über dich, und wenn einer wie er es schafft, jemanden wie dich für sich zu gewinnen, ist vielleicht noch nicht alles verloren. Ich hab nur Angst, dass du noch mal das Gleiche erlebst wie mit Travis, aber ich vertraue dir,

Nessy. Wenn du das Gute in ihm siehst, dann liegst du sicherlich richtig.«

Ich schaute ihn erstaunt an. Ich war davon ausgegangen, dass er ausflippen und mir Vorwürfe machen würde, weil ich mich mit dem übelsten Typen von ganz Corvallis abgab, aber das tat er nicht.

»Dann bist du nicht sauer? Ich fühle mich schlecht, weil ich dir nichts gesagt habe. Ich hatte Angst, wie du reagieren würdest.« Meine Stimme war kaum mehr als ein Flüstern.

»Wir sind Freunde, und ich halte immer zu dir.« Er nahm mich fest in den Arm.

»Was meint ihr, wollen wir ein bisschen Stimmung in den Abend bringen und mitspielen?«, unterbrach uns Tiffany und deutete auf eine Gruppe, die an einem Tisch saß, eine leere Flasche in der Mitte.

»Ich glaube nicht, dass das etwas für uns ist …«, versuchte ich einzuwenden, aber Tiffany ließ keinen Widerspruch zu.

»Wir sind hier, um uns zu amüsieren, und nicht, um vor Langeweile zu sterben!« Sie nahm uns beide an der Hand und zog uns hinter sich her. Alex machte sich los. »Lass mich wenigstens was Trockenes anziehen.«

»Wahrheit oder Pflicht«, erklärte eine junge Frau, als Tiff und ich näher kamen.

Auf gar keinen Fall.

»Wahrheit oder Pflicht? Ich bitte euch, das ist doch was …«

»… für kleine Kinder«, brachte eine warme, sinnliche Stimme meinen Satz zu Ende. Zwei Hände legten sich auf meine Taille, und ein Mund näherte sich meinem Ohr: »Hallo, Fremde.« Thomas küsste mich auf die Wange. Sein Duft umfing mich wie eine warme Umarmung. Er trug einen grauen Hoodie, der seine muskulösen Arme betonte, und eine dunkle Jeans, eine lockige

Strähne fiel ihm ins Gesicht. Himmel noch mal, er war zum Niederknien schön. Er nahm sich eine Flasche Bier, öffnete sie mit dem Edelstahlring, den er am Mittelfinger trug, und trank einen Schluck.

»Collins, schaust du zu, oder spielst du mit uns Kindern?«, wollte Tiffany wissen.

Thomas sah mich an, dann deutete er mit der Bierflasche auf mich. »Wenn sie spielt, spiele ich auch.« Er zwinkerte mir zu, und ich lächelte wie gebannt zurück.

Vanessa, Würde ist nicht nur eine Option, warnte mein Gewissen. In diesem Moment drehte sich Tiffany zu mir um. »Und, Nessy? Was machst du?« Alle schauten mich an, als wäre ich eine Spielverderberin, also gab ich nach.

Wir setzten uns an den Tisch, Alex, der eben wieder zurückkam, neben mich, Thomas mir gegenüber.

»Ich fange an«, sagte eine Frau mit langen kastanienbraunen Haaren. »Nash, Wahrheit oder Pflicht?«

»Wahrheit«, antwortete ein junger Mann mit Hipsterbrille.

»Fangen wir mit etwas Einfachem an. Wie war dein erstes Mal?«

Was war das denn für eine Frage?

Nash dachte einen Moment nach. »Auf jeden Fall zu kurz.« Alle lachten.

Das Spiel ging weiter. Thomas gab bei der Frage nach dem ungewöhnlichsten Ort zu, Sex in einer Telefonzelle gehabt zu haben. Ich gestand, mich noch nie selbst befriedigt zu haben, was mir einen süffisantes Grinsen von Thomas eintrug. Es gab viele pikante Enthüllungen und ebenso viele Lacher. Sowohl Thomas als auch ich wählten immer Wahrheit, es wunderte mich, dass er die Pflicht nicht zu seinem Vergnügen nutzte.

Alles lief gut, bis Alex verpflichtet wurde, die Person im Kreis zu küssen, die er am längsten kannte – also mich. Wir wehrten uns beide dagegen, aber die anderen drängten uns, keine Spielverderber zu sein, außerdem wäre doch alles nur Spaß. Also sahen wir uns an, feuerrot und verlegen, dann nahm Alex die Zügel in die Hand, umfasste meinen Nacken und zog mich an sich. Als wir uns voneinander lösten, lachten wir verschämt und wischten uns über den Mund. Doch als ich Thomas' eiskalten Blick sah, verging mir das Lachen.

Diesen harmlosen Kuss konnte er doch nicht für voll nehmen, Alex war wie ein Bruder für mich!

Dann war die Frau mit den kastanienbraunen Haaren wieder an der Reihe, deren Namen ich längst vergessen hatte. Ihr Blick blieb an Thomas hängen, und augenblicklich klingelten bei mir alle Alarmglocken. Zum ersten Mal wählte Thomas Pflicht, wobei er mich herausfordernd ansah.

Die Brünette deutete auf ihre Freundin, eine Frau mit rosa gefärbten Haaren, die neben mir saß, und sagte: »Deine Pflicht ist es, Malesya einen Knutschfleck zu machen!« Mir blieb die Luft weg.

Unter lautem Gejohle ließ Thomas sie auf seinem Schoß Platz nehmen und umfasste mit beiden Händen ihren Hintern. Mir wurde speiübel. Am liebsten hätte ich mich in Luft aufgelöst, zumal Tiffany und Alex mir mitfühlende Blicke zuwarfen.

Thomas schob die rosa Locken beiseite und begann leidenschaftlich, ihren Hals zu küssen. Malesya seufzte ekstatisch und bewegte rhythmisch ihr Becken auf seinem Schritt. Unter lautem Gejohle schlugen einige den beiden vor, doch im Schlafzimmer weiterzumachen. An diesem Punkt lösten sie sich voneinander. Malesya setzte sich neben mich, und ich konnte nicht anders, als angewidert auf den Fleck an ihrem Hals zu starren. Das Bild von Thomas, der gierig an ihr saugte, bekam ich nicht mehr aus dem Kopf.

Obwohl meine Augen brannten, würde ich nicht losheulen. Stattdessen räusperte ich mich, zuckte mit den Schultern und mied für den Rest der Party Thomas' Blick. Ich würde ihn nicht mehr ansehen, heute nicht und auch in den nächsten Tagen nicht. Er war und blieb ein Arsch, da war nichts zu machen.

Irgendwann war Tiffany dran.

Sie schaute in die Runde, und zu meinem großen Erstaunen wählte sie Thomas aus.

»Wahrheit oder Pflicht?«

»Pflicht«, antwortete er wie aus der Pistole geschossen, als hätte er nur darauf gewartet. Instinktiv schaute ich zu ihm und bemerkte ein Leuchten in seinem Gesicht, das nichts Gutes verhieß.

»Top«, meinte Tiffany siegessicher. Zu siegessicher. Ich schaute sie an und erstarrte. Ich kannte sie nur zu gut, ihren Größenwahn, wenn sie sich sicher war, die Situation voll im Griff zu haben. Im Stillen betete ich, dass sie mich außen vor lassen würde. Auch Thomas beobachtete sie, schien sich aber genau das Gegenteil zu wünschen. Tiffany beugte sich zu mir und murmelte: »Du wirst mir dankbar sein.« Oh Gott.

»Thomas, deine Pflicht ist es, dich mit Nessy zehn Minuten in einer Abstellkammer einzuschließen.«

»Wie bitte?«, riefen Alex und ich wie aus einem Mund.

»Na dann, gehen wir.« Thomas stand auf.

»Ich werde mich nirgends mit dir einschließen. Wo sind wir denn hier? Im Kindergarten?«, empörte ich mich.

»Die Regeln sind die Regeln, und die werden eingehalten, Vanessa«, säuselte er.

»Er hat recht. Regeln sind Regeln«, erklärte Nash und zeigte uns den Weg zur Abstellkammer.

Oh, Tiffany! Das würde sie mir büßen.

»Dann gehen wir eben zu dieser verdammten Abstellkammer«, fauchte ich erbost.

»Nach Ihnen, Miss«, spottete Thomas hochzufrieden und hielt mir die Tür auf.

Ich warf ihm einen finsteren Blick zu und trat als Erste ein. Er folgte mir und schloss ab. Das Licht brannte, anscheinend war schon vor uns jemand hier gewesen. Die Kammer war klaustrophobisch eng. Ich drehte ihm den Rücken zu, denn auch wenn ich wütend auf ihn war, wusste ich, dass ich nicht mehr klar denken konnte, wenn ich seinem Gesicht zu nah war. Ich würde hier stehen bleiben und die grün gestrichene Wand anstarren, zehn lange Minuten. Vor mir im Regal standen ein paar verstaubte Bücher und Keramikfiguren. Unheimlich. Von der Decke hing eine Kordel, an der ich instinktiv zog. Das Licht ging aus. Ich schaltete es sofort wieder an. Ich brauchte Licht.

»Im Dunkeln ist es besser, oder?« Auch wenn ich ihn nicht sehen konnte, wusste ich, dass er provozierend grinste.

»Nein, das finde ich ganz und gar nicht«, antwortete ich brüsk.

»Lass mich raten, du bist sauer.«

Wie clever, Thomas. »Nein.«

»Das war keine Frage, sondern eine Feststellung.«

Seufzend drehte ich mich um. »Ja, Thomas. Ich bin sauer. Mal was Neues, oder?«

»Ja, absolut«, entgegnete er und schob sich eine Haarsträhne aus dem Gesicht.

»Ist es so schwer, fünf Minuten lang mal kein Arschloch zu sein?«, herrschte ich ihn an, ohne meine Wut zu verbergen.

»Was habe ich denn verbrochen?«

Sollte das ein Witz sein? Es war doch sonnenklar, warum ich angepisst war. Aber er schien die Sache offensichtlich auf die Spitze treiben zu wollen.

»Vielleicht, weil du diese Frau auf dem Schoß hattest und ihr es fast in aller Öffentlichkeit miteinander getrieben habt? Hoffentlich hat es dir gefallen.« Ich verzog das Gesicht zu einer Grimasse, den Stich in meinem Herzen ignorierte ich.

»Hat es dir gefallen, dich von deinem *Freund* küssen zu lassen?« Wollte er mir wirklich weismachen, er habe nur aus Rache gehandelt?

»Hör auf mit dem Schwachsinn. Es war nur ein simpler Kuss, er hat nicht wie Dracula an meinem Hals gesaugt.«

»Wenn das ein simpler Kuss war, war das bei mir ein simpler Knutschfleck. Ich sehe nicht, wo das Problem ist.«

Ich gab auf, er kapierte es einfach nicht. »Vergiss es«, fuhr ich ihn an und wandte ihm erneut den Rücken zu.

»Dreh dich um.«

»Nein.« Ich fühlte, wie er noch näher an mich heranrückte.

»Ich will, dass du mir vom Leib bleibst«, sagte ich.

»Nein, das willst du nicht.« Er legte mir die Hände auf die Schultern und ließ sie über meine Arme bis zu den Hüften gleiten. Seine rauen Hände auf meiner glatten Haut ließen mich zusammenzucken. Mein Kopf befahl mir, den Sicherheitsabstand einzuhalten, aber mein Körper fühlte sich magisch von ihm angezogen. »Du willst, dass ich dich anfasse.« Er hob Alex' Shirt hoch und strich mir über den Bauch. »Dass ich dich küsse …«, murmelte er in meine Haare. »Und weißt du, warum ich das weiß?« Ich schüttelte stumm den Kopf. »Weil dein Mund lügen kann, aber dein Körper nicht.« Er zog mich an sich, und als sein Becken meinen Po berührte, stöhnte ich auf.

»Also, hast du ihn gerne geküsst?« Er schob meine Haare zur Seite und drückte die Lippen auf meinen Nacken.

»Wie sah es denn aus?«, antwortete ich und versuchte trotz aller Verwirrung, die er in mir auslöste, selbstsicher zu wirken.

»Sehr engagiert.«

»So engagiert wie du bei Malesya? Ihr Hintern hat es dir ja ganz schön angetan ...«

Ich spürte, wie er lautlos lachte. Wäre ich nicht so benommen gewesen, hätte ich ihn geohrfeigt. »Bei dir wird er härter ...« Er presste seine Erektion gegen meine Pobacken, um mir zu demonstrieren, wovon er sprach. »Und ich hatte auch keine Lust, sie auf dem Tisch flachzulegen und so tief zu vögeln, bis sie keine Luft mehr bekommt.« Seine Hand umschloss meine linke Hüfte, seine Finger bohrten sich in mein Fleisch, er leckte über die zarte Haut hinter meinem Ohrläppchen. Ein elektrischer Schlag zuckte durch meinen Körper und entlud sich in meinem Unterleib. Seine Finger glitten zwischen meine Beine, und ich presste instinktiv die Schenkel zusammen. »Sehr gut, ich will dich ganz eng um mich haben«, murmelte er und verstärkte den Druck seiner Finger. Eine Hitzewelle ließ mich erschaudern. Er schob mein Höschen beiseite und glitt mit einem Finger in meine feuchte Scham. Wohlig stöhnend gab ich mich seiner Berührung hin und schloss die Augen. Die kreisenden Bewegungen seiner Finger auf der Klitoris erregten mich noch mehr. Benommen ließ ich den Kopf auf seine Schulter sinken, während Thomas sich mit einer Hand an der Wand neben mir abstützte und in mein Ohr stöhnte. Ich flüsterte seinen Namen und umklammerte die Hand, mit der er mich streichelte. Ich wollte ihn wegschieben, doch ich konnte nicht. Leise stöhnend gab ich mich seinen Bewegungen hin. Das war ein Fehler, den ich bedauern würde. Warum nur konnte ich nicht ohne ihn sein? Ich fühlte mich wie eine Motte, angezogen vom Licht. Wenn ich ihm zu nahe kam, würde ich verbrennen.

»Lass dich gehen. Ich weiß, wie sehr du es willst.«

Ich presste meinen Po gegen sein Becken. Er stöhnte laut auf, leckte mir über den Hals, saugte und knabberte daran, während er seine immer größer werdende Erektion an meinem Hintern rieb. Sein Atem ging immer schneller, dann befreite er seinen harten Penis und drückte ihn zwischen meine Pobacken. Nur der dünne Stoff des Bikinihöschens trennte uns voneinander, als er sich vor und zurück bewegte. Ich spürte seine feuchte Eichel, hörte ihn heiser stöhnen und wurde noch nasser, dann brach die erste Welle der Lust über mir zusammen. Er erhöhte den Rhythmus seiner Finger, meine Beine fingen an zu zittern, eine zweite Welle brandete in mir auf. Fast hätte ich ihn gebeten, aufzuhören, doch es bahnte sich bereits die dritte Welle an.

»Spreiz die Beine etwas weiter«, forderte er mich auf. »Ich will dich sehen, und ich will dich … hören.« Er presste mich an die Wand, flüsterte mir all die schmutzigen Dinge ins Ohr, die er mit mir anstellen wollte, als uns ein lautes Klopfen zusammenschrecken ließ.

»Die Zeit ist um!«, rief jemand von draußen.

Ich riss die Augen auf.

Was? Unmöglich …

»Fuck«, schimpfte Thomas frustriert. Er zog die Hand aus meiner Hose. So unbefriedigt und voller sehnsüchtigem Verlangen hatte ich mich in meinem ganzen Leben noch nicht gefühlt.

Ich schnappte nach Luft und drehte mich zu Thomas um. In seinen Augen stand pure Begierde. Er hob mein Kinn, sah mir tief in die Augen und sagte: »Beim nächsten Mal wirst du meinen Namen so laut schreien, dass du anschließend heiser bist, das verspreche ich dir.«

Ich sah verblüfft zu, wie er die Badeshorts über sein steifes Glied zog und die Abstellkammer verließ.

Erschöpft lehnte ich mich mit dem Rücken an die Wand und

atmete tief durch. So konnte ich die Kammer nicht verlassen, alle würden mir ansehen, was passiert war, und das wollte ich auf jeden Fall vermeiden. Wie hatte es nur wieder so weit kommen können? Es würde kein nächstes Mal geben, ganz bestimmt nicht.

Kapitel 29

Nach einer ganzen Weile öffnete Thomas die Abstellkammertür und schaute mich an.

»Warum kommst du nicht raus?«, fragte er mit einer Gelassenheit, die mich schier wahnsinnig machte.

»Warum?«, wiederholte ich und schloss die Hände um meine Wangen, die sich immer noch erhitzt anfühlten. »Was zum Teufel hast du dir dabei gedacht? Warum hast du das gemacht? Was wolltest du damit erreichen?« Thomas schaute mich erstaunt an, trat ein und schloss die Tür hinter sich.

»Gar nichts, verdammt noch mal! Ich habe es gemacht, weil ich es wollte.« Er hielt inne und betonte dann: »*Wir* wollten es.«

»Wollten wir nicht eigentlich Freunde sein? Freunde *ohne* gewisse Vorzüge?«

Er warf mir einen durchdringenden Blick zu. »Du schienst nicht abgeneigt zu sein.«

»Unsinn«, widersprach ich wütend und ballte die Hände zu Fäusten. »Schließlich hattest du keine zwanzig Minuten vorher einer anderen die Zunge in den Mund gesteckt!«

»Moment! Du bist diejenige, die jemand anderen geküsst hat! Und du *wolltest* es, das hast du eindeutig signalisiert. Und wenn man uns nicht unterbrochen hätte, hättest du dich von mir vögeln lassen. Statt dich über mich aufzuregen, solltest du eher sauer auf dich selbst sein, weil du mir immer dieselbe Scheißgeschichte erzählst!«, fuhr er mich an. Die Adern an seinem Hals pochten.

Ich runzelte die Stirn. »Was für eine Geschichte?«

»*Was für eine Geschichte?* Die, dass du mich genauso anziehend findest wie ich dich, dich aber aus irgendeinem absurden Grund nicht darauf einlassen willst. Für ein bisschen Trinkgeld lässt du dich im Pub von den Gästen betatschen, knutschst mit dem erstbesten Schwachkopf, der dir schöne Augen und ein paar Komplimente macht, du küsst sogar deinen besten Freund! Aber wenn ich das mache, bin ich ein Arschloch, oder was?«

»Darum geht es nicht«, erwiderte ich leise.

»Und worum geht es dann?«

»Vergiss es.«

»Sag es mir.« Er kam näher.

Ich räusperte mich, überlegte mir meine Antwort genau. »Muss ich dich wirklich daran erinnern, was passiert ist, als ich mich das letzte Mal auf dich eingelassen habe? Du hast mich so tief verletzt, Thomas, und das werde ich nicht noch einmal zulassen.« Ich hielt kurz inne, dann fuhr ich fort: »Wir wollen total unterschiedliche Dinge: Ich will Stabilität, du Freiheit. Ich will eine Beziehung, du nicht, du lehnst jede Form von Verantwortung ab. Das habe ich verstanden, das passt für mich. Aber schlag dir die Vorstellung aus dem Kopf, dass du deine Spielchen mit mir spielen kannst.«

»Dass ich keine Beziehung will, heißt nicht, dass ich dich nicht will.«

»Ach nein? Was denn dann? Dass du mich erst benutzt und dann mit einer anderen rummachst, weil du mir gegenüber keinerlei moralische Verpflichtungen hast? Dass du aus meinem Bett steigst und wenige Stunden später einer anderen an den Hintern fasst, ohne dir Gedanken zu machen, wie ich mich dabei fühle?«, schrie ich so laut, sodass ich mir die Menschenmenge, die dieses erbärmliche Spektakel vor der Tür belauschte, lebhaft vorstellen konnte.

Er seufzte entnervt. »Ich habe dir doch gesagt, dass ich seit Wochen nicht mehr richtig gevögelt habe.«

»Und das soll ich dir glauben? In der Zeit, in der wir nicht miteinander geredet haben, habe ich dich mit was weiß ich wie vielen Frauen rummachen sehen. Behandle mich nicht wie eine Vollidiotin, das beleidigt mich.«

»Du hast recht, mit einigen habe ich geschlafen. Aber ob du es glaubst oder nicht, mit keiner bin ich bis zum Ende gekommen. Und weißt du, warum? Weil mein verdammter Kopf die ganze Zeit mit …«

Ich unterbrach ihn verärgert. »… einer anderen beschäftigt war. Meine Güte, das hast du mir schon mal gesagt! Und das bestätigt genau das, was ich meinte. Du denkst an eine andere, während du verlangst, dass ich …«

Er hielt mir den Mund zu. »An dich!«, flüsterte er heiser. »Ich denke nur an dich! Du bist so was von dämlich!«

Ich erstarrte und versuchte, seine Worte zu verdauen. Er sah mich an und wartete auf meine Reaktion. Ich schob seine Hand von meinem Mund. »Was hast du gerade gesagt?«

»Du hast mich sehr gut verstanden.«

»Aber … wir sind doch Freunde …«

»Herrgott, hör endlich auf mit diesem ›Wir sind Freunde‹-Scheiß!« Er fuhr sich mit den Händen frustriert durchs Haar. »Du bist meine *Freundin*?« Er schob mir die Hand zwischen die Beine, und ich zuckte zusammen. »Erlaubst du das deinen Freunden?« Ich stöhnte auf. »Hast du es gern, wenn sie dich anfassen?« Er schob das Höschen beiseite und steckte mir einen Finger zwischen die Schamlippen. »Wenn sie *in dich eindringen*?«

»Hör auf damit!«, fuhr ich ihn an und stieß ihn von mir und schlug ihm gegen die Brust. »Du bist ein Tier, Thomas!«

»Und du eine Lügnerin!«

In meinem Kopf drehte sich alles. Ich holte tief Luft, um mich zu beruhigen, ließ mich zu Boden sinken, zog die Knie an die Brust und massierte mir die Schläfen. »Was zum Teufel willst du von mir?«, murmelte ich erschöpft.

»Etwas verstehen«, antwortete Thomas nach kurzem Schweigen.

»*Was* verstehen?«

»Warum ich seit dieser Nacht das Interesse an jedem anderen Mädchen verloren habe.«

Ich lehnte den Kopf gegen die Wand. »Und wie willst du das rausfinden?«

Er ging in die Hocke, um mir in die Augen zu sehen. »Zusammen mit dir.«

Ich starrte ihn entgeistert an. Offenbar träumte ich. Eine andere Erklärung gab es nicht.

»Mit mir? Was heißt das? Dass wir ... zusammen sind?«, stammelte ich voller Angst, dass ich ihn falsch verstanden hatte.

Er lachte, und ich fragte mich, wie ich nur so dumm sein konnte. Fast wäre ich auf seine Worte hereingefallen.

»Keine Beziehung, du weißt, was ich davon halte.«

»Was zum Teufel dann?«

»Ich will dich.«

»Und wie?«, hakte ich irritiert nach.

»Das weißt du doch«, antwortete er ernst.

Ja, Thomas, das weiß ich. Aber das gefällt mir nicht. Das tut mir weh.

»Du willst meinen Körper, aber nicht meine Seele«, murmelte ich bitter. »Nein, danke. Ich möchte nicht dein Betthäschen sein, das du nach Belieben nehmen oder zur Seite legen kannst.« Ich hatte einen Kloß im Hals, und meine Augen füllten sich mit Tränen.

»Du wärst nichts von all dem.«

»Was denn dann? Was wäre ich dann?« In meiner Stimme lag Enttäuschung.

»Ist es denn so wichtig, den Beziehungsstatus zu einem anderen Menschen zu benennen? Es ist nur eine Bezeichnung, mehr nicht. Ich versichere dir, dass du mit jemandem Spaß haben kannst, ohne mit ihm zusammen zu sein.«

»Das ist absurd. Fragst du mich wirklich, ob ich eine Nicht-Beziehung mit dir eingehen möchte, die nur auf Begehren basiert, ohne jegliche Gefühle? Schlägst du mir das ernsthaft vor?«

»Ich weiß, dass du das nur schwer verstehen kannst«, er schob mir eine Locke hinters Ohr. »Was Beziehungen angeht, hast du eine ganz andere Vorstellung als ich. Du träumst von der wahren Liebe, romantisch und ausschließlich, so wie in deinen Romanen. Aber so etwas werde ich dir niemals geben können und auch nichts Ähnliches. Und von einem wie mir solltest du auch nichts in der Art erwarten.«

»Warum nicht, Thomas?«, fragte ich mit gebrochener Stimme. Es war mir egal, ob das verzweifelt oder pathetisch klang, schlimmer konnte es ohnehin nicht mehr werden.

Er sah kurz zu Boden, dann sehr ernst zu mir. »Weil ich innerlich total kaputt bin, und bei Typen wie mir gibt es dafür keine Heilung. Wenn ich selbstloser wäre, würde ich dich von mir und der ganzen Scheiße um mich herum fernhalten. Aber ich bin nun mal ein Egoist, und ich will dich so sehr, obwohl ich weiß, dass es falsch ist. Obwohl ich weiß, dass es nicht von Dauer sein wird. Obwohl ich weiß, dass dir irgendwann jemand über den Weg läuft, der dir all das geben wird, was du gesucht, dir erträumt und gewünscht hast. Und an diesem Punkt können Travis, Logan und all die anderen Arschlöcher, mit denen du es bislang zu tun hattest – allen voran ich –, nur zusehen, wie du gehst. Aber vorher will ich dich noch mit Haut und Haaren verschlingen.«

Ich starrte ihn ungläubig an, mein Herz raste. »Das … das verstehe ich nicht. Wenn es das ist, was du willst … warum willst du dann nicht mit mir zusammen sein?«

»Es ist nicht so, dass ich nicht mit dir zusammen sein will, doch eine Beziehung mit dir zu führen, würde bedeuten, dich in mein Leben zu lassen. Zuzulassen, dass du in meine Probleme hineingezogen wirst. Aber das heißt nicht, dass ich dich nicht will. Ganz will. Nur für mich.«

»Und was wäre, wenn ich ganz dir gehören würde?« Ich konnte nicht glauben, dass ich diese Möglichkeit überhaupt in Betracht zog.

»Du würdest guten Sex haben.« Er lächelte, merkte aber schnell, dass ich nicht zu Späßen aufgelegt war.

»Den kann ich mit jedem haben.«

»Aber du willst ihn mit mir, sei ehrlich. Das spüre ich jedes Mal, wenn ich dich anfasse.«

»Und was ist mit den anderen?«

»Es wird keine anderen mehr geben«, sagte er entschlossen, was mir als das einzig Positive bei diesem ganzen Wahnsinn erschien.

»Also nur du und ich … ohne Verantwortung und Gefühle?« Gefühle, die ich hatte, während er nur von Lust und dem Drang, mich zu besitzen, getrieben war.

»Ohne Verantwortung und *Beziehung*«, korrigierte er.

Wir schauten uns eine Weile schweigend an. Ich wusste nicht, was ich denken oder sagen sollte. »Ich weiß nicht, Thomas …«

»Es könnte besser sein, als du ahnst.«

Oder schlimmer ...

Ich atmete tief ein und wieder aus. »Ich werde darüber nachdenken.«

Meine Antwort schien ihn zu überraschen. »Wirklich?«

»Ja.«

»Okay ...« Er räusperte sich. »Lass uns rausgehen, hier kriegt man ja keine Luft.«

Er reichte mir die Hand, und nach kurzem Zögern ergriff ich sie. Bevor wir die Abstellkammer verließen, hielt Thomas inne und drehte sich noch einmal zu mir um. Er legte mir einen Arm um die Taille und zog mich an sich. Ohne mich aus den Augen zu lassen, streichelte er mir langsam über die Wange. Ich fragte mich, was er dachte. Seine starken Arme umschlossen mich, und ich flüchtete mich in diese scheinbar unzerstörbare Sicherheit. Er legte das Kinn auf meinen Kopf, während ich die Wange an seinen Brustkorb presste und seinen Duft einsog. Wir sprachen nicht, Worte waren unnötig. Eng umschlungen blieben wir stehen, für einen Moment, von dem ich mir wünschte, er würde ewig währen.

Kapitel 30

As wir zu den anderen zurückkamen, hatte sich die Gruppe, die Wahrheit oder Pflicht gespielt hatte, bereits aufgelöst. Die Party schien in unserer Abwesenheit an Fahrt aufgenommen zu haben, alle waren in Hochstimmung. Ich entdeckte Tiffany und Alex am Indoor-Pool, die mir mit Blicken zu verstehen gaben, dass wir später reden mussten. Ich lächelte schwach.

Thomas ließ sich auf eines der Sofas fallen, so entspannt, als hätten wir uns nicht gerade erst begehrt, berührt und dann … Ich wusste selbst nicht genau, was dann passiert war.

Ich setzte mich in einen Sessel, ein wenig von ihm entfernt.

Eine Frau mit einem aufblasbaren Kürbis unter dem Arm forderte uns winkend auf, mit in den Pool zu kommen, aber ich hatte keine Lust, Alex' T-Shirt auszuziehen und ins Wasser zu springen.

Thomas dagegen stand auf und streifte sein Shirt ab. Wann hatte er sich die Piercings in den Brustwarzen machen lassen? Beim letzten Mal, als ich ihn mit nacktem Oberkörper gesehen hatte, waren sie noch nicht da gewesen.

»Fertig mit Glotzen, Ness?«, fragte er mich.

»W… was?«, stammelte ich. »Ich habe nicht geglotzt!«

»Du solltest inzwischen wissen, dass ich ein unsicherer, schüchterner junger Mann bin. Wenn du mich so anstarrst, bringst du mich in Verlegenheit«, machte er sich über mich lustig.

»Ich habe mir nur die Piercings angesehen, du Blödmann. Hat das wehgetan?«

»Ein bisschen. Aber so ist das mit schönen Dingen: Sie tun weh.« Er grinste. »Komm, ich will dich wie einen kleinen Fisch im Wasser zappeln sehen.«

»Ehrlich gesagt, habe ich gerade keine Lust, nass zu werden.« Ich schaute zu Boden und knetete meine Finger.

»Das war gerade aber noch anders«, antwortete er schamlos.

Im Bruchteil einer Sekunde wurde mir siedend heiß. »Thomas!« Ich bewarf ihn mit der erstbesten Plastikflasche, die ich greifen konnte. Sie traf ihn an der Schulter, und er lachte. Dann beugte er sich über mich und hielt meine Schenkel mit den Händen fest. Der Kontrast zwischen den tätowierten dunklen Händen und meiner weißen Haut war faszinierend.

»Na, komm schon.«

»Keine Chance, aber geh ruhig. Ich bleibe hier sitzen. Außerdem …« Noch bevor ich den Satz beenden konnte, hatte er mich kopfüber geschultert.

»Stopp, Thomas, lass mich runter!« Ich trommelte gegen seinen Rücken, aber er kitzelte mich nur. Ich versuchte, mich zusammenzureißen, aber am Ende musste ich doch lauthals losprusten.

»Ich kann nicht schwimmen, erinnerst du dich? Und ich habe noch ein T-Shirt an!«

»Kein Problem, das kann ich dir ausziehen …« Er gab mir einen Klaps auf den Po und ging weiter.

»Und du führst dich schon wieder wie ein Steinzeitmensch auf.« Ich strampelte mit den Beinen, um mich zu befreien. »Das T-Shirt ziehe ich nicht aus.«

»Na dann …« Direkt am Beckenrand ließ er mich herunter und tat so, als wollte er mich ins Wasser schubsen.

»Okay, okay«, wehrte ich ab und zog das Shirt am Saum nach

oben. Auf halber Strecke zu meinem Kopf hielt ich inne. Es ging einfach nicht. Mir war, als würden tausend Augenpaare auf mir ruhen.

»Was ist los?«, wollte er wissen.

Ich beugte mich zu ihm und flüsterte: »Das ist mir so peinlich.«

»Was ist dir peinlich?«, wollte Thomas wissen.

»Mein Körper.«

»Red keinen Unsinn. Runter mit dem Shirt, sonst übernehme ich das.«

Seufzend nahm ich all meinen Mut zusammen und streifte mir das T-Shirt über den Kopf. Ich fühlte mich exponiert, *schrecklich* exponiert.

Thomas musterte mich mit einem undeutbaren Blick.

Ich griff wieder nach dem T-Shirt.

»Was machst du da?«, fragte er stirnrunzelnd.

»Ich ziehe mich an, denn genau so will ich nicht angeschaut werden.«

»Vielleicht solltest du dich tatsächlich wieder anziehen, damit diese Arschlöcher hier aufhören, dich mit den Augen zu verschlingen«, erwiderte er und warf einem Kerl hinter mir einen finsteren Blick zu. »Aber ich will das nicht, ich will dich anschauen, so lange, bis es wehtut.«

Jetzt war ich noch verlegener und senkte den Blick. »Wie tief ist das Wasser?«, wechselte ich das Thema.

»Keine Ahnung, ich war noch nicht drin. Aber das werden wir gleich herausfinden. Steig auf meinen Rücken, wir gehen zusammen rein.«

Eine dumme Idee, aber auch verlockend, denn so konnte ich seine Haut an meiner spüren. Ich klammerte mich an ihm fest, er umfasste mit beiden Händen meine Schenkel, und ich legte ihm die Arme um den Hals.

»Alles klar?«

»Ja, warum?«

»Du zitterst.«

»Ähm, ja, es ist einfach ziemlich kalt«, log ich. In Wahrheit hatte ich schreckliche Angst vor dem Wasser, auch wenn Thomas mir diese Angst ein klein wenig nahm.

»Du musst nicht, wenn du nicht willst, wir können auch eine Runde Bierpong spielen. Dabei würde ich dich allerdings abziehen. Nach Hause zu gehen, wäre ebenfalls eine Option. Du hast die Wahl.« Ich lächelte über die Art, wie er versuchte, mich zu beruhigen, und die spontane Einladung, das Fest, zu dem wir getrennt gekommen waren, gemeinsam zu verlassen.

»Der Pool ist schon okay, aber ich warne dich: Wenn du mich im Wasser loslässt und ich ertrinke, kehre ich noch einmal auf die Erde zurück, um dich fertigzumachen!«, drohte ich und bohrte ihm einen Finger in die Schulter.

Er drehte den Kopf zur Seite, um mich anzusehen. »Willst du mir sagen, dass das meine Chance ist, dich und deine endlosen Fragen loszuwerden?« Er schnalzte amüsiert mit der Zunge.

»Ziemlich verlockend.« Ich gab ihm einen Klaps in den Nacken, und wir lachten.

Ich näherte mich mit meinem Mund seinem Ohr und spürte, wie er sich verspannte. »Du würdest es keinen Tag ohne meine Fragen aushalten, sie würden dir zu sehr fehlen, das weiß ich.«

Er hielt inne und schien über eine Antwort nachzudenken, dann sagte er: »Du weißt gar nicht, wie sehr.« Überrascht über seine Worte, verzog ich die Lippen zu einem Lächeln. »Bereit?«, fragte er.

Ich nickte und hielt mir die Nase zu. Thomas schüttelte amüsiert den Kopf. Er nahm kurz Anlauf, dann waren wir im Wasser. Durch den Aufprall wurden wir getrennt, aber er packte meine

Hand und zog mich wieder hoch. Ich japste, und als Thomas mich am Arm festhielt, umklammerte ich mit meinen Beinen seine Taille. Er brachte mich ins weniger tiefe Wasser am Rand, wo ich stehen konnte und mir das Wasser nur bis zu den Schlüsselbeinen reichte.

»Jetzt habe ich dir gerade einen guten Grund gegeben, mich zu hassen«, lächelte er und zog mich an sich.

»Nur einen? Und welchen?«

»Dein Augen-Make-up ist verlaufen«, antwortete er grinsend. Verdammt, Tiff. Wieso hatte sie kein wasserfestes benutzt? Ich wischte mir rasch über die Augen. »Alles weg?«

»Na ja, jetzt siehst du aus wie ein Panda«, frotzelte er und flüsterte: »Deine Augen sehen aus wie ein Kunstwerk, das Zeug brauchst du gar nicht.« Mit seinem rechten Daumen strich er mir über die Wange bis zum Kinn. Sofort wurde mir heiß, sogar unter Wasser. Himmel noch mal, ich sollte aufhören, mich wie eine Qualle in der Sonne aufzulösen, jedes Mal, wenn er mich berührte, ansah oder anlächelte … oder mir ein Kompliment machte. Um die Spannung zu lösen, fing ich an, ihn nass zu spritzen, womit er nicht gerechnet hatte. Mit blitzenden Augen schaute er mich an. »Wenn ich du wäre, würde ich das kein zweites Mal wagen.«

»Sonst?«, fragte ich herausfordernd.

Er stürzte sich auf mich, und ich wich zurück und spritzte ihn übermütig noch einmal nass. »Schlechte Entscheidung«, knurrte er mit einem teuflischen Lächeln.

Ich drehte mich um, aber er war schneller und hielt mich an der Hüfte fest. Ich ahnte, was er vorhatte, und hielt mir die Nase zu. Und tatsächlich hob mich Thomas hoch und warf mich ins Wasser. Kurz darauf kam ich wieder hoch, die Augen geschlossen, wieder drückte er mich nach unten. Als ich erneut auftauchte, lachte ich, während er mich an sich zog und mit dem Rücken an seine Brust presste.

»Gibst du endlich auf, du Nervensäge?«

»Niemals!« Ich schaufelte das Wasser hinter mich, versuchte ihn weiter nass zu spritzen, dann drehte ich mich um, packte ihn an den Schultern und versuchte mit aller Kraft, ihn unter Wasser zu drücken. Doch er bewegte sich keinen Millimeter, und wir amüsierten uns über meine vergeblichen Bemühungen.

Kaum zu glauben, aber wir verbrachten eine halbe Stunde damit, zu lachen und zu reden: über das schlechte Essen in der Mensa, auf das die Köche so stolz waren, dass nicht mal Thomas es wagte, sie zu kritisieren. Er erzählte mir, dass er seinen Mitbewohner in der Wanne erwischt hatte, wo er sich mit Mineralsalz eingerieben hatte, umgeben von brennenden Kerzen, während im Hintergrund romantische Musik spielte. Dann gab ich eine durchaus gelungene Imitation von Professor Scott zum Besten, und er schüttelte sich vor Lachen.

Ich fühlte mich so wohl, dass ich noch nicht einmal auf die Leute um uns herum achtete, die tranken, lachten, lärmten und sich gegenseitig untertauchten. Hin und wieder nahm ich Alex' und Tiffs verstohlene Blicke wahr, sonst konzentrierte ich mich nur auf ihn. Als ein paar Jungs uns später ein Wettschwimmen vorschlugen, verfluchte ich sie innerlich, den Zauber zerstört zu haben.

Im Gegensatz zu mir willigte Thomas ein. Während er mit den anderen durchs Wasser kraulte, schaute ich vom Beckenrand aus zu, betrachtete seine Muskeln, die sich bei jedem Zug anspannten, seine breiten Schultern, seinen tätowierten Rücken ... und die Narbe, die unter der vielen dunklen Tinte kaum zu erkennen und doch nicht zu übersehen war.

Ich war so in Gedanken versunken, dass ich überrascht zusammenzuckte, als er wieder vor mir auftauchte. »An was denkst du, Fremde?«, wollte er von mir wissen.

»An vieles.«

Er kam mir so nah, dass ich seinen Atem auf meinem Gesicht spürte. »Ich will es wissen.«

»Ich denke an die Philosophieklausur am Montag, an meine Uniform, die ich noch waschen muss ... und an dich.« Ich wusste nicht, woher ich den Mut nahm, ihm das anzuvertrauen. Er schien offensichtlich geschmeichelt.

»An mich?« Er strich mir über die Wange. »Und woran denkst du genau, wenn du an mich denkst?« Ich hielt einen Moment inne, bevor ich weitersprach, denn die Stimme in meinem Kopf schrie, es lieber sein zu lassen. Ich schenkte ihr wie immer kein Gehör. »Thomas ... darf ich dich etwas fragen?«

»Du würdest es sowieso tun, oder?«, stichelte er.

»Nun ja, ich habe mich gefragt ... Diese Narbe, stammt sie von deinem Motorradunfall?«

Sein Gesicht versteinerte. »Woher, zum Teufel, weißt du von meinem Unfall?«.

Ich schluckte. »Leila hat mir vor Kurzem davon erzählt.«

Thomas seufzte und kniff die Augen zusammen. Als er sie wieder öffnete, bekam ich beinahe Angst, so wild flackerte sein Blick. »Ich möchte, dass du nie wieder darüber sprichst. Hast du mich verstanden?«

»Ich ...«

»Schluss«, knurrte er gefährlich leise, trotzdem sahen mehrere Partygäste in unsere Richtung.

Ich senkte verlegen den Blick. »Ich frage mich, ob es überhaupt etwas gibt, worüber ich mit dir reden kann!« Ich wollte aufstehen, aber er packte mich am Arm.

»Wohin willst du?«

»Weg. Ich werde nicht schon wieder mit dir streiten, vor allem nicht vor der halben Uni.« Ich wollte meinen Arm wegziehen, aber er ließ nicht los.

»Du gehst nirgendwohin.«

»Thomas, ich *will* gehen. Nach Hause«, antwortete ich entschieden.

Er seufzte tief und flüsterte dann: »Dieser Unfall ist das Ende und der Anfang von allem. Eine Wunde, die niemals heilt.« Mit einem Ruck nahm er meine Hand und presste sie auf seine Seite, an die Stelle, an der sich die Narbe befand. »Diese Narbe erinnert mich jeden Tag an das, was ich hatte, an das, was ich verloren habe und nie wieder bekommen werde. Nie wieder.« Der Schmerz in seiner Stimme ließ mich fast zerbrechen.

Beschämt legte ich ihm zwei Finger auf den Mund, dann glitt ich vom Beckenrand zu ihm. Was auch immer es war, ich konnte sehen, dass es ihn zerstörte – und damit auch mich. Deshalb fragte ich nicht weiter. »Sag bitte nichts, entschuldige.« Ich umarmte ihn, legte meinen Mund in seine Halsbeuge und spürte, wie er sich entspannte. »Ich wollte nicht … ich wollte dich nicht zwingen, dich zu erinnern. Wie immer habe ich zu viele Fragen gestellt. Vielleicht wäre es gar nicht so schlecht, mich ertrinken zu lassen«, flüsterte ich ironisch und hoffte, damit seine Anspannung zumindest etwas zu lösen.

Aber Thomas lachte nicht. Er hielt mich ganz fest, als wären wir ganz allein in diesem Pool, als ob ich ihm jeden Moment entgleiten könnte. »In mir ist zu viel Dunkelheit. Das kannst du nicht verstehen, aber bitte, verlass mich deshalb nicht«, flehte er mit leiser Stimme.

Es brach mir das Herz. Ich schaute ihn an und streichelte ihm sanft über die Wangen. »Das werde ich nicht«, versprach ich. In diesem Augenblick wollte ich nichts mehr als ihn zu küssen, so lange, bis er keine Luft mehr bekam und alles vergaß. Aber das war nicht richtig. »Ich möchte wirklich gehen«, gestand ich.

Thomas nickte und hob mich auf den Beckenrand. »Wir gehen zusammen.«

»Okay«, antwortete ich, obwohl sein Tonfall ohnehin keine Alternative zugelassen hätte. Wir stiegen aus dem Becken, und Thomas schlenderte zur Umkleide, während ich unter den Gästen Ausschau nach Alex und Tiffany hielt. Es dauerte eine ganze Weile, bis ich Tiff entdeckt hatte. Thomas trat angezogen neben mich. Ich gab ihr ein Zeichen, dass ich mit Thomas nach Hause gehen würde, und sie nickte und grinste mir augenzwinkernd zu.

»Ich ziehe mich schnell um«, sagte ich zu ihm und deutete in die Richtung, aus der er gerade gekommen war.

»Ich warte auf dich.«

Ich ging nach hinten durch und staunte wieder einmal, wie groß das Poolhaus war – aber etwas anderes hätte zu der riesigen Villa von Carols Eltern auch nicht gepasst. Die Umkleide war leer. Ich trocknete mich ab, zog mich an und wollte gerade zu Thomas zurückkehren, als jemand den Raum betrat und mich am Handgelenk packte. Travis.

»Kannst du dir nicht wenigstens die Mühe machen, ihn nicht vor meinen Augen zu vögeln?« Er stank nach Alkohol und war offenbar ziemlich betrunken. Was machte er noch hier? Tiffany hatte doch gesagt, er sei gegangen?

Hatte er mich etwa die ganze Zeit über beobachtet?

»Travis, lass mich sofort los, du tust mir weh.« Vergeblich, er lockerte seinen Griff nicht.

»Du hast mich verlassen, weil ich dich betrogen habe, und jetzt bist du mit ihm zusammen, obwohl er eine nach der anderen hat?«

»Lass mich los!«, wiederholte ich mit Nachdruck.

Er starrte mich voller Zorn an, ließ dann aber mein Handgelenk los. Ich massierte die schmerzende Druckstelle.

»Ich bin nicht mit ihm zusammen. Und du hast mich nicht nur betrogen, das war viel schlimmer. Hast du etwa den Abend damit verbracht, mich auszuspionieren?«

»Das war gar nicht nötig, ihr habt euch ja nicht versteckt. Lässt du dich jetzt von diesem Arsch vögeln? Ich erkenne dich nicht wieder. Du bist nicht mehr die Nessy, in die ich mich verliebt habe. Die Nessy, die ich kannte, hätte so etwas niemals getan. Es fällt mir sogar schwer, dir in die Augen zu sehen, wenn ich mir vorstelle, dass er dich angefasst hat.«

Das war zu viel.

»Wenn du mich wenigstens ein bisschen geliebt hättest, hättest du nicht getan, was du getan hast. Ich fühle mich zum ersten Mal in meinen Leben frei, das zu tun, was ich will. Und weißt du was, Travis? Wenn du mir deshalb nicht mehr in die Augen sehen kannst, dann lass es. Ich lasse mich lieber von ihm vögeln, als von dir angeschaut zu werden.« Damit wollte ich mich an ihm vorbeidrängen, raus aus der Umkleide.

Er verstellte mir den Weg. »Ich hatte recht: Ich habe dich seinetwegen verloren!«

Ich riss die Augen auf. »Du hast mich nicht *seinetwegen* verloren, das hast du ganz allein geschafft!«

»Meinst du, das weiß ich nicht?«, rief er theatralisch. »Das tut mir leid, glaub mir. Ich hasse mich für das, was ich getan habe. Du fehlst mir. Sehr. Mir fehlen unsere Mittagessen, unsere gemeinsamen Nächte … Es fehlt mir, dich zur Uni abzuholen und zur Uni zu fahren, deine Stimme zu hören, deine Berührungen, dein Lächeln … Dich jeden Tag zu sehen und nicht mir dir reden zu können, bringt mich um. Ich flehe dich an, verzeih mir. Gib mir noch eine Chance, lass mich meine Fehler wiedergutmachen.«

»Wenn du glaubst, dass ich zu dir zurückkomme, hast du dich geirrt!«

»Ich liebe dich immer noch!«

»Aber ich dich nicht. Wahrscheinlich habe ich damit schon aufgehört, noch bevor ich die Wahrheit wusste. Deshalb werde ich nicht zu dir zurückkehren, jetzt nicht und auch in Zukunft nicht.« Ich schaute ihm fest in die Augen.

»Ohne dich ist alles sinnlos.« Er war so verzweifelt, dass ich den Travis, mit dem ich zwei Jahre verbracht hatte, nicht mehr wiedererkannte.

»Es tut mir leid, dass du leidest, aber daran hättest du vorher denken sollen. Die Dinge werden sich nicht ändern.«

Er schaute mich an und sagte dann: »Denkst du nicht darüber nach, wie demütigend dein Verhalten für mich ist? Ich habe Tag für Tag mit diesem Stück Scheiße zu tun, in das du verliebt bist. Denkst du nicht daran, wie ich mich fühle? Warum, Vanessa? Warum unbedingt er? Ich muss das wissen.« Bei dem Wort »verliebt« setzte mein Herz einen Schlag aus.

»Ich werde das mit dir nicht besprechen. Geh zur Seite!« Ich wollte ihn wegschieben, aber er bewegte sich nicht.

»Ich muss wissen, warum!«

»Travis, lass mich gehen.«

Er rührte sich nicht vom Fleck. »Sag es mir!«, schrie er mir ins Gesicht.

»Willst du das wirklich wissen? Weil er mir neuen Schwung gibt; weil er Seiten von mir aufgedeckt hat, von denen ich nicht mal wusste, dass es sie gibt; weil er nicht vorgibt, jemand zu sein, der er nicht ist. Und weil ich mich vom ersten Moment an in seiner Gegenwart … lebendig gefühlt habe.« Travis schüttelte fassungslos den Kopf. »Du wolltest es wissen, jetzt weißt du es.« Endlich trat er zur Seite und ließ mich vorbei. Er starrte ins

Nichts, und so absurd es auch war, tat es mir weh, ihn so zu sehen. »Es tut mir leid, Travis. Wirklich.« Die Worte kamen tief aus meinem Herzen. »Aber unsere Geschichte ist jetzt zu Ende.« Bevor ich um die Ecke biegen konnte, packte mich Travis am Arm, schleuderte mich gegen die Wand und presste seine Lippen auf meine. Es gelang mir, ihn wegzustoßen.

»Travis! Was fällt dir ein, verdammt?« Ich fuhr mir mit dem Handrücken über den Mund, mit der anderen hielt ich mir die schmerzende Schulter. Nur den Bruchteil einer Sekunde später vernahm ich das dumpfe Geräusch eines Aufpralls. Mein Blick verschwamm, meine Ohren pfiffen, als ich Travis am Boden liegen sah. Thomas kniete über ihm und schlug ihm mehrmals ins Gesicht.

»Ich hätte dich schon früher umbringen sollen!« Jedes einzelne Wort wurde von einem Fausthieb begleitet. »Aber egal, dann mache ich es eben jetzt.« Travis stöhnte und krümmte sich zusammen, bemüht, sich zu befreien, aber die blinde Wut seines Angreifers hielt ihn davon ab.

»Thomas! Hör auf, du bringst ihn noch um«, schrie ich, so laut ich konnte. Auf dem Boden war Blut. Ich flehte ihn an, aufzuhören, aber Thomas war derart in Rage, dass er mein verzweifeltes Rufen gar nicht zu hören schien.

Plötzlich tauchten Alex und ein Kommilitone neben uns auf, packten Thomas an den Schultern und zogen ihn von Travis weg.

Der versuchte, sich aufzusetzen. Sein Gesicht war blutüberströmt und geschwollen. »Vanessa, es tut mir leid, bitte verzeih mir. Ich weiß nicht, was mich geritten hat, ich wollte dir nicht wehtun. Ich … ich habe die Kontrolle verloren«, stammelte er unter Schock.

Das Herz hämmerte in meiner Brust. Meine Beine zitterten, meine Schläfen pochten. Ich war einer Ohnmacht nahe, dennoch gelang es mir hervorzustoßen: »Wenn du mir noch einmal zu nahe kommst, zeige ich dich an.«

Ich drehte mich zu Thomas um, der mich schwer atmend ansah. Ohne nachzudenken, nahm ich sein Gesicht in beide Hände und zwang ihn, mir in die Augen zu sehen. »Du musst dich beruhigen, Thomas, bitte.«

»Mich beruhigen?« Er fuhr langsam über die Druckstellen, die mir Travis zugefügt hatte, über den roten Fleck an meiner Schulter, der sich bereits lila verfärbte. »Er greift dich an, und ich soll mich beruhigen?«

»Du hast *was* gemacht?«, schrie Alex Travis an.

»Alex, nicht jetzt, bitte …«, flehte ich, denn ich wusste, dass ich ihn eher davon überzeugen konnte, zu gehen, als Thomas. Ich griff nach Thomas' Hand, aber er ließ sich nicht anfassen und starrte Travis hasserfüllt an. »Lass uns gehen, bitte.« Ich sah ihn verzweifelt an. »Ich *muss* jetzt gehen.« Erst jetzt, nach einem letzten prüfenden Blick auf Travis und mich, ließ sich Thomas von mir wegziehen.

Kapitel 31

»Fuck!« Thomas trat gegen den Vorderreifen seines Autos. Ich zuckte vor Schreck zusammen. Mit einem Ruck wandte er sich zu mir und untersuchte ein drittes Mal meine Handgelenke. Mein Blick fiel auf seine geschwollenen Knöchel, und ich ergriff seine Hände, und strich sanft mit den Fingerspitzen über die Abschürfungen. Sogleich verzog er vor Schmerz den Mund.

»Du darfst nicht mehr so die Kontrolle verlieren.«

»Du kannst dich bedanken, dass dieses Schwein noch am Leben ist«, antwortete er schwer atmend. »Ist so etwas schon früher passiert?«, fragte er mich besorgt.

»Nein, bestimmt nicht!« Ich schlug die Hände vors Gesicht und versuchte mich zu beruhigen. Ich war erschüttert, wollte so schnell wie möglich von hier weg, mich unter meine warme Decke kuscheln und das alles vergessen. »Können wir … können wir bitte weg von hier?«, murmelte ich mit zittriger Stimme. Thomas musterte mich aufmerksam, und sein Blick blieb an meiner Schulter und den Handgelenken haften. Dann nickte er, öffnete mir die Autotür, und wir stiegen ein.

Während der Fahrt sprach er kein Wort. Eine Hand am Lenkrad, die andere auf dem Schalthebel, überschritt er sämtliche Geschwindigkeitsbegrenzungen und starrte finster auf die Straße. Wie gerne hätte ich mit ihm geredet, aber Thomas war in seiner Welt versunken, zu der ich keinen Zutritt hatte. Bibbernd saß ich neben ihm und bemerkte aus dem Augenwinkel, wie er nach hinten auf die Rückbank griff. Ohne mich anzusehen, warf er mir einen schwarzen Hoodie über die Beine.

»Zieh ihn an, du zitterst ja.«

Ich zog das Kapuzenshirt über und wurde sofort von seinem unverwechselbaren Duft eingehüllt. Erschöpft legte ich die Stirn gegen die Scheibe.

»Du kannst ihn behalten, wenn du willst«, sagte er, ohne mich anzusehen.

»Das ist nicht nötig.«

»Ich möchte es aber.«

Ein schüchternes Lächeln trat auf mein Gesicht. »Okay.«

Erneut breitete sich Stille zwischen uns aus. Er ging etwas vom Gas, und ich entspannte mich, doch dann bemerkte ich, dass wir nicht zu mir fuhren, sondern zum Campus. Verwirrt drehte ich mich zu ihm um, schob mir eine Locke aus dem Gesicht und fragte: »Bringst du mich nicht nach Hause?«

Er schüttelte den Kopf.

Als wir ankamen, war der Campus dunkel und menschenleer, nur ein paar Straßenlaternen verströmten ein schwaches Licht. Ich stieg aus, und augenblicklich weckte mich die nächtliche Kälte aus meiner Lethargie. Meine Zähne klapperten, und ich schlang mir bibbernd die Arme um die Mitte.

Als Thomas das bemerkte, kam er auf mich zu und fragte: »Warum ist dir eigentlich immer so kalt?«

»Es ist vier Uhr morgens, und meine Haare sind noch feucht.« Thomas legte mir den Arm um die Schultern, um mich zu wärmen, vielleicht aber auch, um mich zu trösten. Dankbar presste ich das Gesicht gegen seine Brust und ließ mich von seiner Wärme umhüllen.

In seinem Apartment war es angenehm warm. Larry, so erklärte mir Thomas, war auf einem Gamer-Treffen und würde sicher so bald nicht nach Hause kommen.

Also streifte ich meine Tasche von der Schulter und stöhnte leise auf.

»Hast du Schmerzen?«, fragte Thomas mit finsterem Blick. »Und erzähl mir keinen Scheiß.«

»Ein bisschen«, gab ich zu, und er kam näher, schob den Hoodie und meinen beigefarbenen Pulli hoch und untersuchte das Hämatom auf meiner Schulter…

»Das schwillt an. Du brauchst Eis zum Kühlen«, stellte er sachlich fest, zog Pullover und Hoodie vorsichtig wieder runter, dann streifte er seine Klamotten ab, bis er, nur mit Boxershorts bekleidet, vor mir stand. Ich starrte ihn an. »Was machst du da?«

»Ich gehe duschen«, antwortete er gleichgültig. »Kommst du mit?«

Unter anderen Umständen hätte ich das als Provokation aufgefasst, aber sein Gesichtsausdruck war zu nüchtern, als dass er auf ein zweideutiges Angebot hätte schließen lassen.

»Nein, danke, ich dusche lieber alleine. Vorzugsweise bei mir zu Hause«, antwortete ich etwas verlegen.

»Wie du meinst. Im Kühlschrank ist Bier, auch Wasser, wenn du willst. Bedien dich einfach. Eis ist im Kühlfach.« Er verschwand im Bad und schloss die Tür hinter sich.

Ich setzte mich aufs Sofa und atmete auf. Den Kopf gegen die Rückenlehne gelegt, starrte ich an die Decke. Das Rauschen des Wassers lullte mich und meine wirren Gedanken ein. Es war so viel passiert, dass ich das Gefühl hatte, den längsten Abend meines Lebens hinter mir zu haben. Eines Lebens, dass sich binnen weniger Wochen komplett verändert hatte. *Ich* hatte mich verändert. Ich band mir die Haare zu einem Pferdeschwanz zusammen. Meine Schulter tat höllisch weh, deshalb beschloss ich,

Thomas' Rat zu befolgen und mir einen Eisbeutel auf die Schulter zu legen.

Etwa zehn Minuten später öffnete sich die Badezimmertür, und eine Dampfwolke breitete sich im Wohnzimmer aus. Thomas trug ein weißes Handtuch um die Hüften, mit einem zweiten trocknete er sich die Haare ab. Ich betrachtete die Adern an seinen muskulösen Armen, die deutlich hervortraten. Ein paar Wassertropfen rannen über seinen muskulösen Bauch. Für kurze Zeit ließ mich sein Anblick alles andere vergessen.

»Wirst du dich jemals daran gewöhnen?«, spottete er und verschwand in seinem Zimmer.

»An w… was?« Ich blinzelte und schüttelte den Kopf, um das Bild aus dem Kopf zu bekommen, dann legte ich den Eisbeutel auf den Tisch. Der Schmerz hatte etwas nachgelassen.

»An meinen Körper.«

Augenblicklich wurde ich rot, schnappte mir ein Kissen vergrub den Kopf darin, während ich mich insgeheim verfluchte.

»Du bist so was von dir überzeugt, Thomas … Ich mag deine Tattoos, das ist alles.«

»Na klar, ich mag deine Augen!«, rief er scherzhaft zu mir rüber.

Ich runzelte die Stirn. »Willst du damit sagen, dass sie dir nicht gefallen?«

»Ich mag deine Augen. Sogar sehr.« Er kam ins Wohnzimmer zurück. Jetzt trug er eine tief sitzende Jogginghose, die Haare hatte er zurückgekämmt. »Aber deinen Hintern mag ich auch, genau wie deine Brüste.« Er nahm sich ein Bier aus dem Kühlschrank. »Und deine Beine. Deine …«

Ich riss die Augen auf. »Stopp!«, rief ich eilig. »Das reicht, ich hab's kapiert.« Meine Wangen brannten, während er sich schier totlachte. Er setzte sich neben mich, stellte das Bier ab und sah mich eindringlich an. »Du machst mich wahnsinnig, Ness.«

Mein Herz raste. Ich lächelte verlegen und biss mir auf die Lippe.

Er lächelte zurück, doch irgendwie wirkte er gar nicht glücklich. Ich spürte, dass er nicht mit sich im Reinen war, fast so, als hätte er ein schlechtes Gewissen.

Er griff nach der Fernbedienung und schaltete den Fernseher ein, legte die Beine auf den Couchtisch, einen Arm hinter den Kopf und nahm einen Schluck Bier. Ich zog die Converse aus, verschränkte die Beine und legte ein Kissen darüber.

Nachdem er durch verschiedene Programme gezappt hatte, landete er bei einer Wiederholung von *Vampire Diaries*. Meine Augen leuchteten auf. »Bitte zapp nicht weiter, lass uns das sehen!«, bat ich ihn aufgeregt. Wenig begeistert stimmte er zu.

»Dieser Stefan ist ein nerviger Moralapostel, der geht mir jetzt schon auf den Sack«, kommentierte er nach ein paar Minuten ungeduldig.

Ich lachte. »Im Laufe der Staffeln wird er noch schlimmer.«

»Echt?«

»Willst du mir etwa weismachen, dass du die Serie nicht kennst?«, entfuhr es mir schockiert.

»Was dachtest du denn?«

Ich riss überrascht die Augen auf. »In was für einer Welt lebst du?«

»Ich lebe einfach, fertig.«

Während ich im Bett gelegen und von Damon Salvatore geträumt hatte, war er wahrscheinlich mit irgendeiner Version von Katherine Pierce beschäftigt gewesen.

Wir schauten weiter, und mir entging nicht, wie Thomas mich immer wieder verstohlen musterte. Einerseits fand ich es unangenehm, so beobachtet zu werden, andererseits gefiel es mir, dass Thomas sich offenbar für mich interessierte, deshalb sagte ich nichts dazu. Er wiederum sagte nichts, als nach dieser Folge gleich die nächste begann.

»Geht's dir besser, Ness?«, fragte er mich irgendwann. Ich nickte, aber er schien nicht überzeugt.

Er streckte den Arm nach mir aus, umfasste meine Taille und zog mich mit einer fließenden Bewegung auf seinen Schoß. Instinktiv legte ich meine Hände auf seinen nackten Brustkorb. Thomas rückte mich zurecht, und sofort beschleunigte sich mein Atem. Er grinste. Verdammt! Ich war so voraussehbar. Ich blickte nach rechts und links, vermied jeden direkten Augenkontakt, denn seinem durchdringenden Blick konnte ich einfach nicht widerstehen.

»Dir macht noch immer zu schaffen, was passiert ist, oder?«, fragte er und strich mir mit dem Daumen über die Wange.

»Nein, nein, es geht mir gut«, versicherte ich ihm. Und das war die Wahrheit: Mit ihm ging es mir gut.

»Ich habe zu heftig reagiert. Sorry, wenn ich dir Angst gemacht habe. Tatsache ist, dass ich die ganze Zeit über die Wut unterdrücken muss, die mich innerlich auffrisst. Aber wenn sie explodiert, kann ich sie nicht zurückhalten und verliere die Kontrolle. Ich möchte, dass du weißt, dass ich dir niemals wehtun würde. Bei mir bist du immer sicher.« Das wusste ich, und ich fühlte mich so beschützt wie nie zuvor.

Ich runzelte die Stirn. »Glaubst du etwa, dass ich Angst vor dir habe? Wenn das so wäre, wäre ich nicht hier.«

Er schnaubte. »Ich habe gesehen, wie du mich angeschaut hast …«

»Thomas …« Ich umfasste sein Gesicht. »Ich habe keine Angst

vor dir, eher davor, dass du keine Angst hast. Ich verstehe, warum du so reagiert hast, und bin dir dankbar dafür, aber ich möchte nicht, dass du meinetwegen in Schwierigkeiten gerätst. Das könnte ich mir nicht verzeihen.«

»Das hält mich nicht davon ab, ihn zu verprügeln, wenn er es noch einmal bei dir versuchen sollte. Eines will ich klarstellen: Du kannst auf keinen Fall erwarten, dass ich tatenlos zusehe, wenn jemand dich auch nur berührt.« Arrogant. Besitzergreifend. Rücksichtslos. Wie gehabt.

»Du kannst nicht jeden angreifen, der in meiner Nähe ist«, sagte ich energischer als geplant, aber die Botschaft sollte deutlich rüberkommen.

»Wollen wir wetten?«

Ich warf ihm einen scharfen Blick zu, und er schwieg. »Das wirst du nicht tun. Ich bin nicht dein Eigentum, und du hast kein Recht, Anspruch auf mich zu erheben.«

»Für die anderen bist du tabu, damit basta.«

Mein Blut geriet in Wallung. Aus was für einer Höhle war er gekrochen, um sich anzumaßen, mich für *tabu* zu erklären? Schockiert starrte ich ihn an, doch ich hatte keine Kraft mehr zu streiten. Also unterdrückte ich die in mir aufsteigende Wut und schüttelte den Kopf, um die Anspannung abzuschütteln. »Versprich mir, dass du beim nächsten Mal, bevor du die Kontrolle verlierst, bis zehn zählst.«

»Zehn ist zu viel.«

»Fünf?«

»Drei. Und das auch nur, um dir einen Gefallen zu tun.« Es sollte scherzhaft klingen, aber ich war inzwischen zu erschöpft, um zu lachen.

»Den Gefallen tust du dir selbst.«

»Nein, ich tue es für dich, weil ich gern die Kontrolle verliere.

Das Adrenalin in meinen Adern zu spüren ... das ist ein unvergleichliches Gefühl.«

Ich starrte ihn entsetzt an und rutschte von seinem Schoß. »So ein unvergleichliches Gefühl wie die Vorstellung, den Rest deines Lebens im Gefängnis zu verbringen? Denn wenn du so weitermachst, wirst du früher oder später dort landen.«

Er schnaubte verächtlich.

»Warum streiten wir eigentlich, Vanessa?«, fragte er dann.

»Wir streiten nicht«, stellte ich klar. »*Ich* streite mich mit *dir*.«

»Und warum?«

»Keine Ahnung!«, antwortete ich verdrossen und ließ mich gegen die Sofalehne sinken.

Nach einem kurzen Moment schüttelte er den Kopf und brach in Lachen aus.

»Was gibt's da zu lachen?«, blaffte ich ihn an.

»Du machst mir eine Szene und weißt nicht mal, warum?« Er griff nach meiner Hand und zog mich an sich. »Ist dir eigentlich klar, dass du komplett verrückt bist?«

Ich schob mein rechtes Knie zwischen seine Beine. »Ich weiß, warum. Weil du ein Egoist bist. Auf krankhafte Weise gefällt es dir, die Menschen um dich herum zu verletzen. Du scherst dich einen Dreck um andere und willst die absolute Kontrolle«, gab ich zurück.

»Eine präzise Beschreibung.« Thomas verschränkte meine Finger mit seinen. »Aber macht mich nicht genau das unwiderstehlich?«

»Nein, nur sadistisch.«

Er zog mich wieder auf seinen Schoß. »Warum verschwendest du dann deine Zeit mit einem Sadisten wie mir?« Seine Stimme klang jetzt tiefer und rauer.

»Ich glaube, weil ich eine Masochistin bin.«

»Mmh.« Er rieb seine Nase an meiner. »Ein Sadist und eine Masochistin: das perfekte Paar.« Er grinste.

»Wenn überhaupt, dann toxisch.«

»Sag mir eins, Ness.« Behutsam griff er in meine Haare, packte eine Strähne und wickelte sie sich um die Faust. Dann löste er seine Finger aus meinen und strich mir sanft über die Lippen. »Wann habe ich das letzte Mal diesen Mund geküsst?«

Ich war ihm so nah, dass ich seinen Atem spüren konnte. Eben noch hatte ich ihn angeschrien, jetzt wollte ich ihn nur noch küssen.

»Keine Ahnung ...«, stammelte ich. Thomas ließ meine Haare los, streichelte mir langsam über die Hüften und schob die Hände unter meinen engen Rock. Als er über meinen Hintern strich, fuhr ein elektrischer Schlag durch meinen Körper. Ich befeuchtete meine trockenen Lippen. »Es ist lange her.«

»Zu lange ...« Er legte seinen Mund auf meinen, und langsam verschmolzen unsere Lippen zu einem sanften Kuss. Eine Hitzewelle strömte bis in meinen Bauch, und tausend Gefühle vernebelten meinen Verstand. Seine Nähe reichte aus, um ein überwältigendes Verlangen in mir auszulösen. Ich legte ihm die Arme um den Hals und öffnete die Lippen. Seine Zunge umspielte meine, gierig, warm, ungeduldig, und entfachte ein loderndes Feuer in mir.

»Du hast den verlockendsten Mund, den ich je geküsst habe.« Wieder machte sich das drängende Pulsieren in meinem Schritt bemerkbar, ich spürte, wie ich feucht wurde. Ich rieb mich an seiner Erektion, die sich bereits deutlich unter seiner Jogginghose abzeichnete. Thomas biss auf meine Lippen und begleitete kraftvoll meine Bewegungen, hielt meinen Hintern so fest, dass ich vor Schmerz und Lust aufschrie.

Ich spürte, wie sehr er es genoss, diese Macht über mich zu

auszuüben. Ich wollte mich ihm hingeben, wollte Sklavin seiner Lust sein – eine Seite, die ich vor Thomas nicht an mir gekannt hatte. Eine Seite, an der ich Gefallen fand.

»Du machst mich wahnsinnig in diesem engen Rock …«, keuchte er atemlos. »Und seit zwei Tagen träume ich davon, ihn dir vom Leib zu reißen.«

Ich presste mich noch fester an ihn, während er an meinen Lippen saugte. »Worauf wartest du noch?«, flüsterte ich dicht an seinem Mund.

Thomas löste sich von mir, und ich stöhnte empört auf. Ich wollte seine sinnlichen Lippen auf meinen spüren, mich in seiner Wärme verlieren. Er streichelte zärtlich meine Wange und legte seine Stirn an meine. »Du bist gefährlich …«

»*Du* bist gefährlich«, hauchte ich, während meine Augen und Finger über seine breiten Schultern glitten, über die definierten Bizepse, die schmalen Hüften, die angespannten Bauchmuskeln bis hin zum Bund seiner Jogginghose. Ich hätte Stunden damit zubringen können, jeden Zentimeter seines Körpers mit dem Mund und den Händen zu erforschen, ohne dessen jemals überdrüssig zu werden. Ich schob die Hand in seine Hose und stellte fest, dass er keine Boxershorts trug. Als ich ihn ansah, schenkte er mir ein schiefes Lächeln, das mich den Kopf verlieren ließ. Ich beugte mich über ihn, küsste ihn noch einmal voller Leidenschaft, weil … weil ich einfach nicht anders konnte, und er erwiderte meinen Kuss mit ungezügelter Begierde. Ich schloss die Hand um seinen glatten, warmen Penis, der noch größer wurde. Thomas gab ein raues Stöhnen von sich und hob das Becken gerade so weit an, dass er die Jogginghose runterziehen konnte. Ich bewegte die Hand auf und ab und spürte, wie er unter meinen Fingern erbebte. Ein triumphierendes Lächeln trat auf mein Gesicht, als ich bemerkte, dass er mir genauso ausgeliefert war wie ich ihm.

»Weiter«, flüsterte er heiser. Jetzt nahm ich seinen Penis in beide Hände, umfasste mit einer die Wurzel, die andere rieb vorsichtig über die feuchte Spitze. Ich spürte, wie auch ich immer feuchter wurde. Thomas schob meinen Slip beiseite und glitt mit einem Finger in mich hinein. Ich schrie leise auf. Als er einen zweiten Finger in mich schob, fing ich an zu keuchen, warf voller Lust den Kopf nach hinten und umklammerte seine Erektion noch fester.

»Fuck, bist du heiß …« Thomas zog die Finger aus mir heraus, um sie sofort danach noch tiefer in mich hineinzustecken.

»Oh Gott, Thomas«, keuchte ich, »hör nicht auf, bitte …«

»Bestimmt nicht, du sollst richtig kommen, so heftig, dass du das Bewusstsein verlierst.« Er streifte mir den Hoodie ab, schob eine Hand unter meinen beigefarbenen Pulli und massierte abwechselnd meine Brüste. Wir verschafften uns gegenseitig Lust, sein Rhythmus wurde schneller, meiner ebenfalls, während unser Stöhnen immer unkontrollierter wurde. »Herr im Himmel, meine Hand trieft vor Nässe.«

»Meine auch«, hauchte ich und biss mir auf die Lippen. Sein Penis pulsierte. Ich beschleunigte den Rhythmus und sah, wie sich seine Bauchmuskeln mit jeder Bewegung noch mehr anspannten.

»Ja … genau so …« Seine heisere Stimme löste eine Woge der Lust in mir aus. Mit dem Daumen massierte er meine empfindlichste Stelle, mit Zeige- und Mittelfinger glitt er in mich hinein und hinaus, bis ich fast von Sinnen war. Nach wenigen Stößen kam ich zwischen seinen Fingern. Ich erbebte, während Thomas seinen Orgasmus so lange wie möglich hinauszuzögern versuchte, bevor er mir mit einem animalischen Stöhnen folgte. Ein warmer weißer Schwall ergoss sich über meinen Handrücken. Wir hielten uns mit geschlossenen Augen fest umklammert und ließen uns auf den Wogen des Orgasmus davontreiben. Nach einer Weile zog Thomas seine feuchten Finger aus mir heraus, zog mir Pulli und BH aus und begann, meine harten Brustspitzen zu kneten und zu lecken. »Jetzt will ich dich richtig ficken, Ness.« Er beugte sich zu meinem Mund und drang mit seiner Zunge in mich ein. Alles, was er tat, wie er sprach, wie er sich bewegte, wie er mich ansah, löste ein Gefühl in mir aus, das ich noch nie empfunden hatte: Ich fühlte mich anstößig, schmutzig, gierig. Das war neu, und es gefiel mir.

Er hob mich auf die Arme und trug mich ins Schlafzimmer, dann trat er mit dem Fuß die Tür hinter uns zu. In seinem Zimmer, platzierte er mich auf dem Schreibtisch, drückte meine Beine auseinander und stellte sich dazwischen. Dann zog er mich an sich. Ich keuchte vor Verlangen. Er betrachtete meine nackten Brüste, stöhnte und begann gierig an der rechten Brustspitze zu saugen, dann zog er mit den Zähnen daran. Ich presste mich an ihn. Jetzt nahm er sich meinen linken Nippel vor, und mein ganzer Körper fing an zu prickeln. Nach einer Weile umfasste er beide Brüste mit den Händen und küsste mich besitzergreifend. Ich wurde zu seiner Sklavin, die er mit Küssen zwang, seine Befehle zu befolgen. »Ich will dich nackt und unter mir, sofort«, befahl er mir herrisch und riss mir mit einem fast wütenden Ruck den Slip vom Leib, dann packte er meine Hüften und drehte mich um. Ich beugte mich über den Schreibtisch, bis meine Brüste auf dem kalten Holz lagen und ich eine Gänsehaut bekam.

Er entfernte sich ein paar Schritte und kam zurück. Ich drehte den Kopf und sah, wie er sich ein Kondom überstreifte. »Ich glaube, ich vögle dich in diesem Rock.« Der lüsterne Ton seiner Stimme brannte auf meiner Haut.

Er streichelte meine Schultern, küsste meine Wirbelsäule und die verletzte Schulter, doch als ich mich aufrichten wollte, drückte er mich zurück auf die Schreibtischplatte, stellte sich zwischen meine Schenkel und schob meinen Rock hoch, dann presste er seine Erektion in die Spalte zwischen meinen Pobacken. Er griff in meine Haare und flüsterte mit sinnlicher Stimme: »Mach die Beine breit, Ness, und lass dich bewundern.«

»Thomas ...«, stammelte ich verlegen und wehrte mich, nicht weil ich es nicht wollte, sondern weil ich so etwas noch nie gemacht hatte.

Als er mein Zögern bemerkte, verstärkte er den Griff um meine Haare, beugte sich über mich und rieb seinen Penis zwischen meinen Pobacken. Er leckte an meinem Ohr, und mich überkam beinahe dasselbe Schwindelgefühl wie nach dem Orgasmus. Seine Zunge strich über meinen Hals. Langsam glitt er mit seinem Schwanz über meine feuchten Schamlippen, drang mit der Spitze ein, immer wieder, doch er stieß nicht in mich. Stattdessen zog er sich wieder zurück, und ich wimmerte mit zusammengebissenen Zähnen. »Lass dich gehen.« Sein Atem an meinem Hals war warm und hungrig. Wieder ein kleiner Stoß. Jede Faser meines Körpers sehnte sich nach ihm, wollte ihn spüren. Ich stöhnte, wand mich unter ihm, schob ihm den Po entgegen. »Sehr gut.« Er streichelte meinen Hintern. »Folge deinem Instinkt.« Er gab mir einen Klaps auf eine Pobacke, und ich musste mir auf die Lippe beißen, um nicht laut aufzustöhnen. Einen Augenblick später drang er mit einem kräftigen Stoß in mich ein. Wie von Sinnen schrie ich seinen Namen. Einen Moment lang verharrte er in mir, ganz ruhig, und gab mir Zeit, mich an seine Größe zu gewöhnen. Dann glitt er aus mir heraus, und sogleich folgte der nächste harte Stoß, der mich vor Lust und Schmerz erneut aufschreien ließ. Mit der freien Hand bearbeitete er meine Klitoris, während er immer heftiger in mich eindrang und mich so allmählich zu dem Punkt brachte, an dem es kein Zurück gab.

»Oh Gott, Thomas ... Was machst du mit mir?« In meinem ganzen Leben hatte ich noch nie ein so überwältigendes und intensives Lustgefühl empfunden.

»Ich lass dich kommen, bis du das Bewusstsein verlierst«, knurrte er. Sein Schweiß vermischte sich mit meinem, unter Stöhnen und Keuchen verschmolzen unsere Körper miteinander. Ich schrie und zitterte unkontrolliert unter seinen immer schnelleren, immer brutaleren Stößen, mein Herz raste, in meinem Kopf drehte sich alles ...

»Komm noch nicht«, befahl er keuchend, dabei hatte ich längst die Kontrolle über mich verloren.

»Thomas, ich, ich kann nicht ...«, japste ich.

Er verlangsamte den Rhythmus, hörte schließlich ganz auf und drehte mich um. Dann hob er mich hoch und legte mich aufs Bett. »Ich will, dass du mich anschaust, wenn ich dich kommen lasse. Du musst wissen, dass ich es bin, der dich die Kontrolle verlieren lässt, nur ich.« Er schob mir mit der Zunge die Lippen auseinander und drang wieder mit Macht in mich ein. Wie betäubt sah ich zu, wie er in meinen Körper stieß und ihn wieder verließ. Ich stöhnte und spürte, wie die Welle der Lust mich erneut erfasste. Ohne innezuhalten, packte er einen Schenkel und schob meine Beine noch weiter auseinander. Instinktiv presste ich meine Knie gegen seine Hüften, legte die Hände auf seine Schultern, bohrte die Fingernägel in seine Haut und explodierte, ohne den Blick von seinem Gesicht abzuwenden. Seine Muskeln zogen sich zusammen, er stützte sich mit einer Hand ab und bohrte sich derart kraftvoll in mich, dass ich Angst hatte, zu zerbrechen. Ich schrie und begegnete mit letzter Kraft seinen Bewegungen, bis sein Körper von einem Orgasmus erschüttert wurde und er schwitzend und keuchend auf mir zusammenbrach. So blieben wir lange liegen. Nachdem wir endlich wieder zu Atem gekommen waren, löste er sich von mir und schob mir ein paar Locken aus dem Gesicht. Auf seiner Stirn glänzten Schweißtropfen, seine Wangen waren gerötet, die Haare fielen ihm ins Gesicht und verliehen ihm etwas Weiches, Verletzliches. Er starrte mich an. In seinen Augen stand eine stumme Frage.

»Was ... was ist?«, flüsterte ich leise.

»Du hast immer noch den Rock an.«

»Wie es aussieht, hat er seinen Zweck erfüllt.«

Er schaute mich misstrauisch an, richtete sich auf und warf das Kondom in den Mülleimer neben dem Bett. Dann legte er sich wieder zu mir und sah mich an. »Hast du ihn angezogen, um die Blicke auf dich zu ziehen?«

»Ich hatte einfach Lust, diesen Rock zu tragen. Nein ... wenn ich ehrlich bin, wollte ich die Aufmerksamkeit von jemandem auf mich lenken ...«

»Wessen Aufmerksamkeit?«, wollte er wissen.

Ich schlug die Hände vors Gesicht und gestand verlegen: »Deine ...«, dann wartete ich darauf, dass er sich über mich lustig machte oder einen seiner sarkastischen Sprüche vom Stapel ließ.

Stattdessen zog er mir die Hände vom Gesicht und sah mich erstaunt an. »Du wolltest *meine* Aufmerksamkeit erregen?«, fragte er leise.

»Glaubst du etwa, du musst dich aufreizend kleiden, damit ich dich bemerke?« Er fuhr mit der Fingerspitze den Umriss meiner Lippen nach, und ich spürte, wie sein Penis an meinem Schenkel zuckte. »Seit ich dich darin gesehen habe, habe ich mir vorgestellt, wie ich zwischen deinen Schenkeln versinke und nicht nur sie ficke«, er strich über meine immer noch erhitzte Vulva, »sondern auch ihn.« Er fuhr mir über den Hintern und umfasste ihn hart. »Du erregst immer meine Aufmerksamkeit, selbst wenn

du einen Häschen-Schlafanzug und Einhorn-Pantoffeln trägst.«
Er grinste von einem Ohr zum anderen und küsste mich auf die
Nase.

»Beleidige nicht meinen Pyjama und meine Pantoffeln, die
sind wunderschön.« Ich schlug ihm auf die Brust und hoffte, dass
ich nicht schon wieder rot wurde. »Ich muss duschen«, fügte ich
schnell hinzu.

»Ich auch, auf geht's.« Er wollte aufstehen, aber ich schüttelte
den Kopf.

Thomas musste meine Verlegenheit bemerkt haben, denn er
sagte leise: »Du lässt dich vögeln, aber nicht anschauen ...«

Da war sie, die Bemerkung, die ich lieber nicht gehört hätte.

Er schien auf eine Antwort zu warten, die aber nicht kam.
Ich wusste, wie albern das war. Für die meisten Leute war eine
gemeinsame Dusche etwas völlig Normales, besonders wenn
man bereits das Intimste geteilt hatte. Aber bei mir war das anders.

Ich zuckte mit den Achseln. »Bei der Vorstellung fühle ich
mich nicht wohl, das weißt du ja schon.«

»Wie oft muss ich das noch sagen, bevor es dein kleines Köpfchen kapiert?« Er beugte sich nach vorn und küsste meine Brüste,
was mich erneut erbeben ließ. »Du ...«, seine Lippen wanderten
weiter bis zu meinem Bauch, »... du bist ...«, er schob meine
Beine auseinander und blies sanft gegen meine Klitoris, »perfekt.«

Seine Zunge liebkoste mich langsam, und ich krallte die Finger ins Laken. Lust stieg in mir auf, und ich fragte mich, ob mein
Körper einen dritten Höhepunkt überhaupt noch verkraften
konnte. Offenbar schon, vor allem, als Thomas sich intensiv meiner Klitoris widmete, warf ich den Kopf nach hinten und ergab
mich der Ekstase.

»Oh …«, stöhnte ich, als er mich mit der Zunge zum Höhepunkt brachte. Meine Beine fingen an zu zittern, und Thomas packte meine Schenkel und hielt mich fest, dabei leckte er mich noch drängender.

Ich wand mich unter ihm, vergrub meine Hände in seinen Haaren und schob seinen Kopf fester gegen meine Vulva. Mein Blick vernebelte sich, mein Herz raste, und mir entfuhr ein befreiender Aufschrei, während ich von alles verschlingenden und gleichzeitig wunderbar befriedigenden Wellen durchströmt wurde. Thomas fuhr fort, mich bis zur allerletzten Zuckung zu quälen, um die Ekstase so weit wie möglich zu verlängern.

Dann schob er sich auf mich und lächelte. »Du ahnst gar nicht, wie erregend es ist, dir zuzusehen, wie du kommst.« Ich erwiderte sein Lächeln, entkräftet, wollte ihm antworten, doch die Erschöpfung war so groß, dass ich kein Wort über die Lippen brachte.

»Ich könnte dich die ganze Nacht lang ficken, aber du brauchst Ruhe.« Er stand auf und zog sich die Jogginghose über seine Erektion. »Komm, ich trage dich in die Dusche.« Er hob mich hoch, und ich schlang die Arme um seinen Hals und drückte mich an ihn. Vor der Dusche ließ er mich zu Boden gleiten, half mir, meinen Rock auszuziehen, und zog eine Spur von Küssen über meine Schenkel. Dann drehte er das heiße Wasser auf und verließ das Bad.

Kapitel 32

Ein Handtuch um den Körper gewickelt, den Duft von Thomas' Duschgel auf der Haut, trat ich aus der Dusche. Mein Körper schmerzte, ich fühlte mich wund zwischen den Beinen. Ich beugte mich zu dem beschlagenen Spiegel vor und berührte meine Schulter. Das Hämatom wurde immer dunkler, aber die Schwellung war zurückgegangen. Überall auf meinem Körper waren rote Flecken, die mein tätowierter Adonis hinterlassen hatte.

Mein ...

Nein, das war wahrscheinlich nicht richtig. Und doch hatte er mir in dieser Nacht ein bisschen gehört. Und jedes Mal, wenn er mich mit diesen strahlend grünen Augen ansah, fühlte ich mich ein bisschen mehr wie die Seine, sein intensiver Blick und seine leidenschaftlichen Berührungen ließen mich die Welt um mich herum vergessen.

Mangels einer Bürste kämmte ich mir die schwarzen Locken mit den Fingern, dann durchquerte ich das Wohnzimmer in Richtung Thomas' Schlafzimmer. Plötzlich hörte ich einen Schlüssel im Schloss. Die Wohnungstür ging auf, und Larry stand vor mir. Bei meinem Anblick fielen ihm vor Schreck ein paar D&D-Spielbücher aus der Hand.

»H... hi«, stammelte ich verlegen und zog das Handtuch fester um mich.

Er starrte mich mit offenem Mund an und sagte einige Sekunden gar nichts. Ich fragte mich, warum Thomas nicht aus seinem Zimmer kam und mich aus der peinlichen Situation rettete. In diesem Moment kam er mit einer Tüte in der Hand herein.

»Ich bin schnell zur Tankstelle gegangen und habe dir eine Zahnbürste besorgt«, sagte er, ging an Larry vorbei, als hätte er ihn gar nicht bemerkt, und drückte mir die Tüte in die Hand. Ich lächelte überrascht und bedankte mich.

»Hast du nicht vor ein paar Wochen im Schlafanzug vor der Tür gestanden?«, fragte Larry mit zusammengekniffenen Augen, der sich offenbar angestrengt bemühte, sich zu erinnern.

»Im Schlafanzug?«, flüsterte mir Thomas grinsend ins Ohr.

»Ähm, ja, das war ich.« Ich räusperte mich und streckte ihm die Hand entgegen. »Ich bin Vanessa.«

»Larry, freut mich.« Er schüttelte meine Hand, und ich bemerkte, dass sie schweißnass war. Am liebsten wäre ich sofort ins Bad gerannt, um mir die Hände zu waschen, aber meine gute Erziehung hielt mich zurück. Thomas schmunzelte, als ob er meine Gedanken gelesen hätte.

»Bleibst du zum Frühstück?«, fragte Larry und hob unbeholfen die Bücher auf.

»Ja, sie bleibt«, antwortete Thomas an meiner Stelle. »Allerdings werden wir erst einmal schlafen gehen. War ’ne lange Nacht, aber bei dir ja offenbar auch.«

Sollte ich wirklich bleiben? Mein Herz schlug einen Purzelbaum. Ich hatte nicht damit gerechnet, dass Thomas dies wollte.

»Du weißt, dass ich schlecht schlafe, wenn Frauen hier sind«, wandte Larry ein und stellte die Bücher in ein Regal.

»Und du weißt, dass ich dich auf dem Flur schlafen lasse, wenn du mich mit dem Scheiß nicht in Ruhe lässt«, drohte ihm Thomas.

Larry richtete sich auf, bereit, sich zu verteidigen. »Ich … ich wohne auch hier, du kannst mich nicht einfach rausschmeißen.«

»Ja, und das da«, Thomas zeigte auf das Schlafzimmer hinter uns, »ist mein Zimmer, und da kann schlafen, wer will.« Damit zog er mich hinter sich her und schloss die Tür hinter uns.

»Alles okay?«, fragte Thomas, als wir wieder allein waren. »Ich weiß, Larry ist ein seltsamer Typ, aber voll okay.« Er nahm ein T-Shirt aus der Kommode und warf es mir zu, dann legte er sich ins Bett und verschränkte die Arme hinter dem Kopf.

Ich ließ das Handtuch fallen, zog das Shirt über und schlüpfte zu ihm unter die Bettdecke. Am liebsten hätte ich mich zum Schlafen an ihn geschmiegt, aber ich war mir nicht sicher, ob auch er das wollte, also drehte ich ihm den Rücken zu, doch mit einem Griff um meine Taille brachte er mich dazu, mich ihm zu-zuwenden. Mein Mund war nur wenige Zentimeter von seinem Brustkorb entfernt, sein beruhigender Duft stieg mir in die Nase. Er legte das Kinn auf meinen Kopf und zog mich in die Arme.

Eine ganze Weile lagen wir stumm nebeneinander. »Habe ich dir wehgetan?«, fragte er schließlich in die Stille hinein.

Ich runzelte die Stirn, hob den Kopf und sah ihn an. Dann schüttelte ich den Kopf.

»Vielleicht war ich zu impulsiv, hätte mich mehr zurückhalten sollen ...«

»Mir geht es gut. Es war schön, ich ... ich kannte das nicht, aber es hat mir gefallen.« Und das war die Wahrheit. Eine Wahr-heit, die mich selbst überraschte ... aber so war es. Es hatte mir gefallen, von Thomas auf diese Weise genommen zu werden. Es war erregend, manchmal schmerzhaft gewesen, sicher, aber un-glaublich befriedigend. Mein Körper hatte ihm vertraut, deshalb hatte ich mich sicher gefühlt.

»Wie geht's der Schulter?«

»Besser.«

»Wenn es nicht so wäre, würdest du es mir sagen, oder?«

Ich nickte, obwohl ich nicht wusste, ob das tatsächlich der Wahrheit entsprach.

Er drückte mich fester an sich. Kurz darauf wurden seine Atemzüge tief und gleichmäßig – er war eingeschlafen. Ich hingegen fand keine Ruhe und lag stundenlang wach. Ich hätte schlafen müssen, aber meine Gedanken rasten.

Die Gefühle, die Thomas in dieser Nacht in mir ausgelöst hatte, fegten mich weg wie ein Hurrikan. Ich bedauerte nichts, fragte mich aber, ob das alles war, was ich von ihm zu erwarten hatte, wenn ich seinen Vorschlag annahm. Fantastischen Sex, aber mehr auch nicht. Keine Spaziergänge Hand in Hand, kein Kuscheln auf dem Sofa, kein Kinoabend, keine Restaurantbesuche oder unerwartete Geschenke. Er würde mich nicht seinen Freunden oder seiner Familie vorstellen und mich auch über seine Vergangenheit weiterhin im Unklaren lassen.

Ich wollte Thomas mehr als alles andere, doch ich war nicht bereit, die gleiche Rolle zu spielen wie Shana und auf etwas zu warten, was er mir doch niemals geben würde. Das würde mir das Herz brechen. Ich griff nach meinem Handy, das auf dem Boden lag, und schaute auf die Uhr. War es wirklich schon halb zwei am Nachmittag? Zum Glück hatte ich wegen des Feiertags heute keine Vorlesungen, und Donnerstag war mein freier Tag im Pub.

Vorsichtig schlüpfte ich aus dem Bett, um Thomas nicht zu wecken. Es war nicht nett, einfach zu verschwinden, aber wahrscheinlich gehörte auch das zum »Keine-Bindungen-Paket«. Ich wollte lieber freiwillig gehen und mir die Peinlichkeit ersparen, dass er mich hinauskomplimentierte. So geräuschlos wie möglich zog ich mich an und schrieb ihm eine Nachricht, dass ich nach Hause gefahren sei. Der nächste Bus kam in fünf Minuten. Wenn ich mich beeilte, würde ich ihn noch erwischen.

Als ich zu Hause ankam, stand der Toyota in der Einfahrt. Behutsam öffnete ich die Haustür in der Hoffnung, meine Mutter würde mich nicht bemerken. Alles blieb still. Erleichtert seufzte ich auf.

Oben in meinem Zimmer, zog ich mich aus und vergrub das Gesicht in Thomas' Hoodie, um ihn noch einmal zu riechen. Dann legte ich ihn sorgsam zusammengefaltet auf meinen Schreibtischstuhl, stieg in meinen Flanellschlafanzug, zog die Vorhänge zu, schaltete das Handy auf stumm und glitt unter die Decke, dann setzte ich meine Schlafmaske auf. Endlich fiel ich in einen tiefen Schlaf.

Kapitel 33

Eine Klingel schrillte, dann vernahm ich laute Stimmen. Stöhnend zog ich mir das Kissen über den Kopf.

»Kann ich dir helfen?«

»Ich möchte zu Ihrer Tochter.«

»Und du bist …?«

Vielleicht träumte ich, aber die Stimme war mir vertraut.

»Ein Freund.«

»Ich kenne die Freunde meiner Tochter, und du gehörst mit Sicherheit nicht dazu. Vanessa trifft keine Typen wie … dich. Verschwinde.«

Was zum Teufel …

»Das werde ich nicht tun.« Augenblick, das war tatsächlich die Stimme von … Thomas! Mit einem Ruck fuhr ich in die Höhe und riss mir panisch die Schlafmaske vom Gesicht. Zwei Stufen auf einmal nehmend, stürmte ich die Treppe hinunter, und da stand er und starrte meine Mutter wütend an.

»Thomas, was machst du hier?«, fragte ich erstaunt.

Meine Mutter wirbelte herum. »Vanessa, wer ist das?«, fragte sie mich aufgebracht.

»Das ist … ein Kommilitone. Schrei mich nicht so an.« Ich warf Thomas einen fragenden Blick zu. Was wollte er hier?

»Kannst du mir erklären, weshalb dein Kommilitone an einem *Feiertag* vor unserer Tür steht?«

»Keine Ahnung, Mom. Würdest du uns jetzt bitte allein lassen?«, sagte ich verärgert.

»Ich muss jetzt los, ich bin mit Victor verabredet. Aber wenn ich wieder nach Hause komme, müssen wir uns unterhalten. Diese Geschichte ist noch nicht zu Ende, Vanessa!« Ihre Nasenflügel bebten, als sie sich ihren eleganten Mantel überwarf, nach ihrer Handtasche und dem Autoschlüssel griff und an Thomas vorbei aus dem Haus stürmte. »Noch nicht zu Ende!«, wiederholte sie und warf mir einen Blick über die Schulter zu. Dann stieg sie in den Toyota, ließ den Motor an und fuhr aus der Einfahrt. Hastig zog ich Thomas ins Haus, schloss die Tür und schaute ihn entschuldigend an. »Sie mag keine Tattoos, und Motorräder mag sie auch nicht …« Ich ging ihm voran zur Treppe und hinauf in mein Zimmer. Es kam mir vor wie eine Ewigkeit, dass er die Nacht bei mir verbracht hatte.

»Es hätte schlimmer sein können. Noch bevor ich ein Wort sagen konnte, hatte sie mich schon als Abschaum abgestempelt.« Er legte den Helm neben der Tür auf den Boden.

Ich fuhr mir mit der Hand über das Gesicht und atmete tief durch. »Ja, ich weiß. Es tut mir leid. Sie ist … etwas speziell.«

»Deine Mutter ist mir scheißegal. Ich will wissen, warum du verschwunden bist.«

Ich runzelte die Stirn. »Was?«

»Ich bin aufgewacht, und du warst weg. Dafür habe ich das hier gefunden.« Aus der Jackentasche zog er ein zerknülltes Papier und warf es mir hin. Meine Nachricht. »Was hast du dir dabei gedacht?«

Die Stimme in meinem Kopf brach in Gelächter aus. Jetzt weißt du, wie es sich anfühlt, aufzuwachen und nur eine erbärmliche Nachricht vorzufinden, nicht wahr, Thomas Collins?

Ich zog die Augenbrauen hoch. »Und deshalb bist du hier?«

»Ja, Ness. Nur deshalb.« Er stemmte die Hände in die Hüften und sah mich verärgert an.

Ich warf die Nachricht in den Papierkorb und sagte: »Wo liegt das Problem? Du solltest mir lieber dankbar sein, dass ich dir die Sprüche erspart habe.«

»Wovon sprichst du?«, fragte er stirnrunzelnd.

»Davon, dass du mich nach dem Aufwachen daran erinnert hättest, dass es nur Sex war. Dass du mir zu verstehen gibst, dass ich ja nicht mehr in das Ganze hineininterpretieren soll, weil wir schließlich nicht zusammen sind … bla, bla, bla …«

»So was hätte ich niemals gesagt«, behauptete Thomas.

»Unsinn, natürlich hättest du.«

Er sah mich völlig perplex an. »Ich verstehe dich nicht …«

»Frustrierend, oder?«, erwiderte ich provozierend, legte mich wieder ins Bett und setzte meine Schlafbrille auf.

»Was machst du da?«

»Das, was ich gemacht habe, bevor du hier reingeschneit bist und meine Mutter die Nerven verloren hat: Ich schlafe.«

»Mit diesem Ding da auf?«, fragte er spöttisch.

»Mach dich bloß nicht lustig über mich. Und um eins klarzustellen: Das Ding hat einen Namen.«

»Ich will es nicht wissen.«

»Es heißt Froggy. Sieh nur, es sind kleine Frösche darauf …«

»Du bist krank.«

»Und du darfst jetzt gehen. Danke. Und mach die Tür hinter dir zu.«

Thomas antwortete mir nicht. Ich hörte die Dielen unter seinen Füßen knarren, aber statt zu gehen, kam er näher. Die Matratze gab nach, und ich drehte mich um und schob die Maske auf die Stirn. Er saß auf der Bettkante und war dabei, Jacke und Schuhe auszuziehen.

»Was machst du da?«

»Ich bleibe«, sagte er entschlossen, ohne mich auch nur anzusehen.

»Kommt gar nicht infrage.«

Er schlüpfte unter die Decke. »Du bist einfach gegangen, aber ich will mit dir zusammen aufwachen. Also setz diese lächerliche Froschmaske wieder auf und schlaf.«

»Und was machst du in der Zwischenzeit?«

»Ich unterhalte mich mit Momo, Sparky und Nina.«

»Deine Mutter ist nicht ganz dicht, Ness«, flüsterte er mir ins Ohr, »aber du bist auch nicht ohne.« Ich brach in Gelächter aus, und er stimmte ein. Dann küsste er mich hinters Ohr, legte mir den Arm um die Taille und zog mich an sich. »Und jetzt schlaf.«

Und das tat ich. Ich schlief ein, mit einem breiten Grinsen im Gesicht und Schmetterlingen im Bauch.

Kapitel 34

Thomas' Körper wärmte mich. Ich hatte den Rücken eng an seinen Brustkorb gepresst, sein Arm umschlang meine Taille, das Gesicht war in meinen Haaren vergraben. Ich spürte, wie er mir langsam und entspannt in den Nacken atmete. Ich fühlte mich ausgeruht, obwohl ich meinte, so gut wie gar nicht geschlafen zu haben, zog ich mir Froggy vom Gesicht und blinzelte ein paar Mal, um mich an das dämmrige Licht zu gewöhnen, das durch die Vorhänge fiel.

Lächelnd betrachtete ich Thomas' Hand auf meinem Bauch. Mit dem Zeigefinger fuhr ich über die Adern auf dem Handrücken und streichelte vorsichtig die kleinen Verletzungen auf den Knöcheln, dann verweilte ich auf dem Namen seiner Schwester in Old-School-Buchstaben.

Ich mochte seine Hände: Sie waren groß, rau, einnehmend. Wenn sie mich berührten, fühlte ich mich sicher. Vor allem aber gefiel es mir, aufzuwachen und sie auf mir zu spüren. Obwohl ich nicht wusste, wie die Dinge zwischen uns standen, träumte ich davon, für den Rest meines Lebens genau so aufzuwachen. Schnell schob ich diese Vorstellung beiseite und zwang mich, der Realität ins Auge zu blicken. Dieselbe Realität, die mich dazu veranlasst hatte, Thomas' Wohnung fluchtartig zu verlassen. All das war falsch. Ja, falsch. Denn auch wenn es mir auf der einen Seite immer schwerer fiel, meine Gefühle für ihn zu ignorieren, konnte ich auf der anderen Seite nicht so tun, als würde ich die Art Beziehung, die er mir vorschlug, gutheißen.

Sanft schob ich seinen Arm zur Seite und setzte mich auf die Bettkante. Erst jetzt sah ich auf die Uhr: Erstaunt stellte ich fest, dass es schon fast sechs war. Dann hatte ich also doch ein wenig geschlafen.

»Du hast ja endlich die Augen auf.« Seine tiefe, raue Stimme ließ mich zusammenzucken. Ich hatte gedacht, er würde noch schlafen.

Thomas schob eine Hand über die Matratze und suchte nach meinen Fingern, aber ich zog sie zurück. Eigentlich wollte ich das nicht, ganz bestimmt nicht. Aber ich konnte das Risiko nicht eingehen, noch einmal die Grenzen zu überschreiten, die ich mir selbst gesetzt hatte. Ich wusste, dass es passieren würde, wenn er mir zu nahe kam. Wie immer.

»Du hättest nicht warten müssen, bis ich aufwache«, murmelte ich und nahm mein Handy vom Nachttisch. Fünf verpasste Anrufe von Logan.

Ich erschrak.

Logan.

Plötzlich platzte die riesige Blase, in die ich mich während der letzten Tagen verkrochen hatte, und ich knallte auf den Boden der Tatsachen – Tatsachen, die mir schwere Schuldgefühle bereiteten.

Thomas hatte mich in seine Umlaufbahn gezogen, mich wie ein Tornado in seine Welt gesaugt und von allem anderen abgeschirmt. Ich hatte sogar Logans Anwesenheit in meinem Leben vergessen. Seufzend schloss ich die Augen. Er war zwar nicht mein Freund, ich hatte ihm auch nichts versprochen, und trotzdem verhielt ich mich ihm und seinen Gefühlen gegenüber unfair.

»Was ist los?« Thomas' tiefe Stimme hallte durch den Raum.

»Logan hat mich angerufen«, antwortete ich, ohne mich umzudrehen.

»Ach, er war das.«

»Was meinst du damit?« Ich fuhr herum.

Er verschränkte die Arme hinterm Kopf und schaute an die
Decke. »Dein dämliches Handy hat die ganze Zeit vibriert.« Er
schaute mich an. »Es hätte fast kein gutes Ende genommen.«

»Hast du dich schon wieder an meinem Telefon vergriffen?«

»Was glaubst du?«

»Ich frage dich.«

Er schwieg, dann sagte er: »Nein, habe ich nicht. Aber ich
denke, du solltest einen Schlussstrich ziehen.«

»Was Logan angeht? Warum?« Natürlich würde ich die Sache
mit Logan nicht weiter vertiefen, wenn meine Gefühle für
Thomas so stark waren, dass ich nicht mehr klar denken konnte.
Damit würde ich nur ihn und mich selbst belügen. Aber es war
sicher nicht Thomas, der darüber zu entscheiden hatte.

Er kniff die Augen zusammen, und mir war klar, dass meine
Antwort ihn verletzt hatte. Auf einen Ellbogen gestützt, um auf
einer Höhe mit meinem Gesicht zu sein, fragte er voller Verachtung: »Warum? Vielleicht, weil du dich die ganze Nacht von
mir gnadenlos hast durchvögeln lassen?« Ich war sprachlos.

Du hast dich von mir gnadenlos durchvögeln lassen. Alles, was
wir geteilt hatten, reduzierte sich auf genau das. Jedes Gefühl,
jede Intimität wurde von seinen Worten hinweggefegt.

»Mein Gott, Thomas, du bist so ein Arsch!« Ich wandte ihm
den Rücken zu.

Aus dem Augenwinkel sah ich, wie er den Kopf schüttelte,
sprang mit einem Satz aus dem Bett und ging zum Fenster. Ich
öffnete es, schloss die Augen, atmete tief durch und ließ mein
Gesicht vom Wind streicheln, der die letzten welken Blätter auf-

fliegen ließ. Graue Wolken kündigten ein Unwetter an. Genau das, was ich brauchte.

Ich hörte das Bett knarren. Thomas stellte sich neben mich und schaute hinauf zu den Regenwolken, die rasch über den Himmel zogen.

»Du musst immer übertreiben, oder?«

»*Du* bist diejenige, die mich dazu bringt.«

»Nur weil ich dich nicht über mein Leben entscheiden lasse? Die ›Beziehung‹, die du mir gestern vorgeschlagen hast, sieht das nicht vor, sondern nur das, was wir letzte Nacht getan haben, oder irre ich mich da?«

»Sie sieht auch vor, dass uns keine Idioten im Weg stehen.« Er schaute mich nachdenklich an. »Dann hast du also über meinen Vorschlag nachgedacht?«

»Ja«, antwortete ich. Er schwieg und wartete stirnrunzelnd darauf, dass ich weitersprach. Ich wandte den Blick ab. Seine Augen hatten die Macht, mir seinen Willen aufzuzwingen. »Ich … ich kann das nicht. Ich kann keine Beziehung führen, in der ich hundert Prozent gebe und du nur fünfzig. Ich will nicht um Aufmerksamkeit betteln oder vergeblich auf den Tag warten, an dem du dich mir endlich ganz öffnest. Falls es den überhaupt je geben wird.« Ich hielt inne und biss mir auf die Lippen. Dann sprach ich weiter: »Du willst mich ganz, aber unverbindlich. Das geht nicht, weil mein Körper und mein Herz zusammengehören. Es ist ein Komplettpaket. Nimm es oder lass es.«

Ich sah, wie seine Schultern sich anspannten. Thomas legte verärgert den Kopf schief und antwortete erst nach langem Schweigen. »›Nimm es oder lass es‹?« Das war keine Frage, sondern ein wütendes Knurren. »Willst du mich verarschen?«

»Bestimmt nicht«, antwortete ich. Es gelang mir, selbstbewusst zu wirken, obwohl sich mein Magen verkrampfte.

»Was genau erwartest du von mir? Dass ich dir einen Ring über den Finger streife, damit du unserem Sex einen Sinn geben und deinen dämlichen Moralismus zum Schweigen bringen kannst?«

»Dämlicher Moralismus?«, wiederholte ich empört und trat einen Schritt zurück. »Entschuldige vielmals, wenn ich von einem Menschen, mit dem ich ins Bett gehe, etwas mehr erwarte!«

Thomas fuhr zusammen, jeder Muskel seines Körpers bebte vor Wut. »Ich habe dir gesagt, dass ich keine andere mehr anfassen werde, dass es nur dich und mich gibt. Was willst du denn noch?«

»Keine Ahnung, Thomas, normale Sachen eben: einen Abend im Kino, Hand in Hand spazieren gehen, mich auf dem Sofa an dich kuscheln, wenn mir danach ist …«

Er lachte bitter. »Das ist doch alles Bullshit!« Er schaute ins Leere.

»Für dich vielleicht. Für dich!« Ich bohrte ihm den Zeigefinger in den Brustkorb.

Thomas lehnte sich gegen den Schreibtisch und rieb sich erschöpft übers Gesicht. »Ich habe es dir gestern schon gesagt.« Er schaute mir tief in die Augen. »Ich kann dir nicht geben, was du suchst. Das kann ich nicht, und ich werde es auch nie können.«

Mein Herz klopfte mir bis zum Hals. Mit einem einzigen Satz hatte Thomas all meine Hoffnungen zerstört. Diese dummen pathetischen Hoffnungen ganz tief in meinem Herzen, die mich glauben ließen, dass ich früher oder später die Mauer durchbrechen könnte, die er um sich herum errichtet hatte, um die Welt außen vor zu lassen. Es war richtig, ihm zu sagen, dass ich diese Art von Beziehung nicht führen konnte. Aber vielleicht hatte ein Teil von mir auch gedacht, dass er die Mauern einreißen würde, und sei es auch nur zum Teil, wenn ich ihn unter Druck setzte.

Meine Augen füllten sich mit Tränen. Ich tat alles, um sie zurückzuhalten, aber es gelang mir nicht. Mit zittrigen Händen wischte ich mir über die Wangen, sank in mich zusammen und hoffte, nicht allzu verzweifelt zu wirken. »Wenn das so ist, dann kann ich das auch nicht«, flüsterte ich kaum hörbar. Ein brennender Schmerz breitete sich in mir aus, das Bewusstsein, dass meine Gefühle für ihn nicht ausreichten und wahrscheinlich auch nie ausreichen würden. Eine Träne rollte mir über die Wange. Genug jetzt, ich konnte seine Anwesenheit keine Sekunde länger ertragen. Ich wollte allein sein und weinen, so lange, bis ich den Quell meines Schmerzes vergessen hatte.

»Geh«, sagte ich mit brechender Stimme.

Eine Sekunde lang blitzte Trauer in seinen Augen auf. Nun brach auch das, was von meinem Herzen noch übrig war. »Ness, verdammt ...« Er griff nach meinen Händen, aber ich wich zurück.

»Ich meine es ernst, Thomas, ich will dich nicht mehr sehen«, erklärte ich kalt und schaute aus dem Fenster.

Er stand neben mir, mit stockendem Atem und geballten Fäusten, und sah mich an. Dann zog er ohne weiteres Zögern die Schuhe und die Jacke an, nahm den Helm und verließ fluchend mein Zimmer.

Ich hörte, wie die Haustür zuschlug und die Räder seines Motorrads auf dem Asphalt quietschten. Ich schloss das Fenster, warf mich aufs Bett, vergrub mein Gesicht in den Laken, die noch nach Thomas rochen, und brach in unkontrolliertes Schluchzen aus.

Kapitel 35

Nachdem ich mich halb tot ins Bad geschleppt und zum Duschen gezwungen hatte, ging ich in die Küche, um mir etwas zu essen zu machen. Ich antwortete auf Alex' besorgte Textnachrichten, dann beruhigte ich Tiff, dass es mir gut ging. Logan anzurufen, traute ich mich nicht. Meine Mom war noch nicht wieder zu Hause, aber ihre Gesellschaft war momentan vermutlich das Letzte, was ich brauchte. Bedrückt ging ich wieder nach oben, legte mich ins Bett und fiel, an Momo, Nina und Sparky gekuschelt, in einen unruhigen Schlaf.

Am nächsten Morgen fuhr ich mit dem Bus zur Uni. Nach dem Feiertag gestern fielen mehrere Vorlesungen aus, daher nutzte ich die Zeit, um die Bibliothek aufzusuchen, meine Notizen zu verschiedenen Seminaren durchzuarbeiten und eine Liste mit Dingen, die ich recherchieren wollte, abzuhaken. Zwischendurch holte ich mir mehrmals einen Kaffee aus der Cafeteria. Natürlich hoffte ich insgeheim, dass ich dabei Thomas über den Weg laufen würde. Ich wüsste zu gern, wo er sich gerade aufhielt. Ich zwang mich, der Wahrheit ins Auge zu sehen. Genau in diesem Moment, während ich verzweifelt durch die Uni irrte, lag er vermutlich mit einer anderen im Bett. Einer Frau, die ihm das geben konnte, was ich nicht zu geben bereit war: Sex ohne jede Verpflichtung. Sex ohne das, was für mich dazugehörte – nämlich

Gefühle, die über Lust und Begierde hinausgingen. Wahrscheinlich küsste er sie jetzt gerade, wie er mich geküsst hatte, berührte sie, wie er mich berührt hatte. Schaute sie an, wie er mich angeschaut hatte. Ich hätte heulen können.

Plötzlich stieß ich mit jemandem zusammen. Ich schwankte, fast hätte ich meinen Kaffeebecher fallen lassen.

Als ich den Blick hob, schaute ich in zwei blaue Augen, die mich durchbohrten: Shana. »Pass doch auf, wo du hinläufst, du kleine Kanalratte.«

»Du hast mich gestoßen, dazu noch mit Absicht!«, fuhr ich sie an.

»Hört euch das an, ›mit Absicht‹!« Sie wandte sich an ihre beiden kichernden Freundinnen. Eine Hand in die Hüfte gestürzt, kam sie näher. Zu nah. »Das liegt daran, dass du mir ständig im Weg bist«, zischte sie angriffslustig. »Du schleichst über den Campus und glaubst, du könntest dir etwas nehmen, was dir nicht gehört. Dabei bist du ein Nichts. So unbedeutend, dass sich der einzige Typ, der so blöd war, sich auf dich einzulassen, vor lauter Langeweile anderweitig umsehen musste. Und jetzt bist du so dämlich, zu glauben, dass jemand wie Thomas sich wirklich für dich interessieren könnte.« Sie bohrte mir ihren Zeigefinger in die Rippen, dann wandte sie sich mit einem triumphierenden Gesichtsausdruck wieder ihren Freundinnen zu.

Ich straffte die Schultern. Ihre Worte hatten mich durchbohrt wie Klingen. Ohne es zu wissen, hatte Shana meinen tiefsten Ängsten Ausdruck verliehen, denn ich *war* langweilig, war nicht so wie sie und ihre Freundinnen.

»Was habe ich dir getan, Shana?«, fragte ich möglichst unbeteiligt.

Einen Moment lang schien sie von meiner Frage überrascht.

Dann schob sie sich die feuerroten Haare zurück und antwortete gedehnt: »Du existierst.« Damit hakte sie sich bei ihren Freundinnen unter und verschwand.

»Ich *existiere*. Verstehst du? Ihr Problem ist, dass ich existiere. Ich habe ihr nie etwas getan, und doch hasst sie mich so sehr. Das ist doch nicht zu fassen! Herrgott, sollte das College nicht ein Ort sein, an dem sich die Studentinnen und Studenten auf ihr Studium konzentrieren, um sich eine Zukunft aufzubauen? Da soll mir mal einer erklären, warum ich dort fast nur auf arrogante Arschlöcher treffe, die alles andere als ihre berufliche Zukunft im Kopf haben!« Ich brüllte so laut in mein Handy, dass sich einige Passanten verwundert zu mir umdrehten. Aber das war mir egal. Ich ignorierte sie und marschierte weiter nach Hause.

»Bist du fertig?«

Ich schloss die Augen und atmete ein paar Mal tief durch. »Ja, Alex, ich bin fertig.«

»Nessy, ich mag dich wirklich, das weißt du. Aber bei Shana hättest du mit einer solchen Reaktion rechnen müssen, immerhin hast du ihr das Lieblingsspielzeug vor der Nase weggeschnappt. Ich weiß nicht viel über Frauen, aber ich nehme an, das reicht, um es dir gehörig heimzuzahlen.«

»Ich habe niemandem das Lieblingsspielzeug weggeschnappt.« Inzwischen war ich zu Hause angekommen. Als ich den Wagen meiner Mutter in der Auffahrt sah, blickte ich gereizt gen Himmel. »Alex, ich muss Schluss machen, ich gehe jetzt rein. Stell dir vor, meine Mom ist zur Abwechslung mal da, zumindest steht der Toyota vor der Tür.«

Alex riet mir, mich nicht zu sehr aufzuregen, und wir legten auf.

Kaum hatte ich die Schwelle überschritten, schlug mir der

Geruch nach Knoblauch, Tomatensauce und frisch gebackenem Brot entgegen. Meine Mutter stand in der Küche und bereitete das Abendessen zu. Ich begrüßte sie und war schon auf der Treppe, als sie rief: »Vanessa, komm zurück! Wir müssen reden.«

Verdammt, ich hatte gehofft, ihr zu entkommen. Leise fluchend machte ich kehrt. Sie erwartete mich mit verschränkten Armen vor der Spüle.

»Mom, ich habe noch zu tun und keine Zeit.«

»Dann wirst du dir die Zeit nehmen müssen«, erwiderte sie kühl.

Seufzend betrat ich die Küche. »Was gibt's?«

»Was glaubst du wohl? Meinst du, ich habe die Szene von gestern vergessen?«

Natürlich nicht …

»Müssen wir ausgerechnet jetzt darüber reden?« Ich stellte meine Büchertasche auf einen Küchenstuhl.

»Ja, das müssen wir.« Sie deutete mit dem Kochlöffel auf den Stuhl daneben, und ich setzte mich. »Wer zur Hölle war dieser tätowierte Nichtsnutz?«

Ich fuhr mir erschöpft übers Gesicht. »Er heißt Thomas, ist auf der OSU und spielt bei den Beavers. Reicht das?«

Sie hob missbilligend die Augenbrauen. »Soll das ein Scherz sein?«

»Nein. Du hast mich gefragt, wer er ist, und ich habe geantwortet.«

Sie legte den Löffel auf die Arbeitsplatte und fasste sich an die Schläfen, um Ruhe zu bewahren.

»Ich wusste, dass es früher oder später so kommen würde.«

»Was meinst du?«

»Dass du einen solchen Typen in dein Leben lässt. Du bist schließlich meine Tochter und hast diese Leichtsinnigkeit von mir. Es ist meine Schuld. Ich habe dich zu oft allein gelassen, und jetzt hast du die Orientierung verloren.«

Warum musste sie nur immer so melodramatisch sein?

»Mom, die Einzige, die hier die Orientierung verloren hat, bist du. Du redest Unsinn. Du kennst ihn doch gar nicht«, platzte es aus mir heraus. Wieder einmal musste ich ihn verteidigen, obwohl er mein Herz in Stücke gerissen hatte. Es war, als könnte etwas in mir nicht aufhören, für ihn zu kämpfen, als hätte ich blindes Vertrauen in diesen gequälten, zynischen Jungen.

»Er ist ein Rüpel, Vanessa, und du lässt ihn auch noch ins Haus.« Sie setzte sich mir gegenüber und sah mich durchdringend an.

Ich zuckte mit den Achseln. »Mom, du hast nur sein Äußeres gesehen und ihn sofort in eine Schublade gesteckt. Dein Verhalten ihm gegenüber war nicht gerade höflich. Wie hättest du denn an seiner Stelle reagiert?«

»Du rechtfertigst sein Verhalten auch noch, Vanessa?«, fragte sie pikiert. »Seit wann triffst du ihn?«

»Das geht dich nichts an. Worüber möchtest du noch mit mir reden?«

Sie warf mir einen mörderischen Blick zu. »Ich wollte nur klarstellen, dass er nie wieder einen Fuß in mein Haus setzen wird. Nie wieder, haben wir uns da verstanden?«

»Wie du meinst.«

»Eine letzte Sache noch«, fügte sie eilig hinzu, als sie sah, dass ich aufstand und nach meiner Büchertasche griff. »Ich will dein Wort, dass du ihn nicht wiedertriffst.«

Jetzt konnte ich mir ein Lachen nicht verkneifen. »Wie bitte?«

»Keine Ahnung, wie lange das schon geht, aber ich weiß, dass du dich in letzter Zeit verändert hast. Und ich bin mir sicher, das liegt an ihm.«

»Und wie kommst du darauf?«

»Weil du meine Tochter bist und ich dich kenne. Ich mache mir Sorgen um dich und will immer nur dein Bestes.«

»Du willst mein Bestes?«, schnaubte ich.

»Zweifelst du daran?« Sie griff sich ans Herz, als hätte ich sie zutiefst verletzt.

»Ich denke, du liebst mich, aber ich weiß auch, wie sehr du dir wünschst, ich wäre mehr wie du.«

»Rede keinen Unsinn.« Sichtlich fassungslos sprang sie auf, ging zum Herd und rührte die Sauce um.

»Unsinn? Als ich dir von Travis' und meiner Trennung erzählt habe, hast du wochenlang nicht mit mir geredet. Du hast ihn in Schutz genommen, sein Verhalten entschuldigt und mich verurteilt. Du hast mir die Schuld gegeben, weil ich eine Beziehung beendet habe, die mir geschadet hat. Und weißt du, warum? Weil du dich nicht bemühst, über den Tellerrand hinauszuschauen. Hättest du das getan, wäre dir aufgefallen, wie klein und unbedeutend ich mich an seiner Seite gefühlt habe, wie sehr er mich verletzt und gedemütigt hat – was er im Übrigen immer noch tut. Ich habe ein frisches Hämatom auf der Schulter, auf das ich gerne verzichtet hätte. Und weißt du, von wem? Von deinem teuren, wunderbaren, unantastbaren Travis. Er war betrunken und hatte nichts Besseres zu tun, als mich zu drangsalieren. Und rate mal, wer mich verteidigt hat? Thomas. Was ist mit dir, Mom? Hast du mich jemals verteidigt?« Ich stand ebenfalls auf.

»Du hast ein Hämatom an der Schulter?«, fragte sie entsetzt. »Warum hast du mir das nicht gesagt?« Sie streckte die Hand nach mir aus, doch ich trat zurück.

»Weil du nicht da warst. Und weil es keinen Unterschied gemacht hätte. Du hättest selbst dafür eine Entschuldigung gefunden.«

»Wie kannst du so etwas sagen? Ich bin deine Mutter! Wenn dir jemand wehtut, dann muss ich das wissen«, schrie sie mich an.

»Und genau das ist der Punkt, Mom. Travis hat mir so viele Male wehgetan, und trotzdem warst du sauer auf mich, als ich mich von ihm getrennt habe. Und jetzt warnst du mich vor Thomas und glaubst, alles besser zu wissen. Aber in Wahrheit weißt du gar nichts!«

»Vielleicht hast du recht, ich weiß nichts über ihn. Aber ich habe keine Minute gebraucht, um zu wissen, was für ein Mensch er ist. Deshalb sage ich es dir noch einmal: Ich möchte nicht, dass er Teil deines Lebens ist.«

»Ich bin fast zwanzig, Mom. Ich kann machen, was ich will.«

»Nicht, solange du unter meinem Dach wohnst«, zischte sie. Ich zog die Augen zusammen und starrte sie herausfordernd an.

»Vergiss nicht, dass du alles, was du hast, mir verdankst. Du weißt, wie viele Opfer ich gebracht habe. Aber ich kann dir das alles nehmen, Vanessa. Willst du es wirklich so weit kommen lassen? Für einen dahergelaufenen Nichtsnutz, der dich verlässt, sobald er etwas Besseres gefunden hat?«

»Das würdest du wirklich tun?« Meine Stimme klang ganz ruhig, obwohl ich innerlich vor Wut kochte.

»Aber ja, wenn ich dich damit dazu bringen könnte, das Richtige zu tun. Auch wenn du mich dafür hassen würdest.«

Ich schüttelte den Kopf. »Du kannst nicht einfach so über mein Leben bestimmen.«

»Ich bin deine Mutter, Vanessa. Ich werde das tun, was ich für richtig halte. Und jetzt würde ich gern weiterkochen, Victor kommt gleich zum Essen.« Sie drehte sich wieder zum Herd.

»Ich mag ihn, Mom!«, schrie ich, bevor mir richtig klar war, was ich da sagte.

»Ja, Vanessa, das habe ich gemerkt.« Sie drehte sich um. »Und genau deshalb muss ich eingreifen. Deine Gefühle lassen dich nicht klar denken und verleiten dich dazu, falsche Entscheidungen zu treffen. Das werde ich nicht zulassen. Du bist jung, und Typen wie er bringen einem nichts als Probleme und Enttäuschungen ... Ich verstehe, dass du ihn in deinem Alter faszinierend findest, aber früher oder später wird er diese Probleme auf dich abladen, und du wirst zu verliebt sein, um das zu erkennen. Auch ich hatte einen Thomas in meinem Leben, und ich kann dir versichern, dass diese Liebe dich dazu verleiten wird, Fehler zu begehen. Sie wird dich verbrennen, dich auslöschen und dir all das Gute nehmen, das in dir ist. Und eines schönen Tages wirst du aufwachen und feststellen, dass du deine besten Jahre damit verschwendet hast, jemandem hinterherzulaufen, der niemals vorhatte, zu bleiben. Der weiterzieht und dich allein zurücklässt, mit all deinen zerstörten Träumen und deinen Fehlern, mit denen du den Rest deines Lebens klarkommen musst.« Ihre Stimme zitterte.

Ich erstarrte. Soweit ich wusste, hatte meine Mutter immer respektable Männer an ihrer Seite gehabt. Ihre Verbitterung und die Angst, die in ihrer Stimme mitschwang, überraschten mich.

»Ich verstehe nicht, wovon du sprichst. All das wird nicht passieren, denn ich bin nicht in ihn verliebt«, erklärte ich leise.

»Schon wenn ich seinen Namen ausspreche, gehst du an die Decke, und du behauptest, keine Gefühle für ihn zu haben?«

Ich wusste, dass sie nicht mit allem, was sie sagte, unrecht hatte, doch allein die Vorstellung, ihn nicht mehr in meinem Leben zu haben, nahm mir die Luft.

»Du hast kein Recht, mir zu sagen, wen ich treffen darf und wen nicht. Das ist nicht gerecht«, antwortete ich leise.

»Es tut mir leid, aber solange du in meinem Haus lebst, entscheide ich. Und ich entscheide, dass du ihn nicht wiedersehen wirst. Hältst du dich nicht daran, wirst du die Konsequenzen tragen müssen.«

Kapitel 36

Ich rannte in mein Zimmer, bereit, meine Koffer zu packen und das Haus zu verlassen. Leider gab es keinen Ort, an den ich hätte gehen können, außerdem fehlte mir das Geld für eine eigene Wohnung. Zu allem Überfluss hörte ich aus dem Erdgeschoss Victors Stimme. Er schien jetzt immer bei uns zu essen, wenn meine Mutter mal da war. Aber ich würde nicht die heile Familie spielen, das konnte Mom vergessen. Ich würde mich nicht mit ihnen an einen Tisch setzen. Deshalb schickte ich Alex eine Textnachricht und bat ihn, mir ein Sandwich vorbeizubringen. Dabei fiel mir auf, dass Tiffany geschrieben hatte. *Komme gleich zu dir, es gibt Neuigkeiten.*

Kurze Zeit später klingelte es an der Tür, gleichzeitig klopfte jemand an mein Fenster. Die beiden mussten sich abgesprochen haben. Ich öffnete das Fenster, um meinen besten Freund reinzulassen, und hörte, wie Tiffany die Treppe hochkam.

»Warum steigst du wie ein Dieb ins Zimmer meiner Freundin ein?«, fragte Tiffany belustigt, als sie das Zimmer betrat.

»Wenn Nessy mich bittet, ihr etwas zu essen zu bringen, weiß ich, dass ich Esther lieber aus dem Weg gehen sollte«, erwiderte Alex.

»Dir ist schon klar, dass du dir irgendwann die Knochen brechen wirst?«, schimpfte ich ihn scherzhaft und griff in die Tüte mit meinem Abendessen. Es duftete köstlich.

»Das mit der beschrifteten Verpackung ist deins, ohne Salat und Gurke. Tiff, ich wusste leider nicht, dass du auch kommst«, erklärte Alex etwas verlegen.

»Kein Problem, ich hatte mich nicht angemeldet.«

»Ist etwas passiert?«, fragte ich neugierig, legte ihre Mäntel über den Schreibtisch und deutete auf die Bettkante. Wir setzten uns.

»Ähm, ja ... aber nichts Schlimmes. Gestern habe ich mich ganz schön erschrocken, denn so hatte ich Travis noch nie gesehen«, gestand Tiff. Ich schluckte, in meinem Magen breitete sich eine diffuse Angst aus. »Nachdem du mit Thomas abgedampft bist, habe ich ihn nach Hause gebracht und alles meinen Eltern erzählt. Ich hatte Angst, Travis würde einen weiteren Wutanfall bekommen, aber heute Morgen hat er sich entschlossen, nach West Point auf die United States Military Academy zu gehen.«

Ich war wie vor den Kopf geschlagen. *»Was?«*

»Er meint, er sei am Ende, würde sich nicht mehr wiedererkennen und brauche dringend eine neue Perspektive.« Auch wenn sie sich bemühte, unbeteiligt zu klingen, spürte ich ihren Schmerz.

»Und die findet er auf einer *Militärakademie?* Was ist mit seinen Zukunftsplänen? Dem Wirtschaftsstudium? Dem Basketball? Eurem Vater?« Travis hatte sein Leben lang versucht, seinen Vater zu beeindrucken, nur deshalb war er zur OSU gegangen und hatte Basketball gespielt – um die Anerkennung von Baker senior zu erlangen. Ich konnte nicht glauben, dass er das jetzt alles wegwarf.

Tiffany verdrehte die Augen. »Mein Vater ist ausgeflippt, er hatte schon Kontakt mit zwei Sponsoren aufgenommen. Du kannst dir seine Reaktion sicher vorstellen. Aber Travis hat sich von seinem Plan nicht abbringen lassen.«

Also würde er wirklich gehen. Ich wusste nicht, wie ich mit dieser Nachricht umgehen sollte. Einerseits verspürte ich Mitleid, andererseits musste Travis wieder zu Verstand kommen, das war klar.

»Unglaublich.« Ich starrte auf mein Kopfkissen. »Wann fährt er?«

»In ein paar Tagen. Es ist alles noch ganz frisch, eine spontane Entscheidung.«

»Und wie geht es dir damit?«, fragte ich. Trotz allem hatten die beiden eine enge Bindung.

Tiffany zuckte mit den Achseln und warf mir einen resignierten Blick zu. »Ich will ihm nur wieder in die Augen schauen können und meinen Bruder wiederfinden. Wenn die Militärakademie seine Probleme löst, umso besser.«

»Das denke ich auch. Travis hat einiges durchgemacht, eine Luftveränderung wird ihm guttun«, schaltete Alex sich ein. »Nessy, dich trifft keine Schuld. Rede dir das bloß nicht ein.« Ich lächelte schwach.

»Wie war's eigentlich mit Thomas?«, wechselte Tiff das Thema, das ihr offenbar mehr zu schaffen machte, als sie zugab.

»Ich war bei ihm, und dann bin ich abgehauen, weil ich lieber in mein eigenes Bett wollte«, kürzte ich das, was geschehen war, drastisch ab. »Das hat ihm nicht gefallen, und deshalb ist er hergekommen und hat meine Mutter kennengelernt. Er hat wiederum ihr nicht gefallen, und es ist zu einer eher unschönen Auseinandersetzung gekommen. Und jetzt verbietet sie mir, ihn wiederzusehen. Sie behandelt mich immer noch wie ein kleines Mädchen, unglaublich.«

»Deshalb also das Sandwich«, stellte Alex fest. »Und ich hab mich schon gefragt, warum ich den Lieferdienst geben soll, wo der Duft nach Knoblauch und Tomatensauce bis in dein Zimmer zieht!«

Ich nickte zerknirscht.

»Du bist fast zwanzig, das solltest du ihr deutlich machen!«, empörte sich Tiffany. »Du darfst dich nicht so rumkommandieren lassen.«.

»Meint ihr, ich wüsste das nicht? Sie hat mir sogar gedroht, mir alles zu nehmen, wenn ich nicht tue, was sie sagt«, ergänzte ich.

Beide starrten mich ungläubig an.

»Was meint sie damit?«, fragte Tiffany vorsichtig.

»Ich nehme an, dass sie mich rausschmeißen und nicht länger das Geld fürs College bezahlen will. Aber wisst ihr, was? Es ist nicht mehr wichtig.«

»Warum nicht?«, fragte Alex stirnrunzelnd.

»Weil es mit Thomas ohnehin vorbei ist. Wir haben uns gestritten. Zum tausendsten Mal. Ich habe ihm gesagt, er soll verschwinden, und er ist gegangen und hat sich seitdem nicht mehr bei mir gemeldet. Es ist offensichtlich, was das heißt.« Ich zog die Knie an die Brust und fühlte mich plötzlich klein und hilflos.

»Ach, du glaubst doch nicht etwa, dass er …«, meinte Alex. Er musste den Satz nicht beenden. Ich wusste auch so, worauf er anspielte.

»Doch, Alex. Wir reden über Thomas. Die Tatsache, dass er nicht bekommen hat, was er wollte, bedeutet, dass er es sich woanders sucht. Außerdem ist er wütend, und das hat noch nie zu etwas Gutem geführt.«

»Was hat er denn nicht bekommen?«, wollte Alex wissen.

Ich sah ihn verständnislos an.

»Du hast gesagt, er hätte nicht bekommen, was er wollte. Was wollte er denn?«

Tiffany kicherte.

»Nicht das, was du denkst, Tiff«, sagte ich sofort, konnte aber nicht verhindern, dass ich knallrot wurde. »Es ist … kompliziert.«

»Dann versuch doch einfach, es zu erklären«, drängte Alex.

Ich schaute ihn unentschlossen an, dann traf ich eine Entscheidung. »Okay … Also, er will mit mir zusammen sein, aber eben nicht richtig.«

»Verstehe ich nicht«, sagte Alex sofort.

»Siehst du, ich hab doch gesagt, es ist kompliziert.« Ich seufzte. »Er will mit mir zusammen sein, aber keine emotionale Bindung eingehen wie in einer Beziehung. Angeblich kann er das nicht.« Ich verzog unglücklich das Gesicht. »Er hat sogar über die Vorstellung gelacht, sich auf eine Beziehung mit mir einzulassen.«

»Gelacht?«, wiederholte Alex ungläubig. »Ich glaube, der Typ hat mehr Probleme, als er zugibt. Das will er also? Eine offene Beziehung, in der ihr beide es noch mit anderen treiben könnt?«

Ich schüttelte den Kopf. »Nein, nur er und ich.«

Das verwirrte ihn noch mehr. »Bei mir zu Hause nennt man genau das eine Beziehung.«

»Mag sein, Alex, aber so ist das nicht. Er möchte nicht mein Freund sein, auch wenn er sich in den meisten Situationen so benimmt, als wäre er es.«

»Ich hab da eine Theorie«, mischte sich nun Tiffany ein, die die ganze Zeit über aufmerksam zugehört hatte.

»Und zwar?«

»Ich glaube, er hat Angst.«

Ich starrte sie an, dann brach ich in hysterisches Lachen aus. »Angst? Wir reden aber schon von derselben Person, oder?«

»Er hat dir eine Beziehung angeboten, die keine Beziehung sein soll. Warum sollte er das tun, wenn nicht aus Angst? Warum

450

sollte ein Typ wie er deinetwegen auf alle Frauen verzichten, die ihm genau das geben, was er will und wann er es will?«

»Genau diese Frage stelle ich mir auch die ganze Zeit. Warum? Warum sollte er Angst vor mir haben? So wie er drauf ist, bin ich diejenige, die Angst haben sollte!«

»Er hat ja auch keine Angst vor *dir*, sondern vor einer Beziehung mit dir. Vielleicht ist das seine Art, sich und seine Gefühle zu schützen«, entgegnete sie.

»Ich glaube, Tiff hat recht«, meinte Alex. »Als Mann kann ich das verstehen. Ich hatte auch Bedenken, mich auf Stella einzulassen, denn ich hatte Angst, dass eine Fernbeziehung mich verletzen könnte. Sich ganz auf jemanden einzulassen, erfordert Mut.«

»Das würde heißen, dass er keine oder zu wenig Gefühle für mich hat, denn sonst wäre er mutiger«, murmelte ich leise. Es auszusprechen, tat noch mehr weh, als es zu denken.

Alex sah mich mitfühlend an. »Vanessa, du kannst niemanden dazu zwingen, dich zu lieben. Und du kannst ihm auch keinen Vorwurf machen, wenn er das nicht will, aus welchen Gründen auch immer.« Jedes Wort war ein Dolchstoß in mein Herz.

»Ich … ich mache ihm keinen Vorwurf, das ist es nicht. Es ist nur so, dass ich manchmal wirklich den Eindruck habe, dass ich ihm wichtig bin. Dann wiederum behandelt er mich so, als würde ich ihm rein gar nichts bedeuten. Es ist nicht seine Schuld, er hat immer klar und deutlich gesagt, was er fühlt und will. Schuld bin allein ich. Ich hätte mich von Anfang an von ihm fernhalten sollen.«

»Ich glaube, du solltest nicht aufgeben«, sagte Tiffany und legte den Kopf auf meine Schulter. »Du warst noch nie so verliebt wie in ihn. Du hast nur ein Leben, also musst du auch mal mutig sein!«

Kapitel 37

Das Gespräch mit meinen beiden besten Freunden hatte mir Kraft gegeben. Ich befand mich zwar immer noch in einem Wechselbad der Gefühle, aber das Wochenende verlief ohne große Vorkommnisse. Am Samstagmorgen bestätigte mir Tiffany Travis' baldige Abreise, eine Nachricht, die ich mittlerweile verarbeitet hatte. Mit meiner Mutter sprach ich nur wenig, was aber nichts Neues war, und Alex informierte mich, dass er Ende des Monats zu Stella nach Vancouver fahren und mit ihr Thanksgiving feiern würde. Ich war froh, als es endlich Sonntagabend war. Thomas hatte sich nicht mehr bei mir gemeldet, was mich so mitnahm, dass ich mich nicht mal mehr auf meine geliebten Bücher konzentrieren konnte. Statt zu lesen, kuschelte ich mich unter die Bettdecke, hörte Musik und versuchte, nicht nachzudenken. Plötzlich erhielt ich von einer unbekannten Nummer eine Nachricht: *Bist du wach?*

Ich starrte aufs Display. Es war kurz vor Mitternacht.

Wer bist du?

Komm raus.

Kein vernünftiger Mensch würde mich bitten, um diese Uhrzeit rauszugehen, vor allem nicht bei dem Unwetter, das draußen tobte.

Ich nahm an, jemand hätte sich einen Scherz mit mir erlaubt. Deshalb antwortete ich nicht, legte mich wieder hin und starrte an die dunkle Zimmerdecke. Kurze Zeit später kam die nächste Nachricht: *Ich habe etwas, was dir gehört.*

Was zum Teufel …

Ich sprang aus dem Bett, trat ans Fenster und schob den Vorhang beiseite. An der Hausecke nahm ich im prasselnden Regen und in der Dunkelheit ein schwaches Licht wahr. Ich kniff die Augen zusammen und erkannte ein Motorrad. *Sein* Motorrad. Ich ließ den Vorhang los und tigerte mit klopfendem Herzen in meinem Zimmer auf und ab.

Was wollte Thomas hier? Woher hatte er überhaupt meine Nummer?

Oje, wenn meine Mutter das herausfinden würde, würde sie mich endgültig rausschmeißen. Schlechtes Timing, Thomas Collins, sehr schlechtes Timing.

Eine weitere Nachricht ging ein: *Ich gebe dir fünf Sekunden. Wenn du nicht runterkommst, komm ich rauf.*

Das kam überhaupt nicht infrage.

Ich komme, tippte ich hektisch, zog schnell meine Stiefel und eine zu große graue Strickjacke an, fuhr mir kurz durchs Haar und huschte so leise wie möglich nach unten.

Bevor ich die Tür öffnete, versuchte ich, mir Mut zu machen. *Sei stark, Vanessa, und nimm dich auf jeden Fall in Acht.*

Thomas lehnte am Holzgeländer der Veranda, die Beine gekreuzt, die Arme vor der Brust verschränkt. Die nassen Haare klebten ihm im Gesicht. Er war komplett durchnässt. Der schwarze Hoodie unter der Lederjacke und die tief sitzenden Jeans ließen ihn verwegen aussehen, was seine Wirkung auf mich auch dieses Mal nicht verfehlte.

Dir gefällt, was du siehst, Vanessa, nicht wahr?, fragte die leise Stimme in meinem Kopf provozierend. Ich schüttelte den Kopf, um sie zum Schweigen zu bringen. Dann zog ich die Tür hinter mir zu und lehnte mich dagegen. »Was willst du hier?«, flüsterte ich. Das Zittern, das durch meinen Körper lief, hatte mit der Kälte nichts zu tun.

»Ich war ein bisschen unterwegs«, er deutete auf die Straße, »und plötzlich stand ich hier.«

»Du bist bei diesem Wetter mit dem Motorrad unterwegs?«

Ich schüttelte den Kopf. »Das ist nicht besonders vernünftig.«

»Hältst du mich für einen vernünftigen Menschen?«, antwortete er herausfordernd.

Ich setzte mich auf die kleine Bank neben der Haustür. »Auf gar keinen Fall.«

Er zuckte mit den Schultern. »Der Regen hat erst angefangen, als ich schon unterwegs war.«

Mitten in der Nacht. Na toll! Ich fragte lieber nicht nach.

»Du hättest nach Hause zurückfahren sollen«, sagte ich und schaute in eine andere Richtung.

»Wollte ich aber nicht.«

»Du hattest sicher Spaß.«

»Nicht wirklich, ich war im Marsy und hab ein paar Bier getrunken. Du hast nicht gearbeitet.«

»Ich habe mit Cassie die Schicht getauscht.«

»Am Sonntag kann man in dieser Scheißstadt nichts machen.«

»Na ja, an den anderen Tagen tobe ich mich auch nicht gerade aus.« Ich schob mir ein paar Strähnen aus dem Gesicht.

»Weil du langweilig bist«, spottete er.

Ich warf ihm einen scharfen Blick zu. »Bist du hierhergekommen, um mich zu beleidigen?«

»Ich habe dich nicht beleidigt«, antwortete er gelassen.

»Wenn du einem Menschen sagst, er sei langweilig, dann hältst du ihn für nichtssagend, passiv und nutzlos«, fauchte ich.

»Wenn ich einem Menschen sage, er sei langweilig, meine ich

damit nur, dass er langweilig ist. Und das bist du. Und ziemlich empfindlich.«

Ich seufzte resigniert. Seiner Arroganz war einfach nicht beizukommen.

»Du hast etwas, was mir gehört?«, fragte ich schnippisch.

»Oh ja, stimmt«, antwortete er, kratzte sich verlegen im Nacken und entfernte sich kurz.

Dieser plötzliche Stimmungsumschwung verunsicherte mich. Misstrauisch starrte ich ihn an, als er wieder auf die Veranda kam und sich vor mich kniete. Was zur Hölle sollte das?

»Ich glaube, ich habe Mist gebaut.«

Oh ja, das hast du.

»Wie meinst du das?«

»Ich habe dir gesagt, ich habe etwas, was dir gehört. Es tut mir echt leid, ich wollte nicht, dass es nass wird …«

»Ich verstehe kein Wort, Thomas«, erwiderte ich ungeduldig.

Er zog etwas unter seinem durchnässten Sweatshirt hervor. Ein Buch. Ein Buch mit einem aufgeweichten Umschlag. Es kam mir bekannt vor … Ich schaute genauer hin … Oh nein, ich konnte es nicht glauben.

Ich riss es ihm aus der Hand. »Es ist kaputt! Mein *Lieblingsbuch*!«, schrie ich schockiert.

Thomas erwiderte nichts und starrte zu Boden. »Es tut mir leid.«

»Ist dir klar, wie wichtig mir dieses Buch ist, du Vollidiot? Es ist ein Geschenk von Alex' Mutter!«

»Tut mir leid.« Er strich sich übers Gesicht. »Ich kaufe dir morgen ein neues, versprochen.«

»Kaufen? So einfach ist das nicht, es ist eine Erstausgabe, verdammt noch mal!«

»Und?«

»Das kann man nicht mehr kaufen!«

»Dann kaufe ich dir eben eins, was nicht so schwer zu finden ist«, antwortete er ungerührt.

»Das ist nicht dasselbe, Thomas! Es wäre außerdem nicht mehr *mein* Buch, sondern eine Erinnerung an dich und das Buch, das du zerstört hast!«

»Es tut mir wirklich leid«, murmelte er leise.

»Na klar, das glaub ich dir sofort. Wann hast du es eingesteckt?«

»An dem Abend, als ich bei dir war, erinnerst du dich? Du hast mir erzählt, wie sehr du es liebst und so weiter. Ich war neugierig, warum es für dich so besonders ist, und habe es mitgenommen.«

Deshalb hatte es am nächsten Morgen nicht mehr auf dem Nachttisch gelegen.

»Warum hast du mir nichts gesagt?«

»Ich hatte keine Gelegenheit: Erst haben wir uns gestritten und dann einen Monat nicht miteinander gesprochen.«

»Du hättest es mir trotzdem sagen müssen. Man nimmt nicht einfach die Sachen anderer Leute mit. Außerdem hast du gesagt, dass du nicht liest.«

»Ich wollte es ausprobieren.«

Ich zog ungläubig die Augenbrauen hoch. »Du hast wirklich *Stolz und Vorurteil* gelesen?« Fast hätte ich laut losgelacht.

Nachdenklich betrachtete er das Buch, das ich in Händen hielt.

»Es riecht nach dir, weißt du das?« Er schaute hoch, und unsere Blicke trafen sich. »Manchmal hatte ich während des Lesens das Gefühl, du wärst im Raum.« Ich schluckte. Die Sanftheit, mit der er sprach, rührte mich.

»Es *roch* nach mir«, korrigierte ich ihn verärgert und versuchte, meine wahren Gefühle zu verbergen. »Hat es ... hat es dir wenigstens gefallen?« Eigentlich wollte ich etwas anderes wissen:

Warum hatte er an mich gedacht, obwohl wir nicht miteinander gesprochen hatten?

»Kein bisschen.« Er lachte leise.

»Und warum willst du es mir gerade jetzt zurückgeben?« Mir war klar, dass ein Teil von mir so verzweifelt war, dass ich hoffte, er hätte nur nach einem Grund gesucht, mich wiederzusehen.

»Keine Ahnung, ich hatte nichts Besseres vor.«

»Nichts Besseres vor?«, wiederholte ich enttäuscht. Er nickte, und mir platzte der Kragen: »Na dann: Vielen Dank, dass du mir mein Lieblingsbuch zurückgebracht hast, noch dazu in diesem Zustand.« Ich starrte ihn erbost an, stand auf und wandte mich zur Tür. Als ich die Hand auf die Klinke legte, umfasste er mein Handgelenk. »Lass mich los!«, forderte ich ihn auf.

»Kannst du nicht mal einen Moment Ruhe geben?« Er schlang den Arm um meine Taille und zog mich an sich.

»Ich soll Ruhe geben?« Ich versuchte, ihn von mir wegzustoßen, aber vergeblich. »Das letzte Mal, als wir uns gesehen haben, hast du dich furchtbar benommen, und jetzt tauchst du hier mitten in der Nacht auf, nur um mich weiter zu beschimpfen und mir ein ruiniertes Buch zu bringen!«

»Ich bin ein Arschloch, ich weiß.« Er schaute mich so intensiv an, dass ich schwach wurde. »Es stimmt nicht, dass ich nichts anderes zu tun hatte. Ich wollte dich sehen und dachte, das Buch wäre ein guter Vorwand.« Er grinste, und ich musste meine ganze Willenskraft aufbringen, um seinem Charme nicht ein weiteres Mal zu erliegen.

»Du bist mitten in der Nacht auf die Idee gekommen, mich zu besuchen? Vorher warst du wohl zu beschäftigt. Außerdem hast du anscheinend meine Telefonnummer. Du hättest anrufen oder schreiben können, irgendwas.« Ich hatte keine Lust mehr, seine letzte Zuflucht zu sein, wenn ihm nichts Besseres einfiel.

»Ich war am Wochenende auf dem Campus, um den Stoff der letzten Woche nachzuholen. Abends haben die Jungs gefragt, ob wir auf ein Bier ins Marsy gehen. Ich hatte keine Lust, hoffte aber, dich dort zu treffen. Deine Nummer hab ich von Matt bekommen.«

»Hör auf, Thomas. Travis hat mich lange genug zum Narren gehalten, das passiert mir nicht noch einmal.«

»Ich bin nicht er«, warf er mir wütend entgegen.

»Das betonst du immer wieder, es ist nur seltsam, dass ich das irgendwie nicht glauben kann.«

Ich befreite mich aus seiner Umarmung und setzte mich wieder auf die Bank. Thomas kniete sich vor mich, um mir in die Augen zu sehen. Ein Windstoß trug seinen Duft zu mir, frisch und berauschend.

Thomas streckte die Hand aus und spielte mit einer meiner Haarsträhnen. »Warum kapierst du es nicht? Glaubst du wirklich, es geht mir nur um deinen Körper? Das stimmt nicht. Wenn ich schnellen Sex haben wollte, müsste ich nur mein Handy aus der Tasche ziehen und die erstbeste Nummer anrufen.« Er schaute mich schweigend an, dann fuhr er fort: »Das will ich aber nicht. Weil keine ist wie du.« Er nahm mein Gesicht in die Hände, strich mir mit dem Daumen über die Wange, folgte den Wangenknochen, konzentrierte sich dann auf meinen Mund. »Je mehr Zeit ich mit dir verbringe, desto mehr will ich dich. Aber ich bin mir durchaus bewusst, dass du zu gut für mich bist. Ich weiß es, wenn ich dich ansehe, wenn du in meiner Nähe bist, wenn ich dich sprechen höre oder dich anfasse. Ich weiß es, wenn ich dich zwinge, dich mit dem herzlosen Bastard zu beschäftigen, der ich nun mal bin. Du kannst etwas Besseres haben, du hast etwas Besseres verdient. Und das weißt du auch. Und doch hörst du partout nicht damit auf, etwas Gutes in mir zu sehen, aber du irrst dich: Da ist nichts. Der Mensch, den du vor dir hast, ist eine verdammte Niete.«

»Sag das nicht, du bist keine Niete.«

»Hör auf, mich zu idealisieren.«

Seine Kälte traf mich ins Herz. Warum fiel es ihm so schwer, das zu sehen, was ich sah? Er war sicher nicht perfekt, das war mir auch klar, aber es steckte etwas Gutes in ihm. Ich hatte es gesehen, ich hatte es gefühlt.

»Ich weiß nicht, was ich tun soll. Warum bist du hier, warum sagst du mir das alles? Willst du, dass ich dich nehme, wie du bist, oder willst du, dass ich dich vergesse?«

Es dauerte etwas, bis er antwortete, er schien mit sich zu kämpfen. »Du solltest mich vergessen«, sagte er leise, dann fügte er hinzu: »Auch wenn ich hoffe, dass du es nicht tust.«

»Weil du ein Egoist bist, oder?«, murmelte ich resigniert.

Er nickte. »Du sollst mir gehören.«

»Warum?«

»Darum.«

»›Darum‹ ist keine Antwort.«

»Weil es mir gut geht, wenn du bei mir bist.«

Ich schüttelte den Kopf. »Das reicht mir nicht.«

Er seufzte und schloss ärgerlich die Augen.

»Warum musst du alles so kompliziert machen, Ness?«

»Weil ich genug davon habe, es dir leicht zu machen.«

Auf der Veranda wurde es absolut still, nur der Regen prasselte auf das Dach über unseren Köpfen. Ich hielt seinem Blick stand, wollte mich nicht einschüchtern lassen, und nach einer gefühlten Ewigkeit ließ er sich zu einem Geständnis hinreißen: »Du lässt mich etwas fühlen, was noch keine vor dir geschafft hat. Reicht dir das als Begründung?«

»Was?«, flüsterte ich und umklammerte das nasse Buch, als

könnte es mir Halt geben bei der Explosion, die meine Brust zu erschüttern drohte.

Er legte sich die Hand an die Stirn. »Wenn du da bist, fühle ich mich gut. Aber auch wie ein Arschloch. Du bist seltsam und ungeschickt, aber sexy wie keine andere. Selbst mit dir zu reden, macht mich verrückt, genau wie die Art, wie du deine Haare zwirbelst, wenn du nervös bist, oder zu Boden schaust, wenn dir etwas peinlich ist.« Er legte zwei Finger unter mein Kinn und zwang mich, ihm in die Augen zu sehen. »Wenn du mich ansiehst, strahlen deine Augen irgendwie mehr. Wenn du lächelst, ziehst du die Nase kraus und berührst mit der Zungenspitze deine Zähne ... Das macht mich wahnsinnig!« Er lächelte. »Ich mag es, wenn ich morgens aufwache und weiß, dass ich dich wiedersehen werde. Ich mag es, den Hörsaal zu betreten und zu wissen, dass du in der ersten Reihe sitzt und auf den Beginn der Vorlesung wartest. Ich mag es, wenn du wegen irgendwas, was ich gesagt oder getan habe, beleidigt bist. Ich mag dich so, wie du bist, selbst wenn du viel zu große Klamotten trägst, um dich darin zu verstecken. Du bist die Einzige, mit der ich Sex habe, weil es schön ist, und nicht nur, um zu kommen, die Einzige, die ich anschaue, wenn sie bei mir kommt, denn dann bist du ... atemberaubend«, fügte er nach einer kurzen Pause hinzu. Er legte mir die Hände auf die Hüften. Erst jetzt bemerkte ich, dass ich die ganze Zeit über die Luft angehalten hatte. Ich war vollkommen perplex, mein Herz klopfte wie wild, und ich hatte furchtbare Angst, dass das Glücksgefühl, das ich gerade empfand, sich wieder in Luft auflösen würde.

»Meinst ... meinst du das ernst?«

Er nickte. »Ich will dich, Vanessa. Aber ich kann dir nichts versprechen, was ich nicht halten kann.«

Ich schaute ihm in die Augen.

Er wollte mich, und ich wollte ihn. Mehr als irgendetwas anderes auf der Welt. Und er war hier, direkt vor mir, und konnte mich mit einem einzigen Blick ins Wanken bringen. Ich wollte in diesem Augenblick an nichts anderes denken als an ihn, an uns. Deshalb legte ich die Arme um seinen Hals und presste meine Lippen auf seine. Ich wusste, dass es falsch war, dass ich es morgen vielleicht bedauern würde, dass ich eine Situation, die von Anfang an kompliziert gewesen war, noch komplizierter machte. Aber ich konnte nicht anders. Seine Nähe ließ mich nicht mehr klar denken und machte mich verletzlich. Ich hatte meine Gefühle nicht mehr unter Kontrolle und gab mich seinem leidenschaftlichen Kuss hin, während im Hintergrund das Unwetter tobte.

Kapitel 38

Seine Lippen bewegten sich drängend auf meinen, verschlangen mich und ließen mich alles vergessen, was mich umgab. Die dunkle Nacht, den Wind, die Tatsache, dass wir auf der Veranda standen und meine Mutter uns jeden Moment entdecken konnte – nichts davon nahm ich wahr. Ich gab mich ganz seiner warmen Zunge und den Berührungen seiner Hände hin, die jetzt tiefer glitten. Er umfasste meine Pobacken und zog mich an sich. Ich spreizte leicht die Beine, um ihm noch näher zu sein, während sein Griff fester wurde und mir ein Stöhnen entlockte. Thomas lächelte, saugte an meinen Lippen und löste sich wieder. »Weißt du, was du da tust?«

»Nicht wirklich«, keuchte ich. Ich hatte nicht die geringste Ahnung, was ich da tat. Hatte ich ihn geküsst, weil ich unbewusst sein Angebot der Nicht-Beziehung angenommen hatte? Sein Geständnis hatte mich verwirrt. Wenn ich mit ihm zusammen war, empfand ich Euphorie. Verbundenheit. *Verlangen.*

Thomas legte seine Stirn an meine und schaute mich an mit diesen smaragdgrünen Augen, die mir bis in die Seele blickten. »Und das ist gut so?«

Ich nickte und versuchte, wieder zu Atem zu kommen. »Ich denke schon.« Wir musterten uns schweigend, ließen unsere Blicke für uns sprechen. Dann stand er auf, und ich fühlte mich schlagartig verloren.

»Du gehst?«, fragte ich zögernd und stand ebenfalls auf.

»Vermisst du mich etwa, Fremde?« Grinsend zog er den Motorradschlüssel aus der Jeanstasche.

»Gar nicht«, log ich und zupfte an den Ärmeln meiner Strickjacke.

Es war offensichtlich, dass er mir nicht glaubte. Er lachte, ging auf mich zu und küsste meine kalte Nasenspitze. »Es ist spät, du musst schlafen.«

»Machst du dir etwa Sorgen um mich?«, neckte ich ihn.

»Ich mache mir Sorgen um deine Noten. Wenn du nicht ausgeschlafen bist, kannst du dich nicht auf den Test konzentrieren. Ich würde mir nie verzeihen, wenn du zum ersten Mal durchfallen würdest und ich daran schuld wäre.« Mit einem Mal wurde mir eiskalt.

»Der ... Test?«

»Ja, Philosophie. Wir schreiben morgen ...«, er warf einen Blick auf die Uhr, »nein, heute einen Philosophie-Test.«

Der Boden unter meinen Füßen begann zu beben. Ich sackte zurück auf die Bank und versuchte, die aufkommende Panik zu unterdrücken. Das war mir komplett entfallen. Wie war das möglich? Ich hatte noch nie eine Prüfung vergessen.

»Alles okay?«, fragte er und beugte sich besorgt über mich. Ich schüttelte den Kopf, so entsetzt, dass ich kein Wort herausbrachte. Thomas ging vor mir in die Knie, legte mir die Hände auf die Hüften und schaute mich ernst an. »Hey, Ness, was ist los?«

»Ich habe ihn vergessen«, flüsterte ich.

»Wen hast du vergessen?«

»Den Test, Thomas, den Test!«

Er starrte mich ungerührt an und gab sich alle Mühe, nicht zu lachen.

Ich runzelte die Stirn. »Findest du das etwa komisch?«

»Himmel!« Er schnaubte. »Ich dachte, du bekommst einen Herzinfarkt, dabei machst du dir nur wegen eines Tests in die Hose. Du bist wirklich eine Streberin.« Jetzt fing er doch an zu lachen.

»Thomas, in wenigen Stunden schreiben wir einen Test, und ich habe noch nicht mal den ersten Teil des Stoffs durchgearbeitet! Noch dazu in meinem Lieblingsfach!«, antwortete ich. Wie konnte er das nur derart auf die leichte Schulter nehmen?

»Na komm, davon geht die Welt auch nicht unter. Sobald ich wieder zu Hause bin, schicke ich dir meine Notizen, der Stoff ist nicht schwer.«

»Ich brauche deine Aufzeichnungen nicht, ich habe meine eigenen. Und seit wann machst du dir Notizen? Seit wann bist du vorbereitet?«, fragte ich, zutiefst in meinem Stolz verletzt. Ich konnte mir nur schwer vorstellen, wie er vor einem Buch saß und lernte.

»Das sind nicht meine Notizen, und, zu deiner Info, ich bin auf vieles vorbereitet, Miss Oberschlau«, erklärte er mir selbstgefällig.

Ich schaute ihn skeptisch an. »Das erscheint mir ziemlich unwahrscheinlich. Soweit ich weiß, passt du in den Vorlesungen nie auf.«

»Unsere Art, Infos aufzunehmen, unterscheidet sich eben.« Er richtete sich auf und ging zu seinem Motorrad. Ich wickelte die Strickjacke enger um meinen Körper und folgte ihm. Der Regen hatte etwas nachgelassen.

»Gut, dann sehen wir uns morgen.« Plötzlich war ich verlegen.

»Ja, bis morgen.« Er nahm den Helm vom Lenker und setzte ihn auf, dann griff er nach meiner Strickjacke und zog mich zu sich. »Ich möchte, dass du dir alles gut merkst, was ich dir heute Abend gesagt habe, denn ich werde es nicht wiederholen«, erklärte er mir und küsste mich sanft auf die Lippen. Dann gab er mir einen Stups auf die Nase, schwang sich aufs Motorrad, klappte das Visier herunter und startete den Motor. Noch bevor ich ihn bitten konnte, langsam zu fahren, raste er davon.

Ich ging ins Haus zurück, schloss die Tür und lehnte mich mit einem seligen Lächeln von innen dagegen. Mein Herz klopfte, ich fuhr mir mit den Fingern über die Lippen. Ich konnte kaum glauben, was gerade zwischen uns passiert war.

»Du solltest besser auf deine Mutter hören.« Victors Stimme riss mich aus meinen Gedanken. Ich zuckte zusammen, als ich ihn kaum einen Meter von mir entfernt mit einer Tasse in der Hand auftauchen sah.

»Wie bitte?«, fragte ich ihn stirnrunzelnd.

Er deutete mit der Tasse Richtung Veranda, auf der Thomas und ich uns gerade geküsst hatten. »Deine Mutter hat mir erzählt, was passiert ist …«

Ich verschränkte die Arme vor der Brust und sah ihn mit schmal gezogenen Augen an. »Was hast du hier verloren? Hast du mir etwa nachspioniert?«

»Nein, Vanessa, das würde ich mir niemals erlauben. Ich habe Geräusche auf der Veranda gehört, deshalb bin ich runtergegangen, um nachzusehen, ob alles in Ordnung ist.«

»Es gibt keinen Grund, die Nerven zu verlieren. Corvallis ist ein ruhiges Städtchen, das Einzige, was hier passiert, sind Klingelstreiche«, erklärte ich ihm.

Er zuckte mit den Achseln und trank einen Schluck. »Man kann ja nie wissen. Auf jeden Fall finde ich dein Verhalten ziemlich respektlos.«

»Das geht dich nichts an.«

Er schaute auf die Tasse. »Da hast du recht.« Dann blickte er auf. »Aber das wird sich sehr bald ändern.«

»Was meinst du damit?«

»Weißt du das etwa nicht?«, fragte er erstaunt. Ich schüttelte den Kopf. »Seltsam, ich dachte, sie hätte es dir gesagt.«

»Was gesagt?«

»Ich werde in wenigen Wochen hier einziehen.«

Ich schnappte nach Luft. »Wie bitte?«

»Vanessa, es tut mir leid.« Er wollte mir eine Hand auf die Schulter legen, aber ich wich zurück. »Ich war sicher, deine Mutter hätte schon mit dir darüber gesprochen.« Ich fragte mich, wie lange meine Mutter diese Entscheidung schon getroffen hatte und vor allem, wann sie mir diese mitteilen wollte. Vielleicht einen Tag vorher oder am Umzugstag?

»Nein«, sagte ich mit fester Stimme.

»Wie bitte?«

»Ich habe Nein gesagt. Du wirst nicht hier einziehen. Das ist *mein* Zuhause, hier bin ich aufgewachsen. Wenn ihr unbedingt zusammenleben wollt, dann woanders.«

Ich ging an ihm vorbei, warf ihm einen flammenden Blick zu und ließ ihn verblüfft stehen.

Wie konnte meine Mutter einen anderen Mann hier einziehen lassen, ohne mich zumindest vorher zu fragen? Zählte meine Meinung denn gar nicht?

Oben in meinem Zimmer zog ich die Stiefel aus und stellte sie neben die Tür, dann legte ich die Strickjacke aufs Bett, setzte mich an den Schreibtisch, knipste die Lampe an, holte die Bücher und die Aufzeichnungen heraus und versuchte zu lernen, auch wenn es mir schwerfiel. Die Gedanken wirbelten nur so durch meinen Kopf.

Einige Stunden später brannten meine Augen, und ich konnte mich partout nicht mehr konzentrieren. Um fünf Uhr morgens gab ich auf. Ich ließ den Kopf auf die Schreibtischplatte sinken und fluchte leise. Nicht mehr lange, und ich musste auf dem Campus sein. Verdammt, warum hatte ich nur diesen blöden Test vergessen? Ich stellte den Wecker auf sieben, löschte das Licht und schlüpfte ins Bett.

Kapitel 39

Der Wecker klingelte, ich ignorierte ihn und schlief weiter. Er klingelte erneut, und wieder schaltete ich ihn aus. Ich wollte einfach nicht aufstehen.

»Vanessa?« Die nervige Stimme meiner Mutter dröhnte in meinen Ohren. »Vanessa, steh auf, sonst kommst du zu spät. Es ist schon gleich acht!«, rief sie und klopfte an die Tür.

Sie hatte recht. Ich musste mich beeilen. Mit aller Willenskraft, die mir geblieben war, schlug ich die Augen auf und quälte mich aus dem Bett.

Meine Mutter öffnete mit einem schuldbewussten Gesichtsausdruck meine Zimmertür. »Wir müssen reden.« Victor musste sie über unser Gespräch in der Nacht informiert haben, sonst wäre sie nicht so kleinlaut.

»Ja, das müssen wir. Aber nicht jetzt. Ich muss dringend los.« Gähnend steuerte ich die Badezimmertür an.

»Vanessa, ich hätte es dir gesagt, aber du hattest in letzter Zeit so viel um die Ohren, die Uni, die Trennung von Travis, die Arbeit … Ich wollte dir nicht noch mehr Sorgen bereiten.«

Ich drehte mich zu ihr um. »Das ist die offizielle Version, Mom. Die andere ist, dass du mich wie immer nicht einbezogen hast, weil du meine Meinung für unwichtig und überflüssig hältst. Bei dir dreht sich alles nur um dich und deine Wünsche. Erst drohst du mir, mir alles zu nehmen, und dann erfahre ich, dass Victor hier einzieht. Weißt du, was? Schmeiß mich doch raus. Ich lebe lieber auf der Straße als in einem Haus mit zwei Fremden.« Ich verschwand im Bad und knallte die Tür hinter mir zu.

Zurück in meinem Zimmer, band ich meine Haare zu einem Zopf zusammen, dann griff ich in den Schrank und zog eine Jeans und einen gelben Pulli heraus. Für Make-up war keine Zeit mehr, etwas Mascara musste genügen.

Unten in der Küche presste meine Mutter gerade eine Orange aus, während Victor sich den letzten Schluck Kaffee eingoss. Großartig, einfach großartig!

Wortlos nahm ich meine Büchertasche, zog meine Jacke an und verließ das Haus.

Auf dem Weg zur Bushaltestelle vernahm ich hinter mir das Dröhnen eines starken Motors. Noch bevor ich mich umdrehen konnte, hielt eine schwarze Maschine neben mir.

»Was machst du hier?«, fragte ich überrascht.

»Ich bringe dich zum Campus«, antwortete er und reichte mir den zweiten Helm, der am Lenker hing. »Steig auf.«

Unter anderen Umständen hätte ich mich sicherlich geziert und darauf bestanden, den Bus zu nehmen, heute jedoch wollte ich einfach nur rechtzeitig zu diesem dämlichen Philosophie-Test kommen.

»Jetzt komm schon, ich fahre langsam, versprochen«, drängte er, als hätte er meine Gedanken gelesen, und tatsächlich:

Er hielt sein Versprechen und brachte mich unversehrt auf den Campus.

Als wir das Motorrad abstellten, warfen uns einige Studentinnen und Studenten neugierige Blicke zu. Thomas kümmerte sich nicht darum, legte mir den Arm um die Schultern und küsste mich auf die Wange. Eilig rückte ich ein kleines Stück von ihm ab. Ich wollte nicht, dass die anderen über uns redeten, die Begegnung mit Shana steckte mir noch in den Knochen.

»Bereit?«

»Ich habe die ganze Nacht gelernt, ich denke schon«, antwortete ich ausweichend und sah mich um.

»Was ist los?«

»Nichts«, ich runzelte die Stirn und sah ihn an.

»Warum hältst du dann Abstand?«

»Ach nichts, mir ist nur ein bisschen warm.« Ich lächelte und versuchte meine Aufregung zu verbergen.

»Das ist die blödsinnigste Ausrede, die ich je gehört habe. Es ist November, und dir ist nicht warm. Dir ist *nie* warm.«

Er kannte mich besser, als ich dachte. »Du weißt doch, was das Problem ist. Ich mag es nicht, wenn mich alle anschauen.«

Er seufzte. »Schon wieder?« Er umfasste meine Schultern und hielt mich fest. »Wie lange willst du dein Leben noch von diesen Idioten bestimmen lassen?«

»Du hast gut reden, Thomas. Du wirst nicht angefeindet, weil …« Ich seufzte. »Ach, vergiss es. Ich will einfach nicht, dass man mich für eine Schlampe hält, weil dir, nun ja, ein gewisser Ruf anhängt.« Was für einen Sinn hätte es, ihm von der Eifersuchtsszene mit Shana zu erzählen?

»Weißt du, was dein Problem ist?«, fragte er und zwang mich, ihn anzusehen. »Du denkst zu viel. Du gibst der Meinung anderer zu viel Gewicht. Wer dich mag, weiß, wer du bist. Und ich weiß es auch. Nur das zählt. Sollen die anderen doch denken, was sie wollen.«

Sein Blick war so beruhigend, dass ich mich beinahe entspannt hätte. Aber eben nur beinahe. Ich kam nicht dazu, etwas zu erwidern, denn er küsste mich, vor den Augen all der anderen, selbstsicher, leidenschaftlich.

»Du hast mich geküsst«, stieß ich überrascht hervor, nachdem wir uns voneinander gelöst hatten. »Warum?«

»Weil ich dich küssen wollte und du geküsst werden wolltest. Hör auf mit deinem Verfolgungswahn.« Er legte mir den Arm um die Schultern, und zusammen betraten wir die Fakultät für Geisteswissenschaften. Im Vorlesungssaal setzte sich Thomas wie selbstverständlich neben mich in die erste Reihe.

Zu meiner großen Überraschung lief der Test ziemlich gut, und ich war mir fast sicher, nicht durchgefallen zu sein. Anschließend trennten sich unsere Wege. Wir hatten keine gemeinsamen Vorlesungen mehr, und am Abend musste Thomas zum Training. Es war also ungewiss, wann wir uns wiedersehen würden. Es wunderte mich, dass er mich nicht dabeihaben wollte, zumal Travis wegen seiner Entscheidung, nach West Point zu gehen, nicht länger am Training teilnahm. Einerseits war ich erleichtert, weil es in der Sporthalle so sterbenslangweilig war, andererseits wünschte ich mir, er würde mich darum bitten. Bei Travis war es wie eine zentnerschwere Last gewesen, bei Thomas hingegen wollte ich es sogar, und die Tatsache, dass er mich nicht fragte, hinterließ einen bitteren Beigeschmack.

Nachdem wir auseinandergegangen waren, suchte ich die Cafeteria auf. Schon von Weitem sah ich Tiffany und Alex an einem Tisch sitzen.

»Und ich sage dir, dass sie mich lieber mag.«

»Red keinen Unsinn, ich bin ihr Favorit.«

»Mach dir doch nichts vor.«

»Sieh es endlich ein: Gegen mich kannst du nicht gewinnen!«

»Hallo, Leute.« Ich stellte die Tasche auf den freien Stuhl und setzte mich zu ihnen. »Worüber redet ihr?«

»Über dich«, antwortete Alex.

»Wir haben uns gerade gefragt, wer von uns beiden dir wichtiger ist«, fügte Tiffany hinzu. »Nein«, korrigierte sie sich dann, »*Alex* hat sich das gefragt, ich weiß es ja längst.« Sie zwinkerte mir zu.

»Wie bitte?«, fragte ich perplex.

»Raus mit der Sprache, Nessy«, forderte sie mich auf. »Wer ist dir wichtiger?«

»Keiner«, antwortete ich aufrichtig.

»Unsinn, man hat immer eine Vorliebe. Das weiß ich aus eigener Erfahrung. Meine Mutter hat zwanzig Jahre lang behauptet, sie würde mir Travis nicht vorziehen, dabei hat sie ihn immer lieber gemocht. Dafür zieht mein Vater mich vor.«

»Aber darüber müsst ihr doch nicht streiten, ihr habt beide einen besonderen Platz in meinem Herzen. Ich könnte weder auf den einen noch auf den anderen verzichten.«

Ich legte ihnen die Arme um die Schultern, hoffte, dass diese Antwort sie zufriedenstellen würde und sie sich wieder wie Erwachsene benahmen. Doch so leicht ließen sie mich nicht davonkommen.

»Ich habe sie überzeugt, meinen Bruder zu verlassen«, fuhr Tiffany streitlustig fort. »Wenn das kein Zeichen dafür ist, wie sehr ich sie liebe …«

»Also bitte!«, empörte sich Alex. »Du hast sie doch erst dazu überredet, mit ihm zusammen zu sein. ›Mein Bruder spricht nur noch von dir. Gib ihm eine Chance, bla, bla, bla‹«, äffte Alex sie nach.

»Wie bitte? So war das gar nicht, du erbärmlicher Wicht!« Tiffany warf die beiden letzten Orangenschnitze nach ihm, er warf zurück, und ich musste sie trennen wie zwei Kleinkinder.

»Schluss jetzt! Hört sofort auf damit«, schimpfte ich. »Jetzt atmen wir erst mal tief durch. Ihr könnt euch nicht im Ernst über einen solchen Blödsinn streiten. Ihr gehört beide zu mir. Ich brauche dich«, ich schaute zu Alex, »genauso sehr wie dich«, ich schaute zu Tiffany.

»Er hat angefangen«, entgegnete sie beleidigt.

»Ich hab nur die Wahrheit gesagt«, gab Alex wütend zurück. Ich warf ihm einen fragenden Blick zu.

Er verdrehte die Augen und stand seufzend auf. »Ich hole mir etwas zu trinken. Nessy, willst du auch was?« Ich schüttelte den Kopf. »Was ist mit dir, Tiff?« Sie ignorierte ihn. Kopfschüttelnd ging Alex zum Tresen. Sobald wir alleine waren, nahm ich Tiffanys Hand.

»Raus mit der Sprache: Was ist los?«, wollte ich wissen.

»Er hat mich von Anfang an provoziert, seit wir hier zusammensitzen.«

»Ich meine nicht euch beide, ich meine dich. Irgendwas stimmt nicht, also rede mit mir!«

Tiffany seufzte und ließ sich gegen die Stuhllehne sinken. »Diese Sache mit meinem Bruder macht mich fertig. Zu Hause ist es furchtbar, vielleicht hätte ich doch etwas tun müssen, um ihm zu helfen, bevor alles im Chaos endet.«

»Tiff, du hast dir nichts vorzuwerfen. Er hat Fehler gemacht, schlimme Fehler. Aber schlussendlich hat er die richtige Entscheidung getroffen. Ich bin sicher, dass er wieder auf dem richtigen Weg ist. Er hat verstanden, dass er die Orientierung verloren hat, und das ist schon ein großer Schritt.«

Ich lächelte ihr aufmunternd zu und zwang mich, selbst an meine Worte zu glauben. Trotz allem, was passiert war, wünschte ich mir, dass es Travis wieder gut ging.

Als Alex zurückkam, hatte sich Tiffany zum Glück wieder beruhigt, und auch mein bester Freund hatte die Waffen gestreckt. Er setzte sich neben sie und reichte ihr eine Flasche aromatisiertes Wasser, das sie so gern trank. Was für eine nette Geste, auch wenn sie gerade wie Hund und Katz waren. »Friede?«, fragte er und lächelte sanft.

Sie warf ihm einen abschätzigen Seitenblick zu, aber dann gab sie nach. »Friede«, antwortete sie und griff nach der Wasserflasche. Alex drückte sie fest, und alles war wie früher.

Ich verbrachte den Rest des Nachmittags mit Tiffany in der Bibliothek. Wir wollten zwar lernen, aber letztendlich redeten wir nur leise miteinander. Irgendwann rief ihr Vater an und bat sie, nach Hause zu kommen. Die Geschichte mit Travis war nur der Tropfen gewesen, der das Fass zum Überlaufen gebracht und gezeigt hatte, was innerhalb der Familie alles nicht stimmte.

Es war schon sechs Uhr, und langsam bekam ich Hunger. Heute musste ich nicht arbeiten, deshalb beschloss ich, noch etwas in der Mensa zu essen, bevor ich nach Hause fuhr.

Ein Tablett in der Hand, stellte ich mich in die Schlange und nahm mir etwas, was nach einem Caesar Salad aussah, dazu eine Scheibe Toast und zahlte. An einem Tisch mit einer Gruppe junger Frauen entdeckte ich einen freien Platz, doch als sie mich kommen sahen, fingen sie an zu tuscheln und zu kichern. Einen Moment lang befürchtete ich, etwas im Haar oder einen Fleck auf dem Oberteil zu haben, aber dann bemerkte ich Shana, die mich mit Blicken zu töten versuchte. Ich verdrehte die Augen und sah mich weiter um.

Zum Glück fand ich einen freien Tisch in einer Ecke der Mensa. Auf dem Weg dorthin hielt mir plötzlich jemand von hinten die Augen zu und küsste mich aufs Ohr. Vor Schreck hätte ich beinahe das Tablett fallen lassen.

»Hast du mich vermisst?«, flüsterte der Jemand. Ich zuckte zusammen, als ich die Stimme erkannte. Ein Arm legte sich um meine Taille, feuchte Lippen fanden meinen Hals.

Oh Gott, Logan war zurück! Ich hatte ihn völlig vergessen, hatte nicht einmal bemerkt, dass er bei dem Philosophie-Test heute Morgen gefehlt hatte.

Und jetzt war er wieder da. Und er küsste mich.

Kapitel 40

Ich wirbelte herum, so ruckartig, dass mir das Tablett tatsächlich aus der Hand glitt.

»Verflucht!«, schimpfte ich, bückte mich und sammelte Hühnchenstücke und Salatblätter auf, die auf dem Boden verstreut waren.

»Entschuldige«, sagte Logan zerknirscht, »ich wollte dich nicht erschrecken.« Er half mir, die Sauerei zu beseitigen.

Mit zitternden Fingern schob ich mir die Haare hinters Ohr. Feige, wie ich war, wich ich seinem Blick aus. »Nein, kein Problem, es ist nicht deine Schuld. Ich hatte dich einfach nicht erwartet«, stieß ich verlegen hervor.

»Ich wollte dich überraschen, aber wie es aussieht, ohne großen Erfolg.« Auch er war sichtlich verlegen.

»Nein, nein, ich freue mich, dass du zurück …« Erst jetzt bemerkte ich den Strauß roter Rosen in seiner Hand. Ich schluckte den Kloß im Hals hinunter, überwältigt von Schuldgefühlen. Weil ich ihn vollkommen vergessen hatte. Weil er an mich gedacht hatte, ich aber nicht an ihn. Weil ich an Thomas gedacht hatte. Weil Logan in der Hoffnung auf eine gemeinsame Liebe weggefahren war und nicht wusste, dass er mich verloren hatte. Und jetzt stand er vor mir, mit Rosen in der Hand und dem Wunsch, Zeit mit mir zu verbringen, und ich konnte ihm vor Scham nicht mal in die Augen schauen.

»Sind die Rosen für mich?«, fragte ich leise.

»Für wen denn sonst?«, antwortete er und lächelte breit.

Er nahm mir das Tablett aus der Hand, half mir aufzustehen und überreichte mir den Strauß. Der Duft der Rosen drang mir in die Nase, so süß, dass ich die Augen schloss.

»Sie sind wunderschön, Logan, wirklich«, murmelte ich und betrachtete die roten Blüten. »Danke.«

»Es war mir ein Vergnügen«, erwiderte er und streichelte meine Wange. »Jede Rose steht für einen Gedanken an dich.« Er kam näher, um mich zu küssen, doch das konnte ich nicht zulassen. Das war ihm gegenüber nicht fair. Aber was sollte ich ihm sagen? *Tut mir leid, Logan, du kannst mich nicht küssen, denn während deiner Abwesenheit habe ich mich in eine seltsame Beziehung mit Thomas gestürzt, und wenn er uns jetzt gemeinsam sieht, landest du im Krankenhaus und er womöglich im Gefängnis.* Ich hielt die Wahrheit schon immer für die beste Option und wollte ihm gegenüber ehrlich sein, aber nicht hier, in der Mensa, vor all den neugierigen Zuschauern. Und noch dazu so kurz nach seiner Rückkehr! Logan verdiente von mir den gleichen Respekt, den er mir stets entgegengebracht hatte.

Als seine Lippen meinen ganz nah waren, ließ ich instinktiv den Strauß fallen und beugte mich zu Boden, um ihn aufzuheben. Logan war wie erstarrt.

»Oh Gott, wie ungeschickt, ich habe heute wohl zu viel Kaffee getrunken«, rechtfertigte ich mich mit einem nervösen Kichern, während Logan mich misstrauisch musterte.

»Okay …«, erwiderte er verwundert.

Ich zog ihn zu dem freien Tisch in der Ecke, und wir setzten uns einander gegenüber. »Und, wie geht es dir?«, fragte ich und versuchte mein Unbehagen zu verbergen. »Hattest du eine gute Fahrt?«

»Ja, alles entspannt, ich fahre gern Auto.« Er zog die Jacke aus und hängte sie über die Stuhllehne.

»Wie lange fährt man eigentlich bis nach Medford?« Ich legte den Strauß auf den Tisch.

»Wenn man den Pacific Highway nimmt, etwa dreieinhalb Stunden.«

»Ich dachte, es sei viel weiter weg.« Ich hielt inne und knibbelte an meiner Nagelhaut. »Alles okay mit deiner Familie? Habt ihr schön gefeiert?«

»Alles gut«, antwortete er vage, »aber darüber will ich jetzt nicht reden.« Er nahm meine Hand. »Viel wichtiger ist doch: Wie geht es dir, was hast du gemacht, wie lange haben meine Pralinen gehalten …?«, fragte er scherzhaft. Wenn er wüsste, dass nicht ich, sondern Thomas die Pralinen gegessen hatte!

Ich wollte gerade antworten, als er hinzufügte: »Schade, dass wir nicht telefonieren konnten. Ich habe mehrmals versucht, dich zu erreichen, aber einmal ist die Verbindung plötzlich abgebrochen, und dann bin ich einfach nicht mehr durchgekommen. Meine Textnachrichten offenbar auch nicht.«

Ich nahm all meinen Mut zusammen und klappte gerade den Mund auf, um ihm reinen Wein einzuschenken, als er die Stirn runzelte und über meine Schulter schaute.

»Ich bin nicht ganz sicher, aber ich glaube, Shana Kennest kommt gerade auf uns zu.«

Ein eiskalter Schauer lief mir über den Rücken. »Wie bitte?« Ich drehte mich um, und tatsächlich: Da stand sie, leuchtend rote Haare, tonnenweise Mascara auf den langen Wimpern und ein schmaler Lidstrich, der ihre eiskalten blauen Augen zur Geltung brachte.

»Brauchst du etwas?«, fragte ich sie gereizt. Ich hatte schon genug Probleme mit Logan, da brauchte ich nicht auch noch Shana.

Sie warf mir einen durchtriebenen Blick zu. »In der Tat.«

Abwartend zog ich die Augenbrauen in die Höhe.

»Weißt du«, sie schüttelte den Plastikbecher in ihrer Hand, »ich habe mich gefragt, ob du Kokos magst.«

»Kokos?«

»Ja, Kokos. Magda, die Köchin, stellt mir immer einen Smoothie beiseite, aber heute ist es Kokos, und Kokos mag ich nicht besonders. Vielleicht möchtest du den Smoothie haben?«

Logan starrte sie verwirrt an. »Und warum hast du gerade an uns gedacht?«

»Wegen deines eher …«, sie warf ihm einen finsteren Blick zu, »… fragwürdigen Geschmacks.«

»Tut mir leid, aber bei Kokos muss ich mich … *kotzen.*« Ich wandte mich halb von ihr ab.

Aus dem Augenwinkel sah ich, wie Shana den Mund verzog. »Schade, dann muss ich das Zeug wohl wirklich wegschütten.« Sie schaute in den Becher, dann schüttete sie mir die milchige Flüssigkeit über die Beine. »Ups, was für eine Sauerei!« Gespielt entsetzt hielt sie sich die Hand vor den Mund.

Kochend vor Wut starrte ich auf ihre rot lackierten Fingernägel, unfähig, etwas zu sagen. Die kalte Flüssigkeit durchnässte den Stoff meiner Jeans und lief mir an den Beinen herab. Ich starrte auf die Flecken, während ihre Freundinnen amüsiert kicherten. Auch Logan schien wütend zu sein, doch er blieb stumm, als würde ihn irgendetwas daran hindern, mich zu verteidigen.

»Ich gebe dir einen guten Tipp«, sagte Shana. »Die Seife auf der Toilette wirkt Wunder. Wenn ich du wäre, würde ich das rasch auswaschen.« Damit warf sie den Becher zu Boden, schaute mich ein letztes Mal grinsend an und ging.

Ich starrte auf meine nassen, süßlich nach Kokos riechenden Jeans.

»Vanessa …« Logan beugte sich zu mir. »Warum hat sie das getan?«

Ich atmete tief durch und zwang mich, Logan in die Augen zu schauen. »Ich gehe jetzt auf die Toilette und wasche diese Flecken aus. Wenn ich zurück bin, tun wir so, als wäre nichts passiert.« Das Blut rauschte in meinen Ohren. Ich konnte einfach nicht verstehen, warum er mich mit keinem Wort verteidigt hatte.

Als ich am Waschbecken stand, hörte ich das Klappern von Absätzen auf dem Fliesenboden, dann schwang die Tür zur Toilette auf.

Shana trat ein und stellte sich vor die lange Reihe von Spiegeln, um ihren knallroten Lippenstift nachzuziehen.

Ich baute mich neben ihr auf. »Wieso bist du eigentlich so besessen von mir?«

Sie schaute mich einige Sekunden lang unbewegt an, dann brach sie in Gelächter aus. »Ich bin von dir nicht besessen!«

»Und warum quälst du mich dann so?«

»Weil es mir Spaß macht. Du bist der perfekte Zeitvertreib für öde Momente wie diese.« Sie presste die Lippen leicht zusammen. »Und um ehrlich zu sein, brauchte ich auch eine Ausrede, um mit dir zu reden. Unter vier Augen.«

»Und deshalb musstest du mich in aller Öffentlichkeit blamieren?«

»Ach, das war nur ein kleiner Bonus.«

»Was ist dein Problem?«, fragte ich. »Glaubst du wirklich, dass er zu dir zurückkommt, wenn du dich mit mir anlegst? Ist dir jemals in den Sinn gekommen, dass es nicht meine Schuld ist, dass er dich nicht will? Dass das Ganze auch ohne mich passiert wäre? Dass Äußerlichkeiten nicht ausreichen, wenn es an Hirn fehlt?«, stieß ich hervor.

Sie grinste abfällig.

»Du machst dir Illusionen, Schätzchen. Wie lange wird es wohl dauern, bis er wieder zu mir zurückkommt? Ich kenne Thomas, seitdem er seinen Fuß in diese Stadt gesetzt hat. Manchmal verlieren wir uns, das stimmt, aber schlussendlich kommt er immer zu mir zurück. Denn das, was ich ihm gebe, bekommt er von keiner anderen. Und ich rede nicht nur von Sex, sondern von viel mehr.«

Es war, als hätte sie mir ein Messer ins Herz gestoßen. Was bekam er von ihr, was ich ihm nicht gab?

»Ruhe, Clark. Er braucht Ruhe«, fuhr sie fort, als hätte sie mir die Frage vom Gesicht abgelesen. Ich blickte sie überrascht an.

Ein Wort. Vier Buchstaben. Und ich zerbröselte wie ein welkes Herbstblatt. Denn ich begriff. Ich begriff, was sie gerade gesagt hatte. Thomas brauchte Ruhe, und die konnte ich ihm nicht geben, weil ich für permanente Unruhe sorgte.

Meine Fragen riefen Unruhe hervor.

Meine Unsicherheiten riefen Unruhe hervor.

Meine Ängste riefen Unruhe hervor.

Sogar meine Neugier.

Und das alles mochte Thomas nicht.

Denn Thomas brauchte die Ruhe.

»Deshalb genieß ihn, solange du kannst, solange er es dir erlaubt, denn früher oder später kehrt er zu mir zurück. Er kommt immer zurück.«

Das war ein schwer zu verdauender Brocken. Wann würde er bemerken, dass er einen Fehler gemacht hatte? Wann wäre ich für ihn nur noch eine Last, wann wäre er meiner überdrüssig? Würde er Ruhe suchen und zu ihr zurückkehren?

Ich riss mich zusammen. »Ist das alles?«, wollte ich wissen.

»Nein.« Einen Moment lang verloren ihre Augen das hasserfüllte Blitzen, mit dem sie mich stets musterte.

»Dann raus damit, ich will noch meine Jeans trocken föhnen.«
Ich deutete auf die Handföhne neben den Waschbecken.

»Zuerst einmal möchte ich eines klarstellen: Glaub bloß nicht, dass sich die Dinge zwischen uns verändert hätten, nur weil ich dir das sage. Ich verachte dich und werde das auch weiterhin tun.«

»Kein Problem, das beruht auf Gegenseitigkeit.«

»Gut. Nachdem das geklärt ist, möchte ich dir nur sagen, dass du genauer hinschauen und darauf achten solltest, mit wem du dich abgibst.«

»Kannst du vielleicht etwas deutlicher werden?«

»Nein. Ich kann nur wiederholen, was meine Großmutter immer gesagt hat.« Sie drehte sich wieder zum Spiegel. »Sie meinte, auf der Welt gäbe es die Jäger und die Lämmer. Die Jäger sind intelligente Männer, die ihre eigenen Motive und Gefühle geschickt zu verschleiern wissen. Sie verbergen ihre böse, hinterhältige Seele hinter einer freundlichen Fassade. Die Lämmer dagegen sind freundlich, wehrlos und naiv. So naiv, dass sie die Fassade des Jägers nicht durchschauen und ihm erlauben, sich ihnen zu nähern. Doch in dem Moment, in dem sich ein Lamm in den Fängen des Jägers befindet, ist es … für immer verloren.«

Jetzt war ich noch verwirrter als zuvor. »Ich verstehe nicht …«

»Du«, sie sah mir direkt in die Augen, »bist ein Lamm, Clark. Und wenn du nicht aufpasst, landest du in den Fängen des Jägers, und dann bist du … verloren.«

Sie nahm ihre Handtasche vom Waschtisch, drehte sich um und verließ die Toilette. Ratlos blieb ich zurück und trocknete notdürftig meine Jeans. Was wollte sie mir damit bloß sagen?

Zurück in der Mensa, lief mir ein Schauer über den Rücken, dabei war mir gar nicht kalt und die Mensa der definitiv wärmste Ort auf dem gesamten Campus. Ich ignorierte mein Unbehagen, nahm all meinen Mut zusammen und ging zurück zu Logan, der immer noch angespannt und mit gesenktem Kopf an unserem Tisch saß.

Als ich nur noch wenige Schritte von ihm entfernt war, sprang er auf und legte mir die Hände auf die Schultern. »Mein Gott, da bist du ja wieder. Ich habe mir Sorgen gemacht, ich dachte schon, du wärst gegangen!«

»Nein, ich hatte nur Besuch«, erklärte ich ihm kurz und knapp.

Logan sah mich überrascht an. »Auf der Toilette? Was für einen Besuch?« Er setzte sich wieder.

Auch ich setzte mich. »Wer wohl? Shana musste meine öffentliche Demütigung feiern.« Ich verspürte einen Stich im Herzen. Wie in Endlosschleife hörte ich ihre gehässige Stimme: *Er kommt immer zurück.*

»Was wollte sie?«, fragte Logan mit einem seltsamen Anflug von Nervosität.

Ich wollte ihm gerade die eigenartige Geschichte von den Jägern und Lämmern erzählen, doch irgendetwas hielt mich davon ab. Was immer sie mir damit sagen wollte, ging nur mich etwas an. Ich konnte nicht erklären, warum, aber ich beschloss, ihm nichts davon zu erzählen.

»Mich weiter verletzen«, erklärte ich ausweichend.

»Sonst hat sie nichts gesagt?«, drängte er. Ich sah, wie er unruhig mit den Füßen wippte.

»Was hätte sie denn sagen sollen? Gibt es etwas, was ich nicht weiß?«

»Nein, es tut mir bloß leid, dass sie dich so behandelt.« Er lächelte. »Am besten, du redest gar nicht mehr mit ihr. Was wolltest du mir vorhin sagen?« Ich schaute ihn ratlos an. »Bevor Shana kam, wolltest du mir etwas sagen«, half er mir auf die Sprünge.

Ach ja, mein Geständnis. Ich räusperte mich und starrte auf das Papier, in das die Rosen eingewickelt waren. Der Moment der Wahrheit war gekommen, und obwohl ich mich dafür hasste, musste ich es jetzt tun.

Ich seufzte. »Hör mal, Logan ... ich muss dir etwas sagen.«

Sein erwartungsvoller Gesichtsausdruck machte die Situation nur noch komplizierter.

»Ja?«

»Also, ich bin in vielen Dingen nicht gut, deshalb weiß ich nicht genau, wo ich anfan- ...«

Dieses Mal wurden wir von seinem Handy unterbrochen. Logan zog das Telefon aus der Tasche, las die Nummer und verzog das Gesicht.

»Entschuldige, aber da muss ich drangehen.«

»Sicher, mach nur.« Ob ich es heute wohl noch schaffen würde, mit ihm zu reden?

»Mike, ich bin beschäftigt, was gibt's? Ja ... machst du Witze? Kannst du nicht deinen Bruder anrufen? Oh, jetzt komm schon.« Er wischte sich aufgebracht übers Gesicht. »Gut, ja, ich habe verstanden. Ich komme. Ich fahre gleich los.« Er legte auf und schüttelte den Kopf.

»Alles okay?«, fragte ich.

»Nein, ein Freund hat eine Autopanne vor der Stadt und mich gebeten, ihn abzuholen.« Er steckte das Handy ein und stand auf. »Ist das in Ordnung für dich?«

Ich stand ebenfalls auf. »Selbstverständlich, kein Problem.«

»Lass uns ein andermal weiterreden.« Er warf einen Blick auf die Uhr. »Wollen wir heute Abend zusammen essen?«

Ich schaute auf das Tablett mit dem verunglückten Caesar Salad und dann zu Logan. Es würde meinem schlechten Gewissen bestimmt guttun, wenn wir das Gespräch in einem privateren Rahmen fortsetzen würden, also nickte ich. Es wäre das Beste, die Sache so schnell wie möglich klarzustellen.

»Ich bestelle einen Tisch im Restaurant, in einer Stunde kann ich dich abholen.«

Im Restaurant? Auf keinen Fall! Das war nicht der richtige Ort, um jemanden zu verlassen. Auch wenn Logan und ich im Grunde nie zusammen gewesen waren.

»Ähm ... ehrlich gesagt, wäre mir ein ruhigerer Ort lieber. Wenn das für dich okay ist. Außerdem habe ich einen anstrengenden Tag hinter mir und möchte nicht, dass es zu spät wird.«

»Kein Problem, dann treffen wir uns bei mir und bestellen eine Pizza, okay?«

Diese Vorstellung erschien mir noch unpassender, aber ich hatte keine Alternative.

»Gut. Dann warte ich hier auf dich.«

»Bis gleich.« Er nahm die Rosen vom Tisch und drückte sie mir in die Hand. Dann hob er mein Kinn an, sagte: »Lauf nicht weg« und küsste mich ein wenig zu lange auf die Wange.

Alles in mir sträubte sich gegen seine Berührung, aber ich wollte nicht unhöflich sein, also räusperte ich mich und erwiderte mit einem freundlichen Lächeln: »Keine Sorge, ich laufe nicht weg.«

Logan zwinkerte mir zu und ging. Ich schaute ihm nach – und sah Thomas, der, die Arme vor der Brust verschränkt, umringt von ein paar Jungs aus seiner Mannschaft, zu mir herübersah. Der Blick, den er mir zuwarf, war eisig.

Oh Gott, Thomas.

Seit wann stand er schon dort?

Kapitel 41

Sein Blick ließ mich erstarren. Thomas hielt den Kopf leicht geneigt und fixierte die Rosen in meiner Hand, dann meine Wange, die Logan gerade erst geküsst hatte. Erst danach sah er mir in die Augen.

War er schon da gewesen, als Logan mich geküsst hatte? Oder als Shana den Saft über mich geschüttet hatte? Hoffentlich nicht. Er hätte doch sicher etwas unternommen, oder nicht? Auch wenn er sich damit gegen die Frau gestellt hätte, zu der es ihn immer wieder zurückzog?

Ja, er hätte mich verteidigt, da war ich mir ganz sicher.

Mit wenigen Schritten war Thomas bei mir. Er musste nichts sagen, ich wusste auch so, wie aufgewühlt er war.

»Was zur Hölle hast du mit ihm gemacht?«, schnauzte er mich an.

»Thomas …«, flüsterte ich in dem kläglichen Versuch, ihn zu beruhigen.

»Was. Hast. Du. Mit. Ihm. Gemacht?«, wiederholte er jedes einzelne Wort.

Ich schaute mich unbehaglich um. »Können wir woanders reden?« Er sah mich schweigend an, dann riss er mir die Rosen aus der Hand und eilte zum Ausgang der Mensa. Ich folgte ihm. Ehe ich etwas dagegen tun konnte, lagen die Rosen auch schon im Mülleimer. Ich wollte ihm Vorwürfe machen, wusste aber, dass wir uns dann streiten würden. Und genau das wollte ich vermeiden.

Ich rannte ihm hinterher über den Flur, bat ihn, stehen zu bleiben, aber er schenkte mir nicht die geringste Beachtung. Am Ende des Flurs bog er nach rechts ab, dann ging er die Treppe hinunter in einen kleinen düsteren Raum, der normalerweise für Gruppenarbeiten genutzt wurde. Hier gab es keine Fenster, eine einzelne Deckenlampe sorgte für spärliches Licht. An der Wand rechts neben der Tür standen ein Getränke- und ein Snackautomat, in der Mitte ein runder Tisch, an der Rückwand konnte ich ein kleines Bücherregal ausmachen. Thomas zog sich eine Flasche Wasser, goss den Inhalt in einen Becher und stellte ihn auf den Tisch, dann ließ er sich auf einen Stuhl fallen. Ich blieb stehen und bereitete mich innerlich auf das vor, was mich erwartete.

»Du bist nass«, bemerkte er und trank einen Schluck Wasser.

»Was?«, fragte ich verwirrt.

Er begutachtete die feuchten Flecken auf meiner Hose. »Du bist nass, und draußen ist es kalt.«

Ich blickte verlegen an mir hinunter. »Oh ja, also ... das ist eine lange Geschichte.«

»Ich brenne darauf, sie zu hören.«

»Ich möchte nicht darüber reden.«

Er lächelte bitter, aber ich hatte nicht den Mut, ihm von Shana zu erzählen, es wäre einfach zu demütigend. Ich hätte mich wehren müssen, hätte sie vor den anderen zur Rede stellen müssen, aber das hatte ich nicht getan.

»Dann erzähl mir, warum du mit Fallon in der Mensa gesessen hast und nicht zum Arbeiten im Marsy warst.«

Seufzend schloss ich die Tür hinter uns und setzte mich ihm gegenüber. »Weil Derek meine heutige Schicht gegen eine Doppelschicht am Samstag getauscht hat.«

»Warum hast du mir das nicht gesagt?«

Ich sah ihn entgeistert an. »Ich muss dir doch nicht sagen, wie Derek meine Schichten plant! Außerdem hattest du Training, und ich wollte dich nicht stören.« Thomas starrte auf seine geballte Faust, die zwischen uns auf dem Tisch lag. »Wie lange warst du schon da?«, fragte ich schließlich zögernd.

»Seit einer Weile.«

»Was hast du gesehen?«

»Genug.«

»Was meinst du mit ›genug‹?«

»Neulich hast du mich gebeten, bis zehn zu zählen, bevor ich ausraste, und ich habe geantwortet, dass zehn zu viel wäre, ich mich aber anstrengen und bis drei zählen würde. Für dich. Nur für dich.« Die Frustration in seiner Stimme versetzte mir einen Stich. »Willst du wissen, wie weit ich gekommen bin?«

»Thomas, ich wusste nicht, dass er heute zurückkommt … Ich wollte ihm sagen, dass ich mich nicht mehr mit ihm treffen werde, aber dann … ist etwas dazwischengekommen, und als ich es ein zweites Mal versucht habe, hat sein Handy geklingelt, und er musste weg …« »*Wann* sagst du es ihm?«, wollte er wissen.

»Heute Abend.«

»Heute Abend?« Seine Faust zuckte. Ich nickte. »Und wann genau?«

»In ungefähr einer Stunde. Ich treffe mich mit ihm im Wohnheim.«

Sein Gesichtsausdruck wurde so finster, dass ich fürchtete, er würde jeden Moment explodieren. »Die Antwort lautet Nein«, sagte er nach einem kurzen, spannungsgeladenen Schweigen.

Ich blinzelte. »Wie bitte?«

»Du wirst dich nicht mit ihm im Wohnheim treffen, und ganz sicher wirst du nicht sein Zimmer betreten.«

»Herrgott, wir wollen doch nur Pizza essen und reden!«

»Das ist mir scheißegal!.« Er sprang auf und stieß dabei den Becher um. »Du bleibst nicht mit ihm allein.« Er zog sein Handy aus der Hosentasche, warf es mit Schwung auf den Tisch und deutete darauf. »Ruf ihn an und sag ihm das. Jetzt.«

»Nein«, entgegnete ich entschlossen.

»Nein?« Er starrte mich ungläubig an.

»Ich habe nicht vor, mich am Telefon von ihm zu trennen. Das hat er nicht verdient. Und außerdem weiß ich nicht, warum ich dich um Erlaubnis bitten sollte. Du hast kein Recht, mir zu sagen, was ich zu tun und zu lassen habe. Wir sind nicht mal in einer *Beziehung*, Thomas!«

Er schüttelte den Kopf, legte die Hände auf den Tisch und beugte sich zu mir vor. »Ich will nicht, dass du zu ihm gehst.«

Auch ich beugte mich vor und antwortete mit der gleichen Entschlossenheit: »Und ich will nicht, dass du über mich bestimmst. Ob es dir passt oder nicht, ich gehe zu Logan, mehr gibt es dazu nicht zu sagen.«

»Verdammt noch mal!« Er schlug mit der Faust auf den Tisch. »Warum musst du alles so kompliziert machen?« Schon wieder diese Frage, aber diesmal machte sie mich wütend.

»Ich und kompliziert? Dir ist schon klar, dass du derjenige bist, der die ganze Sache aufbauscht?«

»Ich mache mir eben Sorgen um dich!«

»Dafür gibt es keinen Grund!«

Thomas atmete hörbar ein. Nachdem er einen Moment lang geschwiegen hatte, sagte er in ruhigerem Ton: »Ich vertraue ihm nicht, Ness.«

»Ich schon.«

»Du vertraust jedem.«

»Das ist nicht wahr.«

»Stimmt. Jetzt, da du es sagst, wird mir klar, dass ich der Einzige bin, dem du nicht vertraust.«

Ich zuckte zusammen. Als ich ihm im Baumhaus gesagt hatte, dass ich ihm nicht traute, war das die Wahrheit gewesen. Aber wie konnte er glauben, dass das noch immer galt, nach alldem, was inzwischen passiert war?

»Tut mir leid, Thomas. Logan hat mich immer gut behandelt. Kannst du das auch von dir behaupten?« Zu spät wurde mir klar, dass meine Worte abfälliger klangen als beabsichtigt.

»Ist das dein Ernst?«, fragte er verärgert. Es tat mir leid, dass ich ihn verletzt hatte, aber auch er hatte mich während der vergangenen zwei Monate oft genug verletzt.

»Ja, ist es.«

Er schnaubte. »Weißt du, was? Heute Abend ist eine Party bei Matt. Ich wollte eigentlich nicht hingehen, ich hatte andere Pläne, Pläne mit dir. Aber schlussendlich bist du mir dann doch nicht so wichtig.« Er zuckte mit den Schultern. »Deshalb gehe ich vielleicht doch hin, und vielleicht nehme ich auch ein Mädchen mit aufs Zimmer.« Er sah mich böse an. »Aber natürlich nur, um zu reden.«

Ich war wie versteinert. Um nicht in Tränen auszubrechen, biss ich mir fest auf die Lippe. Es dauerte eine Weile, bis ich die Kraft fand, voller Verachtung zu erwidern: »Du musst nicht solche billigen Spielchen mit mir spielen, Thomas. Wenn du eine andere vögeln willst, dann tu es einfach.« Langsam stand ich auf und hielt nur schwer dem tödlichsten und gleichzeitig bezauberndsten Blick der Welt stand, den er mir zuwarf. »Und nur fürs Protokoll: Du hast mich verletzt. Mal wieder.« Plötzlich hatte ich das Gefühl, keine Luft mehr zu bekommen. Auf wackeligen Beinen ging ich zur Tür, doch als ich sie öffnen wollte, verstellte Thomas mir den Weg.

»Du verlässt diesen Raum nicht.«

»Du willst mich mit Gewalt hier festhalten?«

»Wenn es sein muss, ja.«

Ich schüttelte den Kopf und spürte, wie sich meine Resignation in Wut verwandelte. »Was zum Teufel willst du von mir, Thomas Collins?«, schrie ich ihn an.

»Dass du mir zuhörst!«, brüllte er und schlug so heftig gegen die Tür, dass ich zusammenfuhr. Als ihm klar wurde, dass er es übertrieben hatte, legte er erschöpft die Stirn auf meine Schulter und versuchte, die Fassung wiederzugewinnen. »Ness, ich will nicht mit dir streiten. Bei dir will ich nicht so sein.«

»Und doch passiert es immer wieder«, murmelte ich unter Tränen.

»Ich kann meine Gefühle nur schwer unter Kontrolle halten, vor allem, wenn es um dich geht. Ich wüsste gern, wie man das macht. Ich wünschte, ich wäre nicht immer so ...« Er verstummte, als könnte er nicht die richtigen Worte finden.

»Wie?« Ich schluckte und starrte auf die Tür.

»Wütend«, sagte er leise, »immer so wütend.«

»Und warum bist du es dann?«, fragte ich flüsternd.

»Wegen vieler Dinge, Ness.« Seine Hände glitten seitlich an meinem Körper hinab bis zur Taille. Er drückte mich fest an sich. »Du kannst die Wut manchmal stillen. Aber manchmal lässt du sie auch bis zum Äußersten anschwellen. Weißt du, was seltsam ist? Als ich dich zum ersten Mal gesehen habe, dachte ich, du wärst ein kleines Mädchen ohne Rückgrat. Stattdessen bist du eine ungezähmte und dickköpfige Frau, die mich wahnsinnig macht.«

»Das tut mir leid«, stammelte ich. Seine Hände, die meine Hüften streichelten, und das wunderbare Gefühl, dass seine Lippen meiner Haut ganz nah waren, brachten mich um den Verstand.

»Warum?« Thomas streichelte mir über den Rücken, dann schob er meine Haare zur Seite und entblößte meinen Hals. Mein Herzschlag beschleunigte sich.

»Weil ich deine Erwartungen enttäuscht habe«, sagte ich kaum hörbar.

Thomas küsste meine pulsierende Halsschlagader, liebkoste mit der Zunge meine Haut. Ein Zittern lief durch meinen Körper, doch plötzlich klingelte mein Handy.

Ich zuckte zusammen, zog es aus der Tasche und warf einen Blick aufs Display. Logan. »Ich muss gehen«, sagte ich und versuchte mich von ihm zu lösen – vergeblich. Thomas hielt meine Hüfte noch fester und schob sein Becken gegen meins.

»Thomas, nicht ...«, flehte ich fast wie in Trance.

Er biss mir in den Hals, ich stöhnte leise auf.

»Logan wartet.« Heißes Verlangen durchflutete mich.

»Dann lass ihn warten.« Seine Zunge bewegte sich langsam und entschlossen. Er saugte voller Leidenschaft. Ich wimmerte leise. Thomas umfasste meinen Nacken, seine Küsse wurden immer leidenschaftlicher, es kribbelte in meinem Bauch, zwischen meinen Schenkeln kündigte sich ein Pochen an. Bis mir klar wurde, was er da tat.

Ich schob ihn so ungehalten von mir, dass er kurz ins Schwanken geriet. »Hast du mir einen Knutschfleck gemacht?«, fragte ich und fasste an die feuchte und sicher bläulich verfärbte Stelle.

Er grinste breit. »Sicher. Was dachtest du denn?«

Ich riss die Augen auf. »Du hast mir einen *Knutschfleck* gemacht, gerade jetzt, wo ich zu Logan gehe!« Das hinterhältige Grinsen auf seinem Gesicht machte deutlich, dass dies von Anfang an sein Plan gewesen war. Er hatte ein Zeichen hinterlassen wollen, dass ich ihm gehörte! Was für ein besitzergreifender Mistkerl!

»Sieh es als Aufforderung an, diese Geschichte so schnell wie möglich zu beenden.«

»Du bist wirklich unmöglich, Thomas«, schimpfte ich, was ihn nur wenig zu beeindrucken schien, denn er nahm mein Kinn zwischen Daumen und Zeigefinger und drückte mir einen Kuss auf die Lippen. »Du hast recht, ich bin unmöglich. Aber ich will, dass du an mich denkst, wenn du ihm den Laufpass gibst.«

»Zum Teufel mit dir, Thomas, das meine ich ernst!« Verärgert verließ ich den kleinen Raum und schlug die Tür hinter mir zu. Einen Moment später vibrierte mein Handy erneut: Logan bat mich, ihn im Aufenthaltsraum seines Wohnheims zu treffen. Ich bog um die Ecke, stieg die Treppe hinauf, löste nervös meinen Zopf und versuchte, den Knutschfleck unter meinen Haaren zu verbergen.

Kapitel 42

Als ich dort ankam, unterhielt sich Logan gerade mit einem Kommilitonen, der mit Tiffany zusammen Kriminologie studierte. Obwohl er mit dem Rücken zu mir stand, sah ich die zwei Pizzakartons in seinen Händen. Eben noch hatte ich Hunger, jetzt war mein Magen wie zugeschnürt.

»Hey, da bin ich.« Logan strahlte mich an, seine Augen leuchteten begeistert auf, was meine Schuldgefühle verschlimmerte.

»Endlich!«, rief er freudig. »Vanessa, das ist Mike, Mike, das ist Vanessa!«

Ich streckte Mike die Hand entgegen, und wir begrüßten uns. Er entschuldigte sich bei mir, dass Logan mich so lange allein lassen musste, aber ich winkte ab.

»Wo hast du die Rosen gelassen?« Logans Frage traf mich völlig unvorbereitet.

»Die Rosen?«, wiederholte ich. »I… ich wusste nicht, wie lange du brauchen würdest, und wollte nicht, dass sie welk werden, deshalb habe ich eine Freundin gebeten, sie in ihrem Zimmer in eine Vase zu stellen.«

»Oh, gut. Wie du siehst, hat es gar nicht so lange gedauert. Wenn du willst, können wir sie holen.«

»Nein, sie ist im Moment nicht da, sie gibt sie mir morgen.« Ich hätte mich wegen dieser ganzen Lügen am liebsten selbst geohrfeigt. Zum Glück schaltete sich Mike ein.

»Wenn ihr noch länger wartet, wird die Pizza kalt. Danke noch mal, Kumpel!«

»Keine Ursache«, erwiderte Logan, legte mir den Arm um die Taille und führte mich zu seinem Zimmer, das sich ebenfalls im dritten Stock befand.

Logan sperrte die Tür auf, und wir traten ein. Obwohl die Heizung lief, wurde mir eiskalt. Alles hier war mir fremd. Und aus irgendeinem mir unerfindlichen Grund hatte ich das beunruhigende Gefühl, mit der falschen Person am falschen Ort zu sein.

Ich schüttelte den Kopf, um den Gedanken zu vertreiben. Ich wollte mich von Thomas' Andeutungen nicht beeinflussen lassen.

»Ich wusste nicht, was du gern isst, deshalb habe ich zwei Mal Margherita genommen«, sagte er, stellte die Pizzakartons auf den Tisch und zog die Schuhe aus.

»Das passt, keine Sorge.« Ich lächelte. Logan holte Besteck und schnitt unsere Pizzen. Ich blieb im Zimmer stehen, ohne genau zu wissen, was ich tun sollte.

»Willst du fernsehen?«

Als ich zustimmte, schaltete er den Fernseher an, setzte sich mit der Pizza auf den Teppich und lud mich ein, neben ihm Platz zu nehmen. Wir schauten eine Wiederholung von *America's Got Talent* und aßen. Oder besser: Er aß, und ich starrte abwesend auf den Bildschirm, während ich in Gedanken bei Thomas war. Hoffentlich ging er nicht zu dieser Party und schleppte Shana ab.

Er kommt immer zurück …

»Hast du denn gar keinen Hunger?«, fragte Logan nach einer Weile und musterte mich besorgt.

»Oh, ähm«, ich schob meine Haare zur Seite und passte auf, dass Thomas' Knutschfleck bedeckt war, »um ehrlich zu sein, habe ich gar keinen Hunger.«

»Magst du keine Margherita?«

»Nein, die Pizza ist okay, aber … ich fühle mich nicht so gut.«

Er runzelte die Stirn. »Brauchst du etwas?« Er wollte aufstehen, aber ich hielt ihn zurück.

»Nein, ich brauche nichts.«

Ich war mir sicher, dass es gegen das, was mich quälte, kein Medikament gab.

»Willst du mir nicht endlich sagen, was los ist? Seit meiner Ankunft bist du total seltsam. Habe ich vielleicht etwas falsch gemacht?«

Ich seufzte. »Nein, absolut nicht. Du hast überhaupt nichts falsch gemacht.«

»Was ist es dann?«

»Logan …« Ich legte die Gabel auf den Karton und wandte mich zu ihm. »Es ist etwas passiert, als du weg warst.«

Er runzelte die Stirn. »Was denn?«

Ich schaute betreten zu Boden und schluckte, dann fuhr ich mir mit den Händen übers Gesicht und stieß hervor: »Du wolltest wissen, ob wir offiziell ein Paar sind, wenn du zurückkommst, erinnerst du dich?«

»Ach, darum geht's. Hast du etwa kalte Füße bekommen?« Er streichelte mir über die Hand.

»Nein.« Ich zog die Hand weg, holte tief Luft und zwang mich, weiterzusprechen. »Glaub mir, ich möchte dich wirklich nicht verletzen, aber du verdienst, dass ich ehrlich zu dir bin.«

»Okay …«

»Ich kann nicht mit dir zusammen sein, Logan. Ich kann nicht, weil … ich nicht dieselben Gefühle für dich habe wie du für mich.«

Er schwieg einen Moment und starrte mich perplex an. »Du machst Schluss?« Ich nickte. Das war das Einzige, was ich in die-

sem Moment zustande brachte. »Wow ....« Er starrte mich ungläubig an, dann sagte er leise: »Ich hätte es mir denken können ... Du hast nicht angerufen, bist nicht ans Telefon
gegangen ... Es lag nicht an den Handys, oder?«

»Es tut mir wirklich leid.«

Er schien über etwas nachzudenken. »Aber das ist nicht alles,
oder?«

»Was meinst du damit?«

»Machst du Schluss, weil du nichts für mich empfindest oder
weil es einen anderen gibt?«

Ich schwieg lange, bevor ich antwortete. *Sei ehrlich, Vanessa.*
»Ja, Logan, es gibt einen anderen.«

Er lachte bitter, dann sagte er resigniert: »Thomas.«

Ich nickte und versuchte seinen Gesichtsausdruck zu deuten:
Verständnis, Trauer und Zorn. Viel Zorn.

»Bist du mit ihm zusammen?«

»Nein«, antwortete ich rasch.

»Nein?«

»Das heißt, eigentlich ja. Es ist kompliziert.«

»Bist du seine Freundin, ja oder nein?«, fragte er gereizt.

»Nein.«

»Gut.«

Ich blinzelte verwirrt. »Gut?«

»Vanessa, du gefällst mir, und ich möchte mit dir zusammen
sein. Und deshalb muss ich warten, bis du verstehst, dass Thomas
nicht der Richtige für dich ist. Und das werde ich tun.« Er strich
mir sanft über die Wange, aber ich wich zurück.

»Hast du nicht gehört, was ich gerade gesagt habe?«

»Ja, das habe ich, aber ehrlich gesagt ist es mir egal. Gefühle
lassen sich nicht erzwingen, aber meine Gefühle für dich sind so
stark, dass ich nicht aufgeben werde.«

»Vielleicht solltest du das lieber tun«, gab ich verunsichert zurück.

»Willst du das denn?«

»Ich will keine Schwierigkeiten. Und wenn du mich nicht loslässt, wird es welche geben, das versichere ich dir.«

»Du machst also mit mir Schluss, weil du dir Sorgen um mich machst, und nicht, weil du es wirklich willst?«, fragte er mit einem manipulativen Unterton. *Sorgen?* Ja, sicher. Ein Teil von mir machte sich Sorgen, aber glaubte er wirklich, dass das der Grund für meine Entscheidung war?

»Glaubst du, ich habe Angst vor Thomas?«, fragte ich.

»Ich weiß sehr wohl, dass er total durchgeknallt ist und wegen einer Kleinigkeit ausrasten kann. Ich könnte es dir nicht verdenken, wenn du eingeschüchtert wärst. Du bist nur ein weiteres der bedauernswerten Opfer, die ihm in die Falle gegangen sind. Er setzt dich unter Druck, obwohl du mit ihm nicht glücklich bist. Mit mir wäre das anders. Mit mir könntest du glücklich sein und alles haben, was …«

»Du liegst falsch, Logan«, unterbrach ich ihn. »Mit Angst hat das nichts zu tun. Ich möchte nicht mit dir zusammen sein, weil meine Gefühle für ihn stärker sind als alles andere. Weil ich ihn an meiner Seite haben möchte. Ihn und niemand anderen. Es tut mir wirklich leid, wenn ich dich verletzt habe, aber sprich nie wieder so über ihn, denn du kennst ihn überhaupt nicht.« Ich stand auf, griff nach meiner Tasche, zog meine Converse an und ging zur Tür.

»Vanessa, warte.« Logan stand ebenfalls auf und folgte mir. »Bitte sei nicht sauer. Ich bin gerade ziemlich durcheinander, okay? Immerhin hast du mir gerade gesagt, dass du lieber mit ihm zusammen sein möchtest als mit mir. Bitte bleib und iss wenigstens mit mir zu Abend. Ohne Groll.«

»Es ist spät, Logan. Ich habe gesagt, was es zu sagen gab, es macht keinen Sinn, noch länger zu bleiben.«

»Ich kann dich nach Hause bringen, kein Problem, aber bitte lass mich jetzt nicht allein. Bitte, ich fühle mich schrecklich verlassen!« Er schaute mich verzweifelt an.

»Logan ...«, sagte ich unsicher. Es stimmte mich traurig, ihn so zu sehen, aber ich wollte ihm auch keine falschen Hoffnungen machen, indem ich blieb.

»Bitte«, flehte er noch einmal.

Ich seufzte und stellte meine Tasche wieder ab. »Gut, ich bleibe, aber nur einen Moment. Und ich möchte nicht über Thomas reden.«

Er nickte. »Wie du willst.«

Ich ging zu einem der Sessel vor dem Fernseher und setzte mich. Logan setzte sich in den zweiten Sessel daneben. Wir schauten fern, und nach einer Weile des Schweigens entspannte sich die Situation wieder. Logan kochte mir einen Ingwertee, dann erzählte er mir von seiner Familie und wie es zu Hause gewesen war. Ich erfuhr, dass seine Mutter eine berühmte Anwältin und sein Vater Richter war. Er hatte keine Geschwister und fuhr oft nach Hause, um seine Eltern zu unterstützen. Die Zeit verging, und ohne es richtig zu merken, wurde ich von einer unerklärlichen Müdigkeit überwältigt und schlief schließlich ein.

Zuerst glitt ich in einen merkwürdigen Dämmerzustand. Wann genau ich eingeschlafen war, wusste ich nicht, doch irgendwann schreckte ich hoch, weil jemand an die Tür hämmerte und immer wieder voller Sorge meinen Namen rief. Ich wollte antworten, doch meine Zunge war wie gelähmt.

»Ness, mach die Tür auf!« Thomas. Es war Thomas, der nach mir rief. Mit Mühe gelang es mir, die Augen zu öffnen, aber ich konnte nichts sehen. Ich blinzelte, versuchte, etwas zu fixieren, irgendetwas, aber die Dunkelheit, die mich umgab, machte das unmöglich. Wo war ich? Warum rief Thomas meinen Namen, und warum lag ich in einem fremden Bett? Offenbar hatte ich geschlafen. Voller Panik setzte ich mich auf und taumelte aus dem dunklen Zimmer. Logan saß im Sessel im Wohnzimmer und schaute fern. Warum hatte er mich schlafen lassen und nicht nach Hause gebracht, wie er es versprochen hatte?

»Logan.« Als er meine Stimme hörte, schreckte er auf. »Was mache ich hier? Warum bin ich in deinem Bett aufgewacht?«

»Du bist auf dem Sofa eingeschlafen. Das sah so unbequem aus, dass ich dich ins Bett gebracht habe«, antwortete er seelenruhig.

Thomas hämmerte weiter gegen die Tür und rief nach mir.

»Wieso machst du nicht auf, verdammt noch mal?«

Ich zog das Handy aus der Hosentasche und stellte fest, dass es fast zwei Uhr war. Thomas hatte mich unzählige Male angerufen, und jetzt war er hier, so wütend wie nie zuvor. Anscheinend hatte er allen Grund dazu. Auf wackligen Beinen ging ich zur Tür und hörte, wie hinter mir der Sessel knarrte: Logan folgte mir und stellte sich zwischen mich und die Tür.

»Du kannst jetzt nicht gehen«, sagte er mit derselben unheimlichen Ruhe wie zuvor.

»Ich schwöre dir, wenn du nicht binnen drei Sekunden die Tür aufmachst, trete ich sie ein«, brüllte Thomas.

Logan sah mich eine gefühlte Ewigkeit an, dann trat er zur Seite. Ich öffnete die Tür, Thomas schoss an mir vorbei, packte Logan am Kragen und knallte ihn gegen die Wand. »Was zum Henker hast du mit ihr gemacht?«, schrie er und legte die Hände um seine Kehle.

»Ich … habe g… gar nichts gemacht«, brachte Logan mühsam hervor.

»Thomas, lass ihn los! Du schnürst ihm die Luft ab!« Ich versuchte, ihn wegzuziehen, aber Thomas schüttelte mich ab, ballte die rechte Hand zur Faust und schlug Logan so hart ins Gesicht, dass der mit blutender Nase zu Boden sackte.

»Wenn du ihr auch nur ein Haar gekrümmt hast, bist du tot.« Er trat ihm in den Magen, packte ihn an den Haaren und zog ihn hoch. »Tot«, wiederholte er. Dann ließ er ihn los, warf mich über die Schulter und trug mich in sein Apartment.

»Glotzt nicht so blöd!«, schnauzte er die anderen Bewohner an, die wegen des Tumults aus ihren Zimmern gekommen waren.

In seinem Apartment angekommen, schloss er die Tür, setzte mich ab und schlug mit der Faust gegen die Wand.

»Vanessa, was in deinem Kopf funktioniert eigentlich nicht?«, brüllte er mich unbeherrscht an.

Ich fuhr mir mit den Händen durchs Haar und starrte ihn fassungslos an.

»Thomas, du hast jedes Recht …«

»Ich habe jedes Recht auf was? Sauer zu sein? Wütend? Aufgebracht? Ich bin mehr als das, ich bin außer mir, verdammte Scheiße! Ich habe stundenlang versucht, dich anzurufen!« Seine Halsschlagader pulsierte.

»Ich habe das Telefon nicht gehört, ich … ich bin eingeschlafen und …«

Er hielt inne und durchbohrte mich mit seinem Blick. »Du bist *was*?«

Ich schluckte. »I… ich bin eingeschlafen«, stammelte ich und schob mir nervös die Haare hinter die Ohren. »Ich habe keine Ahnung, wie das passieren konnte. Plötzlich war ich sehr, sehr müde und bin irgendwie weggedämmert.«

Er starrte mich entsetzt an, dann sagte er: »Das war das letzte Mal, dass du ihn getroffen, mit ihm geredet, ihn gegrüßt hast.

Von jetzt an wirst du einen weiten Bogen um ihn machen. Hättest du auf mich gehört, wäre die ganze Scheiße nicht passiert.«

»Thomas, du musst mir glauben, er hat mir nichts getan, wirklich nicht.«

»Ach nein? Verdammt noch mal, Vanessa, so naiv kannst selbst du nicht sein!«

Thomas hatte recht. Ich hatte einen Fehler gemacht. Es war falsch gewesen, zu Logan zu gehen, bei ihm zu bleiben.

»Ich bringe dich jetzt nach Hause.«

Ich starrte ihn an. »Was? Nein.«

»Das war keine Frage«, antwortete er barsch.

Ich schüttelte den Kopf. »Ich will nicht nach Hause.« Ich wollte bei ihm bleiben, ihn beruhigen, die Sache aufklären und in seinen Armen einschlafen, eingehüllt in seinen Duft und seine Wärme.

»Ich will dich nicht bei mir haben.« Sein kalter, distanzierter Tonfall ließ mich erschaudern.

»Thomas«, flehte ich verzweifelt.

»Komm.« Noch bevor ich reagieren konnte, hatte er sich den Schlüsselbund vom Küchenschrank geschnappt und war aus dem Zimmer geeilt.

Er verfrachtete mich in den schwarzen SUV und raste mit überhöhter Geschwindigkeit über den Asphalt. Als wir bei mir zu Hause ankamen, ließ er den Motor laufen, lehnte sich über mich und stieß die Beifahrertür auf. Ich stieg aus, wischte mir die Tränen von den Wangen und schlug die Tür zu. Ohne einen letzten Blick verschwand er in der Nacht.

Playlist zum Buch

»Happiness is a Butterfly« – Lana Del Rey
»Ghost of You« – 5 Seconds of Summer
»Back to You« – Selena Gomez
»Half A Man« – Dean Lewis
»The Hills« – The Weeknd
»Cradles« – Sub Urban
»Numb« – Dotan
»Forever« – Labrinth
»Paralyzed« – NF
»Words« – Skylar Grey
»In My Veins« – Andrew Belle feat. Erin McCarley
»Don't Deserve You« – Plumb
»Exile« – Taylor Swift, Bon Iver
»Messages From Her« – Sabrina Claudio
»Helium« – Sia
»Twisted« – Two Feet
»Mount Everest« – Labrinth
»Never Say Never« – The Fray
»You Say« – Lauren Daigle
»Are You With Me« – nilu

TRIGGERWARNUNG

(ACHTUNG SPOILER!)
Dieses Buch enthält potenziell triggernde Inhalte zu folgenden
Themen: Gewalt, Sexismus, Drogenkonsum, Alkoholkonsum.

Dank

Wir sind am Ende des ersten Teils angekommen, der nur der Auftakt für das nächste Kapitel dieser Geschichte ist. Ihr ahnt vielleicht, dass wir bis jetzt gelacht, gescherzt und es auch mit ein paar romantischen Gefühlen zu tun hatten, die Dinge sich in Zukunft aber dramatisch verändern werden. Travis wird dabei das geringste Problem sein.

Bevor ich mich verabschiede, möchte ich mich bedanken. Als Erstes bei meiner Familie für ihre Geduld, wenn ich mich mal wieder in eine dunkle Ecke verzogen und die Zeit vergessen habe. Und natürlich bei Sofia Mazzanti, der »Tante« der *Better*-Trilogie wie auch der ersten Frau vom Fach, die an dieses Projekt geglaubt hat, als es noch in den Kinderschuhen steckte. Sie hat mir während der gesamten Reise zur Seite gestanden. Danke dafür!

Ich danke dem Verlag Salani, dass er mir die Möglichkeit gegeben hat, diesen großen Schritt zu tun, allen voran Marco und Francesca für ihr grenzenloses Vertrauen und ihre Offenheit. Ein großes Dankeschön geht an meine Lektorin Chiara Casaburi, die für die *Better*-Trilogie quasi Tag und Nacht Herz und Seele gegeben hat. Du bist ein Schatz. Auch meinen Freundinnen und Schriftstellerkolleginnen bin ich dankbar: Ohne sie wäre mein Weg ein anderer geworden.

Der größte Dank aber gebührt euch, meinen Leserinnen und Lesern.

Dass ich so weit gekommen bin, ist ebenso unglaublich wie unerwartet. Wenn mir jemand vor zweieinhalb Jahren gesagt hätte, dass mich das, was ich aus Vergnügen heraus ohne jede Erwartung begonnen habe, so weit bringen würde, hätte ich ihm nicht geglaubt. *Better*-Trilogie wurde an einem trüben Nachmittag Ende Oktober geboren, meine Inspiration war von Beginn an der Regen, und er blieb es während des gesamten Schreibprozesses bis zum Schluss. Aber das, was mich am meisten motiviert hat, diese Geschichte zu Ende zu schreiben, wart ihr, eure Begeisterung, eure Unterstützung und eure bedingungslose Zuneigung. Das habt ihr mir, liebe Leserinnen und Leser, Tag für Tag mit euren Nachrichten, den Shares, den Videos und Fotos vermittelt. Vor allem, weil ihr drangeblieben seid. Für all das bin ich euch ewig dankbar. Danke, dass ihr an mich und die Geschichte geglaubt habt, dass ihr Thomas und Vanessa angenommen habt, mit all ihren Schwächen, den Fehlern und ihrer Impulsivität. Ihr habt sie an die Hand genommen und ihnen die Chance gegeben, zu fliegen, ihr habt sie in euer Leben gelassen. Ich habe es euch schon früher gesagt und wiederhole es hier gerne: Ich weiß nicht, wohin wir gehen und wie weit wir kommen werden. Die einzige Gewissheit, die ich habe und immer haben werde, seid ihr. Ihr wart stets an meiner Seite, habt mir vertraut und euch mir anvertraut, genauso wie ich es mit der Veröffentlichung dieses Romans euch gegenüber getan habe. Das ist meine Art, euch zu danken.

Danke, dass ihr all das möglich gemacht habt.

Bis bald, *Fremde*.